Nós só queríamos tudo

janelle brown

Nós só queríamos tudo

Tradução de
Cássia Zanon

EDITORA RECORD
RIO DE JANEIRO • SÃO PAULO
2010

CIP-Brasil. Catalogação-na-fonte
Sindicato Nacional dos Editores de Livros, RJ.

B897t
Brown, Janelle
Nós só queríamos tudo / Janelle Brown ; tradução de Cássia Zanon. – Rio de Janeiro : Record, 2010.

Tradução de: All we ever wanted was everything
ISBN 978-85-01-08171-1

1. Romance americano. I. Zanon, Cássia, 1974-. II. Título.

09-3501
CDD: 813
CDU: 821.111(73)-3

Título original em inglês:
All We Ever Wanted Was Everything

Copyright © 2008 by Janelle Brown

Editoração eletrônica: Abreu's System

Texto revisado segundo o novo Acordo Ortográfico da Língua Portuguesa.

Todos os direitos reservados. Proibida a reprodução, no todo ou em parte, através de quaisquer meios.

Direitos exclusivos de publicação em língua portuguesa somente para o Brasil adquiridos pela
EDITORA RECORD LTDA.
Rua Argentina 171 – Rio de Janeiro, RJ – 20921-380 – Tel.: 2585-2000
que se reserva a propriedade literária desta tradução

Impresso no Brasil

ISBN 978-85-01-08171-1

PEDIDOS PELO REEMBOLSO POSTAL
Caixa Postal 23.052 – Rio de Janeiro, RJ – 20922-97

EDITORA AFILIADA

PARA PAM, DICK, JODI E GREG —
*a família sempre em primeiro
lugar e para sempre*

> "*Somos todos fracassos. Pelo menos os melhores de nós.*"
> — J.M. BARRIE

um

O mês de junho em Santa Rita é perfeito, simplesmente perfeito. O sol fica alto no céu — ele próprio no tom certo de azul-claro puro — e a média de temperatura se mantém em agradáveis 28 graus. Não está muito quente para jogar tênis. A seda não cola no corpo. A piscina no clube está fresca o bastante, de modo que nadar é refrescante, e a névoa de verão que costuma vir do mar fica na baía, com seus tentáculos cinzentos ondulando longe da costa.

Janice Miller acorda na última segunda-feira do mês ao som de uma canção de sua juventude tocando baixinho no radiorrelógio. Na vasta cama king size, onde a marca deixada pelo corpo do marido já esfriou, a letra toma conta dela enquanto flui rumo à consciência: *"Imagine me and you, I do/ I think about you day and night/ It's only right/ To think about the girl you love/ And hold her tight/ So happy together!"** Uma cançãozinha boba, que ela não ouvia havia décadas, mas, ainda assim, de repente se lembra de toda a letra, até mesmo da capa do LP. O disco foi um suborno de um dos breves namorados pós-divórcio de sua mãe, e a Janice de 10 anos tocou a música sem parar *ad nauseam* até o disco finalmente desaparecer durante uma de suas mudanças. Trinta e nove anos depois, Janice está novamente presa àquele refrão alegre, com o curioso tom menor: *"So happy* together!"

Boceja exageradamente; não dormiu bem na noite anterior. Paul se arrastou para fora da cama às 4 horas da madrugada para chegar à bolsa de valores antes do sinal de início do pregão, e embora tenha andado

---

* Imagine eu e você, eu imagino/ Eu penso em você dia e noite/ Faz sentido/ Pensar na garota que se ama/ E abraçá-la/ Tão felizes juntos (N. da T.)

nas pontas dos pés em silêncio e no escuro — tentando não acordá-la, embora ela realmente não fosse se importar se ele lhe desse um beijo de tchau, não hoje —, ficou se virando na cama o restante da noite. Na verdade, porém, ela estava eufórica demais para dormir bem de qualquer maneira. Essa canção, desenterrada dos empoeirados arquivos de sua consciência, parece uma trilha sonora adequada para o dia. *"I can see me lovin' nobody but you/ for all my life!"** O refrão combina com seu bom humor.

Janice olha para o relógio e sai de seus devaneios — são 7h45, quase duas horas desde a abertura do pregão. Liga o rádio numa estação de notícias, interrompendo o último refrão da música (*"So happy tog..."*) e sai da cama. Toma uma ducha, prestando atenção com um dos ouvidos enquanto permanece sob a ducha bidirecional, mas não ouve nada sobre a Applied Produtos Farmacêuticos. O noticiário da manhã — uma onda de calor no Sul, 54 mortos num ataque suicida em Israel, um deputado flagrado recebendo dinheiro de lobistas — passa enquanto ela arruma a cama, prendendo os lençóis embaixo do colchão e recolocando a dúzia ou mais de travesseiros, almofadas grandes e pequenas e cobertores decorativos de volta em suas devidas posições. Ainda não saiu nenhuma informação quando ela, já vestida e impaciente, desce para ligar a cafeteira na cozinha. No caminho, liga a televisão na sala íntima, para assistir à CNBC pela porta da cozinha enquanto prepara uma omelete com queijo feta e abobrinha para a filha, Lizzie.

A omelete chia sobre o fogão, com o aroma amendoado de manteiga dourada aquecendo a cozinha, enquanto Janice assiste ao aparelho com apenas um olho e espera (quase com medo, mal conseguindo suportar) que o comentarista diga o nome Applied Produtos Farmacêuticos. Afinal, às 8h30, a ruiva peituda sentada atrás da bancada do apresentador limpa a garganta e se vira para a câmera:

— E agora, as notícias sobre o mercado de ações da manhã, a meteórica ascensão da Applied Produtos Farmacêuticos, cujas ações da OPI — Oferta Pública Inicial — estão agora valendo 113,25 dólares apenas duas horas depois da abertura do pregão.

---

* Não consigo me imaginar amando outra pessoa além de você/ durante toda a minha vida! (*N. da T.*)

Janice não consegue deixar de soltar um suspiro de surpresa. Abaixo da comentarista, o ticker das ações passa pela parte inferior da tela e — *ali está*, APPI, e seu coração bate forte de novo — ela vê que sim, é verdade: US$113! E se Paul possui — se eles possuem — 2,8 milhões de opções de ações, isso significa... O sangue que sobe para suas orelhas torna difícil ouvir o resto da nota:

— Especialistas elogiam o timing estratégico do CEO Paul Miller, liderando a bem-sucedida corrente da indústria biofarmacêutica, por essa impressionante estreia na Nasdaq, apesar de o tão esperado novo medicamento da empresa, o Coifex, ainda não ter chegado às farmácias...

Janice sente um desejo incontrolável de gritar ou sair pulando pela casa ou coisa parecida, mas isso acordaria Lizzie e assustaria os vizinhos. Em vez disso, apenas sorri e volta automaticamente ao fogão para pôr a omelete no forno, porém, por dentro, tem a impressão de que vai explodir e deseja ter alguém com quem comentar a novidade, apenas para torná-la mais *real*. Não pode ligar para as amigas — pareceria exibicionismo. Pensa na filha mais velha, Margaret, em Los Angeles, mas ela sempre parece estar tão ocupada com aquela revista e, considerando a precariedade da relação das duas ultimamente, que provavelmente não seria uma boa ideia incomodá-la no trabalho. Além disso, ela provavelmente iria chiar com a quantia de dinheiro em jogo e faria algum tipo de comentário sobre crianças morrendo de fome na África que deixaria Janice se sentindo materialista e egoísta. E Lizzie também não é exatamente uma boa opção. Eles não haviam explicado à caçula exatamente o que essa OPI significará para a situação da família Miller, porque, aos 14 anos, ela é jovem demais para ter de se preocupar com esse tipo de questão financeira. Além disso, não querem que o dinheiro suba à cabeça dela.

Então, ela vai até o telefone e disca para o celular de Paul. A ligação cai direto na caixa postal, o que não é uma surpresa — ele havia lhe dito que teria um dia enlouquecido —, mas ela deixa um recado mesmo assim.

— Paul, eu vi na televisão — diz, tentando manter a voz calma e controlada, mas dando alguns gritinhos mesmo assim. — E é o máximo. Nós conseguimos! Não coma antes de vir para casa. Vamos comemorar esta noite, está bem? Você consegue estar de volta de São Francisco até as 20 horas? Estou tão orgulhosa... — Ela continua ao telefone por um instante, sentindo um impulso de seguir tagarelando, mas consegue vencê-lo e desliga.

E embora Janice esteja um pouco frustrada porque, mais uma vez, é impossível falar com Paul, ela se alegra por saber que este é, afinal, o fim de tudo aquilo. Aquele dia se aproximava em seu calendário já fazia quase um ano, um período no qual ela se familiarizou intimamente com as maquinações do mercado de ações, os caprichos da indústria farmacêutica e com os trabalhos internos da FDA, enquanto, simultaneamente, tornava-se bem menos próxima do próprio marido. A cada poucos dias, ele tinha de voar para Reykjavik, Brunei ou Kobe em viagens promocionais da OPI da Applied Produtos Farmacêuticos para convencer investidores a abrir mão de quantias absurdas de dinheiro. O resto do tempo ele passava no escritório, num enorme parque industrial em Millbrae, com vista para a lamacenta e cinzenta baía de São Francisco, trabalhando até desabar no sofá de couro.

Durante as longas semanas de ausência de Paul, Janice às vezes parou diante do armário de remédios dele no banheiro dos dois e ficou olhando para os potinhos plásticos de pílulas Coifex enfileirados e pensando nele. Havia tomado um Coifex, uma vez, só para ver qual era a sensação que Paul tinha quando o tomava, curiosa sobre o que aconteceria — não que ela estivesse ficando careca, mas talvez o remédio trouxesse um pouco do loiro natural de volta, ou deixasse seus cabelos mais macios de alguma forma —, mas, de um modo geral, a pílula apenas fez com que ela se sentisse inchada. Era do tamanho de seu polegar, quase grande demais para engolir: outra inovação de Paul, que argumentara que pílulas grandes apelavam para a necessidade de potência masculina dos homens. Janice achava que isso era um pouco ridículo; mas, enfim, ninguém nunca disse que marketing de produto fazia sentido.

Ela mantinha uma pílula no bolso, no entanto, e a girava na mão às vezes, acariciando a superfície áspera como se fosse um pé de coelho ou um amuleto. E isso não foi tão bobo da parte dela, afinal, foi? Porque a sorte funcionou, e hoje a OPI terminou, e parece que aqueles comprimidinhos verdes irão pagar as contas deles por muito e muito tempo dali para a frente. O que significa que Paul finalmente passará tempo em casa novamente, dando-lhes uma chance de fazer as coisas voltarem a ser como eram antes de toda essa insanidade da Applied Produtos Farmacêuticos ter começado. Ela imagina o casamento deles como um pêndulo: eles se aproximaram do fundo e estão posicionados para começar uma fase ascendente.

O velho relógio de pêndulo da sala toca a meia hora, o que quer dizer que está na hora de ir para o country club jogar tênis com Beverly. Ela termina o café, põe a caneca na lava-louça e pega as chaves do carro, as listas de coisas a fazer e a raquete de tênis. Há muito a ser feito hoje: ela estava planejando uma grande festa para a noite, algo tão memorável quanto o dia promete ser. A noite se apresenta tão clara como um ensaio de revista; Janice, muito bem-arrumada num elegante vestido novo, a família reunida ao redor de uma mesa coberta por um banquete de comida caseira, todos tontos de champanhe, todos tão cheios de amor e abundância que quase seriam capazes de explodir. A única decepção é que Margaret não poderá celebrar com eles, por ter dispensado, com uma desculpa sobre prazos de publicação, a sugestão de Janice de aproveitar a comemoração para uma visita que há muito está devendo.

Lizzie ainda não se levantou quando Janice sai de casa, então ela deixa a omelete sobre o balcão, coberta por uma toalha, com um bilhete *(No tênis. Me coma. Tenha um bom dia. Beijo, mamãe)*. Então, ela sai, dá a partida no Porsche Cayenne e segue pelas ruas repletas de carvalhos em direção à cidade.

O sol baixo da manhã pisca para Janice através da cobertura de folhas enquanto ela percorre as vias residenciais ao redor da sua casa. As ruas ainda estão silenciosas — uma nova regulamentação local, transformada em lei pelos votos de cidadãos cansados de ouvir tratores antes do amanhecer, havia proibido qualquer trabalho em construção antes das 9 horas — e os imensos casarões em obra por que Janice passa em quase todas as quadras se agigantam friamente com as janelas escancaradas, as fachadas ainda cinzentas de concreto nu. Às vezes é difícil lembrar como era Santa Rita há apenas duas décadas, quando Janice se mudou com Paul e Margaret para a primeira casa em estilo colonial, mais modesta; antes da explosão da indústria de tecnologia transformar as sonolentas comunidades do Vale do Silício em cidades prósperas; antes que os tratores começassem a destruir aquelas casas em estilo colonial do pós-guerra e a substituí-las por *villas* toscanas, mansões em estilo moderno e missões espanholas gigantescas, com salas de projeção, adegas com temperatura controlada e garagens para cinco carros; antes que Janice, Paul e seus amigos percebessem quanto dinheiro havia ao alcance se eles simplesmente se impusessem.

Com os passar dos anos, Santa Rita havia se tornado um enclave para os super-ricos do Vale do Silício: Janice viu amigos e vizinhos ficarem insanamente ricos, sustentados pela era da informação, por compra e venda de ações e por salários milionários. É uma comunidade que se tornou rica com siglas — CEOs e CRs e OPIs e MBAs; uma comunidade em que o menor denominador comum é astronomicamente alto. E agora, percebe Janice, depois de anos acompanhando os incríveis casos de sucesso ao seu redor — eles próprios se saíram muito bem, mas certamente nada de *espetacular* —, ela e Paul finalmente se uniram aos outros. Enquanto dirige, Janice vê uma *villa* de tamanho considerável, com uma casa de hóspedes separada num terreno de pelo menos 4 mil metros quadrados. Não que haja qualquer coisa de errado com a casa em estilo colonial de 500 metros quadrados para a qual se mudaram há sete anos, mas ela não consegue deixar de se deleitar com o fato de que agora eles poderiam comprar algo ainda melhor se quisessem.

Quando chega ao centro da cidade, a rua principal de Santa Rita está ganhando vida. O café italiano expele uma constante corrente de maridos a caminho do trabalho com suas fumegantes canecas de viagem. Pela janela de vidro laminado da academia, mulheres jovens seminuas de tops de ginástica (totalmente tranquilas com a exibição pública de pele nua, e ainda firmes o bastante para se darem bem com isso) caminham em esteiras. As lojas de especialidades, as butiques de designers e os restaurantes sofisticados permanecem fechados e, diante deles, as ornamentais magnólias que ladeiam as calçadas derramam pétalas pálidas do tamanho de mãos de criança sobre as vagas de estacionamento.

Enquanto dirige, pensa no plano para o dia. Depois de jogar tênis com Beverly, arrumará os cabelos para a noite. Então, irá ao mercado. Para o jantar, pretende preparar galeto com molho de pimenta e mel, nhoque de abóbora com confit de pato e potinhos de creme de chocolate com lavanda. Como aperitivo, seus folhados de melão e talvez aqueles crostini de atum que estava guardando para a festa do mês seguinte.

Terá de comprar flores, algumas velas e providenciar uma garrafa de champanhe. Então, o vestido novo, à sua espera na costureira. Janice vê seu planejamento com satisfação, com cada tarefa sendo o ponto de partida de um caminho que irá logicamente levá-la, ao final do dia, de volta para casa.

Enquanto dirige, a canção volta à sua cabeça, espontânea. *"If I should call you up invest a dime/ And you say you belong to me/ And ease my mind/ Imagine how the world could be/ So very fine/ So happy together!"** Na privacidade do carro, Janice tenta cantar em voz alta, pensando que talvez isso a liberte da música, mas, em vez disso, ela só parece ridícula (nunca soube cantar direito).

Randy — era este o nome do namorado da mãe — foi quem lhe deu o disco, ela se lembra. Eles deviam estar morando onde, em Indiana? Michigan? Às vezes sua infância parece completamente fora de foco. Depois que seus pais se divorciaram, quando ela tinha 7 anos, e o pai se mudou para Ohio (onde logo depois morreu num acidente de carro), os anos escolares de Janice foram passados vagando pelo Meio-Oeste enquanto a mãe arranjava e perdia empregos e se mudava de apartamentos decrépitos para quartos vagos na casa de parentes, depois para hotéis baratos, e assim por diante. Na maior parte do tempo, a mãe trabalhava como faxineira nas casas enormes nas margens dos Grandes Lagos, tirando o pó de bibelôs de porcelana e polindo mogno. Depois da escola, Janice costumava se sentar à mesa das cozinhas dessas casas imensas, observar a mãe limpando o chão e ter um sentimento de proteção (A mãe *dela*! Limpando os banheiros *dos outros*!), mas também de vergonha (A *mãe* dela! Limpando os *banheiros* dos outros!).

Janice adquiriu o gosto por comida refinada nessa época — aliche e caviar salgado, caixas de biscoitos de água e sal, massas italianas cortadas à mão e azeitonas gregas em conserva que a mãe pegava das despensas dos patrões e dava a ela depois das aulas. Às vezes, quando não havia ninguém em casa, ela percorria os quartos suntuosos no andar de cima e observava os quartos das meninas. Eram sempre ambientes cor-de-rosa, e ela examinava os objetos como um visitante de museu: cartões-postais

---

* Se eu procurar por você/ E você disser que pertence a mim/ E me tranquilizar/ Imagine como o mundo poderia ser/ Tão bom/ Tão felizes juntos!!! (*N. da T.*)

de férias de verão no sul da França, sofás-camas repletos de bonecas de porcelana empilhadas de modo descuidado, retratos de namorados estrategicamente presos ao espelho entalhado de uma penteadeira. Lembranças de vidas vividas sem medo, dor ou *preocupação*. Antes de ir embora, ela costumava levar uma lembrança — um suéter angorá, uma blusa de seda com um botão solto, uma echarpe de caxemira desfiada tirada do fundo de uma pilha esquecida. Nunca podia usar nada disso, é claro. Mantinha o guarda-roupa roubado numa caixa de papelão no fundo de um armário, atrás das saias de veludo de segunda mão que a mãe havia comprado para ela na liquidação da Henny Penny e brincava de se arrumar como forma de prêmio por resultados atingidos: uma nota A em francês, um encontro no drive-in, uma oferta de bolsa de estudos numa boa faculdade da Costa Oeste. Com os tecidos caros tocando sua pele, ela se imaginava impelida rumo a um brilhante futuro que flertava com ela a distância, como um espelho que captura a luz do sol e reflete a promessa de uma vida mais perfeita.

No ano de sua formatura, vendeu a coleção com relutância para um brechó para ajudar a pagar o barulhento Buick das duas, poucos meses antes de o último namorado inútil da mãe desaparecer com as chaves. Uma cleptomaníaca enrustida enganada por outro. Ao se lembrar disso, quase consegue rir da ironia, embora a situação certamente não tenha parecido engraçada na época.

Os monumentais portões de ferro do country club se aproximam à esquerda quando ela deixa a cidade em direção às montanhas, com as florestas de pinheiros e as campinas repletas de flores-do-campo. O Country Club Forest Heights está situado numa área de 80 hectares a norte da cidade, uma propriedade que já havia pertencido a um magnata que fez fortuna vendendo pás durante a Corrida do Ouro da Califórnia. Seus jardins sinuosos haviam sido substituídos por um campo de golfe; o haras tem espaço para 28 animais e uma arena equestre nos fundos; várias quadras de tênis ladeiam as duas piscinas olímpicas. A mansão de pedra da propriedade é agora o prédio principal do clube. De seu grandioso salão de baile — mantido em sua magistralidade original, com piso de parquê, e normalmente usado como restaurante do clube — é possível avistar todo o campo, uma extensão de verde bem-cuidada que se estende até o horizonte.

Janice para o utilitário no estacionamento lateral, já lotado com os carros dos jogadores de golfe matinais, e vai caminhando até as quadras de tênis. O *poc-poc-poc* das bolas de tênis quicando no piso de saibro ecoa pela área, mas, quando Janice chega, Beverly não está à vista. Enquanto espera pela chegada da amiga, Janice fica próxima às quadras e observa Linda Franks com Martha Grouper. A bola vai para a frente e para trás, e Janice desvia os olhos dos movimentos frenéticos das mulheres, imaginando se ela fica tão esquisita quanto as duas quando se atira atrás de uma bola. Desde que distendeu um ligamento no cotovelo no torneio da primavera, tornou-se mais consciente de sua idade, do hesitante estalar das articulações e da demora de seus músculos para se aquecerem.

Martha finalmente faz Linda voar para trás em busca de um backhand perfeito e vai até a cerca baixa, inclinando-se na direção de Janice e fazendo um gesto para que se aproxime. Há linhas horizontais de suor umedecendo o tecido amarelo do top de Martha, marcando os pontos exatos das dobras de sua barriga. Inconscientemente, Janice toca a própria barriga, que está definitivamente fazendo pressão contra o cinto, mas ainda não sucumbiu à gravidade como o traseiro e os quadris. Os 50 estão se aproximando, agora só falta um ano, e ela às vezes acha que consegue ver sua beleza desaparecendo a cada dia. Os homens não a olham mais na rua como costumavam fazer. Pior do que isso, ela e Paul não transam há seis meses, e embora o tempo dele esteja tomado pela OPI e a libido dela não ande das melhores, Janice não consegue deixar de se preocupar com o fato de ele ter deixado completamente de desejá-la. Esta noite, pensa. Esta noite ela irá tomar a iniciativa.

— Aposto como você está de bom humor hoje — diz Martha, empurrando a viseira para cima e abaixando os óculos escuros para conseguir olhar diretamente nos olhos de Janice. — Está em todos os noticiários... Estão dizendo que vocês estão entre os quatrocentos o quê... trilionários? — ela diz.

A cifra, que Janice já calculou mentalmente, está na verdade em torno de 300 milhões de dólares — é surreal até mesmo pensar na quantia —, mas ela não ousaria dizer isso a Martha. Ainda assim, não consegue exatamente evitar o sorriso de prazer constrangido que lhe pinica o rosto.

— Ah, por favor, nós duas sabemos que são apenas números no papel, não dinheiro de verdade. — *Ainda*, ela pensa.

— O que diabos alguém faz com tanto dinheiro? — espanta-se Martha, como se fosse um grande mistério para ela, apesar de Janice saber que o marido de Martha, Steven, um capitalista de risco especializado em tecnologia móvel, já tenha feito sua própria fortuna (a casa deles de Aspen tem oito — *oito!* — quartos).

Apesar de tudo, a pergunta de Martha passou pela cabeça de Janice muitas vezes ultimamente. Não que os Miller *precisem* de muito, mas de repente, eles foram catapultados para aquela camada superior da sociedade de Santa Rita que tem *tudo o que quer*. O que Janice não disse a ninguém — nem a Paul, nem mesmo a Margaret, que é a única pessoa que ela acredita que daria valor a isso — é que quando ela pensa no que pode pagar agora, a única coisa que realmente cobiça é arte. Uma pintura. Ela cobiça principalmente (e, sim, é maluco, mas...) um Van Gogh, como os que viu há alguns anos, da última vez em que estiveram na França. Janice passou um dia chuvoso sozinha no Louvre — Paul ficou no hotel para dar alguns telefonemas de negócios — e experimentou uma curiosa sensação de libertação ao percorrer os grandes corredores, falando com os estoicos guardas do museu em seu francês meio enferrujado. Antiguidades egípcias, esculturas gregas, renascença italiana, impressionismo: ela fruiu cada um pela ordem, passando no máximo dez minutos em cada salão, certificando-se de não deixar passar as galerias menores, registrando cuidadosamente todas as peças importantes. Ela queria absorver *tudo*, metódica e sequencialmente. Mas quando chegou à mostra de Van Gogh, parou completamente. Já havia visto fotos do trabalho dele antes e o achado interessante, mas aquilo — as pinturas mesmo — era algo completamente diferente. A violência da tinta aplicada em furiosas camadas, tão grossas que dava para ver as impressões dos dedos do artista, arranhadas nas telas — ela sentiu como se tivesse levado um tapa. A cor! Tão vívida como uma alucinação. Havia algo de selvagem e desenfreado naquela galeria, e ela se lembra de ficar parada lá, tremendo, incapaz de deixar a sala por bem mais de uma hora. Ficou sem tempo de ver os Mestres Holandeses.

Imagina uma daquelas pinturas pendurada sobre a lareira da sala de estar e estremece com a ideia do que pode entrar em sua casa. Não que eles pudessem (ou devessem) comprar uma pintura de 80 milhões de dólares. Ainda assim, podiam começar com um desenho menor — como o estudo de paisagem que ela marcou no catálogo da Sotheby's no mês passado — e iniciar o caminho até ter uma coleção. Poderiam se tornar mecenas, até mesmo criar uma fundação, e ela podia fazer visitas guiadas pela Europa para cultivar um olhar perspicaz. Ela antevê pinturas no museu de Young, descritas por uma plaquinha dizendo *Da coleção de Paul e Janice Miller*. Um título adequado para uma vida generosa e bem-vivida.

Independentemente disso, a verdade é que o que ela pode *comprar* com todo esse dinheiro às vezes parece não ter importância: na maior parte do tempo ela simplesmente gosta de pensar no dinheiro como uma rede de segurança, vasta e muito bem tecida, uma garantia de que, a partir desse ponto, tudo vai ficar bem. Suas filhas nunca terão que se preocupar com dinheiro, jamais. Nunca sofrerão o pânico assustador de imaginar de onde virá o dinheiro do aluguel, como aconteceu com ela.

Todo mundo sempre diz que os anos mais felizes são os mais pobres, mas Janice sabe que não é bem assim. Um de seus velhos álbuns tem uma foto de Paul dentro do minúsculo banheiro de paredes descascadas do primeiro apartamento deles, o que ficava acima da lavanderia em São Francisco e cheirava a mofo; ele está esticando as pontas dos dedos e tocando as duas paredes, e o sorriso em seu rosto diz: "Olhe para mim, vivendo na pobreza!" Mas Janice se lembra de tirar aquela foto e pensar: "Ele não imagina o quanto", enquanto ria junto com ele. Porque de manhã ele saía para trabalhar e ela ficava sozinha naquele apartamento deprimente com Margaret, um bebê inquieto e exigente mesmo que tivesse sido o primeiro dos filhos dos amigos a cambalear e caminhar, e aquela sensação de aventura compartilhada se dissipava. Ela lutava contra um vago descontentamento, uma sensação de que havia se deparado com uma parede sem portas, e ainda que tivesse todos os motivos do mundo para amar sua vida — um bebê lindo! Um marido encantador! Um apartamento só dela para cuidar! —, de alguma forma, não sentia a satisfação que deveria sentir. Talvez fosse apenas o sofá? Se eles conseguissem se livrar daquele sofá xadrez verde-abacate da Sears e comprassem um belo modelo de couro? Então vieram os abortos espontâneos, um depois do outro, como se fosse uma punição. E Paul começou a trabalhar cada vez mais tempo, subindo degrau por degrau da escada corporativa, uma companhia impaciente mesmo quando estava em casa para admirar a mesa lateral de segunda mão que ela havia passado o dia todo enfeitando. Foi só mais tarde — quando eles compraram a primeira casa, tinham algum dinheiro para gastar, espaço para respirar e desistiram do segundo filho — que ela descobriu uma sensação de paz. Janice se lembra de uma manhã, no aniversário de 9 anos de casamento, em que eles sobrevoaram Napa Valley num balão, num capricho obscenamente caro, em que ela olhou para o marido e percebeu que os olhos dele estavam brilhando de emoção, livres de preocupação, ele a olhou e riu, e ela sentiu como se os dois tivessem se visto pela primeira vez em anos. Napa Valley se desvelava abaixo, um tapete de vinhedos verdes plantados em reconfortantes fileiras geométricas e mais adiante estava o oceano, onde dava para ver as nuvens se aproximando, mas onde estavam o sol estava quente, e o céu, azul. Janice se lembra de pensar, na ocasião, que eles haviam vencido os piores anos e agora estavam subindo, como o balão, e sentiu a mais pura alegria. Quando aquele sentimento perdera a força? Algum tempo depois de Lizzie nascer, ela pensa, quando Paul estava completamente envolvido com o boom tecnológico, depois que Margaret os abandonou por outra vida. Talvez esteja na hora de planejar mais uma viagem a Napa, outro passeio de balão.

Janice confere o relógio quando Martha e Linda terminam o jogo. São 9h30, e Beverly está meia hora atrasada, o que não é costume dela — Beverly, assim como Janice, é daquelas que acreditam que a pontualidade é um sinal de respeito — e quando Janice finalmente liga para a casa da amiga para ver se ela se esqueceu do compromisso, ninguém atende. Será que ela teve alguma emergência com o filho, Mark? Janice sente uma vaga ansiedade, um leve arranhão na estrutura da sua manhã. Espera por mais 15 minutos, ligando para o celular de Beverly, e então desiste completamente. Enquanto caminha de volta para o carro, esforça-se para se lembrar de outra vez em que Beverly tenha deixado de aparecer num encontro marcado e não consegue recordar um único incidente.

A perda do jogo da manhã atrapalha seus planos, e ela volta ao centro de Santa Rita meia hora antes do horário no cabeleireiro, irritada com o motim de sua meticulosa programação. Para matar o tempo, compra uma caixa de trufas na pâtisserie — cardamomo e pimenta-preta para ele, creme de pétalas de violeta e rosa para ela, e castanhas e canela para Lizzie — e uma garrafa de 150 dólares de Dom Pérignon que o vendedor da loja de vinhos descreve como "transcendente" (uma hipérbole da parte dele, talvez, mas ela se deixa influenciar mesmo assim). Deixa as compras no carro, preocupada que possam derreter ou estragar, enquanto vai ver Peggy no salão para fazer suas raízes grisalhas voltarem ao louro original.

No salão de beleza, Janice se reclina na cadeira, tentando relaxar, mas ainda assim considerando difícil liberar a tensão que se instalou entre suas omoplatas (Será emoção? Será ansiedade? Ela não sabe identificar) enquanto Peggy — que parece mal-humorada naquela manhã, com os olhos inchados e a conversa monossilábica — espalha a tinta que pinica em seu couro cabeludo. Quando os cabelos já estão secos e domados ao redor dos ombros, Janice vê que a cor ficou um pouco ousada demais desta vez, um pouco amarela demais — é a cor, pensa, de uma mulher que está tentando se agarrar à juventude em vez de envelhecer com graça. Peggy observa enquanto ela se olha no espelho, e Janice força um sorriso:

— Obrigada — diz. — Ficou ótimo.

Resolve que *não* vai deixar isso estragar o dia, e quando chega a hora de pagar a conta, inclui impulsivamente uma gorjeta de 100 dólares — uma coisinha para melhorar o ânimo de Peggy. Além disso, se aquele não for dia de generosidade frívola, quando será?

Quando sai do salão, confere o celular para ver se Paul já ligou e se frustra ao ver que ainda não há recados. O mercado de ações, porém, só fechará dentro de mais uma hora, e provavelmente muita ansiedade achar que ele vai ligar antes disso. Janice enfia o telefone na bolsa e segue até o mercado, onde não há um galeto sequer, o atum está com uma aparência péssima e o melão de que precisa para seus folhados está completamente verde. Quando está no corredor dos hortifruti, observando irritada os melões duros, Cecile Bellstrom aparece vestindo agasalho de corrida com meio litro de suco de laranja na mão.

— Janice! — exclama Cecile. Faz uma pausa, e então explode: — Está bem, eu simplesmente não consigo ficar aqui fingindo que não sei. É claro que eu sei. Eu vi o noticiário, como todo mundo. Então, só queria lhe dar os parabéns! Não podia acontecer a uma família mais querida!

Isso reanima Janice, tirando-a do estranho desânimo, e ela parte em direção à floricultura, onde compra uma braçada de lírios para a mesa de jantar. No caminho de volta para o carro no estacionamento, ela vê Noreen Gossett, que no fim de semana anterior participou de um jogo de golfe a quatro com ela e Beverly — suas filhas estudam na mesma turma, ainda que a filha esnobe de Noreen, Susan, nunca tenha demonstrando o menor interesse por Lizzie —, e ela se entusiasma com a expectativa de mais uma conversa elogiosa. Mas em vez de se aproximar para cumprimentá-la, Noreen se vira para o lado rapidamente, como se alguém houvesse agarrado seus ombros e a puxado, afastando-se sem sequer acenar.

Janice para, tomada pela confusão. Sente o calor irradiando dos carros estacionados ao seu redor enquanto assam no sol do meio-dia. O que ela poderia ter feito para ofender Noreen? Será que há alguma coisa errada? De súbito, tem um relance de compreensão de que a notícia a respeito da nova sorte da família Miller não será bem aceita por todo mundo, e que ela não é a única pessoa na cidade que já sentiu inveja do sucesso dos vizinhos. Mas talvez Noreen simplesmente não a tenha visto, pensa Janice, tentando tranquilizar a si mesma. Inquieta, tira o celular da bolsa e confere de novo — 12h50, o mercado de ações fechará a qualquer minuto — antes de seguir em direção à costureira.

A costureira fica duas quadras acima da Main Street, e Janice se olha em todas as vitrines por que passa: a delicatéssen orgânica italiana (sim, os cabelos estão definitivamente amarelos demais), uma imobiliária cuja vidraça espelhada está escondida sob fotografias de propriedades de primeira (sua saia de tênis está deixando muita celulite à mostra) e a loja que vende quatrocentos tipos de sopas artesanais (será que o queixo dela sempre teve aquela flacidez?). Um bando de adolescentes está atirado sobre as mesas de ferro forjado da calçada do lado de fora da The Fountain comendo batatas fritas; a expressão de tédio em seus rostos sugere que o verão, que chegou há apenas uma semana, já se tornou uma obrigação. Janice sorri ao passar por eles, tentando imaginar se conhece os pais de alguns, mas eles olham para ela sem demonstrar interesse. O trânsito na rua aumentou — é o rush da hora do almoço — e alguém está buzinando insistentemente, sem parar.

Na costureira, a proprietária, uma eficiente velhinha chinesa Sra. Chen — Janice costuma dizer às amigas que os dedos dela se movem com a rapidez de beija-flores — está debruçada sobre um terno, emoldurada por sacos de plástico com roupas penduradas no cabideiro atrás de si. O vestido de Janice, um Calvin Klein azul-escuro justo que ela teve de comprar um pouco grande demais nos seios para que servisse nos quadris, já está esperando por ela perto da caixa registradora, e ela o experimenta atrás da cortina desbotada que serve de provador. No instante em que puxa o vestido pela cabeça, percebe que alguma coisa está errada: ele está apertado embaixo dos braços, deixando-a completamente presa no tecido, e se recusa a descer.

— Acho que você apertou demais — diz.

A Sra. Chen espia pela cortina, aparentemente sem se perturbar pela visão de Janice usando calcinha de tênis e top de ginástica. Ela puxa o vestido para baixo com firmeza, e ouve-se o barulho de linha se partindo.

— Você grande demais — observa a Sra. Chen docemente, arrancando o vestindo de novo pela cabeça de Janice.

Janice usa a camisa de tênis para cobrir a nudez.

— Você tirou as minhas medidas — reclama. — Eu certamente não aumentei de tamanho desde a semana passada.

A Sra. Chen examina as costuras do vestido e puxa o zíper.

— Sem problema, posso consertar — diz ela. — Volte semana que vem.

Janice olha para o vestido — sente a imagem de si mesma, da esposa cheia de estilo e atraente servindo sem esforços uma refeição refinada à família, esvaecendo-se — e se surpreende quando seus olhos se enchem de lágrimas. Ela pisca para espantar o choro antes que a Sra. Chen possa notá-lo. É apenas um vestido, lembra a si mesma. Só um cabelo mal pintado, um jogo perdido e um melão fora do ponto.

— Tudo bem — diz ela. — Não tem importância.

Enquanto volta para casa pelas ruas protegidas por carvalhos — o rádio do carro, sintonizado numa estação de notícias, anuncia que a Nasdaq fechou com alta de 13 pontos, mas não faz qualquer menção à empresa de Paul —, Janice repassa o próprio dia. Sente que as coisas se desalinharam como uma casa que escapou das fundações. Tenta identificar a origem desse sentimento, fixando-se mais uma vez em Beverly. Definitivamente houve alguma coisa errada naquela manhã — não avisar não é do feitio de Beverly — e ela de repente se sente tomada por um surto de preocupação em relação à amiga. Talvez, pensa, talvez se eu simplesmente resolver isso, todo o resto volte ao normal. Quando chega à entrada da cidade, em vez de virar em direção à própria casa, vira impulsivamente à direita, na direção da casa de Beverly.

Os Weatherlove moram numa casa de dois andares em estilo Tudor, com telhado de madeira e persianas verdes. Ainda falta uma semana para o feriado de 4 de Julho, mas Beverly já pendurou enfeites e uma bandeira e plantou não-me-toques vermelhas e brancas nas floreiras ao lado da porta da frente. O BMW de Beverly não está na entrada da garagem. Janice toca a campainha e espia pela janela da frente para dentro da sala escura, mas não vê sinal de vida. No entanto, ouve passos ecoando pelo hall. Pés descalços percorrendo o piso de madeira em direção à porta.

Quando a porta se abre, o filho adolescente de Beverly, Mark, está ali parado, triste e quieto, com o capuz do agasalho de moletom sobre a cabeça, apesar do calor. Tem os olhos vermelhos e a pele matizada exibindo furiosamente cada espinha avermelhada.

— Olá, Mark. A sua mãe está aí? — pergunta Janice.

— Não — diz ele, com a voz nasalada e abafada. Será que andou chorando?

— Onde ela está?

— Ela foi — diz ele, o que não esclarece coisa alguma. Janice fica olhando para ele em silêncio, analisando a resposta. *Foi? Foi aonde? Foi ao mercado? Foi embora?* Olha para ele, que definitivamente andou chorando, e, apesar da preocupação, sente uma ponta de carinho em relação ao menino melancólico.

— Mark, está tudo bem? — Ela avança para ele, com a mão meio levantada, tomada por um desejo de puxá-lo em direção ao seu colo. Mas Mark dá de ombros e empurra a porta levemente para ela, como que para impedir a aproximação.

— Eu estou ótimo — diz ele. — Obrigado. Vou dizer que você esteve aqui. — Então ele fecha a porta, deixando Janice desnorteada na escada da frente. Não resta nada a fazer além de voltar para casa e esperar que esteja se preocupando à toa. Um encontro esquecido, um garoto chorando — podia ser qualquer coisa e absolutamente nada. Mas se lembra de uma confissão que Beverly fez há alguns meses, depois de ter tomado alguns Bloody Mary a mais no saguão do clube, de que seu relacionamento com Louis andava tenso havia algum tempo, e não consegue deixar de se perguntar se Louis a deixou. Janice resolve que se não ficar sabendo de Beverly até a manhã seguinte, voltará e ficará sentada na porta da frente até a amiga dizer o que há de errado.

Para o carro na entrada de sua garagem pouco depois das 14 horas e fica sentada por um instante, olhando para a casa. Eles a pintaram de amarelo-claro há muitos anos, da cor de um suéter de caxemira, e a casa parece reluzir à luz da tarde. É uma construção elegante e imponente, num clássico estilo arquitetônico georgiano colonial, com cercas vivas podadas e colunas emoldurando a entrada principal e heras subindo pelas laterais. Uma casa que a faz se sentir parte de alguma grande tradição americana. Olhando para a construção, ela sente alívio, como se tivesse atravessado uma pequena tempestade e voltado em segurança.

O interior, porém, está silencioso demais. A secretária eletrônica está muda: nenhuma mensagem. Janice consegue ouvir sua respiração na cozinha vazia enquanto guarda as compras e o champanhe, fazendo tinir os aparelhos de aço inoxidável, as panelas Calphalon penduradas acima da ilha em sua estante de ferro feita sob encomenda, os balcões de granito amarelo. No jardim dos fundos, James, o novo rapaz da piscina, chegou para a visita bissemanal. Ele empurra a rede lentamente contra a corrente da água, levanta uma única folha, leva o cabo até a borda e bate a rede para depositar a folha numa pilha crescente de detritos. Janice o observa através da janela da cozinha. Quando ele a vê, ela acena, e ele levanta a mão, sorrindo. Um fio de suor lhe escorre pela testa enquanto ele verte uma garrafa de cloro na parte mais funda.

Janice liga o forno no preaquecimento e começa rapidamente a arrumar os lírios num vaso com o olho no relógio: já está atrasada para aprontar a comida, e ainda precisa limpar a casa (a faxineira, demitida no começo do mês, quando Janice descobriu que o armário de bebidas estava estranhamente vazio, ainda não foi substituída). Enquanto arruma a mesa com os melhores talheres, liga a televisão de novo e, de pé no meio da sala com os braços cruzados por causa do frio do ar-condicionado, fica sabendo que a ação da Applied Produtos Farmacêuticos fechou o dia em US$141,25. Ela absorve a notícia com neutralidade, sem conseguir repetir a falta de ar de excitação que tivera apenas seis horas antes. Em vez disso, ela simplesmente se sente cansada: cansada de suportar tudo aquilo sozinha, cansada de esperar pelo telefonema do marido. Apesar dos compromissos, ele deveria ter *desejado* dividir aquele momento, o instante em que as coisas aconteceram. Nesse momento de fraqueza, o que surge é a suspeita oculta de que seu próprio entusiasmo para reavivar o casamento não tem reciprocidade em Paul, que ela vai ter de fazer todo o trabalho.

Mas ela persevera na arrumação da mesa, dobrando três guardanapos em forma de cisne, como sempre faz para ocasiões especiais, exatamente da forma como a mãe de Paul lhe ensinou há muitos anos. Na primeira vez em que ele a levou à casa dos pais em Connecticut para o Natal, no último ano da faculdade, parecia que ela estava entrando em uma daquelas casas que sua mãe limpava. Havia a árvore, decorada com enfeites dourados feitos de vidro de verdade, e o recheio de peru feito em casa, e não comprado pronto, os guardanapos dobrados como origami, os galhos de pinheiro de aroma marcante sobre o pórtico de entrada. Um pórtico! Saleiros de cristal em forma de árvores de Natal! Aquilo tudo era tão familiar que ela quase chorou. Quando a mãe de Paul perguntou se sua mãe não sentiria sua falta nas festas de fim de ano, Janice pensou nela trabalhando em turnos extras para o pagamento a mais e depois comendo um prato de peru preparado no micro-ondas e mentiu:

— Não — respondeu. — Ela vai jantar com amigos. Está preparando um presunto.

Apesar das cordiais aulas de dobradura de guardanapos, a mãe de Paul não ficou exatamente empolgada ao saber, meses mais tarde, do casamento forçado entre os dois. Janice sempre suspeitou de que Elaine tivesse aspirações mais ambiciosas para a esposa de seu filho único, uma suspeita que finalmente acabou se confirmando há alguns anos, durante a última visita deles a Connecticut, onde uma Elaine confusa pelo Alzheimer definhava numa casa de repouso para idosos. Elaine agarrou o braço de Janice com as mãos ásperas.

— Eu conheço você — resmungou ela, respirando no rosto de Janice. — Você é a vagabunda que deu o golpe no meu filho.

Não era tão simples assim. Se a Janice de 15 anos imaginava a faculdade como um lugar aonde se ia para conhecer um marido rico, a Janice de 21 havia ultrapassado esse conceito. Essa Janice — "Jan", para os amigos — era uma aluna do curso de francês conhecida entre as amigas por sua tendência boêmia. Em seu primeiro ano na universidade, um professor de história da arte escrevera num de seus trabalhos que ela tinha "mente brilhante e espírito artístico", e ela o havia levado a sério: leu Balzac no francês original, fez aulas de cerâmica (produzindo uma série de bules bastante respeitáveis), costurou as próprias saias, aprendeu a fazer *pot-au-feu*. Chegou inclusive a começar a fumar Gauloises nas festas, e gostava da forma como os cigarros lhe davam uma aparência de descuido europeu. Ao final do primeiro ano, estava planejando fazer pós-graduação em Paris, onde seu orientador dissera que poderia lhe conseguir um emprego numa agência de viagens estudantil. Às vezes, quando se olhava no espelho, sentia-se orgulhosa de si mesma.

Paul surgiu como uma surpresa, um aluno de MBA quieto e intenso que se materializou ao seu lado numa festa da sua república no começo do último ano e a perseguiu obstinadamente durante todo o outono. Quando ele a olhava, às vezes ela se sentia como um prêmio que ele havia declarado como sendo seu, e corava com o quanto isso a agradava. Ao lado dele, experimentou uma nova imobilidade: ele era capaz de dominar um ambiente com facilidade, virá-lo todo em sua direção até que parecesse estar em seu centro. Ainda assim, era vulnerável a ela também. Numa noite, eles beberam Chianti demais, e ele lhe contou sobre as expectativas que o pai banqueiro tinha em relação a ele, falou da frieza aristocrática da mãe e chorou lágrimas de verdade, e ela soube que estava apaixonada.

É claro que ela não havia esquecido de tomar a pílula *de propósito*, de modo algum. A pílula apenas passou por sua cabeça como água por uma peneira. A formatura estava se aproximando, a poucos meses de distância, e a questão de seu futuro ficava a cada dia menos clara. Ela tinha o emprego acertado em Paris, e um quarto na casa de um jovem casal de amigos de amigos de amigos, mas Paul não mais sorria tranquilamente quando ela falava em ir embora, como se o ano fora fosse alguma excentricidade encantadora. Em vez disso, ele ficava furioso, como se ela o estivesse traindo. Mas se ficava tão furioso com ela, por que não lhe pedia que ficasse? Muito embora não estivesse completamente segura sobre o que responderia se ele implorasse para que ela não fosse, estava cada vez mais preocupada com o fato de ele não fazer isso. Será que ele simplesmente *permitiria* aquela amputação casual? Só de pensar nisso, ficava doente. Passou a maior parte das noites imóvel e congelada embaixo dos velhos lençóis de algodão, sem conseguir dormir. Deitada lá, numa fuga sombria, lembrava da pequena pílula oval cor-de-rosa na embalagem laminada dentro da bolsa de maquiagem no banheiro e pensava: preciso me levantar e tomar a pílula, não posso me esquecer da pílula. E então, quando dava por si, já era de manhã e ela estava a caminho da aula, tendo esquecido completamente de que não havia tomado o comprimido. E só se lembrava novamente três dias depois, quando engolia com culpa quatro pílulas seguidas com um copo de leite. Ela teria dito não quando Paul subiu em sua cama, da forma como costumava fazer quando isso acontecia, devia ter lhe contado sobre seu engano e insistido que ele usasse camisinha, mas não teve força de vontade para recusar o pedido dele, não naquele momento em que ele estava tão distante. Assim, ela ficou deitada na cama depois de tudo, enquanto ele dormia ao seu lado num sono tranquilo, e tentou esquecer que havia esquecido.

Poderia ter feito um aborto — na época, havia meninas que faziam, meninas que chegavam a considerar isso um sinal de honra —, mas a verdade era que ela nunca sequer considerou isso uma opção. Quando recebeu os resultados do exame, surpreendeu-se com a pontada de prazer que sentiu: ali estava, seu futuro como esposa e mãe, senhora de uma casa bonita com vista para um lago em algum lugar, decidido para ela sem mais nem menos, e era estranho e confortavelmente familiar, como vestir um velho vestido preferido que havia esquecido que tinha.

Sabia que Paul não iria embora quando ela lhe dissesse que estava grávida, assim como sabia que estaria se entregando em boas mãos. E talvez estivesse abrindo mão de alguma coisa. Mas essa vida confortável da potencial Sra. Miller não era muito mais promissora a longo prazo do que quaisquer impulsos que ela pudesse ter seguido sozinha?

Um dia depois de ela ter dito a Paul que estava grávida, ele a levou até o parque numa área com vista para o pôr do sol na baía, onde crianças empinavam pipas no que pareciam pequenos furacões. O sol batia na neblina sobre a cidade e coroava as nuvens cinzentas com tons nucleares. A primavera estava demorando a chegar, e a temperatura estava pouco acima do congelante. Os dois caminharam até o muro de sustentação para olhar a água, e ele se ajoelhou.

A grama estava lamacenta, mas ele deixou bravamente as calças cáqui afundarem na terra. Apanhou uma caixinha de veludo e a segurou na mão. Ela se arrepiou completamente ao ver a caixa.

— Sei que ultimamente não tem sido fácil — disse ele, pronunciando cada palavra rouca formal e lentamente. — E eu sinto muito mesmo por isso. Mas, Janice, você precisa saber que, desde a primeira vez que vi você, soube que era uma mulher muito especial, alguém muito cheia de vida. Não consigo pensar em ninguém mais que eu gostaria de ter como mãe dos meus filhos. Então, talvez isso tudo seja muito repentino, mais cedo do que queríamos, e tenhamos muito que resolver, mas eu estou muito otimista. Otimista em relação a nós. Vamos formar uma ótima equipe. — Fez uma pausa. O vento soprou os cabelos no rosto de Janice. — Eu te amo.

Quando ele encostou o joelho na grama, Janice já estava chorando, de alívio e alegria, e em parte por causa do sal marinho que o vento soprava em seus olhos. Ele abriu a caixa, revelando um anel simples de ouro com uma minúscula lasca de diamante. Modesto, mas de bom gosto. Quando ele perguntou "Quer se casar comigo?", ela estava soluçando tanto que mal pôde escutá-lo.

— Sim, sim, sim — disse ela. — É claro que quero. Estou tão feliz que você me queira.

Deixou que ele pusesse o anel em seu dedo e sorriu, sentindo-se estranhamente dividida, como se tivesse vencido e fracassado ao mesmo tempo. Aquele devia ser o momento mais feliz da sua vida? Ela se sentia principalmente tonta, como se tivesse acabado de ser sugada para o meio de um ciclone e flutuasse em círculos acima do chão. Paul deve ter percebido a estranha expressão em seu rosto enquanto ela olhava para o anel em seu dedo, porque se levantou e segurou a mão dela, cobrindo-a com a sua.

— Não se preocupe. Vou comprar um maior para você logo logo — disse ele. — Se vamos fazer isso, vamos fazer direito.

Vinte e oito anos depois, ela pode traçar o progresso do casamento dos dois — e o crescimento de Paul pelos postos corporativos — por meio da pilha de caixas de veludo no armário. Ele realmente comprou um anel maior, quatro anos mais tarde, depois de seu primeiro aborto (o segundo e o terceiro abortos mereceram um colar de pedras verdes e um par de brincos de granada, respectivamente). E um diamante corte de princesa de três quilates chegou nove anos depois disso — muito depois de ela ter aceitado o conselho dos médicos e desistido de ter outro filho; — quando foram surpreendidos pela gravidez de Lizzie. E finalmente, pelo vigésimo aniversário de casamento, havia oito anos, um diamante de corte Asscher de 5,1 quilates com pedras retangulares de 1,5 quilate numa aliança de platina — uma pedra que combinava com o mais recente cargo de Paul como CEO de uma nova empresa de internet, a nova casa de quatro quartos e o utilitário Porsche na entrada da garagem. Esse diamante era tão grande, na verdade, que no começo ela se sentia meio constrangida com sua ostentação e tinha saudade da modesta joia que usava antigamente — até ver o presente de aniversário de 40 anos que Beverly havia ganhado do marido, um impressionante Harry Winston de 7,8 quilates que caía do dedo dela e se dar conta de que tamanho era sempre relativo.

Janice se pergunta, de forma abstrata, o que este novo sucesso irá render. Talvez, pensa, ele chegue em casa esta noite com outra caixa de veludo para ser guardada no armário; e tenta se empolgar com isso, mas, na verdade, quer apenas que ele volte para casa.

A campainha da porta toca antes do telefone. Da cozinha, onde está desossando o pato para o confit, corre até a porta, limpando as mãos num pano de prato. Na entrada encontra um jovem mais ou menos da idade de Margaret com uma franja de cabelos coloridos amassadas pelo capacete da moto. Suas botas estão cobertas de lama, e ela pensa que seria melhor se ele não tivesse pisado no capacho feito à mão que diz "Bem-vindo à nossa casa feliz" que ela fez com lavanda seca do jardim no começo da primavera. O casaco de couro e os jeans a lembram vagamente de Bart, o namorado de Margaret, que também anda de moto; pelo menos ele não pinta os cabelos de cor-de-rosa, embora isso seja tudo o que ela pode dizer em favor dele.

Numa das mãos, o rapaz tem um envelope bege. Na outra, uma prancheta.

— Entrega expressa — diz ele, empurrando a prancheta em sua direção. — Assine aqui.

Janice seca as mãos para assinar na linha pontilhada e tenta se lembrar de alguma coisa que pudesse ter encomendado. Ao abrir o envelope bege, encontra um envelope branco com o endereço de remetente: Applied Produtos Farmacêuticos, 220 Analgesic Loop, Millbrae, Califórnia. Fica parada, simplesmente olhando para ele. De repente, sente muito medo de abrir a carta. Resiste ao sentimento e abre o envelope, mas quando tira dali uma carta escrita num papel com o cabeçalho da Applied Produtos Farmacêuticos (ela percebe imediatamente, sem sequer olhar, a assinatura dele no fim da folha), não registra nenhuma surpresa. *É claro*, pensa, enquanto uma nuvem de inevitabilidade maldita desce sobre ela.

A carta, impressa em papel cor de creme, diz:

Janice,
Como você sabe, hoje é um dia de grandes mudanças para mim. Assim, parece um dia tão bom como qualquer outro para começar de novo. Como não há um jeito fácil de dizer isso, vou ser direto: acho que nós dois sabemos que o nosso casamento se tornou uma farsa. Eu não sou feliz há anos e, embora tenha certeza de que você jamais admitiria isso, também não acho que você seja feliz. Precisamos fugir desta claustrofobia, ter a oportunidade de encontrar uma paixão verdadeira antes que seja tarde demais. Foi por isso que eu decidi pedir o divórcio. Meu advogado vai entrar em contato com você. Tenho certeza de que você acabará concordando comigo que é o melhor a fazer.

Paul.

Ele assinou a carta em tinta verde-claro, um verde que Janice reconhece como sendo da caneta-tinteiro que lhe deu para combinar com o verde do logotipo da Coifex, o mesmo verde das pílulas.

Janice aperta o pano de prato com toda a força. Olha para a palavra "feliz" formada por botões de lavanda no capacho ("*So happy together!*"). Olha novamente para o motoboy, ainda parado na entrada, e percebe que ele está esperando uma gorjeta.

— Só um minuto — diz ela. Ela volta às cegas para dentro da casa, tropeça numa cadeira a caminho da cozinha, pega a bolsa em cima do balcão e vai novamente até a porta da frente. Sob o olhar do motoboy, ela pega uma carteira Prada e encontra apenas notas de 20.

— Pronto — diz ela, empurrando uma nota para ele.

— Ei, obrigado! — diz ele, enfiando a nota no bolso do casaco de motociclista: — Muito obrigado.

Enquanto o motor da moto tosse de volta à vida, Janice passa os olhos pela carta de novo, com as mãos tremendo tanto que as palavras se turvam diante dela. Janice não tem certeza sobre onde Paul aprendeu aquele estilo de escrita, que parece ter sido copiado de um romance: de onde foi que ele, que escreve apenas planos de negócios, que só lê biografias de executivos corporativos bilionários, tirou ideias floreadas como "encontrar uma paixão verdadeira" ou "fugir desta claustrofobia"? O que diabos quer dizer isso?

Por alguns minutos cruciais, sua mente fica presa a essas anomalias, recusando-se a pensar na questão maior: a de que o marido acaba de deixá-la. Ela está tonta, e pontos pretos giram no sol diante de seus olhos. Volta a olhar para o chão, tentando se focar novamente, e não consegue deixar de notar, mesmo com a visão embaçada, que o motoboy deixou uma mancha de lama em seu capacho.

Suas mãos estão tremendo tanto que ela mal consegue discar. E, mesmo então, ela precisa ligar para o celular dele cinco vezes antes que ele atenda. É evidente, tenta convencer a si mesma, que ela não está entendendo a carta. É algum tipo de engano. Mas quando ele finalmente atende o telefone, o faz com simplesmente duas palavras:

— Oi, Janice. — Uma confirmação do fato, um tributo à magia do identificador de chamadas e, com a elocução indiferente daquelas quatro sílabas, ela percebe que é verdade. Seu marido a está deixando, porque só isso explicaria aquela total ausência de afeto na voz dele. — Imagino que você tenha recebido a carta — diz ele. — Sinto muito, mas achei que assim seria mais fácil...

— Eu não entendo — diz ela, assustando-se com a objetividade nas palavras dele. A própria voz desafina de um jeito nada atraente. — De onde veio isso?

— As coisas tinham de ser assim — diz Paul. Janice está perplexa com o quanto ele parece suave e racional, como se fosse um dentista informando que estava prestes a arrancar seus molares. — Mas agora não é o momento de falar sobre isso. Ainda estou no trabalho.

— Então encontre um lugar para conversar — diz Janice. — Isto é importante, Paul. É a nossa *vida*. O que você *quer dizer* com uma farsa?

— Acho que você sabe o que eu quero dizer — ele diz.

Janice vai até a porta da sala de jantar e fica olhando para a mesa, para o vaso de lírios irrompendo como fogos de artifício, para as taças de cristal arrumadas. Pelo telefone, pode ouvir o estourar de uma rolha de champanhe. Pensa no champanhe que está na geladeira e engole em seco.

— Não. Eu não sei o que você quer dizer — responde, e embora isso não seja exatamente verdade, ela também não está pronta para admitir isso para ele, principalmente não agora. — Quer dizer... eu *preciso* de você.

— Você não precisa de mim — diz Paul. — Você nunca precisou de ninguém na vida. Isto é metade do problema. A única coisa que você *precisa* de mim é que eu pague as contas.

— Isso é ridículo. Você não está falando coisa com coisa.

— Olhe aqui — diz Paul. — Diga-me qual foi a última vez que nós tivemos uma conversa de verdade sobre qualquer coisa importante. Nós estamos há anos no piloto automático e, francamente, não vejo por que qualquer um de nós deva se conformar com isso.

— Eu sou perfeitamente capaz de ter uma conversa de verdade, Paul — diz Janice, apavorada com a súplica na própria voz. — O fato de não termos tido uma recentemente não significa que a gente não consiga conversar. Vamos conversar agora. Ou mais tarde. Podemos contratar um terapeuta para nos ajudar a conversar.

— As coisas já passaram desse ponto — diz Paul. — Nós passamos desse ponto há anos.

Janice tenta dizer alguma coisa, mas tudo o que consegue fazer é respirar superficialmente ao telefone. As próprias inspirações desanimadas ecoam em seus ouvidos.

— Quem é você? — pergunta ela, furiosa. — Eu não conheço este Paul.

— É exatamente isso o que eu quero dizer — diz Paul, e a lógica dele a silencia. Atrás dele, Janice escuta a voz de uma mulher sussurrando alguma coisa. Nesse contexto, não consegue identificar exatamente a voz, mas o tom é familiar — alguém do escritório de Paul, ela pensa, que horrível que uma colega de trabalho dele possa estar escutando isso. Paul cobre o bocal do telefone com a mão, de forma que ela só consegue ouvir o vácuo abafado de um bocal tapado.

Ele volta ao telefone:

— Janice — ele começa, mas, ao fundo, a voz da mulher se sobrepõe às palavras dele, mais altas, quase um guincho.

— Você precisa dizer a ela — diz a mulher. — Ela precisa saber.

Janice é abruptamente atingida pelo reconhecimento. E quando isso acontece, é como se um balde de água gelada tivesse sido jogado em seu rosto. Todas as premonições do dia fazem sentido, afinal, e ela fica estupefata com o resultado de tudo e com sua incapacidade de enxergar as coisas antes.

— É a Beverly que está com você? — Mal consegue pronunciar as palavras.

Há um silêncio significativo do outro lado da linha. Paul limpa a garganta, mas não diz nada.

Janice solta o telefone como se fosse uma travessa quente e fica olhando para ele, caído no chão, com o coração batendo freneticamente. Depois de um minuto, a ligação cai sozinha e o telefone começa a dar sinal de ocupado, no mesmo ritmo da veia pulsando em suas têmporas.

Alguns minutos depois, sentada rígida na mesa de jantar, congelada de choque, ela se vê olhando fixamente para a foto de seu casamento num porta-retratos de cristal no aparador. A foto foi tirada depois da breve cerimônia que fizeram em South Lake Tahoe, duas semanas depois de Paul pedir sua mão: um retrato dela, de luvas e com um vestido justo branco emprestado, só um pouquinho apertado na barriga, olhando para Paul, com os braços jogados ao redor do pescoço dele, e de Paul de terno, olhando para a câmera com uma expressão assustada, como se alguém atrás da câmera tivesse acabado de gritar "Bu!". Ela pensa nos votos dos dois: "Na saúde e na doença. Na riqueza e na pobreza."

É *isso* que é o casamento, ela pensa, não tem nada a ver com qualquer noção infantil de "paixão", porque a verdade adulta é que a vida, a parceria e o amor são algo *difícil*. O casamento exige muito trabalho, nos tempos bons e nos ruins. Exige *sacrifício*. Ela achava que Paul sentia o mesmo: respeito pela instituição do casamento, pelo equilíbrio e pela estabilidade que ele oferece. Ainda assim, ele está jogando tudo fora, e por quê? Por causa de *Beverly*?! Divórcio: só de pensar nisso, fica enjoada. É a saída preguiçosa, ela pensa. Não que ela tenha estado profundamente feliz o tempo todo também, mas é *preciso* continuar tentando, mesmo quando o marido está parecendo um estranho insensível e careca do outro lado da mesa, mesmo quando o escuta falar impacientemente com a mãe enferma pelo telefone e percebemos que ele é capaz de ser cruel, mesmo quando a deixa sozinha noite após noite e sequer tenta compensá-la por isso. Você suporta tudo, porque o casamento e a família são sacrossantos. Uma fortaleza contra um mundo difícil. Talvez as coisas não andassem perfeitas ultimamente — vai conceder isso a Paul —, mas por que ele está desistindo com tanta rapidez? Pensa em Beverly, sua *melhor amiga*, seduzindo seu marido com os braços e as pernas abertas, e se sente mal — pelo fato de Beverly ter sido capaz de fazer isso e pelo fato de Paul ter sucumbido tão facilmente.

Janice tenta imaginar sua vida sem ele e é tomada por uma explosão de sentimentos, como se estivesse caindo de uma corda bamba e percebendo, ao mergulhar para o vazio, que não há nada para ampará-la. Segura a fotografia e a atira pela sala com o máximo de força possível, de modo que o vidro do porta-retratos se parte em centenas de cacos contra a lareira. Então ela se levanta e fica imóvel, com o retorno do silêncio, o barulho do cristal se quebrando desaparece no vácuo do ambiente acarpetado e das cortinas de brocado. Então se inclina para limpar os cacos — não quer que Lizzie acabe pisando neles com os pés descalços por engano — antes de ir até a cozinha arrancar a garrafa de champanhe da geladeira.

dois

A 650 quilômetros ao sul, em Los Angeles, o telefone de Margaret Miller está tocando de novo. Ele treme no banco do carona de seu carro, emitindo um agudo arpejo eletrônico, a tela se iluminando em azul fosforescente contra as luzes vermelhas dos carros. O telefone se mexe na ponta oposta do banco do carona. Margaret precisa se esticar para alcançá-lo, com uma mão na direção, um olho no trânsito da Beverly Boulevard e o vestido prendendo nas coxas. O aparelho simplesmente está fora do seu alcance.

O telefone toca novamente, os mesmos três acordes de uma peça destruída de Chopin que ela um dia considerou razoavelmente benignos, mas que, ultimamente, fazem com que queira sair gritando. O toque do telefone faz com que seus batimentos cardíacos se acelerem. Ela se sente inquieta como uma gazela. Estica-se um pouco mais, com o frágil algodão antigo do vestido resistindo novamente à tensão — percebe um ponto estourando embaixo do braço — e o Honda desviando levemente do caminho, até que sente as pontas dos dedos raspando na caixa metálica do celular.

Devia simplesmente desligar a porcaria, mas tem medo de perder alguma ligação importante. Uma ligação capaz de mudar tudo. Não consegue identificar a procedência da chamada — talvez seja de seu suposto investidor, Stuart, uma ligação na qual ele lhe diz que mudou completamente de ideia e quer financiá-la, afinal. Ou — o que é menos provável — de Bart, seu ex, dizendo-lhe para não se preocupar com o e-mail dele. Do pai, Paul, talvez, com uma oferta que Margaret não pode (ainda que deva) recusar. Mas alguma coisa, certo? Margaret nunca se considerou uma otimista — o otimismo sendo para idealistas sem esperança como Anne Frank (que, vamos admitir, acabou morrendo num campo de concentração) e tipos comedores de brotos da Era de Aquário —, mas, nos últimos anos, ela tem vivido na borda da esperança, e não está pronta para desistir ainda.

Ainda assim. No fundo de sua mente, um sinal vermelho se acende junto com a luz de chamada do celular: perigo, perigo, perigo. Margaret pisca e se dá conta de que as luzes de freio do carro da frente se acenderam. Ela se endireita bem a tempo de acionar os próprios freios. Os pneus expelem o cheiro de borracha queimada, enquanto, atrás dela, uma orquestra de buzinas condena seu jeito de dirigir. Parada no cruzamento, com o coração disparado, Margaret se atira para o outro lado do assento e agarra o telefone.

O identificador de chamadas informa número restrito. Ela sabe que é melhor não atender. Joga o telefone dentro da bolsa, e ele silencia de repente, no meio de um toque.

O sinal fica verde, o trânsito ao seu redor acelera pesadamente para longe. O sol do fim do dia se pondo bem em frente queima círculos ofuscantes em sua retina enquanto ela dirige seu velho Honda pela Beverly Boulevard em direção ao Acqua Trattoria, percebendo o horário no relógio do carro e repreendendo a si mesma por estar tão atrasada. Ela havia saído do apartamento em Echo Park três vezes, hesitando em cada uma delas logo depois de passar pela porta e voltando para dentro, pensando que ainda dava para não ir, que bastava ligar para Josephine e dizer que estava doente. Mas acabou saindo, de qualquer maneira, atraída pela promessa de uma noite com as amigas — sempre tão *inteligentes*, sempre fazendo tantas coisas *interessantes* —, na qual não estaria sentada em casa, remoendo seus inúmeros problemas incontroláveis.

Ainda assim, tinha sido uma burrice ir, levando tudo em consideração. Uma salada. Vai pedir só uma salada. Isso não pode custar mais do que, o quê? Quinze dólares? Com uma taça de vinho, talvez US$25, US$30. Isso não está *exatamente* dentro do orçamento dela — *nada* mais está dentro do orçamento dela —, mas também não é absurdamente extravagante.

O telefone toca de novo, desta vez emitindo um bipe longo. Uma mensagem de texto. Margaret abre o telefone e lê: "MSG VZW: Conta VZ Wireless vencida há 60 dias. Cartão de crédito recusado. Débito de US$ 126,30. Serviço será suspenso sem pagamento imediato."

Não *agora*.

— Merda — xinga em voz alta. À sua direita surge uma agência do Bank of America e, ao ver um parquímetro vazio, ela manobra entre um BMW e um Hummer e estaciona o carro em meio a mais uma cacofonia de buzinas. Fica sentada atrás da direção por alguns instantes com suor se acumulando na testa. *Não é nada de mais*, pensa. *Eu posso dar um jeito nisso.* Então o cartão de crédito dela foi recusado de novo, e a conta corrente foi bloqueada — ela ainda pode usar dinheiro vivo, certo? Ela simplesmente vai passar numa loja de celulares amanhã de manhã e pagar a conta pessoalmente. Que outras contas exigem uma atenção urgente? O aluguel, é verdade, mas o senhorio, um velhinho gentil chamado Al, a adora — ela alimentou o corpulento gato persa dele quando ele foi visitar os netos no mês passado, de maneira que ele certamente será tolerante por apenas mais um mês. FedEx? Não é prioridade. TV a cabo? Já foi desligada, junto com o telefone de casa. O gás e a eletricidade? Sim, essas duas estão assustadoramente vencidas. Vencidas a ponto de os serviços estarem quase cortados. Vencidas a ponto de ter de cozinhar com velas se ela não conseguir 142 dólares rapidinho.

Bart? As palavras do e-mail que recebera do ex-namorado naquela manhã voltam à sua mente. "Margaret, sei que faz algum tempo, e eu não queria incomodar você com isso até que nós dois tivéssemos espaço para nos acalmarmos, mas está na hora de conversar sobre os mais de 12 mil dólares que você me deve. Vi o seu pai no noticiário outro dia, aliás. Que sorte a dele. Eu preferiria que você me pagasse integralmente, é claro, mas pelo menos vamos acertar um plano de pagamento. Bart." O ordinário do Bart com a menção tão reticente da OPI de seu pai. Ele *sabe* que ela nunca pediria dinheiro para a família. *Sabe* que ela sempre se orgulhou da total independência, e que até mesmo a sugestão do contrário a irritaria profundamente. E Deus sabe que ele na verdade não precisa do dinheiro, afinal — não quando, de acordo com a *Variety* da semana passada, com a manchete "CAA obtém salário milionário para novato Johnson" na capa. Bart vai receber 1,2 milhão de dólares para estrelar seu próximo filme. (A matéria da *Variety* saiu com uma foto, o velho retrato de rosto que ela conhecia bem — estava junto quando foi tirado. Lembra-se de ter feito caretas ridículas para ele relaxar para o fotógrafo — mas não conseguiu se obrigar a jogar a revista no lixo; em vez disso, a enfiou numa caixa.)

Não, Bart não está mais no topo de sua lista de prioridades.

Ela só vai tirar dinheiro suficiente para cobrir as contas de telefone e eletricidade, mais alguns trocados para o jantar. Enquanto corre até o caixa eletrônico, tropeçando na calçada com os saltos que já haviam ganhado meia-sola três vezes, tonta por causa do gás carbônico da hora do rush e do brilho do sol no concreto árido, mexe nos cartões dentro da carteira e escolhe um deles — ainda deve ter algum dinheirinho na poupança, não? Mas o caixa automático rumina o cartão por um tempo e o cospe de volta. Cada vez mais ansiosa, Margaret esvazia a carteira. O Visa está estourado, assim como o Mastercard e o Discover... mas e a conta de pessoa jurídica do Bank of America? Talvez ela pudesse tirar um empréstimo. A máquina avalia o retângulo plástico, e então pisca a frase SALDO INSUFICIENTE diante dela. SALDO INSUFICIENTE. SALDO INSUFICIENTE, com todas as letras maiúsculas.

O celular dentro da bolsa — uma velha tiracolo de couro marrom que já viu dias melhores — escolhe justamente aquele momento para começar a tocar de novo. NÚMERO RESTRITO. Tudo em maiúsculas, de novo. SALDO INSUFICIENTE. As máquinas estão *gritando* com ela! As máquinas são exatamente como a mãe dela, que nos e-mails sempre reclama em maiúsculas: "NÃO SE ESQUEÇA DO ANIVERSÁRIO DA SUA TIA-AVÓ EDNA DE NOVO, POR FAVOR." "NÓS GOSTARÍAMOS MUITO QUE VOCÊ VIESSE PASSAR O DIA DE AÇÃO DE GRAÇAS ESTE ANO, JÁ QUE VOCÊ NÃO VEIO NO ANO PASSADO." "Não se esqueça do seu BAILE DE DEZ ANOS de colégio, querida — Kelly Maxfield me disse que vai ser no FIM DE SEMANA DO DIA DO TRABALHO, e seria uma PENA deixar de comparecer." As missivas fazem Margaret ranger os dentes: por que Janice se dá o trabalho de produzir essas engenhosas situações passivo-agressivas de culpa se ela vai simplesmente GRITÁ-LAS EM LETRAS MAIÚSCULAS? Enfim, Margaret *não queria* ter esquecido o aniversário de 92 anos da tia Edna no ano passado (ela não a via fazia uma década de qualquer maneira), e se ela deixou de ir no Dia de Ação de Graças, foi só porque, como sempre, teve de trabalhar durante todo o feriado para terminar a matéria de capa da edição de janeiro da sua revista *Snatch* — embora, é claro, este seja o tipo de foco e dedicação que a mãe dela jamais compreenderia, já que nunca teve um emprego de verdade na vida.

O caixa automático cospe o cartão de volta. O único cartão que sobrou em sua carteira é o American Express que ela recebeu no mês passado e tem uma opção de empréstimo em dinheiro com uma taxa de juros exorbitante de 29% — que ela jurou que usaria apenas para emergências, mas se isto não é uma emergência (sem telefone! sem eletricidade!), o que é? A máquina, graças a Deus, oferece a opção de saque em dinheiro. Ela aperta SELECIONAR e digita 300 dólares.

O NÚMERO RESTRITO, quem quer que seja, desiste no instante em que Margaret retira três notas novinhas de 100 dólares da máquina e as enfia na carteira. No caminho de volta para o carro, ela engole uma golfada nada refrescante de ar úmido, seca a testa com um lenço de papel e tenta se acalmar. Pensa que vai dar um jeito de pagar o empréstimo na semana que vem, antes de os juros se acumularem. Mas, no fundo, aquele alerta vermelho disparou de novo: perigo, perigo, perigo.

Está vinte minutos atrasada quando chega ao Acqua e fica ainda mais atrasada enquanto dirige em busca de um lugar para estacionar. Não está disposta a deixar US$ 4,50 para a fila de manobristas armênios com aparência exausta na calçada e, honestamente, tem vergonha de parar seu carrinho japonês enferrujado no meio de todos aqueles brilhantes cupês esportivos e sedãs alemães. Em vez disso, encontra um lugar para estacionar a sete quadras de distância e volta meio que correndo pelas calçadas vazias até o restaurante, com as tiras dos sapatos fazendo bolhas nos pés. Chega ao restaurante sentindo-se cansada e suada e examina sua imagem refletida no vidro da janela do restaurante antes de entrar. Horas demais em frente ao computador a deixaram com uma péssima postura, a cabeça inclinada para a frente e o queixo projetado. Tinturas e cortes de cabelo há muito tempo foram relegados para o mesmo lugar que as visitas ao dentista, lingeries novas e outros luxos desnecessários. Assim seu cabelo voltou à cor natural, um castanho sem brilho prematuramente grisalho que cai sem vitalidade até o meio de suas costas. Pelo menos seus olhos estão de um atraente azul-centáurea esta noite, mas só porque estão irritados. Ela está um pavor.

Do lado de dentro, Margaret dá a volta numa parede de dois andares toda feita de blocos de vidro cheios de água, dentro dos quais peixes beta multicoloridos flutuam petulantemente. A sala de espera está lotada por uma massa de aspirantes hollywoodianos imaculadamente arrumados, vivendo o clichê de Los Angeles: a magreza da moda, os bronzeados radiantes, as calças jeans de grife justíssimas e os decotes suaves içados para o teto por complicadas roupas de baixo. A hostess, que parece uma supermodelo eslava, com as bochechas encovadas e as clavículas aparentes, ignora a todos com perseverança, incluindo Margaret.

Quem escolheu esse lugar? Josephine? Alexis? Margaret evita ir para a região oeste de Los Angeles. É como se houvesse uma taxa adicional de beleza cobrada pelo privilégio de se ficar perto daquela fresca e bem-cuidada — não, *manufaturada* — juventude. Aos 28 anos, Margaret se sente *velha* quando vai a Hollywood. Avalia os cabelos, presos para trás num rabo de cavalo frouxo, e o simples vestido de bolinhas vintage dos anos 1950, levemente desbotado embaixo dos braços, e se sente mal-arrumada. Tenta se animar pensando que pelo menos está sendo um indivíduo. Único. Peculiar. Estava longe de ser uma *fashion victim*. Mesmo se *tivesse* tanto dinheiro, não iria se render aos jeans de 300 dólares.

Houve um tempo em que teria visto aquele restaurante como uma espécie de placa de Petri, uma cultura para ser estudada com microscópio. Los Angeles pode não ter parecido ser o lugar mais lógico do mundo para se começar uma revista pop-feminista para jovens mulheres — Nova York, sim; São Francisco ou Seattle, claro, mas não a cidade a que se referiam desdenhosamente como sendo a "bobolândia" —, mas quando se mudou para lá com Bart quatro anos antes e começou a *Snatch*, Margaret pensara em Los Angeles como fonte de material. Era o covil do complexo da indústria de entretenimento que moldava as percepções do mundo, e morar na barriga do monstro a favorecia, como crítica da mídia, com autoridade.

Comandar uma revista era sua fantasia secreta desde o colégio, quando era crítica de cinema do jornal do Fillmore High (tentando, inutilmente, convencer os colegas de turma de que eles deviam trocar Jim Carrey por Federico Fellini). Desde que era capaz de lembrar, sentia ter algo que precisava dizer ao mundo e, depois de se formar tanto em Estudos Midiáticos quanto em Estudos Femininos na universidade de Cornell, e terminar o mestrado na UC Berkeley — e, fatalmente, ter conhecido Bart —, ela identificou exatamente o que era esse algo: as jovens dos Estados Unidos estavam à deriva numa cultura de consumo e adoração por celebridades, entretenimento sem valor. Com a *Snatch*, ela iria atravessar toda a bobagem. *Snatch*: *porque as garotas podem*. Seria uma nova alternativa para as jovens, uma revista que observasse a cultura pop com um olho crítico, identificando imagens corporais irreais e clichês machistas, uma voz que abraçasse a verdadeira sexualidade feminina e estimulasse ídolos femininos fortes. A *Snatch* seria a antítese da *Us Weekly*.

Ela ajudaria a mudar a cara do entretenimento contemporâneo e faria o feminismo ser relevante novamente para as jovens — jovens como a sua irmã, Lizzie, que já sofria de um perturbador vício por revistas sensacionalistas.

Depois daqueles quatro anos, e principalmente depois dos acontecimentos da última semana, ela está começando a se perguntar se alguém realmente tem prestado atenção no que ela diz. É certo que aqui, no moderno Acqua, onde os sprays bronzeadores ainda estão se reproduzindo, parece que ela não fez diferença alguma. Margaret percebe que seus olhos estão se enchendo de lágrimas e pisca rapidamente para evitar que o rímel vá parar no queixo.

Mas então ela vê Josephine, Claire e Alexis sentadas a uma mesa perto dos fundos do restaurante, acenando freneticamente para chamar sua atenção, e encontra a energia necessária para colocar um sorriso no rosto e abrir caminho em meio à multidão. Josephine — a rainha da noite, a adorada aniversariante, a celebrada roteirista — está sentada à cabeceira da mesa, chupando uma pata de caranguejo com os olhos fechados de prazer. Há uma pilha de presente aos seus pés — ah, Deus, Margaret esqueceu de trazer um presente! Uma garrafa de champanhe com jeito de cara está resfriando num balde com gelo, e uma bandeja cheia de frutos do mar domina o centro da mesa. Parece que todo o oceano Pacífico foi parar naquela travessa.

— Feliz aniversário de 30 anos — diz Margaret ao chegar à mesa, abaixando-se para dar um beijo no ar na bochecha bem hidratada de Josephine. — Desculpe pelo atraso, mas, você sabe, o trânsito... — Do outro lado da mesa, Claire manda beijos com as mãos, uma poeira de amor encantada espalhada por suas mãozinhas minúsculas, os dedos pálidos ainda cheios de respingos azuis de tinta de seu estúdio de arte. Alexis mal resmunga, ocupada demais desmontando uma pata de lagosta com um alicate de prata e deixando cair pedacinhos de carne no colo.

— Isso é mesmo selvagem demais — reclama Alexis, deixando a casca cair no prato. — Por que mesmo que nós pedimos isso? Não estou certa de que gosto de ficar tão envolvida com o destino do meu jantar.

— Ah, não seja tão chata — diz Josephine. Ela que, Deus a abençoe, está vestindo alegremente uma bandana africana com seu vestido preto e não parece nem um pouco ridícula. A velha amiga de faculdade de Margaret irradia uma Deusa Urbana Pan-Étnica. Com a pele cor de café reluzente e roliça, ela transpira conforto e bem-estar e, por uma fração de segundo, Margaret a detesta por isso. Josephine empurra um prato de líquido verde na direção de Alexis enquanto salta para abrir espaço para Margaret. — Experimente o molho de wasabi.

— Eu tenho direito de ser chata — diz Alexis. Sua franja pesada cai sobre os olhos, que estão sem maquiagem e inchados pela falta de sono. Alexis fica exultante num estado de quase exaustão e fica agitada e ainda mais nervosa quando não está sob estresse extremo. — Tive um dia terrível no set. Meu assistente foi para uma clínica de reabilitação, a gravadora cortou o orçamento pela metade, e agora a cantora se recusa a usar a peruca vitoriana cor-de-rosa que disse que queria usar na semana passada. Vocês podem me lembrar por que eu ainda não desisti de dirigir videoclipes?

Margaret se esforça para demonstrar solidariedade, mas só consegue sacudir a cabeça levemente.

— Porque você recebe 10 mil dólares por dia para fazer isso — diz, esperando que isso não soe tão amargo quanto parece ao sair de sua boca. Quando elas conheceram Alexis três anos atrás, depois de ela ter dirigido o filme independente sem orçamento que Josephine havia escrito (o filme que, na verdade, tinha acabado em Sundance e dado o pontapé inicial na carreira das duas), Alexis e a sua então colega de quarto, Claire, estavam tão duras que dividiam uma *quitinete*. Como as coisas haviam mudado tão depressa?

— Ai! — diz Alexis. — Ainda assim, completamente verdade.

Josephine empurra a travessa de frutos do mar na direção de Margaret.

— Ostras? — pergunta. — Japonesas.

— Ah, não — diz Margaret, avaliando a pilha de frutos do mar e fazendo um cálculo mental do preço daquilo. — Não estou com muita fome. Vou só pedir uma salada. — Olha para a garrafa de champanhe enquanto Claire serve uma taça. Uma garrafa de Dom Perignon deve custar, o quê, 80 dólares? Cem? É claro que elas não esperam que ela divida a conta, já que não pediu nada daquilo. Mas uma única minúscula taça realmente iria acertar o alvo.

Um garçom se materializa atrás dela e lhe entrega um menu silenciosamente. O cardápio lista só três saladas: a mais barata, brotos com espuma de anchovas, custa 18 dólares. Desanimada, Margaret passa os olhos por todo o menu, mas a única coisa mais barata é uma porção extra de purê de batatas por 13 dólares, que, independentemente do preço ridículo (13 dólares por batatas??), ela ficaria simplesmente com cara de idiota pedindo como prato principal.

— A salada de brotos, por favor — diz ao garçom. — E só. — Margaret o vê olhar para ela, medindo-a, e considerá-la mais uma atriz anoréxica que fica beliscando alface. Margaret quer explicar que não tem um transtorno alimentar, que, na verdade, só está sem grana! Mas ele já deu meia-volta e desapareceu. O cheiro de salmão assado da cozinha faz o estômago de Margaret roncar alto — a única coisa que comeu hoje foi um macarrão com queijo pré-pronto — e ela resiste à vontade de atacar as proibitivas caudas de lagosta. Em vez disso, pega um pãozinho e o enche de manteiga.

Claire, que precisa de uma almofada na cadeira para ver acima da pilha de conchas de ostras vazias, diz alguma coisa que ninguém consegue ouvir por causa da ensurdecedora trilha sonora eletrônica. Ela cortou os cabelos loiros num estilo Mia Farrow, deixando à mostra pequenas orelhas em formato de concha. Cada uma exibe um enorme brinco candelabro, que Margaret sabe que foram comprados com a renda da última exposição solo de Claire, em que ela vendeu uma de suas fotografias — um autorretrato em tamanho real dela nua, exceto por algumas faixas de couro, intitulado *"Claire sem cabelos"* — para o pop star Bobby Masterston. Margaret tenta não ficar olhando para os brincos, ou para a bolsa Balenciaga de Josephine ou para o casaco de caxemira de Alexis. Tenta não se importar — sabe perfeitamente que não deveria se importar, que se importar é simplesmente sucumbir a uma cultura de consumo induzida pela publicidade, e por que deveria ser importante se o vestido que está usando tem uma etiqueta de grife ou se o carro que está dirigindo tem bancos de couro, desde que ela esteja arrumada e chegue aonde precisa estar? Não é exatamente esse o *sentido* de tudo o que ela tem escrito? Mas a triste compreensão é a de que Margaret se importa, *sim*. Ela se importa quando é convidada para a casa nova de Alexis, um maravilhoso oásis da metade do século com uma piscina oval e vista até Santa Monica, enquanto que a sua casa não passa de uma abafada quitinete num edifício de blocos de concreto com cheiro de mofo e xixi de gato. Ela se importa quando suas amigas tiram férias de duas semanas em retiros de ioga quatro estrelas em Bali, enquanto ela fica em hotéis de beira de estrada de quinta categoria quando afinal consegue economizar grana suficiente para atravessar a fronteira até Rosarita Beach. Ela se importa com os guarda-roupas cada vez mais caros das amigas, com seus automóveis, suas mobílias, seus sistemas de som e, mais do que tudo, do invejável sucesso profissional delas.

Foi fácil, no começo, fingir que todo mundo de seu grupo era igual. Artistas batalhadores, escritores, cineastas, atores, todos com 20 e poucos anos: talentos criativos com grandes objetivos e pouco dinheiro. Margaret, como a empobrecida editora de sua própria revista, sentia que andava entre iguais. Mas, em algum ponto, os caminhos haviam se desviado, e quando se viram diante dos 30 anos, suas amigas começaram a ganhar dinheiro de verdade — vendendo roteiros, dirigindo filmes e videoclipes, fazendo vernissages —, enquanto ela continuava vivendo com um orçamento de brechó. Era mais fácil, quando estava com Bart, ignorar o abismo financeiro que havia entre elas: ele também estava começando a ganhar dinheiro, muito dinheiro, e insistia em pagar para Margaret nas ocasiões em que ela hesitava diante dos martínis de 15 dólares ou em contribuir com mais do que a metade que lhe cabia (especificamente, seus 85%) pelo charmoso bangalô espanhol que eles estavam alugando em Los Feliz. Mas agora ele se foi, assim como o bangalô e os martínis, e o que os substituiu nos últimos quatro meses foi a dívida do cartão de crédito que aumenta diariamente. E embora Margaret pensasse que estava a poucos passos das amigas, prestes a alcançá-las a qualquer dia, agora sabe que está a quilômetros de distância. Não está nem mesmo na corrida.

Claire ainda está falando com sua vozinha suave, mas Margaret não compreende uma palavra do que ela diz. Josephine aponta para a própria orelha.

— Nós não estamos escutando você, querida — grita. — Fale mais alto.

Claire entorta o pescoço e fala mais alto. Algumas de suas palavras se sobrepõem à música.

— ...Margaret sabe... comemorando... novidades sobre a mpfff da Josephine...?

Margaret se vira para Josephine em busca de tradução, mas Josephine está olhando para o próprio prato, acenando levemente a mão.

— Não é nada — diz a Josephine. — Não há nada assinado ainda. Não passam de promessas. — A ambiguidade dela é assustadora; Margaret não gosta de ser a única pessoa da mesa a não saber o que todo mundo está comentando.

Do outro lado da mesa, Alexis se inclina para a frente e grita.

— O novo roteiro de Josephine foi comprado pela Disney. Querem usá-lo para promover Ysabelle van Lumis. Impressionante, não é?

Claire, pegando delicadamente um camarão cor-de-rosa gigante pelo rabo pingando molho de coquetel, ergue o olhar com uma expressão apavorada no rosto e encara Alexis, furiosa. Josephine tosse e, embaixo da mesa, Margaret sente um sapato raspando em sua canela no caminho até a canela de Alexis.

— Ai — diz Alexis. — Doeu.

— O que foi? — pergunta Margaret, ficando cada vez mais preocupada.

— Nada — responde Josephine.

— Ah, qual é?! — diz Margaret, olhando em volta da mesa e tentando interpretar os olhares perturbados nos rostos das amigas. — Vocês sabem que eu já sei que a Ysabelle van Lumis vai fazer *Thruster* com o Bart. Vocês não precisam cuidar para não falar o nome dele perto de mim. Eu não sou *tão* frágil assim.

Há um silêncio constrangedor, e ninguém olha diretamente para Margaret. Ela olha para Alexis, a pessoa com maior probabilidade de lhe dizer diretamente o que está acontecendo.

— Ele está saindo com ela? Com a porra da Ysabelle van Lumis?

Alexis se inclina, com as sobrancelhas franzidas, e suspira.

— Bom, eles foram vistos de mãos dadas durante um jantar no Ivy na semana passada. "Trocando carinhos", segundo, bom, segundo uma certa revista de celebridades cujo-nome-não-devemos-mencionar-em-respeito-a-você. Então você pode tirar disso o que quiser.

Margaret sente um estranho nó perto do esôfago. Não tem certeza do que é pior — se saber que suas amigas (e qualquer outra pessoa que tenha lido a *US Weekly*) agora sabem mais a respeito de Bart, do homem com quem ela viveu por bem mais do que três anos, do que ela própria, ou se a insinuação de que seu ex-namorado possa ter se recuperado da separação deles tão rápido (e, ainda por cima, com uma autêntica estrela de cinema!) enquanto ela ainda não apagou a foto dele da tela do computador.

— É só um boato — diz Josephine, tentando acalmá-la. — Quer dizer, qual é, a gente sabe como essas revistas sensacionalistas publicam merda. Andar de mãos dadas não quer dizer nada hoje em dia, afinal.

Margaret sabe que andar de mãos dadas não é, na verdade, nada, mas, naquele exato momento, sabe que pode escolher entre se sentir ainda pior do que já está se sentindo ao imaginar o ex-namorado transando com uma estrelinha de pele de pêssego ou tomar outra taça de champanhe. Decide que prefere tomar o champanhe. Engole suas dúvidas, vira a taça até o final e deixa as últimas bolhas descerem fazendo cócegas na garganta. Rapidamente, Josephine enche sua taça de novo.

— Sobre o que é o seu roteiro? — pergunta Margaret, mudando de assunto.

Josephine entorta a cabeça, põe o dedo no queixo e faz uma pose.

— Sinopse: romance adolescente de alto padrão. Uma adaptação moderna de O morro dos ventos uivantes ambientada num concurso de beleza adolescente em Laguna Beach. — Olha para Margaret e franze o nariz. — Cá entre nós, é o tipo de coisa que você vai destruir na *Snatch*.

Os pratos chegam nesse momento oportuno, dando a Margaret uma chance de se recompor. Ela olha para o próprio prato, onde uma montanha de folhas flutua numa piscina de espuma com cheiro de peixe. O cheiro dos pratos das amigas — montes de filés de peixe ao vapor com purê de batatas e filés sangrentos ao molho madeira — fazem com que se sinta anêmica.

— Ah, eu não faria isso com você — murmura, sentindo-se levemente envergonhada. Não é exatamente verdade: ela faria isso, sim. Já fez antes, muitas vezes, em detrimento do seu relacionamento com Bart. Talvez agora ela fosse sábia o bastante para pensar duas vezes antes de fazer uma resenha crítica do projeto de uma amiga. Mas é claro que não terá mais a oportunidade, não é?

Maldito Stuart Gelkind. Por mais de um ano, ele a enrolou, prometendo que a *Snatch* iria ser o eixo no novo império editorial alternativo que ele estava começando, o título feminino temperamental que ficaria nas bancas de revistas ao lado da *Mother* (a revista ecoativista que estava planejando), da *AMP* (a revista dedicada a bandas independentes sem contratos com gravadoras) e da *New Sprout* (sobre *alimentos crus*). Ele iria comprar a *Snatch* por uma soma que parecia, para Margaret, impressionantemente enorme — 425 mil dólares, mais opções de ações! Juntos, eles iriam transformar a *Snatch* numa revista ainda maior e melhor. Capas brilhantes. Fotos coloridas. Entrevistas com celebridades (inspiradoras, é claro, com atrizes de filmes independentes e mulheres políticas modernas). *Colaboradores remunerados*. Com o apoio de Gelkind, a *Snatch* seria mais do que um esforçado zine feminista editado no apartamento de Margaret: seria um novo tipo de revista para mulheres jovens, um ousado anticonsumismo do século XXI, uma publicação *mainstream* de verdade que inspirasse as garotas a pensar por elas mesmas.

Tudo o que Margaret tinha de fazer era manter a *Snatch* viva por mais alguns meses (e depois por mais alguns, e então mais alguns, até que mais de um ano havia se passado), construir uma circulação para tornar a publicação mais atraente aos investidores que Gelkind estava reunindo, e quando o financiamento finalmente chegasse, eles estariam prontos para continuar. Stuart jurou que era uma coisa certa, e ela acreditou nele. Ele era, afinal, filho do magnata editorial conservador Maxwell Gelkind, e mesmo que seu interesse no projeto às vezes parecesse ter mais a ver com irritar o pai do que realmente se comprometer com publicações independentes, o garoto certamente tinha acesso a pessoas com bolsos muito recheados. O futuro parecia muito promissor, e se Margaret se viu pagando o que de outra forma teria parecido uma soma extravagante para os advogados negociarem o contrato de aquisição, e as contas da FedEx para todos aqueles documentos, e as solicitações de malas diretas que Stuart sugerira que aumentariam a circulação e a nova copiadora e o papel brilhante, aquele havia parecido um investimento impossível de ser impugnado.

E embora tenha tido uma momentânea pontada de dor quanto a vender a revista, Margaret disse a si mesma que aquela era uma forma diferente de capitalismo do que, digamos, o tipo de negócio predatório feito por seu pai. Ela só aceitaria anúncios de empresas evoluídas — cadeias de supermercados orgânicos, gravadoras de rock independentes, cosméticos sem testes em animais — e apenas anúncios que fortalecessem as mulheres. Ela inclusive esbanjou ao contratar dois vendedores de anúncios freelance para cuidarem apenas disso. E se, depois de seis meses, eles ainda não haviam vendido muitos anúncios, ela se consolou com a ideia de que vender um novo paradigma sempre levava tempo.

E então, na sexta-feira passada, havia apenas uma semana, com os investidores finalmente confirmados e os documentos da aquisição prontos para serem assinados, Stuart pediu que ela o encontrasse no Coffee Explosion da Sunset. Ela soube que havia algo de errado quando ele não pagou o seu café com leite de soja. Ele *sempre* pagava o café dela, um gesto que era parte *noblesse oblige*, parte futuro patrão.

Suando em sua camisa Brooks Brothers, Stuart ficou olhando fixamente para o creme do *macchiato* que havia pedido e se recusou a encará-la.

— Olhe só — ele disse. — Não tem um jeito fácil de dizer isso. Então eu vou simplesmente ir direto ao ponto. Nós não vamos poder comprar a sua revista.

Margaret sentiu o rosto empalidecer. Viu mentalmente a pilha de contas sobre a mesa, uma outra enorme de envelopes fechados, esperando pela chegada do tão prometido cheque de Stuart. Houve um instante de silêncio antes que Margaret conseguisse gaguejar:

— Quem somos "nós"? Eu achava que "nós" fosse você!

— Os investidores que eu reuni — disse Stuart, agora olhando resolutamente pela janela, como se estivesse fascinado pelo estacionamento. — Eles concluíram que a *Snatch* não tem um modelo de negócio verdadeiramente viável, afinal. Você precisa admitir, a circulação não disparou este ano, apesar das solicitações de malas diretas...

— Nós temos 15 mil assinantes — protestou Margaret, com a voz estrangulada pela bola de tênis que aparentemente havia se alojado em sua garganta. — Isso ainda é muito bom.

— Eu sei, eu sei — disse Stuart. — Mas os investidores que estão comigo... bom, eles têm uma visão diferente. Maior, sabe? O público que você está atingindo é muito limitado. Quer dizer, você sabe como tem sido difícil vender anúncios. Os investidores ainda acham que eu deveria fazer uma revista feminina, mas alguma coisa mais *divertida*. Sinceramente, Margaret, você sabe o quanto eu adoro a *Snatch*, mas ela é muito... marginal para ser *mainstream*. Quer dizer, a última edição tinha uma matéria de dez páginas com avaliações de vibradores! Com gráficos sobre como usar!

— Mas 46 por cento das mulheres possuem vibradores. O que tem de marginal nisso? — Ela se encolhe um pouco, porém, lembrando-se do editorial que escrevera — um texto que redigiu em estado de embriaguez uma noite duas semanas depois de Bart ir embora, no qual declarava que os vibradores eram a "grande ferramenta de liberação das massas femininas, tornando os homens absolutamente irrelevantes e deixando as mulheres completamente no comando do próprio destino sexual".

Stuart deu de ombros.

— Bom, isso não vai vender em Peoria.

Margaret estava fervendo. Tomou um gole furioso do café e olhou ao redor, para os roteiristas ocupados, digitando em seus laptops, para os aposentados consumindo meticulosamente cada palavra de seus *Los Angeles Times* diários, para o entediado garçom, nervoso por causa dos espressos roubados. Sentiu-se, de repente, mais irritada do que chateada com a indiferença arrogante de Stuart.

— Você me prometeu — disparou. — Sabe o quanto eu gastei, do meu próprio dinheiro, para fazer isso acontecer? E agora você está simplesmente caindo fora e me deixando com a conta para pagar?

— Bom, se ajuda você a se sentir melhor, eu provavelmente vou dar o cano na *New Sprout* também — disse ele, dando de ombros. — Comida crua já está muito por fora.

Apelou para a coisa mais ofensiva que podia dizer a ele:

— Meu Deus, você é exatamente como o seu pai.

Stuart olhou para o fundo da xícara de café, como que esperando que ela se enchesse de novo magicamente.

— Bom, acontece que ele tem um pouco de razão. Eu não quero perder dinheiro. Isso era para ser um investimento. Quer dizer, eu sei que você odeia capitalistas gananciosos, mas isso é um negócio, sabia?

E foi isso. A *Snatch* — a sua criança — estava morta, assassinada por Stuart Gelkind. Se bem que, se Margaret fosse ser honesta consigo mesma, a revista já estava na UTI antes de Gelkind aparecer. No dia de sua morte, a *Snatch* já devia 92 mil dólares. Para ser mais específica, Margaret estava devendo 92 mil dólares, já que vinha pagando todas as contas do próprio bolso (ou, mais especificamente, com seus inúmeros cartões de crédito) durante, pelo menos, todo o último ano. Para ser *bem* específica, Margaret estava devendo exatamente 92.548 dólares, de acordo com as contas que tinha feito na segunda-feira, alguns dias depois de Stuart soltar a bomba, enquanto dedilhava a calculadora de bolso e via a empresa do pai abrir o capital na CNN. (Mas isso aconteceu três dias atrás, de modo que a quantia provavelmente está maior agora. O que quer dizer que Margaret deve 92.548 dólares mais três dias de juros exorbitantes para a Mastercard, o American Express, o Visa, e uma ou duas outras empresas de cartões de crédito, todas querendo tudo de volta. Agora.)

Durante toda aquela segunda-feira, o primeiro dia útil em que não trabalhava havia meses, talvez anos, ela ficou esparramada no sofá, num torpor incomum, fumando um cigarro atrás do outro, assistindo à CNN — com a TV a cabo sequestrada de um vizinho de cima — e se abanando com um exemplar de seis meses atrás da revista *Granta*. Estava hipnotizada pela interminável espiral de símbolos incompreensíveis passando na parte de baixo da tela: a cada vinte minutos, o símbolo de seu pai — APPI — passava, e seu pulso se acelerava, as contas eram esquecidas por alguns minutos. Os números seguiam subindo, sempre. Perguntava-se o que cada fração representava para o pai: cem mil dólares? Cinco? Um milhão? O que ele havia feito para *merecer* tanto dinheiro daquele jeito, saqueando a vaidade masculina com placebos caros? E então ela pensava nos próprios números, naqueles dólares subindo cada vez mais, a cada minuto ganhando mais juros na soma final da sua dívida com os cartões de crédito. Sem falar no dinheiro que ela devia a Bart. Era incrível que apenas uma daquelas frações da Nasdaq — um quarto! Uma metade! — era provavelmente mais do que a dívida inteira.

Havia passado por sua cabeça na ocasião — assim como naquela manhã, quando Bart mandou o e-mail, e como passa nesse exato instante, enquanto ela olha para seus brotos de 18 dólares — a ideia de que uma ligação para os pais faria, certamente, com que seus problemas financeiros desaparecessem. Mas ela se recusa a fazer isso: tem muito orgulho para voltar rastejando de volta para a mamãe e o papai. *Sabe* muito bem que os dois esperam há quatro anos que ela fracasse — consegue imaginar exatamente os "eu avisei" que escutaria quando eles ficassem sabendo do fim da revista. Já consegue ouvir os sermões sobre responsabilidade fiscal, ver os rostos decepcionados refletindo sobre seu "potencial perdido". Então, por que dar a eles uma desculpa para a julgarem? (Este deve ser, ela suspeita, o motivo pelo qual também não reuniu forças ainda para dizer a eles que se separou de Bart.)

E além disso... talvez... quem sabe ainda haja uma chance de ela conseguir ressuscitar a *Snatch*, não é? Stuart poderia mudar de ideia e ligar.

Melhor ainda: ela poderia fazer isso sozinha, encontrando financiamento em outro lugar. Ou os vendedores de anúncios poderiam de repente aparecer com uma enorme venda (não importava que ela tivesse dito a eles na segunda-feira, e também a seus outros dois funcionários de meio expediente, que a *Snatch* estava num semipermanente hiato editorial). Ou... alguma coisa parecida. Ela simplesmente ainda não está pronta para sucumbir ao fato de que acabou, e até estar *realmente* tudo acabado, não há por que contar aos seus pais. Ela consegue resolver tudo.

Enfim, ela sequer teve a oportunidade de contar aos pais sobre o fim da *Snatch*: eles ainda não se deram ao trabalho de retornar o recado que deixou na segunda-feira, cumprimentando o pai por sua OPI, e ela seguramente não pretende ligar duas vezes.

Por outro lado, se eles ligassem para ela e simplesmente oferecessem algum dinheiro de livre e espontânea vontade, talvez ela não recusasse. Seria como uma bolsa. Ou um investimento. Mas, não: isso também seria uma fuga. Se havia aprendido uma lição com o pai era a de que a autossuficiência estava acima da autoestima, e já era ruim o bastante que ela tivesse deixado Bart lubrificar seu estilo de vida por tanto tempo. Seria ainda pior usar dinheiro do pai. Duas vezes pior se ela estivesse se beneficiando dos lucros da moralmente falida indústria farmacêutica. Isso era de responsabilidade dela. Abandonando esses pensamentos, ela dá uma garfada nos brotos e os leva até a boca. Todo mundo a está encarando.

— Hmmm? — ela faz.

— Acabei de perguntar como anda a *Snatch* — diz Alexis. — Quando vai rolar aquela aquisição?

Os brotos estão realmente deliciosos, salgados e com aroma do mar. Margaret faz uma pausa, pensa na montanha de conchas de ostras, na garrafa de champanhe gelada, nos reluzentes brincos de ouro (3,4 mil dólares na Fred Segal, Margaret estava com Claire quando ela os comprou), e se obriga a sorrir. Não tem energia para mais nada.

— Ah, em breve — diz, vagamente.

Josephine dá um sorriso amplo e segura o braço de Margaret calorosamente.

— Isso é *ótimo* — diz. — Nós estamos *muito* orgulhosas de você, sabia? Você conseguiu! Com a sua revistinha!

E embora Margaret se contraia com o "inha", não consegue deixar de sorrir de volta, envolvida demais no entusiasmo de Josephine para se sentir culpada por mentir mais uma vez para as amigas. Por apenas um instante, seu sucesso — imaginado ou não — é equivalente ao de suas amigas glamourosas. Ela está na corrida de novo. Pensa que, sim, ela irá refazer a *Snatch*. Fará as coisas darem certo. Olha ao redor para as amigas sorridentes e encorajadoras e pensa que as coisas vão ficar bem.

— Um brinde! — guincha Claire, levantando a taça de champanhe. — A Margaret, a magnata das revistas!

— Viva Margaret! — ecoa Alexis.

Margaret sorri encabulada, o calor do álcool corando seu rosto. Está alta demais com todas as bolhas de champanhe e o brinde carinhoso para se preocupar com os telefonemas, com Stuart, a dívida com o ex-namorado ou até mesmo com a *Snatch*. E também está alta demais para entrar em pânico quando a conta finalmente chega e é de impressionantes 912 dólares.

Alexis arranca a conta da mão de Josephine.

— É por nossa conta — diz ela, apontando para Josephine. — Tampe os ouvidos. — Josephine suspira, obedientemente tapando os ouvidos e cantando para não ouvir o que as amigas dizem.

— Muito bem. São 304 dólares para cada, sem incluir a gorjeta, o que dá mais ou menos 350 dólares para cada — diz Alexis, enfiando a mão na bolsa. — Não foi tanto quanto eu imaginava, na verdade.

Por um instante, Margaret se sente como se um elevador dentro dela tivesse saído de controle e estivesse caindo em seus intestinos. Elas vão dividir a conta? Mas ela nem provou a lagosta! Ela sacrificou seu prato principal! Rapidamente, porém, ela se recompõe e volta a exibir a expressão de tranquilidade calculada. Não, tudo bem, pensa, permitindo que as bolhas do champanhe a deixem alta de novo. É só *dinheiro*. Pega a carteira, imaginando se de algum modo uma nota extra de 50 dólares não terá se materializado numa das repartições durante a refeição.

Claire se inclina na direção de Alexis e sussurra:

— Mas Margaret só comeu uma salada...

— Certo — diz Alexis. — Está bem, então, você e eu pagamos, o quê, 375 dólares cada, e a Margaret entra com 275 dólares. — Olha para Margaret e ergue uma sobrancelha. — Parece justo?

— Claro — responde Margaret, segurando-se delicadamente em sua tranquilidade. — É aniversário da Josephine.

Pega a carteira e tira as três notas de 100 dólares, abrindo-as num leque. Ela as põe sobre a mesa e descobre que o gesto lhe dá uma sensação muito boa. Pensa que existe um certo poder em simplesmente se desfazer de 300 dólares desse jeito. Um consolo na bravata de uma ostentação. Agora entende por que as amigas gostam de vir a lugares como este e se sente igual a elas. A sensação é tão boa que, quando Claire enfia a mão na bolsa atrás de 25 dólares para dar de troco, Margaret faz sinal com a mão de que não é necessário.

Mas, no fundo de sua bolsa, o celular começou a tocar de novo. Por um breve instante, Margaret consegue manter o bom humor e acreditar, com otimismo, que essa ligação pode ser finalmente uma boa ligação, pode ser aquela pela qual vinha supersticiosamente esperando, o telefonema misterioso que, de alguma forma, transformará tudo. Fica ali sentada, congelada de indecisão, dividida entre ter esperança e ter noção, entre atender e fingir que o celular que está tocando tão indelicadamente durante o jantar simplesmente não é dela.

Josephine tira as mãos dos ouvidos e aponta para a bolsa de Margaret.

— De quem é o telefone que não para de tocar? — pergunta. — Margaret, não é o seu?

Alexis e Claire a encaram também. Margaret olha para a própria bolsa, como se nunca a tivesse visto antes — mas agora, mesmo sem abri-la, consegue ver a tela iluminada do celular, piscando, NÚMERO RESTRITO — e congela. As bolhas de champanhe estouram rapidamente, uma a uma, trazendo-a repentinamente de volta a terra firme. E com seis olhos fixos nela, com a carga da fé das amigas nela pesando em seus ombros, ela sente que não tem alternativa senão atender ao telefone. Muito embora saiba que não deveria, enfia a mão nas profundezas do couro da bolsa tiracolo, quase como se a mão tivesse vontade própria, e a tira de lá com o celular vibrando como um peixe. Ela o abre — a mesa está em silêncio, as amigas a observam com expectativa — e o leva, agonizante e lentamente, até o ouvido.

— Alô, é Margaret Miller? — pergunta a voz feminina metálica do outro lado da linha.

Margaret olha para a mesa por um longo minuto, tentando pensar na resposta correta para aquela pergunta. Leva um dedo até uma migalha particularmente grande de pão sobre a mesa e, depois que ela cola no dedo, a leva até a boca. Esmaga o pedaço entre os dentes, mastigando-o vinte vezes, como se fosse a última porção de comida que irá consumir na vida.

— Sim — responde afinal, com um tom de voz indiferente, sabendo perfeitamente quem é a pessoa do outro lado, não importando qual seja, há meia dúzia delas, talvez uma dúzia, mas são todas iguais. Elas a estão torturando há semanas, meses, vozes robóticas ligando para cobrar sua alma. NÚMERO RESTRITO.

— Estou ligando da agência de cobrança, em nome da Mastercard — cospe a mulher. — Já deixamos 18 recados e mandamos quatro avisos pelo correio. Gostaríamos de discutir a dívida de 22.353 dólares do seu cartão de crédito. A senhora está ciente de que se a dívida não for paga rapidamente, a Mastercard tem o direito de entrar na Justiça e...

Margaret afasta o telefone da orelha, lenta e metodicamente, e o fecha tão devagar que o movimento sequer faz barulho. Bota o aparelho de volta na bolsa e olha novamente para as amigas, que a observam de um jeito muito estranho. Claire parece um pouco assustada, a sobrancelha de Alexis está franzida, e mesmo Josephine está com a expressão preocupada. Desta vez, Margaret não consegue formar um sorriso.

— Está tudo bem, Margaret? — pergunta Claire, com a voz saindo num guincho nervoso. — Você está pálida.

— Foi engano — diz Margaret, levantando-se tão rapidamente que a sala começa a girar. Ela se equilibra, segurando a mesa com uma mão. Com a outra mão suada, segura a alça da bolsa. *Ah, meu Deus*, pensa. *Acabei de jogar fora meus últimos 300 dólares — em brotos. Trezentos dólares. A 29% de juros! Estou devendo 100 mil dólares e gasto meus últimos trocados numa salada?*

— Na verdade, eu não estou me sentindo muito bem — gagueja.

— Você está indo embora? Você não pode ir embora! — reclama Josephine. — Nós temos uma mesa reservada naquele novo lounge russo de vodca!

— Não — diz Margaret —, acho que eu preciso ir para casa.

Sem esperar pelas formalidades de sempre, começa o longo e agonizante trajeto até a entrada do Acqua, passando de novo pelas jovens atrizes quase famosas, a hostess eslava e os homens de ternos Armani, e se sente, por todos os motivos do mundo, como uma prisioneira condenada saindo do tribunal.

Quando chega ao apartamento, nos fundos de um velho complexo de apartamentos da década de 1980 cheio de pichações feitas pelas gangues da vizinhança, Margaret está entrando tão rapidamente em desespero que não fica nem um pouco surpresa ao ver uma notificação colada em sua porta. Abre o bilhete cuidadosamente e o lê sob a luz fraca do corredor. Escrito em papel de carta azul, com uma caligrafia à moda antiga, o bilhete diz: "Margaret, o seu aluguel está dois meses atrasado. Sinto que tenha chegado a este ponto, mas se eu não receber o mês passado até o final da próxima semana, vou ter de pedir para que você se mude. Obrigado, AL."

Amassa o papel, enfia na bolsa e abre a porta. Só consegue pensar na própria cama: se pelo menos conseguir dormir agora, talvez de manhã tudo esteja melhor. No escuro, tateia em busca do interruptor de luz, que aciona. Nada acontece. Fica parada no meio do ambiente principal — o único ambiente — do apartamento no escuro, escutando o trânsito lá embaixo. Pode ouvir a família Hernandez na quitinete ao lado, os três filhos brigando, a novela em espanhol tão alta que é possível entender cada palavra: *¡Soy así que perdido — el amor de mi vida ha funcionado lejos con mi hermana gemela!* O ar da noite que entra em seu apartamento está quente e malcheiroso, com cheiro de queijo estragado. As persianas deixam entrar feixes estreitos de luz amarela dos postes do lado de fora.

Experimenta o interruptor da cozinha. Nada. Margaret não tem energia nem para chorar. Cai sentada de repente no piso de linóleo, que está pegajoso e gasto, e então se atira para trás e fica olhando fixamente para o teto. No escuro, o teto parece opressivamente próximo, uma ilusão de ótica, como se o apartamento acima dela estivesse descendo para sufocá-la.

Acabou tudo, pensa. A *Snatch*, o *Bart* — tudo. Ela está prestes a ficar sem casa, endividada e sem trabalho, e a ideia de recomeçar — de dormir no quarto vago de Josephine, de começar uma nova carreira do zero, de tentar voltar a sair com outros caras — é terrível demais para suportar. Talvez ela possa simplesmente fugir, pensa. Esconder-se em algum lugar, longe das empresas de cartão de crédito, longe de Bart, longe das suas amigas, da sua família e de todo mundo que possa ver o quanto ela se perdeu. Ela quer estar em qualquer outro lugar que não ali.

O celular dentro da bolsa, que ainda está pendurada no ombro, começa a tocar, e os primeiros três acordes daquele maldito trecho de Chopin são a gota que faltava para transformar o torpor de Margaret em fúria. Ela se senta num salto, arranca o telefone de dentro da bolsa e está prestes a atirá-lo para o outro lado da cozinha, contra a parede, para nunca mais tocar — o maldito serviço vai ser cortado amanhã mesmo —, quando nota a identificação da chamada. LIZZIE, diz. LIZZIE. LIZZIE.

Fica olhando para o telefone por um instante, perguntando-se se aquela é alguma mensagem cósmica. Mas é claro que é apenas a sua irmã. Ainda assim, Margaret está tão aliviada por ver o nome da irmã — tão grata que, para variar, não seja alguém exigindo seu dinheiro — que, apesar do humor deplorável, atende ao telefone.

— Lizzie? — diz.

— Margaret! — a voz da irmã do outro lado da linha está aguda e infantil. — É a Lizzie.

— Eu sei — diz Margaret, sorrindo apesar de tudo. — Acabei de dizer o seu nome, lembra?

— Ah — diz Lizzie. — Ei, você falou com a mamãe?

— Não... — diz Margaret, confusa com a intensidade da pergunta da irmã.

Lizzie suspira, um pesado suspiro, como se o peso do mundo estivesse sobre seus ombros a esmagando. É o tipo de som dramático que meninas de 14 anos costumam fazer quando pensam na tragédia de suas vidinhas, mas, por algum motivo, aquele suspiro faz Margaret parar para pensar. Parece verdadeiro.

— É... bem... A mamãe precisa que você venha para casa — continua Lizzie. — Na verdade, ela não disse isso, mas acho que provavelmente é uma boa ideia, porque o papai foi embora, e ela está pirando. Você sabia que o papai foi embora? Acho que não, se não falou com ela. Ela está, tipo, pirando. Enfim, você acha que pode vir para casa?

No escuro abafado, no chão imundo da cozinha, Margaret sorri.

três

Quando o carro de Margaret aparece na entrada da garagem, no final da tarde da segunda-feira, Lizzie já está sentada na janela da sala de estar, esperando, há quase três horas. Durante esse tempo, ela consumiu 11 biscoitos de arroz com manteiga de amendoim, duas revistas de quinta, 1 litro de limonada e uma proibida barra de Snickers comprada secretamente naquela mesma tarde no Seven Eleven local, que só devorou quando teve certeza de que a mãe, no andar de cima, limpando o quarto de Margaret pela segunda vez no dia, não a apanharia comendo. Quando o Honda de Margaret finalmente percorre o cascalho até parar, Lizzie está tão eufórica de açúcar e ansiedade que escancara a porta da frente antes mesmo de a irmã ter soltado o cinto de segurança. Atira-se na direção do carro, tropeçando nas sandálias de plataforma de cortiça, de modo que Margaret, libertando-se do banco do motorista, quase cai para trás com o abraço de Lizzie.

— Oi — diz Margaret, com a voz abafada sob a cortina de cabelos de Lizzie. — Oi, Lizzie. Oi.

Lizzie fica um pouco ali, recuperando o fôlego, a cabeça enfiada no ombro de Margaret. A irmã está com cheiro de batata frita. Então Lizzie se endireita e puxa o short desfiado para baixo.

— Meu Deus, como estou feliz que você esteja em casa — ela diz, com as palavras saindo descontroladamente. — As coisas estão muito esquisitas por aqui. A mamãe está meio que me enlouquecendo. Achei que teria de dar um Valtrex ou coisa parecida para ela...

— Valtrex? — Margaret está confusa. — O remédio para herpes?

— Não, aquela coisa que deixa a gente mais calma — diz Lizzie.

— Ah, você quer dizer *Valium*. — Margaret ri.

— Enfim — diz Lizzie, suspirando. Margaret sempre exerce esse efeito sobre ela, sempre lembrando a Lizzie o quanto ela é burra e ingênua, como se só ontem tivesse enfiado as Barbies na caixa de sapatos no fundo do armário. Enquanto a irmã arranca uma mochila de lona do banco do passageiro, Lizzie se aproxima para olhar pelo vidro empoeirado do para-brisa e espiar o que tem na parte de trás do carro. Há um monte de caixas de papelão.

— O que é aquilo? — pergunta.

— Ah, são só... não é nada — diz Margaret. — Algumas coisas que pensei em deixar aqui. Onde está ela, afinal? A mamãe?

— Ela está lá em cima — diz Lizzie. — Limpando. De novo. As coisas andam estranhas. Primeiro ela estava, tipo, negando a história do papai. Continuou arrumando a mesa para ele e tudo. E então de repente ficou deprimida. Daí, há dois dias, pirou completamente e começou a limpar. A noite toda, inclusive. Como eu disse, acho que ela precisa de um Valium.

As duas param na entrada da garagem, o assunto velado pairando pesadamente entre as duas. Lizzie olha para a janela e, concluindo que Janice não está olhando, aproxima-se da irmã.

— E então, você falou alguma coisa com o papai?

Margaret olha para Lizzie, analisando-a.

— Não, mas recebi um e-mail dele. Dizendo que tudo ia ficar bem. Uma fuga completa, se você quer saber. Ele realmente devia ter ligado.

— Eu recebi um e-mail também!

O e-mail havia chegado para ela dois dias depois de o pai ter ido embora: "Tenho certeza de que a esta altura a sua mãe já contou que vamos nos divorciar. Sei que isso pode ser difícil, mas vamos ficar todos bem. Vou dar um pouco de espaço para a sua mãe enquanto nos acostumamos com essas mudanças, e vou viajar muito durante os próximos dois meses a trabalho, mas você e eu vamos passar algum tempo juntos no final do verão. Que tal jogar minigolfe?" Isso tinha dado a Lizzie o que pensar, principalmente porque o pai nunca a havia levado para jogar minigolfe na vida. De repente, imaginou um futuro cheio de visitas de fim de semana e ficou assustada pela pouca probabilidade de ir ao cinema com ele sozinho, ou os dois irem ao zoológico juntos ou fazendo qualquer coisa que os filhos fazem com os pais divorciados. "Independente disso, não tem por que você se preocupar. Tenho certeza de que você não precisará testemunhar. E não importa o que a sua mãe possa dizer, a culpa não é toda minha. Seja boazinha, com amor, papai."

Lizzie lera o e-mail um monte de vezes, tentando entender o quê, exatamente, ele queria dizer. Não se preocupar com *o quê*, especificamente? O que era culpa de quem? E o que ele queria dizer com "boazinha"? Principalmente, ela se perguntou, por que ele não havia simplesmente ligado em vez de escrever um e-mail. O que era aquilo? Ele não queria mais nem *falar* com ela? De alguma forma, esse pequeno detalhe era muito mais doloroso do que o fato de que ele havia simplesmente ido embora.

A partida do pai não foi exatamente uma surpresa para ela. No café da manhã do dia seguinte ao que ele foi embora, quando a mãe lhe dissera aquela coisa sobre o papai "estar dando um tempo", ela soube imediatamente que ele tinha ido embora. De certa maneira, seu afastamento havia sido bastante gradual: ele estava por perto cada vez menos, e menos, e menos, até que passou a parecer normal não tê-lo absolutamente por perto. Havia passado a maior parte da primavera viajando por causa do negócio que estava fazendo. Nos finais de semana, se não estava participando de algum congresso em algum lugar, estava jogando golfe ou num "jantar de negócios". Na maior parte do tempo, porém, parecia que ele as estava evitando.

A única ocasião certa para vê-lo era o café da manhã, e mesmo assim ela tinha medo de falar com ele: havia anos valia a regra tácita de que não devia falar com o pai até ele ter terminado o café. Enquanto Lizzie e a mãe conversavam, ele se recolhia atrás de seu *Wall Street Journal*, interferindo de vez em quando com ordens sucintas — raramente mais de cinco palavras por vez, sem jamais baixar o jornal.

"Demita-a", dizia, ao ouvir as reclamações da mãe sobre a faxineira que supostamente estava bebendo as bebidas deles. "Venda-o", sobre o Porsche pouco confiável. "Não enquanto eu estiver vivo", sobre a vontade de Lizzie de passar o feriado de primavera no México.

A paciência dele, Lizzie percebia, era curta. Talvez tivesse sido usada completamente anos atrás.

Ela não está feliz que ele tenha ido embora — afinal, é seu *pai* —, mas, de um jeito esquisito, é uma espécie de alívio. Não havia percebido o quanto esperava com expectativa o momento em que o pai simplesmente não voltaria de uma viagem de trabalho. E agora que ele não voltou, não consegue deixar de se perguntar se ele nunca mais voltará. Talvez a vida sem ele não vá ser muito ruim. Podiam ser só ela e a mãe. E Margaret, agora que está de volta.

Só que, na verdade, é assustador ser abandonada como um par de tênis velhos, abandonada e esquecida no meio da rua. E tem ainda a história de Beverly, que deixa as coisas ainda mais esquisitas, complicadas e perturbadoras. Lizzie puxa uma mecha de cabelo frisado e tenta interpretar a expressão no rosto da Margaret.

— E então... o papai falou alguma coisa sobre a Beverly no e-mail dele?

— Beverly? — Margaret parece confusa.

— A amiga da mamãe, Beverly Weatherlove. A parceira de tênis dela. Lembra?

— O que tem ela?

— Eu acho. — Lizzie faz uma pausa, em busca das palavras certas. — Acho que ele nos deixou para ficar com ela.

Margaret fica parada, inexpressiva, com a boca levemente aberta, como se não conseguisse entender direito o que Lizzie tinha dito.

— Você quer dizer que ele fugiu com ela? Tipo, como um caso?

Lizzie assente com a cabeça.

— Acho que sim.

— Puta merda — diz Margaret. — A mamãe disse isso para você?

A mãe não havia, na verdade, dito isso a Lizzie. A pessoa se incumbira do dever sagrado de informar Lizzie sobre os detalhes mórbidos da vida sexual do pai dela tinha sido Susan Gossett. Susan — a recordista da equipe de natação nos 200 metros costas, a primeira menina da turma a fazer luzes nos cabelos num salão de beleza, dona de um perfeito par de seios tamanho 46 que todos os meninos da turma cobiçavam, mas apenas alguns poucos podiam tocar — havia contado a Lizzie depois da natação no centro de recreação na última quinta-feira, apenas três dias depois de o pai ter ido embora. Ela havia cronometrado o ataque no vestiário perfeitamente, tendo esperado até o exato momento em que Lizzie estava tirando o maiô úmido do bumbum arrepiado de frio e se sentindo particularmente vulnerável.

— Ei, Lizzie, fiquei sabendo que o seu pai está, tipo, transando loucamente com Beverly Weatherlove — disse Susan a Lizzie num tom de voz doce como açúcar, mexendo no medalhão de ouro que trazia pendurado no pescoço. — Eles estão juntos num hotel em São Francisco. Uma suíte. A minha mãe ficou sabendo disso pela mãe da Leslie Beck, que ficou sabendo pela Sra. Baron. É um escândalo enorme. Você está, tipo, completamente chateada?!

O cérebro de Lizzie congelou, tornando-se incapaz de absorver aquelas informações. O pai dela? Beverly Weatherlove?

Beverly, com seu cabelinho loiro oxigenado e os seios marrons enrugados? A parceira de tênis da mãe, sua clone? Era inconcebível. Com Lizzie parada, sem dizer uma palavra, pingando água clorada no piso do vestiário, Susan deu um passo para trás e disse alto o bastante para todo mundo ouvir:

— Você não ficou com o Mark Weatherlove? Isso não seria, sei lá, incesto ou coisa parecida? É meio nojento. — Sem mais qualquer traço de doçura fingida, Susan ficou olhando para ela com os olhos pequenos e brilhantes de um gavião prestes a partir um rato do campo em pedaços.

Lizzie enfiou as unhas nas palmas das mãos, deixando pequenos ferimentos em forma de meia-lua. *Não chore*, pensou na ocasião: *isso seria o fim*. Seguiu o fio de dor até o meio do peito e o enrolou numa inspiração funda e hesitante. O rosto de Mark surgiu diante dela: a acne salpicada na testa, as estranhas orelhas de abano que levantavam os cabelos. Mark, seu colega de turma, o filho da melhor amiga da mãe dela, o trouxa com quem ela era obrigada a ser simpática em churrascos familiares, festas na beira da piscina e acampamentos.

— O Mark? Credo — disse, tentando emitir o tom exato de indiferença entediada enquanto pegava uma camiseta para vestir. Enfiou a cabeça pela gola e encontrou os olhos azuis de Susan de novo. — Você deve mesmo ter uma mente doentia se pensa isso. — Internamente, porém, ela estava a mil. Será que Mark dissera a Susan que os dois tinham transado? Por que ele tinha mentido? O que mais Susan tinha ouvido, afinal? As pessoas estavam falando? O que elas *sabiam*?

Estava com o rosto tão quente que praticamente podia ouvir a água chiar ao escorrer do cabelo. Lizzie havia desistido de tentar decifrar a lógica do ambiente social do Fillmore High: por que algumas pessoas podiam almoçar no gramado da quadra principal e outras eram banidas até o trecho de terra batida atrás da sala de ciências; por que apenas alguns tipos de música (Bobby Masterston, sim. The Hurly Burly Boyz, não) eram aceitáveis tocando altíssimo dos rádios dos carros no estacionamento; por que meninas que vestiam Abercrombie & Fitch eram tão definitivamente contra as que ousavam aparecer vestindo Tommy Hilfiger?

Havia regras, e Lizzie as estudara furiosamente, mesmo que nunca tivesse recebido um manual de instruções que explicasse por que elas existiam. Durante anos, é claro, ela não estava jogando — não estava *perdendo* o jogo em si, mas era irrelevante para colegas do sexo feminino como Susan, o que era quase tão ruim quanto. Só nos últimos tempos entrara em campo, apenas para descobrir que tinha se tornado foco da hostilidade delas, e ainda não estava segura quanto ao que isso significava em termos de pontuação.

Naquela quinta-feira, porém, pareceu claro que ela havia perdido um round. Susan se afastou, caminhando em direção à porta.

— Só estou falando o que ouvi — disse ela, desaparecendo antes que Lizzie pudesse formular outra resposta.

O zum-zum-zum voltou ao vestiário, com o resto das meninas tornando a prestar atenção a seus maiôs, secadores de cabelos e maquiagens. Parecia aquele sonho recorrente, pensou Lizzie com tristeza, aquele em que ela aparecia numa festa e se dava conta, quando todo mundo começava a atirar bexigas d'água nela, de que estava vestindo uma fantasia de vaqueira, e não era uma festa à fantasia. Ela queria correr para o banheiro para liberar as lágrimas de humilhação que se formaram sob os cílios, mas não pareceu uma boa ideia. Em vez disso, olhou ao redor. Quase todo mundo desviou o olhar, com exceção de Becky Jackson. Becky torceu o nariz, revirou os olhos e fez com a boca a palavra "Vaca", apontando para a porta. Lizzie sentiu uma pontada de gratidão: Becky era uma amiga com quem ela sempre podia contar. Sua única amiga, na verdade. A boa, sólida e simples Becky, sempre a fim de mais uma barra de Snickers ou um passeio no shopping, mesmo que às vezes parecesse meio, bem, *jovem* demais.

Lizzie voltou direto para casa depois da natação, com o coração ainda batendo desconfortavelmente forte dentro do peito, a pele pinicando por causa do cloro. Tinha uma dor meio indefinível, não estava triste o bastante para chorar, mas se sentia oca como uma boneca russa — o pai dela? Um caso? Como ela não sabia? Sentia como se tivesse tido a chance de espiar para dentro de um mundo secreto dos adultos que nunca soubera que existia, um mundo perigosamente perto do próprio mundo, e não conseguia compreender o *significado* de tudo aquilo. Teve uma visão rápida do pai transando com Beverly (Onde? Num hotel barato? Na parte de trás da perua BMW de Beverly?), e sentiu-se nauseada.

A casa estava quente, abafada e quieta, com as portas fechadas para a brisa da tarde.

— Mamãe? — chamou, mas não recebeu resposta: Janice não estava em casa. Atravessou o parquê do hall de entrada, com os chinelos fazendo barulho no piso encerado, e subiu a escada. A casa fora projetada em alas em formato de L que se encontravam no centro, numa ampla escada de mogno que se desenrolava como a língua de um cachorro ofegante. No andar de baixo ficavam a cozinha e a sala íntima, onde a família passava a maior parte do tempo. Mais para trás ficava a sala de visitas, toda decorada em branco, como a assustadora sala de jantar (onde Lizzie inevitavelmente derramava suco de amora no tapete no Dia de Ação de Graças) e o escritório proibido do pai. No andar de cima, os quartos das meninas ficavam à esquerda do topo da escada, a suíte principal e o quarto de hóspedes, à direita. Era absolutamente possível ficar no final do corredor da ala das meninas e gritar o mais alto possível e não ser ouvido da outra ala — principalmente porque o estofamento era tão exuberante que parecia sugar todo o som dos ambientes. As cortinas eram de brocado grosso, o carpete cor de creme tinha quase três centímetros de espessura, o sofá era cheio de almofadas forradas de veludo e tweed. Às vezes, quando Lizzie andava pelo corredor, ela batia nas paredes com a mão até latejar, apenas para lembrar à casa de que ela estava viva.

Abalada pelas novidades de Susan naquele dia, ela se viu inexplicavelmente atraída à suíte principal, o lugar de maior mistério da casa. O que ela esperava encontrar lá? Respostas? Cartas de amor escondidas? O pai, transando com Beverly Weatherlove? Certamente não esperava encontrar a mãe, deitada no meio do dia.

Quando abriu a porta, viu que as persianas estavam fechadas, com apenas um pouco de luz do dia vazando por trás das cortinas balançando e iluminando o contorno de uma cama desfeita. Lizzie acionou o interruptor e congelou de susto: a mãe estava deitada na cama de barriga para baixo, vestindo um conjunto esportivo aveludado azul com uma máscara de gel sobre os olhos. Havia uma garrafa de Cotes du Rhone no criado-mudo, deixando uma marca cor de vinho na madeira. Segurava um copo pela metade na mão direita, virando perigosamente. Um dos ternos do pai de Lizzie estava na cama ao lado dela, coberto de poeira.

Com o barulho da porta, a mãe se agitou, derrubando vinho no lençol.

— Paul — chamou, fazendo um esforço para se levantar. Empurrou a máscara de gel até a testa, prendendo os finos cabelos loiros como uma faixa, e piscou duas vezes para Lizzie com as pupilas dilatadas. — Ah, desculpe, querida. Como estava a natação? — Janice bota o copo de volta no criado-mudo e esfrega o vinho derrubado com o lado da mão.

Lizzie deu um passo à frente.

— Você está bem? — perguntou.

Janice sentou-se apoiada nos travesseiros, abanando o rosto vermelho com a mão esquerda. A máscara de gel deixou marcas profundas na pele sensível em volta dos olhos, fazendo-a parecer uma coruja assustada.

— Só estou passando um pouco mal — disse Janice, mas sua voz estava seca e frágil como poeira. — Acho que pode ser alergia. Tem muito pólen no ar nesta época do ano.

— Ah — disse Lizzie, sem saber muito bem como tratar essa mentira evidente. A mãe estava com um cheiro levemente azedo, como álcool velho. Ela estava bêbada? Lizzie olhou assustada para Janice. Ela nunca ficava bêbada. — Hum, tem certeza?

Janice assentiu, balançando a cabeça e batendo na cabeceira a cada movimento.

Lizzie engoliu em seco. Havia passado os últimos dias esperando pelo colapso da mãe — esperando por alguma pista que pudesse revelar exatamente como Lizzie devia reagir à partida do pai —, mas ela não havia derramado uma única lágrima que Lizzie tivesse testemunhado. Em vez disso, Janice havia se comportado como se nada tivesse mudado. Sentava-se à mesa durante o jantar — ignorando o lugar vazio, que o pai não havia ocupado — e questionava Lizzie sobre seu dia na natação. Ela montava listas de compras e continuava folheando a revista *Gourmet*, organizando o cardápio para uma festa que estava por acontecer. Foi até a aula de pilates de quarta-feira de manhã e fez as unhas com Ellie. Mas o tom da sua conversa havia subido muitas oitavas, até que ficou parecendo um guincho. Lizzie ficou nervosa: era como ver um delicado vaso de cristal balançando na beirada de uma prateleira alta, consciente de que ele acabaria caindo no chão a qualquer minuto, mas longe demais para impedir que isso acontecesse.

Naquela quinta-feira, Lizzie ficou aliviada por algo ter mudado finalmente, embora aquele colapso em particular não fosse exatamente o que ela tinha em mente. Estava esperando por alguma coisa um pouco mais básica: lágrimas, por exemplo. Aquilo era mais como se um buraco negro tivesse sugado toda a emoção do quarto. O vazio era assustador. Deu um passo hesitante para a frente.

— Mãe? Você está triste por causa do papai?

Janice ficou tensa.

— Não vamos falar sobre o seu pai agora, está bem?

Lizzie tentou segurar a língua, apertando-a contra o céu da boca com o máximo de força possível, mas a pergunta escapou mesmo assim. Não conseguiu evitar.

— Mamãe, eu fiquei sabendo hoje uma coisa sobre a Beverly — disse, e instintivamente recuou na expectativa da resposta da mãe.

Mas não aconteceu absolutamente nada. Janice apenas apertou as têmporas.

— Você pode me trazer um comprimido? Estou com dor de cabeça.

Lizzie suspirou e foi andando de lado até o banheiro para examinar os armários, derrubando pinças e um pote vazio de Vicodin no processo. Ao voltar para o quarto, Lizzie pôs dois comprimidos de Tylenol na mão estendida da mãe. Janice apertou os dedos ao redor deles.

— Quer um pouco d'água? — perguntou Lizzie, mas Janice já estava tomando as pílulas com o vinho.

— Você é meu anjo — disse Janice, estendendo a mão para tocar o pulso de Lizzie. — Só quero dormir até passar. Mas faço o jantar para você mais tarde.

— Mãe... — Lizzie começou.

A mãe fechou os olhos.

— Não — disse ela, estrangulando as últimas letras.

O quarto voltou a ficar em silêncio. Lizzie pôde ouvir o ganido baixo do cachorro do vizinho, latindo a distância. O ar estava quente. Ficou esperando ao lado da cama por um instante, mas Janice não abriu os olhos. Em vez disso, ela puxou a máscara de gel para baixo de novo e escorregou pelos travesseiros até ficar de barriga para baixo outra vez, com os cabelos espalhados sobre os lençóis.

Lizzie saiu silenciosamente pela porta. No andar de baixo, pegou o telefone e ligou para a irmã em Los Angeles: decidiu que era muita coisa para ela suportar sozinha. Margaret saberia o que fazer. Ela sempre sabia tudo. A irmã viria para casa e tudo ficaria bem de novo.

Só que Margaret está em casa agora, e a presença dela está longe de ser tão reconfortante como Lizzie pensou que seria. Alguma coisa em sua aparência a deixa nervosa, embora ela não consiga reconhecer exatamente o quê. Ela sempre teve ciúme do metabolismo de magra da irmã: Margaret tem uma atitude desinteressada em relação à comida, enquanto Lizzie é uma desafortunada sócia vitalícia do clube do prato limpo. (Se Lizzie se força a comer uma salada no jantar, vai passar a noite sonhando com Twinkies e galinha frita, sanduíches de atum pingando maionese e cookies com gotas de chocolate recém-saídos do forno.) Mas agora Margaret está *esquelética*: quando foi abraçá-la na entrada da garagem, Lizzie sentiu os ossos da clavícula da irmã, o decote do vestido de algodão solto ao redor de seu peito. Talvez seja só porque Lizzie, com suas sandálias plataforma com 10 centímetros de altura, esteja mais alta do que ela, mas a estranha verdade é que Margaret parece *menor*.

As duas caminham na direção da casa, com Lizzie levando a maleta do laptop da irmã e Margaret carregando a mochila num ombro de aparência frágil.

— E então — diz Lizzie, ansiosa pelas fofocas divertidas —, como está o Bart?

— Ele está ótimo — responde Margaret, rapidamente.

Lizzie espera que a irmã fale mais, mas ela não fala. Lizzie morde a língua. Talvez em Los Angeles não seja considerado bacana falar sobre o namorado famoso. Talvez o certo seja fingir que esse tipo de coisa é simplesmente normal. Ainda assim, ela está morrendo de curiosidade, quer saber da vida de Hollywood sobre a qual ela lê nos tabloides, e Margaret é sempre muito *sovina* com esse tipo de detalhe.

Resolve mudar de tática:

— Você esteve em alguma festa de Hollywood ultimamente? — pergunta. — Que celebridades você viu?

— Lizzie, as celebridades não são tão interessantes como você pensa — diz Margaret, dando-lhe um olhar de soslaio. — Você realmente devia parar de comprar essas revistas fúteis. Elas só servem para deixar você se sentindo insegura. Você não lê as revistas que eu mando? Fiz um grande editorial sobre isso na edição de fevereiro.

— É claro — diz Lizzie, embora na verdade ela ache a *Snatch* chata e difícil de ler. São muitas palavras de vocabulário rebuscado e poucas fofocas de celebridades. Tentar acompanhar as matérias a deixa com dor de cabeça, embora ela tenha achado as fotos de vibradores da última edição muito educativas. Ainda assim, sorri alegremente para a irmã.

— Você me trouxe a nova edição?

Mas Margaret não responde. Em vez disso, para na porta da casa, sob a aldrava de bronze, e mede Lizzie de cima a baixo.

— Você perdeu mais peso, não perdeu? — diz, mudando de assunto.

Lizzie fica luminosa. Estava se perguntando quando Margaret perceberia.

— Já foram 19 quilos. Dá para notar?

— É claro. Você está linda. Não que você estivesse mal antes, é claro. Sabia que a Marilyn Monroe usava tamanho 46? O culto à magreza é só um desenvolvimento recente na evolução humana. Mas, de qualquer maneira, você está linda. Linda mesmo. Devia estar orgulhosa de si mesma.

Lizzie sorri e dá de ombros, tentando parecer casualmente encabulada.

— É a natação.

— Imaginei que não fosse por causa das aulas de oratória — sorri Margaret, enquanto elas entram na casa e sobem a escada à procura da mãe.

No começo do oitavo ano, 18 meses antes, a mãe de Lizzie a inscrevera em aulas de etiqueta, balé e oratória.

— Para ter graça, postura e eloquência — Janice explicou a Lizzie.

Lizzie detestou todas as aulas. Era terrível no balé: seus pliés eram sem graça, as piruetas, vacilantes, e a forma como o elástico do collant apertava a gordurinha de suas coxas a deprimia. Etiqueta foi a coisa mais inútil que ela aprendeu: escargots eram nojentos, nunca na vida ela comeria um, então por que precisava aprender como comer um escargot? E as aulas de oratória eram ainda piores: a Sra. Grimley fazia com que ela vibrasse os "erres" sem parar até ela achar que estava prestes a hiperventilar.

As aulas eram cheias de meninas desajeitadas e encabuladas, meninas com aparelhos ortodônticos externos de aparência cirúrgica, ou com acne por todo o rosto, ou com timidez incapacitante, ou gordas e lentas, feito ela. Todas elas passavam a internação semanal tristemente mascando os cabelos e tentando se encolher o máximo possível nos cantos, para que a professora não as chamasse. Lizzie sentia como se tivesse sido banida para a terra dos brinquedos quebrados.

— Leve e feminina! Como um rouxinol num galho! Rrrrrouxinol! — ordenava Grimley, enquanto ia de um lado para outro entre as adolescentes atemorizadas.

Sem falta, ela sempre chamava a pobre Rebekah Steinberg, 1,80m, um ceceio mortal e tão envergonhada que corava só de olharem para ela, e a fazia repetir frases como "Ah, sim, senhor, eu adoraria dançar", só que na boca de Rebekah, aquilo parecia uma tigela de mingau de aveia, e todas sabiam que nenhum menino jamais lhe daria a oportunidade de dizer aquela frase. E Lizzie, ainda que com pena de Rebekah, se afastava um pouco mais, ciente de que fazer amizade com outras párias sociais podia diminuir ainda mais seu próprio status. Ela era mais legal do que aquela turma, sabia disso. Claro que era um pouco gorducha, mas não tinha uma personalidade fraca, como muitas das outras meninas. E talvez não estivesse no topo do espectro social, mas ainda não tinha chegado no fundo também.

— Aprender um pouco de postura não vai matar você — disse Janice quando Lizzie reclamou. — Você vai ser uma moça em breve. Queria que alguém tivesse *me* ensinado esse tipo de coisa quando eu tinha a sua idade. Eu me lembro de como fiquei apavorada na primeira vez em que jantei na casa dos pais do seu pai... Não ria, Lizzie, essas coisas são importantes. Pense bem: o que vai acontecer quando algum garoto de quem você gostar levá-la para jantar e vir você falando de boca cheia?

— Mas, mãe — protestou Lizzie —, a maioria dos garotos da minha classe acha que ter modos à mesa é enfiar batata frita no nariz.

— Bom, isso não faz com que eles estejam certos — retrucou a mãe. — Se todo mundo pulasse de uma ponte, você pularia também? Sério, querida, bons modos podem levar você longe. Confie em mim.

Assim, por um tempo, Lizzie tentou. Talvez a mãe tivesse razão, e o que estava impedindo que os meninos a convidassem para sair fosse o fato de que ela não andava como uma bailarina nem pronunciava bem os "tês". Talvez o motivo pelo qual o pai quase nunca estivesse em casa na hora do jantar não fosse o fato de estar muito ocupado no trabalho, mas o de não ter estômago para ver Lizzie comer espaguete à bolonhesa com o garfo de salada.

Mas ter assistindo às aulas diligentemente e praticado a postura diante do espelho em casa não fez diferença. Depois de mais de um ano de aulas de feminilidade, Lizzie sabia pedir corretamente que passassem o sal, mas havia engordado mais seis quilos, ainda tropeçava nos próprios pés e não conseguia ter encontros para os sábados à noite, nem qualquer outra coisa para fazer com exceção das ocasionais maratonas de MTV com Becky. Em vez disso, entrava no carro da mãe todas as semanas e tinha vontade de chorar, olhando para a expressão cruel e determinada de seu rosto. Decidiu que era uma espécie de punição. Era evidente para Lizzie que sua mãe desejava secretamente poder devolvê-la e substituí-la por uma filha perfeita: alguma bailarina magrinha, de postura ereta e anêmica.

Janice, afinal, tinha modos perfeitos à mesa, uma dicção perfeita, e ela não caminhava: ela levitava pelos ambientes, batendo os saltos delicadamente. E, aparentemente, isso tudo era natural para ela, que nunca tivera aulas de etiqueta. Ao contrário de Lizzie, Janice tinha inclusive os ossinhos minúsculos de um pardal. Era totalmente injusto. E todo mundo a adorava: sempre tinha uma festa para ir, o telefone tocava constantemente, e muito embora estivesse com quase 50 anos, Lizzie às vezes via homens se virando para olhar a mãe na rua. Lizzie só atraía a atenção dos esquisitos.

— Não deixe a mamãe obrigar você a ter essas aulas — Margaret disse quando Lizzie ligou para reclamar. — Ela fez o mesmo comigo. Tem a ver com ter crescido pobre. Ela acha que está nos dando uma vantagem, mas o que está realmente fazendo é nos encaixar em alguma fantasia estereotipada da condição feminina. Está bem? Então não deixe. Diga para ela parar de reinventar a própria infância através de você. Ou simplesmente se inscreva em atividades extracurriculares na escola. Foi o que eu fiz.

Mas, secretamente, Lizzie achava que a mãe tinha razão. Ela *era* desajeitada. Sua única amiga de verdade era Becky, que também nunca saía com garoto algum, e às vezes cutucava o nariz quando achava que ninguém estava olhando. Em vez de passar o tempo no estacionamento do Pizza Stone depois da escola, aonde o pessoal popular da escola gostava de ir, Lizzie passava a maior parte do tempo no próprio quarto e arrancava pelos das pernas com pinça. Só havia beijado dois garotos: um foi a vítima durante uma brincadeira no acampamento de verão da sétima série, e o outro era Mikey Bronstein, o saxofonista da banda da escola, que era uma graça, mas usava óculos fundo de garrafa e ainda deixava a mãe mandar sanduíches de mortadela com pão sem casca em sacos de papel pardo para o almoço. Ele a levou a um jogo de futebol de calouros, segurou a sua mão e a chamou de namorada. Apavorada com o entusiasmo dele, ela lhe deu um fora em uma semana.

Não muito tempo depois de ter levado a balança aos 85 quilos, ela chegou na cozinha numa manhã e encontrou uma omelete de claras sobre a mesa em vez da tigela de sucrilhos de sempre.

— Querida — disse Janice, enquanto Lizzie recuava —, você não acha que se sentiria melhor se perdesse alguns quilos?

— Não — respondeu Lizzie. — Eu vou ser infeliz com qualquer peso. — Mas ela sabia que isso não era verdade. As meninas magras não se divertiam mais, tinham mais namorados e atraíam mais atenção?

— Não seja tão pessimista — disse Janice. — Vai ser divertido. Vamos fazer isso juntas. — Bateu nas próprias coxas, sob os vincos das calças de tweed. — Eu também tenho de fazer alguma coisa a respeito da minha celulite.

Lizzie se imaginou vivendo como a mãe, que estava de dieta desde que ela se conhecia por gente, que beliscava legumes e queijo cottage em vez de batatas fritas e pipoca com chocolate para manter a forma, e teve vontade de chorar. Seu futuro se estendeu diante dela, uma árida desolação sem qualquer alegria e gordura.

Mas talvez, se fosse magra, pensou Lizzie, ela recebesse atenção dos meninos. Encontros. Amor. E isso seria ainda melhor do que pipoca com chocolate. Foi então que ela resolveu. Parou seus ataques às máquinas de porcarias da lanchonete na hora do almoço, cortou as idas secretas ao McDonald's que costumava fazer no caminho de volta da escola e parou de guardar barras de chocolate embaixo da cama. Passou a comer a salada de tofu, o frango sem pele e montes de espinafre no vapor que a mãe preparava sem nunca fazer cara feia ou tapar o nariz.

Foi mais ou menos a esta altura, no trimestre de outono do primeiro ano do colégio, que ela entrou para a equipe de natação — no começo, porque lhe dava uma desculpa fácil para matar as aulas de etiqueta e oratória, conforme o conselho de Margaret, e depois porque descobriu que realmente gostava de nadar. E, surpreendentemente, entre o exercício e o autocontrole, viu a balança começar a registrar cada vez menos peso: 80 quilos. 71. 67. As roupas começaram a ficar folgadas, e ela achou que dava para ver as maçãs do rosto. Podia notar que a mãe estava satisfeita. Lizzie começou a esperar ansiosamente pelo pequeno suspiro de prazer que a mãe dava quando a balança registrava uma queda e se esforçou ainda mais só para impressioná-la. Até seu pai notou a mudança, abaixando o *Wall Street Journal* numa manhã para observá-la.

— Você está linda, querida — ele disse, antes de virar a página. Aquilo fez a semana dela.

Quando Lizzie atingiu a marca dos 10 quilos, Janice lhe emprestou o cartão de crédito platina e a mandou às compras. Lizzie encheu o guarda-roupa de coisas novas e modernas, abandonando as calças cargo largas e as camisetas grandes demais, os vestidos que havia comprado escondida no departamento de tamanhos especiais para jovens, e substituindo tudo por blusas de alcinhas cor-de-rosa néon e minissaias jeans. Mal podia esperar pelo momento em que pudesse vestir alguma coisa sexy — um vestido chique, quem sabe até saltos? — e sair pela porta da frente para um encontro com um menino bonitinho enquanto os pais a observavam pela janela da cozinha.

E funcionou. Ter perdido todo aquele peso garantiu a atenção que ela queria. Isso e muito, muito mais.

Na primavera do primeiro ano, parecia que Lizzie estava morrendo de vontade de perder a virgindade desde sempre. Sentia a virgindade pesando como uma canga em volta de seu pescoço. As garotas da sua turma vinham se vangloriando sobre as próprias conquistas sexuais havia anos: começando com beijos de língua e amassos na sexta série, passando por boquetes e dedadas (coisas que ela achava ao mesmo tempo obscenas e banais: algo entre tomar alguma coisa com canudinho e tocar piano) na oitava; e então, quando chegaram ao ensino médio, indo "até o fim". Acontecia sempre do mesmo jeito: havia uma festa na casa de alguém no final de semana – com os pais tendo desaparecido numa viagem de férias ao Havaí, gentilmente permitindo que os filhos levassem um barril de bebida para a sala de estar sem supervisão – e, na segunda-feira, as meninas chegavam à escola com os peitos empinados e uma nova familiaridade com a anatomia masculina. ("Minha nossa, o pênis dele, tipo, curvou!", "Ele... que nojo... tinha pelo nas *costas*!") Durante todo o primeiro ano foram várias baixas, a julgar pelas conversas no vestiário feminino. A virgindade saía voando pela janela, camisinhas usadas brotavam de cestos de lixo por toda a cidade, lençóis eram furtivamente jogados nas máquinas de lavar em ciclos longos com alvejante extra antes de a van ir apanhar a mãe e o pai no aeroporto.

Lizzie queria tanto aquilo que quase chegava a sentir vergonha. Não tinha muito a ver com ela acreditar que perder a virgindade poderia ser de algum modo um ingresso para a feminilidade — assim como ficar menstruada pela primeira vez tinha sido mais uma chatice suja do que o acesso a alguma espécie de irmandade, como Margaret havia prometido. O que ela queria era fazer parte da panelinha, queria que aqueles termos — clitóris? gozar? colar de pérolas? — significassem algo para ela também. Ou se sabia, ou se fingia, e ela estava cansada de fingir, cansada de assentir com ar de entendida enquanto ouvia, sem ter sido convidada, mais uma história cochichada de perda de virgindade ou luxúria, como se pudesse entender completamente, quando, na verdade, não podia. Decidiu que perder a virgindade era o maior sinal de sucesso social. Significava que você era objeto de desejo, que um menino queria tanto você que não conseguia se controlar. Perguntava-se quando sua mãe havia perdido a virgindade. É claro que não havia se casado virgem.

E nem Lizzie se casaria virgem. Graças a Justin Bellstrom, o indiscutível astro da equipe de natação do colégio Millard Fillmore.

O primeiro encontro regional de natação de Lizzie havia acontecido em Sacramento na última semana de março. Como a mãe estava jogando nos torneios de tênis de primavera do clube, e o pai, viajando com a tour promocional da OPI, Lizzie tinha ido no ônibus da equipe sem eles, sem saber se estava aliviada por não a estarem envergonhando ou decepcionada por não a verem nadar competitivamente pela primeira vez. E embora não tenha ganhado um primeiro prêmio no encontro, conseguiu ficar em terceiro lugar na classificatória dos 100 metros de nado peito. Tentou ligar para a mãe no celular para contar a novidade, mas Janice não atendeu — provavelmente estava na quadra. Lizzie não se preocupou em deixar um recado.

Foi o fim de semana em que Justin ganhou o troféu de primeiro lugar no nado livre masculino. Enquanto ele esperava pelo prêmio no pódio depois da disputa, olhando de lado para a plateia que comemorava, Lizzie pensou que ele parecia um daqueles deuses gregos que ela estava estudando nas aulas de história antiga. Adônis. Talvez Hermes. (Ou este era aquele com os pés tortos esquisitos?) Enfim: as mechas de cabelos queimados de sol de Justin brilhavam, levemente esverdeadas por causa do cloro (Justin era conhecido por se recusar a usar touca de natação), e ela podia ver os pelos de suas pernas, ficando mais grossos conforme subiam na direção da virilha. Usava um dente de ouro falso que tinha ganhado de alguém de brincadeira e, quando sorria, seu característico sorriso com covinhas, dava para ver o dente cintilar. Quando seu nome foi anunciado, ele socou o ar em comemoração, virou-se rapidamente, abaixou a sunga Speedo e chacoalhou a bunda branca para as pessoas. Se fosse qualquer outro, o treinador o teria punido pela brincadeira, mas não Justin. Ele se safava de qualquer coisa.

Enquanto ele descia do pódio, seu olhar esbarrou no de Lizzie, e ele piscou maliciosamente para ela com um olho avermelhado, como se os dois tivessem acabado de compartilhar algum tipo de segredo. Ela pôde sentir o rosto queimando de prazer. Aquilo era algum recado? Será que a abaixada na sunga tinha sido algum tipo de exibição só para ela? Será que ele era a fim dela desde sempre, e ela simplesmente não sabia? Parecia tão improvável — Lizzie e Justin Bellstrom? Aquilo nunca iria acontecer. Era tão improvável como um pavão namorando um orangotango. Mas — e aqui ela surpreendeu a si mesma — por que não? Ela tinha acabado de bater a marca dos 14 quilos na dieta, e talvez ele tivesse notado o top novo e bonitinho que estava usando. Talvez ele tivesse até notado seu desempenho nas ciassificatórias daquela manhã. Já haviam acontecido coisas mais estranhas.

Lizzie decidiu ali, naquele momento, que ele era o cara. Não queria perder a virgindade com um menino bonzinho como o Mikey Bronstein. Queria um conquistador, o tipo de menino que todo mundo admirava. Justin pertencia a uma divisão completamente diferente da dela, o que, é claro, o tornava perfeito. Viu a si mesma sendo valorizada, saltando alguns degraus acima na escada social do colégio Fillmore. Nossa, Susan Gossett e as amigas dela iriam simplesmente cair duras se vissem Lizzie andando pelos corredores da escola de braços dados com Justin!

Mais tarde naquela noite, depois de duas horas vendo filmes no pay-per-view com Becky no quarto do hotel, ela disse que iria até a máquina de salgadinhos e saiu para percorrer os velhos corredores do Sacramento Wander Inn (quartos duplos por apenas 39 dólares a diária), tentando encontrar Justin. O hotel inteiro estava lotado de nadadores de todo o estado. Os treinadores ou não se importavam com a bagunça, ou haviam caído no sono e não sabiam de nada, ou haviam desistido e se retirado para o bar do hotel. Quando encostava o ouvido nas portas de vários quartos do hotel, parecia um palácio dos prazeres: num quarto, barulho de gritos, risos e vidro se quebrando; em outro, barulho de tiros de uma televisão; em outro, a batida rítmica de uma cabeceira contra a parede. O carpete industrial dos corredores estava repleto de garrafas de cerveja abandonadas, caixas de pizza vazias e uma ou outra poça de vômito. Percorreu com cuidado o caminho do primeiro andar até o quinto, passando por cima de um garoto desmaiado na escada, contornando na ponta dos pés os grupos de meninas cochichando do lado de fora dos quartos, que olharam com indiferença enquanto ela passava se espremendo.

Depois de meia hora andando de um lado para outro, estava pronta para desistir e voltar ao seu próprio quarto, onde havia deixado Becky assistindo a *Encontro às escuras* na TV a cabo. Ficou esperando em frente à porta do elevador, tentando não respirar para não sentir o cheiro do vaso de samambaia ao seu lado, dentro do qual alguém tinha feito xixi recentemente. Quando a porta do elevador se abriu, lá estava Justin, deitado de bruços no chão com os braços enrolados lascivamente em volta de um travesseiro. Abriu um olho vermelho e a encarou.

— Central de festas, subindo — disse ele. — Quer um pouco de cerveja?

O fedor de bebida flutuou no ar e atingiu-a no rosto. Ela entrou lentamente no elevador e deixou a porta se fechar, mas não apertou nenhum botão. Em vez disso, puxou o assunto da forma como vinha ensaiando mentalmente a noite toda.

— Parabéns pela vitória no nado livre — começou. Mas como ficar de pé acima dele daquele jeito fez com que se sentisse estranhamente grande, ela se agachou e recomeçou: — Achei muito engraçado aquilo que você fez hoje. Sabe, quando você venceu.

Justin olhou para ela de lado.

— E vodca? Você tem vodca? Maconha? Eu topo qualquer coisa.

— Hum, não — respondeu ela, pega de surpresa. Tentou retomar o roteiro: — Eu gosto mesmo da sua técnica. Do jeito que você, hum, respira a cada quarta braçada.

Justin se deitou de costas e apertou o travesseiro no peito.

— Quem é você? — perguntou ele.

Lizzie sentiu o estômago afundar.

— Meu nome é Lizzie — respondeu ele. Levantou-se e apertou o botão do andar em que estava hospedada. O elevador deu um solavanco e começou a subir. — Lizzie Miller. Estou na sua equipe de natação. Eu nado peito.

— Ah, certo — disse ele. — Lizzie. A Lizzie do nado de peito. A Lizzie dos peitos. Lizzie, você sabe onde a gente consegue cerveja?

— Não — disse ele.

— Acho que talvez eu tenha alguma coisa de álcool no meu quarto — disse ele. — Só não lembro onde é o meu quarto. Você sabe onde é o meu quarto?

O elevador parou, e as portas se abriram para revelar um menino e uma menina se agarrando. Justin e Lizzie ficaram olhando os dois por intermináveis segundos, enchendo o ar de insinuação e do som líquido da troca de saliva, antes de Lizzie apertar o botão de fechar as portas com um soco. As portas se fecharam de novo, e o elevador subiu. Ela pensou nas alternativas que tinha: ele estava visivelmente um trapo, mas que outra oportunidade ela teria de estar sozinha com Justin Bellstrom?

— O que diz na sua chave? — perguntou a ele.

Justin se apoiou na parede espelhada do elevador. Estava com os cachos amassados num lado da cabeça, com uma cinza de cigarro presa na frente. Enfiou a mão no bolso do jeans e tirou uma chave onde se lia o número 302. Olhou para Lizzie sinceramente admirado:

— Nossa, você é muito inteligente.

Lizzie deu de ombros.

— Lógica — disse ela.

— Quer beber alguma coisa?

Lizzie sentiu os pelos dos braços se arrepiarem, como se tivesse enfiado os dedos numa tomada. O coração disparou.

— Claro — respondeu, tentando parecer indiferente.

O quarto 302 ficava no final do terceiro andar. Lizzie seguiu Justin cambaleando pelo corredor, indo de uma parede a outra feito uma bola de fliperama e parando a cada porta para olhar de perto o número e comparar com a chave. Largou o travesseiro e deixou-o para trás. Ela o recolheu e o cheirou de leve. Tinha cheiro de couro cabeludo. Na porta, ele se atrapalhou com a chave, tentando enfiá-la na fechadura de cabeça para baixo. Ela tirou a chave da mão dele e abriu a porta.

O quarto do hotel estava turvo de fumaça de cigarro, e todos os lençóis haviam sido arrancados da cama e estavam empilhados ao lado da televisão. Seu colega de quarto, quem quer que fosse, não estava lá. Justin se arrastou para dentro do quarto, atirou-se de barriga para baixo sobre a pilha de lençóis e procurou algo embaixo da cama. Emergiu com uma garrafa plástica cheia de um líquido azul e o segurou sobre a cabeça.

— Vitória! — disse.

— O que é isso? — perguntou Lizzie.

— Everclear. Com Kool-aid de mirtilo.

— Everclear?

— Álcool etanol, 95 por cento. Isto aqui deixa a gente pirado.

Levantou a garrafa e deu um gole antes de passá-la a Lizzie. Ela fez uma pausa e cheirou o líquido — que fez os pelos do nariz ficarem de pé — antes de tomar um gole. O álcool desceu como se estivesse deixando a garganta em carne viva, e o Kool-aid deixou uma cobertura açucarada na boca. Ela engasgou e cuspiu suco azul na frente da camiseta.

— Hum. Isso é um horror — disse.

— É mesmo, né? É uma bomba.

Com Justin olhando, ela tomou outro gole corajoso. Já podia sentir o calor irradiando na barriga, subindo pelo peito e saindo pelas pontas dos dedos. Já tinha tomado álcool antes — os goles eventuais das taças abandonadas dos pais depois do jantar, uma taça inteira de champanhe roubada num bar mitzvah no ano anterior —, mas nunca tinha experimentado nada parecido com aquilo. Decidiu que era uma sensação agradável. Fez com que se sentisse leve, quase como se estivesse nadando. Tirou a garrafa das mãos de Justin e bebeu de novo. Deitou-se sobre a pilha de lençóis ao lado dele e ficou olhando fixamente para o teto irregular: alguém tinha conseguido colar um pedaço de chiclete mascado lá em cima.

Justin acendeu um cigarro e deu uma tragada.

— Isso não é um horror? Eu detesto isso.

— Cigarro? É, eu acho meio nojento.

— Não. A equipe de natação. Eu só participo porque a minha mãe me obriga. Ela acha que isso vai me botar numa boa faculdade. Mas eu detesto toda essa coooo... — ele arrotou — ...quer dizer, abrir mão dos meus fins de semana. Sacramento é uma droga, sabia? Eu quero ficar em casa fazendo festas com os meus amigos. Essa merda de acordar às 6 horas da manhã. É muito trabalho.

— Eu não sei — disse Lizzie. O cigarro a estava deixando enjoada e zonza, e ela começou a sentir o suor se formando na testa. — Eu acho divertido ser bom em alguma coisa.

— Você é boa nadadora?

— Estou melhorando. Acho que sou bem razoável. — Ela corou. Quando olhou para cima, Justin tinha se virado de lado e a estava examinando atentamente. Estendeu a mão e puxou uma mecha de cabelos sobre os olhos dela, que ficou olhando de trás.

— Ei — disse ele. — Você não emagreceu pra cacete ou coisa parecida?

Ela assentiu com a cabeça, sentindo a língua incapaz de se mexer. Decidiu tomar outro gole de bebida, o que deixou seus membros igualmente imóveis. O chiclete no teto estava começando a ondular de um jeito esquisito.

Justin se aproximou. Ela podia sentir o calor do corpo dele através do algodão da camisa, tão perto que tudo o que ela precisava era mexer a mão um centímetro para fazer contato. Estava petrificada. *Chegou o momento da minha reinvenção*, pensou. *Posso ser quem eu quiser.*

— Você é a fim de ficar comigo? — perguntou Justin. Fez uma pausa. — Não tem problema se for.

Ela fechou os olhos para não ter de ver a reação dele, e assentiu com a cabeça. De olhos fechados, sentiu como se estivesse num carrossel girando a toda velocidade. *Por favor*, pensou consigo mesma, *por favor, quando eu abrir os olhos, faça com que ele esteja estupidamente apaixonado por mim.* Ela contou até três e abriu os olhos. Justin estava se inclinando em sua direção, olhando direto para ela a 10 centímetros de distância. Lizzie notou que os olhos dele eram azul-claros, quase da cor da água da piscina da escola. Achou que estava sentindo o sangue pulsando nas veias, acompanhando as batidas do coração.

Antes que pudesse pensar duas vezes, se atirou para cima dele, fechando o espaço entre os dois, e o beijou. Ele não pareceu nem um pouco surpreso.

A língua dele estava gosmenta e com gosto de bife cru temperado com cinza e limão, e os dois trombaram os narizes no escuro. Graças a Deus, ela pensou, e fechou os olhos de novo. Ela teve de se concentrar muito para respirar pelo nariz, e sentia a saliva escorrendo pelo queixo. O álcool a dominava em ondas, levando-a suavemente pelas marés, puxando sua camiseta, o jeans, o sutiã e a calcinha, até que ela se viu, seis minutos depois, nua e exposta na margem oposta.

Depois, ela tentaria desencavar os detalhes da perda da sua virgindade, mas lembrava-se de muito pouca coisa. Não tinha doído muito — talvez ela estivesse anestesiada pelo Everclear? —, mas também não tinha sido fantástico. Concluiu que foi muito parecido com quando ela extraiu os sisos, e o dentista lhe deu gás anestésico antes:

meio desagradável, violento, encantador e confuso, tudo ao mesmo tempo.

O legal foi depois, quando os dois ficaram deitados nus, e ela ficou ouvindo a respiração dele diminuindo de ritmo perto de seu ouvido. O suor dele pingou sobre a barriga dela, que não secou. Ela nunca tinha estado tão perto de um garoto na vida, pele na pele, os cabelos no rosto um do outro. O pai dela não era do tipo que abraçava, e a mãe não contava. Então a intimidade é assim, pensou. É isso o que significa estar próximo de alguém. Esta é a sensação de ser bonita. É simples assim.

— Valeu — disse ele. — Foi legal.

Os dois ficaram deitados em silêncio por alguns minutos, até que o ar-condicionado começou a funcionar e os dois se arrepiaram. Alguém bateu na porta. Lizzie congelou, com medo de respirar, com a voz do treinador Jones passando através da porta.

— Vamos desligar as luzes, garotos. Acertem o despertador para as 6 horas. — Ela o ouviu se afastando e batendo na porta do quarto ao lado.

— É melhor eu ir — sussurrou Lizzie, torcendo que Justin pedisse para ela ficar. Justin não respondeu. Ela entortou o pescoço e olhou para a cabeça dele deitada em seu peito. Ele tinha desmaiado. Estava com a boca aberta, e ela viu que sua língua estava azul por causa do Kool-aid. Teve de usar as duas mãos para empurrá-lo de cima dela. Ele caiu no chão e começou a roncar. Lizzie se limpou com papel higiênico no banheiro e se vestiu, relutantemente, sentindo cada peça de roupa fedorenta que vestia sobre a pele nua apagando mais um pouco aquela coisa monumental que tinha acabado de acontecer. Então saiu. Voltou tropeçando até o quarto, onde encontrou Becky dormindo no meio da cama, abraçando um ursinho contra o peito.

Justin não ligou. Não que ela tivesse lhe dado o número, mas, secretamente, esperava que ele descobrisse. Quando o viu no corredor da escola no final daquela semana, ele sorriu, abanou os dedos e até fez um "oi" silencioso quando passou por ela acompanhado dos amigos. Ela achou que viu — *será que foi mesmo?* Sim. Ele piscou. E desta vez foi de verdade, era para ela.

Becky assistiu a essa interação com perplexidade.

— Desde quando você e o Justin Bellstrom são amigos? — perguntou Becky.

E Lizzie só sorriu, um sorriso misterioso que ela pensou que talvez se parecesse um pouco com o da Mona Lisa, e deixou o calor de sua intimidade secreta tomar conta dela. Viu a expressão intrigada no rosto de Becky e achou que estava prestes a saltar da própria pele, de tão feliz que estava.

Talvez fosse verdade que ter perdido a virgindade tivesse sido meio que uma decepção. Justin não estava perdidamente apaixonado por ela, afinal, e não queria ser namorado dela. Mas o acontecimento tinha aberto uma porta até então lacrada no estrato social do colégio Millard Fillmore. Às vezes, Justin ia conversar com ela depois das aulas de natação — só para dar oi —, e alguns dos amigos dele começaram a cumprimentá-la nos corredores também. Começou a encontrar bilhetes enfiados no armário, convidando-a para as festas das quais ela sempre se sentira excluída, bilhetes perguntando se ela queria sair depois da aula para fazer a lição de casa, bilhetes perguntando se ela queria ir para casas de colegas quando os pais deles estavam fora da cidade.

Sua mãe tinha razão: perca peso e aprenda a segurar o garfo corretamente, e você terá todos os encontros que quiser. Os meninos gostavam dela, afinal. Embriagada com sua nova popularidade, Lizzie acabou fazendo sexo com os amigos de Justin também. Mais do que um deles. Na verdade, com seis.

Ela se maravilhou com a atenção. Era irreal. Antes, nunca tinha ido a uma festa e se visto cercada de meninos da escola, que pareciam prestar atenção em tudo o que ela dizia, que se certificavam de que suas mãos nunca estivessem vazias. Gentilmente, eles lhe traziam copos de Cuba Libre roubados de armários de bebidas, latas de cerveja compradas por um atencioso irmão mais velho, bongs generosamente cheios de maconha fedorenta que alguém havia comprado no parquinho da escola primária. Ela passou pelo final do primeiro ano numa nuvem de bebida e maconha, intoxicada tanto pela repentina atenção masculina quanto pelo álcool. E se os meninos não necessariamente andavam com ela na escola, não tinha problema. Os momentos sociais depois da aula e nos finais de semana eram aqueles em que a Lizzie alternativa ganhava vida. Ela se sentia quase como a Cinderela: a trabalhadora coberta de carvão que — depois que batia o sinal — se transformava na rainha do baile de formatura com inúmeros namorados.

Parecia dois centímetros mais alta. Implorava à mãe por mais dinheiro para comprar sapatos de salto, foi ao cabeleireiro no shopping e fez luzes nos cabelos pela primeira vez. Inclusive foi fazer compras na Walgreen's e saiu de lá com uma gaveta inteira de maquiagem. E daí que as meninas da escola não conversassem com ela, e que, na verdade, elas parecessem estar esnobando-a ainda mais do que o normal. E talvez ela não passasse mais tanto tempo com Becky, mas Becky andava uma chata ultimamente. Sua ideia de um sábado louco e selvagem ainda era ficar vendo um filme mulherzinha da Meg Ryan e enchendo um tabuleiro Ouija de perguntas sobre seu futuro marido. Lizzie não tinha mais tempo para sonhos românticos; ela os estava vivendo. *Agora* tinha garotos prestando atenção nela. Mesmo que Justin, por quem ela ainda nutria uma paixonite sem esperança, agora estivesse saindo com uma líder de torcida e limitasse as interações com ela a um "E aí, Lizzie!" e um tapinha nas costas.

A mãe dela, por sua vez, estava emocionada com o fato de a filha ter tantos compromissos sociais. E com os filhos das suas amigas!

— Fico feliz que você esteja se divertindo — disse a Lizzie, que saía para mais uma festa. — Esteja de volta às 22 horas, deixe o celular ligado e não se esqueça de agradecer aos anfitriões, está bem?

Estar com um menino era incrível. Ela estava apaixonada por aquilo tudo: os olhares cúmplices na cozinha, tão repletos de significado. O toque mais longo na coxa, na cintura, na mão, seguido pelo convite para subir e "ver a casa". Depois, a porta se fechando e o coração disparando. Pele nua exposta ao ar. Durante aqueles minutos, em que estava sendo agarrada, tocada, beijada, desejada, sentia-se como se estivesse flutuando, suspensa por fios diáfanos bem acima da terra. Eles realmente gostavam dela, achavam que era absolutamente irresistível. Ela ia de um menino a outro e voltava, ficando com cada um deles por uma ou duas semanas, às vezes um fim de semana, talvez apenas uma noite, antes que viesse o seguinte. Quando fechava os olhos, às vezes conseguia até fingir que era Justin que a estava beijando.

— O Brian me disse que você era muito gostosa — disse Tom Liverbach, logo depois de eles terem transado no closet durante uma festa num fim de semana de maio. — Ele tinha toda razão.

O fato de que eles estavam falando sobre ela a deixava explodindo de orgulho — ela estava sendo *comentada*, como um objeto de desejo do grupo! —, embora sentisse uma vaga pontada de preocupação de que talvez eles não estivessem falando sobre ela exatamente como uma menina gostaria que falassem. Sempre que se lançava num redemoinho de conquista com um novo menino, o que acabava levando a um ataque suado numa cama de solteiro malcheirosa ou a uma sessão de amassos na hora do almoço atrás do campo de futebol, ela se perguntava secretamente se aquele seria "o" cara. Se desta vez ele ficaria por um mês, ou dois, ou mesmo mais do que isso. E eles nunca ficavam. O que deixava Lizzie só um pouquinho preocupada era, tipo, eles não estavam usando ela só para transar, estavam? *Todo mundo* estava transando, não estava? Além disso, era tão gostoso que parecia bobagem se preocupar. Qual era aquela frase que Margaret usava para se autodescrever, mesmo? "Feminista pró-sexo." Ela não sabia direito o que isso queria dizer, mas parecia legal. Talvez fosse isso o que ela era.

E quando ela dormiu com o quinto e, finalmente, o sexto garoto, sentiu uma crescente pitada de orgulho. Agora, quando ouvia as outras meninas falando sobre seus casos nos banheiros, percebia que algumas delas não sabiam realmente do que estavam falando, afinal. (Ela sabia por experiência própria, por exemplo, que a anatomia masculina não era sem graça, apesar do que disse Jennifer Moore no vestiário feminino.) Ela via as colegas a encarando nos corredores da escola, com olhos sombriamente curiosos, aproximando-se umas das outras na expectativa do instante em que ela estaria longe o bastante para não ouvir, e sabia que estavam falando dela. É o que elas fariam, não é? As meninas da classe dela sempre falavam das outras que tinham transado, mas agora ela compreendia que só faziam isso porque tinham inveja: porque ela tinha todo o poder. Havia inclusive se mostrado desejável apesar de tudo, havia até mesmo as superado nas competições sexuais. (Afinal, ela havia transado com vários dos meninos de quem elas gostavam e com os ex-namorados delas, incluindo Max Grouper, o ex de sua inimiga declarada

Susan Gossett, apenas uma semana depois de os dois terminarem.) Ela endireitou os ombros, lembrando a si mesma de que estava *vencendo* para variar.

Mas então as aulas chegaram ao fim abruptamente em junho, e a maioria dos meninos da sua turma foi para Munique, onde agora deviam estar enxugando um monte de cervejas como parte da anual "Aventura Educativa Europeia" do primeiro ano. Agora, as noites de sábado de Lizzie estão se degenerando em reprises de *Uma linda mulher* com uma tigela de pipoca amanteigada na casa de Becky. Lizzie se pergunta se algum deles sente sua falta. Até agora, não recebeu nenhum cartão-postal. Nem mesmo de Justin.

Hoje, Lizzie deixa Margaret subir na frente. As duas passam pelos retratos da família que enfeitam a parede da escada que leva ao andar de cima — um tirado a cada Natal com moldura entalhada dourada. Paul está sempre de camisa branca e gravata de árvore de Natal, Janice aparece com uma blusa vermelha ou verde e uma coleção de discretos brincos com temas natalinos (uma rena de prata, flautistas de porcelana, grinaldas de cerâmica em miniatura). Quando crianças, as meninas aparecem arrumadas em vestidos de festa com babados. Mais tarde, estão vestindo os suéteres de Natal anuais que a avó Ruth mandava de Indiana (tricotados à mão num impressionante arranjo de renas mutantes e duendes demoníacos) com expressões tristes. Na última foto, tirada no Natal anterior, Margaret está com os olhos fechados, e Lizzie parece prestes a vomitar, provavelmente por causa da quantidade de gemada que tomou naquela tarde.

Ao chegarem ao segundo andar, Lizzie faz uma pausa. O colapso de quatro dias antes fora uma anomalia: naquela mesma noite, a mãe havia voltado à cozinha na hora do jantar, como sempre, fingindo que nada havia acontecido. A notícia de que Margaret estava indo visitá-las havia, na verdade, posto Janice num novo surto de atividades — o quarto da filha precisava ser arejado, listas de compras especiais tinham de ser feitas, flores deviam ser colhidas do jardim e arrumadas na entrada. Na verdade, Janice estava mais normal hoje do que nunca, quase vibrando de tanta atividade. Lizzie pensa que a volta da irmã já está deixando tudo melhor. Ela ainda não consegue apagar a imagem da mente: a mãe deitada na cama, imóvel como um cadáver, com um copo de vinho na mão.

— Mãe? — chama Margaret.

Janice se materializa na porta do quarto que é considerado como sendo de Margaret, apesar do fato de ela ter dormido menos de dez noites ali nos últimos quatro anos. Usa um vestido fresco, com um avental por cima, está com luvas de borracha que vão até os cotovelos e segura uma esponja. Os cabelos loiros foram penteados para trás num coque baixo, e seus olhos verdes estão claros e luminosos. Lizzie pensa que a mãe não parece nem um pouco deprimida. Na verdade, parece ter feito nela própria a mesma limpeza que fez nas janelas.

— Margaret! — Janice se vira para o quarto, e então de volta para o corredor, tentando decidir entre largar as luvas e a esponja antes de se aproximar para um abraço. — Eu não ouvi o seu carro chegando, senão teria descido. Que horas são? Eu não esperava você ainda... Você saiu cedo? Porque senão, dirigiu rápido demais para já ter chegado aqui. A que velocidade você estava dirigindo?

— Oi, mãe — E no aborrecimento da resposta de Margaret ao inquérito, Lizzie lembra que a irmã e a mãe brigam, brigaram por anos, e se preocupa com o fato de que talvez a presença de Margaret não vá deixar tudo melhor, afinal.

— Só um minuto — diz Janice, correndo até o quarto para largar a esponja num balde ao lado da janela e enfiando as luvas de borracha no bolso do avental. Lizzie e Margaret a seguem. Depois de se ajeitar, Janice se aproxima e aperta a filha mais velha com tanta força que ela visivelmente se encolhe — lembrando da sensação das costelas de Margaret saltando embaixo do vestido, Lizzie se encolhe também —, e então a mãe se afasta para olhar a primogênita de cima a baixo.

— Nossa, como você está pálida! Se não soubesse, eu diria que você estava morando no Alasca, e não em Los Angeles... — Dá mais um abraço em Margaret, fechando os olhos.

De repente, Margaret parece muito cansada, quase à beira das lágrimas, como se a mãe a estivesse apertando como uma esponja.

— Como você está, mãe? — diz ela, ignorando as perguntas. — Ando preocupada com você.

— Ah, por favor — diz Janice, sacudindo a cabeça. — Eu estou ótima, perfeitamente bem. Bom, é claro que já tive dias melhores, mas estou me sentindo muito bem agora. — Faz uma pausa. — Bem mesmo — diz, de novo. Desvia o olhar para janela e olha novamente para as filhas várias vezes, como se estivesse procurando por qualquer resquício de sujeira para esfregar.

— Mãe... — começa Margaret.

Janice a interrompe:

— Quando chegou, viu a nova casa que estão construindo no final da rua? Estão construindo uma pista de boliche completa no porão. Quem precisa de uma pista de boliche? Um home theater eu entendo, mas boliche? Eles são da Índia... — Faz uma pausa, como que terminando a frase mentalmente, e então se inclina para a frente e cheira o ar em torno do rosto de Margaret, franzindo o nariz. Lizzie tem certeza de que isso vai irritá-la, e se prepara para a reação da irmã. — Você está com cheiro de cigarro! Andou fumando? Por favor, não me diga que você voltou a fumar.

— Então não vou dizer — diz Margaret, com a voz ficando mais tensa a cada segundo.

— Você parou para almoçar? Tenho uma quiche de cogumelos na geladeira. Posso preparar para você com uma salada...

— Comi um hambúrguer — responde Margaret.

A sala toda está estalando de tensão. Margaret e Janice sempre parecem brigar sobre coisas insignificantes como quanto café Margaret bebe e por que o country club tem um restaurante só para homens e que o Congresso está cheio de fascistas reacionários, e isso faz com que Lizzie queira tapar os ouvidos, enfiar-se debaixo das cobertas e cantar uma música do Bobby Masterston o mais alto que puder, até as duas pararem. Ainda assim, ela se dá conta de que há uma espécie de conforto no duelo vocal das duas. É melhor, pelo menos, do que a forma silenciosa pela qual a mãe e o pai pareciam brigar. Aquele tipo de briga parece um veneno se espalhando, enquanto que esse outro é apenas uma explosão, como fogos de artifício, que são quentes e violentos, mas terminam rápido.

— Bom, isso quer dizer que você não é mais vegetariana?

— Na verdade, não — diz Margaret.

— Bem, *isso* é bom — diz Janice, estendendo a mão para tocar o braço de Margaret. — Você ficou tão magrinha lá em Los Angeles. Por favor, não me diga que está fazendo outra daquelas dietas esquisitas de lá, com a história de comida crua, ou a macrobiótica qualquer coisa, ou aquela em que não se come nada além de suco de limão... É tudo tão cheio de frescura. O que foi que aconteceu com a boa e velha carne? Pelo amor de Deus, a gente está no topo da cadeia alimentar por um motivo.

— Você já viu como é dentro de um matadouro? — pergunta Margaret, fazendo uma careta. — Você *sabe* como é tratado o gado antes de virar o seu hambúrguer de carne de primeira?

— Margaret, por favor. Podemos não começar com isso?

Margaret suspira e vai até a cama. Apanha uma das almofadas xadrez e a abraça como um escudo. Lizzie solta a respiração lentamente, aliviada que a irmã tenha decidido não morder a isca, afinal. Janice a segue até a cama e começa a afofar as almofadas ao lado, trocando uma almofada simples por uma de bolinhas e desfazendo a troca.

Lizzie aumenta o tom da voz:

— Eu estou pensando em virar vegetariana — diz. Na verdade não está, mas de repente parece uma boa ideia, ainda que seja só para entrar na conversa. — Comer camarão conta?

Nem Margaret nem Janice respondem. Lizzie olha para o chão e arrasta o sapato no tapete, formando um coração, sentindo-se inútil.

— Quanto tempo você está planejando ficar? — pergunta Janice.

— O tempo que você precisar que eu fique — diz Margaret, gesticulando com hesitação.

Janice balança a cabeça.

— Bem, é claro que eu adoraria que você ficasse o quanto pudesse, mas eu não *preciso* de nada. — Alguma coisa nas últimas palavras que diz fazem Janice piscar e fazer uma pausa. Então continua: — A mãe de vocês é capaz de segurar as pontas, por mais que vocês tenham dificuldade de acreditar nisso.

Sentindo a mentira da mãe, Lizzie espera que Margaret não a interprete como uma permissão para ir embora de novo. Não ainda.

Mas Margaret examina a mãe cuidadosamente, como que computando cada linha de seus pés de galinha, cada ponto de flacidez sob seus olhos. Olha para Lizzie, e de volta para Janice.

— Mamãe, a gente vai conversar sobre o que está acontecendo?

Janice só suspira, segura as têmporas e olha para o chão. Parece estar falando para a lã do tapete. Seu tom de voz cai três oitavas:

— Margaret. Por favor. Neste momento, eu só quero ficar feliz que você esteja em casa.

Margaret balança a cabeça, e ao observá-la, Lizzie percebe algo reconfortante: Margaret, a indomável Margaret, acabou de ser igualmente afastada pela mãe. As *duas* estão por fora do assunto, o que significa que Lizzie finalmente tem alguém ao seu lado. Sorri sozinha e empurra a lã do tapete com o dedo, apagando o coração.

As duas ficam ali paradas, presas numa espécie de impasse, mas não muito certas quanto ao caminho pelo qual devem seguir. Janice desiste primeiro. Ela se atira para Margaret, abrindo bem os braços, e se aproxima para mais um abraço, apertando Margaret com força.

— Eu realmente gostaria que você nos visitasse com mais frequência — suspira Janice.

Lizzie fica olhando as duas se abraçando, sentindo-se mais uma vez como se estivesse sobrando, e se perguntando se não devia simplesmente sair. Talvez o único motivo pelo qual a mãe e a irmã briguem tanto seja porque Janice ama Margaret mais, afinal. Mas então Janice ergue o olhar e chama Lizzie com um aceno de mão.

— Venha aqui, Lizzie — diz ela.

Lizzie se aproxima e deixa que a mãe a puxe para um abraço em grupo. As duas irmãs ficam presas no abraço feito bonecas de pano.

— Só as meninas... Legal, não é? — diz Janice.

Está com lágrimas nos olhos, e uma lágrima transparente escorre quente em sua pele, expondo uma pele rosada. De perto, Lizzie percebe que o motivo pelo qual os olhos de Janice estão tão verdes hoje é que suas pupilas estão minúsculas, e as íris estão vermelhas, como se ela não dormisse há dias.

— Vamos tentar nos divertir um pouco, está bem?

Lizzie sente uma pequena migalha de pavor. Não consegue se imaginar se divertindo muito com a mãe nesse estado. Está com dor no ombro, onde os nós dos dedos de Janice a estão apertando.

A mãe as solta.

— Bem — diz ela, olhando-as com a expressão satisfeita que uma comerciante dedica a um arranjo floral que acabou de ser posto em exibição numa vitrine. — Por que não vamos tomar um chá? Fiz biscoitos de limão. — Ela as leva até a porta e as segue pelo corredor e escada abaixo.

Margaret se afasta para deixar a mãe descer primeiro e agarra o braço de Lizzie logo atrás, beliscando com força. Levanta uma sobrancelha até o rosto congelar numa careta semiconvulsiva e então alarga as narinas para Lizzie. Depois de um instante, Lizzie assente com a cabeça, como se soubesse exatamente o que Margaret quer dizer com essa curiosa expressão, mas não faz a menor ideia.

quatro

Não há nada tão reconfortante quanto o setor de hortifruti de um supermercado gourmet. Janice empurra o carrinho rapidamente em meio aos cestos e se admira com os feitos de engenharia ao seu redor. Torres de laranjas, um perfeito sol em miniatura cada uma. Os pêssegos de verão, cuidadosamente afagados por um funcionário até a penugem ficar de pé. As berinjelas, grandes e roxas, arrumadas em pilhas que desafiam a gravidade. Janice não consegue deixar de admirar a simetria, as cores perfeitamente contrastantes, os pequenos sinais de giz que denotam o conteúdo de cada cesto: "Endívias orgânicas, importadas do Peru, US$ 14 o quilo. Suculentas e deliciosas."

Quando estava na faculdade, os produtos orgânicos não eram nada parecidos com aqueles. Tudo era vendido em lojinhas escuras com cheiro poeirento e amargo, como germe de trigo, e os hortifruti eram insípidos, machucados e cheios de insetos. Quando chegou à Costa Oeste, nos anos 1970, comprava numa cooperativa perto do campus, tanto porque era barato quanto por causa do espírito de aventura. Lembra-se de ter feito uma torta de maçã para Paul alguns meses depois de terem começado a sair, e do horror que sentiu quando ele fez uma pausa e ficou olhando fixamente para uma minúscula minhoca fossilizada no garfo.

— Morta pelo açúcar — disse ele, antes de enrolá-la no guardanapo. — Não é um jeito ruim para uma minhoca morrer. — Continuou comendo mesmo assim, mas Janice não conseguiu dar outra mordida.

Ela para diante de um cesto de maçãs Macintosh, polidas a ponto de Janice poder ver mil pequenos reflexos de si mesma nas cascas vermelhas. Está aí uma ideia: vai fazer uma torta de maçã, uma sobremesa tão banal e rudimentar que não faz há anos, talvez décadas (costuma gravitar mais na direção dos artifícios culinários de uma torta musse de café com nozes ou uma torta de cereja com licor Armagnac). Naquele momento, a ideia de uma boa e velha sobremesa americana parece quase terapêutica. Janice escolhe habilmente dez das maiores, mais redondas e mais coloridas frutas — tomando o cuidado de não abalar a precária torre — e as deposita no fundo do carrinho, em cima da endívia, para que não fiquem machucadas. Percebe que está com as mãos tremendo e as sacode para fazer a tremedeira parar.

Passa com o carrinho pelas ervas frescas nos cestos refrigerados bem no momento em que os regadores começam a funcionar. Para por um breve instante e — não consegue evitar, aquilo parece tão fresco e sedutor que se sente só um pouquinho tonta — enfia a cabeça, logo acima do endro, levanta o pescoço e deixa o spray descer pelo rosto. A sensação é maravilhosa, suave e delicada como uma pena, umedecendo a parte de cima da blusa, molhando as pontas dos cabelos. Lembra-se de uma viagem que fez ao Havaí com Paul: uma caminhada numa floresta tropical, uma cachoeira em que queria entrar mas não teve coragem, para não estragar o vestido e as sandálias. Só agora ela sente a bênção que vem com a despreocupação.

— Janice?

A voz parece vir de mil quilômetros de distância. Janice recua num salto, percebendo, assustada, o que fez, e abre os olhos. Está com água nos cílios e não consegue ver direito, mas reconhece Barbara Bint pelo tom rouco da voz.

— Barbara — diz, enquanto limpa freneticamente a água do rosto com a manga do twin set, secando as bochechas numa tentativa vã de esconder o estrago. — Tudo bem com você?

Barbara Bint está na frente dela, bloqueando o caminho para o alho-poró com um carrinho cheio de shake dietético e Coca Diet. Janice não consegue pensar em alguém que gostaria menos de ver do que ela. Não há nada de *errado* com Barbara, na verdade, ela só é um pouco empolgada demais. Como um filhote que não para de lamber o pé da gente, não importa o quanto seja desencorajado. Quando há uma comissão de planejamento de um evento beneficente que Janice esteja organizando, Barbara certamente é voluntária para as tarefas mais aviltantes, aquelas que ninguém mais quer assumir. Quando há uma ceia para os pobres no

Dia de Ação de Graças na igreja, ela fica recheando perus doados até as 4 horas da manhã. Quando há uma morte na vizinhança, ela é a primeira pessoa a chegar com um prato de comida e o rosto marcado pelo choro. E tem ainda a religiosidade pública de Barbara, que foi adquirida depois da morte do marido (numa queda do teleférico de uma estação de esqui, bem diante dos olhos dela, um horror) cinco anos atrás, e uma novidade levemente estranha numa vizinhança em que a religião costuma ser contida. Barbara agora fala em Deus com a mesma familiaridade dos pobres do Meio-Oeste: como se Ele morasse no terreno ao lado e fosse aparecer naquela noite para um jantar descongelado no microondas. Janice não é muito ligada à religião, mas, se fosse, seria discreta, num gênero humilde. Não iria, por exemplo, rezar baixinho para que a mão de Deus guiasse seu taco antes de tentar acertar uma tacada no 14º buraco.

Hoje, Barbara está vestindo calças brancas, através das quais Janice pode ver a marca de sua calcinha. Barbara sempre parece meio desarrumada — as raízes grisalhas sob o tom castanho, o esmalte das unhas dos pés lascado, visível através das sandálias, a gola da camisa polo com manchas de gordura — como se, afinal, a energia que ela despende com o resto do mundo a deixasse sem nada para cuidar de si própria. Tem alguma coisa nisso que faz com que Janice tenha vontade de bater nela.

Barbara estende a mão para tocar no braço de Janice. Parece que está vendo Barbara por trás de uma cortina de plástico. Seu rosto parece aquoso e opaco. Janice fecha os olhos por um instante, esperando que, ao abri-los, Barbara possa ter sumido, como uma aparição. Que nada: ela ainda está ali, com os lábios cerrados.

— Comigo? — diz Barbara. — Ah, nenhuma novidade. Mas, Janice — e Janice se contrai involuntariamente ao ver os olhos da outra se enchendo de lágrimas de solidariedade —, como você está? Não quero parecer intrometida, mas... fiquei sabendo.

Janice sente uma pontada de irritação — por que Barbara Bint não podia simplesmente *fingir* que não tinha ficado sabendo de nada? —, mas sua mente está indo rápido demais para realmente se concentrar em Barbara por muito tempo. Enquanto está ali parada, seus pensamentos avançam: se vai servir torta de maçã, deve trocar o prato principal de garoupa assada com raiz-forte e salada de soja para, talvez, um frango assado com funcho e laranja, batata gratinada e brócolis com alho de acompanhamento. Não pode se esquecer de levar bicarbonato de sódio. Tem bicarbonato de sódio em casa? Não consegue lembrar.

Mexe as pernas, que telegrafam o desejo de seguir em frente.

— Eu estou bem — diz Janice, dando-se conta de que Barbara está esperando por uma resposta. — Estou ótima.

Barbara abaixa o tom de voz:

— Ótima? Quer dizer, Janice, que bom saber. De verdade. Mas você sabe que, se as coisas ficarem difíceis, sempre pode conversar comigo.

— De verdade, Barbara, estou *ótima*. Margaret está em casa, e nós temos muitas coisas planejadas para esta visita dela — mente. — Além disso, estou retomando uma porção de projetos que eu vinha adiando havia *anos*. Meu sótão, Deus do céu, você não faz ideia do estado em que está o meu sótão. Por que a gente se dá o trabalho de guardar aquele monte de *tralhas*, se tudo o que elas fazem é juntar poeira e ficar esquecidas embaixo do telhado? Além de atrair bichos. Parece sem sentido, não é? O que eu estava falando? Enfim, sim, eu tenho estado ocupada demais para... — Ao perceber que perdeu o fio da meada, Janice tenta corrigir a situação limpando a garganta — Certo. Está tudo bem, Barbara. Por favor, não se preocupe. Eu estou ótima. — Percebe que está com as mandíbulas tensas e se obriga a relaxar.

— Bem, você não *parece* estar ótima — diz Barbara, apontando por cima do ombro de Janice.

Janice se vira e se vê no espelho acima das ervas. Está com os cabelos emaranhados por causa da água, o rímel escorreu para baixo dos olhos, e a blusa branca, transparente por estar molhada, revela a forma do sutiã bege e a barriga por baixo. Ela está um desastre, e vê o fato como sendo muito, muito engraçado, de modo que começa a rir, um curioso tipo de riso com soluços que faz com que Barbara se aproxime e aperte o braço de Janice com mais força ainda.

— Ai — diz Janice. Tenta controlar a histeria, mandando uma ordem para os dentes pararem de bater. — Cuidado com o meu cotovelo de tenista, Barbara.

Barbara solta a mão rapidamente, mas não se afasta.

— Você conhece a Luella Anderton?

Janice assente com a cabeça, sem saber por que Barbara está falando na tesoureira da associação de pais e mestres local.

— Bom, ela anda saindo com um advogado. É o advogado que fez o divórcio dela. Só um ano depois de Bill deixá-la. Lembra? O que eu quero dizer... é que a vida continua. Mantenha o pensamento positivo.

— Obrigada, Barbara — diz Janice, cujas pernas ameaçam se mexer por conta própria. Não parece conseguir se concentrar no rosto de Barbara. Deseja desesperadamente que aquela conversa chegue ao fim. Já está sentindo a bolha de boa vontade começando a minguar, o entusiasmo pela torta desaparecendo diante da escuridão crescente. Barbara nunca pareceu compreender o código de silêncio de Santa Rita diante do lado ruim da vida. Será que não vê que as ofertas de ajuda só conseguem tornar a dor real? *Vá embora, Barbara*, ela pensa. *Você está estragando tudo*. Respira fundo para se acalmar e sente cheiro de sálvia. — Não vou esquecer isso.

— Eu já disse isso antes, mas vale repetir: você realmente devia ir a um dos nossos grupos de leitura da Bíblia nas segundas-feiras à noite. Nem que seja só pela companhia — pressiona Barbara.

Janice põe a mão no carrinho e o empurra alguns centímetros na direção contrária. As maçãs balançam no fundo.

— Eu realmente preciso ir embora, Barbara. As meninas estão esperando por mim em casa, e nós vamos fazer uma torta.

Barbara dá um passo para a frente, forçando Janice a se afastar ainda mais, e sussurra em tom conspiratório:

— Estou falando sério, Janice. A minha porta está sempre, sempre aberta para você.

— Toc, toc — diz Janice baixinho.

Foge para o corredor de congelados enquanto tenta voltar à veloz eficiência anterior. Mas enquanto traça o caminho de volta aos corredores, pegando favas de baunilha fresca, semente de funcho e chalotas — bicarbonato, não se esqueça do bicarbonato —, sente a melancolia começando a tomar conta novamente. A loja não tem mais creme de leite fresco, o que quer dizer que ela terá de fazer mais uma parada, ou usar chantilly. Alguém quebrou uma garrafa de refrigerante de laranja no corredor número 2, e a poça efervescente e nojenta molha sua sandália: seus dedos ficam grudentos por causa do líquido açucarado. E então, quando ela chega aos caixas, só há duas filas abertas, com dez pessoas em cada, enquanto uma caixa está sentada atrás de uma registradora fechada contando pilhas de moedas bem devagar. *Eles não têm máquinas que fazem isso?* Enquanto avança lentamente na fila, Janice olha para o relógio: são 13h45, o que quer dizer que James, o rapaz da piscina, vai chegar a qualquer minuto. E ele normalmente fica por menos de meia hora, o que mal lhe dá tempo suficiente para chegar em casa. Pensa no que está esperando por ela em casa e sente a garganta apertar de expectativa.

Janice está preparada com o cartão de crédito, que passa na máquina antes mesmo de a moça do caixa terminar de registrar as compras. Atravessa o estacionamento correndo, com o carrinho tremendo no asfalto esburacado, e usa o controle remoto do alarme para abrir de longe o porta-malas do carro, para que, quando chegar lá, só tenha de atirar as sacolas dentro e sair. Está numa corrida contra a dor que sente se aproximar, uma poça escorregadia que vai começar no fundo da cabeça e se espalhar pelo corpo todo até que ela se sinta como um imenso nervo exposto.

E agora que saiu do mercado ela se dá conta, sentindo-se humilhada, de que acabou de enfiar a cabeça sob os regadores da seção de hortifruti na frente de Barbara Bint, a bisbilhoteira, que provavelmente irá contar o que viu para todo o maldito bairro. O que significa que Beverly e Paul certamente ouvirão falar do que aconteceu — e quando esses nomes surgem espontaneamente em sua mente, Janice é novamente assaltada pela imagem repugnante que vinha espreitando a periferia de sua consciência, esperando que ela baixasse a guarda: Beverly e Paul nus num quarto de hotel, uma massa retorcida de suor e carne, como um filme pornográfico ordinário. Seu próprio marido! Sua melhor amiga! Como ele podia ter feito isso? Como ela podia ter feito isso? O horror transborda, incontrolável, e ela aperta o pé com força no acelerador até estar 28 quilômetros acima do limite de velocidade. Tudo o que quer fazer é chegar em casa a tempo de pegar James antes de ele ir embora. Assim, passa sem parar por duas placas de "Pare" no caminho para casa, conferindo pelo retrovisor se havia algum guarda de trânsito, e para na entrada da garagem atrás do terrivelmente acabado Honda de Margaret, bem a tempo de ver James colocando os produtos químicos na traseira da caminhonete. Ele afasta os cabelos escuros encaracolados dos olhos com as costas da mão, sorri e acena para ela.

— James! — grita Janice, ao sair do carro. — Que bom que peguei você.

Quando Janice consegue entrar em casa com as compras, o sorvete está começando a derreter. Ainda assim, ela para na frente do telefone no hall de entrada e checa se a luz da secretária eletrônica está piscando. Não está. Ela aperta "Play" mesmo assim, só para garantir, mas a secretária só bipa irritada para ela. Paul ainda não ligou, e já faz bem mais do que uma semana.

Há também uma pilha crescente de correspondência, incluindo a mais recente edição da *Paris Match*. Ela dá uma olhada na capa — algum pop star europeu que não reconhece. Há anos vem pensando em cancelar a assinatura. Não a lê mais, só dá uma olhada nas fotos dos membros da realeza, e a verdade é que três décadas em Santa Rita praticamente apagaram qualquer fluência que ela pode ter tido em francês. Ainda assim, ano após ano, a revista continua chegando à sua caixa de correio, uma ligação a algo quase esquecido.

Embaixo da *Paris Match*, encontra um pacote da FedEx que foi entregue na sua ausência. Janice fica parada diante da mesa, com as sacolas de compras escorregando dos braços e pensa naquilo. Um pacote da FedEx deveria exigir atenção imediata, mas ela percebe que não tem coragem de abri-lo. Não está com ânimo para más notícias, e Deus sabe que boas notícias raramente chegam como encomenda expressa.

Seu impulso é ir direto para o banheiro e se dirigir à escuridão que começou a baixar desde que cruzou com Barbara no supermercado, mas precisa guardar as compras primeiro. Quando entra na cozinha, porém, encontra Margaret sentada à mesa, lendo a seção de cinema do jornal, e revê o plano.

São 14h30, mas Margaret ainda está de pijama. Ou melhor, ainda está com o pijama de Lizzie, já que aparentemente não trouxe nenhum dos seus. O que ela veste é cor-de-rosa, com flores bordadas na frente da parte de cima, combinando com a estampa das calças de amarrar na cintura. O pijama fica sobrando em Margaret, fazendo-a parecer pequena e infantil, e por um instante Janice sente uma dor pela criança que Margaret foi um dia, a menininha que não ia para a cama se a mãe não lesse *Where the Wild Things Are* para ela, a menininha que interpretou Wendy na montagem que sua turma de segundo ano fez de *Peter Pan*, muito antes de ela eliminar o cor-de-rosa do armário em favor de um guarda-roupa todo preto e de começar a tratar toda e qualquer declaração de Janice com indisfarçável impaciência.

— Onde está o café? — pergunta Margaret, numa espécie de cumprimento. — Não consegui encontrar.

— Você acabou de acordar? — Janice olha para o relógio enquanto guarda o sorvete no freezer. Margaret percebe o olhar dela.

— Não pus o relógio para despertar. Eu estou de férias, mãe. Nunca consigo dormir em Los Angeles.

Janice pensa em dizer alguma coisa — bem, preguiçosa, eu passei quase toda a noite acordada e consegui reorganizar os álbuns de fotos e limpar a geladeira enquanto você estava dormindo —, mas morde a língua, porque quer passar pelo menos alguns dias com Margaret em casa antes de começarem a brigar. Suas conversas parecem sempre descambar tão rapidamente para o combate, que ela nunca tem muita certeza de como isso começa. Olha para Margaret e sente vontade de abraçá-la, de apertá-la até que a expressão estressada deixe seu rosto e ela não consiga fazer nada além de retribuir o abraço.

— Sabia que o seu carro está vazando líquido anticongelante na entrada da garagem? Não está na hora de você comprar um novo? Aquela coisa não parece *segura* — diz Janice, olhando para a filha, pensando com otimismo que, para variar, ela irá aceitar um pouco de sabedoria materna.

Mas Margaret só faz uma careta.

— Ele faz 12 quilômetros por litro e me leva aonde eu preciso ir. Quando você vai trocar o seu absolutamente desnecessário utilitário bebedor de gasolina por alguma coisa mais ecologicamente responsável? Tipo, sei lá, um híbrido?

Janice sacode a cabeça.

— Acho que vou tomar uma taça de vinho branco — diz, mudando de assunto. — Quer um pouco de vinho? Um spritzer, quem sabe.

— Vinho? — pergunta Margaret, com uma expressão confusa no rosto. — Você está me oferecendo vinho no café da manhã? O mundo virou de cabeça para baixo?

— Bem, então eu vou tomar uma taça de vinho e fazer um café para você.

— Obrigada — diz Margaret e, por um instante, parece que a paz irá reinar.

Janice começa a preparar um bule de café e, além disso, põe duas fatias de pão francês na torradeira. Encontra uma meia garrafa de Chardonnay na geladeira e serve uma taça generosa, que toma enquanto tira as compras das sacolas. O vinho ajuda a aliviar a tensão, mas ela também se pergunta quanto tempo precisa esperar. A cozinha está quente e ensolarada, e Janice faz uma pausa perto da pia para deixar a luz banhar seu rosto. Sente o cheiro de jasmim do jardim, suave, doce e típico do verão.

— Você tem planos para o período que vai passar aqui? — pergunta Janice.

— Ah, você sabe — Margaret diz vagamente. — Pensei em ajudar em casa. Ficar sentada na beira da piscina. Ler um pouco. Por quê? Você já está querendo se livrar de mim?

— Não seja ridícula — diz Janice.

Mas a verdade é que a chegada inesperada de Margaret *deixou* Janice nervosa. Ela se sente censurada na presença de Margaret, como se a filha mais velha a estivesse julgando, culpando-a pela partida de Paul. Sempre foi assim: Janice sempre se sentiu como um buraco negro de culpa, um repositório para as críticas de Margaret. Como se, caso fosse obrigada a escolher um lado, Margaret ficasse com Paul.

Talvez a visita de Margaret seja um gesto de boa vontade, que demonstre um desejo de apagar todo o constrangimento entre elas. Janice quer acreditar que a filha realmente foi para casa porque se sentiu compelida por solidariedade. Mas, no fundo do coração, ela suspeita de que os motivos de Margaret não são tão puros assim. Tem alguma coisa sombria pairando sobre ela, que Janice teme ser a aura da decepção. Tem medo de perguntar. Prefere não saber. Pelo menos não agora. Não quando as coisas estão como estão.

— Como estão as coisas na sua revista? — diz, esperando que essa pergunta vaga seja suficiente.

Não consegue dizer o nome da revista. Quando Margaret, na época em que estava se mudando para Los Angeles, anunciou que estava começando uma nova publicação feminina, Janice começou sendo otimista — a filha não havia jogado fora todo o talento, a educação e o potencial que tinha para correr atrás de um rapaz, afinal. Uma revista! Imaginou alguma coisa como a *Vogue*, ou mesmo a *Glamour*, e, por um instante, invejou a ambição da filha. Ficou empolgada, quer dizer, até ficar sabendo como Margaret havia batizado o projeto e começou a se dar conta de que não era aquele tipo de revista.

— *Snatch** o quê? — perguntou Janice, confusa.

— Tem duplo sentido — respondeu Margaret. — Estou recuperando a palavra. Trazendo-a de volta para seu significado original.

Ainda assim, Janice não compreendeu. Sentia-se burra, como se a outra estivesse rindo dela, até que, de repente, o significado da palavra fez sentido, e o que substituiu a humilhação foi um sentimento de horror.

— Ah, Margaret — disse, enquanto a filha prestava atenção, confusa (como se considerasse a moral de Janice engraçada!). — Isso não é nem um pouco divertido. Não consigo imaginar quem compraria uma revista com esse nome. As livrarias vão vender esse tipo de título?

Margaret ficou em silêncio e se recusou a falar mais sobre o assunto. E ainda que, desde então, uma edição tenha chegado todos os meses num envelope pardo para Lizzie, Margaret nunca mandou um exemplar para Janice. Mas ela pega as edições antigas, quando Lizzie já acabou de lê-las, e as guarda num armário na sala íntima. E, de vez em quando, abre o armário e folheia uma das revistas, vendo os escritos raivosos da filha com um misto de orgulho e vergonha. Margaret é muito inteligente — Janice se impressiona, às vezes, com a fluência de sua prosa e a força de seus argumentos —, no entanto, há muita raiva na revista. Janice não consegue deixar de se perguntar também se o alvo daquele feminismo está mirado nela, uma censura, pode-se dizer, da escolha de Janice por ter uma família e cuidar da casa no lugar da própria ambição. "Anacronismo" era a palavra que Margaret usava quando escrevia sobre as mães em tempo integral. Janice costuma consolar a si mesma pensando que

---

* Entre os significados da palavra *"snatch"* estão esforço para agarrar algo, arrebatar, roubar. É também uma gíria para vagina. (*N. da T.*)

Margaret algum dia irá compreender, quando tiver sua própria família, como as prioridades mudam, como as fantasias sobre carreira e aventuras se tornam irrelevantes no instante em que temos nos braços um bebê que nos adora, conta conosco e consome egoisticamente nossa própria essência. Como a vida nem sempre é o que esperamos que seja quando somos jovens e idealistas, e a alegria vem quando aprendemos a amar o que acabamos por escolher. Às vezes, Janice também se pergunta se a pessoa a quem ela está tentando convencer disso não é a filha, mas ela mesma.

— Ah, a *Snatch* está bem, o de sempre — diz Margaret, uma resposta (o que é "o de sempre?") que de alguma forma não alivia a preocupação de Janice, mas isso será o suficiente por ora. Margaret folheia o jornal e olha para a mãe. — Eu vi você conversando com aquele cara. É ele que cuida da piscina?

O coração de Janice acelera por um instante, mas Margaret não sabe — como saberia?

— Sim. É o James. Ele vem duas vezes por semana. É novo, veio recomendado pelos vizinhos.

— É bonitinho — diz Margaret. — De um jeito meio vagabundo.

Janice pensa em James, em seu corpo magro e bronzeado e o ninho de cabelos pretos cacheados, os olhos verdes lacônicos e o cheiro úmido de trabalho físico, e pensa que ele não é o tipo de garoto de quem ela teria gostado na idade de Margaret. Ele é mais misterioso e sensível do que masculino. Além disso, ela não teria ficado interessada no rapaz da piscina. Pensa que suas aspirações sempre foram maiores do que isso.

— É mesmo? Bem, ele certamente poderia tomar banho com mais frequência — diz Janice.

Ela toma todo o vinho da taça e se serve de mais um pouco. Margaret a observa com uma expressão intrigada e parece prestes a dizer alguma coisa. É interrompida pelo toque do telefone.

As duas congelam. Janice não se mexe para atender. Se for Paul, ela não tem energia para falar com ele na frente da Margaret.

— Você não vai atender? — pergunta Margaret, com algo estranho tomando conta de sua expressão, uma mistura de preocupação e medo (Janice se pergunta se ela também tem medo de confrontar Paul). Mas pega o telefone antes que Janice consiga responder. Aperta o fone no ouvido, olhando de lado para a mãe, e depois de um momento suspira — seria de alívio? Ou de pavor? Janice não consegue identificar.

— Não, obrigada. — Desliga. — Era telemarketing — diz.

— Você estava esperando uma ligação de Bart? — Janice sabe que não deveria perguntar, mas não consegue resistir.

Margaret vai até a pia, ficando de costas para ela, e lava as mãos.

— Na verdade, não.

Janice se debate cegamente, esperando pelo melhor.

— Como está o Bart, afinal? Ele ainda está atuando? — espera que essa última pergunta não pareça muito passivo-agressiva. É claro que ela sabe perfeitamente que ele ainda está atuando, mas não consegue evitar e deixa passar um pouco de seu desgosto na voz.

Viu Bart apenas uma vez, durante um jantar deplorável no L'Etouffee, e não gostou dele instintivamente. Ele foi absolutamente indiferente em relação a ela e Paul, demonstrou apenas desprezo pelo ambiente e respondeu friamente a suas inúteis tentativas de fazer contato com ele. Havia praticamente rido da sua cara quando ela mencionou o quanto havia adorado a mais recente produção de *Les Misérables*. Ele apareceu no L'Etouffee — justo lá — usando botas de motociclista, com graxa nas unhas, e comeu segurando o garfo de uma maneira medonha. Ficou acariciando sua filha, e o que foi mais angustiante para ela foi que, quando ele foi embora na metade do jantar, Margaret — a impressionante aluna universitária que tinha todas as oportunidades do mundo diante de si — o seguiu como um bichinho devotado. Depois seguiu-o para uma vida precária numa cidade distante onde não tinha perspectiva de trabalho. Simplesmente não fazia sentido que, depois de uma vida inteira de sucessos, Margaret pudesse de repente se *acomodar* daquela forma. O que ela estava perseguindo? Ou do que estava fugindo? Janice ainda não entende — teria sido ela? Teria sido Paul? Sentia-se inexplicavelmente brava com a filha, como se ela a estivesse traindo com seus caprichos levianos. Ainda assim, talvez não devesse ter *dito* a Margaret que seu namorado era um "inútil arrogante". Ou que ela estava desperdiçando a vida ao largar um bom emprego na universidade de Stanford — aqui! Em casa! — para se mudar para Los Angeles com um ator desempregado. Isso certamente não havia aberto os olhos de Margaret nem evitado sua partida, e aparentemente a havia *desencorajado* de visitá-los. Quatro visitas em quatro anos, sem incluir aquela. Muito pouco.

— Sim, é claro que ele ainda está atuando — diz Margaret, com infinita paciência, como se estivesse falando com uma criança muito lenta.

— O personagem dele naquele seriado morreu, não é?

— O barco dele afundou numa tempestade tropical. Um trágico acidente. Partiu o coração de milhares de adolescentes.

Janice assistira ao seriado algumas vezes, por curiosidade mórbida, e não se surpreendeu que não tivesse gostado. Uma novela para o público de 20 e poucos anos passada em Malibu, com muito sexo promíscuo, personagens sem sentido e palavrões gratuitos. Era o tipo de bobagem sensacionalista cuja única função era corromper a mente das crianças. Ela proibira Lizzie de assisti-lo. Mas também havia notado as expressões levemente impressionadas das amigas quando ela mencionava o nome do seriado, como se todos os evidentes defeitos do personagem de Bart tivessem se tornado irrelevantes pela validação do horário nobre da televisão. Assim, de vez em quando, ela mencionava o nome dele revirando os olhos com irritação — *aquele rapaz com quem Margaret mora* — só para vê-las arregalarem os olhos de interesse reprimido.

— E o que ele está fazendo agora?

— Está fazendo o papel principal num novo filme.

— É mesmo? Sobre o que é o filme? — Janice registra a esperada sensação de decepção: não é alheia ao fato de que vinha esperando pelo fracasso de Bart, provando a Margaret que ela sempre tivera razão a respeito dele.

— Não tenho certeza. Alguma coisa sobre carros.

— Bem, quem sabe podemos ir ver todos juntos.

Margaret sorri, de modo nada convincente, um sorriso que não disfarça o fato de que preferiria morrer a se sentar num cinema com Janice e ver um filme de Bart.

— Ah, claro.

O mistério da vida da filha às vezes faz Janice ter vontade de chorar. Tentar tirar alguma informação dela é como tentar arrancar as tenazes ervas daninhas da horta. Quanto mais ela puxa, maior é a probabilidade de a erva daninha se quebrar na base e ela nunca conseguir arrancar as raízes. Ela se descobre desejando que Margaret fosse só um pouquinho mais como a filha dos Maxfield, a antiga colega de escola de Margaret, Kelly. Helen Maxfield está sempre contando vantagem sobre como a filha é a sua melhor amiga, sobre como se casou com um banqueiro e fundou uma bem-sucedida empresa de relações públicas, sobre como a filha vai jantar na casa dela todas as sextas-feiras. As demonstrações maternais de Helen costumam dar nos nervos de Janice (é claro que filho nenhum é *tão* santo), mas, ainda assim, às vezes ela se pega observando com pura inveja quando Helen leva a filha, o genro e a nova neta ao clube para o brunch de domingo — a forma como eles aproximam os rostos para rirem juntos de piadas particulares, com Kelly às vezes segurando a mão da mãe num instante de humor compartilhado. Não consegue lembrar a última vez em que Margaret a tocou impulsivamente.

— Sabe, o filho dos Moore, Nelson, acabou de terminar o exame da ordem da Califórnia. Ele está morando por aqui. Alugou uma casa a poucas quadras dos pais. Lembra-se dele? Estava um ano na sua frente na escola.

— Aquele menino com lábio leporino?

— Ele fez uma plástica. Talvez você deva ligar para ele enquanto estiver aqui. Lembro que ele era apaixonado por você quando estavam no primeiro grau.

— Mãe, por favor.

— Só pensei que talvez você quisesse socializar.

Janice se ocupa lavando as maçãs para a torta, polindo cada uma com um pano de prato antes de botá-las sobre o balcão para fatiar. Percebe que está com as mãos agitadas novamente, quase como se estivessem separadas do resto do corpo. Observa-as dançando por cima do balcão, lutando com uma maçã, mexendo com uma faca, batendo nos azulejos, antes de juntar as mãos e apertá-las com força diante do corpo, para ficar parada só um pouquinho. Sente a inexplicável contrariedade de Margaret descendo entre elas como uma cortina sombria e sabe que, não importa o que diga, está condenada. Isso a deixa exausta. A cozinha fica em silêncio, exceto pelo estalar do forno que está aquecendo.

— E quanto tempo você acha que vai continuar fazendo essa revista? — pergunta Janice, ainda se esforçando por uma meta na conversa que não tem certeza se quer atingir, mas se vê incapaz de parar.

Margaret pega uma maçã e dá uma mordida.

— Mãe — diz ela, mastigando —, eu realmente prefiro não falar sobre a revista. Eu já entendi: você odeia a revista. Você acha que eu estou desperdiçando a minha vida.

Janice golpeia uma maçã com a faca e fica olhando as metades descascadas balançando para a frente e para trás em cima do balcão, com a polpa branca exposta agora vulnerável às marcas marrons da oxidação.

— Eu não odeio a revista, querida — diz, sabendo que foi longe demais. — Fico feliz de saber que você tem algo que a empolga. — Olha para Margaret, que parece decididamente nada empolgada. Janice simplesmente não consegue resistir. As palavras saem sozinhas, apesar da mensagem de alerta que o cérebro manda para a boca: — Embora eu ainda não entenda como você pode ganhar a vida com ela.

Margaret olha de um jeito esquisito para Janice.

— Eu estou perfeitamente bem, mãe — ela resmunga, dando mais uma mordida na maçã e pondo um ponto final no assunto. — Enfim, será que a gente pode, por favor, parar de falar sobre mim? Não temos coisas mais importantes para conversar agora? Quer dizer, está na hora de conversarmos sobre a questão óbvia. O que está acontecendo com o papai?

Janice congela. Devia estar esperando por isso, mas, ainda assim, havia conseguido não responder às perguntas de todo mundo até então. Fica em silêncio por um tempo.

— Eu não sei — responde, afinal.

E é verdade. Olhou para a situação de todos os ângulos, tentando encontrar uma maneira de costurar tudo de volta perfeitamente. Instintivamente, quer que Paul largue Beverly e volte. Diz a si mesma que conseguir convencê-lo de que ele cometeu um erro fatal, e que voltar e consertar a fenda que abriu no mundo deles seria uma solução. Mas isso não leva em consideração a fúria que está sentindo por conta da traição, da *humilhação* a que ele a submeteu. Parte dela deseja que ele e Beverly apodreçam no inferno por toda a eternidade. Ainda assim, são exatamente esses os sentimentos em que Janice não quer pensar, em primeiro lugar. De modo que a dúvida quanto ao que fazer a respeito desse desastre só fica dando voltas e mais voltas em sua mente, como uma daquelas cobras que comem o próprio rabo, fazendo com que ela se sinta cada vez pior. É mais fácil ignorar o assunto, e aquilo que está dentro de sua bolsa naquele instante, só esperando por ela — *aquilo* —, torna ainda mais fácil ignorar o assunto.

— Você realmente quer conversar sobre isso? — pergunta Janice, esperançosa. — Eu realmente preferia saber o que está acontecendo na sua vida.

— Você não quer falar sobre o divórcio? — Margaret balança a cabeça, incrédula. — Isso afeta a todas nós. A você, a Lizzie *e* a mim.

Janice levanta a mão, como que para barrar as palavras no ar antes que elas chegassem a seus tímpanos.

— Margaret, *pare* com isso. Seu pai e eu precisamos conversar, antes... — hesita — ...antes que qualquer outra coisa seja decidida. Estamos muito longe de... disso que você está falando. Nós estamos simplesmente... *separados*. Dando um tempo, o que não é tão incomum num casamento de tantos anos. E quem é você para discordar, mocinha? As roupas do seu pai ainda estão todas penduradas no armário, e tudo o que ele possui está aqui, aqui na nossa casa, de modo que chamar isso de fim do nosso casamento parece um pouco prematuro, não acha?

Ouve a si mesma tagarelando, recuando por reflexo com sua própria atitude defensiva, mas incapaz de simplesmente ficar quieta. Sente a cabeça começando a latejar e olha para o relógio e pensa: *eu claramente já esperei tempo suficiente*.

— Prematuro? Mãe, ele *foi embora*. Ele está com *outra pessoa*. E você está tomando vinho no meio da tarde. Você já pensou no que vai acontecer com... — Margaret faz uma pausa — ...todo aquele *dinheiro* da OPI, ou com a custódia da Lizzie? Quem vai ficar com a casa? O que você vai *fazer*? Você pode acabar *na rua*!

A voz de Margaret ficou estridente e histérica, como se o fim do mundo estivesse se aproximando, e de repente Janice não suporta ouvir mais uma palavra da filha. Deixa cair a maçã partida que tem na mão — a fruta quica e se espatifa no chão da cozinha — e se vira para Margaret furiosa, ainda agarrada à faca.

— Quem é *você* para me dizer como estão as coisas no *meu* casamento? Eu estou casada há 29 anos. Você, você foge com um... ator... com quem está morando há alguns anos, e de repente sabe tudo sobre relacionamentos? Não se *atreva* a me falar sobre o que é compromisso.

Margaret olha para a faca com os olhos arregalados e dá um passo para trás. Levanta as mãos, com as palmas viradas para Janice e os dedos estendidos, murmurando bem baixinho:

— Está bem, está bem. Tudo bem.

Janice pensa que está vendo medo de verdade no rosto de Margaret, e a cintilação momentânea de vitória desaparece quando ela se dá conta de que está apontando uma faca para a filha. Ainda que mal seja uma faca de verdade, não passa de uma coisinha que precisa ser afiada, de modo que a manifestação dramática de Margaret é realmente bem desnecessária. Janice pousa a faca sobre a tábua de cortar, mas ainda não consegue encarar Margaret. Abaixa-se, pega a maçã partida do chão e tira um fio de cabelo liso da polpa branca. Sente-se afundando rapidamente na areia movediça. Onde está sua bolsa?

— Vou ao toalete — diz, levantando-se.

— O toalete? Por que você não fala simplesmente banheiro? — diz Margaret.

— Falo assim porque sou uma dama, ao contrário de alguns dos outros moradores desta casa, que preferem ser porcos ou relaxados — reage Janice irritada, tentando caminhar, e não correr, até o banheiro de baixo, pegando a bolsa de cima do balcão no caminho.

Com a porta fechada, senta-se no vaso e vasculha a bolsa, com as mãos tremendo. Encontra o saquinho, abre o selo e tira o pacotinho *daquilo*.

Derrama o pó branco e cristalino sobre o balcão de mármore e ajeita uma linha fina com o cartão de crédito da Neiman Marcus. Fazendo isso, ela põe só mais um pouquinho e, então, com uma nota de 20 dólares enrolada, cheira a carreira.

Ela lacrimeja, e se senta no vaso, secando o canto do olho com um pedaço de toalha, para que o rímel não escorra. Sente algo amargo e viscoso descendo pela garganta, mas não se importa mais, porque sabe que o que vem a seguir é alívio.

Pensa que está ficando melhor nisso. Na primeira vez em que cheirou, sentiu-se ferida por aquele rastro de fogo no nariz e na garganta. Pensou que podia ter quebrado alguma coisa ou feito algo errado. Havia seguido as instruções de James ao pé da letra — o cartão de crédito, a nota de dinheiro, a narina apertada —, mas não esperava aquela ardência. As únicas drogas que havia consumido eram maconha — uma ou duas vezes, na faculdade — e analgésicos, mas *aquilo* parecia muito *mais sujo*. Encarou a si mesma no espelho, pensando que sua expressão certamente devia estar diferente depois daquela violação. Um lampejo de lembrança — uma cena de algum filme sobre gângsteres, um monte de cocaína e um homem com o nariz enfiado no pó como se fosse participante de um concurso de comer tortas — passou-lhe pela cabeça, e ela entrou em pânico: será que havia cometido um erro terrível? Ele havia chamado *aquilo* de metanfetamina cristal, não de cocaína. Tinha *dito* que era medicinal, mas e se tivesse mentido?

Então sua ansiedade se afastou conforme a droga fazia seu trabalho. Ela fechou os olhos e sentiu um brilho percorrê-la. Era a mesma sensação que estava sentindo naquele exato momento: um calor se espalhando e imediatamente apagando a tensão de sua mente e então se derretendo lentamente sobre seu corpo, como o sorvete que amolecia dentro do pote na cozinha. Em um minuto, sente-se completamente refeita. Agora é capaz de encarar qualquer coisa.

Ela cuida para dar a descarga antes de sair do banheiro, para o caso de Margaret estar escutando.

É claro que há um motivo legítimo para aquilo. Janice machucou o cotovelo nos torneios de abril no clube quando corria atrás de uma bola que Beverly poderia ter facilmente devolvido, mas não devolveu (Beverly sempre era um pouco preguiçosa em quadra), deixando para Janice salvar o ponto. As duas perderam de qualquer maneira — a primeira vez em três anos —, e a dor no cotovelo de Janice a mandou para o Dr. Brunschild, que lhe receitou duas semanas de repouso completo do braço e uma semana de Vicodin.

Ela ficou espantada com o quanto o Vicodin havia sido agradável — até mesmo prazeroso, não apenas eliminando a dor no cotovelo como também deixando-a em uma espécie de tranquila euforia. Quando caminhava, era como se estivesse deslizando lentamente em seda. Ainda assim, sentia-se culpada por tomar as pílulas. A dor no braço não era terrível, e tomar um remédio do qual ela não precisava realmente parecia perigoso. Ela parou, mas guardou o resto do frasco no armário do banheiro, para o caso de a dor voltar.

Aquela dor em especial não havia voltado, mas outra surgiu em seu lugar. Janice descobriu o frasco no armário do banheiro na segunda-feira em que Paul foi embora com Beverly. Ficou lá parada, com a meia garrafa de champanhe numa das mãos, lentamente girando o frasco de Vicodin com a outra. As pílulas faziam um barulho provocador: ainda restavam oito. E ela pensou: *por que não?* Afinal, aquela era uma dor muito pior do que a de um músculo distendido ou um pulso quebrado. Era uma dor pior até do que a dor do parto, porque ao dar à luz uma criança, estamos ganhando algo. Pior também do que a morte da sua mãe de câncer no ano anterior, porque aquele fim lento ao menos tivera um aspecto de eventualidade, de um final esperado. Não, aquele tipo de perda era uma perda viva, uma perda carregada de raiva, remorso e insegurança.

Parada na frente do armário de remédios, pensou no que Paul tinha dito. "Claustrofobia"? *Ele* se sentia claustrofóbico? Era ela quem devia se sentir claustrofóbica — sua vida era a que ocorria no confinamento daquela casa, nos limites do jardim, no supermercado local, no shopping center e no country club. Era ela quem precisava estar presente e disponível sempre que as filhas e o marido precisavam dela. Enquanto isso, Paul viajava todas as semanas a negócios; visitava meia dúzia de países por mês. Aparentemente, ele tinha inclusive a liberdade e o tempo livre para trepar com a sua melhor amiga. Quem era ele para reclamar? Pensou em telefonar de novo e gritar até os pulmões não suportarem mais, mas não conseguiu reunir forças para fazer isso.

Em vez disso, tomou uma pílula. E então, 22 minutos mais tarde, misericórdia. A combinação de Vicodin e champanhe apagou tudo, deixando apenas as mais sombrias pinceladas de fúria e vergonha. Ela passou o resto daquela tarde vagando pela casa numa tranquilidade eufórica. Ficou parada no jardim por muito, muito tempo, inundada pelo aroma açucarado das rosas de verão. Passou horas fascinada por programas de culinária na TV. *Assim* que estivesse se sentindo melhor, sairia para comprar um circulador de imersão para poder preparar cordeiro *sous vide* com sorbet de balsâmico! Paul e Beverly mal passavam por sua cabeça; quando surgiam, flutuando, ela achava impressionantemente fácil espantá-los.

— Ele vai voltar para casa — garantia a si mesma. — Ele vai cair em si. Tudo vai ficar bem.

Arrumava a mesa para o jantar e, apesar de tudo, arrumava um lugar para ele de qualquer maneira, perguntando-se se o pensamento positivo poderia de alguma forma atrair Paul de volta para casa. Nesse leve torpor, disse a Lizzie apenas que o pai estava de folga e que ficaria longe por um tempo, e quando percebeu que a filha achou que ela estava se referindo a uma viagem de negócios, não se preocupou em esclarecer o contrário.

Janice disse a si mesma que aquela era uma situação extraordinária e que não tomaria o Vicodin de novo. Mas quando acordou no dia seguinte na cama vazia e pensou em arrancar os cabelos e partir as porcelanas em mil pedaços ou botar fogo na casa, ficou evidente que precisaria do remédio. Ela não tinha espaço para raiva em sua vida, e se as pessoas com, digamos, insônia às vezes tomavam calmantes para ajudá-las a dormir, por que ela não podia se autorreceitar o Vicodin para aliviar temporariamente aquela raiva?

Ela passou pelos dois dias seguintes como que flutuando numa nuvem, tranquila e cheia de energia, tomando mais um Vicodin toda vez que sentia as coisas voltando a ficar mais definidas. Era como se Paul estivesse simplesmente em outra de suas viagens de negócios — ele já não tinha passado a maior parte do ano longe mesmo? —, e ela pensou: sim, eu consigo viver assim, neste limbo. Pensamentos sobre divórcio e infidelidade mal passavam por sua mente.

E daí acabaram as pílulas.

Ligou para o Dr. Brunschild para pedir mais uma receita na quarta-feira à noite.

— Estou com dor no cotovelo — disse.

— De novo? Ou ainda? — perguntou ele.

— Ainda — disse ela, sem saber se era uma resposta plausível e esperando que ele já não a tivesse visto jogando nas quadras do clube.

— Você andou jogando?

— Na verdade, não — mentiu. — Dói muito. Talvez eu precise de mais Vicodin.

— Não. Se ainda está doendo, talvez você tenha quebrado alguma coisa. Você pode estar precisando de uma cirurgia. Acho que você devia marcar uma consulta.

Ela não conseguiria mentir para ele pessoalmente, é claro. Então protestou e ficou ali, no quarto vazio, deixando a desesperança tomar conta dela. Olhando para a frente, tudo o que via era dor, como um monstro esperando para devorá-la. De repente, compreendeu o impulso assassino — aquilo era culpa de Paul, tudo aquilo, e ele deveria sofrer o mesmo que ela estava sofrendo.

Escancarou as portas do closet e olhou para os ternos de Paul. Eles iam até o fundo do closet, alinhados por cor, do cinza ao preto, dos tecidos mais leves às lãs pesadas, com as camisas que combinavam penduradas logo abaixo. As gravatas estavam penduradas uma ao lado da outra num cabide rotatório. Os sapatos também eram organizados por cor, todos muito brilhantes com uma fôrma de madeira para manter a forma. Janice pensou nas intermináveis horas que havia passado na Thomas Pinks e na Neiman Marcus escolhendo aqueles ternos, as gravatas, os sapatos e as camisas combinando com extremo cuidado. As horas que ela passou desenvolvendo um sistema organizacional para o armário que garantisse que o marido nunca saísse para um evento antes do amanhecer usando acidentalmente um terno azul com um sapato preto. As camisas que ela havia levado para serem lavadas a seco e passadas até que estalassem nos cabides. Ela poderia ter sido intérprete na ONU, ou estilista de moda em Paris, ou feito um curso de culinária, e em vez disso, havia passado os últimos trinta anos fazendo *isso*, por um homem que parecia acreditar que fazer isso a havia transformado numa espécie de ogro.

Com um braço, Janice derrubou as camisas no chão. Elas formaram uma pilha satisfatória, amassadas, desperdiçando horas de sua dedicação. Então atacou os ternos, que, por serem mais pesados, exigiram mais esforço. A pilha cresceu. Lãs, linhos e lãs frias atiradas de qualquer maneira. Ela começou a transpirar. O conteúdo da cômoda foi o alvo seguinte: meias, cuecas, lenços, camisetas, pijamas, roupas de golfe, todas as gavetas viradas de cabeça para baixo e esvaziadas no chão. Os objetos pessoais: eles também iam dançar. Atirou o conteúdo da caixa de joias sobre a pilha.

A montanha de bens de Paul no chão do closet parecia decepcionantemente pequena. Ela queria que fosse algo enorme, uma limpeza massiva. Saiu para o quarto e olhou ao redor: fotos. Paul estava por todos os lados ao seu redor, sorrindo em uma dúzia de fotos, na mesa de cabeceira, de cima da cômoda. Janice atirou essas longe. Sim, estava jogando fora imagens de Margaret, Lizzie e dela própria nesse processo, mas elas tirariam mais fotos, desta vez *sem* Paul.

Ela continuou o ataque escada abaixo, retirando, no caminho, os retratos natalinos anuais da parede. O sorriso tenso e falso de Paul: não, ela nunca mais queria vê-lo. No final da escada, ela empilhou todas as 28 fotografias numa torre precária. Depois, foi até a cozinha, onde, depois de virar uma taça de vinho, desencavou uma caixa de sacos de lixo extrafortes de debaixo da pia.

No total, a presença de Paul na casa encheu sete sacos de lixo. Era um bom começo, pensou Janice, enquanto enfiava os tecidos rígidos nos plásticos pretos, com cabides e tudo. Os cantos dos porta-retratos furaram os sacos. Os sapatos sujaram de graxa o short de golfe branco. Mas Janice não se importava nem um pouco. Logo, seu terninho estava encharcado de suor e sujo de preto com a poeira dos fundos do closet de Paul.

Janice arrastou o primeiro saco de lixo escada abaixo, deixando-o cair em cada degrau, e depois atravessou a porta da frente levando-o na direção do meio-fio, onde as latas de lixo já estavam esperando para serem recolhidas. De dentro do saco vinha o barulho de vidro quebrado sendo esmagado. Tentou levantar o saco carregado de por cima do ombro, mas os ternos estavam pesados demais. Deixou o saco na entrada da garagem e tentou arrastá-lo atrás de si com as duas mãos, mas o plástico não deslizou no cascalho como fazia nos pisos de madeira. O saco resistiu à sua força e caiu sobre as pedras afiadas. Deu mais um puxão, e ouviu o barulho do plástico rasgando: o fundo do saco se abriu, e as roupas de Paul se espalharam sobre o cascalho.

— Porcaria de saco! — explodiu Janice. — Extrafortes o caramba.

Chutou um sobretudo cor de camelo e assistiu enquanto ele rolava em meio à poeira branca. Então explodiu em furiosos soluços histéricos. Sentou-se direto no cascalho e gritou.

Quando voltou a si, depois do que devem ter sido cinco minutos, parecia que estava emergindo de uma névoa vermelha. Sua respiração irregular ficou mais lenta e mais suave, e ela olhou para a rua, para a nova casa dos Fern do outro lado, para as cortinas fechadas na sala da casa dos Upadhyay. Deu-se conta de que os vizinhos, se estavam olhando pelas janelas, tinham acabado de ser agraciados com um espetáculo e tanto. Graças a Deus, pensou, que não havia sinal de vida do outro lado da rua. Loucura; aquilo era loucura, e ela estava completamente fora de controle. O que iria fazer? Derrubar a casa toda para destruir tudo o que Paul algum dia havia tocado? Fazer papel de idiota diante de toda a vizinhança? E o que Lizzie iria pensar quando chegasse em casa e visse a mãe se comportando como a fugitiva de um hospício? Aquilo não era nem um pouco racional. Ela era *melhor* do que isso. Pensou novamente no suave abraço do Vicodin. Se era de drogas que precisava para retomar o controle da situação, então ela simplesmente teria de conseguir mais, mesmo que não fosse com o Dr. Brunschild. Pelo bem de Lizzie.

Juntou as coisas de Paul e, carregando-as nos braços, levou tudo de volta para o andar de cima. Foram necessárias três viagens, com ela correndo da entrada da garagem até a porta para evitar ser vista por alguém que pudesse estar passando. Os ternos estavam sujos de poeira, que Janice tirou com um tecido úmido e uma escovinha antes de pendurar novamente no cabideiro. Esvaziou os outros três sacos, devolvendo todos os itens a seus devidos lugares. Voltou a pendurar as fotografias na parede da escada. As duas quebradas, botou no banco traseiro do carro para levar para o conserto na loja de molduras. Quando terminou, bebeu toda a garrafa de vinho e se arrastou para a cama. Quando Lizzie a encontrou lá, no final daquela tarde, Janice não conseguia sequer se sentar direito, e a expressão assustada no rosto da filha só fez aumentar sua determinação. Isso e a notícia de que Margaret estava indo para casa. De modo algum Margaret iria vê-la daquele jeito. Ela precisava de mais Vicodin para conseguir se controlar. Mas como?

No dia seguinte à crise nervosa, Janice acordou de ressaca e irritada. Fazia calor dentro de casa, e ela se viu gravitando na direção da água limpa e fresca da piscina, um santuário de algumas braçadas.

Ficou parada na ponta da piscina, respirou fundo para preparar o mergulho e parou — sentiu um cheiro esquisito. Pensou inicialmente que se tratava de um gambá — a vizinhança tinha sofrido com uma praga desses animais no verão anterior —, mas o cheiro despertou alguma coisa em sua memória (o sofá escuro de uma festa na faculdade, um baseado deixando cair cinza quente) e se deu conta: alguém estava fumando maconha.

O cheiro vinha do recesso escuro do jardim atrás da casa de máquinas da piscina. Lizzie foi seu primeiro pensamento. *Lizzie está fumando maconha lá atrás.* Janice deu a volta na casa de máquinas, enquanto pensava no fato de que Lizzie não apenas era jovem demais para estar sendo tentada pelas drogas (não era? Por Deus, ela esperava que sim), como estava na natação.

Quase tropeçou em James, o rapaz que cuidava da piscina, que estava agachado ao lado de um canteiro de violetas com um baseado do tamanho do polegar enfiado na boca. Estava de olhos fechados e sugava a guimba marrom-escura com a mesma intensidade com que um recém-nascido suga o seio da mãe. Depois de inalar por um longo e profundo minuto, abriu um olho, e então os dois, e piscou duas vezes, como se Janice pudesse ser apenas uma alucinação.

Ela limpou a garganta, e ele se levantou num salto, tropeçando nos próprios tênis.

— Sinto muito, Sra. Miller — disse ele, inclinando-se para apagar freneticamente o baseado na terra. E então, como que lendo a mente dela (enquanto ela pensava consigo mesma *cinza nas minhas violetas!*), jogou um pouco de terra sobre a que ele tinha acabado de sujar com o baseado. Depois disso, como ela ainda estava observando espantada, ele pegou aquele monte de terra com os dedos e o enfiou no bolso, junto com a ponta amassada.

Janice ficou em silêncio, estupefata.

— A senhora vai me demitir? — perguntou James, olhando para ela.

Ela *devia* demiti-lo. Era a coisa mais certa a fazer. Que tipo de garoto fuma maconha no trabalho? Como ela poderia confiar nele mexendo em produtos químicos perigosos em seu jardim quando tinha o cérebro cheio de substâncias inebriantes? E se ele tentasse dar maconha para Lizzie?

— Creio que seja o mais adequado, você não acha?

— Olhe só, eu sinto muito, mas é só maconha — disse ele. — É tão inocente como... tomar uma taça de vinho.

— Eu já fumei maconha — ela explodiu. — Eu sei o que é.

E então, estranhamente, James piscou para ela.

— Bom, neste caso... a senhora quer um pouco? — perguntou. — Não tem problema. Eu tenho bastante. De que tipo de maconha a senhora gostaria?

Janice encarou-o, perplexa com a audácia dele. O rapaz que cuidava da sua piscina estava oferecendo *drogas* a ela? Que estranho, e absolutamente inconveniente. Será que ela devia chamar a polícia? Olhou ao redor, como se pudesse haver uma plateia com a qual tivesse a oportunidade de dividir sua perplexidade com a situação. James, com um sorriso sossegado no rosto, ficou observando enquanto ela pensava a respeito. E então, enquanto ela considerava e reconsiderava a oferta surpreendente, os pontos se uniram, da terra no bolso dele até o armário de remédios no segundo andar. Ali estava exatamente o que ela precisava. Mas... ela não poderia fazer aquilo. O garoto da piscina? Não. Que humilhante. Ela não devia. Antes que pudesse pensar no assunto um pouco mais, respondeu:

— Não. Eu não quero maconha — disse, com o coração acelerado. — Mas talvez você possa... me ajudar com outra coisa.

— Ajudar a senhora?

— Sim — disse ela, sem saber muito bem como tratar daquilo.

Era difícil evitar as drogas nos anos 1970, mas mesmo durante seus momentos mais suscetíveis na faculdade, ela própria nunca comprou maconha — ou qualquer outra droga ilegal. Não que o Vicodin fosse uma droga. Era um remédio receitado por médicos.

— Bem — ela começou —, o que eu estou querendo dizer é que talvez você saiba como conseguir... coisas.

Ele olhou para ela, com o rosto tostado por longos dias ao sol. E então sorriu, um sorriso alegre que revelou uma falha encantadora entre os dentes manchados de nicotina.

— Coisas? A senhora pode ser mais específica?

— Eu preciso de Vicodin. — Fez uma pausa, sentindo o sorriso incompreensível de James no estômago. O que ele devia estar pensando dela? — Machuquei meu cotovelo jogando tênis, estou sem receita, e o meu médico está viajando. Você sabe onde eu consigo esse tipo de coisa?

James olhou para ela de lado.

— Na verdade, não. Eu não uso remédios com receita. Mas a senhora poderia conseguir isso no México, se quisesse.

— Ah — disse ela, sentindo-se humilhada, seminua e velha dentro de seu maiô diante daquele jovem esguio. — É que a dor é realmente insuportável — disse ela, como que se explicando. — Eu não posso nem botar o pé na quadra se não tiver tomado um analgésico. Mas eu realmente não devia ter pedido. Sinto muito. — Deu um passo para trás, na esperança de fugir dali.

Mas James não pareceu afetado.

— Não se preocupe, eu entendo, Sra. Miller — disse ele, assentindo com seriedade. — Na verdade, se o seu problema é dor, eu tenho uma coisa melhor do que o Vicodin, mais forte, se a senhora quiser experimentar. — Estava com uma expressão curiosa no rosto, mas sorriu para ela alegremente.

— Mas não é um remédio de receita?

— Mais ou menos... está num monte de outros remédios — disse. — É o cristal. Já ouviu falar?

Janice puxou da memória. Ela não tinha visto um especial na TV sobre isso recentemente? Alguma coisa sobre aquele apresentador de rádio conservador que havia sido mandado para a cadeia?

— Não é Oxycontin, é?

— Nããão — disse James. — Olhe só, não é completamente inofensivo, mas certamente vai ajudar a senhora a não sentir dor, se esse é o seu problema. E também lhe dá muita energia, ao contrário do Vicodin.

Janice hesitou.

— E também ajuda a perder peso. Se a senhora estiver interessada nesse tipo de coisa. Eu sei que um monte de outras mulheres de Santa Rita está tomando. É meio como um remédio para emagrecer. Só que melhor.

Isso foi decisivo para Janice.

— Quanto custaria? — ela perguntou.

— A senhora iria querer, o quê? Meio grama?

Janice assentiu, sem fazer ideia do que exatamente representava um grama.

— Isso custaria 50.

— Cinquenta dólares? O Vicodin custa uma fração disso na farmácia.

James riu.

— Pois é, bem, eu não aceito seguro-saúde. Sinto muito.

Fez uma pausa. Não era boba. Ainda assim, algo dentro dela parecia impulsivo. Fechou os olhos e se viu de repente aos 20 anos num vestido estampado, com longos cabelos loiros, gesticulando com um cigarro Gauloise entre os dedos. Quando abriu os olhos, James ainda estava ali.

— Quando você poderia conseguir?

— Hoje, mais tarde? — falou James. — Eu vou precisar falar com...

— Por favor — ela disse rápido, sentindo quão delicada era a situação — Não preciso dos detalhes.

— Sem problemas. — Ele pôs a rede de limpar a piscina sobre o ombro, como se fosse um arremessador de dardos prestes a atirar a trave voando por cima da piscina até os arbustos de buganvília. — Imagino que isso queira dizer que eu não estou demitido, afinal?

— Não. Acho que não.

— Bem, qualquer coisa que a senhora precisar, conte comigo.

— Obrigada — disse Janice, achando que já estava se sentindo melhor. — Ah, e James?

— Sim?

— Não fume maconha no meu jardim. Os vizinhos podem sentir o cheiro. E você sabe que não faz bem para você.

— Claro — disse ele. — Não vou fazer isso de novo. Mais uma vez obrigado, Sra. Miller.

— Por favor, me chame de Janice — disse ela.

Quando Janice sai do banheiro, Margaret não está mais na cozinha. Ela volta a trabalhar na pia com energia renovada, rápida e eficientemente peneirando farinha, batendo os ovos, medindo colheres de sopa de açúcar (nota que sua mão ainda está tremendo levemente). A manteiga está gelada demais. Tira o pacote da geladeira e deixa em cima do balcão para amolecer um pouco. Terá de esperar para terminar a torta. Olha para o relógio: são 15 horas. Suas unhas resvalam agitadas no tampo de granito da pia. Sua mente viaja de um pensamento a outro, mantendo-se em cada um por precisamente dois segundos antes de esquecê-lo e passar para o seguinte. Está se sentindo maravilhosamente viva, maravilhosamente *presente*, implacável e tranquila.

Recolhe o jornal de onde Margaret o deixou sobre a mesa e vai até a seção de negócios para conferir os registros da Nasdaq. A APPI subiu mais US$1,25, elevando o valor das ações para US$ 142,75, o que, pelos cálculos mentais de Janice, quer dizer que os 2,8 milhões de ações que eles possuem valem por alto 3,5 milhões de dólares mais do que ontem. Dinheiro sujo. Ela pensa na entrega da FedEx no hall de entrada, cujo conteúdo ela suspeita já saber qual seja, e lembra a si mesma: *metade daquele dinheiro é seu*. Mais de 200 milhões de dólares — meu Deus, ela agora vai poder fazer o que quiser com ele, sem nem mesmo pedir a Paul. Essa ideia a empolga por um instante, e então a repugna, como se ela tivesse acabado de comer um saco de marshmallows de uma vez.

Janice dobra o jornal direitinho, vai até o compactador de lixo (absolutamente ciente da pulsação aumentando no pescoço) e o atira em cima de uma pilha de cascas de ovos e peles de cebola. Aciona o botão "Ligar" e ouve o barulho de tudo aquilo ser transformado num cubo do tamanho de um muffin. Então, ela vai juntar a manteiga com a farinha, transformando a mistura numa massa e notando a sensação pegajosa e maravilhosa entre os dedos. Ela devia fazer isso todos os dias.

Margaret aparece na porta da cozinha de novo, agora vestindo o mesmo vestido de algodão com a bainha desfeita que estava usando no dia anterior. Será que não havia trazido nenhuma outra roupa?

— Vou sair — anuncia.

— Ah, não faça isso — diz Janice. — Estou fazendo uma torta. Lizzie vai chegar em casa a qualquer instante, e eu pensei que talvez pudéssemos jogar alguma coisa juntas. Nós temos Academia? Ou então Banco Imobiliário. Copas... Você se lembra de como gostava de jogar Copas quando era pequena? Lizzie deve chegar a qualquer instante.

E sim, naquele instante, Lizzie entra pela porta, voltando da natação, trazendo o maiô molhado numa sacola pendurada no ombro e parecendo cansada depois de um dia imersa em cloro.

— Está vendo! — grita Janice.

— O que está acontecendo? — pergunta Lizzie.

Lizzie parece saudável e dourada de sol, sua menininha, seu milagre. Depois de todos aqueles anos de abortos, depois que o sexo começou a parecer um jogo de roleta, depois que eles aceitaram o conselho do médico e desistiram de tentar (de tal forma que raramente faziam sexo), ela havia ficado tão surpresa com a gravidez que não acreditou realmente até ter o bebê rosado berrando nos braços. Na época, Janice se sentiu abençoada — Lizzie havia salvado seu casamento, pensara então, embora agora se pergunte se a segunda filha havia sido apenas uma distração de seu relacionamento em desintegração. Não importa: Lizzie será sempre seu bebê.

— Estou fazendo uma torta — diz Janice. — De maçã. Você gosta de torta de maçã, não gosta?

Lizzie olha com ar guloso para a massa.

— Achei que eu devia estar de dieta.

— Bom, eu também estou fugindo da dieta — diz Janice. — Quer ajudar a abrir a massa?

Lizzie solta no chão a mochila, que começa a formar uma poça de água clorada perto da porta. Pega alegremente um rolo e o atira sobre o monte de massa no balcão. Voa farinha para todos lados, e Janice pensa na sujeira que vai ficar o chão, mas percebe que isso não a incomoda nem um pouco. A ideia de limpar tudo depois na verdade a enche de prazer. Ela fatia rapidamente as maçãs em pedaços perfeitos e iguais e espreme um limão sobre elas, para preservar a cor, antes de começar a trabalhar nas fatias de massa para a parte de cima da crosta. Se pretende fazer uma torta tradicional americana, que seja do jeito que deve ser, servida com avental de babados sobre uma toalha de mesa xadrez. A ideia faz com que dê uma risada.

Lizzie pega um pedacinho da massa e come, olhando para Janice com o canto do olho. Janice não diz nada.

— E aí, Lizzie, como foi o seu dia? Como foi na natação? Está ficando mais rápida?

— Foi bom — diz Lizzie. Pega mais um pedaço de massa e enfia na boca. — Diminuí meio segundo do meu tempo nos 500 metros.

Margaret ainda está parada ao lado da porta dos fundos, esperando por Janice.

— Mãe, a gente precisa terminar a nossa discussão sobre... você sabe — começa Margaret. — Talvez não agora, mas vamos escolher uma hora. Talvez eu possa ajudar.

— Discussão sobre o quê? — pergunta Lizzie.

— Eu não preciso de ajuda, Margaret — diz Janice, virando-se para Lizzie para mudar de assunto. — Você tem algum plano para sair esta semana, Lizzie? Alguma festa em vista?

Janice notou que ultimamente Lizzie voltou a ficar em casa nas noites de sábado, e isso a preocupa. Por um tempo, durante a primavera, parecia que Lizzie havia começado a fazer amigos e, ainda que talvez seja apenas o fato de o verão estar calmo por todo mundo estar de férias, ela teme que Lizzie esteja voltando a seus antigos costumes antissociais. Lizzie passa tempo demais sozinha, sua vida social começa e termina em Becky. Amigos são muito importantes nessa idade. Janice se entristece de pensar que a filha possa ser solitária. Será que ela não fez tudo o que podia para garantir que as filhas tivessem uma vida mais fácil, mais fácil do que a sua? Ainda assim, não importa o que faça, ela não pode protegê-las completamente de colegas de escola cruéis, de namorados sem sal e das vicissitudes da juventude.

— Talvez você devesse entrar para algum grupo de atividades, com todo o tempo livre que tem no verão — continua, sentindo-se falante. — Acho que o country club está com um torneio de tênis para adolescentes.

Lizzie suspira.

— Eu não gosto de tênis. Você sabe que eu não gosto de tênis.

— Bem, talvez você pudesse fundar um clube de tricô — diz ela. — Ouvi falar que tricotar está muito na moda hoje em dia. Eu podia ensinar a você... eu costumava tricotar quando estava na faculdade. Fiz um suéter para o seu pai uma vez. Acho que agora existem uns kits para iniciantes. Na verdade, é uma atividade muito social, você se surpreenderia.

Lizzie não diz nada, tendo aparentemente desistido de enrolar a massa e passado a comê-la compulsivamente.

— Quer deixar um pouco para a torta, Lizzie? — diz Janice, e Lizzie para de repente de mastigar, com a boca cheia de massa de torta, os olhos congelados de medo. Janice desiste e pega a massa, apertando-a rapidamente dentro da fôrma, arrumando as maçãs em círculos simétricos e salpicando a parte de cima da torta com açúcar e canela. Põe as faixas de massa por cima e enfia a torta no forno em poucos minutos. Olha em volta, cheia de energia. Agora pode limpar. Onde está o esfregão? Vira-se e vê Margaret ainda de pé atrás dela, observando-a, e desvia o olhar rapidamente, preocupada que, se olhar diretamente nos olhos dela, a filha possa de alguma forma ler sua mente e saber exatamente o que ela fez no banheiro.

— Mãe? Você está bem? — Margaret começa e para, encarando-a.

Antes que Janice possa responder, toca a campainha.

— É a campainha! — gorjeia Janice. — Vocês estão esperando alguém?

Lizzie balança a cabeça.

— Bem, talvez seja alguma entrega — diz Janice, lembrando, porém, que o FedEx já veio e já foi hoje.

Por um instante, pergunta-se se não poderia ser Paul. Mas por que ele tocaria a campainha? Então decide que é mais provável que seja um vizinho ou um amigo querendo saber como Janice está se saindo. Fica grata pelo fato de que, se for este o caso, a visita chegará a uma idílica cena doméstica. Não tem nenhuma pilha de nervos por aqui. *Nenhuma. Pilha. De nervos. Aquiiiiiiiii!* Mas, à porta, no entanto, está o assistente pessoal de Paul, Ted. Ted tem 30 e poucos anos — é absurdamente velho para ser apenas um assistente, como Janice sempre pensou — e está ficando prematuramente calvo. Ao contrário de homens mais velhos, que preferem pentear os fios por cima da careca ou cortá-los muito rentes para disfarçar a perda de cabelos, o jovial Ted optou por disfarçar as crescentes entradas usando um boné com o logotipo da Coifex. Janice se incomoda por ele não tirar o boné quando ela abre a porta.

— Oi, Janice — diz Ted. — Como você está?

Apanhada de surpresa, Janice assente, preferindo não ser muito amistosa com Ted até saber o que exatamente ele foi fazer ali.

— Estou ótima. O que posso fazer por você?

— Eu vim buscar algumas coisas do Sr. Miller — diz Ted, enfiando as mãos nos bolsos das calças. Tira de lá um pedaço de papel dobrado. — Ele me deu uma lista.

Janice está ciente da presença de Margaret atrás dela, tão perto que é capaz de sentir sua respiração na nuca. Ela não se vira.

— Papéis de trabalho, imagino? Estão no escritório, lá nos fundos.

Ted não olha para ela. Em vez disso, desdobra o papel e fica olhando para ele como se o estivesse vendo pela primeira vez, embora claramente não esteja.

— Não, Sra. Miller. São principalmente pertences pessoais. Roupas.

— Ah — diz Janice, sentindo-se tonta de repente. — Bem, pode entrar. — Ela o observa passar pela porta e deixa que comece a subir a escada antes de chamá-lo.

— Espere — diz ela.

Ele faz uma pausa e se vira lentamente.

— Tire o boné. Nós não permitimos que as pessoas usem chapéu dentro de casa.

Ted assente e tira o boné, que amassa e enfia no bolso. Janice nota que, embaixo do boné, o cabelo que resta a Ted está oleoso e amassado.

Ela o segue escada acima, sendo, por sua vez, seguida por Margaret e Lizzie, logo atrás, a cautelosos 3 metros de distância. Ted parece já saber o caminho até o quarto — como se Paul tivesse desenhado um mapa para ele —, entra imediatamente no closet de Paul e começa a puxar ternos de lã, sapatos, roupas de golfe, calças cáqui e blusões de polo. Pega as malas da prateleira superior — e parece já saber que as malas cinza são de Paul, enquanto que as cor de vinho são de Janice — e começa a atirar as roupas dentro delas, de qualquer jeito.

— Ah, não faça assim — diz ela, sem poder deixar de se aproximar para ajudar. — Dobre as roupas, pelo menos.

Mas Ted balança a cabeça e impede que ela se aproxime da mala.

— Pode deixar, não tem problema. Vamos mandar passar.

Ela recua e agita as mãos ao lado do corpo. Sente-se inquieta para fazer alguma coisa — dobrar uma camisa, enfiar um par de sapatos num saco de tecido, bater na cabeça convencida de Ted com um suéter. Sente *aquilo* pulsando em suas veias, impedindo-a de fazer qualquer coisa idiota ou irrefletida, mas sente também que seu domínio da situação não está tão forte quanto estava alguns minutos atrás.

Ted pega o terno bege de linho que está sobre a chaise longue. A roupa é uma das vítimas de seu incidente com o saco de lixo, coberta de marcas de solas de sapato e manchas, pedindo uma ida à lavanderia. Será que Ted é capaz de perceber que ela maltratou o terno de Paul? Será que a está julgando por isso?

— Este precisa ir para a lavanderia — informa Janice, tentando tirar o terno da mão dele. — Você não deve levá-lo.

— Vamos cuidar disso — responde Ted. Aponta para o tampo da cômoda. — Aquele é o porta-joias dele, não é? Ele quer as abotoaduras.

Margaret e Lizzie estão paradas na porta do closet. Lizzie está com a boca aberta, e Margaret está com os punhos cerrados, irradiando raiva. É a presença delas, mais do que a eficiência curta e grossa de Ted, que faz com que Janice tenha a impressão de que está prestes a desmoronar, apesar *daquilo*. Janice vai até a porta e faz um sinal para que as filhas saiam.

— Saiam — diz. — Apenas saiam.

Ted olha para ela.

— Se isso está sendo constrangedor, você também não precisa ficar aqui, Janice — diz ele. — Vou ser rápido. Sei onde está tudo. Ele me disse.

Janice assente, pensando que está se sentindo mais indefesa do que jamais se sentiu.

— Vou deixar você sozinho — diz ela, desesperada para ir até sua bolsa. Faz apenas uma hora desde que tomou a última dose, e James disse que ela deveria esperar pelo menos quatro, mas talvez só um pouquinho ajudasse. — Diga-me se precisar de alguma coisa.

— Na verdade, se você não se importar, ele quer os tacos de golfe. Acho que estão na garagem.

Mas Janice fica ali parada, incapaz de se afastar do espetáculo, até que um som agudo corta o ar. Janice dá um salto, deixando as mãos voarem num involuntário espasmo de pânico, e percebe que o alarme contra incêndio disparou no andar de baixo. Pode ouvir o labrador do vizinho latindo descontroladamente acima do ruído em seus tímpanos e a sirene do alarme. Ted congela, as mãos enfiadas na gaveta das meias de Paul, e encara Janice até que ela dê meia-volta e saia correndo do quarto.

Ela desce correndo a escada, sentindo cheiro de açúcar queimado. Na cozinha, colunas de fumaça escura estão subindo do fogão até o teto. Pega o primeiro pano de prato que vê — as luvas de forno não estão no lugar de costume ao lado do fogão —, abre a porta do forno e tira de dentro a fôrma de torta incandescente, que chamusca o tecido, queimando a pele das suas mãos. Ela atira a torta longe instintivamente e fica olhando enquanto pedaços de maçã carbonizada se espalham pelo chão da cozinha. A fôrma de vidro racha bem no centro. Janice enfia a mão embaixo da torneira da pia e deixa correr água fria sobre os dedos feridos enquanto o alarme de fumaça continua tocando. Nuvens de fumaça saem da fôrma superaquecida que, Janice percebe agora, está deixando uma marca de queimado no piso de cerejeira.

Lizzie e Margaret aparecem na cozinha atrás dela.

— Eu não acredito que ele mandou um *enviado* para fazer o trabalho sujo — diz Margaret. — Que covardia. Você não pode ainda estar achando que ele vai voltar, mãe.

— Você está bem? — pergunta Lizzie. — Você se queimou?

Janice estremece, furiosa.

— Façam esse maldito alarme parar imediatamente!

Lizzie e Margaret se olham, uma esperando que a outra faça algo.

— Hum, como a gente desliga isso? — pergunta Lizzie.

— Ah, deixem que *eu* faço isso, deixem que eu faço. Eu sou a única pessoa nesta casa que sabe fazer qualquer coisa! — grita Janice, tirando a mão de debaixo da água corrente. O contato com o ar faz com que seus dedos latejem de dor. Ela pega uma vassoura do armário e bate no alarme de fumaça, que fica pendurado acima da porta da cozinha.

Tenta desligar o alarme com a vassoura. Como isso não funciona, depois de duas tentativas ela desiste e golpeia o alarme com força. E o golpeia de novo e de novo e de novo até que o plástico branco se espatifa, a pilha salta para fora e pequenos pedaços de vidro caem em seus cabelos. O alarme para com um gemido.

— Mãe... — começa Margaret, mas Janice a interrompe:

— Ah, cale a boca! Apenas cale a boca, Margaret!

Margaret cala a boca. Lizzie as encara com os olhos arregalados, olhando de Janice para Margaret e para Janice novamente.

Janice respira fundo.

— Vou subir para tirar um cochilo — diz, num tom de voz tranquilo. Vira-se, pegando a garrafa de Chardonnay de cima do balcão, e sai da cozinha.

Encontra Ted na escada, com as malas estourando de coisas de Paul.

— Vá se foder — diz, ao passar.

Ele para, surpreso, e fica ali imóvel, mudo, enquanto ela sobe.

Ela vai até o topo da escada, percorre o corredor e entra no quarto, onde a porta do closet está perfeitamente fechada, sem deixar qualquer sinal da devastação que acabou de ocorrer lá dentro. Termina a garrafa de vinho antes de sucumbir ao conforto da cama, sem sequer se preocupar em tirar as roupas antes de entrar debaixo dos lençóis.

Mas ela não chega nem perto de dormir, e amaldiçoa os químicos que mantêm seus olhos secos e abertos. Revira-se na cama. O crepúsculo se instala, o que ainda resta do dia se vai com o pôr do sol, e ela escuta os pratos batendo na pia lá embaixo, o barulho do carro de Margaret saindo e depois voltando à entrada da garagem. A televisão é ligada no gabinete do térreo, e risos enlatados sobem pela escada. Quando o sol finalmente se põe, um silêncio desce sobre a casa como um abafador de chá. Janice não ouve nada além da própria respiração. Fica lá deitada em profundo desconforto, odiando Paul, odiando a própria vida, odiando cada decisão que já tomou e que a levou até aquela cama naquele momento. Pensa na bolsa no andar de baixo, nos pacotinhos escondidos dentro dela, mas não consegue reunir forças para descer e encarar as filhas novamente, de modo que simplesmente deixa sua embriaguez murchar junto com o dia. No lugar dela, vem uma dor de cabeça latejante.

Às 21 horas, alguém bate fraquinho na porta. Janice nem levanta a cabeça.

— Eu não quero jantar — diz para a porta fechada. — Não estou com fome.

Mas Lizzie abre a porta mesmo assim, espiando cuidadosamente pelo batente. Está com um prato na mão. Dentro do prato, um pedaço de torta de maçã.

— Achei que você ia querer um pedaço — diz Lizzie.

Janice fica olhando para a torta, sem entender.

— Esta não é a torta que queimou, é?

— Não — diz Lizzie, olhando para o prato. — É uma nova. A gente fez.

— Vocês assaram uma torta?

— Está bem boa. Mas não tão boa como a sua. — Lizzie oferece o prato, que segura com força. — Margaret teve de comprar mais maçãs no mercado, mas acho que não eram do tipo certo, porque ficaram meio moles.

Janice olha para a torta, vertendo calda adocicada, e sente uma profunda tristeza pela primeira vez desde que Paul foi embora. Tenta abrir a boca para dizer a Lizzie o quanto ela é fofa e atenciosa, para lhe dizer que tê-la e a Margaret como filhas é a única coisa pela qual poderia levantar da cama naquele momento, mas não sai nada além de um estranho soluço. Ela sente a mandíbula funcionando, como um peixe arfando por água. Como Janice não estende a mão para pegar a torta, Lizzie põe o prato gentilmente sobre a mesa de cabeceira e sai na ponta dos pés, fechando a porta em silêncio atrás de si. Só depois de Lizzie sair do quarto é que Janice deixa as lágrimas rolarem. Come uma garfada da torta e chora. Doce demais e um pouco seca. Garfo à boca, garfo à boca, ela come dois pedaços, e então três, mas seu estômago protesta. Não está com apetite. Põe o prato sobre a mesa de cabeceira e deixa a torta esfriar ao seu lado.

cinco

Margaret acorda de um salto na cama e, por um instante, não faz ideia de onde esteja. O quarto não é familiar. Nada ali a lembra do quarto em que cresceu. Ainda que os objetos da sua infância tenham sido transferidos e cuidadosamente arrumados pela mãe, de alguma forma Janice conseguiu fazer tudo errado. Algumas bonecas menos estragadas, e portanto menos amadas, de Margaret foram trazidas das profundezas de seu armário, selecionadas e arrumadas em cima da cômoda. Algumas fotos de amigos de colégio há muito esquecidos — vistos pela última vez durante o feriado de Ação de Graças de seu primeiro ano na faculdade — estão em porta-retratos numa prateleira. Uma coleção de troféus dourados de debate, triatlo acadêmico e clube de xadrez foram polidos e estão expostos com destaque. Leva alguns minutos para reprimir a perturbadora sensação de que foi transportada através do tempo de volta à versão faxinada e desinfetada de sua infância, com toda a ansiedade tendo sido removida. O pôster gasto de *O último tango em Paris* e o adesivo da campanha presidencial de Clinton de 1996 não foram salvos das paredes de seu antigo quarto. Pelo jeito, não combinavam com a nova paleta de tons pastel.

A julgar pela luz que está entrando pelas janelas, já é quase meio-dia. Margaret rola para fora da cama, vai tropeçando até a poltrona e põe seu vestido cor de laranja preferido, que vem usando quase sem parar desde que chegou — a ideia de vestir outra coisa, de sequer pensar em se fazer apresentável para o mundo externo, é de certa forma demais para suportar. Além disso, ela vendeu a maioria de suas roupas em Los Angeles. Depois de uma semana de uso, o vestido está com um cheiro agradavelmente sórdido. Apertando os olhos contra o sol forte da tarde, Margaret desce para a cozinha, na direção do cheiro de café fresco.

Quando chega ao pé da escada, a mãe surge na porta do hall de entrada, com um trapo e um lustra-móveis na mão.

— Bom dia!

Em seu inchaço pós-sono, Margaret fica impressionada com o quanto a mãe é notável, mesmo quando o marido acabou de deixá-la, mesmo quando está *limpando* a casa. Ela está limpando a casa de vestido, pelo amor de Deus. Está penteada, arrumada e bem cuidada, como aquelas atrizes que vemos exaltando as virtudes de sacos plásticos Ziploc e produto de limpeza com aroma de limão nos comerciais de TV, mulheres que podem estar chegando aos 50, mas que são sempre questionadas se as filhas são suas irmãs. Margaret olha para seu próprio vestido esfarrapado, examina as unhas dos pés, horríveis, com restos de esmalte vermelho de uma pedicure feita em casa três meses antes, pensa nas estranhas mechas grisalhas que começaram a brotar em sua cabeça, e remói o quanto tudo aquilo é injusto.

Margaret sempre soube que, independentemente do que pudesse conquistar, ela ainda não seria o que Janice queria que fosse: uma *boa* menina, educada, encantadora e feminina, uma filha respeitável, um exemplo na sociedade de Santa Rita. Nunca foi, e embora deseje que isso não a incomode, e saiba que não deveria incomodar, fica furiosa sempre que descobre, todas as vezes, que *incomoda*. Estar perto da mãe a desgasta, suga suas forças e faz com que se sinta pela metade. É como se nunca tivesse se libertado, por exemplo, do dia da formatura do primeiro grau, quando ela derramou ponche no vestido branco de renda pouco antes de subir ao palco para buscar o diploma, e viu a expressão de angústia no rosto da mãe. Janice nunca disse nada, mas Margaret pôde sentir a frustração nas mãos da mãe enquanto usava toalhas de papel marrom para tirar o Kool-aid vermelho da frente de seu vestido no banheiro do auditório. Margaret sabia que Janice jamais teria tropeçado. Margaret pode ter frequentado uma faculdade da Ivy League, recebido dois diplomas e fundado sua própria revista, no entanto, a proximidade da mãe, ainda hoje, faz com que se sinta com 9 anos, e merecendo uma surra.

A mãe ainda está falando, aparentemente sem notar que ela não respondeu.

— Está um dia muito lindo lá fora. Passei um pouco de café para você. Você realmente devia parar de tomar tanto café. Vai acabar tendo outra úlcera, sabia? Tem leite na geladeira. Vai mesmo usar esse vestido de novo? Não trouxe mais nada para vestir? Talvez você devesse ir até o shopping e comprar umas roupas novas. Acho que estão fazendo concertos ao ar livre na hora do almoço durante o verão. No shopping, quero dizer. Por que você não liga para Kelly Maxfield? Lembra-se dela? Eu vi a mãe dela no clube na semana passada. Ela disse que Kelly sempre pergunta de você. Você está tendo sorte com o tempo: todo esse sol, tá, tá, é o aquecimento global, eu sei, mas acabei de voltar da horta de tomates e, com esse sol, meus legumes estão crescendo feito doidos. Um ponto positivo, certo? Ah! Olhe! Tirei o sofá de perto da parede, e o velho broche preferido da sua avó estava embaixo... Eu estava procurando por ele desde...

Margaret assente vagamente e sai de perto antes que o solilóquio abundante da mãe termine. Da cozinha, enquanto se serve de café, ouve a mãe ligando o aspirador de pó. Não consegue se conter: *Não é de estranhar que meu pai tenha ido embora*. Janice é muito cansativa.

Enquanto toma a primeira xícara de café, pensa naquela manhã de primavera na primeira série, quando o pai a convidou para ir com ele ao jogo de golfe do domingo. Ela foi sentada no banco da frente do carrinho de golfe, vestindo ofuscantes tênis novos e short branco, segurando uma garrafa de Gatorade quente. Aquele foi um privilégio sem precedentes, e a emoção de estar na companhia do pai — sozinha, sem a mãe! — foi quase demais para suportar. Ela se sentiu como se tivesse sido convidada para entrar numa sociedade secreta. Até mesmo suas conversas normais (sua opinião a respeito de tênis com velcro, seu novo disco de *A dama e o vagabundo*, a moda de pulseiras de amizade e outros assuntos do dia a dia, com o pai assentindo de vez em quando para reconhecer sua presença) eram salpicadas de brilho. O sol, bem acima deles, cobria de sardas seus ombros descobertos.

Perto do quinto *tee*, o pai puxou um pedacinho de papel azul do bolso da camisa, um papel que Margaret imediatamente identificou como sendo seu boletim. Observou o pai desdobrá-lo um pouco assustada, menos preocupada com as notas — que eram, como sempre, todas "acima do satisfatório" — do que com o bilhete da professora escrito em tinta vermelha na parte de baixo: "Margaret segue tendo um desempenho excelente nos estudos, mas me preocupa o fato de que ela seja um pouco autoritária. Ela precisa desenvolver suas habilidades pessoais e aprender a trabalhar em equipe."

O pai encarou o boletim por um minuto, enfiou-o novamente no bolso e olhou para o campo bem cuidado até a bandeira vermelha a 800 metros de distância. Piscou para Margaret:

— Você pode me dar o taco de ferro número 5?

Margaret desceu do carrinho e pegou o taco com o número 5 da coleção de dentro da bolsa de couro amarrada que estava atrás. O taco era pelo menos dois centímetros mais alto do que ela.

Ela o entregou ao pai e o viu preparar a tacada, arqueando o taco bem ao lado da bola. *Swish*, fazia o taco. *Whoosh*. *Whish*. O metal cintilante mordia o ar. Finalmente, ela não conseguiu mais suportar o suspense.

— Você está zangado? — perguntou.

— Zangado? — Paul desviou o olhar da bandeira e olhou para baixo como se tivesse acabado de vê-la ali. Arqueou uma das sobrancelhas. — Por que você acha que eu estou zangado?

— Sobre o que a Sra. Winston escreveu no meu boletim.

Paul apoiou o taco na coxa e secou as mãos.

— De jeito nenhum. "Trabalhar em equipe" é só outro jeito de dizer "deixar que a façam de boba" — disse. Estendeu a mão e segurou o queixo da filha. — Você me deixa orgulhoso. Os meus professores costumavam dizer a mesma coisa de mim. É só uma maneira de manter o menor denominador comum como o status quo. Você sabe o que isso significa?

Margaret não estava muito segura sobre o que aquilo queria dizer — achou que tinha alguma coisa a ver com matemática —, mas gostou da ideia de que o pai também tivesse tido uma professora como a Sra. Winston, que era velha e cheirava a naftalina e que nunca a chamava na aula, muito embora ela levantasse a mão para responder a quase todas as perguntas.

— E então — disse o pai —, você já sabe o que quer fazer quando crescer?

Ele alinhou a tacada mais uma vez e, com um giro rápido, fez a bola sair voando pelo ar. Ela desviou para a direita, arqueou de volta para a esquerda e pousou quicando de leve a poucos metros da bandeirinha vermelha. Margaret a observou voar com a respiração presa na garganta. Podia sentir o cheiro das afiadas folhas da grama recém-cortada reunidas na beira do campo, o que a lembrou de maneira reconfortante do gramado de casa.

— Sim — disse ela, sentindo que era o que ele estava querendo ouvir, embora não fosse, na verdade, um assunto ao qual ela já tivesse dado muita atenção.

— E?

Margaret olhou ao redor no campo de golfe, imaginando se a resposta não estaria escondida em algum lugar. Olhou para a marca deixada por seu bumbum no banco de couro do carrinho de golfe, e para os eucaliptos que derrubavam sombrios galhos pela beirada do campo. Olhou fixamente para o rótulo da garrafa de Gatorade, e então, olhando para o *tee* seguinte, para as costas de um casal de meia-idade que jogava lá. O homem estava abraçado à mulher, com as mãos sobre as dela, ajudando-a com o balanço.

— Hum. Casar?

Um olhar sombrio passou pelo rosto de Paul, e Margaret percebeu que não tinha dado a resposta correta.

— Margaret, é mesmo? Casar? É só no que você consegue pensar? Você não consegue imaginar alguma coisa maior do que essa?

— Você não acha que eu devo me casar? — Isso a deixou arrasada. Não era o que todo mundo fazia? A gente devia se apaixonar, se casar e ter filhos. Tentou pensar em um adulto que não fosse casado. Até a Sra. Winston era casada.

Paul inclinou-se em sua direção.

— Bom, é complicado, filha. Sabe como é quando a sua mãe faz você ficar sentada sozinha no quarto de castigo, para pensar nos erros que cometeu? — Margaret, que havia de fato sofrido tal indignidade mais de uma vez, assentiu com a cabeça. — Bem, o casamento é mais ou menos assim, às vezes. — Ele olhou para o campo e então se virou para ela de novo e sorriu. — Está entendendo o que eu quero dizer? Sobre não se apressar para o casamento e o compromisso?

Margaret fez que sim com a cabeça, embora na verdade não tivesse entendido aquilo muito bem. Ela estava com uma picada de mosquito coçando no bumbum, mas tinha medo de coçá-la.

Paul pareceu satisfeito com a resposta.

— Ótimo. Então não se apresse. Você pode fazer tudo o que quiser, Margaret. Você pode virar advogada, ou entrar para o mundo dos negócios, ou se tornar uma cientista. Você vai bem em matemática, não?

— Sou melhor soletrando — disse ela, aliviada por ter algo a acrescentar na conversa. — Quer que eu soletre Mississipi para você? M-I, dois S-I, dois S-I-P-I. Eu também sei soletrar onomatopeia.

O pai riu.

— Que línguas estão ensinando para você?

— Inglês?

Paul refletiu sobre a resposta.

— Está certo. Bem, quando começarem a ensinar outras línguas, não vá perder seu tempo com o francês, não importa o que diga a sua mãe. É inútil. É melhor aprender alemão, ou japonês.

Margaret desejou ter levado o caderno e um lápis.

— Está bem — respondeu. — Vou me lembrar disso.

— Então me diga mais uma vez. O que você quer fazer quando crescer?

Margaret pensou na pergunta por um instante.

— Trabalhar no mundo dos negócios? — respondeu.

O pai riu.

— Essa é a minha garota.

E Margaret percebeu que aquela havia sido a resposta certa. Ela havia sido levada para o círculo fechado do amor do pai. Ele tirou mais uma bola do bolso, passou o dedo pela superfície e se inclinou para equilibrá-la sobre o *tee*. Levantou-se e passou o taco para Margaret.

— Vá em frente. Faça uma tentativa.

Margaret agarrou o enorme taco com as duas mãos e abriu as pernas para se equilibrar. O taco, saindo quase reto da altura de sua barriga, formou um tripé que ela se esforçou para manter ereto. Fixou os olhos na bola e deu uma tacada forte. Um pedaço de grama e terra se levantou atrás de sua tacada. Ela havia errado a bola por 20 centímetros.

Foi só no dia do seu aniversário de 15 anos que Margaret fez as contas e percebeu que havia nascido apenas seis meses depois do casamento dos pais. E foi só quando já estava na faculdade que ela se deu conta do que o pai estava tentando dizer naquele dia no campo de golfe: sua mãe ficara grávida para fazê-lo se casar. Seria possível? Tinha visto fotos da mãe na universidade — ela usava calças boca de sino, fumava cigarros e parecia ser alguém de quem Margaret poderia ser amiga. Ela estudava francês, uma língua de incomparável sex appeal, o tipo de coisa que as pessoas costumam estudar quando têm uma visão ampla do mundo. Era chocante imaginar que uma mulher pudesse trair tão completamente sua educação e as ideologias de sua idade (ela vivia em São Francisco durante o apogeu da segunda onda do feminismo, pelo amor de Deus) e recorrer ao truque mais velho do mundo.

De certa forma, a surpresa agora não é que o pai tenha deixado Janice, mas que ele tenha levado duas décadas para fazê-lo. Margaret não o condenava por enganar a mãe, embora, quando pensa na crueldade com que ele sempre conduziu suas negociações profissionais, talvez não seja surpreendente que parte disso vazasse para sua vida pessoal. Apesar de tudo, não consegue deixar de sentir pena da mulher na sala ao lado, tão evidentemente compensando com um aspirador de pó e um espanador o que havia acontecido.

Margaret pega o jornal de cima da mesa da cozinha, serve-se de uma segunda xícara de café e caminha lentamente até a porta, passando pela entrada da garagem até a rua. Senta-se num murinho baixo de tijolos no final do terreno, onde não pode ser vista de dentro de casa, e tira um maço de cigarros do bolso. Com os pulmões cheios de alcatrão estimulante, Margaret observa os casarões de dois andares da rua, crescendo ameaçadoramente sobre o limite da propriedade da família.

Ainda que a corrida do ouro tecnológica não tenha realmente chegado a Santa Rita até depois de Margaret ter ido para a faculdade, ela havia sentido seus reflexos muito antes disso. Quando entrou no ensino médio, a crescente prosperidade do Vale do Silício havia começado a permear os subúrbios vizinhos. Todos os dias ela ia para o Fillmore High na velha perua Subaru que herdou quando Janice a trocou por um novo Audi, estacionava-a ao lado de Cabriolets conversíveis e BMW novinhos em folha que as colegas haviam ganhado de presente de 16 anos. Lembra-se claramente de um dia na aula de tênis no primeiro ano em que assistiu a uma colega destruir sistematicamente a raquete de tênis de carbono que o pai, CEO de uma empresa de tecnologia, havia lhe dado de aniversário.

— Não foi esta que eu pedi — explicou a garota, batendo a raquete contra o concreto até ela se quebrar. — Mas ele vai me dar outra se eu disser que esta quebrou. — Margaret olhou para sua velha raquete, uma toda detonada que ela tinha desde os 11 anos, e não sentiu vergonha, mas fúria por causa de todo aquele desperdício.

As coisas só pioraram desde que ela foi embora. A modéstia endinheirada da cidade está desaparecendo sob um verniz de opulência genérica, as casas beirando a cafonice. Todos os anos, quando Margaret vai visitar a família, há um novo casarão gigantesco substituindo alguma modesta casa térrea da metade do século. Nesta viagem, é uma mansão bege rosada em estilo espanhol-mediterrâneo de mil metros quadrados exatamente do outro lado da rua. O jardim ainda está nu. As plantas são novas demais para cobrir a terra fresca, apesar dos jardineiros que vê remexendo na folhagem. No final da entrada para carros está a caixa de correio, uma réplica em miniatura da casa atrás, adornada num dos lados com letras douradas que dizem: "Fern".

O pai de Margaret sempre apontava para a riqueza acumulada ao redor deles e dizia que era uma prova real de que qualquer um era capaz de se dar bem na vida.

— Essas pessoas não nasceram ricas — ele dizia. — Elas apenas estudaram, trabalharam duro e mantiveram a disciplina.

Mas, do modo como Margaret vê as coisas, a riqueza ao redor deles — tanto aqui quanto em Los Angeles — parece ter muito mais a ver com sorte do que com algum tipo de meritocracia: tem a ver apenas com se estar na indústria certa, na empresa certa, na hora certa. Ela certamente não consegue mais se ver num caminho para esse tipo de sucesso.

A semana que está passando na casa dos pais tem sido estranhamente deliciosa, apesar da contínua ausência do pai, apesar da irritante alegria da mãe, apesar do fato de que a família agressivamente nuclear em que ela cresceu claramente tenha se desintegrado desde que ela saiu de casa. Para Margaret, tem sido uma semana da abençoada incomunicabilidade: uma semana sem telefones tocando, sem contas chegando pelo correio ou agências de cobrança batendo na sua porta. Pela primeira vez em anos, ela não tem deadlines para a *Snatch*, não tem matérias para escrever, não tem escritores a quem deva pagar ou anunciantes que precisem ser apaziguados. Ali, está se sentindo protegida, invisível. Ninguém, nem mesmo seus amigos, nem as empresas de cartão de crédito sabem onde ela está.

Ela levou muito pouco tempo para empacotar toda a sua vida: estava na estrada na segunda-feira, uma semana depois de a empresa do pai abrir o capital, apenas uns poucos dias depois de a irmã telefonar. Vendeu tudo o que tinha — o futon, a escrivaninha, aquela copiadora absurdamente cara, o conteúdo do guarda-roupa, suas obras completas de Simone de Beauvoir — num brechó improvisado que arrecadou deprimentes 732 dólares, que não eram o suficiente nem mesmo para pagar o mínimo de um dos cartões. O que não foi vendido coube facilmente na traseira do Honda: algumas caixas de livros e revistas de segunda mão e jornais amarelados, um punhado aleatório de roupas enfiadas em sacos de lixo pretos, algumas bugigangas com valor sentimental. Algumas pessoas são vastas, grandes como casas. A soma de sua vida, por outro lado, é menor do que o porta-malas de um carro japonês compacto.

Quanto tempo vai levar para as amigas notarem que ela não está mais lá? Melhor ainda, quanto tempo irá levar para os credores a encontrarem? Pensa na BMW estacionada na entrada da garagem do vizinho, absolutamente ciente de que está precisando de uma estratégia para pagar os cartões, de uma estratégia para deixar tudo certo o mais rápido e discretamente possível para que possa voltar a Los Angeles e retomar a vida. Com todo o dinheiro no ar de Santa Rita, dava para pensar que ela poderia simplesmente botar a língua para fora e pegar um pouco, como flocos de neve. Vira o jornal na última página para ver os classificados. Há pouquíssimas e deprimentes opções. "GANHE PARA TESTAR CAMISINHAS" (ela não tem ninguém com quem fazer sexo, muito menos sexo seguro), "PRECISA-SE DE DOADORAS DE ÓVULOS: de 21 a 25 anos" (aos 28, percebe que não se qualifica nem para isso). Há anúncios de vagas para assistentes de advogados, entregadores de bicicleta e dançarinas exóticas em São Francisco (chega a pensar no assunto por um instante, mas desiste), mas nenhuma para figuras letradas, com diplomas de graduação e uma memória fotográfica de *A sociedade do espetáculo*. A menos que se conte o anúncio em busca de uma digitadora.

De qualquer maneira, ela não quer que a família fique sabendo da verdade, e se ela de repente pegasse um emprego de tempo integral, certamente levantaria questões que não quer responder ainda. Nas atuais circunstâncias, já está evitando cuidadosamente qualquer conversa significativa com a mãe, por medo de que tudo possa sair fluindo espontaneamente dela — a dívida, o fracasso retumbante da revista, o fim de seu relacionamento, as agências de cobrança que a perseguem dia e noite.

Saltando do pedestal de tijolos, ela apaga o cigarro com o pé e atira o jornal numa das latas de lixo perto do meio-fio. Sem querer voltar já para casa, prefere dar uma caminhada pelo quarteirão, pensando nas alternativas que tem. Os chinelos fazem pedras de cascalho saírem voando.

Ela para de repente, diante de um poste de telefone no meio da quadra.

Um folheto xerocado em papel rosa-néon está preso ao poste com tachinhas. "PRECISA-SE: Pessoas alto-astral para serviço temporário de verão. Deve ser responsável, educado e multitarefas. Dinheiro rápido! Muita diversão. Ligar para Carly: 650 555 9221." Uma franja de números de telefone está disponível na parte de baixo do panfleto. *Dinheiro rápido!* Seu coração bate fora de ritmo à visão daquelas palavras. Ela puxa um número, enfia no bolso e então olha para o casarão dos Fern, onde um jardineiro mexicano está aplicando fertilizante com um conta-gotas numas mudas de roseira recém-plantadas. Ele olha com ar suspeito para Margaret, que se vira rapidamente e volta caminhando na direção da casa.

Enquanto percorre a entrada de carros, uma caminhonete Chevy vermelha — com a capota enferrujada e o para-choque amassado — para fazendo muito barulho ao seu lado. Letras pintadas à mão na lateral dizem: "Cool Pools." Uma confusão de redes, baldes e potes de produtos químicos ricocheteia na caçamba. Quando ela se aproxima, o rapaz que cuida da piscina desce do banco da frente e, de costas para ela, coça o traseiro anêmico por cima dos jeans surrados. James. Ela só o havia visto pela janela antes. De perto, nota que ele é um pouco mais jovem do que ela, com cachos escuros rebeldes que caem até os ombros, e ainda mais bonitinho do que ela pensava. Ele tira uma rede da traseira da caminhonete vira-se e vê Margaret. Apoia o cabo da rede no chão e sorri, revelando uma falha de dois milímetros entre os dentes.

— Ah, oi — diz ele. Estende a mão, olha para ela e a recolhe. — Mãos sujas, desculpe. Produtos de piscina. Eu sou James.

— Sou Margaret — diz ela, percebendo que ele é a única pessoa da sua idade que viu a semana inteira. Talvez seja por isso também que ela se sinta segura em Santa Rita. Não há colegas com quem se comparar e se sentir fracassada.

— Eu faço a manutenção da piscina.

— Eu faço... bom, neste exato momento, eu não faço nada, na verdade — diz ela, levemente constrangida por essa confissão, mas, apesar de tudo, compelida a lhe fazer essa revelação. Ela sente, de alguma forma, que ele não vai se importar. Ele, afinal, cuida da piscina.

James sorri ainda mais.

— Legal — diz ele. — Legal. Eu nunca vi você antes.

— Eu não sou daqui. Quer dizer, eu sou daqui, mas normalmente não estou aqui. — Ela pensa melhor nessa declaração e se preocupa que ele a tome por uma yuppie mimada louca e se corrige: — Embora eu realmente não seja daqui ultimamente, se é que você me entende. — Ela se dá conta de que está tagarelando de excitação e para de falar.

— Ah — diz ele. — Eu também não sou. Daqui. Na verdade, eu não sou de lugar algum, se é que você me entende.

— Certo! — Margaret sente uma cumplicidade. — Quer dizer, de onde são as pessoas? "Ser de" é só uma classificação subjetiva mesmo, uma construção social de integração. Ultimamente, não passamos de nômades digitais, não é? — Ela sorri para ele.

James coça as sardas ao lado da orelha esquerda — Margaret nota que as unhas dele estão roídas até o sabugo.

— Na verdade, não — diz ele, ainda sorrindo. — Eu só quis dizer que me mudei muito quando criança. Mas é legal também, isso que você disse. Então, eu preciso ir cuidar da piscina. Mas volte para dar um oi uma hora dessas.

Margaret sorri para disfarçar a sensação de que acabou de fazer papel de boba.

— Claro — diz ela.

James apoia a rede no ombro, pisca para ela — o que faz com que ele pareça muito mais merecedor de pequenos chifres de diabinho saindo de seus cachos — e desaparece atrás do portão. Margaret suspira, olhando enquanto ele se afasta, desejando que tivesse ficado com ele por apenas mais um minuto, que o tivesse convidado para um café ou uma bebida.

Ou só uma conversa. Volta para dentro da casa. Na cozinha, pega o telefone sem fio de cima do balcão e sobe correndo antes que a mãe consiga interceptá-la e sentir o cheiro de cigarro em seu hálito.

— Carly Anderson — diz a voz feminina do outro lado da linha. Parece um celular. — Como posso ajudar?

— Oi — diz Margaret. — Meu nome é Margaret Miller. Estou ligando por causa do trabalho.

— Ah, ótimo! — diz Carly Anderson. A voz dela é tão atrevida e alegre que Margaret sente dor nos dentes. — Bom, eu gosto de conhecer os candidatos pessoalmente, para conseguir ter uma ideia da personalidade, sabe? Você poderia vir aqui para uma entrevista? Eu estou entrevistando candidatos hoje, na verdade. Você pode vir?

— Só um instante — diz Margaret. — O que o trabalho exige?

— Bem, seria para trabalhar com animais.

— Animais? — pergunta Margaret, repentinamente desconfiada. — Ah.

Há um silêncio do outro lado da linha.

— Você gosta de cachorros?

— Ah, sim, é claro — diz Margaret, de repente com medo de ter espantado o "Dinheiro Rápido!" e também com medo de perguntar mais sobre o trabalho para que não assustasse a si mesma. — Eu adoraria fazer uma entrevista. Topo qualquer coisa.

Elas marcam um encontro num café às 15 horas daquela tarde, e Margaret desliga o telefone. Senta-se na beirada da cama e ouve o aspirador de pó no andar de baixo. Pela janela do quarto, vê a rede de piscina aparecer, completar uma parábola e desaparecer. Está se sentindo inefavelmente solitária. E então, antes que possa resistir, pega o telefone de novo e digita o número do celular de Bart. O telefone cai direto na caixa postal e, antes que ela esteja preparada, ouve a voz dele, tão lacônica e úmida como se tivesse acabado de sair de uma banheira quente.

— Oi, é o Bart, deixe um recado.

Ao ouvir o som da voz dele, fica com a boca seca. Ah, Deus, ela devia desligar. O que ela pensava que ia dizer? Por que está sequer ligando para ele? Com o identificador de chamadas, ele vai saber que é ela, e se desligar, ele vai simplesmente pensar que ela o está perseguindo, e daí ela vai ficar parecendo uma idiota. Margaret ainda está ruminando as alternativas que tem — desligar ou não desligar? — quando soa o bipe, cedo demais.

— Hum... Bart — diz ela, fazendo uma pausa para limpar a garganta. — Oi. Sou eu. Quer dizer, é a Margaret. Eu só queria que você soubesse... eu estou na casa dos meus pais... caso você quisesse saber por que eu liguei. Hum. A minha família está no meio de uma... de uma crise de família. Só queria dizer para você... no caso de alguma emergência. — Faz uma pausa. — Está bem. É isso.

Margaret desliga o telefone e fica olhando fixamente para o aparelho.

— Controle-se — ela murmura. Já faz quase quatro meses desde que eles conversaram pela última vez. Ela lhe deve dinheiro que não pode pagar. Ele está namorando uma *estrela de cinema*, pelo amor de Deus. Ainda assim, no fundo, Margaret não consegue deixar de ter a esperança de que ele esteja sentado em casa, com saudade dela, arrependido do maior erro de sua vida. O que ela teria dito se Bart atendesse, afinal? Ela o quer de volta? Sim. Não. Na verdade, não. Basicamente, ela quer que ele a queira de volta. Se Bart Johnson, o ator promissor, astro do filme de ação prestes a estrear *Thruster*, ainda a quer, isso significa que ela ainda deve ter um valor quantificável. E como ele vai poder implorar para que ela volte para ele se não sabe sequer que ela está em Santa Rita?

Margaret notou duas coisas em Bart na primeira vez que o viu: a primeira foi seu pênis, pintado de azul e à mostra para todos verem, e a segunda foi o sotaque britânico. Bart não era, de fato, inglês, ainda que o pai dele, um executivo de vendas, tenha arrastado a família para a Inglaterra quando ele era adolescente. Lá, Bart imitara o sotaque local para se misturar melhor com os meninos que frequentavam sua escola e pudesse assim evitar as surras regulares dadas por integrantes do time de rúgbi da escola que tinham problemas com os "ianques fodidos". Quando voltou para os Estados Unidos para ir à universidade, descobriu que um sotaque exótico — falso ou não — era um verdadeiro trunfo quando se tratava de levar colegas de faculdade para a cama e, assim, o manteve. Depois de um tempo, ele convenientemente acabou esquecendo que o sotaque não era verdadeiro.

Bart era do programa de pós-graduação de teatro de Berkeley. Estava estrelando a produção experimental da faculdade da peça *Aristófanes nas nuvens*, um papel que exigia que ele ficasse nu sobre o palco, pintado de um tom vivo de azul-violeta, em silêncio completo enquanto outros homens vestindo fantasias de cabras simulavam uma orgia a seus pés. Margaret conheceu Bart na recepção de queijos e vinhos depois do espetáculo, na noite de estreia da peça. Isso foi duas semanas depois de ela entregar sua dissertação de mestrado — "A mãe alien: cinema contemporâneo e o ciborgue feminista pós-estruturalista" — e se deixou seduzir pela colega de quarto Josephine, que estava em busca de atores para o curta que estava fazendo para seu curso de cinema. Desesperada para se afastar das pilhas de jornais e livros em seu quarto e dos tortuosos argumentos retóricos em seu cérebro, Margaret havia desconsiderado o fato de que na verdade não gostava de teatro experimental. *Aristófanes nas nuvens* não foi uma exceção: ela o achou pretensioso e desconcertante, um espetáculo sem sentido de duas horas de duração, com diálogos incoerentes e nenhum argumento discernível. Pensou que teria sido melhor ter ficado em casa vendo um filme de Robert Altman.

A recepção foi nos bastidores do teatro, um aglomerado de ambientes sem janelas todo sujo de grafite velho. Serviu um copo plástico de vinho da garrafa de Beaujolais e ficou beliscando pedaços de queijo cheddar enquanto Josephine desaparecia atrás de uma atriz. Sentia-se sozinha, exausta e muito, muito enfastiada de todas as coisas intelectuais.

Pensou na entrevista que tinha marcado na Stanford na semana seguinte com o reitor do departamento de inglês — que casualmente era parceiro de golfe do pai, o que, em vez de seu excelente desempenho acadêmico e seus impressionantes dois diplomas, seria sem dúvida o fator decisivo pelo qual ela iria (e *iria*) pegar a vaga de professora-assistente. Era uma boa vaga, o tipo de trabalho em que se podia ficar para o resto da vida, apresentar jovens universitários às alegrias arcanas de Baudrillard, escrever alguns livros teóricos, morar num campus vitoriano, acabar se casando com outro professor e criando filhos no suave aconchego da *academe*. Era o tipo de trabalho pelo qual ela teria sido capaz de matar dois anos antes, quando pensava que entrar para a academia — tornar-se parte da elite intelectual —, era a forma mais profunda de produzir um efeito sobre o discurso global. Mas depois de anos de avanços por pesados textos filosóficos, ficando cada vez mais distante do mundo além das fronteiras do campus universitário, Margaret achava que o emprego parecia um inferno.

O que *ela* queria? Não tinha muita certeza. Ter um público maior, provavelmente, do que a dúzia ou pouco mais de assistentes de olhos vidrados do seminário da sua dissertação. *Mudar o mundo*, exatamente como seus colegas de colégio haviam previsto que ela podia fazer. (Ainda podia ver a foto do livro do ano: ela de pé atrás de um pódio, com o dedo em riste, numa censura.) Em vez disso, depois de tanto estudar, às vezes sentia que ela própria havia desaparecido completamente dentro do circuito de linguística: em vez de ser um indivíduo, ela era meramente uma demonstradora, um argumento retórico, uma representação. (Mesmo quando tentava se masturbar, ultimamente não conseguia se permitir se perder nas sensações físicas. Acabava pensando em si mesma na terceira pessoa. *A mulher está expressando sua sexualidade centrada no feminino*, observava de modo neutro. *Ela está rejeitando os binários e entrando no Simbólico*.) Ela precisava se voltar novamente para a realidade. Ela precisava dar um jeito na vida.

Enquanto bebia o vinho ruim, pensava em sua antiga fantasia adolescente de fundar algum tipo de revista, mas a ideia simplesmente parecia muito imprudente, muito arriscada. Ela nem sequer saberia por onde começar. Comeu um biscoito enquanto sua cabeça latejava.

Quando Bart chegou à mesa atrás de mais bebida, Margaret mal o reconheceu — ele havia tirado a tinta azul, vestido uma camiseta branca do avesso (intencionalmente) e calças jeans com um buraco enorme na virilha (também intencional). Tinha uma franja de cabelos castanhos caindo sobre um dos olhos e uma argola de prata pendurada numa orelha. Sorriu para ela enquanto virava um copo plástico cheio de Beaujolais.

— E então, o que você achou? — perguntou. — Como você é uma das poucas pessoas aqui que eu não conheço, confio que possa me fazer um comentário sincero.

Margaret não sabia direito o que dizer. Muito embora não tivesse ideia de qual era a intenção da performance — na verdade, havia caído no sono durante mais ou menos 15 minutos no segundo ato —, sua pós-graduação a ensinara que, no mínimo, aquilo que parece desconcertante é geralmente admirável. Basta pensar em Alain Resnais. Vida longa à narrativa não-linear e pós-estrutural, certo? Além disso, ela admirava a coragem que alguém precisava ter para aparecer nu diante de estranhos. Durante aquele longo período silencioso em que Bart esteve nu no palco, ela não pôde deixar de notar que ele era bastante bem-dotado, com o corpo nu musculoso e magro. Sob a tinta azul-violeta, ela suspeitara de que ele era bonito, de um jeito evasivo e elegante. Estava certa.

Diante dele no encardido saguão do teatro do campus, esforçou-se para dizer alguma coisa que parecesse intelectualmente mordaz, algo que uma aluna da pós-graduação de Estudos Midiáticos (com uma ênfase secundária em Retórica Feminista) diria. Sua mente deu um branco. Em vez disso, seu olhar voou para a virilha dele e a sombra escura visível através do buraco no jeans (Ele não estava usando cueca?).

— Bem, eu posso dizer o seguinte: foi certamente memorável — conseguiu dizer, pensando que pelo menos estava sendo sincera.

Ele se encostou na mesa, derrubando uma série de copos plásticos abandonados.

— Bem, isso é bom — disse ele. — Eu achei a peça uma porcaria. Não faz sentido algum. Queria que tivessem montado algum clássico, como *Rei Lear*, ou *Seis graus de separação*. *LaBute*... qualquer coisa.

Margaret sentiu súbita gratidão e alívio.

— Eu não entendi direito — confessou, e foi como se um peso tivesse saído de seus ombros. Sorriu. — Achei que talvez o porteiro tivesse esquecido de me dar o livreto. Isso teria ajudado.

— Rá — ele riu. — Ninguém entende, mas ninguém tem coragem de dizer. Sem querer ofender.

Ela sorriu. O sotaque dele a derreteu, e enquanto pensava nele (nu!) deixou escapar uma risadinha adolescente. Por Deus.

— Mas a sua performance foi... reveladora.

Ele sorriu e baixou a voz.

— É uma forma de encarar. Enfim, eu só fiz isso para completar o meu currículo — disse ele. — Logo estarei indo para Los Angeles.

— Para fazer teatro?

— Ah, por Deus, não — disse ele, passando vinho por entre os dentes. — No teatro não tem dinheiro. Cinema. Eu vou ser o próximo Sean Penn, ou, talvez, George Clooney. Fazer alguma coisa independente, é claro, pela credibilidade. E mais algumas fotos de estúdio de qualidade pelo dinheiro também. Fazer um Coppola... Sofia, é claro... ou um Anderson, PT ou Wes. Sorriu. — Meu plano é ficar famoso antes dos 30.

Margaret estava perplexa. Não lembrava de já ter conhecido alguém tão exageradamente confiante em suas próprias capacidades, tão absolutamente despreocupado em parecer egocêntrico; exceto, talvez, seu pai. Os anos acadêmicos foram repletos de pessoas que acreditavam ser a coisa mais incrível surgida desde o queijo brie derretido, mas que sabiam disfarçar os egos com uma autodepreciação socialmente aceitável. ("Ah, a bolsa de estudos por excelência? Aquilo? Eles só deram para mim porque sabiam que precisavam de uma mulher este ano. É verdade, foi um ano ruim de inscrições.") Ela sabia que devia sentir repulsa por aquele homem, com sua boca suja e sua ambição tosca, transbordando testosterona. Em vez disso, viu-se atraída por ele: gostaria de ter uma intenção focada como aquela sobre seu próprio futuro.

— A fama é supervalorizada, não? — perguntou ela, curiosa. — E a autenticidade intelectual? A satisfação pessoal?

Bart deu de ombros.

— Ah, por favor. Isso é bobagem. Se você não é *alguém* hoje em dia, é como se não existisse, certo? A fama é a moeda corrente da nossa geração. Você precisa ser o gênio criativo, a próxima grande novidade, porque depois disso, pode ter tudo o que quiser. Isso lhe dá carta branca. Depois de ter fama, você pode ir atrás da autenticidade e de toda essa bobagem. Sabe? Porra, você tem de ser rico até para sobreviver hoje em dia. Então, se você não é banqueiro, é melhor ter um nome.

— Mas antes dos 30? Isso não é um pouco idealista?

— São muitas as crianças-prodígio hoje em dia. Superastros adolescentes. Chegar aos 30 sendo um ninguém transforma você automaticamente em suspeito.

— Ah — ela se ouviu dizendo, de repente tendo vontade de acompanhar de perto a vida de Bart, para deixar sua visão arrebatadora levá-la embora.

— O que você estuda aqui, afinal? — Bart encheu de novo o copo plástico com o vinho e casualmente encheu o dela também.

Margaret olhou para o líquido, sarapintado de pedacinhos de rolha flutuando, em busca de um bocadinho de sex appeal no que estava estudando sem encontrar nada.

— Sou aluna de pós-graduação de Estudos Midiáticos, com ênfase secundária em Retórica Feminista. Está precisando de uma citação de Helene Cixious sobre autoridade? Eu sou a mulher que você está procurando. — Estava começando a falar alto demais, mas não conseguiu evitar. — Roland Barthes? Walter Benjamin? Judith Butler? Pode escolher.

— Uma acadêmica de verdade, hein? — disse ele, fingindo espanto. — Não sabia que ainda produzíamos isso. Acho que eu tenho passado muito tempo com as atrizes autocentradas do programa de teatro. Deve ser legal andar com gente que usa o cérebro. O que dá para fazer com isso, afinal?

Margaret olhou para a mesa de cubos de queijo fossilizado. Pensou: *quem não sabe fazer ensina.* Ergueu o olhar e sorriu — sentindo-se subitamente leve — para Bart.

— Vou fundar uma revista — disse, com firmeza.

Quando disse isso, a revista se materializou de imediato em sua mente, uma síntese brilhante de seu feminismo, de sua formação de teoria crítica e seu interesse pela cultura pop. Podia ver as fotos, o layout, os artigos, a capa deslumbrante aninhada entre as revistas *The New Yorker* e *Ms.* na banca de jornal. Por que não?

Ele deu um passo para trás e a examinou dos pés à cabeça, observando os óculos quadrados de plástico, as botas pesadas até os joelhos, o cabelo tingido de preto cortado curtinho que ela um dia acreditou que representava uma alegre falta de preocupação em relação aos acessórios tradicionais da feminilidade. Passou então a morder nervosamente o lábio inferior e desejou ter passado batom.

— Isso é muito bacana — ele disse. — Você devia me contar mais a respeito. Quem sabe saímos para beber alguma coisa?

— Sair para beber? — Mastigou um pedacinho de queijo, nervosa, e tentou se lembrar da última vez em que havia saído com alguém. Fazia meses.

— Um drinque — ele disse. — Ouvi dizer que até editoras de revistas intelectuais gostam de um drinque.

— Bem — disse ela —, então eu não posso dizer não. — Mastigou o pedaço de queijo endurecido algumas vezes e engoliu antes de responder. — Vai ter um sarau de poesia em que eu estava pensando em ir amanhã à noite, se você quiser ir...

— Poesia? Eu disse *beber*. Ou então podíamos sair para uma volta na minha moto.

Podia imaginar claramente: um motor tremendo entre as pernas, e Margaret sentada na garupa daquele homem convencido com os braços ao redor dele, agarrada pela própria vida. A suprema posição de submissão feminina. Viu-se assentindo tão vigorosamente com a cabeça que quase ficou tonta. Ah, ela era fraca, muito fraca. Precisava ir para casa e reler sua Germaine Greer.

— Pego você às 20 horas.

Margaret rabiscou seu endereço atrás de um programa manchado e saiu para procurar por Josephine antes que fizesse mais alguma coisa idiota, como transar com ele bem ali no meio do saguão.

Seis semanas, vinte passeios de motocicleta, 41 orgasmos enlouquecedores e uma entrevista abandonada em Stanford mais tarde, Margaret se viu seguindo Bart para Los Angeles e alugando um pequeno apartamento de um quarto junto com ele perto de uma ruidosa rampa para a autoestrada em East Hollywood. Ela não informou aos pais que estava desistindo da vaga de professora em Stanford até depois de ter encaixotado suas coisas. Foi mais fácil assim. Eles não tinham levado a história numa boa. Margaret não sabia ao certo se a mãe estava mais chateada por ela tê-la envergonhado ao dar o bolo no amigo do clube deles, o reitor de inglês, ou pelo fato de Bart não ter se dado ao trabalho de tirar a tinta azul de debaixo das unhas antes de encontrá-los para jantar no L'Etouffee. O pai havia revirado os olhos e resmungado alguma coisa sobre "jogar seu potencial fora" e a fortuna que eles tinham gastado em sua educação. Lizzie comeu todas as cinco sobremesas, deixando-a tão enjoada quanto a irmã pareceu estar durante toda a refeição. O jantar tinha finalmente acabado quando a mãe começou a secar os olhos.

— Mas você é mais inteligente do que isso — Janice disse, palavras que de alguma fora alimentaram a fúria de Margaret. — E é tão longe.

Durante todo o trajeto de seis horas até Los Angeles, Margaret sentiu o estômago doendo, sabendo que de alguma forma havia traído a crença que os pais tinham nela e incapaz de se convencer totalmente de que eles não se importavam. Mas quanto mais ficava em Los Angeles com Bart, mais se sentia elevada pelo tsunami das ambições dos dois combinadas, imaginava a si mesma se libertando dos estreitos limites das expectativas burguesas da família e começando uma revolução. Juntos, ela e Bart seriam um casal modelo. Como Yoko Ono e John Lennon (antes do assassinato), Sofia e Spike (antes do divórcio). Ela se tornaria a escritora/editora *enfant terrible*, ele seria o astro de cinema temperamental. Os dois teriam entrada livre em todos os eventos da cidade, convites para todas as estreias de cinema e jantares nas casas de artistas respeitados internacionalmente. A ideia era inebriante.

Com Bart ao seu lado, ela se atirou no estilo de vida de hippie moderno empobrecido, adequado ao gênio criativo ainda não reconhecido. Tomava cerveja de 2 dólares em botecos de East Los Angeles que os "verdadeiros locais" frequentavam. Ia a vernissages em Chinatown. Consumia entradas de museus como doces e aprendia a falar espanhol com audiolivros. Durante o primeiro ano, a vida pareceu ter um aspecto brilhante. O fato de que ela e Bart eram opostos de todas as maneiras era uma poderosa força de atração. Bart se referia a ela em público como "minha escrava do amor feminista", e Margaret reagia chamando-o de "chauvinista bem-mandado". O sexo era violento e perfeito. Claro, o apartamento deles era pequeno demais e cheirava a urina de gato e feijão velho, e era verdade que os dois brigavam constantemente sobre quem iria lavar a louça e se iriam assistir a *Charlie Rose* ou ao *E! True Hollywood Story*, mas ela estava completamente apaixonada, o que deixava tudo bem.

E se Margaret precisava de um emprego subalterno como atendente numa livraria para conseguir impulsionar a revista, não era o fim do mundo. Suas amigas — Josephine, que havia se mudado para Los Angeles não muito depois dela, e depois Alexis e depois Claire — também estavam todas duras, todas tinham empregos durante o dia como garçonetes ou vendedoras de lojas ou assistentes de produção de comerciais. A *Snatch* estava crescendo, lenta porém seguramente. A primeira edição, a "Edição do Corpo", financiada pela venda dos brincos de diamantes que os pais haviam lhe dado de formatura, e escrita quase que inteiramente pela própria Margaret — incluindo os dois editoriais centrais, "Por que as mulheres deveriam fazer xixi de pé" e "Um elogio à obesidade", e o ensaio fotográfico "Desconstruindo os implantes de Pamela Anderson" —, vendeu todos os mil exemplares impressos. Quatro meses depois, a segunda edição (a "Edição da Publicidade", que consistia inteiramente de críticas sobre os anúncios mais ofensivos da televisão) obteve um elogio apaixonado na *Ms.* (que chamou a *Snatch* de "a vanguarda absoluta do feminismo da quarta onda") e mais 2 mil assinantes. Quando chegou à sétima edição (a "Edição da Mamãe"), quando a *Rolling Stone* a mencionou numa reportagem sobre "Os novos zines" e um garoto rico chamado Stuart Gelkind ligou para ela, a *Snatch* tinha uma bela lista de 12 mil assinantes e havia passado de trimestral para bimensal. Muito embora a revista não estivesse exatamente deixando-a rica ou a transformando num nome conhecido, ela ainda sentia algo palpável ao alcance. Esforçou-se ainda mais: cortejando colaboradores, negociando espaços nas bancas de revistas, trabalhando na maioria dos finais de semana, e até mesmo vestindo terninhos para se reunir com representantes de vendas. Apesar de desaprovar a direção que ela havia escolhido, achava que o pai se orgulharia de sua ética de trabalho se pudesse vê-la.

Enquanto isso, Bart estava, como prometido, perseguindo freneticamente a carreira de ator — ainda que Margaret não tivesse exatamente imaginado o quanto isso podia ser fútil. Ele torrou 395 dólares em retratos, e as fotos brilhosas em preto e branco — Bart sentado numa cadeira ao contrário, segurando o rosto com uma das mãos — saltavam de todas as prateleiras e gavetas do apartamento. Ele passava o tempo livre na academia e gastava horas diante do espelho tentando aperfeiçoar sua "expressão característica". (*Pacino faz isso quando mostra o branco dos olhos, Robert Redford tem o ar de confusão*, ele explicava. *Estou pensando que a minha devia ser um olhar de lado com o olho esquerdo, acompanhado por um meio sorriso.*) Ele decorava a edição de Hollywood da *Vanity Fair*, marcando fotografias de produtores e agentes influentes para o caso de se ver atrás deles no Coffee Explosion.

Os primeiros dois anos dele foram basicamente um fracasso: um comercial de creme para hemorroidas, uma ponta como cadáver em *24 ho-*

ras, um papel num filme independente que só foi lançado em vídeo. Ela estava começando a se perguntar se ele conseguiria cumprir o deadline da fama-antes-dos-30, se aquele tsunami de ambição estava se transformando simplesmente num respingo numa piscina de crianças. Mas Bart parecia impassível.

— Todo mundo começa devagar — disse ele, enquanto preparavam mais uma massa com molho enlatado. — Até Ewan McGregor foi rejeitado pela escola de teatro e teve de trabalhar numa pizzaria, e olhe para ele agora: Obi Wan Kenobi. Vai acontecer.

E, infelizmente, aconteceu, na forma de um piloto de TV para uma série de horário nobre passada em Malibu chamada *Fahrenheit 88*. Teaser: "O paraíso é mais quente do que você imagina." Bart foi escalado como um instrutor de surfe com abdômen de aço, um coração de ouro e um passado sórdido como assassino de aluguel. Margaret leu o roteiro do piloto e se sentiu enjoada — havia uma cena gratuita de sexo lésbico numa banheira, uma esposa interesseira planejando assassinar o marido milionário e uma centena de gostosinhas cabeças de vento correndo de um lado para o outro de biquíni. Não conseguia pensar num único clichê sexista que não estivesse contemplado. Seu único consolo era que aquela porcaria anacrônica jamais seria exibida e, se fosse, Bart certamente iria implorar para sair porque seus padrões eram mais altos do que aquilo.

Ela não poderia estar mais errada. *Fahrenheit 88* foi o grande sucesso da temporada, adorada justamente por sua falta de graça, e Bart, aparentemente do dia para a noite, tornou-se um galã cult. Sua expressão característica — meio olhar de lado, meio sorriso, como um homem de Marlboro especialmente vaidoso — olhava para Margaret da lateral de todos os ônibus que passavam por enquanto ela caminhava até o Coffee Explosion para escrever seus editoriais. Apareceu na capa da *Entertainment Weekly*, sob a manchete "*Fahrenheit 88*: quente é pouco". Ela não conseguia ligar a TV sem ver comerciais do seriado dele.

— O que aconteceu com o Clooney? O que aconteceu com o cinema independente? — Margaret implorava, mas Bart apenas dava de ombros.

— Ei, o George Clooney apareceu no seriado *Vivendo e Aprendendo*. A gente precisa agarrar as oportunidades que aparecem.

Margaret sabia — quando os cheques de Bart começaram a chegar, e ele comprou uma nova BMW, e depois alugou o bangalô de dois quartos para eles em Los Feliz, e começou a levá-la para jantar em lugares caros e para passar finais de semana em spas de Palm Springs — contra o quê ela deveria ter protestado por princípio. Nunca deveria, por exemplo, ter deixado Bart ser seu avalista num cartão de crédito para que ela tivesse uma taxa de juros mais baixa, ou que lhe emprestasse dinheiro (*não precisa me pagar tão cedo*) para cobrir sua parte do aluguel. Ela estava deixando tudo o que havia de mais errado na cultura pop americana — o seriado mais machista da televisão! — pagar as suas contas. No entanto, não conseguiu reunir forças para dizer não. Ter dinheiro, ela estava percebendo, era muito bom. Bart tinha razão: a fama não dava apenas dinheiro, mas poder, e a verdade era que ela gostava quando os dois saíam para jantar e o maître reconhecia seu namorado e lhes trazia sobremesas de cortesia, ou quando eles receberam ingressos de graça para ver o Radiohead, ou quando a Nike mandou uma caixa de tênis promocionais para a casa deles (mesmo que ela tivesse insistido que eles doassem os tênis para alguma instituição de caridade como compensação pelo fato de a Nike usar mão de obra praticamente escrava do terceiro mundo).

Mesmo assim, toda vez que ela se aninhava sob os lençóis de quinhentos fios da Calvin Klein que Bart havia levado para casa, pouco antes de cair no sono, o mesmo pensamento passava por sua cabeça: *Eu estou me vendendo.*

Mais tarde, ela perceberia que sua decisão de incluir uma matéria sobre *Fahrenheit 88* na primeira "Edição de Televisão" da *Snatch* fora um erro, um evidente ataque de expiação espiritual que havia subjugado seu bom-senso. Mas, na época, seu raciocínio pareceu impecável. *Fahrenheit 88* era o maior sucesso na televisão, pela segunda temporada seguida, e ignorá-la iria minar sua própria credibilidade como editora. Seus leitores já esperavam por suas resenhas viscerais, suas críticas contra a corrente, sua capacidade de falar o que pensava, e ficariam decepcionados se ela não fizesse o mesmo nesse caso. O fato de que ela estava morando com um dos atores principais do seriado apenas lhe dava uma autoridade crítica ainda maior. Era praticamente um imperativo moral dizer alguma coisa. (E, mais pragmaticamente, ela se perguntou se um pouco de controvérsia não iria resolver os baixos índices de assinatura e a crescente preocupação de que seu momento de fama já tivesse vindo e ido embora com aquela menção na *Rolling Stone*, apesar das absurdas quantias de dinheiro que ela estava despejando na *Snatch* a pedido de Stuart Gelkind.)

Ela intitulou seu ensaio de "Fahrenheit 88: almas queimadas de sol". Tomou o cuidado de não mencionar o nome de Bart, já que seu problema não era com ele mesmo, e por que mexer com o que não precisava ser mexido? Mas ela não deixou de chamar o seriado de "pornô softcore para o menor denominador comum" ou "um sinal do fim absoluto do discurso inteligente nos Estados Unidos" ou "um passo perigoso para levar as mulheres de volta a suas jaulas".

No dia em que a edição foi enviada aos assinantes, ela deixou uma cópia da *Snatch* — aberta no artigo — em cima da mesa da cozinha para que Bart lesse quando chegasse em casa à noite do set. Acordou no meio da noite e ouviu uma agitação na cozinha, com o barulho de álcool sendo servido num copo. Amarrando o roupão na cintura, foi arrastando os pés em direção ao ruído e o encontrou em pé diante da mesa da cozinha, olhando fixamente para a revista dela com um copo de tequila pendurado entre o polegar e o indicador. Seu rosto estava num tom matizado de vermelho-escuro. De repente, ela viu o erro terrível que havia cometido. O que ela tinha pensado? Que ele iria ficar emocionado por ter a namorada dissecando sua carreira em público? Que ele reconheceria sua moral superior e iria curvar-se a ela, desistiria do papel, repudiaria seus empregadores? Que ele veria a *luz*?

Ficou parada, em silêncio, vendo Bart terminar de ler o artigo. Quando ele terminou, olhou para ela com ar acusador, os olhos vermelhos.

— Eles me tiraram do seriado — ele disse. Procurou por um cigarro no bolso das calças jeans. — Vão matar o meu personagem.

— Por quê? Todo mundo ama você!

O primeiro pensamento apavorado de Margaret foi o de que Bart havia sido demitido por causa de seu controverso editorial e, apesar da culpa, ela se pegou sentindo um minúsculo frisson de excitação pelo fato de que pudesse ter um impacto tão imediato. Talvez, apesar de sua paranoia de sempre, de que devesse ter começado um blog em vez da revista, apesar dos temores de que ela estava presa a Stuart Gelkind como um náufrago a um colete salva-vidas, quem sabe a *Snatch* tivesse, sim, uma vasta influência cultural apesar de seu modesto público leitor? Como a *Paris Review*. Ou a *The Believer*.

Bart deu de ombros.

— A audiência estava caindo. Acharam que matar um personagem faria com que todos continuassem falando sobre a série.

— Eu sinto muito — disse Margaret.

A respiração de Bart estava rascante, e ela percebeu que ele estava lutando contra as lágrimas. Aproximou-se e o abraçou, encostou a cabeça no pescoço dele e sentiu o cheiro de bebida e pancake adocicado em seus cabelos. Procurou alguma coisa, qualquer coisa que o fizesse se sentir melhor.

— Mas, de alguma forma, isso é bom, não é? Isso deixa você livre para fazer alguma coisa mais desafiadora. Alguma coisa mais, por exemplo, Coppola...?

Bart se afastou dela com uma reviravolta cruel.

— Adivinhe só, Margaret — disse ele, acendendo o cigarro. — Você realmente precisa se ligar.

— Eu só estou pensando em você — ela disse, notando que havia cometido um engano. — Eu quero que você seja feliz, sendo o melhor que pode ser.

Bart bateu com o dedo no artigo sobre a mesa.

— Sabe — disse ele —, eu costumava achar legal que você fosse tão inteligente. Mas o que não é legal, *querida*, é o fato de você pensar que é tão mais inteligente do que todo mundo. Isso está ficando realmente cansativo. Você não está certa o tempo todo, sabia? E a sua revista é simplesmente exagerada e sem graça.

Margaret sentiu que havia cometido um grave erro de cálculo, e que o seu namorado estava se afastando dela como resultado disso, mas o que ele disse despertou sua indignação. Ela havia jogado tudo fora por ele e pela *Snatch* — como ele ousava desprezar isso?

— Pelo menos eu tenho princípios — explodiu, antes de voltar pisando forte para o quarto e bater a porta.

Ele não terminou com ela imediatamente. Em vez disso, conseguiu um trabalho como ator — um filme de ação chamado *Thruster* coestrelado pela atrizinha em ascensão Ysabelle van Lumis — que exigiu que ele fosse para Mônaco durante três meses. Com Josephine e Alexis socializando com agentes em Sundance, onde o filme independente sem orçamento delas havia recebido menção honrosa do festival, e com Claire fazendo uma instalação de arte em Londres, Margaret teve ainda mais tempo para dedicar à sua esforçada revista. No entanto, alguma coisa no sermão de Bart havia envenenado seu entusiasmo pela *Snatch*, e ela se viu trabalhando muito mais por hábito do que por paixão genuína. Porém, Stuart Gelkind ainda estava prometendo uma venda lucrativa, e com suas dívidas crescentes, precisava daquele dinheiro mais do que nunca. Além disso, o que mais tinha para fazer? Era a sua chance — o seu Sundance, o seu *Fahrenheit 88* —, e ela não iria dar as costas para isso.

Secretamente, no entanto, ela queria muito que Bart voltasse para casa para que se reconciliassem. Em vez disso, quando voltou, bronzeado e ostentando um corte de cabelo bem italiano, disse a Margaret que ela precisava se mudar do bangalô imediatamente e pagar de volta os mais de 12 mil dólares que ele havia lhe emprestado.

Isso tinha acontecido havia quatro meses. A cada dia, ela parecia sentir mais falta dele. Em alguns momentos de doída honestidade, ela sabe que ele tinha razão. Ela não era melhor do que ele, sua conduta não era superior, e sua ambição profissional não era menos covarde do que a dele. E, além disso, o fracasso de sua revista é agora uma prova de que ele estava certo sobre alguma coisa desde o começo: a autenticidade intelectual era supervalorizada. A fama derrotou tudo. Se ele voltasse, ela seria capaz inclusive de admitir isso em voz alta.

Às 14h30, Margaret lava o rosto, passa um pente nos cabelos e joga em cima do corpo uma roupa de entrevista apresentável com calças pretas e uma blusa Prada que um dia pertenceu a Claire. Janice está fazendo alguma coisa no sótão — o barulho é de uma furadeira elétrica funcionando? — quando Margaret desce a escada, rouba uma nota de 5 dólares da bolsa da mãe e vai de carro até o Le Chat Blanc.

A rua principal de Santa Rita é uma galeria de consumo excessivo cercada de carvalhos. Tem a boutique que vende roupas infantis feitas à mão por feiras belgas, uma loja que vende croissants quentinhos do tamanho de melancias e outra especializada em velas artesanais. Onde foi parar a velha lojinha de bugigangas em que costumava comprar pulseiras pretas de borracha e chocolates embrulhados em papel laminado dourado? (Demolida para dar lugar a um Starbucks.) O que aconteceu com o café com velhas cabines de couro que ela costumava frequentar? (Substituído por um restaurante falso retrô chamado The Fountain.) Parece uma propaganda de remodelação, e Margaret, pensando nos negócios familiares que foram deixados de lado para dar lugar a *chai lattes* a 5 dólares, fica com raiva por eles (mesmo que tenha uma queda por *chai lattes*).

O restaurante Le Chat Blanc fica na metade da rua principal, numa fachada que um dia foi um velho brechó onde Margaret comprava os casuais vestidos vintage que a mãe odiava. É um café cheio de frescuras — mais um bistrô, na verdade, o tipo de restaurante com pisos de parquê, pôsteres antigos emoldurados e cadeiras de ferro forjado que pareciam aparelhos de tortura para as costas. De acordo com o cardápio afixado na porta de entrada, o lugar serve um sanduíche de queijo de 16 dólares e ostras por 3 dólares cada.

Margaret pede uma xícara de café no bar e se vira para examinar o ambiente, procurando por uma mulher sentada sozinha. Mas a única pessoa no lugar é uma adolescente de rosto redondo, com os cabelos puxados para trás num delicado rabo de cavalo. Está usando uma saia lápis preta e uma blusa branca abotoada de gola redonda e — é isso mesmo? Sim. — Pérolas. Segura uma pasta diante de si, sentada ereta à ponta da mesa de tampo de mármore. A pasta diz, em letras maiúsculas, "Happy Tails".* Margaret sente o coração afundar.

Vai até a menina, que olha para ela, confusa.

— Você é Carly? — Margaret pergunta.

— Sim? Você é... Margaret? — sorri, revelando um aparelho ortodôntico.

Margaret assente com a cabeça, relutante. Olha em volta para ver se alguém está olhando para elas.

— Nossa — diz Carly, observando-a. — Eu não costumo receber interessados que não tenham, você sabe, a minha idade, mais ou menos.

— Quantos anos você tem? — pergunta Margaret.

— Quinze — responde Carly.

---

* Caudas felizes. (*N. da T.*)

— Você é muito profissional para uma menina de 15 anos — diz Margaret, tentando disfarçar a humilhação, tentando ignorar o fato de que sua simples presença ali é um sinal do quão deplorável se tornou sua vida profissional. Em silêncio, lembra a si mesma: *Dinheiro Rápido!*

Carly sorri.

— Obrigada! Eu sou uma empreendedora — ela diz. — Estou trabalhando nisso há três anos. Tenho 22 clientes e dinheiro suficiente para comprar um carro quando fizer 16 anos. Acho que estou dando os primeiros passos para o meu MBA.

Margaret dá um jeito de sorrir. Carly a lembra só um pouquinho de si mesma naquela idade. Não que Margaret fosse uma capitalista em botão, mas reconhece a intensidade, o objetivo e a completa hipocrisia que são características da juventude. Seu pai adoraria aquela menina, pensa Margaret. Ele sempre esperou que ela fizesse um MBA. Suspira, senta-se na frente de Carly e toma um gole de café.

— E então, qual é o trabalho?

Carly se endireita na cadeira e mexe nos papéis que tem nas mãos de um jeito profissional.

— É passear com cachorros.

— Passear com cachorros? — As mãos de Margaret se mexem involuntariamente, derramando café.

— É uma indústria muito lucrativa e em constante crescimento.

— Bem, Carly, isso é muito legal, mas... — começa a se levantar. Pensa em Bart na *Us Weekly*, em Josephine e Alexis sendo festejadas em Sundance e em Claire preparando uma mostra individual no Gagosian em Londres.

— São 25 dólares por cachorro por hora — continua Carly. — Em dinheiro. Mais as gorjetas. Eu vou ficar fora da cidade durante o acampamento de verão e preciso de alguém que cubra o meu itinerário pelas próximas seis semanas. Os clientes pagam 30 dólares por cachorro, e eu fico com uma taxa de cinco dólares em cima disso.

Margaret hesita. Faz uma conta mental. Se ela passear com, digamos, 10 cachorros por dia — o que não parece absurdo —, isso significa 250 dólares por dia, 1.250 por semana. Cinco mil por mês. *Dinheiro Rápido!* Não é rápido o bastante — ela teria de passear com, o quê, 4 mil cachorros para pagar todas as suas dívidas com os cartões de crédito? Ainda assim, em uma semana ela teria o suficiente para pelo menos pagar o valor mínimo de um ou dois cartões. Seria um trabalho bem fácil de esconder da família: diria simplesmente que ia dar uma caminhada e ninguém iria estranhar. E será que ela realmente tem alguma alternativa melhor a essa altura? (Intimamente, responde à própria pergunta retórica: *Sim, você poderia simplesmente pedir o dinheiro para os seus pais* e depois: *Não, assim você vai pelo menos conservar um pouco do seu orgulho, mesmo que perca a dignidade.*)

Volta a se sentar.

— Está bem — diz Margaret. — Eu aceito.

— Bem, na verdade eu tenho três candidatos, de modo que não posso simplesmente lhe dar o trabalho assim — diz Carly. Ela tira uma folha de papel da pasta e a empurra por cima da mesa para Margaret. — Por que você não preenche esta ficha, e a gente faz uma experiência amanhã para ver se você tem perfil para o trabalho?

Margaret olha para o papel. É uma ficha de inscrição padrão.

— Você precisa saber o meu CPF e o que eu cursei na faculdade?

Carly estende a mão e risca a parte de educação com uma caneta preta.

— A maioria dos meus candidatos deixa a parte da faculdade em branco.

Margaret pega a ficha e começa a preenchê-la com uma caneta esferográfica. Nome. Endereço. Experiência relevante. Devolve o papel a Carly, que o examina cuidadosamente.

— Você também estudou no Millard Fillmore High? Nossa, você se formou, tipo, há dez anos. Certo, e você mora na Hyacinth... Espere um pouquinho... você é irmã da Lizzie Miller? — Carly olha espantada para Margaret, que assente com relutância. — Nossa. Isso é tão... esquisito.

— E eu não sei? — diz Margaret. — Que tal apenas me dizer o que eu vou ter de fazer nesse teste de amanhã?

Carly sorri levemente e entrega a Margaret um maço de papel — são os perfis de quatro cachorros e um mapa de Santa Rita marcado com caneta cor-de-rosa.

— Então, aqui está o seu itinerário. E aqui estão os perfis dos seus cachorros. Você deve pegá-los na ordem em que eu listei. Na maior parte das vezes, você simplesmente abre o portão, pega o cachorro e sai. Todo mundo deixa os portões abertos. Depois você passeia com eles no caminho que indiquei no mapa e os larga de volta. Imagino que você saiba como lidar com cachorros?

— Sim — responde Margaret, lembrando-se do shitzu que a família teve quando ela era muito pequena. Não lembra de algum dia ter levado Bitsy para passear. O cachorrinho costumava andar de um lado para outro no jardim, sempre comendo as flores da mãe, até que morreu de câncer no estômago por ingerir fertilizante demais. — Eu sou ótima com os animais — mente.

Carly se levanta e põe a ficha dentro da pasta, fechando os elásticos. Estende a mão.

— Foi um prazer conhecer você — ela diz. — Vou ligar amanhã depois da sua caminhada. Tenho certeza de que você vai se sair muito bem.

— Obrigada pelo voto de confiança — diz Margaret, e não consegue evitar o tom de ironia que toma conta de sua voz.

— Ah, *de nada* — diz Carly, juntando as mãos diante do peito numa demonstração de verdadeira sinceridade.

No caminho para casa, Margaret passa pela frente da velha escola, a Millard Fillmore High, uma estrutura irregular de tijolos com todo o charme de uma prisão de segurança máxima, apesar do mural multicultural de garotos afro-asiáticos-hispânicos-brancos sorridentes que havia sido pintado na lateral do ginásio. Embalagens descartadas de Big Mac e trabalhos escolares abandonados foram levados pelo vento até a cerca de arame e estavam voando na brisa. Os campos onde ela costumava ofegar durante as voltas de corrida na educação física estão sendo replantados para o recomeço das aulas, e uma fita amarela demarca a área de grama nova como um local de crime.

Um grupo de animadoras de torcida está ensaiando numa faixa de grama na frente do estacionamento, e ela para por um instante e as observa. As meninas estão ensaiando algum tipo de coreografia complicada na qual, com o auxílio de um par de animadores masculinos, lançam-se no ar e dão um rápido salto-mortal antes de aterrissar com segurança nos braços de seu companheiro de equipe. Aquilo faz Margaret perder o fôlego. Imagine qual é a sensação de pular tão alto, de confiar que alguém vai segurá-la quando descer.

Na escola, sua aptidão costumava ser principalmente em atividades cerebrais: o triatlo acadêmico, os Futuros Democratas da América, a Viola Society, o jornal *Fillmore High Bugle*. Ela havia sido dirigente de todas essas associações em algum momento. Teve de anexar uma página extra inteira com essas informações nas inscrições para a universidade. Não era de estranhar que tivesse sido escolhida no livro do ano como "a aluna com mais chances de mudar o mundo". E sempre pensou que mudaria, mesmo que fosse favorita ao título por conta de sua função de editora do livro do ano. Na formatura do colégio, foi Margaret quem fez o discurso, intitulado "Nós só queríamos tudo", por causa da canção da Bauhaus "All we ever wanted was everything", que, na época, parecia sintetizar muito bem o vasto alcance da oportunidade diante deles. Agora aquilo só parece assustadoramente ingênuo.

Agora as animadoras de torcida estão dando saltos para trás e comemorando com os pompons. Ao observá-las, Margaret sente-se terrivelmente triste. Pensa em Carly Anderson, cheia de ambição, tão segura de seu caminho na vida, e se pergunta onde acabou se perdendo. Ela quer, por um minuto apenas, correr para o meio das animadoras, agarrar um pompom e pedir para alguém lhe ensinar como dar um mortal. Em vez disso, procura um lenço de papel no bolso da porta do carro, assoa o nariz e seca os olhos. Antes de dar a partida no carro de novo, descansa a cabeça na direção por um instante para se recompor. Então liga o Honda e segue pela rua a caminho de casa.

Margaret programa o despertador para as 8h30 da manhã seguinte, mas já está acordada e de pé antes de o alarme tocar. Ao pensar no dinheiro que está finalmente vindo em seu caminho, ela sente — o que é isso? *Um vislumbre de esperança? Otimismo de que o pior já tenha passado?* Escova os dentes vigorosamente, cuidando para escovar inclusive os molares, que costuma ignorar. Na saída do banheiro, topa com Lizzie, vestindo seu maiô Speedo com os óculos de natação pendurados no pescoço, aprontando-se para ir nadar.

— O que você está fazendo de pé tão cedo? — pergunta Lizzie.
— Vou dar uma caminhada — responde Margaret.
— É mesmo? Posso ir junto?
— Não! — exclama Margaret, assustada.
A expressão de Lizzie se abate. Margaret tenta acalmá-la:
— Eu preciso de um tempo sozinha, Lizzie. Para pensar, sabe?
Lizzie, no entanto, só fica ali parada, olhando para a irmã.
— Margaret, as coisas não estão bem em Los Angeles? É por isso que você está aqui? Foi por isso que você não voltou para casa ainda?

Assustada, Margaret observa a irmã. Como ela soube? Será que eu devia contar a ela? Mas os olhos de Lizzie brilham de adoração e preocupação, como um filhotinho devotado, e Margaret se sente relutante em estourar sua bolha dando a notícia de que a vida da irmã dela é um fracasso.

— Não seja boba — ela diz. — Eu estou aqui porque você disse que precisava de mim, lembra?

— Certo — diz Lizzie. — Mas você me diria se as coisas não estivessem bem, tipo, com o Bart? Ou alguma outra coisa? Quer dizer, você confia em mim, né?

— É claro!

Margaret acaricia suavemente a orelha da irmã, sentindo apenas uma pequena culpa com sua mentira, e então desce a escada correndo. No último degrau, ela para um pouco para examinar o pacote da FedEx que está sobre a mesa do hall de entrada há mais de uma semana. A curiosidade a deixa fora de controle e, depois de olhar por cima do ombro para a cozinha, onde ouve a mãe cozinhando, ela pega o pacote.

Está endereçado a Janice Miller, e o remetente é o famoso escritório de advocacia de São Francisco Sarmin, Anderson, Baretta e Roth. É óbvio que se trata de algum tipo de papelada de divórcio. Margaret hesita e depois bota o pacote da FedEx de volta onde estava. É problema da mãe, não dela, lembra a si mesma. Janice já deixou bem claro que não precisa de ajuda alguma. Principalmente de Margaret. De qualquer maneira, Margaret certamente consegue se solidarizar com sua relutância em reconhecer más notícias. (NÚMERO RESTRITO aparece em seu pensamento, espontaneamente.)

Ela encontra a mãe preparando o café da manhã na cozinha. A mesa já está posta com suco de laranja fresco e um prato com melão cantalupo aberto como uma flor. Com um livro de receitas diante de si, Janice está pondo aveia e grãos dentro do processador e triturando a mistura até que se torne homogênea. O aparelho gira e ronca até parar.

— Nossa, olhe quem está acordada! — diz Janice. Ela olha para o relógio da cozinha. — A Terra se moveu? Ou o meu relógio parou?

— Bom dia — diz Margaret, sentindo-se generosa o bastante para não morder a isca. — O que você está preparando?

— Müsli. Muito saudável e bom para o intestino. Quer um pouco? Peguei a receita da *Gourmet*.

Margaret balança a cabeça.

— Vou sair.

— Sair! — repete Janice. Abre a tampa do processador e mexe a comida de hamster com uma espátula. — Que bela mudança. Aonde você vai?

— Ela vai dar uma caminhada — diz Lizzie, atrás de Margaret.

Janice pisca.

— Eu não sabia que você... caminhava.

— O que isso quer dizer?

— Bem, você nunca foi muito afeita a exercícios.

— Eu ando praticamente uma viciada em boa forma, mãe — mente Margaret, embora goste de perceber que nem a implicância habitual da mãe estragou seu humor borbulhante.

Janice junta uma xícara de passas ao processador. Faz uma pausa para avaliar a roupa de Margaret.

— Você vai caminhar de chinelos? Eles não parecem muito resistentes.

Margaret olha para as sandálias de plástico azul que está vestindo, um dos únicos pares de sapatos que ela não vendeu em Los Angeles. Encolhe os ombros, pega um copo de suco de laranja e bebe tudo de um só gole, sentindo-se revigorada pela dose de vitamina C. Sorri sem dizer nada para a mãe, que a observa com ceticismo.

— Bem, faça o que quiser, mas eles parecem desconfortáveis — resmunga Janice, acionando o botão para ligar o processador.

Margaret abre a porta da cozinha e sai.

A primeira parada no itinerário de Margaret fica a duas quadras de distância: é um beagle chamado Skipper, de uma família chamada Fincher, que mora num sobrado de dois andares. O beagle já espera na cerca de madeira com o rabo abanando quando Margaret percorre a entrada de carros. Ela abre o portão e procura por um dos proprietários. Não há ninguém ali, mas a coleira está pendurada ao lado da porta dos fundos. Skipper lambe os dedos de Margaret com a língua áspera e quente enquanto ela prende a guia à coleira. Divertindo-se com o afeto indiscriminado do cachorro, ela acaricia suas orelhas e parte pela rua.

Enquanto caminha, mantém a cabeça baixa, para o caso de uma das amigas da mãe passar por ela, reconhecê-la e a dedurá-la. No entanto, o sol da manhã é filtrado pelos carvalhos, e as ruas a esta hora estão muito tranquilas. Assim, ela acaba levantando o rosto na direção do sol. Os esquilos chiam nas árvores e correm pelos fios elétricos. O barulho de seus chinelos batendo no asfalto é extraordinariamente alto. Skipper trota ao seu lado, parando de vez em quando para respingar um pouco de urina amarela em postes de caixas de correio. Alguns carros passam enquanto ela caminha, e os motoristas chegam a acenar para ela, como se ela devesse conhecê-los. Margaret se surpreende acenando em resposta. Pensa consigo mesma que aquele não é um jeito tão terrível de pagar suas dívidas.

A parada número dois fica a quatro quadras de distância, na casa dos Brunschild — Margaret se lembra vagamente do Dr. Brunschild como o clínico-geral da família, que sempre cheirava a pastilhas mentoladas para tosse —, onde ela pega um dachshund geriátrico chamado Sr. Pibb. A parada três, algumas casas adiante, é um bloodhound de 45 kg chamado Dusty, um monstro castanho tranquilo com orelhas do tamanho de panos de prato, que fareja com o nariz pressionado no chão, como se estivesse cheirando uma interminável carreira de cocaína.

A última parada é uma schnauzer chamada Sadie que pertence a uma família chamada Gossett. Margaret faz a volta até a lateral de uma casa antiga em estilo colonial espanhol com uma entrada para carros trancada, onde a cadelinha, sentindo sua presença, está se atirando contra uma cerca de ferro forjado. Margaret abre o portão e entra no quintal dos fundos. "Yipyipyip", late ela, num tom de estourar os tímpanos.

Sadie é um animalzinho branco e fofo com uma coleira de couro cor-de-rosa. Margaret desgosta imediatamente dela. Sadie também não parece muito contente em vê-la, e late em tom agudo enquanto ela tenta prender a guia cor-de-rosa combinando com a coleira enquanto ainda segura as guias dos outros três cachorros na mão esquerda. Enquanto está mexendo no portão, um rosto surge na janela da cozinha da casa, e uma mão muito branca aparece. Margaret tenta se apressar, mas a mulher abre a porta e se aproxima pelo gramado.

— Onde está Carly? Ela já está no acampamento? Você é a substituta dela?

Margaret briga com a coleira, que se recusa a fechar. A 30 centímetros do rosto dela, Dusty levanta uma pata e solta uma longa correnteza de urina no portão. O Sr. Pibb peida alto. "YIP. YIP. YIPYIPYIPYIP", reclama Sadie.

— Meu nome é Margaret — ela grita, agachada ao lado do cachorro. — Estou substituindo Carly hoje.

Ela prende a coleira e se levanta. Quando consegue se endireitar, a mulher está parada na sua frente, secando as mãos numa toalha. Está vestindo calças de linho bege que agarram nas coxas, e argolas douradas nas orelhas murchas.

— Noreen Gossett — ela diz, estendendo uma mão úmida, que Margaret, carregada de coleiras, não pode apertar. Margaret afunda o queixo no que ela espera ser um aceno simpático. Os cachorros fazem uma algazarra a seus pés.

— Eu a trarei de volta em uma hora — diz ela.

Noreen a observa, olhando atentamente para o vestido solto de Margaret e os chinelos azuis de plástico.

— Espere um pouco, você não é... você é Margaret Miller? A filha de Janice?

Margaret sente o coração afundar.

— Sim — responde com relutância.

Dusty está farejando os canteiros de flores de Noreen. Escolhe uma violeta especialmente bonita e a engole. Margaret puxa sua guia com o máximo de força possível. Ele não se mexe.

— Sou amiga da sua mãe — diz Noreen Gossett, com um olho na violeta destruída e outro claramente avaliando Margaret. — Eu a reconheci das fotos que ela tem na sala de estar. Você está passeando com cachorros? Janice me disse que você estava trabalhando para... o que era mesmo? A *Vogue*? Uma revista feminina, certo? É isso mesmo?

— Na verdade, a revista se chama... — Margaret começa, mas para em seguida, desanimada. — É isso mesmo. A *Vogue*. Estou de férias, dando uma mão para a Carly.

— Como está a sua mãe, afinal? Não soube dela desde a OPI. E, bom, a gente tem pensado... que triste situação. Ela está arrasada?

Caminhando na direção do portão, Margaret se sente incomodada pela barulhenta solicitude daquela mulher.

— Bem, talvez você deva ligar e perguntar a ela — responde.

Noreen Gossett aperta os lábios. Sadie se vira e morde o tornozelo de Margaret. "YIPYIPYIP!", ela late. Margaret grita, e olha para a pele ferida do pé.

— Acho que a Sadie não gosta muito de você — observa Noreen.
— Ela adora a Carly. Ela sempre traz biscoitos. Você não tem um daqueles biscoitos de fígado, tem?

— Sinto muito — diz Margaret. O beagle começa a lamber seus dedos de novo, e ela o empurra com o pé. — Já comi todos.

Sem pestanejar, Noreen Gossett a acompanha até o portão.

— Bem — diz —, cuide bem da minha princesa. Cuidado para ela não se aproximar do arbusto que tem na esquina. É venenoso, você sabe. E não a faça andar rápido demais só porque os outros cachorros são maiores. Ela é velhinha, e está com as articulações duras.

Margaret sorri levemente e abana seu único dedo livre, enquanto os cães a puxam pela entrada de carros até a calçada.

Ela descobre que passear com quatro cachorros é infinitamente mais difícil do que passear com um. Os cães andam em passos desiguais, e Margaret se põe entre eles. Sadie não parece estar se dando muito bem com o Sr. Pibb ou o Skipper, e late sempre que eles se aproximam demais. Transfere Sadie para a mão direita, junto com Dusty, esperando que o enorme bloodhound intimide o schnauzer. Seus chinelos estalam contra o asfalto. Uma bolha se forma rapidamente onde a borracha roça no dedão do pé, tornando o alerta da mãe tristemente correto.

Faz uma pausa enquanto os cachorros se revezam para marcar o território numa cerca recém-pintada, deixando manchas na tinta branca.

Tendo feito a sujeira, os cães seguem marchando em frente amigavelmente, liderados por Dusty. Parecem ter entrado num passo diferenciado, porém controlável. Os pássaros cantam nas árvores. Margaret enrola as guias de Dusty e Sadie no braço direito enquanto mexe os dedos da mão direita para fazer o sangue voltar a circular.

Um esquilo cinza escolhe aquele exato momento para cruzar seu caminho, e antes que Margaret consiga agarrar as guias com força, Dusty olha para cima. Seu focinho se mexe. Suas orelhas giram para a frente. Ele cheira o ar duas vezes, emite um uivo de arrepiar os cabelos e dispara na direção do esquilo. O braço direito de Margaret é arrancado do encaixe quando ela tropeça, arrastada pelo cão de caça latindo. Prende os pés no chão e puxa as guias para trás. Dusty se atira de novo, alavancando 45 kg contra si. O Sr. Pibb, em sua mão esquerda, resolve entrar na diversão e começa a brigar com a guia. As guias enroladas no braço de Margaret escorregam. Ela é puxada para a frente de novo e tropeça; a parte da frente do chinelo de dedo prende no asfalto, e a sola de plástico é arrancada das tiras. A sandália se parte em dois. O pé agora descalço raspa no cascalho, e ela grita de dor, soltando as guias da mão direita para segurá-lo.

Dusty fareja a liberdade e sai correndo. Atravessa a rua, arrastando a guia no chão, e sai caçando o esquilo que sobe num carvalho. Sadie dispara na direção oposta, com as patas curtas a levando o mais rápido possível até a esquina perto da casa dos Gossett. Da mão esquerda de Margaret, os ainda presos Sr. Pibb e Skipper latem para Dusty. Margaret pula num pé só, observando Sadie desaparecer rua abaixo, arrastando a guia cor-de-rosa atrás de si. Do outro lado da rua, Dusty está com as patas no tronco da árvore e a cabeça atirada para trás enquanto late desesperadamente para os galhos mais altos da árvore. O esquilo, em segurança e fora de alcance, chia provocador.

Xingando, Margaret vira para a esquerda para correr atrás de Sadie, que desapareceu na esquina, e então decide que deve pegar o cachorro maior primeiro, já que Sadie não vai conseguir chegar tão longe com a mesma velocidade. Os latidos de Sadie desaparecem a distância. Com o chinelo de dedo pendurado no pé, Margaret atravessa a rua pulando num pé só para pegar a guia de Dusty, arrastando o Sr. Pibb e Skipper. Precisa usar toda a sua força para afastar o bloodhound da árvore. Então arranca os chinelos dos pés e corre descalça pelo asfalto atrás de Sadie, com os cães reclamando atrás dela.

Vira a esquina bem a tempo de ouvir o cantar de pneus e ver uma nuvem de poeira levantando da rua. De trás da poeira, Sadie sai voando pelo ar num arco de balé, girando lentamente numa elegante espiral. Margaret aperta os olhos e os abre novamente, bem a tempo de ver a schnauzer aterrissar com um barulho horroroso sobre um canteiro de lírios, a apenas 6 metros do jardim da frente dos Gossett. Uma jovem de terninho salta de um Audi TT, agora abandonado no meio da rua, e corre para perto do corpo inerte do animal

A mulher olha para Margaret com lágrimas nos olhos.

— O cachorro... saiu do nada. Meu Deus, está morto?

Margaret corre até lá, arrastando os três cães. Agacha perto de Sadie, toca seu pelo, sente o cheiro de borracha queimada. A cachorrinha está respirando, mas está com as patas dianteiras sangrando e viradas para fora num ângulo definitivamente nada natural. Margaret acaricia a cabeça da cachorra. Dusty cheira o corpo de Sadie, e Margaret o puxa para trás.

— Acho que ela está viva — diz Margaret.

Um grito ensurdecedor encobre o arfar dos cães e das mulheres. Margaret se levanta e vê Noreen Gossett no jardim da frente da sua casa, correndo em sua direção. Uma bolsa foi abandonada no meio do gramado, as calças de linho levantadas com o esforço da corrida de Noreen Gossett.

— Sadie! — grita ela. — AH, MEU DEUS, o que aconteceu com a minha princesa? *O que você fez com a minha cachorra?!*

Margaret chega caminhando com dificuldade à casa dos Miller uma hora mais tarde, depois de ter levado a histérica Noreen Gossett e Sadie ao hospital veterinário e devolvido os três animais restantes a seus respectivos lares. Os 90 dólares em seu bolso não conseguem anular o golpe das palavras de despedida de Noreen Gossett:

— Eu estou chocada, chocada!, com a sua incompetência e total falta de responsabilidade! Eu esperava mais de uma mulher da sua idade!

Margaret tende a concordar. Como pode alguém tão inteligente ser tão burra? Aqueles chinelos ridículos — por que ela havia insistido em usá-los? E a cachorra — pensa nela, sangrando sobre o asfalto, totalmente por culpa sua, e fica doente de culpa e remorso. O episódio lhe dá um nó no estômago, de alguma forma ainda mais humilhante do que o fim da revista. Dívidas de cartões de crédito à parte, ela vê a si mesma, de repente, sob uma luz repulsiva: um fracasso, caindo rápido na obscuridade, incapaz de contribuir até mesmo da forma mais servil com a sociedade. Ela esteve muito perto de vencer, mas agora tudo se foi. *Então é isso?*, pergunta-se, enquanto segue, descalça, pela entrada de cascalho. *Será que eu alcancei o ponto final do meu potencial tão cedo?* Talvez algumas pessoas estejam destinadas a ser grandes, e outras, não. E não tem nada a ver com sorte, ou com trabalho duro, mas com capacidade inata. Talvez durante todo o tempo ela estivesse mais destinada à mediocridade — uma babá de cachorros despreparada, uma intelectual irrelevante, uma editora sofrível — e apenas tenha tentado conquistar mais do que era capaz. Percebe de repente que o problema de ouvir que se vai mudar o mundo é que qualquer coisa menos do que isso certamente será uma decepção.

Entra em casa pela porta da frente. Do quintal, ouve a mãe chamando.
— Margaret? É você?
— Oi, mãe — ela grita.

De pé na cozinha, pensa nas alternativas que tem. Quais são as chances de Noreen Gossett ligar para Janice e contar a ela sobre a manhã de Margaret? É claro que é uma possibilidade, mas talvez seja uma possibilidade remota, não? Na verdade, ela prefere contar com a chance de que Noreen fique de boca fechada, a contar à mãe o que acabou de acontecer e ter de acabar confessando tudo. Além disso, foi só uma, uma cachorra muito velha e desagradável. E ela nem morreu, e Margaret já havia pedido desculpas. Qualquer pessoa racional concordaria que não é nada assim tão grave. Na verdade, não chega sequer a ser uma decisão.

Na pia, serve-se de um copo de água e bebe metade de um gole só, como se no processo de matar a sede pudesse também afogar as mágoas. Pela janela da cozinha, vê a mãe trabalhando na horta. Janice está usando galochas verdes de borracha e uma camisa jeans de trabalho com ferramentas de jardinagem bordadas e tem os cabelos presos com um elástico. Margaret a observa com um misto de inveja e amargura: como pode sua mãe parecer tão calma com a vida desmoronando? Como ela pode ser tão prática? Por que Margaret não consegue demonstrar a mesma serenidade?

Enquanto isso, o telefone toca e, do jardim, a mãe levanta a cabeça e olha em direção à casa.

— Margaret! — ela chama. — Você pode atender?

Margaret enfia o telefone na orelha enquanto enche o copo de água de novo.

— Alô?

Ouve um estrondo de estática e depois a voz de uma mulher.

— Margaret Miller? — ela pergunta. — Aqui é da Mastercard. Margaret Miller está?

Como eles a encontraram? Margaret sente o chão ceder debaixo de si e as pernas bambas ameaçam derrubá-la.

— Sinto muito, mas foi engano — ela diz, diminuindo o tom de voz em várias oitavas para que a mulher não reconheça a sua voz. *Você é patética*, pensa consigo mesma.

— Fomos informados por Bartholomew Johnson que Margaret Miller está aí.

— Sinto muito, mas não há ninguém chamado Miller aqui. Ele deve ter lhe dado o número errado — diz Margaret rapidamente.

— Sinto incomodar, senhora — diz a mulher, mas Margaret desliga rapidamente, interrompendo-a.

Bart. É claro que iriam atrás dele depois de ela desaparecer — ele era avalista de seu American Express. Lembra da mensagem que deixou no celular dele com horror e percebe o tamanho de seu erro.

— Quem era? — pergunta a mãe, do jardim.

Margaret não tem voz para gritar uma resposta. Respirando fundo, tenta diminuir o ritmo de seus batimentos cardíacos e fracassa miseravelmente. Por quanto tempo sua mentira os manterá afastados? Não por muito tempo, é certo. Não por tempo suficiente para ela ter um novo plano para conseguir o dinheiro. *Estou fodida*, pensa. *Completamente fodida.*

Suas mãos tremem quando bota o copo de novo sobre a pia. O pai não deixa sempre uma garrafa de uísque no bar do escritório? Ela se vira e vai cambaleando para os fundos da casa, pensando que o que ela precisa para limpar a mente é uma boa e forte dose de bebida — talvez três —, mas quando passa pelo hall de entrada, para diante da mesa auxiliar. O pacote da FedEx ainda está ali, intocado. Fica olhando para o envelope vermelho e azul, grosso de presságios, cheio de decepção e traição, e, sem sequer tomar uma decisão consciente, abre o pacote.

Folheia o maço de papéis, absorvendo a essência rapidamente. O pai está pedindo um divórcio amigável e sem acusações devido a "diferenças irreconciliáveis". Janice fica com a casa. Ele dará a Janice a guarda de Lizzie (Margaret fica momentaneamente magoada por não ter sido mencionada, mas então se lembra de que é uma mulher adulta e, portanto, não está sob a guarda de ninguém, exceto de si mesma), com pensão alimentícia de 4 mil dólares por mês. Serão criados fundos nos nomes das filhas, que poderão sacá-los quando elas completarem 35 anos. 35?! Margaret para, abruptamente, diante desse número, furiosa. Não sabe muito bem o que a incomoda mais, se a ideia de que o pai aparentemente não a considera adulta e responsável o bastante para cuidar de dinheiro ou o fato de que o dinheiro de que ela precisa está tão perto, mas ainda, como sempre, tão distante.

Continua folheando. Uma poupança será dividida entre os pais, junto com diversos investimentos e fundos conjuntos. Janice manterá seu carro. Ele está oferecendo uma pensão mensal adicional de 6 mil dólares. Margaret dedica um minuto a algumas contas mentais — 10 mil dólares vezes 12 são apenas 122 mil, uma soma que pode parecer valiosa a ela agora, mas que provavelmente não chegará nem perto de cobrir as contas da mãe na Neiman — antes que ela se dê conta do que perdeu. Não há nenhuma menção ao meio bilhão de dólares em ações que o pai ganhou recentemente com a OPI. Ela folheia as páginas mais uma vez, em busca de alguma menção de ações, antes de localizá-la no final da página 32. "Devido a um acordo prévio entre o requerente e a requerida, os bens do requerente de propriedade de ações da Applied Produtos Farmacêuticos estão isentos deste processo e permanecerão somente em seu nome."

Como não está muito segura de ter compreendido o que aquilo significa, ela lê a frase de novo, e avança e retrocede no documento para ter certeza. O jargão jurídico não consegue disfarçar o que está acontecendo: o pai pretende negar à mãe cada centavo da fortuna que acabou de fazer com a OPI. O pânico e a frustração que Margaret manteve submersos durante as últimas semanas de repente se transformam e começam a borbulhar como uma emoção completamente nova: raiva. Ela está furiosa, furiosa com o pai, com a mãe, com Bart e com os cobradores da Mastercard e com todo este mundo fútil, ganancioso, cruel e sem princípios que tira vantagem cruelmente dos honestos e enche de recompensas quem não merece.

— Mãe! — grita Margaret.

A voz de Janice ecoa nos fundos.

— Ainda estou aqui nos fundos!

Encontra Janice na horta, cercada por pilhas de ervas daninhas, que parecem estar organizadas por tipo — uma pilha de uma espécie aqui, outra de um segundo tipo ali, uma pilha de urtigas e outra de dente-de-leão. Cada pilha está cuidadosamente arrumada como pirâmide, com as raízes para um lado, os galhos para outro. Margaret para e a encara. Janice ergue o olhar, mas não para de cavar.

— Alguém chamada Carly ligou mais cedo. Ela disse para você ligar assim que possível. É uma daquelas suas amigas de Los Angeles? Ela disse que você tem o número — diz Janice. Enfia uma pazinha na terra. — Eu não acredito que o jardineiro não fez isso. Eu devia demiti-lo. Não é de estranhar que as minhas abobrinhas estejam tão anêmicas.

— Por que diabos você está organizando as ervas daninhas? — pergunta Margaret.

Janice olha para as pilhas.

— Ah, não sei — diz ela. — Achei que seria útil saber qual tipo está crescendo mais. — Olha para Margaret e dá um sorriso nervoso, como uma criança surpreendida com o dedo no nariz. — Seu dedão está sangrando. Você machucou o pé? Eu disse para não sair para caminhar com aquelas sandálias ordinárias!

A fúria se levanta como um balão de ar quente. O marido dela está por aí, dormindo com sua melhor amiga e planejando como lhe tirar cada centavo, e Janice está empilhando ervas daninhas como se nada tivesse acontecido? Margaret engole a raiva:

— Você assinou algum documento?

Janice leva um minuto para responder. Faz uma pausa com a pazinha no ar, e seu rosto se contorce, como se estivesse se esforçando para subir à superfície de um lago turvo e profundo.

— Documento? Que tipo de documento?

— Alguma coisa que papai possa ter feito você assinar sobre dinheiro? Sobre a Applied Produtos Farmacêuticos?

Janice pensa por um instante.

— Bem — ela começa, e então sua expressão se agita. — Tem... nós assinamos alguns documentos financeiros há um ano mais ou menos. Para proteger os nossos bens. Depois que o seu pai começou na Applied Produtos Farmacêuticos. Era um empreendimento arriscado. Fizemos alguns investimentos, e ele queria garantir que, se a empresa fosse processada, eu estaria protegida legalmente. Por que, em nome de Deus, você quer saber isso? Não acho que seja problema seu.

— Você não pediu para um advogado dar uma olhada neles?

— É claro que sim — ela diz. — Foi o advogado do seu pai que acertou tudo.

— Bom, meus parabéns, mãe — diz Margaret. — Parece que papai está prestes a arrancar de você cada centavo que puder. Você pode esquecer o dinheiro da OPI.

O rosto de Janice fica branco feito leite.

— Do que você está falando?

— Eu li os papéis do divórcio. O que você, aparentemente, não estava interessada em fazer. — Acena com o punhado de papéis para a mãe. Uma das páginas cor de creme de documento cai na terra, e Margaret tenta prendê-la com o pé. A folha é levantada pela brisa e flutua até pousar na piscina.

Ela espera que Janice dê um salto de fúria, mas ela apenas revolve a terra com a pá, desenterrando cuidadosamente uma erva daninha. Margaret está perplexa: é tão improvável que a mãe, a rainha do controle, permitia que a vida simplesmente passe por ela. Como ela pôde deixar que o pai simplesmente passasse por cima dela desse jeito? Por que ela não toma as atitudes necessárias para salvar a si mesma? A enérgica eficiência de dona de casa que tem deixado Margaret louca desde o dia em que chegou agora aparece como o que realmente é: uma máscara para uma negação mais profunda, talvez até depressão crônica. Sua raiva começa a baixar e é substituída por uma espécie de culpa raivosa. Por que ela está gritando com a própria mãe vitimada?

Elas até podem ter seus problemas, mas este momento certamente deve transcendê-los.

— Papéis de divórcio? — Janice repete baixinho. — Era isso que tinha no pacote da FedEx?

— Sim, mãe — ela diz, num tom mais suave. Está surpresa pela improvável falta de noção da mãe. Ela parece estar fora de si. — Eu os li.

— Ah — faz Janice, com a expressão demonstrando pavor. — Eu não me lembro de ter lhe dado permissão para fazer isso.

— Bom, aquilo está lá a semana toda. Como achei que parecia importante, resolvi abrir. Aqui está: olhe você mesma — estende os papéis para a mãe. — Olhe a parte de consignação de bens. Ele diz que não precisa dividir o dinheiro da OPI.

Janice folheia os papéis. Pega o maço, solta e esfrega as mãos na frente das calças de jardinagem.

— Eu vinha pensando em abrir o pacote — diz Janice. — Mas estava sempre adiando.

— E? Então?

Janice suspira, um suspiro profundo, que a faz estremecer.

— Ah, Margaret, eu simplesmente não sei — ela diz. Tira os óculos escuros e esfrega os olhos com a parte de cima das mãos. Quando olha para ela, Margaret percebe que há olheiras profundas de cansaço sob os olhos da mãe. Suas pupilas estão minúsculas sob o sol. — Eu simplesmente não consigo pensar na história toda agora.

— Você precisa de um advogado, muito bom muito rápido.

Janice aperta os olhos. Balança levemente, para a frente e para trás, para a frente e para trás, cambaleando como um bebê que acabou de aprender a ficar sentado sozinho. Parece repentinamente indefesa, e Margaret é tomada por uma inesperada onda de tristeza. Não foi isso que ela sempre quis? Que a mãe perdesse o controle para variar, que quebrasse a superfície implacável e revelasse que a pessoa por baixo não é tão perfeita como todo mundo parece pensar que ela é? Mas agora que tem essa Janice indefesa diante de si, sente-se apenas terrível. Janice certamente não merece isso. Ninguém merece isso.

— Eu sei. Eu sei. Eu sei — diz Janice. — Um advogado. Luella Anderton... ela se divorciou há alguns anos. Ligue e pergunte quem foi o advogado dela.

— Você quer que eu ligue para ela? Não quer *você* ligar para ela? — pergunta Margaret.

Janice balança a cabeça.

— Não, ligue você. — Ela abre os olhos e olha com uma expressão de terror que faz o coração de Margaret parar. — Por favor. Faça isso. Eu não posso conversar com ninguém assim. Eles vão perguntar... coisas.

Margaret olha para a mãe por um longo minuto, achando difícil acreditar que a pessoa diante dela seja Janice Miller, campeã de tênis, secretária social do Country Club Forest Heights, mãe indomável de duas meninas, esposa (prestes a se tornar ex, mas ainda) de um futuro CEO de uma das quinhentas maiores empresas da *Fortune*. A mãe parece frágil como cristal quebrado. Alguém precisa se intrometer e fazer alguma coisa, antes que Janice se despedace em fragmentos minúsculos. E então Margaret se dá conta, com um lampejo de revelação, de que Janice parece pensar que *ela* é a única pessoa que pode ajudá-la. A mãe está pedindo ajuda a *ela*. A ela? Será que a mãe realmente ainda acredita numa Margaret capaz e produtiva? Parece que sim. Margaret fica congelada no lugar, de medo e alegria, enquanto o peso do futuro de sua mãe pousa, inesperadamente, em seus ombros.

Um longo segundo se passa.

— É claro — diz Margaret, acariciando as costas da mãe antes de se levantar. — Não se preocupe. Eu cuido disso. Posso ajudar. Vou cuidar de tudo, mãe.

Janice pega a pazinha e ataca de novo a erva daninha, que não sai. Larga a pazinha e avança sobre a planta com as mãos, puxando com toda a força. A flor roxa cheia de espinhos se quebra.

— Margaret? — ela chama, enquanto Margaret se afasta.

Margaret para e olha para a mãe, que observa desanimada a erva daninha na mão.

— Sim?

— Obrigada — diz Janice.

seis

O lugar mais seguro do mundo é o fundo de uma piscina. Lizzie pode segurar a respiração lá embaixo por um minuto e seis segundos, o tempo mais longo da turma de natação. Flutuando de costas no fundo da parte mais profunda da piscina do centro recreativo, ela fica leve, uma sereia exótica vestindo um maiô Speedo verde, esperando para ser descoberta por um corajoso mergulhador. Com a diferença, talvez, de que ela gostaria de abandonar a touca, os óculos e o protetor de nariz antes. Olha para o sol através da água. A luz penetra entre as ondulações: diamantes dançando lá em cima. Estende a mão em câmera lenta para pegar um, que desaparece quando alguém nada acima, tapando o sol.

Explode na superfície, em busca de ar.

O fato de ser uma boa nadadora ainda surpreende Lizzie. Ela pode ter passado vários verões boiando na piscina, mas sempre achou que flutuava bem por causa da camada extra ao redor da cintura. Foi só quando entrou para a equipe de natação que descobriu que na verdade tinha uma habilidade especial para o nado de peito. Talvez seja a vitalidade extra de seu peso — é muito mais forte do que a maioria das outras meninas da equipe, mesmo depois de perder 19 quilos — que a ajude a se lançar para fora da água a cada movimento dos braços. Talvez seja simplesmente porque ela precisa vencer mais do que as outras. Mas, quando compete, quase se sente como se estivesse voando, como se um movimento especialmente dedicado de seus braços pudesse lançá-la para fora d'água, no ar. Está convencida de que, se treinar bastante durante o verão, poderá até vencer na sua divisão do encontro nacional de juniores em outubro.

Conta mentalmente: faltam três meses. Será que seu pai apareceria para o encontro? Se aparecesse, será que ele e a mãe poderiam estar no mesmo lugar ao mesmo tempo? Ela sempre tinha pena daquelas meninas cuja evidente ausência dos pais nos eventos da escola cheirava a desastre familiar. Não queria que as outras da equipe tivessem pena dela.

Lizzie faz suas voltas automaticamente, mantendo a cabeça baixa, agradavelmente alheia ao que pode estar acontecendo do lado de fora da piscina. Sua mão atinge o concreto áspero de uma das bordas, e ela voa num salto-mortal, apoiando as solas enrugadas dos pés no azulejo e dando um impulso para a volta cortando a água. Através do gorgolejar nos ouvidos, acha que ouve o som de um apito — o treino acabou? —, mas como está com um bom ritmo, decide ignorá-lo. Além disso, se esperar um pouco, não terá de ver todas as outras meninas no vestiário: havia conseguido evitar Susan Gossett por quase duas semanas, chegando cedo e indo embora tarde.

Lizzie faz mais oito voltas antes de parar para respirar e olhar ao redor. A piscina está vazia, exceto por Becky, uma figura magra sentada pacientemente na beirada da parte rasa, batendo os calcanhares na água. Ela já está vestindo short e camiseta, e seus cabelos ruivos crespos estão secando ao sol. Mais uma vez, Becky esqueceu o boné em casa. De longe, parece que ela está vermelha de vergonha do queixo às sobrancelhas.

Lizzie nada até ela e mexe nos dedos da amiga.

— Oi — diz Lizzie.

— Oi — diz Becky. — Você está me fazendo parecer preguiçosa.

— Eu só gosto de nadar.

— Você está ficando muito rápida.

Lizzie sorri.

— Você acha?

— Acho! Ei, quer ir tomar um milk-shake?

— Quero — diz Lizzie, contente por ter um motivo para não voltar correndo para a casa vazia. Embora isso, por sua vez, faça com que ela se sinta culpada: a mãe vai ficar se sentindo sozinha se ela não for embora em seguida? Ou não tem problema porque a Margaret está aqui? Será que ela deve ligar para dizer que vai chegar mais tarde? Ela nunca fez isso antes, mas as coisas mudaram. As regras de comportamento de filhos de pais separados ainda não estão claras para ela.

— Vamos no Fountain? — pergunta Becky.

— Certo — concorda Lizzie. O Fountain é o preferido dela: quando servem o milk-shake, servem também o extra num copo de metal. São dois milk-shakes pelo preço de um. É claro que isso não faz parte da dieta dela, mas, enfim... ela está merecendo.

Lizzie veste o short e a camiseta. As duas percorrem as ruas laterais até a parte principal da cidade, folheando as páginas de uma *Us Weekly* e examinando as barrigas sequinhas de diferentes atrizes aparentemente grávidas. A tarde está quente, e Lizzie sente as coxas suadas grudando uma na outra enquanto caminha.

O Fountain está quase vazio, já que os clientes do almoço já foram embora, e os do jantar ainda não chegaram. Lizzie e Becky se jogam numa cabine de couro verde num canto, caindo tanto que ficam praticamente deitadas, sentando-se em cima das pernas dobradas. O restaurante é decorado para ter o visual de uma lanchonete à moda antiga, com um comprido balcão de fórmica e banquinhos giratórios, só que foi inaugurado há apenas três anos, e todos os cromados ainda estão brilhantes, e a maioria dos aparelhos vintage é só enfeite. Lizzie examina o cardápio — fica em dúvida entre o bolo de carne Nieman Schell, por US$ 19,50, ou o hambúrguer de perca chilena, por US$ 28, mas pede o milk-shake de chocolate Vahlrona por US$ 8.

Becky suspira e segura um cacho ruivo para conferir as pontas duplas. Enfia os cabelos na boca, sente o gosto e cospe a mecha.

— Este verão está muito chato — ela diz. — Se não acontecer alguma coisa emocionante logo, eu vou morrer.

— Sei o que você quer dizer — concorda Lizzie, embora perceba, com alguma surpresa, que não está achando nada chato. Seu estado adormecido de costume no verão foi substituído por uma sensação de constante agitação, e mesmo quando fica parada, parece que o mundo está girando enlouquecidamente ao seu redor. Talvez seja por isso que ela esteja gostando tanto de nadar ultimamente. Quando está na água, o caos ao redor parece diminuir, como quando o carro em que estamos acelera para ultrapassar outro carro na estrada e parece que o outro está só deslizando atrás de nós.

Becky olha para ela com uma expressão nervosa.

— Você já conversou com o seu pai? Desde...

— Não — diz Lizzie, desejando que Becky não tivesse perguntado isso. — Ele está viajando, eu acho, a trabalho, sabe? Então, não conseguiu ligar.

A verdade é que, ante de se mudar, o pai sempre telefonava quando estava viajando a trabalho, embora nunca falasse com ela, só com a sua mãe. Para Lizzie, ele apenas trazia lembranças — bonecas com vestidos de festa típicos, réplicas em miniatura do Empire State Building, ursos de pelúcia vestindo camisetas com dizeres em outras línguas, alguns ainda com a etiqueta de preço da loja do aeroporto — que Lizzie nunca sabia onde enfiar, de modo que todas ficavam simplesmente amontoadas numa prateleira no quarto dela, juntando poeira. Será que ele ainda vai comprar presentes, agora que foi embora de casa? Alguns filhos ganham presentes ainda melhores depois que os pais se divorciam. Mas este é um pensamento meio deprimente.

Fica aliviada quando os milk-shakes chegam, altos com o chantilly e raspas de chocolate meio amargo por cima, tão grossos que Lizzie mal consegue enfiar uma colher no copo. Chupa o canudo de plástico com o máximo de força possível, até ficar tonta por causa da falta de oxigênio e ter a sensação de que os olhos vão saltar da cabeça, mas o sorvete se recusa a subir pelo canudo.

Ela empurra o milk-shake e respira fundo.

— É mais difícil do que pagar um boquete — diz.

Becky fica roxa.

— Lizzie! — diz. — Você não devia dizer esse tipo de coisa.

— Meu Deus, Becky, foi só uma brincadeira — diz Lizzie, olhando para o milk-shake. Enfia o dedo no creme batido e lambe. — Arranje um pouco de senso de humor.

Becky enrola o papel do canudo num tubinho e depois o achata com o polegar.

— Posso perguntar uma coisa, Lizzie?

— O quê?

Becky enrola o papel úmido de novo, enroscando-o no dedo. Não olha nos olhos de Lizzie.

— Você é virgem?

Lizzie pensa na pergunta. Sabe que Becky só beijou um menino uma vez, quando elas estavam fazendo uma brincadeira no canto de um baile da escola no primeiro ano do ensino médio, e Johnny Franks lhe deu um beijo de língua. Durante toda a semana seguinte, Becky falou para todo mundo o quanto aquele encontro havia sido nojento. Foi uma coisa completamente infantil. Lizzie se lembra de ter transado com Johnny Franks, e de que Becky não apenas não sabe disso, como provavelmente piraria se soubesse, e sente como se um abismo de 30 metros de largura tivesse se aberto entre elas. Como ela tinha conseguido ficar tão mais, bem, *popular* do que Becky tão rápido? Olha para a amiga, cujo peito achatado está escondido pelo unicórnio de glitter da camiseta, e sente vergonha por ela.

Mas descobre que quer contar a Becky, mesmo que ela não vá ficar tão impressionada com suas façanhas sexuais como deveria. Pensa que será um alívio. Não contou a ninguém — certamente não à mãe, e a irmã ainda não perguntou. E para quem mais ela poderia contar? De modo que o segredo apenas cresceu dentro dela, e às vezes se sente como uma panela de pressão prestes a explodir.

— Não — responde, recostando-se e sorrindo. — Não sou.

Becky assente com a cabeça, ainda olhando fixamente para o papel enrolado no polegar.

— Há quanto tempo? Quer dizer, quando foi que você perdeu a virgindade?

— Há três meses.

Lizzie vê Becky mordendo a bochecha por dentro, que é o que costuma fazer quando os meninos falam com ela na escola e ela fica assustada.

— Com quem foi? — pergunta.

Lizzie enfia a língua no creme batido para adiar a resposta, e suja o rosto todo. Lambe o creme antes de responder.

— Hum. Qual das vezes?

Becky a encara, com o pedaço de papel na sua mão imóvel no ar.

— Então não é mentira?

— O que você quer dizer?

— O que eu ouvi falar. — A voz de Becky vai ficando minúscula, até que é quase impossível ouvi-la.

— O que você ouviu falar? — Lizzie fica mais nervosa enquanto vê a mandíbula de Becky se mexendo, o papel do canudo sendo torcido nas mãos da amiga, mas não sabe ao certo por quê.

— Olhe só, Lizzie — diz Becky, suplicante. — Eu não queria acreditar na Susan. Você sabe que eu acho que ela é uma vaca louca. Mas todo mundo anda dizendo que, você sabe, que você tem transado com todo mundo.

— Ah — diz Lizzie, sentindo-se afundar. — Tipo o quê exatamente estão dizendo?

Becky se contorce.

— Eu não quero repetir.

— Não, conte — diz Lizzie, ficando claramente preocupada.

Becky resmunga alguma coisa.

— O quê? — diz Lizzie.

— Estão dizendo que você já — faz uma pausa, encolhe-se e sussurra — *transou* com, tipo, cinquenta caras e que virou a — pausa, se encolhe, sussurra — *vadia da escola* e todo mundo está rindo de você. E que você está tentando transar com todos os caras da nossa classe. Que você é capaz de chupar o — pausa, encolhe-se, sussurra — *negócio* de todos se deixarem você bêbada. Que todos esses caras só estão usando você para fazer sexo. — Becky está com os olhos cheios de lágrimas. — E eu disse que isso não era verdade, que eles são todos uns idiotas, mas daí alguém me mostrou o placar.

O último gole de milk-shake, que estava descendo pela garganta, para no caminho e começa a voltar. Lizzie se engasga e toma um copo d'água, tentando engolir de volta o horror que está subindo com o sorvete regurgitado.

— Que placar? — consegue dizer.

— Está na parede do vestiário dos meninos na escola.

— E o que diz esse placar?

Becky balança a cabeça, e uma enorme lágrima cai em seu milk-shake, abrindo uma cratera no creme batido.

— Talvez você mesma deva ver — sussurra ela.

Lizzie escorrega na cadeira até ficar deitada no vinil e fecha os olhos. Finge que está parada no fundo da piscina, onde até mesmo o movimento dos outros nadadores na superfície não provoca uma onda. Ela consegue respirar água, como os peixes, e nunca mais vai ter de subir para pegar ar. De longe, consegue ouvir o som da voz de Becky, passando acima dela como uma corrente.

— Lizzie? Você sabe que eu não me importo, né? Eu não me importo com o que as pessoas estão dizendo. Você é a minha melhor amiga. Eles são todos uns idiotas. Lizzie?

Lizzie não diz nada. A palavra "vadia" fica ecoando em sua cabeça. Vadiavadiavadia. Repete o som mentalmente, punindo a si mesma com as sílabas escorregadias que se prendem à sua língua e ameaçam saltar sobre a mesa. Durante um longo minuto, não se ouve som algum exceto por Becky chupando o milk-shake. Afinal, ouve a voz de Becky novamente, bem baixinho.

— Lizzie? Como é?

— O quê?

— Você sabe. Fazer aquilo.

— É como... — Para, e por um longo minuto não consegue pensar em nada para dizer. — É uma bobagem.

Depois que as duas se separam, Lizzie caminha o quilômetro e meio de distância até o Millard Fillmore High. Como há aulas de verão e as portas estão abertas, ela vai até o ginásio atrás do campus da escola. Ouve as animadoras de torcida ensaiando a distância, e os barulhos característicos de uma partida de basquete nas quadras, mas não há ninguém nos corredores. O barulho de suas sandálias ecoa no concreto polido. Os armários estão recém-pintados de cor de laranja e azul, e o cheiro de tinta a deixa tonta. Passa pelo próprio armário do ano anterior e se pergunta se a pichação que ela fez na primavera — Eu Coração Justin — ainda está lá dentro. Espera que tenham pintado por cima.

Quando chega na porta do vestiário dos meninos, faz uma pausa. O coração bate forte no peito com a ideia de ser apanhada nesse território proibido. Mas controla o nervosismo e abre a porta empurrando com uma mão, ficando para trás para que não seja acidentalmente vista entrando, para o caso de haver alguém lá dentro.

— Olá? — Ela sussurra com a voz rouca, só para conferir, preparada para fugir correndo o mais rápido possível se houver resposta. Sua voz ecoa dos azulejos brancos e volta em sua direção.

O vestiário dos meninos, para seu espanto, é absolutamente idêntico ao das meninas, exceto pelos mictórios além das privadas na parte dos banheiros. Até o cheiro é igual: desinfetante e sabonete barato. É um ambiente decepcionantemente pouco masculino.

A pichação está rabiscada nos azulejos da parede bem ao lado das pias. É o nome dela escrito com pincel atômico.

"Eu comi Lizzie Miller", diz a pichação, numa letra que sobe pela parede. Embaixo disso, há uma lista de nomes, escrita por diferentes mãos, com uma data ao lado de cada uma. "Justin Bellstrom 22/3" "Max Grouper 17/4" "Johnny Franks 9/6 & 18/6" "Brian Cientela 25/5" Há dez nomes ao todo, e ela olha para eles, horrorizada: seis nomes ela reconhece com uma pontada de vergonha. (Foi mesmo? Sim. Sim. Sim.) E quatro a deixam furiosa, porque são mentira. Mark Weatherlove está no segundo grupo. Que mentiroso! E ela também não transou com Martin Simms.

— Merda — diz ela em voz alta, e o palavrão reverbera nos azulejos e enche o ambiente, uma dúzia de palavrões ecoando para repreendê-la. Ela não é um objeto de desejo para os meninos do Fillmore High, afinal, vê com uma clareza repentina e repugnante. (Como ela pôde não ter se dado conta disso antes? Ela sabia mas de alguma forma não sabia?) Não é uma menina de verdade, mas apenas um resultado num placar. Nem um pouco diferente de um gol num jogo de futebol.

Parada no banheiro dos meninos, a Lizzie em que pensou que havia se transformado desaparece como uma bolha de sabão ao vento — fácil assim —, deixando-a com o único sentimento horrível de que os últimos três meses, os meses que ela achava que haviam sido os melhores de toda a sua vida, foram uma terrível miragem.

Arranca um punhado de papel-toalha da caixa, põe uma porção de sabonete em cima e esfrega a pichação. O nome de Brian Cientela, escrito em caneta esferográfica, borra um pouco, mas a propaganda não está mentindo quando diz que a tinta dos pincéis atômicos é "permanente". Umedece o papel na pia e esfrega com mais força, mas a toalha apenas se transforma numa meleca cor-de-rosa em sua mão. Ainda assim, esfrega com o máximo de força que consegue, até estar com a mão ferida, a parede estar molhada com água e sabão e ela ter a sensação de que o braço vai cair por causa do esforço.

* * *

Quando chega em casa, no começo da noite, vai direto para o quarto e bate a porta. Pega um travesseiro enfeitado com renda de cima da cama e o atira no espelho. Ele cai no chão num decepcionante assovio. Ela o chuta e ele cai apenas um metro para a frente. Chuta de novo, esperando fazer um buraco do lado, mas o travesseiro ricocheteia na parede. Ela fica parada no quarto, olhando para o travesseiro que agora tem uma mancha preta no meio, fazendo muito esforço para respirar.

Na escrivaninha, pega uma folha de papel de carta que tem "Elizabeth Miller" impresso no topo. O papel foi um presente de Natal da avó de Connecticut há quatro anos. Sua mãe havia elogiado muito e dito que se tratava de um "presente muito gentil". Depois de escrever um bilhete de agradecimento à avó numa das folhas do papel rígido cor-de-rosa, ainda tem 499 sobrando.

Lizzie pega sua caneta preferida, a que tem o ogro peludo azul grudado na ponta, e escreve uma carta para Mark Weatherlove.

"Caro Mark", escreve, com sua melhor letra cursiva. "Você é um grande mentiroso. Como OUSOU escrever aquela baboseira no vestiário dos meninos? Eu não tocaria em você nem se você fosse a última pessoa do mundo, e você sabe disso. E a sua mãe é uma vadia completa. Nunca mais converse comigo. NADA atenciosamente, Lizzie Miller."

Fecha o envelope e, sentindo-se muito melhor, volta para o andar de baixo e sai pela porta da frente. No final da entrada de carros, olha para os dois lados para ver se alguém está olhando — não há ninguém por perto — e enfia o envelope cor-de-rosa na caixa de correio.

Quando volta para a casa, ouve barulho na sala de estar e espia pela porta. Margaret está atirada no sofá, com as pernas levantadas numa torre de almofadas. Está cercada por folhas impressas. Lizzie entra na sala e pega uma delas. É do site *Legal Affairs*, intitulado "consignação pós-nupcial de bens". Outra diz: "Apreciação unitária de propriedade conjugal sem vínculo." E uma terceira é uma página tirada da *Ladies Home Journal*: "Quando os divórcios ficam feios: 11 mulheres falam do inferno a que sobreviveram."

— Onde está a mamãe? O que ela está limpando agora? — pergunta Lizzie, atirando-se no sofá.

— Nada, na verdade — diz Margaret. — Ela subiu para tirar um cochilo há algumas horas e pediu para ficar um pouco sozinha. Sinceramente, ela parecia muito mal. Talvez seja o excesso de Lysol. Aquele troço é tóxico. Ela realmente devia começar a comprar produtos de limpeza ecológicos, levando em conta o quanto usa. O que aconteceu com a faxineira?

— A mamãe a demitiu — responde Lizzie. Prefere não mencionar o fato de que Guadalupe foi culpada pelo desaparecimento de bebida que ela, na verdade, vinha roubando do bar. Oops.

Lizzie pega o artigo da *Ladies Home Journal* e espia o primeiro parágrafo. "Quando o marido de Jenny fugiu para as Bahamas com a secretária de 23 anos, esvaziando a conta bancária e levando até mesmo o cachorrinho chihuahua dos dois, Jenny pensou que as coisas não poderiam piorar. Então ela foi à vara de família e descobriu que ele — um investidor financeiro — a estava processando — uma dona de casa desempregada — por uma pensão alimentícia de 8 mil dólares por mês. Jenny tentou se suicidar, cortando os pulsos numa banheira, antes de finalmente tomar uma decisão e..."

Lizzie olha para a irmã.

— Você acha que a mamãe vai cometer suicídio?

Margaret franze o nariz.

— Duvido. Iria acabar com os tapetes brancos. A menos que escolhesse alguma coisa limpa, como uma caixa de comprimidos para dormir.

Assustada, Lizzie tenta lembrar o que há no armário de remédios da mãe.

— Vicodin é remédio para dormir? A mamãe tomou isso.

— Por que a mamãe tem Vicodin?

— Ela distendeu um músculo jogando tênis na primavera. Passou duas semanas com o braço enfaixado.

— Certo — diz Margaret. — Bom, não se preocupe, o Vicodin é inofensivo. Não dá para se matar com ele. Não de verdade.

— Ah — faz Lizzie, mas não está convencida.

Margaret percebe a expressão em seu rosto e esfrega as costas da irmã.

— Ei, eu só estava brincando, Lizzie. A mamãe nunca se mataria. Ela não é do tipo suicida. Além disso, é obsessiva demais por controle para deixar a gente fazer o que quiser na casa dela sem estar por perto para garantir que ninguém faça bagunça. Certo?

Lizzie solta os papéis.

— Por que você está lendo a *Ladies Home Journal*?

— Eu vi no supermercado e achei que parecia relevante.

— O que você está fazendo?

— Pesquisa. Para a mamãe.

— Eles vão se divorciar, né? — pergunta Lizzie, relutante.

Margaret assente com a cabeça e vira outra página, ainda com os olhos focados no texto de letras pequenas.

— Se o papai conseguir as coisas do jeito dele.

— Ele vai conseguir? — Lizzie está com os olhos ardendo, e ela se dá conta de que está segurando as lágrimas. Por um instante, tem esperança de que Margaret diga que o pai não vai, na verdade, conseguir as coisas do jeito dele. Que a mãe delas vai convencê-lo de que ele estava errado e ele vai deixar Beverly, voltar para casa e tudo vai voltar ao normal.

— Sim — diz Margaret, soltando o maço de papéis no colo. — É muito provável.

Lizzie pisca duas vezes e franze a testa.

— Ah, então você vai ajudar a mamãe? — diz.

— Sim — responde Margaret, com voz alta e firme, e Lizzie de repente se sente entusiasmada pela afirmação. Margaret sempre parece estar com tudo sob controle. Se há alguma coisa boa para ser tirada da situação, ela vai encontrá-la. Fecha os olhos e se sente segura na presença da irmã. Se Margaret estivesse sempre em casa, pensa Lizzie, seria como ter uma melhor amiga morando na mesma casa que ela.

— Acho que vou fazer um sundae — diz Lizzie. — Quer um?

Margaret balança a cabeça e empilha os papéis sobre a mesa. Arruma a pilha com três pancadas rápidas.

— Não estou com fome, mas obrigada.

Lizzie para na porta.

— Margaret? Quantos anos você tinha quando perdeu a virgindade?

Margaret ergue uma sobrancelha.

— Espere, Lizzie. Espere até estar bem, bem mais velha.

Lizzie sente o rosto esquentar e fica com medo de que a irmã possa enxergar a feia verdade através de suas bochechas rosadas. E fica também um pouco irritada com o fato de que a irmã parece sempre achar que ela é nova demais para discutir qualquer coisa importante.

— Qual é, Margaret. Eu não sou, tipo, criança.

— Você só tem 14 anos.

— Vou fazer 15 em outubro! — Ela segura a porta.

— É sério. Espere. Por três motivos. Um: os homens não prestam, e basta você ver o que está acontecendo com a mamãe e o papai para ver isso. Dois: meninos adolescentes, em particular, não prestam. Três: meninos adolescentes não prestam principalmente na cama. Você não vai gostar. Eles não sabem diferenciar o clitóris da clavícula — diz, lançando a Lizzie um olhar Muito Sério, aquele com sobrancelhas arqueadas e narinas dilatadas que significavam que Margaret está falando sério. — O mais importante, porém, Lizzie, é que é arriscado, tanto física quanto emocionalmente. Você deve adiar ao máximo o tipo de sofrimento que vem com o sexo. Sei que a vida às vezes parece difícil agora, mas ela fica ainda mais difícil depois, quando a gente começa a acrescentar amor e sexo na equação. Se você realmente quer explorar o sexo, vamos falar de vibradores.

Pensando na situação, Lizzie fica enjoada. É tarde demais, pensa, ao ver aquele futuro miserável se estendendo diante de si. Pensa que certamente a irmã deve ter alguma esperança.

— Mas não é assim com o Bart, é?

Margaret solta uma risadinha e franze o nariz.

— Não. O Bart é um anjo.

Lizzie sorri, corajosa.

— Tenho certeza disso — diz. — Você tem muita sorte.

A cozinha está brilhando e cheira a água sanitária. Janice deixou uma caçarola em cima do balcão da pia com uma etiqueta dizendo "Jantar. 180 graus por 30 minutos." Lizzie levanta o papel-alumínio e examina o conteúdo com o dedo, partindo a massa até uma camada de espinafre: uma torta grega, Spanakopita. Lizzie detesta espinafre. Só por uma vez, gostaria que a mãe fizesse alguma coisa como macarrão com queijo de pacote. Talvez consiga convencer Margaret a sair para jantar.

Encontra o freezer bem recheado de sorvete e sorbet de manga — este último provavelmente para ela, mas prefere preparar um sundae de café com calda de amêndoa, roubando algumas colheradas antes de voltar para a outra sala para que Margaret não veja a glutona que ela está sendo.

O sorvete está duro e congelado, e Lizzie o come devagar, pondo uma colherada por vez na boca e deixando o sorvete derreter na língua pelo máximo de tempo que consegue suportar antes de os dentes congelarem e ela ser obrigada a engolir. Margaret a observa e suspira; uma longa lufada de ar quente.

— Eu preciso muito de um cigarro — Margaret diz, mas não sai do sofá.

Lizzie olha para o arranjo de rosas no aparador, a pilha perfeita de livros para mesa de centro (*Campos de golfe do mundo*, *Castelos mediterrâneos* e *Os jardins de Manet*), as revistas francesas esquisitas da mãe que ninguém lê e a coleção de caixas antigas nas prateleiras da estante. Pensa de novo na pichação da parede do vestiário dos meninos, de toda a sua vida exposta para todos na escola, em todos os meninos que fingiram gostar dela quando na verdade não gostavam nem um pouco, nos meninos que escreveram seus nomes na parede muito embora nunca tenham tocado nela, os mentirosos (Mark! Mark Weatherlove! Que cretino!), e tem vontade de atirar tudo no chão, de quebrar a porcelana com os calcanhares, de rasgar os livros pela metade, de fazer uma bagunça na casa. Tem a crescente sensação de estar sendo observada e de que tem uma desgraça iminente diante de si. Afunda ainda mais nas almofadas de veludo bege, deixando o imenso sofá abrigá-la. Talvez ela escorregue nas frestas entre as almofadas e desapareça para sempre.

No jardim da frente, ela ouve o barulho do cascalho sendo esmagado e o zunido de um motor parando. Um carro parou na entrada da garagem. Margaret olha para Lizzie, olha para a janela da sala de estar e dá um salto para puxar as cortinas.

— Quem é essa? — pergunta Margaret, olhando para fora.

Lizzie a segue e olha também. Uma mulher usando um vestido de cintura baixa fúcsia está saindo do lado do motorista de uma perua Mercedes, pondo cuidadosamente um salto alto preto na frente do outro ao percorrer o cascalho da entrada de carros. Está carregando uma cesta cheia de papel de seda prateado com uma das mãos e arrumando a meia-calça com a outra. Olha para a casa, confere o relógio e começa a caminhar resolutamente na direção da porta da frente.

— É Barbara Bint — diz Lizzie. — É amiga da mamãe, do clube.

— Por que ela está aqui? — pergunta Margaret.

Lizzie encolhe os ombros.

— Não faço ideia.

As irmãs ficam paralisadas na janela, observando Barbara seguir pelo caminho de cascalho e desaparecer de vista. A campainha toca.

Margaret vai até a porta da frente. Lizzie fica parada diante da janela da sala de estar, observando a luz da noite cintilar no cascalho, sendo captada em pedaços de mica presos às pedras. Ouve o sussurro de Margaret falando com Barbara Bint no hall. Deseja que o tempo pare, para que possa ficar parada naquela janela para sempre, assistindo ao sol se pôr, mantendo a distância qualquer tipo de perigo ou constrangimento que exista atrás das portas fechadas daquele ambiente reconfortantemente bege.

A Sra. Bint invade a sala de estar justo quando Lizzie se vira.

— Eu sou a primeira a chegar? Eu sempre sou a primeira a chegar — choraminga Barbara Bint. — É um hábito terrível este meu, mas vocês não acham que a pontualidade simplesmente desapareceu da etiqueta e das boas maneiras hoje em dia? Eu realmente acho que devia ser restaurada. Se um convite diz 19 horas, esteja lá às 19 horas. Não suporto quando dou uma festa e todo mundo chega atrasado e os canapés secam no forno durante a espera! Você pode dar isso para a sua mãe, Lizzie? São muffins de cenoura feitos em casa! — Ela faz um floreio com a cesta para Lizzie e se inclina para beijá-la na bochecha. Cheira a talco de bebê e jasmim. De perto, Lizzie vê as gotículas de spray de cabelo secas que plastificam seu penteado em dois lados perfeitamente simétricos.

A Sra. Bint recua, mantendo Lizzie ao alcance com uma das mãos.

— Deixe-me olhar para você. Faz tanto tempo que eu não a vejo, Lizzie, e agora entendo o que a sua mãe queria dizer quando falava na sua perda de peso. Você está linda! Embora eu não entenda por que os jovens de hoje não sintam necessidade de se arrumar. O meu Zeke mesmo nunca quer usar sapatos, e os pés dele ficam imundos! — Lizzie olha para os próprios pés descalços, o short desfiado e a camiseta (com manchas marrons do milk-shake da tarde e do sundae da noite) e fica vermelha.

A Sra. Bint continua:

— E eu cheguei tão cedo que a sua mãe não está nem arrumada ainda? Bom, vamos ter um tempo para pôr a conversa em dia enquanto ela se arruma. Diga-me, Lizzie, como você está? Como vai a escola? Fiquei sabendo que você é uma nadadora e tanto.

Enquanto a mulher tagarela, Lizzie olha em volta em busca de Margaret, e vê a irmã parada na porta. Margaret diz algo incompreensível para Lizzie — mexendo os lábios em exageradas vogais silenciosas. Lizzie, assustada, sacode a cabeça demonstrando incompreensão. Margaret aponta dramaticamente para o teto, e então faz um círculo com um dedo ao lado da cabeça, aparentemente sugerindo que alguém — ela própria? Barbara Bint? — é maluca.

— Estou bem — começa Lizzie, vendo outro carro chegar na frente da casa. A campainha toca mais uma vez. Margaret desaparece de novo.

— Onde está o pessoal do bufê? — Ainda segurando a cesta, a Sra. Bint olha ao redor, como se um garçom pudesse aparecer de trás do sofá ou sair de baixo do aparador. — Eu adoraria beber alguma coisa. Uma água com gás, quem sabe. Com limão. Tem um bar em algum lugar?

— Eu pego uma água — Lizzie diz, aproveitando a oportunidade para fugir.

Sai correndo da sala e passa por Margaret, que está de pé no hall de entrada pegando os casacos de Martha e Steven Grouper, pais de seu colega Max. Max, o terceiro menino com quem ela dormiu. Em 17 de abril, segundo o placar do banheiro. *Ah, meu Deus*, pensa. Eles são as últimas pessoas que ela se acha capaz de encarar naquele momento. Passa por eles dando um "olá" rápido por cima do ombro e entra na cozinha.

Lizzie pega um copo plástico no armário de cozinha, para e o bota de volta no lugar. A mãe ficaria horrorizada se ela servisse os convidados com os copos baratos. Em vez disso, sobe no balcão da cozinha para alcançar a prateleira de cima, onde ficam os cristais do casamento. Pega o máximo de copos que consegue equilibrar num só braço e salta. Um dos copos cai da curva do cotovelo e explode no piso de cerâmica, deixando um milhão de cacos de cristal brilhando no chão.

Margaret entra na cozinha correndo, passando pela porta de vaivém tão depressa que ela bate na parede. Está com suor se acumulando na testa.

— O que está acontecendo? — Lizzie pergunta. Mas ela já sabe: lembra da mãe recortando receitas da revista *Gourmet* e da pilha de convites que pôs no correio para a mãe um mês atrás, só uma semana antes de o pai desaparecer com Beverly Weatherlove.

— A mamãe se esqueceu da festa — diz Margaret.

— Esqueceu! — Lizzie acha isso difícil de compreender. É como se Papai Noel se esquecesse do Natal. Como se o seu professor de matemática, o Sr. Nimroy, se esquecesse da prova final de álgebra. Isso acaba com as leis naturais da ciência. — O que vamos fazer?

— Vamos subir correndo e tirá-la da cama. Rápido, antes que essa gente nos coma vivas. Eu cuido da porta.

— Mas a Barbara Bint quer água com gás.

— Eu levo para ela — diz Margaret. — Nós temos alguma coisa para dar de comer a eles? Queijo e biscoitos? Alguns miniquiches no freezer?

— Tem a Spanakopita que a mamãe fez. Eu podia fazer um espaguete. Margaret faz uma careta.

— Acho que isso não vai dar certo. Tenho certeza de que a mamãe tem alguma coisa que pode preparar rapidamente. Vá chamar a mamãe!

— Mas ela disse para a gente não a perturbar, não é?

— Estou falando sério. Vá! — sussurra Margaret, já botando água mineral e gelo num copo. — Não me deixe sozinha por muito tempo.

Lizzie sobe a escada de dois em dois degraus, vendo o próprio reflexo no espelho lá de cima. Está com o rosto vermelho e sem maquiagem — não passou nada depois de sair da piscina — e uns fios estão pendurados na parte em que cortou as calças para fazer o short.

A porta do quarto da mãe está fechada, e Lizzie fica parada do lado de fora por um instante, com o ouvido na porta. A mãe ainda está dormindo, com todo aquele barulho? Tudo o que consegue escutar através da madeira é o barulho do ar ecoando em seus tímpanos. Lizzie bate, e pressiona o ouvido contra a porta de novo. Nada. Bate mais forte. Ainda nada.

Junta coragem e abre a porta, só uma fresta mínima, para que possa espiar. Leva um minuto para ajustar a vista à escuridão do quarto e ver a mãe deitada de lado na cama, enrolada num roupão de seda, de costas para ela.

— Mãe? — chama Lizzie. — Você está acordada?

Janice não se mexe. Lizzie empurra a porta até o fim e entra, fechando-a cuidadosamente atrás de si. O tapete alto abafa o som da festa acontecendo no andar de baixo, de modo que apenas alguns gritos agudos ocasionais chegam da sala de estar. Lizzie caminha na ponta dos pés até a cama, tira uma pilha de travesseiros do caminho e se senta na beirada do colchão ao lado da mãe. Os olhos de Janice estão abertos. Ela está olhando fixamente para as cortinas de seda, que estão fechadas para o pôr do sol.

— Lizzie — diz ela, num resmungo tão baixinho que Lizzie precisa se aproximar para escutar. — Tem gente aqui?

— Tem — Lizzie começa. — É. Bem.

— É James? — Janice se apoia no cotovelo. — James já veio?

Lizzie se surpreende.

— James?

— O rapaz que cuida da piscina — diz Janice.

— Não — diz Lizzie. — Mas a Sra. Bint está aqui.

— Ah, não — diz Janice, jogando-se de costas na cama. Pressiona a palma da mão sobre a testa e a deixa ali, de olhos fechados. — O que ela está fazendo aqui? Faça ela ir embora. Diga que eu não posso ir ao encontro da igreja esta semana.

— Ela está aqui para uma festa — diz Lizzie. — Assim como os Grouper. E acho que outras pessoas também. Você ia dar uma festa?

Janice se levanta rapidamente, respirando ofegante.

— Ah! — sussurra. — Eu esqueci completamente. Como eu pude esquecer?

— Quer que eu prepare um banho para você ou coisa parecida?

Janice aperta os indicadores nos cantos dos olhos, como se estivesse tentando mantê-los fechados. Há um longo silêncio.

— Não — ela responde. — Eu não posso fazer isso. Não agora.

— Não pode fazer isso? — Lizzie está assustada. É a primeira vez na vida que vê a mãe dizer que não pode fazer alguma coisa.

— Eu não posso descer — diz Janice, sacudindo a cabeça. Ela se deita novamente e fecha os olhos. — Burra. Burra burra burra. A sua mãe é uma imbecil, Lizzie.

— Não é não, mãe — diz Lizzie, prestes a pirar completamente. O que está acontecendo? — Eu esqueço as coisas o tempo todo. Esqueci de tirar o lixo outro dia, lembra?

Mas Janice está balançando a cabeça para a frente e para trás no travesseiro e, para pavor de Lizzie, está com os olhos cheios de lágrimas.

— Eu não posso encará-los — Janice diz. — Estou um horror.

E Lizzie precisa concordar que a mãe não está, de fato, em seus melhores dias. Está com manchas de rímel embaixo dos olhos e os cabelos oleosos na raiz. Tem uma mancha vermelha sob o nariz, e a pele ao redor de seus olhos parece ferida. A última vez em que viu a mãe tão mal assim foi quando ela teve uma infecção intestinal horrorosa por causa de uma porção de ostras estragadas, alguns anos atrás, e quase morreu. Passou uma semana na cama com uma febre de 39,5 graus, sem conseguir comer nada além de Gatorade e pão para sanduíche da Wonder, que Paul teve de ir buscar em outra cidade. Lizzie se lembra do terror que sentiu na época, do choque em relação ao quanto a mãe podia ser frágil, derrubada por alguns moluscos estragados.

— Você só precisa de um pouco de maquiagem — diz Lizzie a cheia de esperança.

— Não minta — diz Janice. — Eu estou um horror. — Mas se levanta mesmo assim, segurando o roupão com a mão para que ele não se abra. Em vez de parar na vertical, porém, continua num arco de 180 graus até tocar a testa nos joelhos. Respira com dificuldade. — Ah, meu Deus — diz Janice. — Acho que vou vomitar. — Janice sai da cama, tropeçando na bainha do roupão na corrida até o banheiro. Em alguns segundos, Lizzie ouve as ânsias de vômito da mãe. Quando chega à porta do banheiro, Janice está atirada sobre a privada, limpando a boca com um pedaço de papel higiênico cor-de-rosa. Os azulejos brancos estão sujos com pequenas manchas marrons de bile.

Lizzie é inundada pela compreensão: é só uma virose.

— Ah, você está com uma virose estomacal ou coisa parecida? — pergunta.

Janice dá um sorriso fraco.

— É isso mesmo — responde. — Alguma coisa parecida.

— Quer que eu chame o médico?

— Não! — diz Janice. — Não precisa.

— Está bem — diz Lizzie. — Mas o que eu faço com os convidados?

— Diga a eles que eu estou com uma virose. Não. Diga que é terrivelmente contagioso. Diga que é um vírus bacteriano.

— Está bem — sussurra Lizzie em tom conspiratório, satisfeita por estar na comissão de planejamento da formação de um segredo. Também está levemente aliviada com o fato de que a mãe não vai descer, afinal. Não acredita que pudesse suportar ver a mãe conversando com os Grouper agora. — Vou dizer que o seu médico disse que você não podia sair da cama.

— Isso mesmo, minha querida — diz Janice, estendendo a mão para que a filha possa ajudá-la a se levantar. Ela está surpreendentemente leve, e quando seu roupão abre acidentalmente, Lizzie vê os seios da mãe. Ela desvia o olhar da pele marcada por veias azuladas, leva Janice de volta para a cama e põe uma lixeira ao alcance da sua mão, para o caso de ela vomitar de novo, antes de voltar para o andar de baixo.

Agora há uma multidão na sala — Lizzie conta pelo menos duas dúzias de casais, incluindo os Grouper, os Gossett, Luella Anderton e Barbara Bint, os Maxfield, o Dr. Brunschild, da esquina. Para seu pavor, os Bellstrom — pais de Justin — e os Franks (pais de Johnny, 9/6 e 18/6) também chegaram. É quase como se a mãe só tivesse convidado os pais de colegas de classe com quem ela tinha ficado — que ideia maravilhosa! Olha ao redor, para os rostos dos pais dos colegas — que já viu em mais churrascos de verão, festas de fim de ano e do Dia do Trabalho, finais de semana de patinação no gelo e bailes de aniversário do que pode contar —, e não vê nada além de condenação em seus olhares, mesmo quando eles sorriem e acenam para ela. Como eles podem não saber de sua reputação? A *escola toda* sabe!

A sala está quente, mesmo com o ar-condicionado, e o volume segue subindo conforme os convidados tentam falar uns mais alto do que os outros. Um CD de jazz está tocando no aparelho de som. Dá para ouvir o tinido das joias batendo nas taças. Margaret atacou a adega dos pais, e meia dúzia de garrafas de Chateau Lafite empoeiradas estão dispostas no aparador ao lado da cristaleira. Há um prato de azeitonas ao lado do vinho, junto com uma tigela de amendoins e uma bandeja de pão árabe cortado em triângulos em volta de uma tigela de homus. Lizzie admira a diligência da irmã: *ela* teria simplesmente feito um espaguete.

Margaret está encurralada contra uma parede, com Steven Bellstrom de um lado e Barbara Bint do outro, o nariz enterrado numa taça de vinho. Tem nos olhos uma expressão que faz Lizzie pensar em um cachorro vira-lata encurralado por funcionários do canil municipal. Lizzie só ouve partes isoladas da conversa deles do outro lado da sala: "conquistas acadêmicas" e "a era da abundância" e "potencial de rede sem fio".

Margaret olha em seus olhos do outro lado da sala, e Lizzie encolhe os ombros.

— Doente — faz com a boca para a irmã. — Virose.

Margaret aperta um dos olhos e assente com a cabeça, sem interromper a conversa.

Lizzie sente uma mão em seu braço e descobre os Franks, Linda e Jeffrey, bem ao seu lado. Os Franks. Ela recua, mas não há para onde fugir. Linda Franks lhe dá um tapinha na cabeça. Lizzie pensa que é capaz de fazer xixi nas calças.

— Que *bom* ver você, Lizzie — diz a Sra. Franks. — Fiquei sabendo que você entrou para a equipe de natação! Que bom para você. Tenho certeza de que a sua mãe está muito orgulhosa.

— É — diz Lizzie, cautelosamente. — Fiquei em terceiro lugar no último encontro. Mais ou menos.

— Que bom para você! — continua a Sra. Franks. — Você ficou sabendo que Johnny foi escolhido o melhor jogador da liga de futebol este ano, não?

Lizzie se lembra do fato claramente, afinal, Johnny a convenceu a lhe pagar um boquete no banheiro de visitas dos Franks uma noite como "presente comemorativo", enquanto os pais dele estavam na ópera em São Francisco. Assente com a cabeça, incapaz de confiar na própria voz.

— Bom, *é claro* que você provavelmente sabia disso, não é? Um passarinho verde me contou, já que Johnny nunca me conta *nada*, como *menino* que é, que vocês têm ficado juntos ultimamente. — Toma um gole da taça de vinho. — A minha vizinha viu você entrando na minha casa há algumas semanas, e Johnny *sabe* que não deve receber amigos quando não estamos, mas quando fiquei sabendo que era você, eu o perdoei. Sei que sua mãe a criou como uma mocinha, mas, da próxima vez, só quando nós estivermos em casa, está bem? — Ela sacode o indicador fingindo estar brava. — Você sabe, vocês estão quase chegando à idade em que precisamos nos preocupar com vocês. Estou sempre me esquecendo de que não são mais crianças.

— Ah, Linda — diz Jeffrey Franks. Ele cutuca a mulher no braço. — Deixe Lizzie em paz. Tenho certeza de que ela não quer falar sobre a vida social dela com os pais dos amigos. Não acho que os jovens achem isso legal, não é, Lizzie?

— Hum, não sei o que os jovens pensam — diz Lizzie.

Linda Franks continua sorrindo e sacudindo a cabeça. Lizzie fica espantada com sua semelhança com uma avelã polida: a pele escura está tão esticada sobre as maçãs do rosto que parece que pode rachar se ela sorrir. A Sra. Franks prende uma mecha de cabelos atrás da orelha.

— George, você não sabe de nada — ela diz. — Tenho certeza de que Lizzie não se importa de falar no Johnny. Tenho certeza de que ela anda muito popular com *todos* os meninos ultimamente.

— Popular! — diz uma voz bem no ouvido de Lizzie. Olha por cima do ombro assustada e acha que seu coração pode saltar do peito quando vê que é Joannie Cientela, mãe de Brian. Brian, 24/5. Brian, um menino pálido, loiro quase albino, com uma tatuagem de cobra feita com tinta de caneta no quadril que ele repinta cuidadosamente todas as noites antes de dormir. Ele mostrou a tatuagem a Lizzie e a fez jurar segredo antes de deixá-la chapada pela primeira vez algumas semanas antes do fim das aulas. Eles tinham transado duas vezes, uma vez no banheiro dos pais dele, que Lizzie não acha que conta porque ele ejaculou muito cedo na pia, e uma vez no quarto dele, que tinha lençóis do *Guerra nas estrelas* na cama. Ele disse que a achava muito legal, e ela pensou que isso queria dizer que ele queria ser seu namorado, mas ele nunca mais falou com ela de novo. *Vadia.*

Joannie Cientela se inclina para a frente e dá um beijo no ar em Linda Franks, e então segura o braço de Lizzie com força.

— Parece que Lizzie só os está evitando — ela diz. — Não é mesmo, Lizzie?

Lizzie fica imóvel, petrificada, com a aliança de casamento da Sra. Cientela pressionada contra sua omoplata.

— Hum, evitando? Na verdade, não — ela resmunga.

Mas Joannie Cientela não está escutando.

— Olhe só para ela! — empurra Lizzie alguns centímetros para a frente. — Uma graça. Você finalmente cresceu, querida, e está uma gracinha. Não é de estranhar que todos os meninos tenham uma queda por ela. A sua mãe deve estar muito orgulhosa. Onde está a sua mãe, querida? Foi tão bom ela dar esta festa, mantendo o bom astral, apesar de tudo. Isso é *bom* de ver. Enfim, não vamos falar sobre isso. Como vão as coisas na escola? Fiquei sabendo que você está indo bem. — Ela se vira para os Franks: — Meu Brian me disse que Lizzie o estava ajudando depois das aulas há algumas semanas. O espanhol dele é terrível, e parece que esta aqui — dá uma sacudida no ombro de Lizzie — está ajudando depois da escola. Lizzie, sabia que você esqueceu uma presilha de cabelos no banheiro? Eu devia ter lembrado de trazê-la.

Linda Franks se vira para Lizzie:

— Você dá aulas particulares! A sua mãe nunca me disse isso. Johnny precisa de ajuda com o espanhol também.

Como as cordas vocais de Lizzie estão congeladas, ela só assente com a cabeça. Na verdade, ela tirou C em espanhol, mas conclui que provavelmente não deve mencionar isso. Vê a mãe de Justin Bellstrom, Cecile, vindo em sua direção. Ah, Deus. Lizzie se odeia! Todos aqueles pais são tão legais e crédulos e não fazem ideia de que estão conversando com a *vadia da escola*. E se a mãe dela descobrisse? Será que a expulsaria de casa? Como ela pode ter sido *tão burra*? Pensava que eles gostavam dela, quando só gostavam da sua... Lizzie pensa numa palavra vil e a apaga da mente. Deixa um nozinho de músculo ficar ainda mais tenso e pensa que se deixar os músculos relaxarem corre o risco de derreter numa poça, como a Bruxa Má do Oeste. Suas partes baixas formigam de vontade de fazer xixi.

A campainha toca de novo, e Lizzie vê a oportunidade de fugir.

— Tenho de atender a porta — ela resmunga, desvencilhando-se das garras da Sra. Cientela.

Quando Lizzie está se esforçando para atravessar a sala em meio aos convidados, Noreen Gossett aparece em seu caminho. Suas narinas aristocráticas se agitam como as de um cavalo puro-sangue; seus lábios pintados com batom cor de pêssego estão apertados com desgosto.

— Onde está a sua irmã? — pergunta a Sra. Gossett, articulando todas as sílabas. Es. Tá. A. Sua. Ir. Mã. — A sua irmã, Margaret. Preciso falar com ela. Estou *muito* chateada.

Lizzie sacode a cabeça. Noreen Gossett estica o pescoço para examinar a sala e vê Margaret perto do aparador, virando uma taça de vinho com os olhos fechados enquanto o Sr. Bellstrom, à sua esquerda, pontifica para o vazio. Margaret baixa a taça e faz contato visual, no exato instante em que Noreen Gossett trava a mira no alvo.

— Com licença — diz Noreen Gossett, passando rapidamente por Lizzie. Margaret seca o vinho num só gole, deixa a taça sobre o aparador e segue em linha reta até a cozinha, com Noreen Gossett atrás.

A campainha toca de novo — BA bum BA bum Ba bum bi ba bum —, e Lizzie corre até o hall. Fecha bem os olhos quando puxa a maçaneta da porta da frente, sem saber quem mais pode chegar, mas convencida de que ainda deve haver mais algum castigo esperando por ela. Os Liverbach, talvez? Quando a porta abre, ela vê James, o rapaz que cuida da piscina, de pé no degrau da entrada. Ele não está arrumado para uma festa, a menos que considere roupa de festa uma regata ordinária com um short preso por um cinto de lona marrom.

James aponta para os carros atrás com o polegar por cima do ombro:

— Vocês estão dando uma festa ou coisa parecida? — pergunta.

— O que você está fazendo aqui? — ela pergunta. — Achei que já tivesse vindo hoje.

— Eu tenho uma entrega especial para a sua mãe. Onde ela está?

— Lá em cima — diz Lizzie. — Mas ela está doente. Não está recebendo ninguém.

— Ah, não se preocupe. Ela definitivamente quer me ver. — Ele passa pela porta e segue direto até a escada, subindo de dois em dois degraus. Lizzie o segue até o começo da escada e o vê desaparecer no corredor do andar de cima. Sua presença a desconcerta. Será que a mãe esqueceu de pagá-lo?

Continua um instante com a mão na balaustrada, ouvindo o zum-zum-zum na sala e se perguntando se alguém notaria se ela simplesmente saísse pela porta de frente. Será que Margaret ficaria brava? Talvez pudesse voltar ao Fountain comer um hambúrguer com fritas e, quando voltasse, todo mundo já teria ido embora. Ela se vira, preparando-se para sair rapidamente, e dá um encontrão em Barbara Bint, que surgiu atrás dela no hall.

Barbara põe o sapato de salto no primeiro degrau.

— Pensei em subir para conversar um pouco com a sua mãe enquanto ela se apronta. Para ver como ela está. Botar a conversa em dia.

— Botar a conversa em dia sobre o quê? — diz Lizzie, pensando na mãe toda encolhida no banheiro, e tentando ganhar tempo.

— Temos *muitas* coisas sobre o que falar — ela diz. A declaração tem uma característica escorregadia, algo decididamente sinistro. E incisiva? De sua posição elevada no quarto degrau, Barbara olha por cima para Lizzie, o rosto escondido nas sombras pelo lustre acima. Lizzie entra em pânico.

— Você não deve subir — ela diz. Atira-se para a frente e, com Barbara subindo a escada, agarra o vestido fúcsia dela pela bainha. Quando faz isso, vê acidentalmente um pedaço da meia-calça esticada nas coxas de Barbara Bint. — Ela está muito doente.

— Doente? — diz a Sra. Bint. Ela se abaixa e delicadamente afasta a mão de Lizzie de seu vestido, então alisa a saia sobre as coxas. — Que horror. Por que ela não cancelou a festa? Se soubesse, eu teria trazido uma sopa. Vou ver se ela precisa de alguma coisa.

— Não, não é uma boa ideia. Ela está com um ví... vír... — Só que Lizzie não consegue lembrar da frase e se esforça para pensar em outra doença que pareça verdadeira. — Melanoma. É muito contagioso.

— Melanoma? — pergunta a Sra. Bint. — Ela está com câncer de pele?

— Hum, quer dizer, infecção alimentar.

A Sra. Bint olha desconfiada para ela.

— Você está sendo sincera, menina? — Lizzie tenta sorrir, mas não consegue, e sente o rosto ficando vermelho. — Você sabe que Deus castiga os mentirosos. É o nono mandamento! "Não levantarás falso testemunho."

Lizzie sente o peso de mais uma confusão se amontoando em cima dela e se curva sob a carga maior.

— Ah, é?

— Lizzie! Todo mundo deve saber quais são os mandamentos.

Um vulto aparece no último degrau da escada, e Lizzie e Barbara olham para cima. É James, que passa por elas. Ele para na porta da frente, pisca e desaparece, batendo a porta atrás de si. Barbara o observa com a cabeça torta.

— Quem é aquele? — ela pergunta.

— É o James — diz Lizzie, aliviada por seus defeitos não serem mais o tema da conversa. — O cara que cuida da piscina.

— Ah — diz Barbara, parecendo desconcertada. Mas no instante em que a porta da frente se fecha, a mão de Barbara avança para agarrar o antebraço de Lizzie. — Para terminar o que eu estava dizendo... talvez... e eu só estou dizendo isso porque tenho muita compaixão por você... talvez você deva pensar em ir mais à igreja, Elizabeth. Fiquei sabendo pelo meu filho Zeke que ele ouviu algumas coisas sobre o seu comportamento... coisas muito perturbadoras que não pretendo repetir agora, mas acho que você sabe do que eu estou falando. E eu sei que você não tem tido bons modelos ultimamente, levando em consideração o comportamento do seu pai. E sei que a sua mãe está passando por um período terrível, pobrezinha... mas isso não lhe dá permissão para fazer... as coisas que você tem feito. O seu corpo é um templo sagrado, Lizzie. Ele pertence a Jesus Cristo! Você não sabe disso?

Lizzie vai definitivamente fazer xixi nas calças. Aperta as pernas juntas até que as sente queimando. Barbara a encara, e Lizzie se dá conta de que ela está esperando por uma resposta. Não consegue lembrar da pergunta.

— Sei? — diz, hesitante.

— Bom, então você devia saber que não deve profanar esse templo, Lizzie! Lizzie, ouça-me — Ela se inclina para mais perto, usando o braço da garota como apoio, e sussurra: — Jesus perdoa todos os pecadores. O amor dele é ilimitado, e se você for até Ele e prometer sua devoção, Ele vai lhe mostrar o caminho da graça eterna. Ele vai abençoar você com a felicidade.

— Vai? — Lizzie sussurra em resposta. Sente que está ouvindo um segredo profundo e se deixa ser puxada para perto. Barbara Bint está quente, praticamente fervendo, e na aura calorosa dessa retidão sagrada, Lizzie sente-se indefesa. Sente-se sendo sugada para dentro de um turbilhão estonteante.

— Vai, Lizzie. E você devia experimentar a alegria de aceitar o Senhor no seu coração e ser limpa do pecado. Deus ama você, Lizzie! Ele ama você! Você devia nos procurar na Igreja Rio da Vida. As noites de quinta-feira são as noites de apresentação de novos membros. Podemos dar uma carona para você... fica no caminho mesmo. Eu pego você na quinta às 19 horas, e o Zeke pode apresentá-la a todo mundo.

O turbilhão a puxa para dentro e a atira de um lado para outro gentilmente. Jesus a ama. É mesmo? Lizzie não tem muita certeza do que isso significa, mas se convence. Não parece haver alternativa além de ir à igreja e ver por si mesma. E fica aliviada ao perceber que não vai realmente fazer xixi nas calças, afinal.

— Está bem — diz, ainda sussurrando.

Barbara dá um passo para trás.

— Vou rezar por você — ela diz. Olha por cima da cabeça de Lizzie, e seu rosto, já reluzindo do esforço de suas prostrações religiosas, se ilumina ainda mais.

Lizzie se vira e vê Janice, de pé no último degrau da escada, com o rosto fresco e os cabelos presos num coque. Trocou o roupão de banho por um vestido preto simples. Vestiu inclusive meia-calça. Está pálida, mas emite um certo nervosismo, como se cada poro de seu corpo estivesse pulsando de energia reprimida.

Janice desce a escada, com as unhas feitas reforçando cada passo com um tapinha no corrimão, e para para dar um beijo de longe em Barbara no final da escada.

— Sinto *muito* por estar tão atrasada para a minha própria festa — Janice diz a Barbara. — Espero que as minhas filhas tenham entretido a todos enquanto eu estava me arrumando.

— Lizzie disse que você estava doente.

— Doente? — Janice parece se divertir com a ideia.

Lizzie está confusa: como ela pôde se recuperar tão rápido? Ela não estava vomitando havia poucos minutos?

— Não. Não era nada de mais. Só um pouco de dor de estômago. Espero que vocês não tenham ficado preocupados demais.

— Bom, eu achei que você não podia estar tão mal assim, pois recebeu uma visita lá em cima. Quem era aquele jovem? — O rosto de Barbara se contorce, como se ela estivesse lutando contra a própria curiosidade e perdendo. — Que rapaz estranho. Ele não podia usar um cinto de verdade?

Janice nem pisca.

— É só o rapaz que cuida da piscina, Barbara. Eu estava devendo o salário dele.

— Bem, não se preocupe quanto a estar atrasada — diz Barbara. — Eu estava botando a conversa em dia com a Lizzie. Tivemos uma boa conversa, não foi, Lizzie? — Ela pisca para Lizzie, que empalidece.

— Que bom, que bom, que bom! — saúda Janice.

Ela guia Barbara de volta para a sala de estar. Lizzie segue atrás, sem saber se o imenso alívio que está sentindo tem a ver com a rápida recuperação da mãe ou com a negociação que tem a impressão de ter acabado de fazer com Barbara Bint. Janice para pouco antes da porta da sala e arruma uma mecha invisível de cabelo antes de entrar na festa, como se nunca tivesse deixado de estar presente.

Cabeças se viram. Mãos são atiradas para cima fingindo surpresa. Rostos demonstram alegria. A mãe é engolida pela confusão. Lizzie observa Janice, no meio da sala, com os Grouper de um lado e Luella Anderton do outro. Ela conversa animadamente, enchendo taças de vinho com uma das mãos, retribuindo apertos de mão e salpicando o ar de beijos. Lizzie fica impressionada com a eficiência da mãe, não pela primeira vez. Só sua mãe seria capaz de estar vomitando num minuto e sendo uma anfitriã cheia de charme no minuto seguinte. Enquanto observa Janice, Lizzie acredita no fundo do coração que jamais terá essa capacidade. Ela já estragou tudo na própria vida de um jeito que parece tão assustador e permanente que sabe que nunca será nada parecido com aquela linda mulher perfeita no meio da sala. Mesmo se Jesus realmente a perdoar.

Lizzie se retira da sala bem devagar, para que ninguém perceba sua saída. Sobe até o quarto no segundo andar e se deita na cama, completamente vestida. Fica olhando fixo para o teto sem piscar até os olhos queimarem de dor. Então os fecha e escorrega no esquecimento, ninada pelas ondas de conversa no andar de baixo.

sete

James não volta até a terça de sempre, quatro dias inteiros desde a festa. Não deu retorno aos seis recados que Janice deixou em seu celular, implorando que viesse antes. Quando ouve a caminhonete parando na entrada da garagem, no começo da tarde, ela salta da cama onde passou toda a manhã deitada e deprimida — os cabelos oleosos, sem raspar as pernas, sem lavar o rosto — e corre para a porta com as pernas bambas como as de um recém-nascido.

Desce a escada saltando alguns degraus, tentando ignorar o que o seu entusiasmo sugere. Mesmo depois de três semanas usando o pó branco do saquinho plástico, ainda acredita que seu comportamento não está diferente do de qualquer pessoa que esteja tomando um remédio com receita. Afinal, alguns anos atrás ela votou para legalizar o uso de maconha como remédio para doentes terminais — depois de ter lido a pesquisa científica, é claro, e decidido que era cruel negar alívio à dor de pacientes de câncer em sofrimento — e, sinceramente, qual é a diferença? Exatamente como o Vicodin ou o Valium, é um simples produto químico que serve a um propósito utilitário: ajudá-la a se sentir melhor num período difícil. Um período que, diz a si mesma, vai acabar passando, quando ela não precisará mais de ajuda farmacêutica.

E *aquilo* ainda tem *muitos* efeitos colaterais benéficos. Tem a perda de peso, é claro (James estava certo quanto a isso), mas tem também a produtividade! Ela encheu a geladeira com caçarolas, fez vinte potes de coalhada fresca e preparou cinco lotes de caldo de carne para congelar. Bordou à mão um conjunto de toalhas de cozinha e fez uma incrível série de caixas de origami para guardar clipes de papel e elásticos de borracha. Consegue ficar limpando durante horas e, muito mais tarde, sentir nos dedos a dor prazerosa de esfregar a antiga mancha escura embaixo da frigideira e a câimbra nos ombros de ficar levantando os braços para encerar os varões das cortinas da sala. Com *aquilo* nas veias, nenhuma tarefa parece servil demais, como se esfregando com um pouco mais de força ou mexendo a panela mais rápido fosse dar a ela um vislumbre do nirvana.

    O sono não é mais uma necessidade, mas um conceito do qual está ficando cada vez mais distante. Nas horas paradas do começo da manhã, quando o silêncio é tão grande que ela quase consegue ouvir as lesmas atravessando o gramado úmido de orvalho, ela se sente renascida, como se qualquer coisa fosse possível. Limpando o sótão, recentemente cruzou com seus velhos livros de francês, e às vezes os lê enquanto as filhas estão dormindo. É surpreendente o quanto tudo volta rápido. *La fille regarde par la fenêtre. Le jardin est ensoleillé.* Estudando os *verbes transitifs et intransitifs* ao amanhecer, Janice sente uma expansão dentro de si mesma, um potencial que negligenciou durante todas aquelas décadas. Nessas horas, não sente falta alguma de Paul.

    Ainda assim, seu argumento de que se trata de uma experiência temporária e essencialmente benigna às vezes é difícil de manter. Para começar, a indignidade da forma como precisa consumir *aquilo* a aflige. Seria diferente se viesse em forma de comprimido, mas parece muito deselegante ter de inalar o pó usando uma nota de 20 dólares, independentemente de quantas vezes a nota tenha sido lavada e passada. Evita se olhar no espelho quando o faz, com medo de ver a si mesma atirada por cima da bandeja, uma corcunda aspirando uma poeira milagrosa. E só Deus sabe o tipo de micróbios que está inalando.

    A essa altura também já andou pesquisando na internet. Pouco antes do amanhecer depois de uma noite completamente insone, com Lizzie e Margaret dormindo no andar de cima, Janice se arrastou para o escritório e digitou as palavras "cristal" e "droga" numa ferramenta de busca. O primeiro resultado era a homepage do Departamento de Justiça dos Estados Unidos. Sim, ela imaginou o tempo todo que, não importava o que fosse aquele pó cristalino milagroso que James estava lhe vendendo, certamente não era algo legal. Mas, ali sentada no escuro, amaldiçoou a si mesma por ter feito a pesquisa, porque agora não podia mais fingir que não sabia. Metanfetamina, era como o chamava o Departamento de

Justiça. Nome científico: (S)-N-methil-1-fenil-propan-2-amina. Droga de Escala II. Posse punível com um ano de prisão.

Ela seguiu clicando: "também conhecido como met, cocaína de pobre, crank, ice, glass, speed, zip". Articulou as palavras em voz alta: "Zip. Met. Crank." Os coloquialismos soavam grosseiros e desagradáveis em sua língua. Na sua cabeça, o cristal tinha sempre sido apenas *aquilo*, um tipo de termo genérico sem qualquer subtexto pouco atraente. Continuou lendo: "Extremamente viciante. Efeitos de longo prazo incluem comportamento psicótico, paranoia e danos cerebrais permanentes." Janice se encolhe. "Sinais visíveis de problemas incluem insônia, comportamento repetitivo, ansiedade, falta de controle e incapacidade de concentração crônica."

Notou que sua mão esquerda estava batucando uma versão agitada da *Abertura de Guilherme Tell*, com as unhas articulando o refrão com entusiasmo. Fez com que os dedos parassem, e a palma da mão se estendeu na superfície da mesa. Sentiu uma pontada de satisfação: ela claramente ainda mantinha controle sobre o próprio corpo. E a concentração? Claro que o fato de ela ter feito um *coq au vin* ontem — uma experiência de cinco horas com a carne cozida lentamente, usando a receita original de Julia Child! — provava que tinha concentração de sobra. Satisfeita, apertou o botão "off" do computador e viu a tela apagar. Tranquilizou a si mesma pensando que só vinha usando a droga havia algumas semanas — o que dificilmente parecia tempo suficiente para ficar viciada. Que ridículo pensar que ela pudesse se tornar uma drogada da noite para o dia!

Mas consegue sentir alguma coisa feia crescendo dentro dela, uma espécie de monstro ulceroso rangendo os dentes e com as gengivas sangrando. Há momentos em que ela simplesmente tem desejo de consumir *aquilo*, de uma forma ainda mais absoluta do que quando sentia desejo de comer frango frito durante a gravidez de Lizzie. Acordava no meio da noite e fazia Paul levá-la até um restaurante fast-food, onde comia sem parar e nunca se sentia satisfeita.) Às vezes, sente-se como se estivesse sendo devorada por *aquilo*, como se aquele demônio insaciável dentro dela tivesse tomado seu corpo com seu desejo exagerado por mais, mais e mais.

E então há dias como hoje, em que o barato *daquilo* sumiu completamente, e ela fica apenas esperando que James reponha seu estoque.

A queda é íngreme: como se estivesse acorrentada dentro de um cofre completamente escuro e tivesse sido atirada no fundo de um rio gelado. Antes, seus pensamentos sobre Paul e Beverly eram furiosos; agora, são sombrios e desesperançados. E muito embora nunca tenha sido do tipo que pensa em suicídio, quando se vê nesse lugar lúgubre e vazio, pega a si mesma pensando no alívio que seria cair no sono e nunca mais acordar. Só mais uma dose pode fazê-la se levantar de novo.

E ela já está sem *aquilo* há dois dias. Dois dias em que não limpou, não cozinhou, não fez nenhuma tarefa da casa, não estudou francês e nem mesmo se vestiu. Dias em que não fez nada além de ficar no quarto de roupão, exausta, vendo televisão. Está com o cérebro pesado e disforme como um mingau de aveia. Não consegue reunir energia nem para chorar. Quando se concentra, acha que consegue sentir a atrofia dos músculos enquanto está ali parada, mexendo apenas o indicador para trocar de canal. As filhas andam pela casa nas pontas dos pés, levando suas vidas sem ela. Margaret (que ainda não disse quando pretende voltar para Los Angeles) passou a atender o telefone, o que é ótimo, porque Janice não está interessada em conversar com ninguém. Nunca há recado algum. É devastador, ainda que represente um pequeno alívio, descobrir que o mundo não parece mais precisar dela.

Assim, quando James volta, na terça-feira à tarde, Janice estremece ao ouvir o barulho de sua caminhonete no cascalho da entrada da garagem. Enquanto desce a escada correndo, pensa naqueles velhos anúncios de Alka-Seltzer na televisão: "Tome o rápido Alka-Seltzer, para alívio imediato, pode apostar!" Sente o nariz queimando de expectativa. Alka-Seltzer ao resgate.

Mas quando chega ao andar de baixo, James já está arrumando a caminhonete, botando os produtos químicos na caçamba o mais rápido possível. Quando a vê parada no portão do jardim, olhando para ele, James congela.

— Você está com pressa? — pergunta Janice. Cruza e descruza os braços, e então os põe atrás das costas para esconder os dedos que se contorcem de ansiedade.

— Não tinha muita coisa para fazer hoje — ele diz. Põe a última garrafa de cloro na picape e fecha a porta.

— Você recebeu os meus recados?

— Claro — diz ele.

— E? — Ela tem a esperança de parecer casual, mas percebe que está com a voz fina e cortante, como as agulhas de sua caixa de costura.

— Eu não trouxe nada — ele diz. Faz uma pausa. — Não tenho mais nada.

— Não estou entendendo.

James dá de ombros.

— Sinto muito.

— Eu estou falando sério, James. Preciso que você me traga mais — ela diz, insistente. — Você está sempre me dando umas quantidades muito pequenas. A última porção, usei em dois dias. Desta vez, eu quero o triplo da quantidade, por favor.

— Não sei se é uma boa ideia. Essa coisa não está fazendo bem para a senhora.

— Você disse que era igual ao Vicodin — ela diz.

— Bom, o Vicodin também não é exatamente um passeio no parque.

— Acho que isso não vem ao caso, James. Quer dizer, por favor. Eu não preciso que você me diga o que eu devo ou não devo fazer. Tenho certeza de que não é função sua, de qualquer maneira.

James se encosta na caminhonete, enfia um dedo na boca e fica roendo uma unha pensativamente. Janice considera este um hábito nojento (e os produtos químicos na mão dele?), mas não diz nada.

— Não estou me sentindo bem fazendo isso — ele diz. — A senhora está usando demais. Eu provavelmente não devia nunca ter conseguido nada para a senhora, em primeiro lugar.

— Bobagem — ela diz, com um alarme disparando em sua cabeça. Onde mais ela iria conseguir se não com ele? Pedindo a Margaret ou a Lizzie? Por Deus, não. Será que Santa Rita tem mais algum traficante? Parece inconcebível. Comprar ali, dentro de sua própria casa, lhe dá uma sensação de segurança. Mas se ela tivesse de sair às ruas... Aonde iria? E se fosse apanhada? ...uma droga Escala II! Um ano na cadeia! Não pode deixar que James corte seu fornecimento. — Eu estou muito melhor *por causa* dela.

— Não do jeito que está usando — ele diz. — É melhor a senhora parar.

— E é melhor você parar de vender — ela diz. — Você não está exatamente em posição de julgar. De qualquer maneira, você não tem nada a ver com isso. Só me consiga mais. Você tem como me conseguir mais até o fim do dia?

— Não — diz James.

— Sim — ela insiste. — Sim! — Janice sente todo o seu autocontrole fugindo ao mesmo tempo em que a crescente necessidade surge urrando. Continuará repetindo "sim" até conseguir, até ele admitir que ela tem razão. Ele é só o rapaz que cuida da piscina, afinal. Vai acabar cedendo, no fim. — Você precisa fazer isso.

— Sinto muito — ele diz.

— Se você não fizer isso... eu vou... eu vou... — Procura alguma coisa, qualquer coisa. — Eu vou ter de demitir você — ela diz, aquecida pela fúria indignada. — E vou dizer a todo mundo que você me roubou. Posso até denunciar você à polícia como traficante!

— Meu Deus — diz James. Esfrega a nuca com o dedo úmido. — Meu Deus, Janice. Sra. Miller. Janice. Por que você faria isso?

— Sinto muito — ela diz. Sua coragem desaparece, quase que imediatamente. Sente-se compelida a agarrar a mão dele e implorar. Meu Deus, pensa, está agindo como uma viciada. — Eu só estou um pouco nervosa.

Ele olha para ela, uns bons oito centímetros mais baixa do que ele, parada na entrada da garagem. E ela vê que há pena em seu olhar, um olhar atento. De alguma forma, é a pior coisa que poderia acontecer. Faz com que ela queira virar a cabeça para não ver o rosto dele, que suspira.

— Acho que o mês tem sido muito difícil para a senhora, não é?

— Sim — ela responde baixinho, desviando o olhar para a casa, perguntando-se como ele sabe detalhes de sua vida pessoal. Nunca se sentiu tão humilhada. Nunca havia implorado ou feito alguma ameaça em toda a sua vida, quanto menos a um menino da idade da filha. Tem vontade de chorar pela identidade que perdeu, pela Janice racional, a Janice que tinha tudo sob controle, a Janice que ela acreditava estar preservando ao apelar para *aquilo*. — Consiga um pouco, por favor?

— Ah, está bem — diz ele. Abre a porta do carro e abre o porta-luvas. Janice vê uma pilha de saquinhos presos por um elástico antes que ele ponha um saquinho plástico dobrado em sua mão. — A vida é sua. Não minha.

Janice sente-se tomada de alívio. Ela guarda o saquinho plástico na mão e fica espantada por encontrar um conforto tão imediato em algo tão leve e pequeno. É quase capaz de sentir o gosto químico na garganta. Os grãozinhos dos cristais roçando uns contra os outros na palma da mão e o plástico se aquecendo em contato com a pele apagam a humilhação de ela ter simplesmente se prostrado diante de um rapaz de 26 anos por causa de drogas. De ter se comportado como uma zumbi depravada. Não, agora que está com *aquilo* na mão, Janice revisa o cenário e o recompõe: era apenas uma empregadora pedindo que o empregado lhe fornecesse bens e serviços que ele havia lhe prometido antes. (A legalidade é irrelevante.) Ela tem 49 anos e duas filhas, é mulher de um quase-bilionário-no-papel e uma respeitada integrante da comunidade. E quem é ele? Um garoto maconheiro, um vagabundo, um traficante de drogas. Este saquinho é simplesmente o que lhe era devido. Que vergonha ele tê-la feito sentir qualquer coisa além disso. Ele certamente não tem vantagem moral sobre ela.

— É isso mesmo — diz ela, enfiando o saquinho no bolso. — Não é sua vida mesmo.

Lewis Grosser, advogado, é um homem porcino, mais baixo até do que Lizzie, com uma pele rosada brilhosa cobrindo suas bochechas bem-alimentadas. Janice sempre pensou em homens gordos e baixos como sendo alegres por natureza, tendo compensado de alguma forma a estatura diminuta cultivando comportamentos excessivamente cordiais. Mas Lewis Grosser é só negócios, nada de brincadeira, como é adequado para um advogado de divórcio.

— Vamos direto ao ponto, Sra. Miller — ele diz, ao se sentar no sofá da sala de Janice. O sofá emite um barulho de pum bem alto quando entra em contato com o amplo traseiro dele. — Estamos numa situação difícil. A senhora assinou um acordo pós-nupcial, conhecido mais formalmente como um acordo de alteração, que transforma a comunhão total do casamento em separação total de bens. Há uma assinatura, a sua assinatura, num documento que abre mão de todos os seus direitos a quaisquer ativos da Applied Produtos Farmacêuticos. A saber, o documento que a senhora assinou há um ano. — Ele pega sua pasta e tira de dentro um grosso maço de papel. — Blablabá... Aqui está. Página 243. Janice Miller, pelo presente, concorda em abrir mão completamente de seus direitos conjugais a quaisquer bens acumulados por Paul Miller via qualquer oferta pública de ações da Applied Produtos Farmacêuticos, como listado na prova C.

Janice contorce as mãos no colo. O relógio na parede da sala marca os segundos — três minutos passados do meio-dia. Ela não dormiu desde a visita de James: *aquilo* a manteve acordada a noite toda, o dia todo. Na noite anterior, tentou ir para a cama perto das 2 horas da manhã, mas tudo o que conseguiu fazer foi ficar rigidamente deitada de costas, olhando fixo para o mofo no teto, até que se levantou e começou a trabalhar num conjunto de vasos de plantas pintados à mão. Passou as horas do amanhecer assistindo a reprises de programas de receitas no Food Network, assistindo atentamente à Condessa Descalça preparar um frango enquanto a luz do lado de fora ficava cinza, depois amarela e branca, até que ela finalmente se levantou do sofá e tomou um banho antes de as meninas acordarem e preparou waffles para o café da manhã.

Hoje ela se sente um simulacro de si mesma, uma boneca Janice, brilhante e impecável por fora, mas oca por dentro. Ela havia prometido a si mesma que não tomaria nada antes da reunião. De certa forma, não parecia certo se reunir com um advogado naquelas condições. Mas, no último minuto, mudou de ideia, e concluiu que podia fazer uso do empurrão extra, da clareza. Usou apenas uma *minúscula* fração. Só espera que o advogado não estranhe que sua perna esquerda esteja se agitando de modo tão incontrolável.

Margaret está sentada ao lado de Janice no sofá, assumindo sua nova posição como assistente legal de mãe. Tem no colo uma pasta de recortes e um bloco de anotações. Janice sente-se tranquilizada pela presença dela. É uma sensação pouco familiar, bem oposta aos comichões que costuma sentir quando Margaret está por perto. Desde o dia na horta, parte da tensão entre elas diminuiu, embora Janice esteja preocupada que seja apenas porque ela basicamente deu à filha uma vantagem ao pedir sua ajuda. Ainda assim, Janice sente a pressão do peso de Margaret ao seu lado e deixa a depressão que seus traseiros fazem no sofá as aproximar levemente uma da outra. Sorri.

— Bem, eu não sabia — ela diz a Grosser. — Não foi isso que fui levada a crer que os documentos diziam. — Seu pé esquerdo saltita pelo tapete e volta, percorrendo um círculo de dez centímetros de diâmetro.

— A senhora *leu* os documentos? — pergunta diz Grosser. Ele levanta uma sobrancelha para ela. Janice ouve a respiração dele assoviando nas narinas, um suave barulho líquido. Ele remexe o traseiro e afunda ainda mais no sofá. — Porque infelizmente está muito claro, se a senhora leu. Para um advogado, pelo menos.

— Eram apenas algumas frases na página 243. Página 243, num documento de 411 páginas! — Ele está insinuando que ela é burra? Janice fica ainda mais indignada. — Mesmo que eu tivesse lido toda essa coisa, eu teria de ter uma lupa para ver isso. É *claro* que foi um truque! — Ela aponta para o papel com um dedo que, percebe com pavor, está tremendo. Recolhe o dedo ao colo e segura as mãos juntas.

— É claro, é claro. Não estou discordando disso. Estou apenas bancando o advogado do diabo, indicando o que o outro lado vai argumentar. Embora eu vá lhe dar um conselho para o futuro, que não tem utilidade alguma agora, é claro, mas... Sempre, eu repito, *sempre* leia todas as palavras de qualquer documento legal à sua frente — diz Grosser. Ele cruza os braços no peito e balança a cabeça solenemente.

Janice estica a memória até o dia em que assinou os papéis, há mais de um ano. Ela estava indo para um almoço em São Francisco, e Paul pediu que parasse em seu escritório no caminho para assinar uns papéis relacionados ao investimento que haviam feito na Applied Produtos Farmacêuticos. Havia ocorrido um acidente na 101 — um Hummer tinha passado por cima de um Miata, incendiando o cupê e provocado o fechamento da rodovia — e ela ficou parada, sem nada para fazer, no trânsito absolutamente congestionado por quase uma hora, atrasada para seus dois compromissos.

Quando chegou ao escritório, Paul atirou uma pilha de cinco centímetros de altura de papéis em cima dela e mostrou as páginas que precisava assinar, uma depois da outra, mais de trinta no total.

— É tudo linguagem jurídica — ele disse. — O documento limita as nossas responsabilidades pessoais caso a Applied Produtos Farmacêuticos venha a ser processada. Tem a ver com opções de ações e compensação executiva. Basta você assinar aqui... E aqui. — Lembra-se de que o advogado de Paul, Milt, estava sentado no canto do escritório naquela tarde, folheando uma revista, tagarelando sobre sua mais recente viagem para jogar golfe... em Palm Springs? Ou Taos? E foi isso. Tudo pronto em dois minutos. Simples assim.

Agora, em retrospecto, consegue ver a farsa proposital nas ações de Paul naquele dia. O mentiroso! Ela se dá conta, de repente, de que ele devia estar planejando aquele momento em seu escritório havia meses, talvez até anos. Será que ele já estava dormindo com Beverly naquela altura? Milt estava envolvido também? Será que só ela não sabia que Paul estava traindo a mulher tão completamente? As implicações disso são vertiginosas. Janice olha para o documento, para a sua própria assinatura naquela maldita tinta verde, e sente um enjoo. Há quanto tempo o casamento deles tinha acabado na cabeça de Paul, antes de ele inventar essa falcatrua para deixá-la de fora de sua fortuna? Ele a levara para passar um fim de semana num spa no Colorado não muito tempo antes de ela assinar os documentos. Eles tinham inclusive (ela se sente enfraquecida) feito sexo na imensa banheira de hidromassagem do quarto com vista para as montanhas Rochosas, com direito a velas e jazz. Era para ser o último grito de vitória dele? Algum tipo de prêmio de consolação para ela? Olha para si própria da forma como ele deve tê-la visto: uma idiota patética.

Não consegue se lembrar da expressão do rosto de Paul quando ela assinou os papéis. Se tivesse olhado para ele, realmente tirado um instante para prestar atenção, será que teria notado alguma ponta de culpa passando por seu rosto? Ela teria suspeitado de que a conversa de Milt tinha o objetivo de distraí-la do conteúdo do documento? Se soubesse que estava assinando seu futuro, teria percebido os pequenos detalhes que revelavam que, na cabeça de Paul, o casamento deles já havia terminado?

A perna pula mais rápido, expressando sua raiva.

— Eu fiquei parada no trânsito — diz Janice. — Tinha acontecido um acidente na 101... e eu estava atrasada. Eu estava agitada. Não sabia que era algo importante.

— Suponho que a senhora não tenha contratado um advogado para revisá-lo?

— Por que eu contrataria um advogado? Ele era meu marido. O casamento é uma sociedade construída com base na confiança. — Janice ouve a si mesma protestando e percebe o quanto isso deve parecer fútil para ele. Mesmo para ela, considerando a posição em que se encontra. Confiança. Aparentemente, isso havia desaparecido anos antes. Uma pena que ela não tivesse notado sua partida. Janice acrescenta, como uma explicação: — Ele tinha acabado de viajar comigo numas férias românticas.

— E o que isso tem a ver com qualquer coisa? — Grosser se recosta no sofá. — Fico sempre espantado com a quantidade de casamentos que termina com um dos lados arrasado porque o outro pensou em si mesmo primeiro e ele, não. É da natureza humana, Sra. Miller. Todo mundo está de olho no número um. Depois deixam os advogados resolverem o resto.

— Bem, *eu* não gosto de assinar embaixo de uma visão de mundo tão pessimista — ela diz. — Veja bem... eu não sou idiota. Ele disse que era um plano de proteção de bens. Meu Deus, ele inclusive escreveu isso na capa do documento. Eu não tinha por que não acreditar nele.

— Eu sei, eu sei. Bem, infelizmente para nós, não é a capa do livro, mas o conteúdo que conta — diz Grosser. Balança a cabeça de novo. Folheia o documento mais uma vez.

Janice sente algo na perna, e vê a mão de Margaret segurando seu joelho. Ela se inclina para perto da mãe e sussurra em seu ouvido:

— A sua perna está tremendo, mãe. Não se preocupe. Você vai ficar bem. Só respire fundo e relaxe. — Margaret se inclina para a frente e limpa a garganta. — Sr. Grosser, o senhor está pensando em se referir ao caso Havell? — pergunta.

— Havell?

— Havell versus Islam. O senhor sabe... se o comportamento de alguém "choca a consciência", este alguém não deve ter direito a propriedade alguma num divórcio? Na minha opinião, é bastante chocante à consciência coagir a própria esposa a assinar um documento que a faça abrir mão de todos os seus bens. — Margaret sorri, triunfante, e Janice se surpreende. Quando foi que a filha aprendeu tanto sobre leis? Será que tinha uma propensão secreta a uma carreira no direito? Vê, de repente, uma vida alternativa para ela: a faculdade de direito de Stanford, um escritório de advocacia em algo liberal, no estilo de Margaret, como legislação ambiental. Ainda não é tarde demais. Janice assente com a cabeça, concordando, apesar de não fazer ideia do que a filha está querendo dizer.

Grosser olha para Margaret com uma expressão entediada. Solta um suspiro.

— Certo. Você fez a lição de casa. Mas isso não é nem um pouco relevante neste caso. Comportamento "chocante" significa bater na esposa com um haltere, não convencê-la a assinar documentos. Olhe aqui, mocinha, por que você não me deixa fazer o meu trabalho? Eu tenho uma boa experiência nessa área. Mais do que você vai conseguir adquirir lendo algumas edições antigas de *Legal Affairs*.

Janice sente Margaret ficar paralisada ao seu lado.

Grosser começa a enfiar papéis em sua pasta novamente e fecha a fivela com um estalo decidido.

— Bem, nós teremos de ser criativos, Sra. Miller. Mas temos alternativas. Eu posso argumentar influência indevida. Ou partir para provas forenses, provando que a senhora não era capaz de tomar uma decisão segura. Talvez um especialista em caligrafia possa provar que esse documento foi assinado sob estresse.

— É mesmo? A caligrafia pode mostrar isso? — pergunta Janice.

— A maravilha do nosso sistema jurídico é que é possível provar quase qualquer coisa, por mais insano que pareça. Pague o suficiente a um especialista, e ele dirá qualquer coisa que queira que ele diga. — Faz uma pausa. — Há mais uma questão que eu preciso discutir com a senhora, Sra. Miller. — Ele olha para Margaret e ergue uma sobrancelha. — Em particular.

Margaret permanece sentada, agarrada ao bloco de anotações, até que Janice se vire para ela e faça um gesto para que saia. Janice fica triste por vê-la ir. Grosser espera até que o som dos passos de Margaret desapareça antes de continuar em voz baixa.

— Este é um assunto delicado, Janice. Eu recebi uma ligação dos advogados do seu marido na SAB&R hoje de manhã. Eles me disseram que têm de uma fonte confiável o testemunho de que você está tendo... relações... com um certo James Court. Um limpador de piscinas.

Janice congela, parando o pé no ar.

— Relações?

Grosser aperta os lábios.

— Do tipo sexual, Janice. Olhe, eu não estou fazendo uma crítica. Mas você está ciente de que esse jovem é um criminoso conhecido? Porque, aparentemente, os advogados da SAB&R fizeram a lição de casa e me informaram que o Sr. Court foi preso no ano passado por posse de drogas com o objetivo de venda. Ele tinha em seu poder 60 gramas de maconha e vinte comprimidos de MDMA, mais conhecido como ecstasy.

— Eu não sabia disso — diz Janice, esforçando-se para manter a voz num tom tranquilo, moderado e profissional, em vez de cheio de culpa ou histérico. Não estava fácil.

— Longe de mim me envolver na vida amorosa dos meus clientes...

— Eu não estou tendo um caso com ele — insiste Janice. — Ele só trabalha para mim. É o rapaz que cuida da piscina.

— Se você diz... Mas os advogados do seu marido têm uma testemunha que diz que você tem uma ligação com esse jovem, e eles estão planejando usá-lo como argumento para obrigá-la a desistir do seu processo.

— Como eles planejam fazer isso?

— Bom, primeiro, eles poderiam argumentar que confraternizar com um conhecido traficante invalida o seu pedido de guarda da sua filha.

O joelho agora começa a saltitar em alta velocidade.

— Lizzie?! — Janice explode, horrorizada. — Mas ele não pode fazer isso, pode? Paul também está tendo um caso. Quer dizer, não. Deixe-me dizer melhor: eu *não* estou tendo um caso. Ele *está*. Definitivamente. Ele nem quer a guarda de Lizzie. Não faz sentido!

Grosser dá de ombros.

— Eu não estou dizendo que é justo. Talvez eles nem tenham uma prova real. Tenha em mente que a guarda da sua filha provavelmente não é o objetivo deles. Tudo o que estão tentando fazer é intimidá-la a abandonar as exigências pelo dinheiro da OPI do seu marido. É a tática do medo. Mas isso poderia ser levado ao tribunal. Sugiro que você corte qualquer contato com esse jovem, imediatamente.

O maxilar de Janice fica tenso. Cortar o fornecimento *daquilo*? Agora? Quando ela mais está precisando? Não poderia fazer isso. Quanto ainda tem? O bastante para quatro dias? Uma semana? O sangue animado corre por suas veias, e no rápido bater do coração, ouve o barulho sedutor *daquilo*: "Sim. Sim. Sim. SIM SIM SIM SIM." A agitação da perna aumenta o ritmo até que ela tem a impressão de que ela pode muito bem se descolar do corpo e sair dançando pela porta.

— Não vou permitir que o meu marido determine quem eu posso ou não posso ver — diz ela ao advogado com os dentes cerrados. — Ele não tem esse direito. Não tem mesmo.

— Como quiser — diz Grosser. — Eu só estou oferecendo o meu conselho nesta questão. — Ele se levanta do sofá, cambaleando levemente até recuperar o equilíbrio. As almofadas soltam um suspiro aliviado.

Janice se levanta com ele, parando para devolver as almofadas ao lugar antes de acompanhar Grosser até a porta.

— Obrigada por vir — ela diz. — Eu entrarei em contato.

Janice ferve, com a fúria e a humilhação que sente sob a pele chegando a uma perigosa temperatura. Ferve enquanto tira os lençóis de todas as camas da casa e leva as peças com cheiro de suor até a lavanderia no andar de baixo. Ferve enquanto abre as janelas e deixa o ar de verão refrescar a sala. Ferve enquanto prepara um frango assado com limão e alecrim e torra pinhões para fazer uma salada. E ferve enquanto arruma mais duas carreiras, pouco antes do jantar, e as cheira com uma inspiração precisa: o saquinho já está preocupantemente leve.

A família — *sem* o pai de família — se senta para jantar às 18 horas.

— Aaaah, frango — diz Lizzie. Senta-se à mesa e abre o guardanapo com um floreio. — Parece estar muito bom, mãe. — Janice sorri amarelo, sentindo-se incomodada pela falsa alegria na voz da filha. O tom a lembra da forma como as professoras de jardim de infância se dirigem de modo encorajador às crianças tímidas e burras no fundo da classe.

Margaret monta o prato de maneira metódica. Um pedaço de frango, uma porção de arroz basmati, uma porção de salada de espinafre. Sempre comeu como se comer fosse uma tarefa a ser realizada, sem traços do entusiasmo comer-como-se-não-houvesse-amanhã da irmã. Podia muito bem estar jantando papelão com molho de cola.

Janice olha para o próprio prato, para as fatias de limão murchas grudadas na porcelana e as tiras de carne branca que empurrou de um lado para outro com o garfo. Há semanas que não tem apetite algum.

Fica satisfeita por se sentir vazia, como se ao drenar sua fome, sua carne, ela pudesse também abandonar todas as necessidades materiais. Faminta, sente-se leve e celestial como uma santa, apenas um ou dois quilos além de sair flutuando para algum lugar muito mais interessante do que onde está no momento.

Enquanto Margaret e Lizzie comem, Janice fica sentada na cabeceira da mesa e deixa que a mente veloz lute com a questão que a tem incomodado desde a visita de Grosser. Quem poderia ter dito a Paul que ela estava tendo um caso com James, e o que diabos ela fez para passar essa impressão? Será que alguém está mentindo de propósito? E muito embora eles claramente não tenham como provar nada, será que poderiam descobrir a respeito *daquilo*? E isso seria o bastante para ficarem com Lizzie?

É Margaret quem quebra o silêncio:

— E então? O Lewis Grosser não foi tão mal, foi? — Sorri para a mãe, confiante na recém-renovada amizade entre as duas. — Quer dizer, considerando que ele é um advogado de divórcio. Não consigo imaginar por que alguém *escolheria* fazer isso para ganhar a vida.

Janice sorri com suavidade, apenas semiconsciente do que a filha está dizendo. É quase insuportável se manter sentada à mesa. Só por um instante, ela quase odeia as filhas, como se elas a tivessem prendido àquela cadeira como uma borboleta a um quadro de amostra.

— Sim, sim, tenho certeza de que ele vai ser ótimo — ela diz, tirando a pele de uma coxa de galinha e cuidadosamente picando a carne em pedacinhos quadrados. — É melhor que seja, pelo que cobra.

— Você só precisa manter o otimismo, mãe. Nós vamos vencer.

Com um nó no estômago, Janice come um pedacinho do frango e reprime o impulso de cuspir a carne gordurosa de volta no prato. O uso da palavra "nós" por Margaret devia ser reconfortante, mas não é. Ela pensa na assustadora informação que Grosser levou, e se sente terrivelmente sozinha. Ergue o olhar e vê Lizzie a encarando com seus olhos de Bambi e se obriga a dar um sorriso seguro.

— Eu *estou* otimista — ela diz, já se sentindo culpada sobre os pensamentos que estava tendo no instante anterior. *Lembre-se*, ela pensa, *de que as suas filhas são tudo o que você tem. Você as ama.* Perturba-a o fato de que precisa lembrar a si mesma inclusive disso. O que há de *errado* com ela?

Misericordiosamente, um carro buzina na entrada da garagem antes que a linha de inquérito da filha possa ir mais adiante. Lizzie salta da cadeira.

— Preciso ir — ela resmunga. Só agora Janice percebe que Lizzie está usando uma saia, e uma saia que vai até os joelhos, e sapatos sem plataformas, brilho ou cortiça.

— Aonde você vai?

— Hum. À igreja? — diz ela.

— À igreja? — Janice não tem certeza de ter escutado corretamente.

— É.

— Que tipo de igreja?

— Não sei — diz Lizzie. — Igreja Rio da Vida. Evangélica, eu acho.

— Evangélica? — diz Margaret. — Sabe, Lizzie, talvez você deva ter em mente que há algumas ideias bastante retrógradas nesse movimento, principalmente no que se refere ao papel da mulher na família. A mulher como subordinada ao homem e esse tipo de coisa. Nós fizemos uma reportagem sobre isso na "Edição de Deus". Você não leu?

— Ah — diz Lizzie, fazendo uma pausa para pensar na informação. — Não tenho certeza.

— Lizzie, não ouça a sua irmã — diz Janice. — Você pode explorar qualquer religião que quiser. Dentro do bom-senso. Com quem você vai à igreja?

Lizzie vai em direção à porta.

— Com Zeke Bint — ela diz. — A mãe dele vai nos levar.

— Barbara? — diz Janice, cuspindo o nome ao se lembrar, claramente, da cena: a festa, e Barbara Bint na escada, com uma vista direta de James saindo do quarto dela. Lembra de seus olhos curiosos a examinando depois da partida de James. É claro que ela teria interpretado o ocorrido da pior maneira possível. E é claro que teria comentado o assunto.

— Pare! — ela diz a Lizzie. Afasta-se da mesa, dobrando o guardanapo sobre o frango frio. — Preciso discutir um assunto com ela primeiro. Espere aqui.

Janice passa por Lizzie e vai até a perua Mercedes que espera na entrada para carros. Bate na janela do lado do motorista. Barbara abaixa o vidro e sorri o sorriso recatado dos que foram salvos. Janice percebe que sua pele está queimada de sol e seca, com as veias das bochechas estouradas por causa do calor.

— Olá, Janice! — gorjeia Barbara. — Imagino que você não se importe por estarmos levando a sua filha à igreja. Quer ir conosco?

— Nós precisamos conversar — diz Janice.

— Sobre o quê?

Janice olha para Zeke, que está sentado no banco de trás do carro. Fios de fones de ouvido descem das orelhas até o iPod no colo dele, e mesmo fora do carro Janice consegue ouvir a batida de rock que está furando os tímpanos do garoto. Zeke olha para Janice com o mesmo interesse que olharia para um pedaço de fígado cozido e em seguida desvia o olhar para fora da janela.

— Eu acho — sussurra Janice — que você pode ter ficado com uma impressão errada. Sobre um jovem que trabalha para mim. Acho que você sabe o que eu estou querendo dizer. E preciso dizer que me ressinto profundamente do fato de você ter ligado justamente para o meu marido para encher a cabeça dele com essa... essa *bobagem*. Fiquei chocada por alguém que descreve a si mesma como cristã ter feito algo tão profundamente pouco caridoso.

Barbara morde a bochecha vermelha.

— Sinto muito, Janice — diz ela, parecendo confusa. — Mas eu realmente não sei do que você está falando.

Janice olha de novo para Zeke, que está ignorando completamente a presença delas e diminui ainda mais o tom de voz.

— Você disse a Paul que eu estava tendo um *caso*! Um caso com o rapaz que cuida da piscina!

O rosto de Barbara se contorce em ângulos obtusos, esforçando-se para invocar alguma lembrança.

— Um caso?! — ela diz. — Não. Não fui eu. Eu nunca falei com Paul. Eu não sabia que você estava *tendo* um caso. Não sei como... Mas, espere, eu comentei com a Noreen Gossett que vi James saindo do seu quarto no dia da festa, na semana passada. Será que ela tirou alguma conclusão?

Observando Barbara, Janice consegue ver a desonestidade nos olhos da vizinha. A hipócrita pode fingir ser cristã, mas, no fundo, é uma fofoqueira mentirosa! E Barbara, por sua vez, evidentemente enxerga as suspeitas de Janice, porque gagueja enquanto tenta se desvencilhar do assunto:

— Eu só comentei o assunto com Noreen porque ela estava estranhando a sua demora para descer. Como ela não estava sendo muito *gentil* em relação ao atraso, pensei em explicar... — Barbara franze as sobrancelhas com ar de preocupação. — Por quê? Janice, você realmente está tendo um caso com o rapaz da piscina? Eu nunca teria dito nada... sinto muito!

— Não! — diz Janice, mas neste momento recua e se endireita, reconhecendo que Barbara pode ser fofoqueira, mas não é abertamente cruel a ponto de procurar Paul com suas suspeitas. Noreen Gossett. Deve ter sido ela. Mas por quê? O que, em nome de Deus, Noreen poderia ter contra ela? Janice sempre foi gentil com ela, mesmo depois de sua filha Susan ter convidado todo mundo da classe menos Lizzie para sua festa de aniversário de 9 anos. Mas então... Janice de repente se lembra do desprezo de Noreen no dia da OPI, e as peças começam a se encaixar. Ela vê Lizzie espiando da porta e acena para que a filha venha até o carro, pronta para fugir daquela conversa.

— O que está acontecendo? — repete Barbara.

Janice volta para a casa, enquanto Lizzie se aproxima.

— Nada — ela murmura. — Absolutamente nada. Esqueça que eu disse qualquer coisa. Foi um engano meu.

Barbara põe um sorriso no rosto quando Lizzie entra no banco traseiro do Mercedes.

— Sinto saber que você está enfrentando dificuldades, Janice. Estou aqui se você precisar de apoio moral. É claro que você sabe disso. É só para lembrar!

Ao lado de Lizzie, Zeke aumenta o volume do iPod e se encosta bem na porta do carro, como se a proximidade de Lizzie pudesse lhe passar uma doença contagiosa. Janice sente uma pontada de remorso pela filha, imaginando o que poderia tê-la levado a ir a uma igreja com aquela gente. Janice não consegue se afastar rápido o bastante enquanto a perua segue lentamente, lentamente demais, para a rua e na direção dos braços de um Deus cruel.

A casa dos Gossett fica a cinco quadras, e embora Janice costume percorrer de carro a distância entre as duas casas quando visita Noreen, desta vez resolve que irá lhe fazer bem caminhar. Seu corpo, recarregado com mais uma *minúscula* carreira de cristal, aproveita o exercício. Ela se movimenta rigidamente, com um propósito objetivo, as pernas se atirando para a frente como se fossem dentes de engrenagem de um motor bem azeitado. Fragmentos de músicas pop esquecidas há tempo pipocavam em seu subconsciente — o refrão marcado de "Miss You", dos Rolling Stones, que dá sequência a um solo de baixo do Earth, Wind & Fire, e termina com "Stayin' Alive", que era muito popular em festas quando era mais jovem. Ela é a rainha do disco, agora mais do que nunca. Suas sapatilhas de ballet ricocheteiam ritmadamente no asfalto, estupidamente alto.

As luzes cintilam nas casas da vizinhança. Janelas panorâmicas iluminam cenários idílicos: Ellen Fern está na pia da cozinha, lavando a louça. Os Brunschild e os três filhos sentados ao redor da mesa da sala de estar podem ser vistos parcialmente através das venezianas abaixadas. A luz azulada da televisão se reflete no teto da sala íntima dos Franks, com quatro cabeças contornadas pela tela. Pergunta-se se a casa dos Miller ainda parece calma e segura assim da rua ou se sua contaminação é perceptível para quem passa pela frente.

Enquanto ela caminha as poucas quadras até a casa dos Gossett, as estrelas começam a surgir no céu noturno. A temperatura cai, e Janice pensa que devia ter trazido um casaco para vestir sobre a camiseta. Na casa em estilo colonial dos Gossett, todos os ambientes estão iluminados, e Janice pode ouvir o som distante de alguma bandinha adolescente vindo do quarto de Susan, nos fundos. Puxa a aldrava decorativa em forma de cabeça de leão e a deixa bater pesadamente na porta. Espera meio segundo e toca a campainha. O som da campainha ecoa na cerâmica espanhola do hall de entrada.

Lá dentro, a cachorra dos Gossett começa a berrar. "Yipyipyip", late. Ouve uma raspada e uma pancada, e um silêncio antes que ela comece de novo. "Yipyipyip." *Raspada. Pancada.* Janice olha pela janela e vê a velha schnauzer de Noreen, Sadie, vindo pelo hall na direção da porta. As patas dianteiras da cachorra estão completamente envoltas em gesso, e seus esforços para correr até a porta estão sendo frustrados pelo piso de cerâmica, escorregadio por causa do uso. "Yipyipyip", late a cachorra, enquanto se atira para a frente. Suas patas dianteiras se agitam no piso, raspam de lado e então caem. Espantada, ela luta para se levantar, com a parte da frente derrapando desamparadamente pelo hall. Enquanto observa aquilo, Noreen aparece atrás da cachorra, pega-a no colo e caminha até a porta da frente.

Noreen sorri amarelo quando vê Janice na porta.

— Olá — ela diz, pronunciando as letras como uma tartaruga. Embaixo do braço de Noreen, Sadie continua latindo para a intrusa.

— O que aconteceu com a Sadie? — pergunta Janice.

Noreen coça o pelo branco fofo na nuca de Sadie. "Yipyipyip," continua a cachorra.

— Shhhh — faz Noreen, sem efeito, e olha para Janice. — Você não sabe?

— Eu deveria saber?

— A *sua* filha quase matou a minha cachorra — diz Noreen. — E não pareceu nem um pouco preocupada com isso. Nem você, aliás.

— Lizzie machucou a Sadie? — pergunta Janice.

— Não Lizzie, Margaret.

— Margaret? É mesmo? Como? Margaret atropelou a sua cachorra?

— Foi só o que não fez. Margaret deixou Sadie fugir e ser atropelada quando estava passeando com ela.

— Por que Margaret estava passeando com a sua cachorra? — Tudo está muito confuso. Sadie começa a latir de novo, e o barulho agudo faz Janice ter vontade de sacudi-la até que cale a boca. "Yipyipyipyip."

Noreen olha para ela com uma expressão magoada.

— Talvez você deva fazer essa pergunta a Margaret. Imaginei que você estivesse aqui por causa disso. Sinceramente, Janice, levando em consideração todos os anos em que somos vizinhas, fiquei muito magoada que você não tenha sequer se dado ao trabalho de telefonar. Você sabe o quanto a Sadie é importante para a minha família. Ela é praticamente uma irmã de Susan. Nós a temos há 13 anos! E agora você nem sequer telefona depois de a sua filha quase matar a minha cachorra? Janice, eu estou tentando ser solidária, porque sei que as últimas semanas não estão sendo fáceis para você, mas eu esperava mais. — Noreen faz uma pausa, como se tivesse terminado o discurso, mas então continua: — Quer dizer, francamente. Seu marido ganha 1 bilhão de dólares e você não é capaz sequer de pegar um telefone para conversar com as suas velhas amigas? Talvez Greg e eu não estejamos no seu grupo social ultimamente, talvez você esteja saindo com os seus amigos de jatinho particular agora e não se digne mais a passar tempo com um simples ortodontista trabalhador e a mulher dele, e Deus sabe que nós vimos muito disso acontecer ultimamente nesta cidade, mas, por favor, eu achei que você ainda teria a educação...

Surpreendida pelo ataque, Janice balança a cabeça, esperando afastar essa digressão e voltar ao seu propósito. O movimento a deixa levemente tonta. Seu pé bate com força no batente da porta dos Gossett.

— Bem, Noreen, eu sinto muito mesmo. De verdade. Eu não tenho ligado para *ninguém*. Não tem nada a ver com você. Nem com dentistas, jatinhos ou qualquer coisa parecida. Quer dizer, eu *não* me importo. — Enquanto fala, sua mente divaga para as finanças dos Gossett, imaginando pela primeira vez quanto ganha um ortodontista, e se manter o Millard Fillmore High inteiro usando aparelho cobre o custo da BMW na garagem deles, os professores particulares de Susan e o telhado que precisa de telhas novas. — E sinto muito pela Sadie. Ela é uma cachorra maravilhosa. Vou conversar com Margaret, de verdade. Isso não tem nada a ver com aparelhos. Não... — Faz uma pausa, notando que *aquilo* tomou conta de sua língua e a está transformando numa idiota falando bobagens. Tenta em vão se concentrar. — Não... Mas isso não tem nada a ver com o motivo que me traz aqui. Eu preciso que você me diga, sinceramente, Noreen, se você disse alguma coisa a Paul sobre eu estar tendo, estar tendo... É até difícil de dizer, de tão ridículo... Sobre eu estar tendo um caso com o rapaz que cuida da nossa piscina?

Janice vê desprezo nos olhos estreitos de Noreen. Quer engolir as palavras de volta, retroceder no caminho que a levou até aquela casa, retroceder as últimas semanas, até um tempo em que jamais havia imaginado uma humilhação como aquela. Mas é tarde demais. A esta altura, não tem escolha além de rastejar diante da vizinha — Noreen, com quem é coanfitriã da troca de presentes da vizinhança em todos os meses de dezembro, com quem frequentou reuniões da associação de pais e mestres durante anos, uma mulher, para ser sincera, cuja afetação ela tivera de suportar pelas aparências, apesar do fato de a origem dela (filha de um carteiro, pelo amor de Deus) não ser melhor do que a sua. Sente-se enfraquecida sob o olhar desdenhoso de Noreen, que recua e levanta o queixo.

— Eu não disse nada a Paul. Mas posso ter comentado alguma coisa com Beverly quando jogamos bridge na segunda-feira.

— Mas por quê, Noreen? É claro que você sabe que isso simplesmente não é verdade. Ele é um menino de 26 anos! Por quê? E justo para Beverly? Imagino que você saiba que o meu marido e ela são... são... — Não consegue terminar a frase. Percebe que não importa: a roupa suja já está pendurada no seu jardim, para todos verem. Todos já estão olhando há semanas. Já viram as manchas e as axilas amareladas e a julgaram de acordo. É tarde demais. — Por quê?

Noreen não responde de imediato, mas levanta Sadie e balança a schnauzer peluda bem na frente do rosto de Janice e a beija no focinho. A cachorra fica quieta por um instante enquanto lambe o rosto da dona com uma língua frenética. Noreen abaixa a cachorra.

— Bem, Janice, eu sinto muito. Realmente não sei o que deu em mim. "Yip. Yipyipyip."

Então foi por isso? Toda a sua vida, sua reputação e a sua *família* haviam sido postas em risco como vingança pelas patas quebradas de um vira-lata fedorento? Por inveja financeira? Janice se vê desejando que Margaret tivesse matado a maldita cachorra em vez de deixar aquele animalzinho insuportável vivo. Da próxima vez que vir aquele bicho latindo na rua, Janice pretende chutá-la.

— Eu acho que sabe — diz Janice.

Noreen parece arrependida, o que Janice não considera tranquilizador.

— Acho que fiquei emocionada demais depois de ter passado dois dias no hospital veterinário, sem saber se a Sadie iria sobreviver. Claro, teve também a conta de 2.200 dólares, que pode não ser nada para *você*, mas para nós ainda é um bom dinheiro. Acho que fiquei tão traumatizada que não sabia o que estava saindo da minha boca.

Janice enfia a mão na bolsa e tira um talão de cheques.

— Você disse 2.200? — ela diz.

— Na verdade, 2.208,52. Além da coleira nova, já que a velha da Sadie ficou manchada de sangue.

— Vamos arredondar para 3 mil — diz Janice. Ela se lembra agora de que um dia Noreen confessou a ela que sua filha, Susan, tinha bulimia, e que Noreen precisava monitorá-la depois das refeições para que ela não fosse vomitar no banheiro. Janice nunca disse palavra sobre essa vergonha a qualquer um. E Noreen recompensa sua discrição com isso. Que traição.

Aperta a caneta com força enquanto assina o suborno. Pensa que Janice Miller nunca forçou ninguém a lhe dar qualquer coisa na vida, e agora fez exatamente isso duas vezes em três dias. Sente-se completamente impotente. Até o cheque tem o nome de Paul, lembrando-a de que é uma cidadã de segunda classe: metade de um casal desonrado, uma esposa escandalosamente descartada cuja filha mais velha é aparentemente o assunto da vizinhança. Escreve a cifra num cheque da conta conjunta, tirando o máximo de satisfação amarga que pode do fato de que Paul vai pagar metade desse suborno também, e o entrega. Escrever o cheque lhe dá a sensação de estar tirando Noreen de sua vida para sempre.

Em sua mente, onde pensamentos aleatórios de cristal vêm e vão pelas paredes de seu cérebro, Janice se debate, procurando por alguém a quem culpar por esta mais recente ignomínia. Paul? Beverly? James? Ela mesma? Para em Margaret. O quê, em nome de Deus, Margaret estava fazendo, passeando com a cachorra da vizinha? Um trabalho de criança! E ainda pelas suas costas — fazendo com que ela parecesse uma idiota, ou pior, uma mãe ruim. Pensa que talvez Margaret devesse ter ficado em Los Angeles. Sua presença em Santa Rita não deixou nada mais fácil.

A cachorra cheira o cheque duas vezes e espirra em cima dele.

— Bom, isso é muito generoso da sua parte — diz Noreen, embora a indiferença de sua voz sugira o contrário.

— Eu gostaria — diz Janice com os dentes cerrados — que você dissesse a... Beverly... que a sua informação estava completamente errada.

Noreen põe a mão na porta e começa a fechá-la lentamente.

— É claro. Vou jogar uma partida de golfe a quatro com Beverly no clube amanhã. Certamente direi a ela que foi um engano meu.

— Eu apreciaria muito — diz Janice, suspeitando de que já é tarde demais.

— Tudo por uma vizinha — diz Noreen, fechando a porta diante de si.

Janice fica parada olhando para a aldrava ornamental a poucos centímetros do rosto, com o metal escurecido na cabeça do leão entalhado, que mostra os dentes para ela, como se estivesse se preparando para arrancar seu coração e comê-lo cru no jantar.

oito

O mês de julho passa quente e nebuloso em Santa Rita. Às 10 horas da manhã da última sexta-feira do mês, o termômetro de metal perto da porta dos fundos registra 35 graus, uma temperatura estranhamente alta para a época do ano. As ruas estão em silêncio, com os vizinhos fechando as janelas para o mundo e ligando os aparelhos de ar-condicionado. A grama no jardim dos fundos está marrom e seca nas beiradas, como torrada queimada. O noticiário informa que um incêndio florestal está tomando conta das colinas, e uma fumaça amarelada paira no horizonte.

Margaret se serve de um copo da limonada feita pela mãe, prepara uma tigela de cornflakes com leite e leva tudo para a piscina, equilibrando em cima de uma pilha de livros de direito retirados na biblioteca local. As pedras cinzentas do pátio queimam as solas dos seus pés. Está usando um maiô de Lizzie — um Speedo preto desbotado, dois tamanhos maior do que o dela, com o elástico frouxo nas pernas. Enfiado embaixo do braço está o telefone sem fio, que não sai do seu lado há uma semana.

Desde aquela primeira ligação, duas outras agências de cobrança a encontraram ali. Nas duas vezes, ela atendeu o telefone antes da mãe ou da irmã. Nas duas vezes, convenceu a agência de cobrança de que o número estava errado. Por quanto tempo ainda iriam acreditar naquilo? Está sentindo a crescente inevitabilidade da desgraça que se aproxima. É só uma questão de tempo para os oficiais de justiça aparecerem na porta da casa dos pais para lhe entregarem um mandado judicial. Ainda assim, pela primeira vez na vida, seu foco a abandonou completamente. É tomada por uma profunda e inexplicável inércia. Desde o fiasco do passeio com os cachorros, foi incapaz de pensar em alguma solução para suas desgraças financeiras, nem mesmo em um plano vago. Fica sentada na frente do computador, pensando em pesquisar sobre perdão de dívidas, e então acorda de um estado de fuga uma hora depois sem ter feito coisa alguma, quase como se tivesse sido hipnotizada ao ficar olhando fixamente para o relógio de sua crise.

A única coisa que parece motivá-la é o caso de divórcio da mãe. Toda a energia que não conseguiu dedicar ao seu próprio fiasco de crédito está sendo usada para pesquisar a lei de divórcio da Califórnia, como se ganhar o processo para a mãe fosse fazer todo o resto se resolver. Hoje ela está sentada numa das seis chaises ao redor da piscina, com a pilha de livros sobre uma mesa auxiliar. O primeiro título da pilha é *O especialista em avaliação no processo de divórcio*, que está se mostrando tão enfadonho quanto seu formidável título. Os livro jurídicos, que ela retirou na semana anterior para se preparar para a visita de Lewis Grosser, parecem escritos em linguagem cifrada, como se os autores daquelas páginas quisessem intencionalmente eliminar a clareza da língua inglesa — todos aqueles "outroras" e "iminentes" e "recursos" lhe dão dor no maxilar. A aluna excelente que existe dentro dela, porém, considera tudo aquilo um desafio. É o mesmo impulso que também a leva a acreditar (sim, talvez ingenuamente) que pode desencavar algum caso misterioso, alguma brecha legal, que o advogado tenha deixado passar.

Além disso, toda vez que ela deixa um livro jurídico de lado para dar uma espiada na nova *New Yorker*, dobrada na bandeja ao lado da tigela de cereal, lembra-se do rosto pálido e exausto da mãe na reunião com Lewis Grosser, das pernas agitadas que entregavam seu estresse. Depois de 28 anos, Janice finalmente abriu uma janela para sua fraqueza, e o caramba que Margaret não vai aproveitar a oportunidade para se mostrar sua salvadora.

Margaret come uma colherada de cereais encharcados e toma a limonada, uma combinação infeliz que faz sua língua se contrair. A verdade é que sente uma pontada de culpa por ter se aliado tão rapidamente à mãe. Será que seria mais sábio ter assumido uma posição neutra na ruína da família? Num passado não muito distante, sua primeira suposição teria sido de que o pai provavelmente tinha razão. Ainda assim, seus instintos agora dizem que a mãe é a parte mais claramente prejudicada na situação, e a que tem menos recursos à disposição. A *Snatch* dentro de Margaret levantou a preocupação da injustiça de gênero. De qualquer maneira, o pai facilitou a sua decisão: não ligou nem mandou um e-mail, e Margaret não gosta de se sentir esquecida. Essa ausência apenas fortalece sua determinação.

Quando consegue se concentrar no livro, percebe que há mais do que alguns paralelos entre a teoria crítica e o direito. Ambos são de uma coleção de códigos secretos que podem ser manipulados de inúmeras maneiras para provar um ponto de vista. É obrigada a admirar a versatilidade do direito — não há realmente um certo e um errado estabelecidos, mas uma série de intermináveis cálculos em evolução, uma coleção mutável de códigos morais e regras que foram engenhosamente montados e remontados com o passar do tempo.

Seu pai é um mestre dessa arte. Enquanto repassa os papéis do divórcio e os documentos que ele fez Janice assinar no ano anterior, consegue perceber a rede que vinha sendo tecida desde que idealizou o plano. (Pergunta-se o que detonou aquilo. Foi Beverly? Ou outra coisa completamente diferente?) Num nível puramente estético, admira seu projeto: é intricado e calculado, mas ainda assim tão absolutamente sutil a ponto de ser quase indetectável, a menos que a pessoa saiba o que está procurando. Ainda assim, a frieza da estratégia a faz estremecer.

Independentemente de como se afastaram com o passar dos anos, ela reconhece que sempre pensou no pai como um parâmetro para medir seu próprio sucesso no mundo, mesmo que seu caminho fosse tão diferente do dele, mesmo que seu caminho fosse de fato uma reação claramente oposta ao caminho dele. O pai, assim como ela, sempre pareceu ter uma visão ampla do mundo, principalmente se comparada com a perspectiva limitada da mãe sobre a vida em Santa Rita. Foi Paul quem a encorajou a montar uma barraca de limonada quando ela tinha 8 anos ("para aprender o valor do dinheiro"), quem insistiu numa universidade da Ivy League em vez de uma faculdade estadual ("não se engane: as marcas contam"), quem lhe deu um exemplar do livro *Os sete hábitos das pessoas altamente eficazes* quando ela se formou na faculdade ("Uma leitura obrigatória", ele disse, embora, é claro, ela não tenha lido). E mesmo que no fim ela tenha se virado contra ele — ao se formar em artes em vez de administração de empresas ou medicina, ao fundar a *Snatch* em vez de trabalhar para o *Wall Street Journal*, ao defender remédios homeopáticos enquanto ele vendia químicos caros demais e provavelmente tóxicos —, ela ainda sentia, durante todos esses anos, que dividia com ele um respeito pela ambição. Uma paixão pela busca de algo maior do que se pode ver com a visão periférica.

Lembra-se de um escritório que ele teve, no 58º andar de um moderno arranha-céu no centro de São Francisco. Ela o visitou uma vez, quando ainda estava no primário, e teve de desafiar a si mesma a olhar para baixo, para o sólido saguão do edifício que se afastava enquanto ela subia velozmente pelo elevador panorâmico, mais alto do que jamais estivera. Encostada no vidro, olhou para a vista de São Francisco abaixo, com as ruas dispostas como um quebra-cabeça. Enquanto subia acima da cidade, compreendeu pela primeira vez o que realmente significava a metáfora "estar no topo do mundo".

Ainda assim, o pai havia decidido chegar lá, no último andar com a imensa vista, completamente sozinho. Parece um lugar frio e solitário de se estar. No entanto, lembra a si mesma, havia chegado lá com Beverly no elevador junto com ele. Muito estranho. Suspira e se ocupa com *O especialista em avaliação* e não desvia os olhos até se assustar com o barulho de metal batendo no concreto: James chegou com seus produtos para limpar a piscina. Larga uma rede e um garrafão de cloro aos pés da chaise em que ela está sentada. A garrafa vira com um barulho líquido e rola em direção à piscina.

— Oi de novo — ele diz. — Quente, hein?

Seus cachos escuros estão molhados de suor, e a camiseta branca está encharcada num triângulo que vai do pescoço até o umbigo. Ele está vestindo um short de algodão desbotado — com pregas, como as calças de um velho, mas preso com uma corda amarrada no lugar do cinto —, e Margaret não consegue deixar de notar que ele quase não tem bunda. A roupa é esquisita, mas ainda assim tem alguma coisa estranhamente atraente nele. Tem alguma coisa nele — aqueles enormes olhos escuros — que a lembram uma pintura de Keane.

— O inferno de Dante — diz Margaret. — Quase posso escutar a minha pele chiando.

— Você está usando filtro solar?

— Não — responde ela.

Ele enfia a mão na mochila e tira um tubo de protetor FPS 45 com aparência melecada.

— Devia estar. Você é muito clarinha. Não vai querer acabar com câncer de pele.

Margaret fica estranhamente tocada pelo gesto. Pega o tubo da mão dele e passa a loção cuidadosamente nos braços e na barriga, espalhando com a palma suada, o tempo todo ciente de estar sendo observada pelos olhos curiosos dele.

— Não se esqueça das costas — ele diz. Ela põe o braço para trás e esfrega suavemente o ombro, enquanto ele a observa. — Deixe que eu passo.

Margaret deixa que ele pegue o tubo. Quando as mãos dele tocam as suas costas, a pele áspera de seus dedos provoca cócegas. A palma da mão dele está quente e inesperadamente próxima através da loção pegajosa. Ela se arrepia toda. Encabulada, afasta-se dele.

— Assim está ótimo — ela diz. — Vou ficar deitada de costas, de qualquer maneira.

Ela se deita novamente, esperando que James continue com o trabalho na piscina. Mas ele se senta na ponta da chaise e fica roendo uma unha indolentemente. Sem saber direito o que dizer, ela pega o livro de novo, mas, mesmo com a leitura diante do rosto, consegue sentir que ele a está observando. Absolutamente ciente de que o maiô grande demais de Lizzie está sobrando de um jeito nada lisonjeiro em seus seios, Margaret tenta discretamente empinar o peito para a frente, e se sente fútil por ser tão vaidosa. Finalmente desiste e larga o livro no colo grudento, manchando a capa de couro com filtro solar.

— E aí...? — ela pergunta, levantando uma sobrancelha de um jeito amistoso. — O que é que há?

— Só estou curioso.

— Sobre o quê?

— Qual é a sua, afinal?

— Como assim?

James dá de ombros e examina as unhas da outra mão.

— Não vejo muita gente da nossa idade por aqui. Só tem mãe em tempo integral e criança. Você está de férias ou voltou para casa?

— Estou tirando uma folga do capitalismo. O que vem a ser muito difícil de fazer. Ele nos encontra, onde quer que a gente esteja. — Dá um sorriso irônico, levemente preocupada de que possa ter mostrado as cartas cedo demais.

— A sua mãe me disse que você é uma escritora de sucesso.

— A minha mãe tende a exagerar as coisas. Não acredite nela.

James dá de ombros de novo.

— Não sei quanto a isso. A sua mãe é muito legal. É sempre muito gentil. Faz limonada, biscoitos e esse tipo de coisa para mim.

— É, essa é a especialidade dela. Pode-se dizer que é o objetivo de vida dela — diz Margaret.

James chupa a ponta do dedo e protege o rosto do sol.

— Quer fumar um baseado? — pergunta. — Tenho uma erva matadora.

Não era o que Margaret estava esperando ouvir. Surpresa, ela se endireita na chaise e olha instintivamente para ver se a mãe não está na janela, vigiando contra uma infração tão grave das regras da casa. Não há ninguém lá. Margaret se vira de novo para James e sorri.

— É claro — responde. — Aqui?

— A gente pode ir para o galpão da piscina — ele diz. — Ninguém vai até lá além de mim.

Margaret acompanha James pelo caminho atrás dos arbustos de rododendros até o galpão no fundo do jardim. O galpão é comprido e estreito, como um closet — se a pessoa abre os braços, consegue tocar as duas paredes ao mesmo tempo —, de concreto caiado. É um lugar fresco, um refúgio para as aranhas, que tomaram conta dos cantos. Margaret se atira num colchão inflável que foi colocado no meio do local, ao lado do aquecedor e da bomba. O cheiro de cloro a faz lembrar dos verões da infância, dias em que passava tanto tempo na piscina que ainda sentia o cheiro dos produtos químicos na pele quando se deitava à noite ouvindo as cigarras no jardim.

James se acomoda ao lado dela no colchão, chutando duas garrafas de produto para piscina a fim de abrir espaço para as suas pernas. Ela fica observando enquanto ele tira um cachimbo de vidro artesanal e um saquinho plástico de maconha do bolso do short. James enche o cachimbo com toda a concentração, tirando as sementes e as guardando num saquinho separado para usar mais tarde. Ele passa o cachimbo para ela e se inclina para acendê-lo. Ela tem consciência, enquanto inala a fumaça doce e úmida, da mão dele pairando a poucos centímetros do seu nariz. James segura o isqueiro com firmeza, cobrindo-o com a outra mão para evitar que a chama a queime.

A maconha a percorre como um longo suspiro.

— Meu Deus, que coisa boa — ela diz, inclinando-se para trás até ficar deitada no colchão. Fecha os olhos e ouve James acendendo o isqueiro, ouve o som da respiração dele, que exala uma nuvem de fumaça. Ouve também a bomba da piscina emitindo seu pulsar elétrico atrás dela.

— E então — diz James. — Por que você está se escondendo?

— Como você sabe que eu estou me escondendo?

— Não é difícil de adivinhar.

— Bem, digamos que eu me deparei com um probleminha com o pessoal bacana do Visa — ela diz. — E do Mastercard, na verdade. E de uma ou duas agências de cobrança.

James acende o cachimbo de novo, e traga profundamente antes de responder.

— Quando morei em Nova York, conheci um cara que vivia nos túneis do metrô. Ele estava completamente duro — diz. — Fazia umas esculturas malucas com cadeados de bicicleta quebrados. Parece que tem muito cadeado de bicicleta quebrado em Nova York. Enfim, esse cara morava num túnel onde a única luz que havia era a da lanterna dele, e dormia num saco de dormir em cima de uma fileira de caixas de laranja. À noite, ouvia os ratos fazendo barulho embaixo das caixas. Ele morou lá embaixo por, sei lá, seis meses, enquanto fazia essas esculturas malucas que parecem o aparelho digestivo de algum tipo de monstro mutante. E de algum modo, esse cara, que cheirava a xixi de rato e lixo, entra numa galeria chique e convence o proprietário a descer até o túnel para ver o seu trabalho. O marchand diz que ele é um verdadeiro gênio, leva todas as esculturas embora e as vende por uma fortuna do caramba. Agora o cara está morando num loft no SoHo que custa, tipo, 5 mil dólares por mês. E anda com a Chloë Sevigny.

Margaret tenta relacionar a relevância daquela história à sua própria vida, mas está confusa demais para compreender a intenção da narrativa.

— Isso é algum tipo de história que tem a moral siga-os-seus-sonhos?

James fica em silêncio por um instante.

— Não tem moral alguma, na verdade — ele diz. — Só fiquei com vontade de contar para você. Foi o cara mais feliz que eu conheci.

— Agora que é rico e bem-sucedido?

— Bom, é — diz James diz, parecendo contemplativo. — Acho que sim.

— Ah — diz Margaret, decepcionada. Vira-se de lado no colchão, balançando devagar em seu travesseiro de ar. — Por que você estava morando em Nova York?

— Eu estava fazendo meu Ph.D. na Columbia — ele responde.

Margaret tenta se sentar e quase cai.

— Ph.D. em quê?

— Em química — ele diz. — Abandonei.

— Por quê?

— Muito trabalho — ele disse. — Estava me estressando demais. Eu nunca dormia o suficiente e acordava de manhã com a boca seca e com dor de cabeça, e precisava tomar seis xícaras de café para sair da cama. Daí passava o dia todo com a impressão de estar 12 passos atrás de onde deveria estar. Eu me matava por aqueles professores CDFs que nos enchiam de trabalho para ver o quanto conseguiriam nos fazer aguentar antes de nos dar uma nota completamente arbitrária. Então eu percebi que seria daquele jeito o resto da minha vida e resolvi que esse tipo de vida é uma droga. Por isso me mudei para cá.

— Por que Santa Rita?

James encolhe os ombros.

— Gente rica sempre tem muito dinheiro para gastar.

— E você começou a cuidar de piscinas?

— Bom, ainda é química.

— É uma escravidão servil. Você não deve estar ganhando mais do que oito dólares por hora.

— Vinte — ele diz. — E tenho outras fontes de renda. Estou economizando para me mudar para Puerto Escondido, uma cidade de surfe no México. Talvez eu abra um bar na praia. Vendendo pranchas de surfe.

— Ahn? — diz Margaret, estendendo a mão para o cachimbo. — Você surfa?

— Não — ele diz. — Mas poderia surfar.

— Certo — diz Margaret. E depois de dar mais uma tragada, fecha os olhos. Consegue ver o México claramente. As praias de areia branca imaculada, os proletários pescadores mexicanos, pores do sol na praia e cerveja Corona gelada. Cocos e tacos de carnitas. Tecidos feitos à mão por artesãos indígenas. — Eu sempre quis aprender a surfar — ela diz, surpreendentemente sendo sincera. Quatro anos em Los Angeles, e só foi à praia duas vezes. Passava o tempo todo trabalhando na *Snatch*. Que desperdício, pensa.

— Preciso trabalhar — diz James. Ele se levanta e limpa as mãos no short. — Ainda tenho mais duas casas hoje.

— Obrigada — diz Margaret. — Foi legal conversar. E obrigada pelo baseado.

James para por um instante na porta da casa de máquinas da piscina e rói a unha do polegar. Olha para o jardim e de novo para ela.

— Aliás — ele diz. — Acho que a sua mãe pode estar com um problema.

— Ah, é? — pergunta Margaret, surpresa. — Você sabe sobre o divórcio? Não achei que ela teria contado.

James engole em seco, o pomo de adão se mexendo sob o sol.

— Ah, esqueça. Eu não sei o que estou falando. Estou chapado.

Margaret tenta focar a vista nele, mas está tonta demais.

— Não se preocupe. Eu a estou ajudando — diz.

— Que bom — diz James, desaparecendo em seguida.

Quando Margaret reúne energia para se levantar do colchão de ar, alguns minutos mais tarde, James já foi embora. Ela volta para a chaise e fica olhando fixamente para os livros de direito. Não devia ter fumado. Agora não vai conseguir entender nada. O dia se estende à sua frente, vazio, quente e confuso.

Recolhe os livros e volta para dentro, para a escuridão fresca do escritório abandonado do pai. A casa está em silêncio — a mãe está cochilando, a irmã, na natação. No escuro, Margaret liga o computador para conferir os e-mails. Josephine mandou duas mensagens, perguntando onde ela se meteu, por que o telefone está desligado, exigindo saber se está tudo bem. E Claire a convidou para sua mais recente vernissage. Até mesmo Alexis mandou um e-mail de Tóquio, onde está filmando, dizendo simplesmente "????". Margaret compreende a preocupação das amigas, mas não consegue pensar numa resposta convincente (ou sincera) — não agora. Não ainda. Em vez disso, digita uma frase para todas as três. "Oi, meninas. Estou em casa cuidando da minha mãe. Escrevo mais em breve. Beijos." Clica em enviar, satisfeita por tê-las distraído por um tempo.

Enquanto o computador trabalha, baixando uma caixa de correio inteira de spams, o telefone toca uma vez, e Margaret atende e desliga automaticamente, sem sequer ver quem é do outro lado da linha. As palavras dos e-mails viram um borrão, e entram em foco, e se separam novamente num caleidoscópio de letras sem sentido. Apertando bem os olhos, ela para de repente ao ver o nome do pai, num e-mail de cinco dias antes. Por um instante, pensa que está tendo uma alucinação, mas quando pisca e olha de novo, ainda está lá. Paul Miller. miller@appliedpharm.com.

"Margaret", diz o e-mail, "tenho tentado falar com você, mas parece que o seu telefone (telefones?) foi cortado. Tenho uma coisa urgente para discutir. Por favor, ligue-me assim que possível. Com amor, papai."

Margaret fica olhando fixamente para a mensagem, tentando decifrar o que quer dizer, mas seu cérebro gira em círculos preguiçosos e não dá uma pista. Ela registra, no entanto, uma sensação de medo, um mistério que precisa ser resolvido imediatamente. Poderia ter a ver com a OPI? O divórcio? *Urgente!* Pega o telefone e começa a discar o número do trabalho do pai, mas o som dos passos da mãe no corredor acima a faz parar. E se Janice entrasse no escritório quando ela estivesse com o pai no telefone? Fica sentada, com o aparelho esquentando na mão, e reflete vagamente sobre a catástrofe que pode se seguir. Conversar com o pai dentro dos limites sagrados da casa seria, de certa forma, uma infidelidade, semelhante a Paul fazer sexo com Beverly na cama de Janice. E se a mãe pegasse o telefone por engano e os ouvisse conversando? *Cruel!* Ela olha fixamente para o teclado do aparelho e de repente até mesmo o som da sua respiração parece muito alto na casa silenciosa. De jeito nenhum ela conseguiria ligar para ele sem que Janice escutasse. E ela não tem mais celular.

Urgente! Por causa do torpor da maconha, a palavra detona uma reação em Margaret, uma angústia ao mesmo tempo animal e instintiva. O que ela pode fazer? A única coisa lógica, conclui, naquele estado deliciosamente entorpecido, é entrar no carro e ir falar com o pai pessoalmente. Ela pode até servir como um tipo de embaixador ou emissário em nome da mãe, a bandeira branca de neutralidade tremulando enquanto deixa o território familiar e adentra o território inimigo. (Ou seria este a zona desmilitarizada?) Janice não precisaria saber de sua visita até Margaret retornar para casa com a rendição de Paul nas mãos. Quem sabe, no mínimo, uma oferta de trégua. É uma possibilidade, não é?

No fundo, em algum lugar perto de seu âmago, um sinal de alerta diz que essa é uma *péssima ideia*. Seria mais fácil ficar em casa, ignorar o e-mail e evitar os conflitos. Tem algo verdadeiro a ser ganho? (*Quase meio bilhão de dólares!* Ela manda esse pensamento para longe antes que possa processá-lo.) Mas a parte vergonhosa da verdade, uma que nem a onda de maconha pode omitir, é que a novidade em ter sido procurada por seu pai é algo a que nem Margaret é capaz de resistir.

O trânsito está tranquilo na 101, o que é um alívio, porque Margaret tem consciência de não estar plena de suas faculdades. Dirige atrás de uma caminhonete de jardinagem que derrama uma nuvem de grama cortada sobre o capô do carro. O ar-condicionado crepita e assovia um feixe anêmico de ar quente. Ela abre a janela, e o vento transforma seus cabelos num ninho bagunçado. O rádio toca um velho cassete de PJ Harvey, depois muda de lado.

Quando chega ao prédio de escritórios, já está suficientemente sóbria para se perguntar se aquela foi uma boa ideia e não lembra muito bem o que planejou dizer ao pai para começo de conversa. Olha para a fachada de vidro preto — um severo monólito sem graça projetado para garantir que os forasteiros cuidassem das próprias vidas — e arruma os cabelos, limpa o rosto com a barra da saia e se olha no espelho retrovisor quebrado. Pensa que devia ter trocado o velho vestido cor de laranja de algodão. Há suor escorrendo entre seus seios, e ela se sente tonta.

O saguão da Applied Produtos Farmacêuticos é ofuscantemente branco. As paredes são pintadas de branco. O piso é de mármore branco. Os sofás de couro branco ficam sobre um tapete branco felpudo. As paredes exibem quadros com fotografias dos comprimidos verde-maçã do Coifex, ampliadas até trezentas vezes o tamanho real. O logotipo do Coifex também foi aumentado e reproduzido em néon verde. Sentada em meio a essa luz sombria está a recepcionista, uma jovem asiática atraente com os cabelos presos num coque apertado e um par de modernos óculos pretos de grau na ponta do nariz. Ela está usando verde: vestido verde, sapatos verdes, presilha verde nos cabelos. Margaret se pergunta se a roupa havia sido determinada pela alta direção, ou se ela escolheu a cor por lealdade aos patrões. De qualquer maneira, aquilo lhe parece uma demonstração deprimente de fidelidade corporativa. Por outro lado, ela provavelmente tinha opções de ações.

— Estou aqui para ver Paul Miller — ela informa à recepcionista.

A mulher ergue uma sobrancelha. Levanta o telefone e o segura a 15 centímetros da cabeça.

— Quem gostaria?

— É a filha dele — diz Margaret.

A recepcionista disca e se inclina para a frente, pondo a mão sobre o bocal para que Margaret não a escute, e tem uma breve conversa com alguém do outro lado da linha.

Ajeita-se novamente na cadeira.

— Ele quer saber qual.

— O quê?

— Qual filha é você?

— A primogênita.

Depois de uma breve conversa, Margaret recebe informações sobre como chegar ao elevador e é instruída a subir até o quarto andar. Quando a porta do elevador se abre, Ted, o assistente do pai, está esperando por ela.

— Oi! — diz ele, dando tapinhas em seu ombro. Ela se afasta. Ted a guia através de uma porção de cubículos em direção aos fundos da imensa sala, onde uma divisória de portas altas de madeira separa os mais importantes membros da família Coifex do populacho. — Que bom ver você de novo. Como você está? E a sua irmã?

— Levando — diz Margaret, lembrando-se da última vez em que o viu, saindo pela porta da frente com três malas e uma sacola de tacos de golfe.

Evan empalidece.

— Certo.

Chegam ao último escritório, e ele bate duas vezes, fraquinho, antes de abrir a porta e mandá-la entrar com um grandioso aceno de mão. Ela respira fundo, expulsando os resquícios da onda de maconha com uma lufada de oxigênio de ar-condicionado. Esfrega os braços e entra.

O escritório de Paul é tão silencioso que Margaret consegue ouvir o zumbido das lâmpadas fluorescentes no teto. O pai está sentado atrás de uma imensa mesa de mogno, olhando fixamente para um ponto no chão. Olha para ela, pisca e levanta um dedo no ar. Só então ela nota o fone sem fio na orelha esquerda dele.

Ela para logo depois de passar pela porta. Ele ganhou um pouco de peso na barriga, e a sua ampla testa reflete a luz do teto. Tudo o que diz respeito ao pai é austero — uma papada farta e bronzeada dos finais de semana no campo de golfe, um pescoço musculoso em conflito com o colarinho da blusa de botões — exceto pela boca, que é rosa e delicada, revelando dentes pequenos e brancos. É como a boca de uma menina. Ele usa óculos de aro fino impecáveis, e veste um terno de risca de giz.

— Que ótimo, que ótimo — ele diz ao telefone. — Olhe, diga que o relatório deve chegar a qualquer momento e mande uma cesta de presentes, está bem?... Não, não para os médicos, para os investidores.

Ele encerra a ligação, levanta-se e dá a volta até a frente da mesa. Há um instante de constrangimento quando ele se inclina para a frente e passa os braços em volta dos ombros de Margaret num abraço de urso. Apanhada de surpresa, Margaret põe a mão nas costas dele, sentindo a cara lã italiana. Ambos se afastam rapidamente.

— Margaret — diz Paul. — Que surpresa. Por que você não ligou? — Ele faz um sinal para que ela se sente numa poltrona na frente da sua mesa, e Margaret afunda em suas profundezas de couro macio. Seu nariz mal fica na altura da grandiosa mesa de mogno, e ela se dá conta do terrível erro que cometeu. Ali, cercada pelo cheiro de couro — amanteigado e levemente fértil, o próprio cheiro do dinheiro —, ela fica ao mesmo tempo fraca e muito pequena, totalmente fora de seu habitat. O desprezo revigorante que estava sentindo pelo pai poucas horas antes desaparece e, em vez disso, ela se sente como uma criança pequena que foi agraciada com uma privilegiada visita ao rei.

— Eu recebi o seu e-mail — ela diz.

— Recebeu? Eu estava estranhando porque você não me respondia... bom, já vamos falar sobre isso. Mas antes, como você está? Quando você chegou à cidade? — Ele franze a testa levemente, como se estivesse magoado. — Você podia ter me avisado que viria para casa.

— Assim como avisou a mim e a Lizzie que havia deixado a mamãe? Ou que havia ficado rico com a Applied Produtos Farmacêuticos?

— Seu telefone foi cortado, não se lembra? Além do mais, eu mandei um e-mail falando do divórcio. E você não o respondeu.

— Ah. Certo. — A indignação de Margaret vacila e se converte em uma vergonha indesejada. Menina travessa. Odeia o pai por fazer isso, por transformá-la em uma garotinha que deseja um pirulito e aprovação. Analisa os objetos na mesa do pai, a alguns centímetros de seu rosto: um peso de papel âmbar com uma mosca presa dentro, um laptop de titânio e uma pilha de papéis perfeitamente organizada. Um porta-retratos com uma foto muito antiga dela e de Lizzie — uma Margaret de 14 anos usando aparelho e apoiando a bebê Lizzie em seu colo como se fosse uma boneca, um sorriso tenso revelando o medo de acidentalmente deixar a irmã cair — virado para fora, de modo que visitantes possam vê-lo (*Paul Miller, um homem de família, um homem em quem você pode confiar!*), ainda que ele mesmo não possa. A foto, por algum motivo, deixa-a triste. Não há fotos de sua mãe. Ela fica aliviada por não haver fotos de Beverly também. Por enquanto.

— Como todo mundo está se saindo? — Paul pergunta. Está com a mão no bolso, remexendo compulsivamente em algo invisível. Por um breve instante, Margaret fica tocada por essa indicação de ansiedade.

— Bem, eu acho. Lizzie está sempre fora de casa, nadando. A mamãe está... — Margaret não sabe exatamente o que dizer para não trair a mãe. — Bom, ela está como seria de esperar, eu acho.

— Certo — diz Paul. — Olhe só, eu sinto muito por ter estado tão ausente, mas a situação está sendo, bem, um pouco constrangedora, como você pode imaginar. Espero que você e a sua irmã saibam que isso tudo não tem nada a ver com vocês. Eu prometo que em breve voltarei a vê-las com mais frequência.

— *Fantástico!* — Antes de a palavra sair de sua boca, Margaret já está arrependida do sarcasmo. Ela olha para as mãos, dominada pelo desconforto do momento, e olha para cima de novo para ver o pai analisando-a com o cenho fechado.

— Enfim, tem uma coisa que eu preciso falar com você — diz Paul. Ele se senta na beirada da mesa em frente a Margaret, alisando o friso das calças para que não amasse. — Eu ando recebendo alguns telefonemas, Margaret. De agências de cobrança. Fiquei sabendo que você está devendo uma boa quantia em dinheiro.

Então é isso, pensa Margaret. *Ele finalmente sabe.* O alívio que toma conta dela — *Papai vai consertar tudo, fazer tudo ficar bem*; era isso o que esperava secretamente quando veio até aqui? — é rapidamente substituído por náusea. Ele sabe e ela vai passar mal. Ela vai passar mal. Vai vomitar no chão bem ali na frente do pai, bem em cima do logotipo verde do Coifex bordado no meio do tapete. Exposta, está se sentindo como um micróbio num microscópio. Não, pior, está se sentindo do avesso, como se alguém tivesse enfiado as mãos dentro dela e arrancado suas entranhas para seu pai ver. De certa forma, espera que ele se vire de costas, enojado pela visão.

No entanto, Paul está sorrindo para ela. Um sorriso caloroso de tolerância paternal que é — ela fica perplexa — absolutamente inesperado. O que aconteceu com o sermão sobre fazer jus a seus potenciais? Sobre tomar decisões financeiras corretas? Sobre como ela devia ter tirado um MBA no lugar de uma sequência de diplomas inúteis? Sobre como outras pessoas da idade dela haviam chegado a algum lugar e como ela, por sua vez, havia atirado a própria vida numa revista obscura que a deixou endividada?

— Sabe — continua o pai —, eu não estou exatamente com pouco dinheiro agora. Eu gostaria de ajudá-la financeiramente, se é o que você está precisando.

Margaret engole em seco. Pronto: o papai está livrando a cara dela. Devia doer, mas enquanto procura por um ferimento, uma mancha roxa na consciência, Margaret percebe que o que está sentindo é uma vasta onda de alívio. A solução para seu problema chegou magicamente, aquela que não teve coragem de admitir que queria — *aquela, sejamos honestos, que me instigou a ir para o norte, para Santa Rita*, ela pensa

— e nem teve de pedir. E se isso for se vender — nem um pouco melhor, provavelmente pior, do que deixar que Bart a sustentasse em Los Angeles —, bem, sinceramente, ela simplesmente não se importa mais. Desde que o telefone pare de tocar. Desde que possa recomeçar a vida sem a dívida pairando sobre sua cabeça. Ela se dá conta de que está praticamente deslumbrada com o pai. É tão fácil assim?

Paul continua:

— ...e acho que eu provavelmente deveria lhe dar algum extra, para ajudá-la a se reerguer.

Alguma coisa naquilo faz Margaret hesitar. Aquele não é o pai com quem ela cresceu, o pai que sempre disse que os filhos deviam aprender a ser autossuficientes, que exigiu que ela arrumasse um trabalho de meio período num banco local depois da escola para aprender a valorizar melhor o significado do dinheiro. Ao vê-lo sorrir para ela, dá-se conta de que é isso o que os pais divorciados fazem: subornam os filhos para que os amem mais do que ao outro. Presentes — dinheiro — no lugar de tempo e carinho. Lizzie provavelmente vai ganhar um cheque também.

— Estou perplexa — ela diz lentamente, tentando entender como se sente, enquanto o pai tira um talão de cheques da gaveta.

Ele assina o cheque com uma letra ilegível e o arranca do talão, entregando-o a Margaret sem dobrar, para que ela veja a soma: 200 mil dólares. Sente o queixo cair silenciosamente diante da quantia. *Filhinha de papai*, acusa a si mesma. *Você está pegando o caminho fácil, deixando o papai resolver os seus problemas.* Mas isso passa rapidamente. *Duzentos mil dólares!* Sua mente se fixa no número e o repete, como um mantra. *Duzentos mil dólares! Duzentos mil dólares!* É quase o dobro do que paga de pensão alimentícia à sua mãe por ano. Digere o fato tão confortavelmente quanto digeriria um punhado de alfinetes, mas, logo, uma empolgação infantil toma conta dela. Horizontes se estendem diante dela, vastos demais até para imaginar. Ela poderia pagar as contas, alugar um novo apartamento, quem sabe até retomar a *Snatch*, se quisesse. Acaricia o cheque lentamente com o polegar e o indicador, só para ver qual a sensação de segurar tanto dinheiro, e olha para o pai.

— Isso é... muito generoso, pai — ela diz, ciente do quão inadequadas as palavras parecem naquele contexto.

— Bom, eu tenho um favor para pedir para você também — diz Paul. Ele levanta o peso de papel e o acaricia, olhando fixamente para a velha mosca presa em suas profundezas, e então olha para Margaret. — Imagino que você esteja sabendo que a sua mãe e eu estamos numa disputa pelos lucros da Applied Produtos Farmacêuticos.

Margaret congela.

— Sim — ela diz, lentamente.

— Bom, então provavelmente sabe que isso vai acabar na Justiça — ele diz. — E tenho certeza de que você sabe o que isso significa. Eu estava esperando que você se dispusesse a testemunhar a meu favor. Não há nada certo ainda, mas suspeito de que a sua mãe não tem se comportado adequadamente, e se as coisas ficassem feias, me ajudaria tremendamente que você se dispusesse a testemunhar por mim. Quem sabe sobre alguma coisa que tenha visto pela casa.

Margaret olha para o cheque. Olha fixamente para ele durante um longo minuto, até que os zeros começam a borrar, e ela sente vontade de chorar.

— Ah — diz.

Não há mais nada que possa pensar em dizer. Fica esperando por uma resposta, mas sua cabeça está oca. Ela faria isso? Percebe que uma lágrima escorreu de seu olho esquerdo e deixou uma trilha molhada na bochecha.

— Ei — diz Paul. Põe a mão no ombro dela e a acaricia devagarzinho, fazendo-a estremecer. — Não faça assim. Não é nada de mais, Margaret.

Não é nada mais? Percebe, de repente, o quanto seu pai é completamente privado de qualquer empatia — um relativista moral, que usa as pessoas apenas para suprir suas próprias necessidades. Percebe que o jogo dele é o objetivo final de toda a ambição: sucesso a qualquer preço. E, subitamente, fica furiosa. Furiosa pelo fato de o pai deixá-la nessa posição, furiosa que algum dia tenha se identificado com ele, furiosa que ele a veja como alguém que pode ser comprada e até mais furiosa que — apesar de tudo pelo qual lutou e acreditou — ele quase estivesse certo. Como ela cogitou aceitar o dinheiro?

Era tão fraca assim? Tão facilmente seduzível por uma porção de zeros? O que aconteceu à autossuficiência?

Ela põe o cheque sobre a mesa e se levanta da cadeira.

— Você deve estar brincando. — Imediatamente, sente-se animada pela força de sua posição moral. Tinha esquecido como era bom! Melhor do que dinheiro! De pé, fica cara a cara com o pai, que está sentado na beirada da mesa. Ele olha para as calças, fascinado com uma mancha de sujeira no joelho, e ela é agraciada com um raro close do topo da cabeça do pai, onde uma escassa fileira de couro cabeludo rosado aparece entre os cabelos castanhos grisalhos

— Você está ferrando com a minha mãe e não acha que seja nada de mais me pedir para ajudá-lo a fazer isso?

Os músculos do rosto de Paul estremecem, mas sua expressão permanece indiferente. Ele se levanta e se afasta de Margaret, voltando para trás da segurança de sua mesa.

— Não seja melodramática, Margaret. É um divórcio. As pessoas se divorciam o tempo todo. Pode parecer rude e impessoal, mas não há espaço para sentimentalismo nesse tipo de situação. É como tirar um Band-Aid: dói menos se a gente arranca mais rápido.

— Não é uma transação comercial — diz Margaret. — É a sua *mulher*, pai! Como você pôde ser tão mercenário? Puxa, meio bilhão de dólares? Você realmente precisa de tudo isso só para você a ponto de mentir e depois processar a sua própria mulher? Como você vai conseguir *gastar* todo esse dinheiro? É *isso* que o torna um cretino completo nesta situação.

— Eu não sou um cretino, Margaret — diz ele. — Eu sou um libertário. — Paul vê a incredulidade no rosto de Margaret e parece achar que ela não está compreendendo. — Isso quer dizer que eu acredito na responsabilidade pessoal e no interesse próprio racional. Estou apenas cuidando da minha própria felicidade. Honestamente, eu estou fazendo *a coisa certa*, Margaret. Para mim mesmo, e provavelmente para a sua mãe também.

— Eu sei o que é um libertário — Margaret dispara. — Eu li Ayn Rand no *ensino fundamental*, pai. E não. Você é mesmo um cretino. Você acha que atirar a mamãe aos lobos é fazer a coisa certa para ela? A mulher que passou a vida inteira tomando conta da sua casa e levando suas filhas para a escola para que você pudesse puxar o saco dos seus investidores durante cafés da manhã de negócios sem se preocupar com as nossas fraldas sujas? Nossa! — Ela vai até a porta e fica ali parada. Furiosa demais até para ir embora. — *É*, você é um cretino. E um idiota por pensar que eu iria me vender por míseros 200 mil dólares. Sério, estou ofendida por você não ter pelo menos tentado me subornar com 1 milhão. E Deus sabe que você tem.

Seu pai lhe dá um olhar crítico.

— Bem, Margaret, o que você esperava? Olhe para você. Vai fazer 29 anos este ano, e o que está fazendo com a própria vida? Até onde eu sei, atirando pela janela. — Alguém bate na porta, mas Paul ignora. — Não consigo nem *imaginar* como você conseguiu arranjar uma dívida de 100 mil dólares. Não imaginei que fosse possível desperdiçar tanto dinheiro brincando de fazer revista.

O que ele disse foi como um soco no estômago, mas era um golpe que Margaret vinha esperando havia anos, e, em vez de chorar, ela se sente com ainda mais vontade de dar um murro no rosto do pai.

— Pai, eu realmente não dou a mínima para a sua aprovação — ela diz. — Não acredito que o sucesso seja uma medida de quanto dinheiro a pessoa tenha ou se ela é tão poderosa que os outros sentem a necessidade de puxar o seu saco ou se o seu nome aparece no *New York Times* — enquanto diz isso, pergunta a si mesma se acredita de fato naquilo e resolve que sim, pelo menos naquele momento, acredita de verdade. É uma sensação maravilhosamente libertadora. — Na verdade — ela continua —, você achar que eu estou fracassando me deixa feliz, porque significa que eu não aceitei o seu sistema de valores de merda.

Com isso, ela abre a porta, revelando Ted do outro lado.

— Paul — diz Ted, evitando olhar para Margaret. — Você vai perder a reunião das 15 horas.

— Margaret — diz Paul. — Um dia você vai se dar conta de como está errada e vai me ligar para pedir desculpas.

Margaret fica parada por um instante na porta, tentando não olhar para o cheque sobre a mesa, lembrando a si mesma que está se alinhando com o lado certo dessa briga.

— Vá se foder, pai — diz ela, alto o bastante para todos os funcionários da Applied Produtos Farmacêuticos escutarem. Alto o bastante para fazer o pai se encolher e Ted recuar. — Eu devia ter estudado francês.

Dizendo isso, ela dá meia-volta e marcha para fora do escritório.

Já é quase noite quando Margaret chega em casa, ainda cheia de adrenalina do confronto que teve com o pai. Talvez não tenha voltado exibindo a bandeira da rendição, como ingenuamente imaginou, mas, de alguma forma, trouxe uma vitória, e está ansiosa para compartilhá-la com Janice. Idealiza a gratidão da mãe por sua surpreendente lealdade e os momentos de aprovação afetuosa que se seguirão. Está com o estômago revirado e pensa que é da emoção até que se dá conta de que não comeu nada desde a tigela de cereal do café da manhã.

— Mãe? — chama quando entra pela porta lateral na cozinha. Não ouve resposta. Abre a geladeira e se depara com um muro de tupperwares. Cada tijolo transparente está rotulado com fita adesiva e a letra rebuscada da mãe: "Sopa de Cenoura com Gengibre 25/7", "Omelete de Salmão Defumado 23/7", "Frango ao Limão 26/7", "Camarão Fra Diavolo 24/7".

Margaret tira os potes de frango e de sopa e se vira para depositá-los sobre o balcão da cozinha. Dá um encontrão em Janice, que apareceu poucos centímetros atrás dela. O pote de sopa cai no chão.

— Nossa, você me assustou — diz Margaret, pegando o tupperware. Sob a luz branca da geladeira, vê que o trauma emocional do último mês cobrou um preço alto da mãe. A pele de Janice está pálida, o rosto está magro, e os olhos, vermelhos e felinos. Seus braços têm manchas vermelhas que parecem marcas de unhas. — Mãe, você está péssima. Você tem dormido? Já pensou em tomar um calmante ou alguma outra coisa?

— Nós precisamos conversar — diz Janice.

— Posso contar da minha tarde primeiro? — pergunta Margaret. Tira a tampa de um dos potes, pega uma coxa de galinha e dá uma mordida, sujando o queixo com a carne fria e gordurosa. Sente-se como o guerreiro conquistador a caminho de pedir a mão da princesa. Ela recusou 200 mil dólares! Sacrificou o próprio bem-estar pela mãe, a maior demonstração de amor filial! Margaret irradia carinho pela mãe — *as duas contra o mundo* — e se vira para encará-la, como que para pegar aquele amor sendo refletido de volta. Juntas, elas irão resolver todos os problemas — das duas!

— Agora não — diz Janice. Estende o braço e tira a coxa de galinha da mão imóvel de Margaret, vai até o armário da cozinha e põe a carne num prato. Volta até onde Margaret está de pé, põe o prato no balcão da cozinha e lhe entrega um garfo e um guardanapo. — Eu estive na casa dos Gossett ontem à noite. E vi o que aconteceu com Sadie.

Margaret revê a cena da cachorra branca voando no ar e fecha os olhos com a imagem.

— Ah — ela diz. — Ah, sim, aquilo.

— Acho que você não entendeu — Janice diz. Respira fundo e agarra a pele do braço da filha com a mão tensa. — Acho que você não entendeu o que fez. A magnitude do que fez.

Margaret limpa a gordura do queixo com o guardanapo, nervosa — *acabou o segredo* —, mas também confusa com o drama da mãe.

— A magnitude? Você não está sendo um pouco melodramática? Eu fiz um trabalho temporário passeando com cachorros, para ganhar um dinheirinho. A cachorra se envolveu num pequeno acidente. Eu me senti péssima com aquilo, mas não tinha muito que fazer.

— Você não está entendendo — diz Janice, e Margaret dá um passo para trás com a fúria na voz da mãe. — Você quase matou a cachorra dos vizinhos. A cachorra de Noreen Gossett. Você não faz ideia do quanto Noreen ama aquela cachorra. E você não me contou! Tudo estaria bem, se você tivesse me contado! Eu teria tratado do assunto antes e tudo estaria bem. Como você pôde ser tão irresponsável?

Margaret tenta entender o confronto que está tendo, mas não consegue. É só uma cachorra, pensa. A mãe nem *gosta* de cachorros. Amassa o guardanapo na mão e o atira na direção da lata de lixo. O guardanapo pousa no meio do chão da cozinha.

— Você não está falando coisa com coisa, mãe. A cachorra está ótima. Só quebrou uns ossos. Você não precisa agir como se eu tivesse detonado o Armagedom. Eu pedi desculpas para Noreen Gossett. O que mais eu podia fazer? Não era eu quem estava dirigindo o carro.

Janice vai até o meio da cozinha, pega o guardanapo e o examina, como se fosse a prova de um crime, antes de botá-lo cuidadosamente dentro da lata de lixo.

— Quero que saiba que eu tive de fazer um cheque de 3 mil dólares para Noreen Gossett para pagar a conta do veterinário da cachorra.

— Três mil dólares? Por um veterinário? Meu Deus, que loucura. É mais do que eu pago por dois meses de aluguel — diz Margaret. Internamente, porém, está querendo sumir. A mamãe livrou a cara dela? Achou que já havia derrotado esse desgosto hoje, encarado-o e vencido, mas agora é tarde demais. Está feito, e sua humilhação está completa: o reconhecimento da própria incompetência a sufoca, como a apertada coleira cor-de-rosa com strass naquela terrível cachorra semimorta. — Este é o problema? Porque eu pago para você.

— Por que você aceitou o emprego de passear com a cachorra dos Gossett?

— Isso tem mesmo importância?

— Sinceramente, eu tenho a sensação de que você não tem dinheiro nem para pagar por uma calcinha limpa. Mas como eu poderia saber?

Impulsivamente, Margaret levanta a saia do vestido, revelando uma calcinha branca com acabamento de renda azul. Janice rapidamente vira a cabeça para o lado, claramente apavorada com o fato de que está prestes a ver o púbis nu da filha. Ver o desprezo da mãe deixa Margaret arrasada.

— Está limpa — ela diz, com amargura. — Se eu sofrer um acidente não vou passar vergonha, não se preocupe.

— Não é essa a questão.

— Qual é a questão, mãe? Que diferença faz para você se eu tenho dinheiro ou não?

— A questão é que você nunca me diz *nada*! Eu sou sua *mãe*!

Margaret olha para a mãe gritando, com as bochechas cobertas por manchas vermelhas de fúria, e finalmente deixa a petulância tirar o melhor dela:

— Você quer mesmo saber? — pergunta, enfurecida, sob o ataque completamente inconcebível (e *injusto*!) da mãe. — Está bem. Certo. Eu estou com alguns pagamentos de cartão de crédito atrasados, mãe. Estou devendo, e estou tentando encontrar um jeito de pagar, então pensei que arranjar um trabalho enquanto eu estivesse aqui iria ajudar. — Olha o rosto da mãe, que vacila rapidamente com surpresa, preocupação e tristeza. — A *Snatch* não funcionou exatamente como eu esperava. Era isso que você queria escutar? Está feliz?

Aparentemente, não. Janice fecha os olhos e balança a cabeça furiosamente, como se, ao recusar a verdade, possa fazê-la desaparecer completamente. Afunda as unhas na própria carne.

— Ah, meu Deus, Margaret — ela diz. — Não agora. Por quê?

— *Por quê?* Você acha que eu fiz isso de propósito?

— Você está me culpando, Margaret, mas foi você. Você. Sim, você. — Janice aponta o dedo para Margaret, empurrando a cada "você". O dedo hesita no ar. — Você estragou tudo. Toda essa... *bagunça* é culpa sua. Com Lizzie, James e Noreen. Com *tudo*. — Margaret escuta, perplexa, a tagarelice incoerente da mãe. Lizzie? James? Que diabos eles têm a ver com qualquer coisa? Janice para de repente e respira fundo, como que para se acalmar. E então ela diz, com os olhos cheios de lágrimas. — E você nem se arrependeu. — Janice pisca rapidamente, se vira e sai correndo da cozinha.

Margaret fica olhando fixamente para a coxa de galinha, abandonada sozinha no meio do prato. Está chateada demais para se mexer. De que bagunça a mãe está falando? O processo? A dívida de cartão de crédito? O *divórcio*? Ela realmente acredita que Margaret é de algum modo culpada por isso? Por um momento considera ir atrás da mãe para contar-lhe sobre o confronto com Paul — *Eu desisti de tudo por você!* — apenas para ver o olhar estarrecido de culpa no rosto de Janice. *Não*, pensa. *Deixe-a descobrir por si própria, então ela se sentirá* realmente *mal*. Mais do que tudo, deseja poder apagar aquela tarde inteira, arrepende-se de ter defendido a mãe diante do pai, de um dia ter se oferecido para ajudá-la. O que estava pensando? Devia ter aceitado os 200 mil dólares, pagado as contas e saído da cidade para que os pais pudessem se matar sozinhos. Apesar do divórcio, pensa com amargura, os pais ainda têm isso em comum: nada do que ela fizer jamais vai ser bom o bastante para qualquer um deles. Eles que se danem.

Margaret leva o frango até a pia, joga no triturador de lixo e liga o mecanismo. O triturador faz barulho e gira até parar, enquanto os ossos destroem o rotor. Então ela se vira, pega a bolsa e sai de novo pela porta da cozinha.

Na entrada de carros, passa por Lizzie, que está voltando da natação. Lizzie dá meia-volta e segue Margaret até o carro.

— Aonde você está indo? — ela pergunta. — Posso ir junto? Por favoooor???

— Não! — explode Margaret. Ao passar por Lizzie, vê de relance sua expressão ferida e sabe que a magoou, mas simplesmente não está a fim de lidar com a irmã carente. O motor de seu Honda ainda está quente quando ela se senta no banco do motorista e sai de ré para a rua.

Margaret se lembra de quando o Cineplex 13 foi construído na rua principal do centro de Santa Rita, quando ela estava no colégio. Para ela parecia um Xanadu adolescente. Os pais largavam os filhos lá nos finais de semana, certos de que eles estariam seguros dentro dos limites de concreto. Não tinham noção de que os ex-universitários que cuidavam da bilheteria vendiam de bom grado ingressos de filmes proibidos para os adolescentes por um suborno de 2 dólares. Ou que a loja Captain Cork's, do outro lado da rua, vendia bebida alcoólica para menores de idade, que entravam no cinema com as garrafas escondidas nas mochilas Nas noites de sexta-feira, nas mesas do café, meninas pré-adolescentes faziam charme atrás de copos extragrandes de Coca Diet (batizada com rum) para garotos que as ignoravam alegremente, extasiados que estavam pelos videogames ao lado da recepção. A última fileira da Sala 11 era onde, diziam, metade da sua turma tinha ido além dos beijos.

O cinema não tinha envelhecido bem. O saguão está escuro e cavernoso e cheira a gordura velha. Aranhas se alimentam de moscas nos cantos empoeirados. O tapete data o lugar, com sua estampa dos anos 1980 com triângulos verdes e rabiscos cor-de-rosa, agora marcado por anos de tênis sujos e refrigerante derramado num uniforme tom de cinza-amarronzado. As letras de néon com os nomes das bebidas à venda — Sprite, Coca-Cola, Jolt Cola — piscam erraticamente. O videogame do sapo que ela costumava jogar enquanto esperava a mãe ir buscá-la foi substituído por um jogo chamado "Luta Mortal", que guincha e berra no canto do saguão.

— Quifilmi? — pergunta a adolescente atrás do vidro da bilheteria. Margaret olha para os cartazes, pronta para escolher um filme aleatoriamente. Qualquer coisa que a mantenha longe da casa e da mãe por algumas horas. Que diabos, talvez ela passe o resto do verão ali, indo de um filme a outro, dormindo durante as matinês, sobrevivendo à base de pipoca, escondendo-se das agências de cobrança.

Ela rastreia a lista de filmes, pensando nas ofertas deprimentes, e congela: na Sala 11 está passando *Thruster*. Por um minuto, pensa que pode estar alucinada. Já está passando? Ela se vira para ver os cartazes do filme que cobrem a parede, e seu coração começa a palpitar: ali está o rosto de Bart, três vezes o tamanho normal, encarando-a de volta. Está usando óculos escuros, com uma Ferrari refletida nas lentes, e empunha o que parece ser uma metralhadora atômica. "Um homem. Uma máquina. Uma estrada sangrenta para a vingança", diz a legenda.

— Quifilmi? — repete a menina na bilheteria enquanto as pessoas da fila atrás de Margaret começam a resmungar.

— *Thruster* — diz Margaret, antes que possa pensar melhor.

— Começa em dez minutos.

Margaret pega o ingresso e fica olhando para ele por um longo minuto. Então olha para a loja de bebidas Captain Cork's do outro lado da rua. Sabe do que precisa para conseguir passar por aquilo.

Onze minutos depois, Margaret se acomoda numa das últimas poltronas do cinema exatamente quando começam a passar os créditos de abertura, com uma garrafa de tequila enfiada na bolsa. Ela se senta entre um barbudo que parece estar dormindo lá desde a última sessão e um casal com jeito de universitário comendo pipoca de um balde do tamanho de uma panela de cozinhar macarrão. As molas da poltrona estão estragadas, e o veludo, gasto até o forro, mas Margaret já está entretida demais com o que vê para realmente perceber. Lá está ele, olhando para ela, com seis metros de altura. Está sentado atrás da direção de uma Ferrari preta, correndo por uma paisagem desértica. Uma loira fatal recém-entrada na maioridade — Ysabelle van Lumis — no banco do passageiro. Dá para ver todos os poros do nariz dele.

— Meu Deus — ela sussurra para a tela, só para descarregar parte da tensão crescente.

— Sssssshhhh — faz a mulher ao lado dela.

Margaret tira a garrafa de tequila da bolsa. Toma um gole, sem sequer se preocupar em disfarçar. A bebida faz seus olhos lacrimejarem. A mulher ao seu lado estala os lábios.

— Meu Deus — diz Margaret de novo, só porque é maravilhoso perder a linha em público, e toma mais um gole.

O enredo, como sempre acontece com esses filmes, não é o forte.

Bart, um ex-poeta caminhoneiro transformado em agente secreto do FBI, deve se infiltrar numa quadrilha de ladrões de joias europeus competindo em Le Mans, enquanto se apaixona por uma maravilhosa francesa (Ysabelle, com um sotaque deplorável) que vem a ser a chefe da quadrilha. No meio-tempo, inúmeros acidentes de carro, vários tiroteios, cinco pancadarias e um arranha-céu explodido: é claro, Ysabelle precisa ser salva três vezes, normalmente vestindo trapos de lingerie. É menos ofensivo do que o *Fahrenheit 88*? Só marginalmente. Mentalmente, Margaret compõe um ensaio contra ele, um editorial da *Snatch* sobre a necessidade de heroínas femininas fortes.

Isso, pelo menos, é o que faz entre um gole e outro de tequila. Na maior parte do tempo, ela se fixa no rosto de Bart, notando que o "olhar" que ele vinha praticando na frente do espelho durante todos aqueles anos — olho esquerdo de lado combinado com um sorriso contemplativo — é, na verdade, bastante eficiente. Parece ao mesmo tempo comível e absolutamente inacessível. Pensa em saltar, apontar para a tela e gritar: "Olhem! Aquele ali foi meu namorado. *Meu* namorado!" Por que foi mesmo que eles terminaram? Não consegue se lembrar. Deve ter sido alguma coisa desimportante, alguma bobagem. Foi o maior erro da sua vida. O coração dela bate ao ritmo dos tiros pulsando da boca da AK-47 de Bart.

Quando ele beija Ysabelle na tela, ela fecha os olhos e sente um calor pelo corpo todo, lembrando da sensação de se segurar nele andando na garupa da motocicleta. Na segunda vez em que ele beija Ysabelle na tela, porém, sente a garganta se apertando desagradavelmente, enquanto luta contra uma lágrima. Na terceira vez, quando os dois arrancam as roupas (os seios de Ysabelle são fenomenais) e vão para a cama, ela só está puta. Percebe tardiamente que o imbecil provavelmente a traiu enquanto estava em locação. Foi por isso que voltou e terminou com ela.

— Filho da puta — diz para a tela, quando Ysabelle solta um grito demoníaco, com os cabelos loiros voando de modo selvagem sobre seu corpo em movimento. Bebe de novo. — Você não era *tão* bom de cama.

A mulher sentada ao seu lado se vira para o lado oposto da poltrona.

— Cale a boca — diz o homem do outro lado, que agora está se inclinando para a frente, examinando todo o metro e meio das tetas expostas de Ysabelle van Lumis.

Na tela, Bart parece irreal, tão distante para ela quanto um retrato bidimensional de uma celebridade numa revista. O ícone que sempre quis ser. Como ele conseguiu fazer isso? O que ele tinha que ela não tinha? Qual era a *coisa* intangível que todas as suas amigas — Josephine, Alexis e Claire, até mesmo o seu pai — incorporavam que de alguma forma permitiu que eles encontrassem o sucesso tão rapidamente, enquanto que ela, não? Eles faziam parecer tão *fácil*. Acha difícil imaginar que quisessem o sucesso mais do que ela, ou que tenham trabalhado mais ou se sacrificado mais, ou que fossem tão mais talentosos do que ela (ou eram?). Talvez, em vez de ter se preocupado tanto com princípios, com credibilidade, com ter razão, ela devesse ter botado Paris Hilton na capa da *Snatch* e começado uma coluna de compras.

Talvez a única maneira de conseguir alguma coisa fosse desistir e se vender.

Sentada no escuro, sente-se terrivelmente ansiosa com essa nova percepção, como se uma consciência anterior dos fatos pudesse de alguma forma ter feito uma profunda diferença em sua vida. Porque a verdade é que, por mais descartável que seja o filme de Bart, Margaret sabe que está com inveja por ele ter conseguido e ela, não, por ele ter realizado o próprio sonho, e ela nem *sabe* mais qual é seu sonho. E se ela tivesse aceitado os 200 mil dólares? Será que realmente recomeçaria a *Snatch*? Pensa na última edição — *resenhas de vibradores*, pelo amor de Deus — e de repente percebe como sua revista havia se tornado isolada, exagerada e ingênua. Numa palavra: chata.

Quando o filme chega ao fim, Margaret está emocionalmente esgotada e muito bêbada. Sai cambaleando do cinema, pensando em talvez tirar um cochilo no banco traseiro do carro antes de ir para casa dirigindo. Para no bebedouro e toma avidamente a água quente, tentando ignorar o pedaço de chiclete verde grudado no ralo. A água tem gosto de ferrugem, mas a sede é tão grande que ela não se importa.

— Margaret? — Ouve uma voz vindo de trás. — É você, Margaret Miller?

Ela se vira e vê uma mulher pequena e roliça vestindo calças esportivas e uma camisa polo amarela, cabelos cortados como os de uma matrona emoldurando um nariz achatado. A mulher tem as bochechas rosadas dos bem-alimentados, cuidados e escovados. Atrás dela está um homem igualmente achatado usando mocassins de couro e uma camiseta que diz "Participante da corrida de Kart Sand Hill" que não disfarça sua barriga prematura.

A mulher se posta a poucos centímetros do rosto de Margaret e sorri, mantendo no rosto a mais pura alegria infantil, mesmo com Margaret ainda franzindo a testa, confusa.

— Lembra-se de mim? Kelly Maxfield? Da sua turma do Millard Fillmore?

— Ah — diz Margaret, baixinho. A primeira coisa que pensa é que não pode acreditar que aquela mulher tem a idade dela. Será que Kelly envelheceu prematuramente ou ela própria está simplesmente atrasada? Margaret tem uma pálida lembrança de uma menina gorducha de sua turma, que combinava os cadarços com meias da mesma cor. Agradável, ainda que esquecível. A mesma menina, agora lembra, que a mãe vem insistindo para que ela procure durante todo o último mês.
— Nossa.

— Não acredito que já faz dez anos! Sentimos sua falta no reencontro da turma, sabia? — diz Kelly. Agarra o braço do homem parado ao seu lado, que sorri levemente. — Este é o meu marido, Duncan. Duncan, esta é Margaret. Ela era, e eu estou falando sério, a menina *mais inteligente* da minha escola. Todo mundo tentava colar dela nas provas... — Olha para Margaret com os olhos alegres e ri. — Claro que eu nunca colei. O que provavelmente explica por que eu acabei fazendo faculdade na San Jose State em vez de Stanford.

Margaret sorri amarelo.

— E aí, o que você tem feito, Kelly?

— Sou relações-públicas. Você já ouviu falar da Maxfield & Associados? Claro que não, a menos que fosse do meio. Enfim, sou eu. Relações-públicas de alta tecnologia. Trabalho principalmente com redes sociais, wireless e empresas farmacêuticas. — Faz uma careta. — Ah! Eu devia ter mencionado antes, que ótimas notícias sobre a OPI do seu pai. Eu tenho acompanhado. Vocês devem estar empolgados.

Não seria a palavra que Margaret teria escolhido, mas segura a língua. Apesar do sermão da mãe naquela tarde, Margaret fica em silêncio por compreender o quanto ela se sentiria humilhada se o drama da família acabasse nos jornais. E não se pode esperar discrição de relações-públicas. Los Angeles era terrivelmente cheio de relações-públicas, parasitas de celebridades muito jovens com rostos cheios de botox e dietas sem carboidratos, que ganhavam a vida mentindo para os jornais. Bart tinha uma relações-públicas, uma menina chamada Bunny que chamava Margaret de "Meredith" e se especializou em plantar informações na *Teen People*.

— Muito — mente Margaret. — Estamos muito empolgados.

— Diga a ele que eu mandei lembranças. Eu o vi numa conferência na primavera — continua Kelly. — Embora agora eu esteja em licença-maternidade. Acabamos de ter a nossa primeira filha, Audrey, que está com quatro meses. É bem difícil pensar no mercado mobile quando se tem um bebê agarrado ao peito, desculpe-me, mas é a verdade, a cada vinte minutos. Graças a Deus achamos uma babá para conseguirmos sair e ter um tempinho só para a mamãe e o papai, não é? — Ela aperta a mão de Duncan, e ele sacode um pouco a cabeça, como se estivesse tentando se concentrar, e sorri de novo. Ele parece não dormir direito há meses. — A gente estava morrendo de vontade de vir ao cinema. Você não adorou? O *Thruster*?

— Achei ótimo — Margaret consegue dizer.

— Sou muito fã da Ysabelle van Lumis. E esse Bartholomew Que-queéaquilo? Que lindo. Sou doida por um sotaque britânico. Desculpe, Duncan! — Ela o cutuca nas costelas com a unha feita à francesa. Duncan não parece notar, aparenta estar dormindo em pé.

— Na verdade — diz Margaret, e então as palavras parecem sair de sua boca sem ela sequer pensar no que está dizendo —, Bart é meu namorado.

— Ha-ha... não, ele é meu! Eu vi primeiro! — diz Kelly. E então, vendo a expressão de tristeza no rosto de Margaret: — Você está falando sério?

— Ah, não é nada — objeta tardiamente.

Kelly arregala os olhos.

— Quer dizer... Nossa, Margaret. Isso é incrível. Eu não fazia ideia. Você está saindo com um astro de cinema!

— É, bem... — diz Margaret, sem jeito. Vê a saída atrás de Kelly, perguntando-se se consegue sair correndo por lá sem parecer uma idiota completa.

— Olhe só para você, vivendo a vida com glamour! Ouvi falar que você estava em Los Angeles. E estava aqui só falando de mim mesma. Desculpe, eu faço isso às vezes, sabe? Dizem que é muito ruim para uma relações-públicas. Devemos ficar de boca fechada. Nossa. Bart Queque-éaquilo. Eu juro, Duncan, todo mundo sempre disse que Margaret seria alguém, e a gente tinha razão... Mas, espere um pouco, por que você está vendo o filme aqui? Você já deve ter visto antes, não? Ah, puxa... você foi à estreia?

— Ahn.... — Kelly fica parada esperando que Margaret diga alguma coisa. Encostada num canto, Margaret torce para que, se ela não disser nada, Kelly cale a boca e vá embora.

Kelly não pretende fazer isso.

— Quero saber tudo sobre o que as pessoas interessantes fazem em Los Angeles. Quer dizer, o que *você* tem feito? Lembro que a minha mãe disse que a sua mãe contou para ela que você era uma escritora famosa ou coisa parecida. Você estava trabalhando numa revista feminina, não? Era a *Vogue*? A *Elle*? Sinto muito, mas não me lembro.

— Bem — começa Margaret. Ela vê toda uma realidade alternativa se materializar em sua imaginação: a revista premiada levando a um contrato milionário para escrever um livro, o perfil nas páginas da *New York Times Magazine*, o vestido de alta-costura usado no tapete vermelho do Globo de Ouro, Bart ao seu lado, a elegante casa moderna da metade do século em Beverly Hills, as alegres férias da família feliz em St Bart's, aonde, como presente de Natal, ela pode levar os queridos pais e a irmã. De repente é muito cansativa a ideia de continuar mentindo.

— Ah, por Deus — ela diz, percebendo tarde demais que está realmente bêbada, afinal. — O negócio é o seguinte. Bart me deu o fora há meses, e eu estou devendo 12 mil dólares a ele. A minha revista, que, vamos admitir, era uma ideia ultrapassada quando começou, faliu, e nunca teve mais do que 15 mil leitores de qualquer maneira... Eu sou uma acadêmica feminista fracassada, o que percebo ser uma espécie de redundância, e tenho meia dúzia de empresas de cartão de crédito atrás de mim. Cheguei a dizer que tive de voltar a morar com os meus pais?

O meu pai acabou de me chamar de fracassada e tentou me subornar para testemunhar contra a minha mãe, que, por sua vez, desaprova tudo o que eu faço. A única pessoa que mantém a mínima pitada de respeito por mim é a minha irmã de 14 anos que não sabe de nada. Ainda.

— Ah — diz Kelly, levando a mão ao peito num pequeno espasmo de surpresa. — Eu sinto muito. Que horror.

— Ei, foi por isso que Deus inventou o álcool — diz Margaret, mostrando a garrafa de tequila, que tira da bolsa. De repente, ela se sente completamente desimpedida, como se estivesse carregando uma pedra na bolsa a tiracolo e só agora tivesse pensado em retirá-la. Ela ri em voz alta, sentindo a leveza (ou seria aquilo histeria?) na garganta. Por que ela não confessou tudo antes? Vai ser *bom* se tornar objeto do desprezo de Kelly. Vê as manchetes que Kelly certamente irá plantar nos tabloides de amanhã: "Margaret Miller: melhor aluna vira fracassada bêbada!"

Pensou que já havia chegado ao fundo do poço, mas na verdade agora sim. E é uma sensação animadora. Ela simplesmente não se importa com o que mais ninguém pensa a seu respeito. Nem a colega de escola boa moça amamentando diante dela, nem os pais excessivamente críticos, nem Bart, nem seus pares quase famosos, ninguém. Levanta a garrafa de tequila e toma um gole. A bebida a acende como uma lâmpada de 100 watts. Do caralho.

Margaret espera desafiadoramente que Kelly recue para a aura protetora do marido, que acabou de olhar para Margaret pela primeira vez. Mas para espanto de Margaret, Kelly simplesmente se aproxima. Estende uma mão, toca em seu braço e se inclina para a frente, para que Duncan não ouça o que ela está dizendo.

— Ei, eu já passei por isso. Agradeço a Deus pelo Percocet — ela sussurra, com as covinhas desaparecendo e o queixo endurecendo enquanto assente com cumplicidade.

Antes que Margaret tenha tempo para registrar o choque, Kelly recua rapidamente e devolve à voz o original trinado enérgico.

— Vamos sair para tomar alguma coisa uma hora dessas e realmente botar a conversa em dia. Vou deixar a nenê com Duncan para termos uma noite de meninas. Pode ser, Dunc? Enfim, ligue para mim, eu gosto de conversar. — Remexe dentro da bolsa e tira de lá um cartão de visita, que põe na mão de Margaret com um apertão assertivo. — Estou aqui para qualquer coisa que você precisar. Estou falando sério.

Margaret fica parada, virando o cartão na mão, enquanto Kelly troca a recepção iluminada por luzes de néon pela escuridão da noite, com a bunda chacoalhando e o marido, exausto, seguindo meio passo atrás dela. Ecos de bebida queimam na garganta de Margaret.

Margaret passa o dedo pelas letras impressas do cartão — "Kelly Maxfield, Especialista em RP" — antes de enfiá-lo na bolsa, onde ele se prende à garrafa de tequila, que derramou o restante do que continha numa poça aromática que goteja lentamente através do couro enquanto ela se dirige para a saída.

nove

"Arrebenta!", é o que diz a sinalização na frente da sala, e Lizzie não consegue deixar de achar que é um nome esquisito para o grupo de jovens das sextas-feiras à noite na Rio da Vida, mas talvez ela tenha perdido algum detalhe. Talvez Deus vá arrebentar a sua cabeça se você pecar. Ou a Bíblia vá arrebentar os seus dedos se você deixá-la cair por engano.

A Bíblia que Lizzie ganhou na semana anterior, quando visitou a Rio da Vida, não se parece, no entanto, com um livro capaz de arrebentar muita coisa, apesar de seu peso. Para começar, é cor-de-rosa. Com um retrato de três meninas na capa, meninas com suéteres em tons pastel que parecem recém-saídas de um anúncio de produto de beleza. Elas estão rindo com alguma coisa que acabaram de ler na Bíblia (Lizzie a folheou rapidamente, mas ainda não encontrou nada que a tenha feito rir). Ou talvez elas só estejam em estado de graça. Este é, afinal, o nome da Bíblia: *Bíblia Estado de Graça!* "Uma Bíblia para adolescentes como você, escrita numa linguagem que você entende completamente!" Lizzie está aprendendo que pontos de exclamação fazem muito sucesso no mundo da cristandade adolescente.

A *Bíblia Estado de Graça!* ainda não fez com que Lizzie se sentisse mais em estado de graça do que o normal, mas ela tem esperanças. Meio que gostaria que a Bíblia não viesse com uma exagerada pasta de crocodilo falso cor-de-rosa, mas já que as outras meninas a carregam com o mesmo orgulho com que usariam uma bolsa Prada, ela a enfia embaixo do braço em vez de escondê-la na sua sacola de livros. (A versão dos meninos é azul. Exibe na capa três meninos brancos usando roupas de hip-hop e é convenientemente feita do tamanho perfeito para caber no bolso de trás de calças jeans largas.)

A "Arrebenta!" ocorre numa sala de reuniões nos fundos das instalações da igreja. Não há bancos de madeira nem cadeiras. Em vez disso, a sala é forrada por muitos metros de carpete industrial azul e iluminada por lâmpadas fluorescentes. Em vez de um púlpito, na frente da sala há um letreiro em néon dizendo "Arrebenta!", com um mural de um Jesus sorridente — reproduzido num estilo pontilhista à Roy Lichtenstein — pintado na parede abaixo. Uma bateria dourada está montada no canto. Na parede oposta, um artista grafitou a frase "Deus é Amor" em letras arredondadas.

Cerca de cem adolescentes estão sentados de pernas cruzadas no chão. Lizzie para na porta e pensa onde vai se sentar. Zeke Bint, que obedeceu de má vontade às ordens da mãe e levou Lizzie até o Arrebenta!, passa por ela e dispara para a frente da sala.

— Nem pense em sentar ao meu lado, Miller — ele sussurra no ouvido dela quando passa. — Sei tudo sobre você. Prostituta da Babilônia.

— Eu não ia querer sentar ao seu lado nem se você fosse o último cara sobre a Terra — diz ela para a mecha atrás dos cabelos sebosos dele. — Você cheira a cocô de cachorro.

Não ficou decepcionada com a falta de interesse dele em ser seu amigo na igreja. Ela o vê como um dos fracassados que se escondem mais baixo do que ela na cadeia alimentar social. É um filhinho da mamãe com mau hálito, cuja companhia poderia imediatamente condenar sua possibilidade de conhecer qualquer pessoa interessante ali. Principalmente se falasse sobre a sua reputação.

Quando Lizzie visitou a Rio da Vida pela primeira vez, na quinta-feira anterior, chegou esperando por um desastre, apesar das promessas de amor abundante feitas por Barbara Bint. Zeke Bint, um pária da turma desde sempre, não era exatamente uma apresentação promissora ao mundo da cristandade. No carro, tentou se distrair de sua crescente apreensão contando o número de vezes que Zeke coçava a cabeça cheia de caspa (12) antes de chegarem. O encontro "preliminar" na igreja estava pela metade; um grupo quase que inteiramente integrado por mulheres de meia-idade como Barbara Bint, que, entre Zeke e Lizzie, na ponta do banco, sublinhava frases-chave ("todas as criaturas de Deus" "redimidas sob Seus olhos") no livreto de canções com o indicador. Mas havia suco de maçã e bolinhos decorados com cruzinhas de graça, e todo mundo pareceu adorar conhecê-la.

O sermão era intitulado "Deus é perdão ou o perdão é divino?"

— Os perdoados, que entregam suas vidas pecaminosas a Deus, serão elevados ao céu — explicou o pastor.

E Lizzie viu a si mesma subindo, numa espécie de elevador etéreo, até uma nuvenzinha fofa no céu. Usando um vestidinho branco, talvez, com asas. Embora ela provavelmente tenha que morrer primeiro, não? Será que no céu ela ainda teria que fazer dieta? Provavelmente não. Parecia bem bom.

Mas o que garantiu a sua volta foi a menção que o pastor fez do grupo de jovens da sexta-feira à noite, o Arrebenta!.

— Eu gostaria de encorajar os jovens membros da nossa congregação a participarem — disse ele. — É uma excelente oportunidade, de verdade, com montes de jovens que adoram fazer novos amigos celebrando o amor de Cristo. Há música, dança, canto e filmes.

Lizzie se imaginou entrando numa sala cheia de rostos sorridentes — rostos *novos*, rostos que ainda não eram familiares do Fillmore High. Rostos de garotas que iriam querer brincar de antes e depois com ela, sair para fazer compras e falar de meninos, que a convidariam para sair em encontros de verdade, encontros em que a apanhariam de carro e a levariam a um restaurante, onde pagariam pela refeição e não esperariam um boquete como recompensa. Rostos bonitos e cheios de estilo que não saberiam que Lizzie já tinha sido gorda, impopular ou a vadia da escola.

Antes mesmo de Barbara Bint sugerir que Zeke acompanhasse Lizzie ao Arrebenta!, ela decidiu que iria.

Mas a realidade não está exatamente de acordo com o que ela havia imaginado. Não havia música religiosa esperando-a quando as portas do Arrebenta! se abriram, nenhum amigo novo correndo para cumprimentá-la. Na verdade, ninguém parece sequer notá-la enquanto ela percorre o caminho em meio às pessoas. Os adolescentes estão parados na frente da sala, agarrados às Bíblias, cochichando ("Dylan é tão...", "Ele disse que Jesus...", "...ouvi falar que ele andou com o Bono...") enquanto olham fixamente para o espaço vazio abaixo do letreiro de néon. O ambiente está estalando, cheio de expectativa. Lizzie se senta num quadrado de carpete industrial localizado desfavoravelmente na frente da bateria.

O barulho da sala para abruptamente quando a música começa, uma batida hip-hop que reverbera nas paredes e faz o chão vibrar. *"Yo Dawg, it's the dogma, rising up to teach ya, God is gonna love ya, Jesus gonna greet ya."** A música cresce até um refrão bate-estaca que faz centenas de cabeças se mexerem no mesmo ritmo — *"Lift the Lord's name on High, He'll forgive ya 'fore you die!"*** — assim que o pastor Dylan aparece na frente da sala. Ele está usando uma camiseta da grife Abercrombie & Fitch com jeans e chinelos, finalizando com um boné de caminhoneiro onde se lê "Venha para Jesus". Está com um microfone sem fio na cabeça e tem os cabelos, embaixo do boné, loiros muito claros. Levanta uma das mãos, e a sala explode em gritos. Os estrondos do baixo seguem num crescendo.

O pastor pula para cima e para baixo três vezes e dá um soco no ar.

— Estamos todos felizes hoje? — ele grita.

— Sim! — berra a sala em uníssono, e Lizzie sente uma faísca de empolgação atravessar o centro do seu corpo. O berro ecoa pela sala. Seus colegas não pareceram tão emocionados nem quando o Millard Fillmore High venceu o jogo de futebol no ano anterior. Olha ao redor, para as expressões de êxtase nos garotos sentados ao seu lado e se endireita para prestar mais atenção.

Em toda a sua volta, ela vê rostos beatíficos, outros garotos parecendo muito *felizes*, muito *ajustados* — como se tivessem tomado um quarto de comprimido de Bupropi-qualquercoisa antes de entrar na sala. Olham para o pastor com sorrisos serenos, fecham os olhos em êxtase enquanto o ouvem, alguns chegam até mesmo a levantar as mãos para o céu, como se balas estivessem para cair do teto. *Eu quero isso*, ela pensa. *Como faço para conseguir?*

— Nós temos Deus no coração? — continua o pastor Dylan.

— Sim! — troveja a sala.

— Nós vamos *arrebentar* os obstáculos que nos mantêm distantes de Deus?

— Sim! — Lizzie grita com os adolescentes ao seu redor, entrando no clima. Deseja desesperadamente sentir o que eles estão sentindo, e ao

---

* Ei, dog, é o dogma, chegando pra te ensinar, Deus vai te amar, Jesus vai te saudar (*N. da T.*)
** Eleve às alturas o nome de Deus, ele vai te perdoar antes de você morrer! (*N. da T.*)

gritar com toda a sua força, acha que pode estar experimentando parte da elevação que vê a sua volta. Uma espécie de euforia. Ou talvez esteja apenas hiperventilando.

O pastor sorri e dá socos no ar. Os adolescentes na sala explodem em gritos, que parecem com um daqueles cantos de chuva africanos dos documentários a que Lizzie assiste às vezes na TV aberta. Todos ficam rapidamente em silêncio quando o pastor Dylan leva um dedo aos lábios.

Uma loira bonitinha sentada ao lado de Lizzie olha para ela e sorri. A menina está vestindo uma calça jeans justa e uma camiseta que diz, em letras brilhosas, "Jesus é meu amorzinho". Ela aponta para o teto e depois faz um sinal de positivo para Lizzie, que, emocionada por ter sido notada, levanta o próprio polegar em resposta, embora não esteja completamente segura do que está aprovando. Mas está definitivamente sentindo alguma coisa, um formigamento gostoso no nariz. Talvez seja Deus.

O pastor Dylan espera o barulho parar completamente para começar o sermão.

— Hoje, meus amigos, nós vamos falar sobre segredos — ele diz. — Todos nós temos segredos. Olhem para os seus corações. Vocês têm segredos. Vocês têm essas coisas terríveis que desgastam vocês, entra dia, sai dia, e não deixam vocês dormirem. E pensam que se continuarem a escondê-los, eles irão desaparecer. Mas isso não vai acontecer. Eles continuarão comendo vocês vivos, de dentro para fora, até que algum dia, no futuro, vocês estarão tão feios por fora quanto se sentem por dentro.

O pastor ergue a mão e aponta um controle remoto para a parte de trás da sala. Uma tela desce atrás dele, e o ambiente fica escuro.

— Aaah! — os garotos suspiram e começam a aplaudir.

Lizzie se surpreende admirando-se junto com os outros, deixando-se dissolver na unidade do grupo. Faz parte deles. Sim. Deus está sorrindo para todos eles, ela inclusive. Bate palmas ainda mais forte.

A tela se ilumina com uma projeção que vem da parte de trás da sala. É uma montagem de rostos — negros, brancos, asiáticos, latinos, unificados pelo fato de que todas as pessoas parecem completamente fodidas. Há uma foto de uma mulher desmaiada em cima do próprio vômito, outra, de um jovem sem os dentes da frente, uma menina vesga segurando um bebê que chora, uma jovem usando um microminivestido rosa-choque com pústulas por todo o rosto, um menino adolescente atirado numa cadeira de rodas, babando. A sala suspira a cada foto. A música do U2 "I Still Haven't Found What I'm Looking For" toca ao fundo.

A voz do pastor Dylan é ouvida no escuro.

— Estão vendo esses rostos? São os rostos dos perdidos. Viciados em drogas. Criminosos. Prostitutas. Membros de gangues. São pessoas com segredos terríveis, que guardam dentro deles mesmos. Pecadores, que não procuraram por Deus. Pessoas que nunca reconheceram que o filho de Deus morreu para limpar os seus pecados. E olhem o que isso fez com eles! Vejam como isso os deixou feios, como isso apodreceu não apenas suas mentes, como seus corpos também! Os segredos deles os destroem. Eles estão perdidos.

Ele levanta a voz:

— Mas vocês não precisam ficar como essas pessoas. Não é tarde demais. Deus perdoa a todos os pecados. Vocês só precisam fazer dele o seu melhor amigo. Contar a ele todos os seus segredos, mesmo os horríveis e humilhantes que doem. As coisas que vocês nunca, nunca diriam às suas mães. E sabem do que mais? Se vocês prometerem que nunca cometerão esses pecados novamente e começarem a levar uma vida cristã limpa e boa, Deus irá perdoar vocês. Ele vai *viver dentro de vocês*. Vai lhes ensinar o *poder do amor*. Vai ajudá-los a *nunca mais pecar novamente*. E vocês poderão viver uma vida de beleza, por dentro e por fora. Porque adivinhem só?, ele já sabe de todos os seus segredos mesmo. Ele só quer que vocês sejam sinceros com ele. — Faz uma pausa, e a sala farfalha silenciosamente enquanto os garotos absorvem suas palavras atentamente. Lizzie inclina-se com expectativa. — De outro modo — diz o pastor, apontando para a plateia e dando um sorriso beatífico que revela fileiras de perfeitos dentes brancos —, ele vai ficar absolutamente feliz em simplesmente mandá-los para o inferno. Para cima ou para baixo, pessoal. Céu ou inferno. A escolha é de vocês.

As luzes voltam a se acender, e Lizzie pisca com o brilho, surpreendendo-se com as palavras do pastor Dylan. Não consegue se decidir se elas são sinistras ou promissoras. Isso quer dizer que ela vai ficar feia se não confessar tudo a Deus? Ou que vai ser mais bonita se confessar? Se ela confessar todas as coisas terríveis que fez, ela vai, tipo, perder cinco quilos? (Isso seria superlegal.)

O pastor sorri.

— Muito bem! — ele diz. — Está na hora de fazer um pouco de leitura. Vamos todos abrir as nossas Bíblias na página 223, e vamos ler Tiago 5:15. *Se você fingir que é, tipo, totalmente livre de pecados, você é um baita enganador, e Deus sabe disso. Mas se confessar os seus pecados, Deus vai provar que é um cara justo: vai perdoar você por ter feito bobagem e limpar toda essa sujeirama de você.* — O pastor para e olha para cima. — Tempo livre para oração. Cinco minutos. Vamos lá!

Lizzie olha ao redor e vê um mar de cabeças abaixadas e lábios em movimento. Os sussurros sibilantes de orações em voz baixa lhe dão a impressão de estar num fosso de cobras. Ela abaixa a cabeça e fica olhando fixamente para uma manchinha marrom no pedaço de carpete industrial à sua frente e tenta se concentrar. Quer tanto se sentir redimida que quase dói, parece quase fácil demais, simplesmente pedir perdão a Deus e ela vai ser feliz e bonita pelo resto da vida, e todos os seus erros irão desaparecer, e todo mundo irá amá-la. Mas como ela vai saber se fez certo? Concentra-se muito.

— Querido Deus — Lizzie sussurra baixinho. Faz uma pausa. Não ficou bom. Parece que está escrevendo uma carta. Tenta de novo. — Oi, Deus — ela diz. Isso, conclui, é íntimo demais. Quem é ela para considerar Deus um amiguinho? Afinal, eles só se conhecem há poucos minutos.

No entanto, foi o que o pastor Dylan disse que ela devia fazer: "Pensem em Jesus como o melhor amigo de vocês." Lizzie fecha os olhos, tenta imaginar Jesus como um adolescente com quem ela sairia, mas o que lhe vem à mente é um loirinho bonitinho que se parece um pouco com Justin, o que é um pouco perturbador. E, até agora, Jesus não falou realmente com ela, o que torna ainda mais difícil imaginá-lo como um amigo. Tipo, um amigo não precisa cuidar da sua parte na conversa?

Mas ela está disposta a deixar essas dúvidas de lado caso se esforçar muito signifique ser perdoada por tudo e deixar de ser uma leprosa social. Pensa que seria um alívio saber que alguém sabe tudo a seu respeito e não se importa com o quanto ela é fodida.

A verdade é que ela nunca pensou muito a respeito de Deus. Na verdade, ele, ou melhor, Ele sempre pareceu um personagem histórico distante — como Alexandre, o Grande, ou Átila, o Huno — que existia apenas em velhas histórias emboloradas. A Bíblia parecia muito com o seu livro da aula de civilização ocidental, uma lista sem graça de velhas batalhas irrelevantes e vinganças sem sentido. Quando sua mãe a arrastava para a igreja no Natal ou na Páscoa, ela nunca se deu ao trabalho de ouvir o sermão. Preferia passar a hora pintando todas as letras "e" e "o" no livro de hinos com uma caneta esferográfica.

Isso, ela percebe agora, é um pecado. E Deus não quer ser o melhor amigo de uma pecadora. Ou quer? É tudo muito confuso. Ela vai ter que voltar à igreja no domingo para esclarecer alguns desses detalhes.

— Deus. — Não. — Senhor. — Sim, assim fica melhor, transmite uma espécie de respeito pela autoridade Dele. Mas dizer isso em voz alta parece esquisito. Ela se sente falando com o carpete. Detesta o som áspero da própria voz. E se a loira sentada ao lado dela ouvir os seus segredos? Ela olha para ver a menina com a cabeça inclinada e os lábios pintados com gloss se mexendo freneticamente.

Resolve que vai falar com Deus mentalmente. Tenta de novo.

Senhor. Oi, Senhor. Sim. Assim é melhor. *Senhor. Eu fiz algumas coisas muito idiotas. Dormi com um cara com quem não era casada. Na verdade, com um monte de caras. E acho que isso faz de mim uma fornicadora. E eu chamei a Susan Gossett de vaca pelas costas. Acho que eu deveria amá-la, porque o Senhor diz que eu devo amar meus inimigos, mas a verdade é que ela é uma pessoa muito difícil de se amar. É difícil até mesmo gostar dela. Eu não entendo exatamente muito bem por que você* — desculpe, o Senhor — *amaria alguém que é tão vaca, mas, enfim, se o senhor diz que eu devo gostar dela, acho que vou tentar.* Faz uma pausa. Será que devia ter usado a palavra vaca? Talvez devesse retirar o que disse. Mas, espere, se Deus pode ler os seus pensamentos, não vai saber o que ela está pensando agora? É mais difícil do que ela pensava. *Então, acho que o que eu quero dizer é que tenho medo de que ninguém mais vá gostar de mim de novo. O senhor pode fazer as pessoas gostarem de mim, por favor? Quer dizer, talvez não Zeke Bint ou Susan Gossett, mas, sabe, só algumas pessoas legais. Como a menina sentada ao meu lado, quem sabe?* Ela faz uma pausa, e se concentra muito. Sim, ela pensa, a sensação de formigamento na sua barriga *definitivamente* é Deus, dando um rolé dentro dela, esperando para ouvir o que ela tem a dizer antes de decidir se vai ficar por ali. Ou, espere um pouco, é o seu estômago que está roncando?

E, Deus? Tem mais uma coisa, meio importante...

O pastor bate palmas.

— Muito bem, acabou o tempo. Agora está na hora de um pouco de cura pela amizade. Vamos todos fazer um novo amigo em Cristo esta noite. Depois vamos curtir um pouco de música e terminar a noite com juramentos de castidade, está bem?

Ouve-se um claro barulho de solas de borracha e o roçar de calças jeans enquanto os adolescentes da sala se levantam e começam a misturar-se uns aos outros. Lizzie se vira para a esquerda, mas a loirinha sentada ao seu lado já está absorta com a menina à esquerda dela. Olha para a direita e vê um menininho asiático com um aparelho de metal preso na cabeça.

— Oi — ela diz, mas o menino sacode a cabeça freneticamente. Resolve tentar de novo. — Meu nome é Lizzie — ela diz. — E o seu?

— Mas o menino continua sacudindo a cabeça. Aponta para o aparelho, revira os olhos e grunhe.

Lizzie ouve uma voz atrás dela.

— Selaram a mandíbula dele na semana passada — diz a voz. — Era terrivelmente prognata. Tiveram que quebrar toda a mandíbula e, bom, soldá-la de volta no lugar.

Lizzie se vira e vê Mark Weatherlove de pé atrás dela com as mãos enfiadas nos bolsos de seu moletom de capuz e os ombros encurvados para a frente na defensiva, como que esperando um soco no rosto.

— Oi — ele diz. Sua voz de alguma forma consegue pronunciar a simples sílaba, com um som de unhas sendo raspadas num quadro-negro que faz Lizzie se encolher. Mark olha rapidamente para o carpete industrial. — Você ainda está brava comigo? — ele pergunta.

A pulsação de Lizzie se acelera.

— Eu não estou falando com você — ela diz.

— O que você está fazendo aqui? — ele retruca.

Ela se endireita e descobre que, de sua posição elevada sobre as sandálias plataforma, Mark fica cinco centímetros mais baixo do que ela, o que significa que ela pode efetivamente olhá-lo de cima.

— Aprendendo sobre o poder da prece — ela diz. — Aprendendo o que significa ser um *bom cristão*. Se você me entende. Embora eu ache que não. O que *você* está fazendo aqui?

Mark enfia as mãos ainda mais profundamente nos bolsos.

— Sei lá — ele diz. — Meus pais me obrigam a vir. Dizem que é um bom lugar para fazer amigos. Faz uma careta.

— Bom, você não vai fazer amizade comigo — ela rebate. — Você é um grande mentiroso. Eu nunca... *fiquei* com você. Por que você escreveu aquilo na parede do vestiário? Você achou que ia parecer bacana fazendo isso? Porque não pareceu.

— Me desculpe — ele diz. — Eu não sei por que fiz aquilo.

— É, bom, considerando que a sua mãe é uma vaca mentirosa que roubou o meu pai e acabou com a vida da minha mãe, acho que não é de surpreender que você seja tão idiota. Deve ser hereditário. — Lizzie está emocionada com a acidez em sua voz. Não tinha noção de que era capaz de ser cruel assim.

— É — resmunga Mark. — Acho que sim. — Ele esfrega o canto do olho direito com a manga do moletom, mas uma lágrima escorre pelo outro olho e cai na frente do moletom.

Lizzie o observa por um instante, fazendo um grande esforço para manter sua raiva. Por que deveria se sentir mal quando *ele* foi o babaca? Mas de um modo geral, é terrível vê-lo chorar. A crueldade, percebe tardiamente, não é um traço muito cristão. *Perdão, Deus*, pensa. Seu estômago se revira em resposta. De repente, acha que está *sentindo* tudo o que o pastor Dylan falou antes, toda aquela história de perdão e como Deus vive dentro da gente e nos deixa experimentar o amor de uma forma como nunca fomos capazes antes. Porque há alguma coisa forte dentro dela, alguma coisa parecida com empatia, e ela vê que tem o poder de fazer o menino diante dela se *sentir melhor*. E a sensação é muito boa.

Obrigada, Deus, ela pensa. E quando diz isso a Ele, percebe o que devia ter estado óbvio para ela há semanas: a mãe do Mark fugiu com o pai dela, o que significa que ele também está num lar destruído. Será que Beverly saiu de casa, como o pai dela fez? Com quem Mark está morando? Quem está cuidando dele? *Quem está cozinhando para ele?*

Toda a dor da situação da sua própria família volta com força. Ela engole em seco para evitar chorar também.

— É, bom, acho que o meu pai é um cretino também. Fodam-se os dois.

Mark olha para ela durante um longo instante, com as narinas abertas e soluçando de leve.

— É — ele diz. — Pais são uma merda. Quem precisa deles, mesmo?

Lizzie quer dar um abraço em Mark — ele parece muito triste e solitário. Ela observa os outros adolescentes ao redor, todos parecendo simplesmente felizes, como se não tivessem problema algum, e olha de novo para Mark. Ele é provavelmente a única pessoa do mundo que poderia entender como a família dela está esquisita agora. Com isso em mente, sente os olhos se encherem de lágrimas. Mark dá meio passo em sua direção, e Lizzie consegue dar um sorriso minúsculo.

— Muito bem — berra o pastor. Mais uma vez, o zumbido de atividades na sala é interrompido. — Antes que a gente siga em frente, quero que vocês se virem para os novos amigos em Cristo e digam uma coisa que gostam neles.

O feitiço se quebrou. Lizzie olha para Mark.

— A gente não precisa mesmo fazer isso, precisa? — ela pergunta.

Mark recua e enfia ainda mais as mãos nos bolsos.

— Sei lá — ele diz. — Deus pode ficar bravo se a gente não fizer.

Lizzie suspira.

— Está bem. — Faz uma pausa e olha Mark de cima a baixo. Observa que a acne dele melhorou muito, e quando ele ergue o olhar para encará-la, ela nota, pela primeira vez, que seus olhos são do mesmo verde-claro das algas que às vezes surgem na piscina da escola. — Está certo. Eu gosto da cor dos seus olhos — ela diz. Fica surpresa ao ver manchas cor-de-rosa surgirem nas bochechas de Mark.

— Obrigado — ele resmunga. Fica olhando fixamente para ela e não diz nada.

— Certo, agora é você — fala para ele.

Mark põe o braço na frente do rosto e diz dentro da manga do agasalho:

— Achqvocébntaigóstuitocê.

— O que foi que você disse? — Lizzie pergunta, instantaneamente na defensiva. Aquilo era algum tipo de insulto? Ele a estava xingando de alguma coisa parecida com vadia?

— Hum — ele faz, dando um passo para trás, até que os dois estejam a um metro de distância um do outro. Seus olhos se mexem descontroladamente. Ele abre e fecha o punho e então fecha os olhos. — Achoquevocêémuitobonitaegostomuitodevocê — ele sussurra. E então se vira e corre para o outro lado da sala.

Lizzie fica paralisada, sem conseguir se mexer, enquanto o vê se afastar. Quando a bateria começa a tocar, a poucos centímetros do rosto dela, tem a sensação de que a batida oca está vindo de dentro da sua cabeça. Tenta cantar junto com a banda, que toca uma violenta interpretação de uma canção chamada "Pumpin' Da Passion",* mas se dá conta de que não consegue se concentrar na letra. Ela perde completamente a concentração no sermão final do pastor, enquanto as palavras de Mark ficam rodando por sua cabeça sem parar. "Eu gosto muito de você." Ninguém nunca tinha dito isso a ela antes.

E depois que os juramentos de castidade são distribuídos, ela examina o papel, com a promessa de que ela nunca mais vai fazer sexo antes de se casar. Ela se arrepia à lembrança da surpreendente intimidade de pele contra pele. O jeito que os meninos olhavam para ela na cozinha. Será que consegue mesmo abrir mão daquilo para sempre? Mas daí lembra da eletricidade daquela sala ao seu redor, do potencial de meninas loiras que sorriem para você (meninas loiras que provavelmente nunca aprovariam que se faça sexo com seis caras), e Deus (que também não é um fã disso) passeando pela sua barriga, dando uma sensação de aconchego, e meninos que dizem que você é bonita, e rabisca a assinatura. Parece uma troca justa.

E, antes de ir embora, mal se lembra de que foi até ali naquela noite com algo que realmente precisava tratar com Deus em mente. Enquanto os outros à sua volta começam a juntar as mochilas e as Bíblias, e os pais se reúnem do lado de fora para apanhar os filhos, Lizzie abaixa a cabeça de novo e faz uma última prece apressada.

Oi de novo, Senhor. Fui interrompida antes... tem mais uma coisa. Será que o Senhor poderia me fazer ficar menstruada logo? Devia ter vindo há três dias, mas ainda não veio. Na verdade, eu não fiquei menstruada no mês passado também. Pensei que talvez fosse por eu ter emagrecido

---

* Bombando a paixão. (*N. da T.*)

tudo aquilo, li na internet que isso acontece às vezes, mas eu não estou mais perdendo peso — na verdade, eu estou ganhando peso de novo. Então, eu estou meio que pirando agora. O senhor pode, tipo, fazer alguma coisa? Prometo que nunca mais vou transar, de verdade. Então tá, valeu, Deus.

Tendo cuidado disso, Lizzie enfia a sua *Bíblia Estado de Graça!* embaixo do braço e vai até a escadaria da igreja para esperar por Zeke e Barbara Bint.

— Vou sair da natação — Lizzie anuncia durante o café da manhã no dia seguinte. Abre o jornal na página dos quadrinhos e espia com o canto do olho para avaliar a reação da mãe.

Janice está com o tempo de reação atrasado. Ela fica parada na frente do fogão, mexendo distraidamente uma omelete de claras em que acabou de acrescentar um punhado do que parece erva daninha, mas que garantiu a Lizzie que são ervas de Provence e que vai ficar muito gostoso. Com a outra mão, segura aberta um exemplar da *Paris Match*, mexendo os lábios e lendo silenciosamente enquanto mexe a omelete. Lizzie não sabia que a mãe lia aquelas revistas francesas idiotas, que sempre mostram celebridades de segunda categoria como Celine Dion na capa e nenhuma foto da Paris Hilton.

— Mãe? — diz Lizzie.

Janice começa.

— O quê?

— Vou sair da natação — ela diz, de novo.

Janice se vira e olha para Lizzie, com os olhos arregalados.

— Ora, por que você faria isso? — ela pergunta. Deixa a revista ao lado do fogão e se senta na cadeira ao lado de Lizzie, com a espátula ainda na mão. Põe a outra mão sob a espátula para evitar que o pedacinho de ovo pendurado na ponta caia. Bate com o pé no chão. — Você adora nadar. Você nada tão bem...

Lizzie dá de ombros.

— Estou achando um tédio — ela diz.

Isso não é inteiramente mentira, porque Lizzie está absolutamente entediada. Mas seu tédio não tem nada a ver com nadar, porque faz quase duas semanas que ela não vai à natação, desde que descobriu a pichação no vestiário. Havia preferido ir à biblioteca pública todas as manhãs, onde ficava sentada nos pufes localizados no canto da seção de livros infantis, devorando romances da Danielle Steel e barras de chocolate Snickers até as 15 horas, hora de ir embora. Desse jeito, leu *Amar de novo*, *Ecos*, *Segunda chance* e mais meia dúzia de livros, aprendendo pelo menos 14 eufemismos diferentes para a anatomia masculina (a preferida dela até agora: "membro tumescente", que descreve perfeitamente como ficou a coisinha gorda de Max Grouper quando os dois transaram no quarto de hóspedes na época que os pais dele estavam em Kauai). Às vezes ela só dorme no pufe o dia todo. Parece estar exausta o tempo todo.

Primeiro, ela achava que sua ausência na equipe de natação seria algo temporário, que estava só faltando um ou dois dias, enquanto reunia coragem para encarar Susan Gossett e o resto das meninas de novo. No dia seguinte ao que encontrou a pichação, caminhou até o portão da frente do centro de recreação antes de perder a coragem e sair correndo. No outro dia, chegou só até o final da rua da casa antes de mudar de direção. Quanto mais pensava, mais apavorada ficava de encarar um grupo de colegas hostis. Afinal, ela tinha dormido com alguns dos ex-namorados delas, e agora via claramente o desprezo que devem ter sentido por ela durante os últimos meses. Ela também teria se detestado, se fosse elas. Não é de estranhar que Susan Gossett tenha gostado tanto de espalhar a notícia do caso do pai dela.

Quando Becky ligou alguns dias atrás, perguntando por que ela não estava indo, Lizzie disse que tinha pegado um vírus bacteriano e sido instruída a ficar de cama até o final do verão.

— É muito contagioso — disse a Becky, quando a amiga se ofereceu para visitá-la, selando assim seu solitário destino. Quando Becky lhe mandou pelo correio uma pilha de velhas revistas *People* e a filmografia completa do Brad Pitt para ela "ficar boa logo", Lizzie ficou arrasada. Ela não era só uma vadia, era mentirosa e má amiga também. Ela rezou a Deus e pediu perdão, mas isso também não pareceu ajudar muito. Talvez ela tenha de atingir uma certa quantidade de orações — uma espécie de saldo mínimo de conta corrente — antes de Deus começar a responder.

No começo, ela pensou em simplesmente se esconder na biblioteca até o fim do verão. Mas já tinha lido todos os romances de Danielle

Steel da biblioteca, e a ideia de começar a ler Judith Krantz lhe deu uma sensação de tédio. Ela começou a se cansar de peitos arfantes e masculinidades latejantes. (Será que Deus aprovaria Judith Krantz? Será que devia estar lendo a Bíblia no lugar desses livros?) Está com as costas doloridas por causa do pufe. O que quer que a mãe possa dizer sobre ela desistir das coisas com facilidade não pode ser pior do que passar mais um dia na sala de leitura das crianças, que cheira a fraldas sujas e sopa de ervilha.

— Bem — diz Janice, voltando para o fogão para mexer a omelete agressivamente. — Prefere voltar para o balé? Posso ver se eles aceitam você, ainda que os cursos de verão já estejam pela metade.

— Eu odiava balé — diz Lizzie.

— Dança de salão? Curso de línguas? — pergunta Janice, mexendo e cutucando a omelete.

Lizzie suspira. Sabia que não seria fácil. Com um pavor repentino, percebe que, se não tomar cuidado, vai acabar de volta aos cursos de oratória e etiqueta, condenada a um verão com a terrível Sra. Grimley, discutindo se *buffet* se pronuncia "bu-fê" ou "bi-fê". Estremece.

— Na verdade — diz Lizzie —, eu queria era me focar na preparação para os exames de fim de curso. Peguei uns livros de estudo na biblioteca. Sabe, se eu quero entrar numa boa faculdade, preciso começar a estudar para os exames para compensar minhas notas do último trimestre.

Janice se afasta do fogão e coloca a mão na testa de Lizzie.

— Bem, você não está com febre — ela diz. — É a minha Lizzie que está se oferecendo para estudar mais para os exames? Não me dei conta de que você já estava tão focada. Não é cedo demais? Ainda que eu não vá impedi-la. Você quer começar a visitar faculdades? O seu pai e eu podemos levar... — A mandíbula de Janice se paralisa no meio da frase. — Quer dizer, talvez a sua irmã e eu possamos ajudá-la a planejar uma viagem de pesquisa para o outono.

— Claro — diz Lizzie, sentindo-se culpada por mais uma mentira. Ela não tinha pensado nem um pouco em faculdade. — Isso seria legal.

— Mas a menção do seu pai parece já ter encerrado a conversa.

Janice gira a espátula que tem na mão por um instante, olhando fixamente para ela como se fosse um misterioso objeto alienígena. E então, com um solavanco, dá outro salto para conferir a omelete.

— Caramba — diz. Cutuca a massa de claras escurecidas. — Não virei a tempo. Estragou. Vou fazer outra.

— Não tem problema — diz Lizzie. — Posso comer bacon em vez de omelete?

Janice olha para ela com ar de estranhamento.

— E a sua dieta?

— Vou parar de fazer dieta também — diz Lizzie, encorajada por sua vitória. E, para crédito de Janice, ela abre a boca mas para e não diz nada antes de fechá-la de novo e abrir a porta do freezer para pegar um pedaço de bacon.

Em casa não tem muito mais para fazer do que na biblioteca. Em seu quarto, Lizzie fica sentada sobre o tapete cor de lavanda com uma pinça, arrancando os pelos das pernas um por um. Hoje está se concentrando num pedaço logo abaixo do joelho, onde os pelos voltaram a crescer depois de terem sido arrancados. Arranca os cabelinhos castanhos finos, lagrimejando um pouco com a dor. Os bons são os que saem com a raiz ainda envolta numa coroa pegajosa.

Até o ano passado, esse era seu passatempo preferido, embora tenha abandonado o hábito depois de entrar para a equipe de natação. Agora que tem intermináveis horas para gastar, parece um jeito bom para passar o tempo. Sabe que esse hobby autodestrutivo provocaria preocupações sem fim em diferentes escolas de psiquiatria, mas sempre o considerou algo meditativo. Ali, com a porta fechada e o som no último volume (*"You told me you loved me... How could I break your pretty little heart?"* canta Bobby Masterton, seu cantor favorito), ela pode esvaziar a cabeça dos dramas abstratos que não têm uma solução tangível — o fato de que ainda não ficou menstruada, a pichação que ainda está na parede do armário dos meninos, a mãe cada vez mais maníaca num frenesi doméstico no andar de baixo e o pai que parece ter desaparecido da face da Terra. A solidão que pinica no centro do peito. Cada pelo extraído é um passo rumo a uma realização finita: denudação total. E depois ele cresce de novo, para que ela possa refazer tudo.

Seu quarto é roxo, em meia dúzia de tons, das cortinas de veludo roxo-escuro até a roupa de cama listrada de roxo, passando pelas cuidadosamente combinadas almofadas florais com botões de lavanda. Lizzie detesta roxo. Infelizmente, não detestava quando tinha 7 anos e pediu que esta fosse a cor de seu quarto na casa nova. A mãe concordou, e agora o quarto digno da revista *Home & Garden* de Lizzie frustra todas as tentativas de imprimir um pouco de sua personalidade a ele. Não pode colar pôsteres do Brad Pitt nas paredes, porque isso poderia deixar marcas no papel de parede roxo. Tachinhas são absolutamente proibidas. Os livros e CDs estão engenhosamente arrumados nas estantes — quaisquer itens errantes são reordenados toda vez que a mãe entra para limpar — e repousam ao lado da tigela de lavanda seca e das intocadas apostilas de preparação para os exames finais (só para o caso de a mãe ir conferir).

Lizzie está adormecida no ventre cor de uva, tão desinteressada que não consegue sequer reunir energia para fazer qualquer coisa além de arrancar pelos do próprio corpo. Pela primeira vez em meses está se sentindo gorda e preguiçosa — a combinação de ter abandonado a equipe de natação com o hábito secreto de consumir barras de Snickers parece já ter tido um efeito sobre o tamanho de sua barriga, que está novamente passando por cima da cintura do short. Pelo menos espera que seja por isso que esteja engordando. A ideia de que grávidas também ganham peso passa pela sua cabeça. Ela encolhe a barriga, fazendo o pneuzinho desaparecer, então arranca um pelo particularmente escuro e grosso do joelho e o examina. Raspa os pedacinhos de pele presos à raiz e limpa a unha na colcha. A pele do joelho está rosada e parecendo ferida.

Pensa em Mark Weatherlove. Será que deve ligar para ele? Ela quer ligar para ele. Mas por quê? O que iria dizer? O que aquilo queria dizer, afinal? "Acho que você é muito bonita." Ele disse isso como um "Queria namorar com você" ou foi mais uma coisa de educação e amizade? Indo direto ao ponto — *ela* acha ele bonitinho? Nunca pensou nisso exatamente. Ele nunca pareceu o tipo de menino em quem pensar. Conhecia Mark Weatherlove desde que os dois frequentavam o jardim de infância da Sra. Kraus juntos, mas nunca foram amigos. Ele sempre fez parte da turma dos nerds da escola, aqueles meninos esqueléticos que ficam sentados no gramado na hora do almoço lendo revistas sobre videogame e se exibindo sobre como conseguiram alterar as placas de vídeo dos computadores para aumentar os números de vidas no jogo Half-Life II. Nos churrascos obrigatórios da vizinhança, ele normalmente ficava sentado dentro de casa, jogando Gameboy, por mais que sua mãe o incentivasse a sair para brincar na rua. Lizzie lembra que uma vez ele tentou mostrar a ela como jogar Super Mario 4, mas ela estava mais interessada no que havia na mesa do bufê do que em salvar uma princesa digital de um bando de gorilas.

Costumava achar que Mark Weatherlove era um panaca antissocial, mas agora se pergunta se ele não era apenas tímido. Pensa de novo em como ele ficou vermelho quando lhe disse que a achava bonita. Ela nunca tinha feito um menino ficar vermelho antes. Nem sabia que meninos *ficavam* vermelhos de vergonha. Talvez ligue para se desculpar por ter chamado a mãe dele de vaca.

Lizzie larga a pinça e pega a *US Weekly*. Devora as fotografias das páginas "Os astros são como nós!" — sua seção favorita, que mostra estrelas adolescentes com a pele cheia de espinhas, abastecendo os próprios carros e comprando talco no Dr. Scholl — e vai parar na parte de fofocas. Na metade da página, para de repente. Examina a foto, lê a legenda e examina a foto de novo. É sua atriz preferida, Ysabelle van Lumis, saindo de um Bentley branco em frente a um restaurante de Hollywood. Numa das mãos, segura uma bolsa Fendi dourada, a outra está esticada para trás para segurar a mão de um cara com aparência meio suja, um cigarro pendurado nos lábios, saindo das profundezas do banco traseiro do Bentley. A foto está tremida, mas Lizzie o reconhece imediatamente: é Bart.

"Ysabelle van Lumis tem um novo affair", diz a matéria:

> é o britânico Bartholomew Johnson, ex-galã da série *Fahrenheit 88* com quem contracena no novo thriller de ação *Thruster*. Nossos espiões de Hollywood viram o casalzinho trocando carícias na academia My Pilates Body e comprando chá verde light na Coffee Explosion... O que se diz é que Johnson até se mudou para a mansão de seis quartos de Yzzie em Malibu! Será o novo diamante rosa de cinco quilates na sua mão direita um presente do novo amor? "Não me surpreenderia se fosse um anel de noivado", diz uma fonte próxima de Yzzie. "É um romance arrebatador!"

Lizzie fica indignada. Pobre Margaret — ali está ela, em casa tomando conta da família numa época de crise, e Bart a está enganando, o traidor.

Hesita apenas por um minuto antes de decidir que Margaret precisa saber — *naquele instante* — exatamente o que está acontecendo pelas suas costas. Margaret vai mostrar uma coisa a Bart. Talvez entre num avião e vá a Los Angeles lhe dar um chute na bunda. Lizzie imagina a irmã chegando a Malibu com uma fúria íntegra, cantando os pneus ao frear em frente à mansão em estilo grego e subindo enfurecida a escada da entrada. Ela então irá surpreender Bart e Ysabelle, bebendo Kristal seminus na cama, vai atirar um balde de água gelada em cima deles e sair. Os cabelos de Ysabelle vão ficar encharcados, e ela vai ficar gritando feito uma criança. Então Bart vai se dar conta de que Margaret é uma mulher tão fodona que ele nunca deveria tê-la enganado e vai sair correndo atrás dela. Vai haver uma perseguição em alta velocidade nas colinas de Malibu até que Margaret freará cantando os pneus — talvez porque aparecerão ovelhas no meio da rua? —, dando a Bart uma chance de alcançá-la. E então ele vai cair de joelhos e pedir perdão, e os dois se beijarão ao pôr do sol, e Margaret vai levá-lo a Santa Rita para ver sua família, e todos sairão para jantar no restaurante The Fountain. E toda a cidade vai ficar admirada.

Enquanto percorre o corredor a caminho do quarto de Margaret, com a *US Weekly* enrolada na mão, Lizzie admite para si mesma que acha muito legal que o namorado da irmã a esteja traindo com uma grande estrela de Hollywood. Isso faz com que Margaret pareça ainda mais bacana. Um dia, pensa Lizzie, ela quer namorar com alguém que também namore com grandes celebridades.

Abre a porta do quarto da irmã e a encontra dormindo profundamente no meio do dia. Há um livro aberto — parece ser o exemplar de Lizzie de O *apanhador no campo de centeio* — ao seu lado na cama. Lizzie suspira: Margaret passou a maior parte da semana anterior dormindo e bebendo cerveja. Mal sai do quarto, a não ser para comer, e mesmo quando faz isso, nunca janta com ela e com a mãe. Simplesmente come sozinha na sala, na frente da TV. Lizzie se pergunta se Margaret está triste — talvez já tenha ouvido a fofoca? — e, por um instante, questiona se é mesmo uma boa ideia.

Não. Margaret precisa saber. E Lizzie estará lá para consolá-la. Bate a porta do quarto, acordando a irmã, que se senta na cama num salto.

— Quê? — ela diz. — Lizzie, eu estava dormindo.

— Tenho más notícias — diz Lizzie, com o máximo de seriedade que consegue. Atira a *US Weekly* aberta sobre a cama, deixando a mão parada no ar, num gesto dramático. — Olhe.

Margaret limpa os cantos dos olhos com o polegar.

— Jennifer Lopez está grávida? — pergunta.

— Não — diz Lizzie, impaciente. — Embaixo disso.

Margaret fica olhando para a página em silêncio. Desmorona dentro do vestido amarrotado.

— Ah — diz. — Certo.

— Aquele é o seu Bart! — diz Lizzie.

— Eu sei — diz Margaret. — Ele está saindo com Ysabelle van Lumis. — Ela atira a revista no chão e se joga de novo nos travesseiros. Dá um bocejo.

Lizzie fica chocada com a falta de fúria vingativa da irmã. Margaret não devia ter saltado da cama e estar gritando, berrando e urrando de raiva?

— Ele está traindo você — reforça Lizzie, delicadamente, para o caso de Margaret não ter entendido.

— Ele não está me traindo — diz Margaret. — Nós terminamos há meses.

— Ah — diz Lizzie. Olha para a página de novo, vendo seu filme romântico de vingança chegar ao fim. Sem créditos, sem sequer erros de gravação. — Por que você fingiu o contrário?

Margaret suspira e ajeita os ombros.

— Ah, você sabe. Eu não queria que todo mundo fizesse disso um cavalo de batalha. A mamãe, principalmente, teria adorado.

— Mas você podia ter confiado em mim, Margaret! Você pode me contar qualquer coisa! Talvez eu pudesse ter ajudado você a acertar as coisas com ele!

— Isso é fofo, Lizzie, mas você tem só 14 anos. Não sei se entenderia muito o contexto da situação.

Lizzie encara Margaret, perplexa, perguntando-se quem diabos pode ser aquela estranha cínica que está dormindo no quarto da sua irmã. O que afinal ela está *fazendo* ali há um mês? Enxerga a outra sob uma perspectiva completamente nova, como se alguém tivesse acabado de virar o mundo de cabeça para baixo: ela não é invejável, vivendo uma glamourosa vida agitada numa cidade distante; não é a salvadora que vai ajudar a arrumar a família; não é nem mesmo uma boa amiga. Ela é, na verdade (Lizzie percebe agora), uma desempregada, cheia de segredos, sabichona, que nunca inclui Lizzie em nada. Parece que o ar do quarto está indo embora, deixando Lizzie triste e desanimada. Olha para a pele avermelhada das próprias pernas.

— Eu não sou uma *criança*, Margaret. Você não precisa agir com tanta *superioridade*.

— Ah, Lizzie — diz Margaret. Ela estende o braço e dá uns tapinhas no ombro de Lizzie. — Não teve nada a ver com você. Eu só não estava a fim de falar sobre o assunto. Eu precisava fazer o meu próprio luto primeiro, entende?

— Não, você mentiu — diz Lizzie, puxando o braço para longe do toque condescendente da irmã, sentindo inesperadamente muita raiva. — Sabe o que você é? Você é uma impostora, Margaret. E sabe do que mais? Eu nem gosto da sua revista.

— Ah, meu Deus — diz Margaret, caindo de novo deitada na cama. As páginas da *US Weekly* se mexem com a brisa que entra pela janela aberta. Ela fala com o teto: — Não acredito que até a minha irmã mais nova me odeia agora. É tudo simplesmente hilário. — Mas ela não parece estar achando graça nenhuma.

— Não diga o nome do Senhor em vão — diz Lizzie, já se sentindo culpada por ter sido tão má com a irmã, independentemente do quanto ela esteja sendo desagradável. Pensa em M&Ms caindo do teto em suas mãos. É isso o que ela quer. — Você deve rezar para Deus. Pode ajudar você a se sentir melhor. Ou então eu posso emprestar a minha Bíblia.

Margaret encara Lizzie, incrédula.

— Você está brincando, né? A sua Bíblia? — Abre a boca para dizer alguma coisa, mas para. — Sabe do que mais? Eu nem tenho energia para perguntar.

Lizzie observa a irmã deitada na cama por um bom tempo, sentindo-se decididamente nauseada. Pensa no pastor Dylan e na forma como ele estava confiante diante da sala, distribuindo graça, misericórdia e amor ao seu rebanho reunido. Fecha bem os olhos e se concentra com força, tentando sentir a luz de Deus em sua barriga. Ali. Ali está. Um pontinho quente logo abaixo do seu umbigo. Quando abre os olhos de novo, está tonta. O quarto parece estar girando lentamente ao seu redor, e a irmã ainda está deitada na cama, imóvel feito um cadáver, e é como se todo o universo estivesse girando apenas ao redor das duas.

— Vou rezar pela sua alma — diz Lizzie. — Mesmo que você não valha nada.

dez

O convite para o leilão anual de verão no clube de golfe chega numa quente manhã de agosto, apenas quatro dias antes do evento. Janice fica parada em seu hall de entrada impecável, tocando o envelope impresso e se sentindo estranhamente afetada por aquela mensagem vinda de fora de seu território. Fazia quase seis semanas que não ia ao clube. Isolada em casa, tinha esquecido completamente da festa, que costumava ser o ponto alto do seu verão. Só então percebe que não foi convidada para ser a anfitriã do leilão, pela primeira vez em seis anos, e sente isso como um tapa na cara. *Une gifle en pleine figure.* Talvez tenha sido apenas uma suposição por parte do comitê social do clube, uma valsa delicada em torno de seu visível sofrimento, mas Janice não consegue evitar que a suspeita se abata sobre ela. Estaria sendo publicamente proscrita? Será que o boato de Noreen sobre James havia se espalhado ainda mais?

Não deixará que isso a detenha. Janice está se sentindo invencível: uma rápida visita ao toalete feminino era o que bastava para aguentar mais seis horas (na verdade, mais recentemente, quatro; às vezes, três). Estava inclusive começando a ficar sem projetos domésticos — depois de já ter dado uma bela polida na prataria do enxoval, organizado os livros do escritório por cor e gênero, passado todos os itens do armário de roupa de cama e mesa — e agora, às vezes, sente muita vontade de fazer alguma coisa além dos limites da casa. Até mesmo dos limites de Santa Rita. Numa noite, olhou preços de voos para o Marrocos depois de ler uma matéria numa revista de turismo, embora não tenha chegado a comprar uma passagem. Bastava simplesmente saber que havia cogitado a possibilidade.

James continua indo às terças e sextas-feiras, com seu porta-luvas que é um verdadeiro tesouro de saquinhos plásticos transparentes. Ele não fala mais em parar de fornecer para ela e, em troca, ela afasta qualquer possibilidade de demiti-lo. Sim, sim, a presença dele em sua propriedade é arriscada — às vezes lembra que podem levar Lizzie embora —, mas não parece conseguir se livrar de James. Onde mais iria comprar *aquilo*? Fantasia poder comprar um estoque para o ano inteiro e mandá-lo embora até um período menos arriscado, mas isso é implausível. (O desembolso de dinheiro seria grande demais, pelo menos até ela vencer o caso contra Paul, e se estiverem monitorando a sua conta bancária?) Seu coração acelera com o som da caminhonete na entrada da garagem, o cheiro de cloro a deixa zonza de expectativa pavloviana. Ela está muito *viva*, o que serve para mostrar como esteve morta durante muitos anos sem se dar conta disso.

Ainda assim, Janice sente os lobos do lado de fora, circundando a sua casa, esperando que ela cometa um erro fatal: os advogados, Paul e, agora, as empresas de cartão de crédito. O telefone toca constantemente com agências de cobrança à procura de Margaret, que parou completamente de atender o telefone. Então, Janice anota recados assustadores em letras de fôrma grandes, que espera que transmitam à filha a gravidade da situação. Deixa os recados na cama dela ou os enfia por debaixo da porta do quarto: "MASTERCARD DUAS VEZES — QUEREM QUE VOCÊ LIGUE IMEDIATAMENTE", "AGÊNCIA DE COBRANÇA/VISA: QUER TRATAR ACORDO", "AMEX: VOCÊ SABIA QUE VAI PERDER O CRÉDITO? UMA SEMANA PARA PAGAR O VALOR MÍNIMO, OU ELES VÃO FAZER COBRANÇA NA JUSTIÇA."

Quando Margaret contou a Janice que estava com os pagamentos dos cartões de crédito atrasados, ela imaginou que se tratasse de uma quantia gerenciável. Dez mil dólares, talvez — nada insuperável. Mas daí Janice atendeu à primeira ligação. E a segunda, e a quinta. A essa altura havia feito as contas, e totalizou uma soma de mais de 100 mil dólares. A quantia parece implausível. Margaret havia mencionado problemas financeiros com a *Snatch*, mas *isso* parece muito maior. Está apavorada com a situação da filha — eles não haviam ensinado Margaret a sempre pagar o saldo do cartão imediatamente? —, mas a ganância absoluta das agências de cobrança também desperta os instintos mais protetores de Janice. Como sua filha nota 10 podia ter se metido numa encrenca tão grande? Janice sabe que deveria sentir o sabor da vitória — ela tinha razão sobre as perspectivas daquela revista, sobre o rumo equivocado da carreira de Margaret, provavelmente tinha razão até mesmo sobre Bart —, no entanto, não consegue tirar qualquer satisfação disso. A irresponsabilidade da filha é um resultado do seu fracasso como mãe? Ao contrário, está se sentindo horrorizada pelo fato de ela ter escondido a situação, de ter ficado à mercê desses agiotas em vez de recorrer à própria mãe por ajuda. Essa triste compreensão — de que a filha não quis tê-la por perto num tempo de crise — é o que a impede de simplesmente oferecer a Margaret ajuda para pagar as dívidas. Isso e o fato de que, a menos que o processo judicial seja julgado em seu favor, ela não tem 100 mil dólares para dar a Margaret, de qualquer maneira. Claro que poderia pagar os valores mínimos, para manter as agências de cobrança a distância; mas será que Margaret a deixaria fazer isso pelo menos? Janice, duvida. De outra forma, o que ela pode fazer? Nada, exceto anotar os recados, cada um escrito com letras levemente maiores do que o anterior.

Margaret também não parece estar fazendo coisa alguma para resolver a situação. Desde a briga das duas por causa da cachorra dos Gossett, Margaret tem se mostrado descaradamente petulante: bebendo cerveja no meio do dia, passando horas no quarto com a porta fechada e a música alta, lendo as revistas fúteis de Lizzie no jardim. A única pessoa com quem a filha mais velha conversa é James, o que provoca uma preocupação infinita em Janice. Às vezes, ela os espia através das persianas, enquanto eles conversam na beira da piscina. Uma vez, tem certeza de que viu Margaret seguindo James até o galpão do jardim. Será que ele estava fornecendo *aquilo* para Margaret também? A ideia a deixa chocada, mas pode dizer pelo comportamento da filha que não é o caso. Na verdade, ela parece estar dormindo ainda mais do que dormia no começo do verão.

São muitas as perguntas que Janice quer fazer a Margaret: o que aconteceu com a *Snatch*? Como ela acabou tão profundamente endividada? O fato de que Bart não ligou uma única vez significa que os dois se separaram? O que ela está fazendo naquele galpão com James? Mas a confissão de Margaret sobre sua pobreza e a raiva residual que Janice sentia sobre a confusão dos passeios com cachorros perturbaram a frágil paz entre elas, de forma que agora está a distância, vendo a filha ser levada para longe numa maré invisível. Margaret não fala mais sobre ajudar Janice com o processo judicial. Na verdade, ela simplesmente não fala mais com Janice que, por sua vez, se comunica através de letras de fôrma de três centímetros.

E agora isso das amigas de Janice do clube. Ela olha para o convite e se dá conta de que estava endereçado apenas a "Sra. Janice Miller". Devia ser doloroso ver isso, mas, estranhamente, não é. Sim, ela se sente mais absolutamente sozinha do que já se sentiu na vida, mas isso é tão ruim assim? Não, de jeito nenhum. Na verdade, sua fortaleza de solidão é que a faz sentir-se segura, intocável, afastada das garras da emoção inútil. Desde que tenha *aquilo*, o pó branco que ilumina o interior do seu cérebro, Janice está bem.

Pensa que é claro que irá à festa. Provará a todo mundo que está perfeitamente bem sozinha. *Melhor* do que bem. Ela está ótima.

Na noite da festa, Janice reserva três horas para se arrumar. Toma um banho de uma hora em sais de banho de champanhe e se hidrata com creme de cardamomo. Ela tira um vestido envelope Diane Von Furstenberg preto de um cabide no closet e o refresca com um jato de spray Evian. Os sapatos de salto Ferragamo incrustados de cristais para ocasiões especiais são exumados de sua tumbas de tecido na prateleira do closet. Do cofre no armário de roupas de cama, Janice tira o colar da Tiffany da caixa de veludo, presente de Natal que Paul lhe deu alguns anos atrás, e prende o aro frio de diamantes ao redor do pescoço.

De pé diante do espelho, fica satisfeita com sua armadura. O vestido está um pouco mais largo do que se lembrava — sim, ela perdeu peso! —, mas exibe a quantidade certa de pernas e decote. As bolsas escuras de cansaço sob os olhos são outra questão: exigem duas camadas de base para serem cobertas. Enquanto passa o rímel, sua mão treme tanto por causa *daquilo* que precisa retocar três vezes. Não há nada que ela possa fazer quanto às marcas avermelhadas das unhadas nos antebraços, mas as mangas as cobrem. Quando examina o resultado no espelho, fica satisfeita. Não parece uma divorciada isolada. Na verdade, está com a melhor aparência dos últimos anos. No espelho, vê ângulos precisos, formas delgadas. Olha para o queixo, que informa ao mundo que ela não deve ser menosprezada.

Antes de descer, faz uma pausa no banheiro para cheirar uma carreira rápida *daquilo* para ter força extra, virando a cabeça para trás para aproveitar as cócegas na garganta, e guarda o saquinho no forro de sua carteira Judith Lieber, para garantir.

Quando entra na cozinha, vê Lizzie sentada jantando uma tigela de corn pops. Lizzie está mais uma vez claramente perdendo a batalha contra a obesidade, e o primeiro impulso de Janice é culpar Paul por isso, por perturbar um tipo de equilíbrio precário no metabolismo da filha. Ao entrar mais um pouco na cozinha, percebe que há um menino sentado num banco alto ao lado de Lizzie. Janice para, no meio do caminho, quando o rosto dele entra em foco. É ninguém mais, ninguém menos do que Mark Weatherlove, o filho de Beverly, comendo uma tigela de cereal açucarado com uma colher — do conjunto de talheres do enxoval, que tem os cabos gravados com as iniciais da família Miller. A lógica daquilo esbarra no seguinte: sua melhor amiga está sumida, mas o filho dela, inexplicavelmente, está ali.

Fica parada, tentando compreender a presença estranha do menino na sua cozinha, tentando entender o que ela pode significar. Lizzie e Mark nunca foram exatamente amigos, um fato que ela e Beverly delicadamente costumavam evitar comentar, ambas convencidas de que era o próprio filho que estava evitando o outro, menos apto socialmente. Agora se pergunta se Beverly não havia enviado Mark como espião. Ele está ali para descobrir se Janice ainda está se relacionando com James, informação que vai passar para a mãe, que a repassará para o próprio Paul. (*Lobos! Os lobos estão na casa!*) Ou será que ele está procurando documentos legais? Olha ao redor do ambiente, tentando localizar qualquer documento legal que ela possa ter deixado por ali, mas os balcões ainda estão brilhando da limpeza que fez na noite anterior. A papelada está toda arquivada numa gaveta no escritório.

Examina Mark, observando o moletom sujo e os tênis velhos. Ele percebe que ela o está encarando e salta diante do banco.

— Oi, Sra. Miller — ele diz. Agarra a colher com força.

A inviolabilidade da sua clausura foi rompida. Janice sente a presença indesejada do adolescente em cada poro do corpo. Como pode fazê-lo ir embora? Ele está ali como convidado de Lizzie. Seria grosseiro expulsá-lo — e Paul e Beverly certamente ficariam sabendo disso também. Sente os braços e as pernas vibrarem de tensão. Tem vontade de coçar os braços, que estão formigando, mas as mangas do vestido estão no caminho.

— Mark — ela diz, com a voz soando mais fria do que gostaria. — Como você está?

A pergunta parece paralisar Mark, que não diz nada. Ao lado dele, Lizzie leva a última colherada de cereal à boca e limpa o leite dos lábios com as costas da mão.

— Maphhffphhf — ela diz.

— Não consigo entender você com a boca cheia — diz Janice. Observa Mark lambendo a colher, passando a língua lentamente pelas iniciais impressas, e estremece de fúria. — Por que você está usando os talheres bons, Lizzie?

Lizzie olha para a colher.

— Ah, estavam fora do armário.

— Eu estava polindo os talheres — diz Janice, que se mexe para a frente e para trás em seus saltos já desconfortáveis. Quer arrancar a colher da mão de Mark. Ele simplesmente fica sentado no banquinho, tão animado quanto um montinho de terra.

Lizzie larga a colher e termina o cereal, virando a tigela na boca e bebendo o leite doce.

— Precisamos ir. Vamos para o Arrebenta! — ela diz.

— Arrebentar o quê? — diz Janice, assustada. Arrebentar? A porcelana? Olha em volta atrás de itens quebráveis.

— Arrebenta! é o lance de grupo de jovens da igreja — continua Lizzie.

Janice fica aliviada apenas momentaneamente. Igreja? Quando deixou Lizzie ir à igreja com o filho da Barbara Bint, imaginou que seria um ambiente social saudável, onde a filha pudesse fazer alguns amigos. Não havia imaginado que os amigos incluiriam Mark Weatherlove. Será que era tudo uma conspiração dos inimigos dela? Barbara, Beverly, Paul e Noreen conspirando juntos para arrastar Lizzie para a igreja, onde Mark faria amizade com ela e se infiltraria na família? Será que a pobre Lizzie caiu em cheio numa armadilha? Ou, Deus a livre, Paul a envolveu em sua trama?

Sacode a cabeça. Não. É claro que não é isso. Mark é só um menino. Uma criança, como Lizzie. Provavelmente está tão nervoso por vê-la quanto ela está por vê-lo. Lembra-se da expressão sombria dele na porta da casa dos Weatherlove no dia em que Paul a deixou e sente uma pontada de remorso. Claro, isso também não tem sido fácil para ele, pobrezinho. Olha para Lizzie e se pergunta se algum dia irá comprar livros de autoajuda para auxiliá-la a "processar" o divórcio. Mas se Lizzie está traumatizada, está escondendo bem — não houve uma lágrima. Janice quer acreditar que, com sua absoluta determinação, tenha conseguido manter seu lar delicadamente unido. Olha de novo para Mark e se força a dar um sorriso alegre. *Apesar de tudo*, diz a voz mesquinha que vem do fundo da mente. *Apesar de tudo*.

— Igreja. Bem — ela diz. — Digam oi para Deus por mim, está bem?

Lizzie olha para Janice de cima a baixo.

— Você está bonita — ela diz. — Por que está toda arrumada?

— Vou ao leilão no clube — ela responde. Mark Weatherlove solta a colher, fazendo barulho. O som agudo do talher batendo na cerâmica do chão faz os dentes de Janice doerem. Vai ficar uma marca. Mark se abaixa para pegar a colher. Quando se levanta, evita o olhar de Janice. Limpa cuidadosamente a colher na calça jeans e a examina.

— A festa no country club? — ele pergunta.

— Sim — responde Janice.

— Ah — faz Mark. Ele está esverdeado.

Janice quer se afastar, mas permanece fincada no mesmo lugar. Percebe que Mark tem informações privilegiadas. A mente dela gira com as perguntas que quer fazer a ele: a sua mãe ainda está morando em casa? Ela se mudou para o Four Seasons com Paul? Você o vê muito? Como o seu pai está lidando com a situação? O que a sua mãe diz de mim? Alguém diz alguma coisa de mim? Eu ainda existo, ou desapareci completamente em um mundo criado por mim mesma?

Mas não diz nada.

Ouve-se o som de passos atrás dela. Janice se vira no instante em que Margaret entra na cozinha, com uma *US Weekly* embaixo do braço. Janice observa a filha ir até geladeira, abrir a porta, pegar uma cerveja e tomar todo o conteúdo em um gole longo e rápido. Quando termina, Margaret joga a garrafa na lata de lixo fazendo um barulho assustador e pega outra na geladeira. Vira-se para Mark.

— Nossa, uma visita — ela diz. — Faz tempos que não temos disso. Você é amigo da Lizzie?

Sua filha fala! Ela se mexe! Janice fica grata pela trégua, mas seu alívio fica prejudicado pelo comportamento estranhamente agressivo e pela aparência desgrenhada de Margaret. Duas cervejas? A filha está se tornando alcoólatra? Deseja dizer alguma coisa sobre isso, mas o peso da pergunta de Margaret ainda está pairando pesadamente sobre o ambiente. Lizzie se mexe no banco.

— Este é o Mark — ela diz.

Margaret olha para Mark durante um longo instante, e então o reconhecimento toma conta de seu rosto.

— Mark Weatherlove? — pergunta, com os olhos ficando sombrios.

Janice quer gritar. *Sim! E usando os nossos melhores talheres!* Mas percebe que se ficar em silêncio e apenas assistir poderá colher informações valiosas. Lizzie e Mark se entreolham, ambos esperando que o outro responda. Mark parece incapaz de se mexer. Lizzie consegue dar um animado aceno com a cabeça.

Ninguém diz nada. O único barulho que se ouve é o de algo batendo rapidamente. Janice leva um tempo para perceber que o som staccato está vindo do próprio sapato, com o pé em movimento tendo aparentemente se transformado no único escape para a energia contida em seu corpo. Janice percebe que Margaret ainda está usando aquele vestido ridículo, a aparente incapacidade de trocar de roupa deixou de ser meramente desagradável e passou a ser quase patológica. Seria um recado direcionado a ela? Algum tipo de rebeldia contra os padrões de higiene da mãe? Vingança pela briga das duas? Provavelmente, todas as anteriores.

Margaret olha para Janice e balança a cabeça.

— Ei, Mark, você pode nos dar um minuto? É um assunto de família — diz Margaret, enquanto Janice examina atentamente a textura do piso de cerâmica espanhola. Enquanto ela observa, o piso se inclina assustadoramente, voltando depois ao lugar. Sacode a cabeça para limpar a visão.

Mark assente com a cabeça e sai caminhando de lado na direção da porta.

— Vou pegar as bicicletas, Lizzie — ele diz, e desaparece na entrada da garagem.

Margaret espera até a porta se fechar antes de dizer alguma coisa.

— Pelo amor de Deus, Lizzie. Se a mamãe não vai dizer, eu vou. Você está *maluca*?

— O quê? — pergunta Lizzie, com os olhos arregalados.

— Você não percebe que estamos com um processo judicial em andamento? Que ele é o filho da... — olha para Janice e baixa o tom de voz — *mulher por quem o nosso pai nos trocou*? Você não pensou em como a mamãe iria se sentir? — Olha para Janice e franze as sobrancelhas. — Você está bem, mãe?

— Estou ótima, Margaret — responde Janice, levemente irritada pela infantilização da filha, mas também surpresa com seu cuidado. — Está tudo bem.

Nesse meio-tempo, o rosto de Lizzie ficou completamente vermelho.

— Ah — ela diz. Olha para a mãe, e a expressão de filhote abandonado em seus olhos faz Janice se encolher. *Pobre Lizzie*, pensa, automaticamente, esquecendo que há menos de um minuto ela também quisera expulsar Mark de casa. — Eu não pensei que fosse um problema.

— Não pensou que fosse um problema? — repete Margaret. — Nossa, Lizzie, você é incrivelmente ingênua.

Lizzie está à beira das lágrimas, e Janice não suporta mais a situação.

— Tudo bem, Lizzie, sabemos que você não fez de propósito — começa.

— Não achei que ele desse bola para isso — diz Lizzie. — Eu só queria fazer um novo amigo.

Margaret sacode a cabeça.

— Que seja, mas você não acha que o momento é um pouco impróprio? Quer dizer, e se o Mark estiver levando informações? Tem muito dinheiro em jogo aqui, Lizzie. Você precisa pensar em como isso afeta as pessoas.

Janice fica perplexa com essa validação de suas próprias preocupações e sente um instante de inesperada proximidade com Margaret — será que há uma reconciliação no horizonte? — que é quebrada quando Lizzie explode num ataque.

— Ele *não* está fazendo isso — ela berra. — Ele *gosta* de mim. Meu Deus, Margaret, você é muito má. Nem todas as pessoas do mundo querem sacanear você. Você não quer nem que eu tenha, tipo, um amigo? Ou você só quer que todo mundo seja triste como *você*? — Lizzie tropeça ao se levantar, derrubando o banco no chão, e sai em disparada pela porta da cozinha, que bate atrás dela. Os talheres do enxoval, arrumados sobre o veludo em cima do balcão da cozinha, estremecem.

— Alguém claramente ainda não viu o lado feio da natureza humana — observa Margaret. — Ah, enfim. Que seja. — Dá de ombros, num gesto blasé aparentemente para si mesma, e se vira para voltar ao quarto.

Janice fica na cozinha pensando, sozinha, e apesar de tudo, quer chamar Margaret. Juntas, podem discutir as conspirações contra ela, analisar essa rede de emaranhados suspeitos, discutir soluções para os problemas financeiros da filha. Talvez Janice tenha sido dura demais com Margaret a respeito do contratempo da cachorra. Não se importará de pedir desculpas, apenas para que Margaret fique com ela por mais um minuto. Mas Margaret já foi.

O que aquilo tudo significa? Sozinha, com as filhas uma para cada lado, ela se sente como se tivesse perdido a compreensão em relação ao que, há poucos minutos, parecia perfeitamente alinhado. Agora parece demais, absolutamente demais, sequer considerar a ideia de ir até o carro, imagine dirigir até o outro lado da cidade e depois passar três horas na companhia de duzentos amigos e conhecidos. Apenas agora lhe ocorre que Paul pode estar nessa festa também. E com Beverly, a julgar pela expressão de Mark. Mas certamente eles não ousariam se expor tanto, não tão cedo. Olha para o balcão de granito, para os talheres empilhados, e estende a mão para endireitar alguns garfos que ficaram tortos. Vê o próprio rosto refletido ao contrário numa colher de servir: parece uma máscara de Halloween, assustadoramente esticada, com a boca parecendo uma ferida aberta, os olhos manchados de preto. Abalada, ela repõe a colher em cima do balcão. Então, rapidamente (antes que Margaret desça de novo) e com cuidado (abaixando-se, para o caso de Lizzie e Mark estarem dando um tempo na entrada da garagem), Janice abre a carteira. Tira o saquinho, arruma um montinho de pó sobre o balcão limpo da cozinha e usa uma faca de manteiga dos talheres bons para arrumá-lo numa carreira. Enquanto aspira, sente o cheiro do produto de limpeza que usou naquela manhã para polir o granito até deixá-lo brilhando.

Fecha os olhos e visualiza os cristais flutuando em sua corrente sanguínea, minúsculos hexágonos químicos de força e vitalidade. Respira profundamente, uma inspiração tão limpa e restauradora que consegue enxergá-la enchendo seus pulmões. Então abre os olhos, ajeita o vestido e vai batendo firmemente os saltos dos sapatos Ferragamo até o Porsche.

Quando ela chega, já há uma fila de carros percorrendo a via cercada por carvalhos que leva até o clube. O estacionamento parece uma concessionária de automóveis de luxo: Mercedes, BMWs, Audis, Escalades e Navigators arrumados em fileiras retinhas, e até mesmo um Bentley, estacionado longe dos outros carros para evitar que seja arranhado por alguma porta errante. Janice estaciona a sua caminhonete entre duas outras caminhonetes Porsche Cayenne idênticas.

Naquela noite, a velha escadaria de granito que leva até as portas da frente do clube está decorada com arranjos florais de folhas de repolho e cenouras em grandes cestas. O tema da festa é "Peter Rabbit", e o dinheiro arrecadado pelo leilão será revertido para uma organização de resgate de coelhos. Janice para na porta para ler para cartaz: "Todos os anos, milhões de coelhinhos são abandonados pouco tempo depois da Páscoa quando as famílias descobrem que seus novos bichos de estimação exigem tanta atenção quanto cães ou gatos e não lambem nem ronronam. Nesta noite, estamos levantando fundos para ajudar a resgatar animaizinhos como Munchkin, um orelhudinho de seis meses que foi encontrado no lixo, e Binky, um filhotinho de apenas um olho que foi recentemente atacado por um pit bull."

Nos jardins atrás da sede do clube, a agência de adoção montou uma cerca branca de madeira. Coelhos saltam livremente dentro da área cercada, supervisionados por um senhor mais velho vestido de Sr. McGregor* de macacão e forcado. Há uma placa escrita à mão pendurada na cerca: "Nos adotem!"

A festa já está animada. Janice aceita um drinque — um martíni verde com gosto de kiwi — de um garçom que passa. Vai até as janelas para olhar a exposição no gramado, sorrindo, acenando com a cabeça e trocando cumprimentos com diferentes membros do clube no caminho. Ninguém parece estar incomodado por sua presença, na verdade, muito pelo contrário. Noreen Gossett lhe dá um tchauzinho gentil com os dedos do outro lado do salão, onde está conversando com os Grouper, e Janice consegue retribuir com um aceno simpático. Jannie Patsy Cientela, do comitê de arrecadação de recursos da escola, acena para ela de perto do piano de cauda. É como se os fatos das últimas seis semanas jamais tivessem acontecido e, por um instante, Janice se pergunta se aquele verão não teria passado de um pesadelo.

Reconhece membros do clube de equipes de golfe, de reuniões da Associação de Pais e Mestres, de torneios de tênis, da piscina. O salão está cheio de graça e estilo e, relaxando, Janice sente a sincronicidade dentro de si. Os bem-nascidos — pensa nessa frase e tem consciência de que nenhuma daquelas pessoas ao seu redor é, realmente, bem-nascida e mesmo assim, todas frequentam aquele ambiente tão confortavelmente como se tivessem nascido em berço de ouro. Como rapidamente se torna normal possuir uma casa com uma sala especial apenas para embrulhar presentes. Como é fácil. E ela merece aquilo tanto quanto qualquer um.

As pessoas parecem estar dançando enquanto ela atravessa o salão, cada uma saindo do caminho para permitir a sua passagem. É como voar através de uma nuvem. O presidente do clube, Jim Rittenberg, segura seu cotovelo quando ela passa por ele e sussurra em seu ouvido:

— Você está fantástica, Janice. Que bom que veio. Espero que não se importe que tenhamos dado uma chance para a Noreen ser a anfitriã este ano. Ela vem implorando por isso há anos, e pensei que talvez você gostasse de uma folga.

---

* Personagem dos livros infantis da autora inglesa Beatrix Potter, criadora de "Peter Rabbit". (*N. do T.*)

— Foi muito gentil da sua parte — diz Janice, sendo levada pelas pessoas. Há tantos estímulos, que ela mal sabe para onde olhar. Ficou afastada por muito tempo, tempo demais. Por que estava se escondendo em casa? Navega pelas conversas, com as palavras saindo fácil de sua boca, como se nunca tivesse parado de socializar. O cristal parece acelerar tudo, deixando sua língua imprevisível e ágil. Às vezes, *aquilo* fala sem confabular com o cérebro antes, mas, mesmo assim, nada inadequado sai de seus lábios. Consegue desligar a cabeça completamente.

Toma o último gole de seu drinque e pega outro de um garçom que passa enquanto conversa com Steven Bellstrom sobre o ginásio que está sendo planejado para o Millard Fillmore High. Na metade do segundo drinque, porém, ela começa a sentir o rosto queimando, talvez esteja um pouco alta demais, falando um pouco alto demais. Fica absolutamente ciente da taça vazia em sua mão. Cada nervo de seus dedos tem consciência do peso do vidro, da úmida condensação na superfície, da força com que está segurando a haste estreita.

Janice pede licença e vai até um estrado perto da porta aberta da varanda, onde engole o ar da noite. Percebe que a clareza do cristal está desaparecendo, substituída por uma tontura de álcool. Respira com a boca aberta, na esperança de deixar entrar mais oxigênio em sua cabeça embotada. O ar da noite está quente, nem um pouco refrescante. Sente uma coceira terrível no tornozelo e se abaixa para coçar, mas isso parece piorar a situação. A ideia de outra conversa sobre tênis ou sobre a última reunião da câmara da cidade ou sobre os valores das propriedades na região leste da cidade é repentinamente insuportável. Passa por sua cabeça o pensamento de ir embora naquele momento — simplesmente saindo para a noite quente sem sequer avisar a alguém que já vai — e fica chocada ao perceber que a possibilidade a enche de alívio.

Mas fica mesmo assim, sem conseguir dar o salto. Apoiada no batente da porta, vê Barbara Bint vindo em linha reta na sua direção através do salão e respira fundo.

Barbara chega ao seu lado envolta numa nuvem de seda com cheiro de perfume Tresor e avança para um beijo a distância, tocando-a sem querer e deixando uma mancha de batom em sua bochecha. Janice limpa o batom do rosto com a palma da mão.

— Que bom ver você por aqui, Janice — diz Barbara, inclinando-se para tocar seu pulso. — Parece que tenho visto mais a sua filha do que você!

A sensação da mão de Barbara em seu pulso é insuportável, dando-lhe um formigamento. Janice toma um gole de seu drinque, desacomodando a mão de Barbara.

— Certo — ela diz. — A igreja. Bem, ela parece estar achando muito interessante.

— Você deveria se orgulhar. Ela está realmente se dedicando ao grupo de jovens, e muito rapidamente! — Barbara se inclina em sua direção com ar conspiratório. — Acho tão importante que os nossos filhos tenham vidas espirituais. Os meninos de hoje em dia são tão... perdidos e sozinhos, você não acha? Levando em consideração todas as terríveis influências da cultura contemporânea. Sabe, estou pensando em dar aulas em casa para Zeke no ano que vem. Ele precisa aprender moralidade junto com álgebra. E talvez não seja da minha conta, mas, se é para sermos sinceras, a sua Lizzie também.

— A moralidade da Lizzie está perfeitamente bem — diz Janice. Olha para o campo de golfe do lado de fora e vê que os coelhos deram um jeito de fugir do cercado. Dúzias deles estão se dispersando através do gramado bem cuidado, saltando direto para a armadilha de areia, no caminho do terceiro buraco. O Sr. McGregor atirou seu inútil forcado de lado e está tentando reunir os coelhos perdidos de volta ao cercado. Noreen Gossett e um bando de mulheres de vestidos de festa correm atrás dele, tentando ajudar, mas seus saltos afundam na grama. Com os cabelos se soltando do penteado elaborado, Noreen dispara atrás de um pequeno coelhinho cinza e cai de joelhos na grama, enlameando o vestido. Janice leva a taça aos lábios para esconder o sorriso provocado pela ideia de Noreen atuar como mestre de cerimônias do leilão com a roupa manchada de terra. Os coelhos desaparecem no meio dos arbustos.

— Bem, acho que você devia ao menos pensar no assunto. Converse com a sua filha — diz Barbara, endireitando os ombros. Uma expressão estranha passa pelo rosto de Barbara. Janice vê que ela está olhando por cima de seu ombro e, com uma premonição sombria às suas costas, Janice resiste à vontade de se virar. Barbara vira o resto de sua água mineral.

— Oi, Beverly — diz Barbara, com a voz uma oitava acima do normal.

O sorriso simpático no rosto de Beverly está congelado num ricto de horror no momento em que Janice se vira. As duas ficam frente a frente, a centímetros uma da outra. Barbara deu um jeito de desaparecer.

— Ah — diz Beverly. — Não me dei conta de que era você, Janice. Que surpresa.

— Olá, Beverly — fala Janice, antes sequer de ter consciência do que está saindo de seus lábios, e deseja que tivesse passado mais tempo se preparando para este momento inevitável. Ela não tem ideia do que dizer.

Beverly se recupera rapidamente, reajustando o rosto com uma série de caretas até a expressão retomar um ar cordial.

— Não sabia ao certo se você viria — ela diz, de um modo enfurecedoramente casual. — Considerando as circunstâncias.

As duas mulheres se mexem em cima dos saltos *stiletto*. Beverly está devastadora. Janice a examina, incomodada, a nova cor de seus cabelos — um bonito castanho-dourado — e o novo corte Chanel. O terninho bordado mostra que ela conseguiu perder um pouco de peso. O bronzeado faz parecer que acabou de voltar de um relaxante período de férias no Mediterrâneo. Mas alguma coisa nela parece estranha, como se Janice estivesse olhando para uma mera caricatura da mulher que conhecia tão bem, muito longe da versão verdadeira. Pergunta-se se a Beverly que era uma boa amiga — a pessoa que levava conserva caseira de azeitonas em seu aniversário, que regava sua horta de temperos quando ela saía de férias, que foi sua confidente quando Margaret se mudou repentinamente para Los Angeles — foi algum dia uma pessoa verdadeira ou apenas um grave erro de percepção. E então, de repente, Janice fica furiosa. E a sensação é maravilhosamente libertadora.

— Você pensou que eu iria desaparecer, permitindo que você simplesmente assumisse a minha vida? — diz Janice. A presença arrepiante de Beverly parece tê-la arrancado de sua embriaguez. Ela se sente viva, focada. — É melhor pensar de novo. — As palavras saltam de sua boca com precisão absoluta, e Janice se empolga ao ver Beverly se encolher. Janice nunca gostou de brigas, da forma como elas parecem nos escancarar e expor nossas maiores fraquezas e nossos impulsos mais irracionais.

Raramente brigava com Paul. Suas discussões eram mais do gênero passivo-agressivo tempestuoso — com ela revelando sua frustração através da implicância, um desespero que reconhecia em si mesma e detestava, e ele, através do vício em trabalho e da ausência total. Mas, agora, está morrendo de vontade de se envolver numa boa batalha. E tem de agradecer ao cristal.

— Eu não quis magoar você. Você sabe disso — diz Beverly, arregalando os olhos e piscando, suplicante. Janice tem vontade de bater nela.

— Eu não sei de nada, Beverly — diz Janice. — Você não se deu ao trabalho de me ligar e contar nada, afinal.

Beverly franze o nariz, um hábito que Janice reconhece das quadras de tênis: é o que Beverly faz quando está se concentrando na estratégia do jogo.

— Você sabe que eu estava tendo problemas com o Louis — continua Beverly, em voz baixa. — Daí Paul e eu jogamos em dupla naquele torneio de golfe quando você foi para o enterro da sua mãe em Indiana no verão passado, e as coisas simplesmente aconteceram. Eu não conseguiria contar a você, e claro que não fazia ideia de que aquilo duraria mais do que uma semana. Mas começamos a ter *sentimentos*... E eu sabia que vocês não estavam exatamente felizes juntos...

Janice se lembra, com tristeza, de uma conversa que ela e Beverly tiveram muito antes de Paul deixá-la, ali mesmo no clube depois de uma partida de tênis. Beverly lhe contou que o sexo com Louis tinha ficado um tédio, e Janice, corada com a confidência, contara de uma noite recente em que tinha ouvido Paul se masturbando na cama, ao seu lado, pensando que ela estava dormindo. Imaginou que Beverly iria compartilhar de sua repulsa — deixando de lado o fato desconcertante de que ele preferia se masturbar a acordá-la para transar, Janice ficou horrorizada com o fato de Paul *fazer aquilo na cama*, despreocupadamente, sem absolutamente pensar se ela iria notar —, mas o olhar no rosto de Beverly foi de pena. Janice pensou, na época, que Beverly estava com pena dela, mas agora se pergunta se a pena não seria de Paul. E, pior, se ele estava pensando em Beverly quando fez aquilo.

— Então — Janice diz —, o que você está dizendo é que resolveu que a minha suposta infelicidade era uma desculpa para me fazer ainda menos feliz?

— Bem — diz Beverly. — Acho que você há de concordar que você precisava que alguma coisa mudasse. Para ajudá-la a fugir da sua claustrofobia.

— Claustrofobia? — A palavra desconcerta Janice, com a expressão disparando um tipo de déjà-vu que ela não consegue localizar muito bem. E então se dá conta, do nada: "fugir dessa claustrofobia" é a mesma frase que Paul usou na carta que escreveu pedindo o divórcio. Por Deus: será que Beverly o ajudou a escrever a carta? Ou ele mostrou o que havia escrito a ela? A ideia a deixa nauseada. De qualquer maneira, é uma prova incontroversa do caso deles, da existência do *relacionamento* deles, e por isso ela odeia Beverly.

— Não acho que você esteja em condições de me dizer do que eu preciso — diz Janice, levantando o tom de voz. Ouve o silêncio que toma conta do salão de baile, como se todos tivessem se virado para ouvir o que sabem se tratar de uma conversa interessante. As pessoas a poucos metros delas estão cuidadosamente olhando em outra direção.

— Eu não a culpo por estar com raiva — Beverly diz. — Eu sei que o que eu fiz... o que nós fizemos... — Janice se choca quando Beverly usa o pronome "nós" — é horrível. E não espero que voltemos a ser amigas, mas espero que possamos ser civilizadas. Pelo bem de todo mundo... — Aproxima-se um pouco e pousa a mão no braço de Janice, que se dá conta de que Beverly na verdade vinha esperando por aquele momento, que aquele momento é na verdade uma *catarse* para ela. Janice sabe, sem dúvida, que Beverly vinha ensaiando aquele discurso mentalmente fazia dois meses, à espera do momento inevitável em que as duas iriam se cruzar no mercado Whole Foods ou na Neiman Marcus. Puxa o braço com força.

— Ah, pode esquecer esses clichês idiotas, Beverly — explode. — Eu não tenho qualquer intenção de ser civilizada com você nem de deixar que você se sinta melhor consigo mesma. Não tenho qualquer interesse em você. Só espero que quando Paul descartá-la como uma caixa de iogurte vencido, como ele fez comigo, você não venha chorar na minha porta, porque eu não vou estar me sentindo muito generosa.

Beverly tenta franzir as sobrancelhas para demonstrar preocupação solidária, mas sua testa congelada — entupida de Botox —, forma apenas vincos peculiares ao redor das sobrancelhas. Janice tem a impressão de que consegue ver Beverly repassando suas falas mentalmente, como um ator que se esqueceu da sequência do monólogo. Janice olha ao redor para as costas tensas dos amigos do clube, que estão imóveis numa tentativa de fingir que não estavam ouvindo nada. Tem consciência do suor se formando na testa, da coceira que agora se estendeu para o outro tornozelo. Não está se sentindo nem um pouco centrada. Só consegue pensar em cheirar mais uma carreira *daquilo*.

— Para mim esta conversa acabou — diz Janice. Ela se vira para seguir reto até o banheiro, mas para de repente e volta para onde Beverly ainda está parada, parecendo perdida.

— Ele está aqui, não está? — pergunta.

Beverly abre a boca, fecha em seguida e assente com a cabeça.

— Está no salão social — ela diz, com a voz absolutamente inexpressiva.

O único barulho no banheiro é o zumbido do ar-condicionado. O ambiente cheira a lírios-do-campo e a roupa limpa. Janice lava as mãos trêmulas, aperta-as sobre o frio tampo de mármore da pia e as leva até o rosto quente. Percebe que está mais do que um pouco embriagada. Vê a si mesma como o traço vacilante que uma criança faz com um giz de cera. A ideia de ver Paul a deixa nauseada. Pensa em simplesmente desistir e deixar a festa pela porta dos fundos.

Mas seus batimentos acelerados a empurram para a frente. Sente o sabor metálico da vitória na garganta: ela já venceu Beverly, transformando sua raiva incontestável numa arma perigosa, e agora se sente pronta para apontá-la contra o marido. Se ela de alguma forma persistir e vencer a noite, terá conseguido provar alguma coisa, embora não consiga dizer exatamente o quê. A alternativa é simplesmente desaparecer, sumir, e ela não está preparada para ir embora com uma lamúria. Está satisfeita por não ter ido antes. Levanta o pé e coça o tornozelo furiosamente.

Confere duas vezes se a porta do toalete feminino está trancada e procura o saquinho dentro da bolsa. Arruma uma carreira de pó sobre o mármore. Faz uma pausa, bate no saquinho com uma unha pintada e considera a ideia de preparar duas carreiras. É mais do que costuma usar, mas só desta vez não vai fazer mal. Sim. Se ela vai enfrentar Paul, precisa do impulso extra para realmente dar uma lição naquele imbecil. Prepara mais uma carreira de pó, quase esvaziando o saquinho. Ela vai ter de comprar mais um pouco. Amanhã. Talvez depois disso ela finalmente demita James.

Alguém bate na porta no instante em que ela acaba de cheirar a primeira dose. Janice quase morre de susto.

— Está ocupado! — ela grita para a porta.

Dá descarga no banheiro para encobrir o barulho que faz ao sugar a segunda dose e liga a torneira para completar o disfarce. A segunda carreira *daquilo* faz seus olhos lacrimejarem e a mucosa sensível de suas narinas queimar. Então, em segundos, ela sente o ambiente subir, como se tivesse sido erguido por molas hidráulicas, com o antes imperceptível zumbido das lâmpadas se transformando num rugido, o pulsar do sangue começando a bombear um circuito furioso em seus braços e pernas. Está se sentindo tão viva — tão *brilhante* — que quase dói. Por Deus, como ela iria abrir mão *daquilo*? *Nuncanuncanunca*, pulsam suas veias em resposta.

Janice abre a porta do banheiro com tanto entusiasmo que acidentalmente bate na mulher que está atrás esperando por sua vez.

— Desculpe — ela canta, mal registrando a expressão espantada da mulher, antes de seguir pelo corredor na direção do salão social.

O salão social foi, a certa altura, a vasta biblioteca da mansão, com pé-direito de 4 metros e um friso de mogno com querubins entalhados. Poltronas fundas de couro e um tapete vermelho felpudo enchem o ambiente. Uma parede de livros foi removida para dar lugar a um bar de metal polido, outra, para abrir espaço para o umidificador de charutos. Quando Janice chega à porta, vê uma nuvem baixa de fumaça cinza-azulada pairando sobre as cabeças dos membros do clube.

Entrando no ambiente, percebe que a coceira nos calcanhares desapareceu. Na verdade, não está mais sentindo os pés. Pergunta-se se a segunda carreira *daquilo* não teria sido, talvez, um pouco demais. Está com a boca amarga, e pega mais um daqueles martínis verdes de uma bandeja que passa para melhorar a sensação. Janice sente que está vibrando de intenção: vê a si mesma como o centro do ambiente, enviando ondas de energia. *Nuncanuncanunca*, seu corpo pulsa furiosamente. Os rostos das pessoas ao se redor entram e saem de foco. Ela só consegue se concentrar em um rosto: o de Paul. Ele está de pé exatamente do outro lado da sala, com um copo de scotch na mão, olhando diretamente para ela.

Ela parece levar 10 minutos para atravessar a sala até ele. Ainda assim, ela só vê seu trajeto em flashes, como se iluminado por uma luz estroboscópica. Ali: com a mão raspando as costas de uma cadeira, com força, deixando os nós dos dedos arranhados e feridos. Ali: esbarrando o quadril no Dr. Brunschild, que vira a cabeça de susto e desaparece de sua visão periférica quando ela é empurrada para a frente. Ali: a mão do bartender, que agita uma coqueteleira de martíni de prata no ritmo do pulso em suas têmporas. Janice consegue sentir a simetria de tudo ao seu redor, com cada molécula da sala reconhecendo o grande objetivo de sua jornada.

Paul observa sua aproximação, seu olhar desconfiado atraindo-a como um raio. É só quando para hesitante na frente dele que se dá conta de que não faz ideia do que vai dizer. Fica parada, odiando-o com uma raiva tão profunda que não consegue sequer formar palavras para descrever o que está sentindo. Ainda assim, ao mesmo tempo, sente-se compelida a estender a mão e tocar o rosto dele, sentir os conhecidos pedaços de pele ressecada com as pontas dos dedos, tocar os pelos ásperos das orelhas, que ela conhece tão bem. Ele está a poucos centímetros de distância, e ela sente que se derrubasse a barreira, estendesse a mão e o tocasse, de algum modo o contato físico poderia pôr um fim a toda aquela angústia e falta de civilidade. Ela se inclina para a frente, levemente, na expectativa desse movimento. Mas ele dá meio passo para trás e, com esse gesto, ela vê que é tarde demais, ele já se foi. Que, na verdade, ele estava ausente havia mais tempo do que ela conseguia se lembrar. E a esperança momentânea desaparece, deixando para trás apenas a profunda dor da perda.

Ela abre e fecha o punho, sem saber se o usará para socá-lo no rosto ou para agarrá-lo pelo blazer e chorar. Ela não havia imaginado que a fúria purificadora que havia sentido com Beverly estaria, com Paul, tão prejudicada pela dor e pelo remorso.

Paul fala primeiro.

— Janice — ele diz, com a voz tensa e baixa. — Eu achei que você viria. Beverly disse que não, mas eu sabia que você não deixaria de vir.

— Bem, fico muito feliz que depois de 28 anos de casamento você me conheça melhor do que a sua nova amante — ela dispara, mas pensa sem querer em Beverly usando despreocupadamente o pronome "nós". Janice estremece.

O peito de Paul sobe e desce, com ele respirando profunda e longamente.

— Como estão as meninas? — pergunta ele, enlouquecedoramente calmo. — Eu vi a Margaret na semana passada... ela estava um horror. Alguém precisa conversar com ela. Eu tentei, mas ela não quis me escutar.

Janice fica desorientada com a revelação da infidelidade da filha; sua perspectiva muda conforme novas alianças e traições recentes surgem, bloqueando sua visão. Ela não consegue mais compreender a situação. E certamente não compreende a suposta falsidade da filha.

— Por que você está fingindo que se importa? — Janice ouve a própria voz como se estivesse vindo do fim de um túnel, com eco e difusa. — As suas filhas parecem ter caído para o final da sua lista de prioridades, abaixo de mandar os ternos para serem lavados a seco, trepar com a minha parceira de tênis e tentar me chantagear com ameaças de tirar a guarda da Lizzie.

Paul olha ao redor e baixa o tom de voz, falando quase num sussurro.

— Janice, podemos não fazer isso aqui? Por favor. Não é nem a hora nem o lugar. Entendo que você esteja irritada, mas não pode ser simplesmente civilizada? Duvido muito que queira os nossos amigos e vizinhos envolvidos em nossos problemas pessoais.

— Eu realmente não dou a mínima — diz Janice. Levanta o tom de voz para transformá-la ainda mais numa arma. — Eu não tenho nada do que me envergonhar. Não fiz nada de errado.

— Será que eu preciso mencionar o rapaz que cuida da piscina? — sussurra Paul.

— Você sabe que isso não tem fundamento — ela sussurra de volta (*nuncanuncanunca,* ouve dentro da cabeça). — Noreen não tem como confirmar. Ela mentiu. Você não tem nenhuma prova. Nenhuma. Prova.

Paul olha para ela com ar crítico.

— Você está bêbada — ele diz. — Não devíamos estar tendo esta conversa. Vamos deixar isso para os advogados.

— Não — ela diz em voz alta, furiosa por ele tentar dispensá-la, como uma praga a ser eliminada por profissionais. — Para os diabos com os advogados. Eu não acredito que em seis semanas você não tenha pego o telefone para me explicar por que você está jogando o nosso casamento no lixo. E eu realmente não consigo acreditar que você foi capaz de tentar me tirar tudo o que construímos juntos e depois esperar que eu fosse educada a respeito. — Suas palavras são bonitas e afiadas como diamantes, mas ela mal consegue ouvir a própria voz através da corrente sanguínea em seus ouvidos. Está com o coração batendo muito, muito rápido. NUNCANUNCANUNCA, ele bate. O suor escorre pelo lado do rosto e pinga do queixo. A coceira dos tornozelos voltou com mais força ainda. Ela perdeu o senso de equilíbrio.

Paul recua e olha casualmente ao redor com um minúsculo sorriso trêmulo nos lábios, esforçando-se exageradamente para parecer natural. As pessoas os estão encarando abertamente.

— Você realmente vai se arrepender disso amanhã se não respirar fundo e se acalmar.

— Eu estou calma — ela diz, mentindo. Na verdade, ela está em pânico, e acha cada vez mais difícil juntar as palavras de forma que façam algum sentido. — Mas por que eu deveria estar calma? É tudo o que nós temos. Você está pegando. Tudo.

Paul suspira.

— Você está exagerando — ele diz. — A única coisa que eu não estou deixando para você é a Applied Produtos Farmacêuticos, que construí sem qualquer colaboração sua, afinal.

— Você jamais teria conseguido construí-la sem mim — ela dispara contra ele. — Você acha que eu gostava de ficar jogando conversa fora com as esposas chatas dos seus investidores japoneses? Você acha que eu gostava de bancar a anfitriã simpática para gente tosca — olha em volta no salão, escolhe um investidor que um dia lhe contou uma piada suja numa festa sua e aponta com o dedo — como o Mitch Villardi? Não. A minha vida inteira era dar apoio. Dar apoio para a sua vida. Quem você pensa que fazia as suas malas? As malas para as suas viagens? E pegava o seu passaporte, lavava as suas roupas e coordenava o seu calendário social? E fazia as compras, limpava a casa e cuidava das crianças? Tudo eu.

— Você *quis* fazer isso — ele diz. — Você *quis* ser esposa e mãe... você escolheu esta vida para nós, para começar. Eu nunca pedi para você fazer nada.

— Uma ova que não pediu — ela diz. — Isso é só uma desculpa. Não foi assim de jeito nenhum.

— Olhe aqui, não vamos reinventar o passado — ele diz, apertando as têmporas com uma das mãos como se estivesse tentando afastar a dor de cabeça com os dedos. — Sinto muito, mas não posso fazer nada se as coisas mudaram para nós. Eu não encontrei outra pessoa de propósito. Mas você é cheia de recursos, Janice. Você vai ficar muito bem. Vai, sim, de verdade. Provavelmente, vai ser melhor para você a longo prazo.

Ela vê Beverly surgir na porta do salão social, fazer uma pausa e caminhar cuidadosamente na direção deles. Seus tornozelos ameaçam ceder completamente e, do nada, ela sente muito frio. Agarra-se ao drinque e tenta se concentrar no líquido da taça, que muda de cor enquanto ela o observa, de verde a azul a lavanda. Quando olha para as pessoas ao redor, seus rostos se distorcem como uma fotografia fora de foco. Ela cai para o lado quando um dos saltos cede sob seu pé.

— Você está bem? — pergunta Paul, parecendo preocupado. Agarra seu braço para segurá-la.

— Seu hipócrita — ela diz, puxando o braço com força. No espaço elétrico que se abre entre eles, ela vê por um breve instante sua passagem para um mundo diferente, um mundo cruel e furioso em sua liberação. Ela faz uma pausa, lutando para pensar em palavras que possam expressar esse sentimento, mas está com a boca amortecida.

— Acho que você já bebeu demais — diz Paul, pegando a taça em sua mão.

— Eu já me enchi demais — ela diz, levando a taça quase vazia aos lábios. Vira a cabeça para trás para tomar a última gota e então, inexplicavelmente, sua cabeça parece continuar virando, sendo seguida pelo torso, e ela está caindo lentamente. Ela parece cair para sempre, por tempo suficiente para sentir o borrão de entorpecimento se espalhando feito tinta derramada por sua cabeça, seu corpo e seus membros (*nunca-*

nuncanunca), e se pergunta de onde veio a escuridão, antes de sentir a penugem do tapete raspando em suas costas e desmaiar.

Mais tarde, Janice só irá se lembrar de momentos estáticos, como postais em vídeo.

O Dr. Brunschild ajoelhado ao seu lado, puxando sua pálpebra. Os dedos deles estão frios e úmidos por causa do drinque.

— Desmaiou — ela o escuta dizer, com fragmentos de suas frases indo e vindo. — Desidratada, com pulso... — Ela sente a mão dele aninhando sua nuca e água fria sendo derramada em sua garganta, e se engasga.

Paul e Beverly estão atrás dele, com os rostos se misturando num só, com uma plateia de rostos conhecidos atrás deles, de pé, boquiabertos. Seus rostos rodopiam de um modo selvagem, como se tivessem sido pintados por Van Gogh. Eles sussurram, como um coro grego narrando seu destino:

— ...um show particular... — sussurra Noreen Gossett, com um encantado olhar de preocupação no rosto.

— ...comportamento instável... — diz Jannie Cientela, segurando as pérolas no pescoço.

— ...bebeu pelo menos *quatro*... talvez *cinco*... — diz Jim Rittenberg, afastando a taça quebrada de martíni com a ponta do pé.

— ...completamente incoerente... — diz Beverly Weatherlove, segurando-se em Paul. Que não diz nada. Ele está com o cenho franzido e os olhos fixos em algum ponto logo além do coro à sua volta.

— ...precisa de ajuda... — diz Barbara Bint, surgindo em seu campo de visão. Ela se abaixa e segura a mão de Janice, que sente o inesperado peso suave da palma da mão de Barbara na sua, insuportavelmente íntima. — Alguém a ajude. Pobre Janice.

O Dr. Brunschild acena impacientemente o braço para que todos abram espaço, e eles se afastam. A mão de Barbara se solta, deixando para trás uma impressão de pele quente.

É mais fácil desmaiar de novo do que suportar aquela dor.

* * *

Quando ela acorda de novo, está de costas num chuveiro do vestiário feminino, com água fria correndo. A água bate com força em seu rosto. Alguém está derramando um balde de gelo em seu peito, o que faz com que ela estremeça de choque. Ainda usa o vestido de seda, que está encharcado, e o trespassado se entreabriu, expondo seu sutiã.

O rosto barbado do Dr. Brunschild surge no seu campo de visão, e ela escuta a voz dele ecoando nos azulejos brancos do chuveiro e a atingindo a partir de milhares de direções.

— Janice, você está me ouvindo? Você está acordada? Você consegue falar?

A bolsa dela está aberta ao seu lado, com o forro de cetim manchado por gotas d'água. O Dr. Brunschild levanta o saquinho quase vazio, com pó branco preso ao plástico.

— Eu encontrei isto aqui na sua bolsa, Janice — diz ele. — Você precisa me dizer o que é, para que eu possa ajudar você. O que é isso?

Ela não consegue fazer as palavras saírem direito.

— É *aquilo* — diz Janice, estranhamente aliviada pela confissão. — É *aquilo*.

— O que *é aquilo*? É cocaína? Heroína? Metanfetamina?

Piscando por causa da água nos olhos, com o vestido amontoado nos quadris, não consegue pensar em nada para dizer além de "*Aquilo. Aquilo.*", antes de se virar e vomitar no ralo do chuveiro.

A discrição social é o que a salva de uma ida ao hospital e a visita obrigatória de um policial. O valor do título do clube poderia ser adversamente afetado se os relatórios semanais da polícia — impressos todas as quartas-feiras no jornal da cidade — revelassem que alguém havia tido uma overdose de drogas Escala II no salão social. Mas é difícil para ela ver a providência disso quando chega em casa perto da meia-noite, inchada depois de beber dez litros de água, ainda tonta, ainda com frio, ainda molhada, no banco do passageiro do Mercedes do Dr. Brunschild.

Sim, as portas se fecharam, mas não para protegê-la.

Janice e o Dr. Brunschild não falam nada até que ele para diante da entrada da garagem da casa dela, desliga a ignição do carro e fica escutando os sons do motor esfriando. Ela olha para a fachada escura da casa. As altas portas duplas de entrada estão encobertas pelo pórtico. Parecem capazes de engoli-la completamente. Ela se imagina entrando, e a hera que cresce na frente invadindo a casa à noite, cobrindo as portas e as janelas, prendendo-a lá dentro com suas retorcidas vinhas verdes.

No andar de cima, ainda há uma luz acesa no quarto de Lizzie, e pelas janelas da sala de estar, no andar de baixo, ela vê o reflexo azul do aparelho de televisão. As meninas ainda estão acordadas. O que vai dizer a elas?

O Dr. Brunschild cofia a barba e olha para ela.

— Por que você não liga para mim no consultório amanhã? — ele diz. — Vamos falar sobre a melhor maneira de lidar com isso. — Ela sente que ele a observa, esperando encontrar seus olhos. Janice olha resolutamente para a casa à sua frente.

— Obrigada, mas eu vou ficar bem — ela diz. — Não é realmente um problema. Só tomei muitos drinques de estômago vazio.

Ele limpa a garganta.

— Eu sou médico, Janice. Sei diferenciar álcool de estimulantes. Você está usando metanfetamina... acertei? — Ele examina atentamente o rosto de Janice atrás de algum sinal, mas ela continua olhando fixamente através do para-brisa, muito embora o olhar dele pareça uma porção de agulhas minúsculas espetando seu rosto. — Olhe, eu sei que os últimos meses provavelmente foram horríveis, e certamente não a julgo pelo que quer que tenha usado para conseguir lidar com o que aconteceu. Sabe Deus onde você está conseguindo a droga, Janice, mas caso você não saiba, essa coisa é muito, *muito* viciante. — Ela não diz nada a respeito. Ele continua, gentilmente: — Você precisa de ajuda profissional. Interne-se numa clínica.

Janice se endireita no banco.

— Não! — explode, imaginando-se encarcerada em alguma clínica horrorosa no deserto durante semanas a fio, e pensando no significado disso. Todo mundo iria saber: os advogados descobririam e levariam Lizzie embora. — Essa não é uma possibilidade. Eu estou no meio de um processo judicial.

O Dr. Brunschild fica sentado em silêncio por um instante, pensando no que ela disse e olhando fixamente para as trevas da meia-noite.

— Entendo. O assunto não precisa necessariamente se tornar público, se é com isso que você está preocupada. — Ele se vira para ela, de modo tranquilizador. — Você pode procurar alguma clínica local. Mas você realmente não deve tentar lidar com isso sozinha.

A casa está a 6 metros de distância. Na escuridão, é como um oásis. E suas filhas. Elas são dela. Mesmo que Paul lhe tire todo o resto, se ela se acabar e perder tudo o que um dia acreditou possuir, ao menos tem as meninas, que estão dormindo protegidas pelas paredes sólidas da casa. As duas são o bastante para que Janice desista daquilo. Porque, percebe agora, se não desistir, certamente irá perdê-las. Ela se afastará até se isolar completamente, tão perdida naquilo que não vai conseguir encontrar o caminho de volta. E então os advogados a exporão, e o dinheiro da OPI será a menor de suas preocupações. Paul ficará com a custódia de Lizzie, Margaret irá odiá-la, e então onde ela iria parar? Tudo terá sido em vão, absolutamente tudo. Ela entra em pânico, pensando que já pode ser tarde demais, pensando nos rostos de Paul e Beverly, do novo "nós" que havia se alinhado contra ela e estava apenas esperando um escorregão. Eram os lobos, rondando.

Ela põe uma mão enfraquecida na maçaneta da porta e se esforça para abri-la.

— Eu não vou — ela diz. — Eu posso fazer isso sozinha. — E com os sapatos na mão, machucando os pés descalços no cascalho, ela consegue se manter de pé durante a longa marcha até a casa.

onze

Quando Margaret estava na terceira série, sua professora rabiscou um bilhete na margem de seu boletim. "Margaret demonstra um potencial excepcional", escreveu numa letra cursiva perfeita. "Ela às vezes é um pouco sabichona, mas isso, é claro, é a marca de uma mente brilhante e de uma forte liderança. Vocês já cogitaram fazê-la pular uma série?" Margaret relê essa frase na luz fraca do sótão: a autoritária tinta vermelha desbotou e se transformou num cor-de-rosa anêmico, e o papel grosso está se desintegrando em suas mãos. Ela se admira pelo fato de que, mesmo aos 8 anos, sua personalidade já estivesse tão claramente formada — sabichona! —, o que faz pensar se ela havia saído do útero de Janice já convencida de que não tinha mais nada a aprender. Ainda assim, como sua professora estava enganada. *Forte liderança*! Margaret ri. Ela enganara a todos, mesmo antes de parar de brincar com suas Barbies.

Atira o boletim a seus pés, onde ele fica em cima de uma pilha crescente de papéis amarelados: boletins de 17 anos de pré-escola, primeiro e segundo graus, redações corrigidas, todas adornadas com um A maiúsculo (frequentemente, um A+) no topo. O histórico de notas do segundo grau, com a implausível média geral 10.0. O chapéu de sua formatura no colégio, com seu topo de rayon achatado em que havia escrito com entusiasmo o nome de sua futura alma mater: CORNELL. Suas monografias de formatura, uma para cada especialização na graduação, dois tomos de quarenta páginas que ela havia escrito durante sessões de maratona na biblioteca do campus. Sua carta de admissão para a pósgraduação e uma foto granulada dela no jornal local por ter conseguido entrar para a Phi Beta Kappa. O arquivo termina ali, abruptamente, aos

24 anos, quando ela foi para Los Angeles, como se tivesse saído do mapa e sido considerada morta.

Fuça mais no fundo do armário de arquivos que a mãe identificou cuidadosamente com etiquetas decoradas com uma estampa de hera, MARGARET. (O armário ao lado é o LIZZIE, com uma estampa de margaridas. E ainda outro, ao lado, curiosamente identificado como ARQUIVO: VIAGEM PARA A FRANÇA.) Toda a sua infância está ali, cuidadosamente organizada em arquivos organizados por cores: "TRABALHOS (INGLÊS)", uma série inteira de TRABALHOS DE ARTE, com pastas organizadas por MEIO (GIZ DE CERA, LÁPIS e AQUARELA); ARTIGOS: FILLMORE BUGLE; LISTAS PARA O PAPAI NOEL; e CORRESPONDÊNCIA: ENVIADA. Aos 12 anos, Margaret havia escrito uma carta ao presidente, falando sobre sua preocupação quanto à poluição dos oceanos: "O patrimônio do nosso planeta está nas profundezas do oceano — lar das baleias humildes, dos golfinhos dançantes e das tartarugas obstinadas — e nós devemos lutar para preservar esse habitat para eles, e para nós mesmos", ela escrevera. "Sr. presidente, eu gostaria que o senhor dedicasse um tempo para levar em consideração a legislação que proponho." O presidente — ou melhor, algum estagiário da sala de correspondência da Casa Branca — havia enviado como resposta apenas uma carta padrão com uma assinatura de carimbo, agradecendo pelo apoio. Ela lembra de ter jogado a carta fora, indignada, mas, agora, ali está ela, salva pela mãe, com as rugas suavizadas com um ferro de passar, e arquivadas em CORRESPONDÊNCIA: RECEBIDA. Amassa o papel e também o joga na pilha, com uma minúscula pontada de culpa por desfazer o cuidadoso trabalho da mãe.

O sótão está inesperadamente organizado e limpo. Então é isso o que a mãe fica fazendo ali em cima: varrendo, organizado e limpando as janelas, para que o ambiente tenha cheiro de naftalina e limpa-vidros em proporções iguais. Margaret precisa se abaixar entre as vigas de madeira, mas mesmo elas foram espanadas, e apenas uma única aranha solitária tenta refazer sua teia entre as caixas identificadas como ENFEITES DE NATAL (VIDRO) e ARRANJOS DE MESA (FORMAL). Uma cerveja pela metade ao lado de Margaret está deixando marcas úmidas redondas no resultado de seus exames finais: 1.560, o melhor de sua turma de formatura, o bastante para que fosse aceita em Harvard, embora tenha preferido Cornell por seu currículo mais liberal. Uma tigela de argila que ela fez na primeira série — lembra-se de ter dado aquele troço deformado para a mãe no Natal — serve de cinzeiro para o cigarro que ela está fumando, despreocupadamente, dentro de casa.

A mãe havia guardado tudo aquilo, os registros de sua juventude perfeita. Olhando agora para a montanha de papéis, para os anos de sucessos tão numerosos que ela havia esquecido de metade, Margaret só consegue perguntar: *Por quê?* Quer apenas se livrar dessa menina precoce que fazia tudo com excelência, que tirava A mesmo sem abrir um livro, cujo vocabulário aos 6 anos rivalizava com o de muitos estudantes do segundo grau. Se Margaret pudesse ao menos encontrar um único F entre os boletins e redações, apenas uma amostra do fracasso que ela iria se tornar... Mas não há nada, apenas uma otimista série de notas A e 10 e *"Muito bem!"*. Todos haviam mentido para ela — todas aquelas figuras de autoridade, encorajando-a, dizendo que se ela se esforçasse, o mundo seria dela, e ela acreditou cegamente, acreditou em toda aquela baboseira do Sonho Americano. Atira a fita azul que ganhou no campeonato de debates do primeiro ano do segundo grau em cima da pilha, e a precária montanha desmorona, esparramando-se em todas as direções pelo chão. Com um pé descalço, chuta a pilha ainda mais, fazendo papéis saírem voando destemidamente para os cantos do sótão. Que grande peso é o sucesso, e ela está contente por estar se livrando de tudo aquilo! Viva Margaret, a fracassada! Seu novo mantra: *Foda-se!*

Depois de esvaziar o arquivo, ela aperta os papéis de qualquer jeito junto ao peito. Deixando um rastro de notas perfeitas flutuando atrás dela, desce a escada do sótão e passa pelo quarto da irmã (que está com a porta bem fechada contra qualquer intrusão), até a grande escada que leva à sala de estar e à lareira, onde atira os papéis. Basta um fósforo para que eles se transformem em chama, com o fogo ganhando força tão rapidamente que ela precisa dar um passo para trás para não chamuscar os cílios. Magnífico! Em apenas um minuto, tudo o que resta do seu passado está se transformando em cinzas, que saem dançando pela chaminé.

Ela sobe mais uma vez em busca de outra braçada. Depois, pensa, vai queimar os livros do ano e os álbuns de fotos do colégio. E então os troféus que estão no quarto! Será que o plástico queimado é carcinogênico? E daí? Ri alto enquanto sobe a escada, sentindo-se leve como as cinzas que agora estão sendo lançadas no ar de Santa Rita.

As duas últimas semanas, desde que ela chegou ao fundo, foram uma revelação: ela simplesmente não se importa com nada nem com ninguém, como se tivesse acordado um dia e descoberto que não tinha mais coragem de sentir dor e estava, portanto, liberada do medo. Nas terças e quintas, ela fica chapada com James, sentada no colchão inflável da casa de máquinas da piscina, e conversa com ele sobre nada específico que consiga lembrar depois. (Livros? Filmes? Filosofia oriental? De algum modo, tudo vira um borrão.) Lê as edições antigas da US Weekly de Lizzie (agora fascinada em vez de repelida, como se fosse uma acólita estudando aos pés do novo tirano). Ela dorme de 10 a 12 horas por vez. E quando não está dormindo, não faz nada. *Nada!* Ela espera que alguém perceba e diga alguma coisa, mas, na última semana, as mulheres Miller têm se evitado intencionalmente. A mãe passa os dias no próprio quarto, vendo televisão. A irmã fica flutuando na piscina sobre um colchão inflável, com o iPod pendurado no porta-bebida, com os fones nos ouvidos, como um sapo tomando sol sobre uma flor de lótus. Enquanto isso, o telefone toca sem parar. Margaret escuta do quarto, onde costuma ficar por horas seguidas olhando para o friso de gesso no teto, mas agora, em vez de uma carga elétrica, o som não lhe causa nenhuma reação. Ela lê as mensagens que a mãe enfia por debaixo da porta com total desinteresse, quase como se elas fossem direcionadas a algum estranho. *As companhias de cartão de crédito que viessem atrás dela!*, pensa. O que poderiam fazer contra ela?

No corredor do andar de cima, perto da escada do sótão, Margaret topa com a irmã voltando do banheiro. Lizzie desvia o olhar e tenta passar por ela, mas Margaret bloqueia seu caminho.

— O que você está fazendo? — pergunta, sentindo-se alegremente beligerante.

Alguma decepção não identificada vinha pairando no ar entre as duas na última semana. Alguma coisa ruim que Margaret reconhece que ela própria havia provocado, embora não saiba exatamente o que seja. O que a faz lembrar tristemente de uma vez em que, em seu primeiro ano na faculdade, ela havia recebido a tarefa de cuidar do coelho de estimação de uma amiga e alimentá-lo enquanto esta visitava a avó doente no final de semana. Margaret passou o final de semana na biblioteca, virando noites estudando para as provas finais, e se esquecera completamente do coelho. Quando finalmente se lembrou, dois dias depois, encontrou o bichinho deitado de lado — com os olhos vidrados, respirando com dificuldade, quase morto de desidratação. Ao olhar para o animal em sofrimento, Margaret sentiu uma vergonha terrível. Passou o dia seguinte cuidando do coelho, dando-lhe água de conta-gotas e pedacinhos de folhas de alface do restaurante do alojamento, para que, quando a amiga voltasse o bichinho, estivesse bom como novo. Ainda assim, Margaret não conseguiu encará-la durante um mês. Descobriu na ocasião que era uma pessoa egoísta, imprudente por conta de sua obstinação com os estudos, e isso fez com que se sentisse mal. E ainda que agora não consiga ter certeza de como pode ter prejudicado Lizzie, percebe a mesma sensação repugnante de ter falhado terrivelmente com alguém. Só que agora, lembra a si mesma, não deixará que isso a incomode mais. *Foda-se!*

— Nada — diz Lizzie, esforçando-se para passar por Margaret. — Eu não estou falando com você.

— Por que você não está falando comigo? — pergunta Margaret pelas costas de Lizzie. Mas ela já voltou para o seu quarto, deixando para trás apenas um cheiro suave de chiclete. A porta do quarto de Lizzie se fecha em silêncio. Margaret nota que, mesmo quando está brava, a irmã não tem a raiva interior necessária para bater uma porta satisfatoriamente. Sente uma pontada de amor protetor por ela, que parece ingênua demais e absolutamente incapaz de lidar com a feiura do mundo além das paredes da casa.

Quando Lizzie nasceu, Margaret tinha quase 14 anos, e ainda se lembra de como o bebê era leve e vulnerável quando Janice deixou que a segurasse. Ela parecia frágil como uma xícara de porcelana, algo que devia ser guardado numa prateleira e cuidadosamente espanado, mas nunca exposto aos perigos do uso real. As duas assumiram seus papéis naturais desde o primeiro dia: a mais velha, sábia e protetora, e a caçula, a pupila interessada, sempre querendo saber aonde a outra estava indo, o que estava fazendo, vestindo, comendo. Lizzie tinha apenas 5 anos quando Margaret foi para a faculdade. No verão antes de sair de casa, Margaret leu quase todas as noites para a irmã um trecho de seu livro preferido na época, *On the Road*, de Kerouac. Ela se deitava embaixo das cobertas da cama de Lizzie com uma lanterna, espremida entre os ursos de pelúcia e as bonecas, pulando cuidadosamente os palavrões e o sexo do livro.

"Tem certeza de que quer ouvir isso?", ela perguntava. "A gente pode ler um dos seus." Mas Lizzie, sonolenta e carinhosa, queria só cantarolar, assentir com a cabeça e se aninhar no colo da irmã mais velha até cair no sono. Quando foi embora para a faculdade, deixou o livro para Lizzie. Pergunta-se se a irmã já o redescobriu.

Ser a irmã mais velha sempre foi uma força para o ego — a lisonjeira imitação, a adoração cega —, e Margaret havia aprendido a contar com aquilo. Na verdade, provavelmente havia tido aquela dinâmica como certa, e só agora percebe que a adoração de Lizzie está palpavelmente ausente. A irmã parece distante, uma estranha. E Margaret provavelmente parece igual para ela. Está muito mais velha, ficou muito tempo longe de casa, e a ausência não assegura idolatria eterna. Talvez seja natural que Lizzie tenha se desencantado com ela, como parte do processo de crescimento. As crianças ficam mais velhas, se cansam, e descartam seus heróis idolatrados. Acontece. Principalmente quando descobrem, como Lizzie descobriu recentemente, que aqueles heróis foram dispensados pelo namorado e não têm trabalho. Margaret dá de ombros — *foda-se!*

Margaret reúne uma segunda porção de papéis, que leva até a lareira, e está a caminho do sótão para uma terceira carga quando é surpreendida pela imagem da mãe parada de pé na porta de seu quarto. Margaret para completamente. Por um instante, pensa que está vendo um fantasma: a mãe, usando a camisola branca transparente, com os cabelos estranhamente soltos e círculos escuros ao redor dos olhos, parece etérea, como se Margaret fosse capaz de passar uma mão através dela. Janice está com as costelas visíveis através do tecido da camisola.

— Estou sentindo cheiro de fumaça? — pergunta Janice, com a voz indiferente e rouca. Ela se segura no batente da porta com uma mão e olha para trás de Margaret, como se pudesse haver chamas irrompendo dali.

Margaret não via a mãe fazia cinco dias, desde que ela havia chegado do baile de gala de verão do country club, trazida pelo Dr. Brunschild. Janice entrou cambaleando, deu na assustada Margaret um abraço molhado e apertado que cheirava a vodca e violeta e durou mais ou menos cinco segundos a mais do que ela considerava confortável, e então desapareceu escada acima para fazer o mesmo com Lizzie antes de se retirar para o quarto e fechar a porta. Desde então, Janice permaneceu na cama, assistindo ao canal Food Network de roupão de banho e saindo, apenas ocasionalmente, para tomar uma xícara de chá de ervas. Ela parou de limpar, cozinhar e cuidar do jardim. A energia sobrenatural que vinha exibindo o verão inteiro havia desaparecido, e a casa estava decaindo rapidamente para o caos.

Lizzie e Margaret não haviam conseguido esclarecer com a mãe qualquer detalhe sobre por que ela havia chegado em casa toda desgrenhada, molhada e de carona com outra pessoa a não ser que ela havia "bebido um pouco demais". Mas Margaret sente que alguma coisa grave aconteceu... a mãe dela, caindo de bêbada! Não se lembra da última vez que algo do gênero aconteceu, se é que já havia acontecido, e isso, combinado com o repentino declínio de suas habilidades de dona de casa, a assustaria se ela já não tivesse decidido parar de se importar com qualquer coisa.

— Só estou queimando uns papéis velhos — diz Margaret, aproximando-se, até ficar a 30 centímetros de distância. Os olhos da mãe estão cinzentos e estranhamente inexpressivos, como um lago refletindo uma tempestade que se aproxima, e quando Margaret olha para eles, sua apatia triunfalmente agressiva desaparece. Alguma coisa está terrivelmente errada. Aquele espectro não é Janice Miller. Margaret fica paralisada pela sensação de que a mãe que conhecia a vida toda desapareceu completamente, deixando para trás aquela casca ressecada. Sente os pelos dos braços se arrepiarem.

— Ah — diz Janice, inexpressivamente. — Bom, espero que você tenha se lembrado de abrir o cano da chaminé. — Atrás dela, a televisão está ligada, e Mario Batali está preparando um pernil de ovelha numa panela de ferro. Janice se vira para assistir, e faz um gesto vago na direção da cama. — Estou aprendendo a fazer torta de ovelha. É uma torta muito saborosa. Quem sabe eu faço para o nosso jantar de amanhã? — Olha para Margaret, endireita a postura e força um pequeno sorriso.

Apesar do sorriso, a expressão de Janice está sonambúlica, como se ela estivesse do lado de dentro dos portões da morte. E há outra coisa esquisita. Margaret observa por um instante e se dá conta do que é: Janice está estranhamente imóvel. Ocorre a Margaret que a mãe não esteve bem na maior parte do verão — esquelética, deprimida, agitada como um redemoinho —, e Margaret havia tratado aquilo como um caso de ansiedade pós-separação e pré-divórcio. Mas agora, ao ver a mãe entrando no quarto, caminhando numa marcha desequilibrada na direção da cama desfeita, Margaret se pergunta se há mais alguma coisa acontecendo. Janice lembra um viciado em drogas exaurido, do tipo de drogado macilento e morto-vivo que se vê atirado em lojas de bebidas no centro de Los Angeles. Lembra-se, num sobressalto, da menção que James fez sobre o "problema" da mãe dela. Talvez ele não estivesse falando de divórcio algum. Será que ele estava insinuando que ela estava tomando remédios ou, ou...?

Remédios? É impossível imaginar. Ainda assim. Lembra-se de Betty Friedan, do legado da dona de casa suburbana viciada em tranquilizantes — na época eram Quaalude, Valium e remédios para emagrecer cheios de efedrina (o que explicaria a perda de peso de Janice). Por Deus — será que a mãe, que Margaret havia visto chorar apenas meia dúzia de vezes em toda a vida, estava realmente tão mal que havia apelado para tranquilizantes? Lembra que Lizzie encontrou um vidro de Vicodin no armário — vazio. Vicodin? Parecia implausível que Janice Miller pudesse ser viciada em alguma coisa — ainda assim, ali estão a pele ferida ao redor dos olhos da mãe, sua expressão de cansaço, a magreza extrema. Isso sem falar em seu comportamento instável.

Janice está voltando para a cama quando Margaret finalmente deixa escapar:

— Você está tomando alguma coisa?

Instantaneamente, deseja poder retirar o que disse. *Eu não quero saber.* Ainda assim, precisa saber. Ela pode ajudar!

Assustada, Janice se vira e se senta na beirada do colchão. Engole em seco.

— Como assim? — pergunta. Aponta para um caderno, onde estava transcrevendo as instruções do chef. — Estou tomando nota... das receitas.

— Você sabe. Tipo... você anda tomando Vicodin? — observa a mãe atentamente.

— Não acredito que você seja capaz de pensar isso — diz Janice. Sua voz está tensa, alta e aguda.

— Desculpe — diz Margaret, recuando de uma acusação que já parece absurda. — Mas, bem, você está parecendo morta. E passou a semana inteira na cama.

A boca de Janice estremece.

— Pareço morta, é? — diz ela, afundando de novo nos travesseiros. — Isso é muito agradável de ouvir, Margaret. Bom, fico feliz que você esteja preocupada comigo. Mas eu vou ficar bem. Só andei um pouco indisposta. Na verdade, estou me sentindo muito melhor hoje. E não estou tomando Vicodin.

— Certo.

Margaret está se sentindo uma idiota por sequer trazer o assunto à tona. É uma bobagem, pensa. A mãe está apenas deprimida, e não é de admirar. Pessoas deprimidas costumam ficar muito tempo na cama, parar de comer e agir de modo instável, como Margaret sabe por experiência própria. A ideia de que a mãe — *Janice Miller!* — pudesse estar abusando de algum tipo de droga é realmente tão improvável que chega a ser engraçada.

No entanto, o primeiro passo do vício é a negação. Ou este é o segundo estágio do luto?

— Bem, você sabe que se estiver tendo algum problema, sempre pode contar comigo — diz Margaret, consciente do quanto aquilo parece impotente.

— Margaret, eu estou ótima — diz Janice.

Margaret continua parada na porta do quarto, sem saber o que mais dizer. Sente a sombra daquela *coisa indefinidamente errada* pairando sobre a casa e tenta lembrar que não se importa mais. É a primeira vez que se falam de verdade desde a briga, e a raiva maligna que antes pairava na casa finalmente se dissipou, sendo substituída por algo que Margaret não consegue identificar. Janice olha para ela, sua boca ligeiramente aberta, como se estivesse formulando uma pergunta que não consegue verbalizar; e Margaret a encara de volta, imaginando se deveria finalmente contar sobre o encontro com Paul. Mas parece um passado tão distante agora, não vale o caos emocional que pode desencadear. *Foda-se*.

Depois de um instante de constrangimento, Janice estica a mão até o criado-mudo e pega um envelope.

— Na verdade, você poderia fazer uma coisa por mim. Eu quero falar com você sobre James — ela diz.

— James? — repete Margaret, apanhada de surpresa. E percebe, consternada, que Janice deve ter descoberto que ele a tem ajudado a ficar chapada. Como? Margaret calcula a distância que separa o galpão da piscina da janela do quarto, a trajetória dos ventos de verão e a meia-vida das moléculas da fumaça da maconha.

— Preciso que você faça uma coisa por mim — Janice continua. Entrega o envelope para ela. — Ele deve chegar a qualquer momento. Você pode dizer que não vou mais precisar dos serviços dele? E dê a ele este cheque como bônus de agradecimento? Não estou com ânimo para fazer isso.

— Por que você vai demitir o James?

— O verão está quase terminando — diz Janice, sem olhar Margaret nos olhos. — Vamos cobrir a piscina em breve.

— Estamos em 10 de agosto. É problema de dinheiro? Por causa do divórcio?

— Não, não é isso — diz Janice. Passa o dedo pelo envelope, reforçando as dobras com a unha. — É só que... eu não estou satisfeita com o trabalho dele. Embora você não precise dizer isso a ele.

A cabeça de Margaret fica a mil por hora. Como foi que a mãe descobriu o que eles estavam fazendo no galpão? Será que tem câmeras escondidas no jardim? James vai perder o trabalho e, se a mãe falar alguma coisa, provavelmente será forçado a se afastar da vizinhança, coitado. E vai ser culpa dela também. Tem vontade de sumir.

— Você precisa saber — diz, lentamente —, que não é culpa dele o que eu acho que está fazendo você dispensá-lo.

Janice vira a cabeça.

— Eu sei disso — diz, mas seu tom é cauteloso.

Droga, pensa Margaret. *A mãe sabe mesmo.*

— Na verdade, se você está demitindo ele pelo motivo que eu imagino que seja, você está sendo muito reacionária, mãe. — Ela avança, sem conseguir se controlar. — Isso já tem usos medicinais legítimos, mais do que muitos remédios com receita. Foi inclusive legalizado com esse propósito na Califórnia há alguns anos, lembra?

Janice parece mais do que apenas um pouco confusa.

— Ah — ela diz. — Eu não sabia disso. É legal? Você tem certeza?

Margaret sente a cabeça prestes a explodir.

— Do que nós estamos falando?

— Não tenho bem certeza — diz Janice, observando cuidadosamente a expressão de Margaret.

— Eu também não — diz Margaret. — Podemos simplesmente deixar para lá?

— Claro — diz Janice, evidentemente aliviada. Senta-se de novo na cama e ajeita os lençóis sobre as pernas. Agita o envelope para Margaret. — Só entregue o cheque e diga que ele foi um funcionário muito bom, mas que precisamos dispensá-lo por circunstâncias que fogem do meu controle. Diga... que eu aprecio o que ele fez por nós e que estou disponível para recomendá-lo, se for preciso, mas que é melhor ele procurar outro lugar para trabalhar.

— Certo — diz Margaret, dando-se conta de que vai perder seu único amigo ali. Pega o envelope da mão da mãe com relutância.

Janice se vira novamente para a televisão quando Mario Batali volta à tela, segurando uma carcaça de pato numa das mãos.

— Na Itália — ele diz —, esta receita se chama *carpaccio d'anatra affumicata*, mas eu a chamo apenas de deliciosa...

— **Coisas da vida** — diz James, recostando-se no colchão inflável. Fica segurando o cheque acima da cabeça. Margaret entorta o pescoço para ler o que a mãe escreveu, mas está chapada demais. Os dois se deitam em silêncio no colchão inflável, com a fumaça ainda presa em nuvens no fundo do bong. Ela ouve o zumbido do aquecedor de água atrás dela, e em seu estado inebriado não o escuta como uma única nota, mas como uma convergência harmônica de ruídos atonais.

— Eu sinto muito — diz Margaret, com a língua grossa e dormente. Senta-se no colchão e olha para o corpo dele, deitado. — Acho que ela demitiu você porque descobriu que estamos fumando maconha.

— Não acho que tenha sido isso — diz James.

— Por que, então?

Ele se senta de novo e escorrega para mais perto dela. Dá um tapinha consolador em seu ombro nu, ao lado da alça do vestido. O toque deixa a pele dela formigando por um instante, depois que ele afasta a mão. James está vestindo um macacão jeans com uma camiseta cinza que diz "Polo Aquático St. Vincent Water 88", e seus cachos estão presos com uma bandana vermelha desbotada.

— Não importa — ele diz. — Não fique se sentindo mal. Trabalhar limpando piscinas não é a minha principal ambição mesmo. É só um jeito de chegar a algum lugar.

— Você está falando do México de novo? — pergunta ela.

— É, claro, o México — diz ele. — Por enquanto, eu não faço planos. Gosto de pensar na vida como uma onda em que eu esteja surfando, vendo aonde ela me leva. Não consigo controlar: mas preciso continuar olhando para a frente e aprendendo a aceitar onde quer que eu for parar.

— Achei que acreditar no destino tivesse saído de moda com os gregos.

— Não é destino. Eu acredito na vida.

— E isso quer dizer... o quê? — diz Margaret. — Acho que o que você está fazendo realmente é apenas desistir.

— Desistir? Que diabos quer dizer isso? — pergunta ele, e puxa um cacho de cabelo dela. Margaret sente a coxa dele apertando a dela enquanto o peso dos corpos dos dois afunda o colchão de ar. — Tire a sua cabeça de dentro dos livros e pense: a vida nunca dá o que a gente quer mesmo, então por que lutar contra isso?

— Entendo o que você quer dizer — ela diz. — O esforço não me deu nada além de um monte de dívidas. Eu já falei do meu novo mantra? *Foda-se.*

— Isso é ótimo. Está vendo? Em vez de brigar com a vida e permitir que ela nos deixe infelizes, é melhor deixar rolar. Aproveitar o que o mundo nos deu.

— Estou tentando acreditar que é fácil assim.

— E é. Você vai ver quando for para o México comigo — diz James. Ele se deita de costas no colchão, cruza as mãos atrás da cabeça e sorri para ela, como um gato particularmente satisfeito.

Ela leva um tempinho para entender o que ele está sugerindo.

— Não brinque comigo — ela diz, dando um tapa na coxa dele.

— Eu preciso de companhia para a viagem. E você não tem nada que a segure aqui. A menos que queira ficar esperando os cuzões dos cartões de crédito mandarem você para a cadeia.

Ela olha para os próprios braços, mantendo-a sentada no colchão, e se dá conta de que ele está certo. Não há nada que a prenda ali. Ela não tem emprego, não tem qualquer compromisso, nenhum bem exceto por seu Honda estropiado. Será que as agências de cobrança a encontrariam no México? Provavelmente não. A ideia faz com que ela sorria sem querer. *Foda-se!* Finalmente, o potencial da expressão se abre diante dela: México!

Ela não é exatamente feliz ali. Não é sequer necessária. Voltara para casa apenas como uma fuga, e qualquer ilusão que pudesse ter tido sobre ajudar a família desaparecera havia tempo. Sua mãe não apenas não precisa como não quer a sua ajuda. Lizzie não está falando com ela. Margaret pensa nas palavras da mãe: "Eu não preciso de nada." Pensa na petulância da irmã, na indiferença do pai. James está certo. Ela poderia sair da cidade com a mesma facilidade com que chegou. Não há sequer malas para fazer.

Mudar-se para o México. Sim. Parece inevitável, o resultado final de seu lento e inexorável declínio para o esquecimento. É onde sua vida irá parar: numa praia no México, deixando o cérebro mofar enquanto serve duas margaritas pelo preço de uma para universitários durante os feriados escolares. Margaret Miller, considerada a aluna que mais provavelmente iria mudar o mundo, morando com um drogado num país de terceiro mundo. Suas amigas de Los Angeles vão revirar os olhos e prontamente se esquecerão dela. Os pais, acredita, irão morrer de humilhação.

— Claro — diz Margaret. — Eu vou com você. Por que não?

James sorri.

— A gente viaja amanhã.

— Amanhã? — Margaret conta quantos dias faltam para a audiência da mãe no tribunal (dez) e engole em seco. Não vai poder ir. No entanto, ela realmente acreditava que de alguma forma entraria no tribunal quando a audiência começasse e sustentaria o caso da mãe, baseada na leitura de um ou dois livros de direito e em reprises de *Law & Order* na televisão? — Tem certeza de que não quer esperar uma ou duas semanas? Para dar o aviso prévio nas outras piscinas? — ela pergunta.

— Tenho — diz James. Ele examina o cheque de novo. — Acho que isto foi um sinal de que chegou a hora de ir embora.

Ela se acalma e se concentra no que ele disse: surfar a vida como uma onda. Por baixo dos sofismas baratos, a metáfora dele não está muito longe da filosofia zen que ela estudou como parte de suas disciplinas obrigatórias de Religiões Mundiais durante a faculdade. Se Buda fosse surfista, seria isso o que ele diria. Por que não? Ela sempre teve curiosidade em relação ao budismo.

— Está bem — ela diz. Poderia ser esse tipo de pessoa: uma viajante mundana, migrando por países remotos e acumulando novas variedades de conhecimento, ganhando intimidade com obscuros costumes de países de terceiro mundo e se tornando especialista em línguas mortas. Serena, calma, em sintonia com o que a cerca, onde quer que seja, sem interesse em sucesso material. Ela seria uma *pessoa melhor*. Talvez até começasse a fazer ioga.

James sorri.

— Pego você às 10 horas da manhã. Antes do fim do dia teremos cruzado a fronteira.

Ele se senta e se inclina para a frente. Inicialmente, ela acha que ele quer lhe dar um aperto de mão, mas ele continua se inclinando até ficar bem na sua frente, com o hálito cheirando a maconha e chiclete de hortelã e, sem cerimônia, lhe dá um beijo. Ela recua, surpresa pela proximidade física do rosto dele. Mas depois que sente a boca dele na sua, encaixando, percebe que não é surpresa nenhuma, que ela evidentemente vinha pensando o tempo todo em como seria beijá-lo, então fecha os olhos e se deixa mergulhar no momento.

Como se por vontade própria, as mãos dela vão até a abertura do macacão dele, onde a camiseta está amontoada, e passam por baixo dela. Sente a pele dele áspera e ressecada — dá para *sentir* seu bronzeado. Sem tirar os lábios dos dela, ele abre o macacão, que cai até os quadris. Ela leva a mão ainda mais para cima no peito dele, que é macio e sem pelos. Uma das mãos dele se aproxima da barra do vestido dela até a parte de cima da coxa, enquanto a outra mão tira habilmente a alça do ombro, e ela sente os dedos quentes dele em seu peito. Com os olhos fechados, com a névoa de maconha a envolvendo em oníricas nuvens de algodão, Margaret esquece de onde e com quem está. Quanto mais eles avançam — com o macacão dele sendo chutado no chão (os olhos dela se abrem com a descoberta de que ele não está usando cueca), o vestido dela sendo erguido acima dos ombros, a calcinha presa nos tornozelos —, mais ela se sente envolvida numa sensação de irrealidade. Quem ela se tornou? Aquela não é qualquer Margaret Miller que possa reconhecer.

Ele a empurra para trás, e antes que ela consiga pensar, ele está dentro dela. Por um instante, o observa pairando nu acima de seu corpo. Ela fecha os olhos de novo, sentindo o colchão de ar a empurrando para cima. Quando terminam, ela se vê distraída pelo repentino e insistente medo de que, quando tudo tiver acabado, ela simplesmente desaparecerá no éter, como se nunca tivesse sequer nascido. E pensa, de repente, que nunca deveria ter queimado os papéis da sua infância, eliminando qualquer prova da própria existência.

Quando abre os olhos novamente, porém, ainda está ali. Leva um minuto para se acostumar à luz úmida do galpão. James já está de pé, vestindo a camiseta por cima dos ombros. Está com os olhos vermelhos e vidrados. Enquanto olha para ele, tentando se livrar de uma estranha sensação de arrepio — como se houvesse formigas subindo em seu corpo nu —, a porta da casa de máquinas da piscina é aberta, enchendo o ambiente de luz do sol. Margaret pega o vestido, que está no chão ao seu lado, e se esforça para se cobrir. Quando já está com ele no pescoço, vê que é Lizzie — e não, graças a Deus, a mãe — quem está na porta, olhando para os dois, com o maiô Speedo molhado da piscina.

Margaret luta para se levantar do colchão de ar, mas não consegue impulso suficiente para tanto. Nua e se debatendo, ela sorri nervosa para a irmã, mas Lizzie só a encara, desviando o olhar para James e de volta para ela. Em seu rosto contorcido, Margaret vê repulsa. De repente, é capaz de ver a si mesma da forma como Lizzie deve estar vendo naquele momento, não mais como sua heroína, mentora ou modelo, mas como uma largada desempregada transando chapada com o cara que cuida da piscina. O último vestígio da idolatria de Lizzie — pior, do seu *respeito* — desaparece diante dela. E Margaret fica surpresa ao perceber o quanto isso a perturba. Tenta retomar seu novo mantra, mas desta vez sua indiferença parece oca. Em vez disso, ela tem a sensação de que a última estrela acabou de sumir do céu noturno, deixando-a sozinha, na escuridão absoluta.

— Senti cheiro de maconha. — Lizzie está com as mãos na cintura e água escorrendo pelas pernas.

— Quer um pouco? — pergunta James.

Margaret dá um tapa na perna dele.

— Ela tem 14 anos!

Lizzie fica olhando fixamente para o vestido amontoado na cintura de Margaret, o macacão desabotoado, e dispara:

— Vocês dois estavam transando!

— Não! Não! — diz Margaret, no mesmo instante em que James diz:

— Tudo bem, não é nada de mais.

Lizzie encara Margaret e depois James e então Margaret de novo. Engole em seco.

— Sabem, no Arrebenta! dizem que isso é pecado — ela diz. — Paulo 2:22. "Fuja de qualquer coisa que deixe você com tesão e faça coisas que façam com que você queira ser uma boa pessoa." Eu assinei um juramento de castidade, sabiam?

— Ah, pelo amor de Deus, Lizzie — diz Margaret.

— Não pronuncie o nome de Deus em vão, ou ele vai ficar bravo com você — diz Lizzie, antes de dar meia-volta e desaparecer no jardim em direção à casa. A distância, os dois a ouvem Lizzie bater as portas.

— Droga — diz Margaret.

— Eu não sabia que a sua irmã era uma fanática religiosa — diz James.

— Ela não era até o mês passado.

James dá de ombros.

— Foda-se isso aqui — ele diz. — Deixa as pessoas esquisitas. Pense bem... a esta hora, amanhã, nós vamos estar bebendo Coronas em Tijuana.

Margaret sabe que uma reação entusiasmada seria o mais adequado, mas está com a boca seca e grudenta demais para formar palavras. Engole em seco duas vezes e apenas lhe dá um sorriso desanimado.

Depois que James vai embora, ela fica no galpão da piscina por meia hora esperando a onda da maconha passar. Afinal, acaba se levantando e entra na casa para vasculhar a geladeira. A casa está em silêncio, exceto pelo zumbido agudo da televisão ligada. A caminho da cozinha, faz uma pausa na porta de entrada da sala íntima: Lizzie está enroscada numa ponta do sofá, comendo uma barra de chocolate. Na outra ponta do sofá, a um quilômetro de distância, está Mark Weatherlove, vestindo um casaco de náilon azul. Os dois estão assistindo atentamente a alguma coisa na televisão, mas de onde está, Margaret não consegue ver que programa está passando. Dá um passo para dentro da sala, o que faz com que Lizzie e Mark virem a cabeça ao mesmo tempo. Os dois olham boquiabertos para ela, com expressões idênticas de susto, e Lizzie mexe freneticamente no controle remoto com o polegar. A televisão é desligada.

— O que vocês...? — começa Margaret, esperando conseguir de alguma forma consertar as coisas com Lizzie, mas é interrompida pela irmã, que emite um berro histérico:

— Feche a porta!

Margaret faz uma pausa, então encolhe os ombros e vai embora, puxando a porta atrás de si. A curiosidade sobre a que os dois poderiam estar assistindo passa por sua cabeça, mas ela está exausta demais da tarde que passou para se importar. Está se sentindo mal, com as mãos tremendo e muita, muita sede. Desidratação por causa do baseado, provavelmente. Fica parada na frente da pia da cozinha e toma três copos de água seguidos. Só depois do terceiro copo lembra que não perguntou a James se ele sabia o que havia de errado com a mãe dela.

Margaret termina o dia com um cochilo longo e instável. Quando acorda, já escureceu. Fica deitada na cama, usando só uma calcinha velha, dominada pela lembrança do que aconteceu à tarde. Há poucas horas, ela estava fazendo sexo. Sexo. Pela primeira vez em... por Deus, cinco meses? Já fazia tanto tempo que Bart havia terminado com ela? Bart era um amante agressivo — havia algo de intenso e abrasivo no sexo com ele que sempre deixava Margaret se sentindo machucada. O sexo com James, em comparação, foi meio como nadar no mar do Caribe, quente e molhado.

Fecha os olhos e vê o mar azul. A areia branca. O sol amarelo, quente e purificante, alto no céu, sem poluição. E seu novo amante. O novo amante com quem ela vai para o México. Seu novo amante, um drogado que largou a faculdade e que vai levá-la para o México para deixar crescer dreadlocks e viver como garçonete ganhando salário mínimo. Não, pensa Margaret... este é o jeito antigo de pensar. Ela vai para o México com seu novo amante, um espírito livre dos costumes burgueses, viver sob o sol amarelo, longe dos excessos da cultura americana, livre dos preconceitos da civilização ocidental, fora do alcance das agências de cobrança. É tanta coisa, tão rápido... A enormidade da tarde toma conta dela, e ela não tem certeza se o pulso apressado é resultado de excitação ou pânico.

A casa está em silêncio. Depois de se espreguiçar, Margaret se força a sair da cama. Vai cambaleando até a janela para tomar um pouco de ar fresco. O pé esquerdo está dormente.

Olha para o quintal através da janela. A névoa de verão finalmente chegou, vinda do oceano no final da tarde, trazendo consigo o céu cinzento e temperaturas que pairam pouco abaixo do confortável. O jardim parece pouco atraente sob a luz sem graça: as rosas passaram do período de botão e as floreiras estão nas últimas. Há revistas sensacionalistas espalhadas sobre os móveis do pátio, e uma embalagem de chocolate Snickers está abandonada no meio do gramado.

Ela olha para mais além, para a piscina, e para, sem ter certeza do que está vendo. Força o olhar através da escuridão da noite e congela.

Lizzie está boiando de rosto para baixo no meio da piscina, com os braços abertos para os lados e as pernas afundando levemente. Seu corpo flutua lentamente pela superfície da água, gerando minúsculas ondas na superfície parada. Claramente está sem se mexer há alguns minutos.

Margaret sente o coração parar. Mexe na trava da janela, empurra a tela para o lado e grita:

— Lizzie!

Lizzie não demonstra qualquer sinal de vida.

Margaret já passou pela porta do quarto quando se dá conta de que está apenas de calcinha. Desce a escada de três em três degraus e sai correndo no ar frio da noite, imaginando a cabeça de Lizzie, aberta por um mergulho no raso, uma overdose acidental de comprimidos tirados do armário do banheiro (Vicodin?), uma hemorragia cerebral incomum. Suicídio? Margaret tropeça nas pedras, solta um grito de dor, percorre saltando os últimos 30 metros até a beirada da piscina e pula na água. A piscina está morna depois do longo dia de verão, e Margaret sente o atrito do tranco do mergulho no elástico esticado da velha calcinha de algodão. Nada freneticamente até a parte funda da piscina, engolindo água enquanto tenta manter a cabeça acima da superfície.

Piscando por causa do cloro nos olhos, Margaret se esforça para ver o corpo de Lizzie boiando enquanto nada, procurando bolhas na boca da irmã. Nota que tem alguma coisa estranha na cabeça de Lizzie, que está inchada e distorcida. Quando está a poucos metros de distância, o corpo da irmã se mexe. Lizzie se endireita e olha para ela, com uma expressão de espanto no rosto.

Só agora Margaret vê que Lizzie está usando uma máscara de natação. As duas se encaram através de um filtro de plástico grosso.

Lizzie tira a máscara com um som surdo e a empurra para cima da cabeça. Está com uma marca arroxeada na testa por causa da pressão do plástico, e os cílios estão grudados por causa da água. Olha para Margaret e limpa os cantos da boca. Tonta e quase hiperventilando, com a água cheia de produtos químicos queimando seu nariz, Margaret para de nadar, mas continua flutuando na direção da irmã por pura inércia. Fica inundada de alívio e, por um instante, teme que vá começar a chorar.

— Você está sem blusa — observa Lizzie, com uma expressão blasé irritante no rosto. — E sem biquíni. Tomara que James não apareça, vai acabar vendo seus peitos. Ah, não, espere, ele já viu.

— Achei que você estivesse *morta* — balbucia Margaret, com a compreensão diminuindo diante da antipatia da irmã. Lizzie não se deu conta de que um resgate heroico está acontecendo?

— Não, não estou morta — diz Lizzie. — Estou até surpresa que você dê bola.

— Pelo amor de Deus, Lizzie. Você quase me matou de susto — diz Margaret, escutando o pânico na própria voz e se esforçando para recuperar a compostura. Mas ainda está com o coração palpitando terrivelmente, preso à ideia da irmã morta na piscina. — Não faça isso de novo, está bem? — insiste, com a voz um pouco alta demais. — A mamãe teria um ataque do coração se tivesse visto você daquele jeito.

Lizzie faz beicinho.

— Você não precisa ficar tão nervosa por causa disso.

Margaret nada até a parte mais funda da piscina e se segura na borda azulejada, tentando recuperar o fôlego.

— Você passa tempo demais na piscina. Os seus dedos provavelmente vão acabar apodrecendo por causa de todos os produtos químicos da água.

Lizzie revira os olhos.

— Sabe, se a gente fecha os olhos e fica boiando de barriga para baixo, parece que está suspensa no espaço — ela diz. Mexe na água no meio da piscina, agitando os braços para a frente e para trás, com a cabeça acima da superfície. — Sabia que existem umas coisas chamadas câmaras de privação sensorial e que cobram tipo 100 dólares para a gente entrar nesses tanques malucos cheios de água, desligar as luzes e deixar a gente flutuando lá dentro? Não dá para ver, ouvir ou sentir nada. Eu vi na TV. As pessoas meio que piram lá dentro. Dizem que é como estar morto.

— Qual é o seu *problema*? — pergunta Margaret, com a respiração finalmente se normalizando. — Você tem 14 anos, pelo amor de Deus. Pare de ser tão mórbida, você é nova demais para isso.

— O fato de Bart ter trocado você pela Ysabelle van Lumis não te dá o direito de dizer a todo mundo o que fazer. Nem de *mentir* sobre tudo.

— Ele não me trocou pela Ysabelle. Foi mais complicado do que isso.

— Ah, não importa — diz Lizzie. Ela nada em direção a Margaret e para ao alcance do braço. — Eu não vi a *sua* foto na *US Weekly*. Mas o que eu quero dizer é que a minha vida está uma droga também, sabia?

— Não pode estar tão mal assim.

— Você não faz ideia.

— Pode se abrir comigo.

Lizzie olha para a irmã com ar maldoso, com os olhos avermelhados por causa do cloro, o lábio inferior tremendo. É quase doloroso vê-la tentando continuar flutuando. Sua pele encharcada está enrugada e murcha como a de um bebê. O queixo de Lizzie afunda na água, e ela cospe um bocado de água.

— Eu estou grávida — diz ela, caindo no choro.

Na cabeça de Margaret, o sol quente, amarelo e purificante do México se põe rápida e inesperadamente, mergulhando naquele mar azul e desaparecendo completamente de vista. Na piscina, a névoa bloqueou o que restava de luz do dia. Margaret se vê instintivamente estendendo os braços, recolhendo o corpo macio da irmãzinha histérica num abraço protetor.

— Não se preocupe — diz Margaret acima da cabeça encharcada de Lizzie enquanto as duas se agarram à borda da parte mais funda da piscina. — Eu vou ajudar você.

Lizzie se aninha na clavícula da irmã, fungando conforme os soluços diminuem. Ainda perplexa, Margaret pensa que nunca se sentiu tão velha como naquele momento.

doze

Lizzie se senta à escrivaninha laqueada lilás no canto do seu quarto. Na mão direita segura a gasta *Bíblia Estado de Graça!*, com as páginas deformadas por causa de um tanto de Coca-Cola derramada e um pedaço de chocolate Snickers colando as páginas de Mateus e Lucas. Na mão esquerda está o panfleto amarrotado que encontrou enfiado embaixo da porta do quarto quando acordou naquela manhã, supostamente deixado ali por Margaret. Na frente, escrito em letras cor-de-rosa de cinco centímetros de altura: "Escolha: é um direito da mulher". Abaixo, o rosto desenhado de uma menina de rabo de cavalo, com enormes brincos de argola nas orelhas e um punho cerrado erguido desafiadoramente.

Lizzie abre o panfleto e lê o primeiro parágrafo. "77% dos líderes antiescolha são homens", diz o texto. "100% deles nunca vão engravidar. O governo não tem direito de se intrometer no útero de uma mulher tanto quanto não pode dizer o que um homem pode ou não pode fazer com o seu pênis." Vira a página: "A escolha é sua. Há trinta anos, a Suprema Corte dos Estados Unidos defende o direito que as mulheres têm de decidir sobre o que fazer com seus próprios corpos. Não deixe que os propagandistas antiescolha desviem sua atenção desse fato com suas mentiras." E mais além: "O aborto é um dos procedimentos médicos mais seguros realizados hoje nos Estados Unidos, com os mesmos riscos de uma extração de dente." Abaixo há o desenho de um médico sorridente com um estetoscópio ao redor do pescoço.

Lizzie solta o panfleto e pega a *Bíblia Estado de Graça!* Vai até o apêndice no final do volume. No topo da página, diz: "O que Deus pensa sobre...?" Abaixo, lista uma série de questões urgentes: "Sexo antes do casamento?", "Masturbação?", "Colar em provas de matemática?", "Ser mal-educado com a mãe?" e "Dizer palavrões?", indicando, para cada um dos itens, as passagens da Bíblia em que se podia colher as opiniões pessoais de Deus sobre os assuntos.

A palavra "Aborto" está bem no topo da página e lista só uma passagem: Êxodo 20:13, página 133. Ela vira até a página 133 e lê o versículo. "Não matarás!!!" A frase está sublinhada em vermelho.

O que lê a deixa com dor de cabeça. Lizzie desiste e pega a pinça, focando a atenção nos pelos que crescem nos dedos dos pés, que são auspiciosamente grossos e ásperos. Arranca um pelo, e parece que alguém acabou de enfiar uma agulha em seu dedo. Seus olhos lacrimejam. O folículo arrancado fica muito vermelho e incha agradavelmente. Arranca outro pelo e um muco aguado começa a escorrer pelo nariz. Uma sensação de paz desce sobre ela. A única coisa que sente é a queimação no pé. Pensamentos sobre o destino de sua gravidez são afastados, assim como a lembrança desagradável do vídeo a que assistiu com Mark no dia anterior, imagens que passaram pela sua cabeça a manhã toda apesar de todos os esforços que fez para esquecê-las, até não saber ao certo se estava se sentindo daquele jeito por causa do que estava crescendo em sua barriga ou por causa do filme cintilando em sua mente.

Termina o primeiro pé e está começando o segundo quando alguém bate na porta. Lizzie guarda a pinça numa gaveta que abre com dificuldade. Margaret está ali de pé, com o vestido de algodão desfiado na barra. O tecido que era cor de laranja vivo no começo do verão agora estava num tom pêssego manchado e inofensivo. Traz um livro cheio de orelhas embaixo do braço. Lizzie se vira de lado para ler a lombada: "Seu corpo, sua vida: um guia feminista dos direitos de reprodução."

Lizzie nunca compreendeu realmente toda aquela coisa feminista de Margaret — tipo, qual é a história? Até mesmo a palavra feminismo tem um certo bolor relacionado a ela, parece mais um termo de uma prova de história do que uma palavra aplicável à vida de Lizzie. Pelo que sabe, as mulheres estão se saindo muito bem no mundo. São elas que vestem as roupas mais bonitas, por exemplo. Ela não se ofenderia se os meninos abrissem as portas para ela de vez em quando. Na verdade, meio que gostaria que eles fizessem isso.

Margaret entra no quarto, empurra o edredom amarrotado de Lizzie para o lado e se acomoda na beirada do colchão. Inclina-se para a frente e cruza as mãos sobre os joelhos.

— Então — ela diz —, vamos conversar.

— Está bem — diz Lizzie, com medo, sentando-se ao lado da irmã na cama. Pode ver, pelo brilho nos olhos de Margaret, um sermão se aproximando. Sermões significam expectativas às quais Lizzie terá de corresponder, e ela não está nem um pouco certa de estar em posição de agradar a alguém no momento. Quanto menos a irmã, que tem agido como uma vaca mandona e mentirosa o verão inteiro.

— Primeiro, quero dizer que sei que tenho sido uma porcaria de irmã. Eu tenho estado preocupada com os meus próprios problemas, completamente egoísta, e evidentemente não estava prestando atenção em você. Sei que menti sobre o que estava acontecendo na minha vida, e que não foi certo da minha parte. E também não foi certo ter atacado você por causa do Mark Weatherlove: ele é seu amigo, e eu devia ter confiado na sua capacidade de julgamento. O que posso dizer além de que sinto muito mesmo?

— Tudo bem — diz Lizzie, conseguindo dar um pequeno sorriso. Um raio de esperança atravessa a confusão. Ela não esperava um pedido de desculpas. Margaret não costuma se desculpar, fato que Lizzie sempre interpretou como querendo dizer que a irmã tinha sempre razão, mas que recentemente havia reinterpretado para significar que ela não gosta de estar errada. Pensa que talvez Margaret possa ajudá-la a dar um jeito em tudo. — Você teve que lidar com a história do Bart e todo o resto — diz ela, sentindo-se generosa.

— Esqueça o Bart — diz Margaret, acenando com a mão como que para espantá-lo para fora do quarto. — Vamos falar sobre você. Imagino que tenha lido o panfleto que deixei para você?

— Era meio... não sei. Cruel?

Margaret faz um aceno com a mão.

— É, tem uma retórica datada: queimar sutiãs e todas aquelas coisas. Mas você entende o que quer dizer? Antes de qualquer coisa: você entende que não está sozinha nisso, certo? Aposto como está se sentindo muito solitária, mas existem legiões de mulheres apoiando você.

— É mesmo? — diz Lizzie, sem saber direito o que significa a palavra "legiões", mas começando a suspeitar de que aquela não vai ser uma discussão muito objetiva, afinal.

— Elas prepararam o caminho para que a sua situação não precise ser traumática — diz Margaret.

— Ah — diz Lizzie. — Eu as conheço?

— Bem... não — diz Margaret.

— Então como elas podem estar me apoiando? — pergunta Lizzie, ciente de que está sendo injustamente difícil, mas sem conseguir resistir. Fingir ser burra é a único recurso que conhece para torturar a irmã.

Margaret suspira de irritação.

— Está bem, foi uma metáfora ruim. Esqueça. Só estou dizendo que você tem muitas irmãs para ajudá-la neste momento. Imagino que o pai não vá assumir qualquer responsabilidade quanto ao que aconteceu, estou certa? Quem é o pai? É o Mark?

— Não — responde Lizzie.

— Então...?

Lizzie faz uma pausa.

— Bem, eu não tenho muita certeza.

Margaret arregala os olhos.

— Nossa — ela diz. — Quer dizer, *nossa*. Lizzie, eu não imaginava.

Lizzie cora com um orgulho inesperado ao perceber que, de alguma forma, conseguiu impressionar a irmã. Pensa em Margaret no galpão, com o vestido enrolado na cintura e James de pé em cima dela e se encabula com o que isso sugere. Sim, é claro que Margaret entenderia.

Mas a Bíblia cor-de-rosa sobre a escrivaninha, a 30 centímetros de distância, atrai seu olhar, e a onda de humilhação toma conta dela de novo.

— Mas é pecado — lembra a si mesma em voz alta. — Não é nada que dê para achar legal.

Margaret faz uma careta.

— Quem disse que é *pecado*? Por favor. O desejo é um instinto humano perfeitamente natural. Você não devia se envergonhar do seu despertar sexual. Nós tornamos o sexo aceitável para os meninos e ensinamos às meninas que, se elas expressarem uma curiosidade sexual saudável, são vadias. São dois pesos e duas medidas, e você não devia ser vítima disso, está bem? Se houve uma coisa que a gente tentou passar na *Snatch*, foi isso.

— Está bem — diz Lizzie, sentindo-se vagamente aliviada com o apoio da irmã, mesmo que não esteja completamente certa de estar compreendendo o que Margaret está tentando dizer.

— Sabe, eu também perdi a virgindade no colégio — diz Margaret, estendendo a mão para acariciar o ombro de Lizzie. — Foi no meu último ano. Transei com um menino de Modesto durante o concurso de debates da primavera em Los Angeles. Ele ganhou a medalha de prata pelo discurso que fez sobre ecoativismo radical. O sexo foi bem esquecível, na verdade, foi bem ruim, mas eu não tive vergonha, nem você deveria ter.

Lizzie *quer* se sentir melhor com a revelação da irmã em relação ao próprio comportamento galinha, mas o que Margaret contou parece muito *benigno* em comparação com o que ela fez. Suspeita que, se soubesse da verdade, Margaret não seria tão compreensiva. Lizzie fica em silêncio por um instante enquanto a mão compreensiva de Margaret aquece suas costas, mas finalmente não consegue mais suportar a farsa.

— Eu transei com seis meninos — dispara ela. — Em menos de três meses.

Os olhos de Margaret parecem que acabaram de saltar da cabeça sobre o tapete.

— Meu Deus — explode ela, e seu ataque involuntário faz Lizzie querer se enfiar embaixo da colcha e nunca mais sair. Ela tinha razão. Margaret engole em seco e baixa o tom de voz. — Quer dizer, isso não é uma crítica de maneira alguma, de jeito nenhum, mas, nossa, Lizzie, você realmente assumiu a posse da sua própria sexualidade.

— Obrigada, eu acho — diz Lizzie, ainda fixada no ataque de Margaret.

— Você não usou camisinha?

— Mais ou menos — diz Lizzie. — Mas eu meio que esqueci umas duas vezes.

— Bom, acho que é um caso de lição aprendida do jeito mais difícil. No futuro, sem camisinha, nada de sexo, está bem? Você quer que eu fale sobre DSTs também?

— Não, tudo bem — diz Lizzie, sem querer mais um sermão.

Não que nunca tenha tido aulas de educação sexual, apenas não prestava atenção. Olha para a irmã. Ela está sentada ereta na beirada da cadeira, do jeito que a certinha da Alexis Schumacher sempre se senta na aula de inglês quando está prestes a levantar a mão para dar uma resposta. Há uma ruga profunda na testa de Margaret, mas, ainda assim, a irmã parece quase *feliz*. Está com as bochechas coradas e os ombros eretos. Ocorre a Lizzie que Margaret está mais envolvida em algum diálogo interno do que em qualquer coisa que Lizzie esteja dizendo. E percebe que ela precisa ver a si mesma como alguma espécie de heroína na situação, como a figura da sábia primogênita. E por mais que sinta a familiar admiração pela irmã voltando, há alguma coisa de triste no comportamento dela. Será que a vida dela está tão chata que aquele sermão é tudo o que tem para ficar empolgada?

— Bom, vou ter que levar você até a Good Vibrations* um dia desses para comprar um kit de camisinhas para que isso não aconteça de novo. Por enquanto, vamos falar sobre o que fazer agora. Uma das minhas antigas colegas de classe dirige a clínica Paternidade Planejada em São Francisco. Conversamos hoje, e ela disse que consegue encaixar você amanhã. Você realmente não deve esperar mais. Quanto antes fizer, mais fácil vai ser.

— Mais fácil fazer o quê? — Lizzie suspeita de que já sabe qual é a resposta, e isso a deixa nauseada.

— Um aborto, é claro.

Lizzie endurece na cadeira. Sentiu que isso estava por vir, mas a força da segurança da irmã parece, apesar de tudo, uma explosão nuclear, erradicando qualquer vontade própria de Lizzie.

— Na verdade, eu não tinha decidido fazer aborto — diz ela. Sua voz parece insignificante.

— Ah — diz Margaret, surpresa. Olha para a palma da mão, como se pudesse haver alguma coisa escrita ali. — Bom. Seja realista, Lizzie: há realmente qualquer outra decisão a ser tomada? Você tem 14 anos, pelo amor de Deus, e isso é muito pouca idade para ter um bebê. O que você vai fazer? Abandonar a escola para tomar conta dele? Fazer os

---

* Conhecida sex shop em São Francisco. (*N. da T.*)

exames finais com um bebê pendurado nas costas? E a faculdade? E a sua carreira? Você não quer prejudicar todo o seu futuro por causa de um bebê.

A previsão da irmã parece um daqueles especiais de TV horrorosos que passam depois da aula, e Lizzie afasta a ideia de si mesma como protagonista. Faculdade? Exames finais? Carreira? Ela ainda não tinha nem *pensado* em onde queria fazer a faculdade, embora sempre tenha *achado* que parecia ser divertido. Festas. Meninos. Nada de pais. Por um breve instante, sente-se inclinada a se conformar com o plano da irmã. Mas alguma coisa a segura.

— Mas... — diz.

— Mas o quê?

— Mas Deus diz que aborto é assassinato. E que eu vou acabar indo para o inferno.

— Ah, Lizzie — diz Margaret, sacudindo a cabeça. — Eu não sei nem por onde começar com isso.

— O quê?

— É tudo propaganda — diz Margaret. — O direito religioso simplesmente impôs sua própria ideia de moralidade nesta situação... uma moralidade, aliás, que é baseada em histórias ficcionais escritas por políticos há 2 mil anos para servir a suas próprias necessidades políticas, não por algum "Deus" onisciente. — Sacode os dedos no ar formando aspas. — Eles querem convencê-la a sacrificar a sua própria vida em nome de alguma coisa que neste momento é um amontoado de células inviável mais ou menos do tamanho de um pistache. O aborto é tão assassinato como tirar as amígdalas. As pessoas naquela sua igreja só incutiram culpa e fizeram com que você considerasse o aborto pecado para dar a eles a supremacia moral.

Lizzie não está convencida. Pensa no gentil pastor Dylan e se sente compelida a defender os amigos da igreja.

— Eles não me incutiram culpa nenhuma. Eles me amam.

— Eles amam você? — pergunta Margaret. — Eles mal *conhecem* você. Você foi à igreja o quê? Quatro vezes? Cinco? E prefere o conselho deles ao da sua irmã.

— Mas eu acho que é ruim. Matar o bebê.

Margaret se recosta e esfrega as têmporas.

— Não é um bebê ainda. Você não leu...? Sabe do que mais? Esqueça. Vamos deixar de lado os argumentos partidários e só conversar sobre isso de maneira lógica. O que você vai fazer? Você vai ter o bebê? Vai criá-lo sozinha? Sem ter ao menos o pai por perto para ajudar?

Lizzie pensa no bebê. Ela não conhece nenhum bebê. A única criança pequena que se lembra de ter conhecido foi a da sua prima pelo lado do pai, que visitou a família há alguns anos. A bebê era muito fofa e quietinha e só ficou dormindo no carrinho durante toda a visita, num vestido cor-de-rosa de caxemira que a prima havia tricotado. Mas Lizzie se lembra mais dos pés do bebê: minúsculos, aveludados e perfeitos, como os pés de uma boneca. Ficou fazendo carinho nos pezinhos durante horas.

— Não sei — diz. — Talvez. Tenho certeza de que a mamãe ajudaria. Ela adora bebês.

— A mamãe adora bebês que não sejam da filha adolescente dela.

Lizzie fecha os olhos, e uma visão do seu futuro passa diante dela: uma cadeira de balanço, uma menininha fofa e cheirosa que não precisa de nada além dela. Teria que sair do Millard Fillmore High, como a irmã disse, mas a verdade é que não se importaria de nunca mais pisar na escola mesmo. Talvez simplesmente pule o final do colégio e passe direto para a vida adulta. Pode se mudar para um apartamento e criar o bebê sozinha. Vai ser exatamente como em *Gilmore Girls*, elas vão ser as melhores amigas. Talvez Mark Weatherlove vá querer morar com elas. E Becky fique de babá.

Será que seria muito ruim para o bebê não ter pai? Pensa no próprio pai, lembrando-se com estranheza dos velhos sapatos de golfe dele, que encontrou outro dia no armário do hall de entrada, abandonados, empoeirados e cheirando a mofo. De repente, num espasmo, tem vontade de chorar de tanto que quer o amor dele. Mas se ela não o tivesse conhecido, não teria por que estar triste agora, não é? Segundo essa lógica, sua bebê nunca vai se sentir decepcionada ou abandonada pelo pai, porque o pai nunca vai ter existido. Então isso na verdade vai ser uma coisa *boa*. Claro que talvez seja um menino e ela precisará de um homem por perto para ser um modelo masculino, mas outra pessoa poderia fazer isso. Como, tipo, o Mark.

Pensa que quer ser boa. E parece tão claro que um bebê é uma coisa boa, uma coisa pura e perfeita que é o antídoto para todas as coisas horríveis que ela passou durante toda a vida. Seria uma versão em miniatura dela mesma, só que sem os seus defeitos. E seria sua responsabilidade cuidar do bebê, apenas dela, de ninguém mais — nem mesmo da mãe ou da irmã, porque o que elas sabem sobre a maternidade, afinal? — poderia lhe dizer o que fazer. Ela estaria no comando. Seriam apenas os dois. Ela amaria muito o seu bebê. E ele a amaria também.

Quando abre a boca de novo, Lizzie fala lenta e cuidadosamente, sabendo que as palavras erradas vão deixar a irmã irritada:

— Eu já fiz basicamente tudo de errado que podia fazer — diz. — Quer dizer, eu desobedeci quase *todos* os dez mandamentos. Eu forniquei, cobicei, menti e roubei. Não me lembro do resto, mas provavelmente fiz também. Eu tenho, tipo, só dois amigos no mundo todo, e acho que o papai me odeia, a mamãe provavelmente também. Mas, Margaret, isso é uma coisa que eu poderia fazer direito. Quer dizer, eu posso fazer alguma coisa viver. Tipo, como isso pode ser ruim?

Margaret simplesmente a encara, com o rosto desmoronando. Parece que está prestes a chorar.

— Lizzie, você está sendo dura demais com você mesma — diz. — Você é uma menina *ótima*. Por favor, não duvide de si mesma desse jeito. Você é incrível. É muito cedo para se odiar.

Normalmente, esse é o tipo de coisa que a Lizzie adora ouvir, mas já se decidiu, num crescendo de arrependida retidão infeliz.

— Não — diz ela, gravemente. — Eu preciso de redenção.

— Você acha que vai encontrar a redenção dando à luz um bebê? — pergunta Margaret. — Isso é muito ingênuo. Você é mais inteligente do que isso.

Lizzie se endireita e bota a Bíblia no colo. Aperta a palma da mão sobre a capa áspera e tenta atrair a força do Senhor para seu mais profundo interior. Acha que consegue sentir uma luz branca na barriga, um leve incômodo onde o bebê está crescendo. Precisa resistir à visão de mundo cínica da irmã.

— Não. Eu não vou fazer um aborto — ela diz, com a voz mais firme que consegue. É surpreendentemente fácil.

Margaret respira fundo pelo nariz, dando um suspiro curto.

— Está bem. Bom, podemos pensar em adoção, então. Há milhares de pessoas que matariam por um bebê branco e saudável.

— Não, Margaret. Você não está entendendo. *Eu* quero o bebê.

Margaret esfrega a nuca com os dedos e fica olhando fixamente para o chão. Um longo minuto se passa. Ela fala lentamente, com a voz rouca e baixa:

— Olhe só, eu estou pressionando você, e isso não é justo. Eu sei disso. É uma questão de você ser capaz de escolher por si mesma, não é? O direito de escolher. Não o direito de escolher o aborto. Certo. É disso que se trata o feminismo. Então, tudo bem. Só me faça um favor, Lizzie? Não decida agora. Pense um pouco. Vou mudar o horário marcado na Paternidade Planejada e vou tentar conseguir mais coisas para você ler. E talvez a gente possa conversar de novo quando nós duas estivermos um pouco mais calmas.

Lizzie observa a irmã atentamente, percebendo que as manchas avermelhadas em seu rosto e a tensão em seu pescoço não têm a ver com o fato de ela ser uma sabichona metida a santa, mas são um sinal de que ela, na verdade, está realmente chateada. Lizzie compreende que venceu aquela batalha e, por um instante, esse fato faz com que se sinta beatífica e poderosa. Quem diria que ela seria capaz de derrotar a indomável Margaret com tanta facilidade? Mas a expressão triste no rosto da irmã também faz com que queira se render completamente a ela para deixá-la feliz de novo.

Ela resiste ao impulso. *Pense no bebê*, relembra a imagem de si mesma com o pezinho cor-de-rosa na mão.

— Não precisa se incomodar — ela diz. — Eu já decidi.

Margaret perde a compostura completamente. Salta da cama, como se tivesse sido empurrada por um choque elétrico, com os braços esticados em ângulos de 30 graus. Está com os olhos úmidos, embora não fique claro se são lágrimas de raiva ou de frustração. As mãos de Margaret se fecharam em punhos apertados, e ela parece querer dar um soco em alguém. Em Lizzie? Lizzie se encolhe.

— Lizzie! Você não pode deixar que eles façam isso com você! — berra Margaret.

Pela primeira vez na vida, Lizzie fica com medo da irmã. Toca a barriga de um jeito protetor, sentindo o grosso cinturão de carne embaixo do maiô, e se pergunta se a sensação estranha da barriga se contorcendo é o bebê se mexendo.

— A decisão é minha. — Lizzie consegue ouvir o próprio coração batendo. *Blam blam blam*, ele bate em seu peito. Bate tão alto que as janelas vibram nas esquadrias. *Blam blam blam*. E então se dá conta, no mesmo instante que Margaret, de que o som está vindo do andar de baixo, onde alguém está esmurrando a porta. A campainha toca, há um breve instante de silêncio, e então o barulho recomeça.

— Vá embora! — grita Margaret, sem se mexer, com as mãos ainda apertadas de fúria.

— Quem é? — pergunta Lizzie.

Margaret não diz nada, mas seu rosto se tensiona com o barulho que segue. Está claro que Margaret não quer que Lizzie atenda a porta — por quê? O medo de Lizzie de levar um soco da irmã é repentinamente substituído por curiosidade, mas também por um pouco de poder. Lizzie é a dominante: fez sua própria escolha, enfrentou a irmã, e Margaret só está frustrada por ela não ter seguido o que quer tenha sido ordenada a fazer. Sabendo disso, Lizzie sente o impulso de correr até a porta, só para indignar a irmã. Porque pode fazer isso.

— Você não vai atender? — pergunta de novo.

— A mamãe pode atender.

— A mamãe não está fazendo nada ultimamente. — Lizzie encara a irmã, gostando daquela estranha sensação de autoridade.

Mas Margaret continua parada ali.

— Eu não vou me mexer enquanto você não concordar em ser mais mente aberta em relação a isso. Vá apenas conhecer a Paternidade Planejada, só isso.

— Está bem, eu vou atender — diz Lizzie. Ela se vira e sai correndo em direção à escada, descendo dois degraus por vez e deslizando a mão pelo corrimão liso. Escuta Margaret dizer "Não!" atrás dela, mas a ignora. Salta o último degrau com uma pancada que faz seu estômago se revirar.

Atrás dela, Margaret desce a escada aos saltos, perdendo o equilíbrio a poucos degraus do final e tropeçando até o último. Lizzie sai correndo. As irmãs correm pela casa, com os pés descalços batendo no piso de madeira que não é varrido havia uma semana, deixando marcas de dedos na poeira acumulada. Lizzie dá um encontrão no batente da porta da cozinha e se encolhe, pensando no bebê. Margaret agarra as alças de seu maiô, esticando o tecido, mas não consegue segurá-la. O elástico volta ao lugar, machucando a pele de Lizzie.

— Ai! — grita Lizzie.

— Deixe a porta para lá! — pede Margaret.

— Qual é o problema com você? — Lizzie desliza em torno da ilha da cozinha, que está cheia de pratos sujos e de bordas de uma pizza de três dias. Derruba no chão uma caixa de suco de laranja estragado pela metade, e o conteúdo fétido respinga nos armários.

Lizzie chega à porta dos fundos primeiro, por uma questão de segundos, e a escancara. James está esperando no capacho. Está usando um sombreiro com jeito de mofado empurrado para trás na cabeça.

— *Hola* — ele diz. — A Margaret está aí?

— Ah, é você — diz Lizzie. Não sabe muito bem quem exatamente gostaria de ter encontrado do outro lado da porta. Bart? Ysabelle van Lumis? O pai? Mas certamente não era ele. A presença de James, que ela havia visto pela última vez com as calças nos tornozelos no galpão da piscina, a faz corar. Ele não parece muito envergonhado com isso, no entanto. — É só o seu *namorado* — Lizzie diz a Margaret, que chegou ofegando atrás dela. — Qual é o problema?

James olha por cima do ombro de Lizzie para Margaret.

— *Hola*, Margarita. Onde está a sua mala? Pronta para ir?

Lizzie olha para James, depois para Margaret, que está decididamente nervosa.

— Aonde você vai, Margaret?

James arruma o sombreiro da cabeça, abaixando-o para que Lizzie consiga ler o que está bordado. *LA VIDA LOCA FERIADO DE PRIMAVERA 2001*, diz o sombreiro.

— Eu vou levar a sua irmã para o México — diz James. — Ela não falou para você?

— México? — diz Lizzie.

— México? — ecoa outra voz.

Janice está parada se segurando na ilha da cozinha, com um roupão de cetim amarrado apertado na cintura. Três corpos se viram, como que ensaiados, para olhar para ela. Lizzie se esforça para lembrar da última vez que viu a mãe de pé. Faz pelo menos cinco dias. Na verdade, Lizzie não a via de jeito nenhum fazia pelo menos dois dias, preferindo passar nas pontas dos pés pela porta fechada do quarto. *Você não é uma boa filha*, pensa consigo mesma. *Não presta atenção suficiente na própria mãe. Mais um motivo pelo qual você precisa ficar com o bebê.*

Janice aponta para a porta aberta.

— Ouvi baterem na porta. Alguém estava esmurrando e esmurrando...? — foca o olhar no visitante, faz uma pausa e olha para Margaret. — O que James está fazendo aqui? Margaret, você não disse a ele? Que história é essa de México?

— Não é nada — diz Margaret, virando-se para James. — Olhe, podemos falar em particular?

— Nós vamos nos exilar — diz James, falando por cima do ombro de Margaret para Janice e Lizzie. — Vamos nos mudar para Puerto Escondido.

Lizzie amadurece o fato. A irmã vai embora? A irmã vai abandoná-la? Suas vísceras, firmes com a vitória recente, agora se transformam numa piscina instável de gelatina de limão. Ela não quer ser deixada sozinha com o bebê. Como Margaret pode simplesmente deixá-la?

Seu lábio inferior treme, mas antes que ela diga qualquer coisa, Janice fala.

— Você não pode ir para o México com ele — diz a mãe, com a voz cortante como uma navalha.

— Eu não vou — insiste Margaret, virando-se para James. — De verdade. Eu mudei de ideia. Elas precisam de mim aqui.

— Estou falando sério. Não gosto que você passe tempo com ele — diz Janice, como se não tivesse escutado nada do que Margaret acabou de dizer.

Margaret olha para a mãe:

— Por que não?

— Você simplesmente não pode — insiste Janice. Aproxima-se por trás de Margaret e segura os ombros da filha. — Porque eu disse que não pode. E sou sua mãe.

Margaret se liberta das mãos de Janice. A alça do vestido rasga sob os dedos de Janice, e Margaret a segura para evitar que o vestido caia.

— Que merda é essa? É algum tipo de preconceito de classe? Você não quer que a sua filha conviva com os empregados? É isso? Pelo amor de Deus, mãe, você disse a mesma coisa quando eu fui embora com o Bart... que ele não era "bom o bastante" para mim, que era uma "má influência" porque não era formado em Harvard nem estava estudando direito. Bom, sabe o que eu acho? Eu acho que você só está com medo de que a sua filha possa ser o verdadeiro fracasso. Acho que você tem medo de que eu seja uma prova de que todas as ideias sociais em que você sempre acreditou, que definiram toda a sua vida, sejam na verdade vazias, e que nem você nem eu sejamos melhores do que qualquer outra pessoa. — Suas palavras ficam mais e mais engasgadas conforme o discurso evolui.

Lizzie olha para os próprios braços e nota que está toda arrepiada, não de frio, mas de ansiedade. Ela analisa cuidadosamente o discurso da irmã e chega ao cerne da verdade: Janice se importa demais com o que os outros pensam. Mas será que Margaret também não se importa demais com isso? Se não, por que ela estaria sempre se esforçando tanto para ser a pessoa mais inteligente do mundo? Uma nova compreensão faz Lizzie estremecer. É como se um fio as tivesse deixado mais unidas, todas as três se esforçando demais para agradar e, ainda assim, deixando de corresponder a expectativas veladas. Pobre Margaret. Pobre Lizzie. Pobres das três.

Mas Janice parece confusa.

— Não é nada disso — ela diz, com a voz estrangulada.

— Na verdade — diz James —, meu pai era dentista. Em Great Neck. Não sou da classe trabalhadora.

Enquanto James fala, Lizzie tem uma revelação: se Margaret estava planejando ir para o México hoje, quer dizer que nunca pensou em ir com ela fazer o aborto, afinal.

— Não acredito que você não me contou que ia se mudar para o México — diz Lizzie, imaginando agora um futuro diferente, no qual ia à clínica com a irmã, que segurava a sua mão enquanto os médicos, vestindo camisolas azuis, a anestesiavam e, depois que acordava, Margaret levava canja de galinha e sorvete de chocolate para ela na cama até que se sentisse melhor. Por dentro, sofre pela perda desse futuro que, percebe agora, não seria tão mau assim. — E aquela consulta que você marcou para mim? Você ia me fazer ir sozinha?

Margaret dá meia-volta.

— Não, Lizzie, eu *não vou* para o México. Eu já disse. Vou ficar aqui para ajudar você.

— Ah — diz Lizzie, ainda perdida demais em sua visão melancólica para digerir aquilo direito.

— Que consulta? — pergunta Janice.

— Você não vai? — pergunta James. Ele se encosta no batente da porta, tira o chapéu com um ar de decepção exagerado e o aperta contra o peito. — Você vai me dar o bolo?

— Não! Eu não vou! Não! Vou! Pelo amor de Deus, ninguém está prestando atenção? — berra Margaret. Ela aperta as têmporas com as palmas das mãos, com força, num gesto que assusta Lizzie. — Eu ia, Lizzie, mas quando fiquei sabendo da sua situação, resolvi ficar. Para *ajudar*. Para *fazer alguma coisa*. — Parece estar falando sozinha. A alça do vestido cai, expondo a parte de cima de um seio branco.

Lizzie se pergunta se ela tem noção de que quase dá para ver seu mamilo. Ela só quer que todo mundo fique em silêncio. Toda aquela gritaria a está deixando com dor de estômago. Aquela cena está tão *errada*, que ela não sabe sequer como começar a arrumar as coisas. Gostaria que a vida pudesse ser rebobinada, para que ela pudesse reverter as coisas até chegar a um ponto em que tudo estivesse normal de novo. Talvez tenham de rebobinar até o começo. Mas será que fariam tudo melhor dessa vez?

— Mesmo assim eu não quero que você passe tempo com *ele* — repete Janice.

Margaret se vira furiosa e puxa o vestido para cima de novo.

— E por que não? Você fica de alguma forma ofendida com o fato de que a sua querida filha estudiosa esteja trepando com o cara que cuida da piscina? Você sabia que ele estudou na universidade de Columbia?

— Você...? — Janice parece não conseguir terminar a frase. Segura-se na borda de granito da ilha da cozinha. — Vocês estão...?

A calma de James parece finalmente abandoná-lo. Ele enfia o sombreiro de novo na cabeça.

— Nossa, Margaret. Não tem nada a ver com isso. Ela não quer que você ande comigo porque eu sou o traficante de drogas dela, é por isso.

A primeira coisa que Lizzie pensa é *James, traficante*? Ela nunca viu um traficante de drogas antes, mas certamente não achava que os traficantes fossem como ele. E então, enquanto ela analisa o resto da frase e se dá conta de que isso quer dizer que a mãe *comprou* drogas dele, fica tonta e confusa. O quê? Não. Anh? Seu cérebro está a mil. Aparentemente, ela não é a única pessoa no ambiente que ficou paralisada com a declaração de James. O ambiente ficou tão silencioso que dá para ouvir os passarinhos chapinhando na fonte do jardim e um avião voando no céu. Tanto Lizzie quanto a irmã se viram para encarar a mãe, que parece se desviar levemente do impacto de seus olhares. Janice tateia atrás do corpo em busca de um banquinho e se joga em cima dele.

— Traficante? — diz Lizzie, se virando para olhar para James, que agora está se afastando da porta em direção ao carro. Lizzie tem a impressão de que sua cabeça está prestes a explodir. Não consegue registrar. Alerta. Alerta. — Você está brincando. A mamãe usa drogas? — Vira-se para Margaret, e de novo para James, de alguma forma incapaz de olhar para a mãe em busca de resposta. — Tipo, o quê? Maconha?

— Olhe, eu tentei contar para você, Margaret. A sua mãe está viciada em cristal, e é melhor vocês procurarem ajuda — diz James.

Lizzie não sabe exatamente o que é cristal, mas a palavra viciada lhe deixa ainda mais tonta, quando ela lembra do slide show que viu no Arrebenta! e das fotos das prostitutas desdentadas e de olhos vazios viciadas em crack. Olha de novo para a mãe, que até pode não estar muito bem, mas certamente não está *daquele* jeito. Aquilo simplesmente não faz sentido.

— Ah, James — diz Janice, segurando a cabeça com as mãos. — Você precisava mesmo fazer isso? Você devia simplesmente *ir embora*.

— Cristal? — pergunta Margaret. Está paralisada. — Você vendeu *cristal* para ela?

— Cristal é como crack? — pergunta Lizzie, sentindo-se deixada de lado e absolutamente confusa sobre tudo. Ninguém responde.

James dá de ombros.

— Ela me implorou — ele diz. — Eu só estava tentando juntar um pouco de dinheiro. É o que está vendendo hoje em dia. Depois tentei parar, mas ela me ameaçou.

— Você estudou para ser *químico* — diz Margaret. — Essa merda *mata* gente. Eu pensei... mas, cristal! E... você?!

— Não seja hipócrita, Margaret. Você está fumando maconha comigo o verão inteiro.

Essa nova revelação é anticlimática, e não surpreende Lizzie completamente. Ela havia sentido o cheiro da prova ontem no galpão da piscina. Mas, ao pensar em tudo, se dá conta de que um outro mundo havia existido naquela casa durante todo o verão, um mundo em que a irmã e a mãe usavam drogas e faziam sexo secretamente e em que Lizzie ficava deitada na piscina sem saber de nada. Como sempre. Sente vontade de chorar.

— Mas isso é diferente — continua Margaret. — Cristal *vicia*.

— Você ficaria surpresa com quanta gente por aqui usa. Pelo menos um quarto dos meus clientes de piscinas.

— Eu já parei, Margaret — protesta Janice. — Parei há quase uma semana. Depois da festa no clube. Eu estou bem. Foi por isso que demiti James. Foi por isso que estive tão mal a semana toda, se você quer saber. Mas agora está *tudo bem*. — Estende a mão para Margaret, que fica parada, chocada, do outro lado da ilha da cozinha. — Eu parei de usar.

Lizzie sente que ficou invisível, não passa de uma anônima integrante da plateia da representação teatral que está ocorrendo diante dela. Nada parece nem um pouco real, exceto pelo movimento em sua barriga.

— Acho que vou vomitar — diz ela, mas ninguém presta atenção.

Janice se vira para Lizzie.

— Lizzie... — diz ela, então para, perdida.

— Saia daqui, James, por favor — diz Margaret. — É sério, só saia daqui, antes que eu esqueça que tenho objeções conscientes à legislação sobre drogas da Califórnia e queira levantar o telefone e informar a polícia que um traficante de cristal está fugindo para o México. Tenho certeza de que eles vão adorar.

James hesita. Olha para Janice, que agora está pressionando a testa no tampo de granito do balcão entre os braços.

— Sra. Miller... — começa ele.

Janice levanta a cabeça, apenas poucos centímetros acima do granito, depois abaixa de novo. Ela geme alto.

— Vá embora — diz Margaret.

James suspira e joga as mãos para cima. Antes que possa dizer mais qualquer coisa, Margaret bate a porta na cara dele com tanta força que a casa inteira balança. Um copo deixado na beirada do balcão se agita, vira e cai dentro da pia. Fica oscilando para a frente e para trás dentro da bacia de aço inoxidável, milagrosamente inteiro.

Lizzie olha pela janela enquanto James volta andando lentamente para a caminhonete, tira o sombreiro e o atira na caçamba, junto com uma mala, um violão e algumas caixas de papelão. Imagina Margaret no banco da frente com ele, se afastando, e se pergunta se não seria melhor se a irmã tivesse ido, afinal. A mãe também. Se todos simplesmente *fossem embora*, James, Janice e Margaret, ela poderia ficar ali sozinha, apenas com o seu bebê e a luz do Senhor. As coisas seriam mais simples.

Quando a caminhonete de James se afasta, Margaret fala.

— É inacreditável... — Aparentemente, Margaret está falando com a poça de suco de laranja no chão. — É quase demais para aguentar. A minha mãe é viciada em cristal...

— O que é cristal? — Lizzie interrompe de novo, sentindo que algo está saindo rapidamente do controle, e esperando trazer a situação de volta a fatos, cifras, *informação*.

Margaret continua falando.

— ...O meu pai abandonou a família, a minha irmã é uma adolescente renascida em Cristo que entrou para as estatísticas de gravidez, e eu estou falida e sem teto, sem namorado e sem emprego. Onde estamos vivendo? Isso é simplesmente de enlouquecer. Está tudo... uma bagunça.

A Margaret decidida do quarto de Lizzie desapareceu. Aquela Margaret parece petrificada, com lágrimas nos olhos, e o vestido rasgado escorregando em seu corpo magro a deixa parecendo muito jovem. Lizzie sente que caso se aproximasse de Margaret e lhe desse um abraço, a irmã poderia parar de falar e cair em prantos. Lizzie se contorce quando a luz em sua barriga volta a brilhar, e sente um desejo santificado de consertar tudo. Será que poderia fazer isso?

Mas Janice finalmente havia levantado a cabeça e estava olhando para Lizzie como se ela fosse uma visitante de Plutão que acabara de se materializar na despensa. Ela pode ver que a mãe esteve chorando, e há migalhas de pizza do balcão grudadas nas lágrimas do seu rosto. Lizzie percebe tardiamente o que a irmã acabou de revelar e se vira para que a mãe não consiga ver seu rosto. Não havia nem pensado em como contar para a mãe.

— Estatísticas de gravidez? — pergunta Janice. Limpa uma migalha do lábio. — Alguém pode por favor me dizer que isso não quer dizer o que eu estou pensando.

— Não é nada — diz Lizzie, rapidamente. — Não é nada.

— Não é nada coisa nenhuma, Lizzie — grita Margaret. — Mãe, Lizzie está grávida. Eu tentei convencê-la a não ter o bebê, mas ela não quer me escutar. Ela vai ter o bebê porque *Deus disse que ela deve ter*. — Margaret cobre o rosto com a mão, e então murmura. — E acho que ela *nunca* leu a *Snatch*.

Janice olha para Margaret e de novo para Lizzie, com ar de incompreensão. Lizzie não suporta olhar para ela.

— O que é cristal? — ela sussurra uma última vez, como se a resposta para esta pergunta pudesse de alguma forma explicar todo o restante de caos e confusão no ambiente. E então, quando seu estômago se manifesta, protestando, ela corre até a pia com ânsia de vômito.

— Grávida? — ecoa Janice, atrás dela. — Não. Margaret, isso realmente não tem graça. Não... Lizzie? Ah, meu Deus. Isso é verdade? Lizzie?

Lizzie olha para seu reflexo distorcido no aço inoxidável da pia, um borrão de cabelos castanhos e pele rosada balançando enquanto ela luta para regurgitar o nó amargo no fundo do seu estômago. Mas não sai nada. Em sua barriga, a luz do Senhor havia desaparecido e deixado uma dor pesada, como se alguém estivesse agarrando e torcendo seus intestinos. Lizzie se vira lentamente para encarar a mãe.

— Sim — ela diz, e no olhar chocado da mãe, vê refletidas todas as decepções que já havia lhe causado, todas as aulas de oratória fracassadas, as comilanças de sorvete tarde da noite e as noites de sábado em casa. Lizzie endireita os ombros e alinha a coluna, exatamente como aprendeu a fazer nas aulas de balé. Põe uma mão sobre o umbigo, sentindo o tecido elástico e gasto do maiô sobre a barriga. Ela invoca o amor de Deus — faz um esforço muito, muito grande para sentir aquele conforto novamente — e fala. — Eu vou ter um bebê — ela diz. — Não é legal? Mãe?

— Um bebê... — Janice ecoa. Suas mãos se mexem inutilmente no ar diante dela, visivelmente trêmulas.

Há um silêncio. Lizzie observa a vigorosa respiração nasal da mãe. As inspirações começam lentas, como suspiros, e vão ficando mais a mais rápidas. Ela parece estar hiperventilando. Lizzie está paralisada, com medo de se mexer. As paredes da cozinha parecem estar se fechando em torno delas.

A mão de Janice se agita de volta para dentro dos bolsos do roupão.

— Eu não aguento mais isso — ela diz em voz muito baixa, e Lizzie e Margaret se olham sem saber o que aquilo quer dizer. Janice olha para o jardim da frente pela janela da cozinha com os olhos sombrios. O tom de sua voz sobe uma oitava e ameaça virar um grito. — Eu não consigo. Eu não consigo! Eu desisto. Vocês estão me ouvindo, meninas? EU DESISTO!

E Lizzie assiste desamparadamente à mãe apertar o cinto do roupão na cintura, pegar a bolsa de cima de uma cadeira e sair direto pela porta da cozinha. Ouve os pneus do Porsche cantando no cascalho da entrada da garagem e se vira para ver, através da janela da cozinha, a mãe sair, deixando uma camada grossa de borracha para trás. Para Lizzie, com o rosto pálido e tenso no reflexo da janela, parece que a mãe está indo embora para sempre.

A piscina está tranquila e aquecida pelo sol de agosto. Flutuando de costas, meia hora mais tarde, Lizzie fecha os olhos e vê o interior de suas pálpebras, reagindo ao sol. Ela aperta os olhos ainda mais e fica observando as estrelinhas de luz do sol explodindo em sua escuridão. Quando isso não basta para distraí-la das cólicas que sente na barriga, ela se vira e abraça os joelhos contra o peito. Sua cabeça balança, semi-submersa. A água que entra em sua boca e nos ouvidos tem um gosto arenoso. Imagina se conseguiria descer até o fundo da piscina e desaparecer para sempre.

Quando se vira de costas de novo, ouve os pés descalços de Margaret no pátio, batendo quando ela corre através do pavimento quente até a cerâmica mais fria na beirada da piscina. Lizzie não olha para cima, mas registra os dedos enrugados no piso, um pedaço de esmalte vermelho lascado.

— Lizzie — diz Margaret. Sua voz chega distorcida aos ouvidos de Lizzie, através da água. — A gente precisa conversar.

Lizzie respira fundo e submerge. Embaixo d'água, flutuando para baixo, na direção do fundo da piscina, tudo o que consegue ouvir é o zumbido oco dentro da própria cabeça. Quando olha para cima, vê apenas a superfície espelhada da água, ampliando a luz do sol em ondas cintilantes. Minúscula bolhas se prendem a seus membros morenos, que flutuam livremente ao lado, como se não estivessem presos a ela. Ela fica ali flutuando, no fundo da piscina, enroscada como um cavalo marinho, contando. Quando chega a 37, seus pulmões a obrigam a voltar para a superfície. Fica acima da água tempo suficiente para ouvir Margaret gritar, antes de inspirar fundo mais uma vez e voltar a descer até o fundo da piscina.

— Por favor, Lizzie, pare com isso...

Na superfície.

— ... não fique brava comigo por...

Para.

— A mamãe precisa que a gente...

Mais.

— ...a família, caramba, apesar...

Ar.

— ...está fazendo?!

Na sexta vez em que sobe à superfície, Margaret não está mais lá. Lizzie arfa no ar de verão, respirando fundo, torcendo para que isso dê um fim à dor. O nó que tem na barriga está cada vez mais apertado, e ela se pergunta se Deus a está punindo. Ela vai morrer naquela piscina.

Senhor, pensa, *me diga o que fazer. Eu sou uma pecadora? Eu vou para o inferno? O que preciso fazer para ser feliz de novo? O que eu preciso fazer para conseguir com que a minha família volte ao normal? Como eu posso ser amada? Como posso ser boa?* Pensa na fotografia que há na sua Bíblia de Maria, a virtuosa mãe de Deus, com um raio de luz amarela a iluminando do céu, com o rosto coberto pela felicidade da justiça de Deus. Coberto pelo amor misericordioso de Jesus. *Por favor, Senhor*, ela pensa, *me dê um sinal. Mostre o que eu devo fazer.*

Abre os olhos e se vira. A água da piscina bate nos azulejos. Uma libélula morta passa flutuando ao seu lado. Acima, no céu, não há uma onda celestial de luz, apenas uma fumaça branca de avião. Lizzie nada até o colchão de ar, que bate inutilmente contra a parede da ponta da piscina como um prisioneiro sem chance de fuga.

No meio do caminho, o nó que tem na barriga se contorce e se contrai. Ela tem a impressão de ter sido esfaqueada. Lizzie engasga com a dor e fecha os olhos. Nada desesperadamente até a beirada da piscina com apenas uma mão, segurando a barriga com a outra. A água faz barulho, movimenta-se e entra em seu nariz, e ela acha que pode se afogar.

Atrás dela, um rastro de sangue escuro se espalha, marcando seu caminho na água.

treze

Janice sente o triturar do cascalho através da borracha dos chinelos e a bolsa batendo no roupão de cetim enquanto corre para o carro, com o botão do controle remoto do alarme sob o dedo. Está atrás da direção da caminhonete e então — sem mais nem menos — sai para a rua. Sente o pulso acelerar, quase tão rápido como quando usou muito *Daquilo*, mas agora é apenas adrenalina. Aperta o pedal até o fundo, com o Porsche saltando para a frente como um puro-sangue libertado do portão (de zero a cem em 4,8 segundos, o vendedor dissera, mas ela nunca pensou em experimentar), e derrapa ao dar a volta na esquina, esmagando uns pobres arbustos de azaleias no jardim dos Upadhyay.

Quem havia tomado a decisão de ir embora? Era como se alguma mão invisível a tivesse empurrado para a frente, a empurrasse para fora, para longe da casa. Ela passa pela casa dos Gossett, e então pela dos Brunschild, passa na frente da velha pré-escola de Lizzie e segue na direção do centro da cidade, antes de se dar conta de que não tem um destino. *Aquilo*, pensa. *Eu quero aquilo*. E não tem nada. Jamais deveria ter deixado James ir embora daquele jeito, um erro drástico. Será que conseguiria segui-lo?

Dando a meia-volta no carro — fazendo um retorno no meio da rua, quase arrancando um banheiro químico da frente de uma casa recém-demolida —, Janice começa a voltar para a sua vizinhança. James estava a caminho do México, o que quer dizer que ele devia estar a caminho da autoestrada. Ela acelera pelas ruas, procurando atentamente por uma caminhonete vermelha descascada. Ele já está com 15 minutos de vantagem, mas talvez tenha parado para abastecer ou tomar café. Ainda pode alcançá-lo. Ela vai comprar todo o conteúdo do porta-luvas dele e ainda tentará convencê-lo a ficar mais um pouco por ali.

Lizzie está grávida. O choque e o susto iniciais deram lugar à raiva. Lizzie está *grávida*. Como a filha pôde ser tão boba? Seria de algum modo influência de Margaret, com aquela revista enchendo a cabeça de Lizzie com papo de sexo e propaganda de vibradores? Seria culpa de Paul, que nunca deu à caçula a atenção que ela merece? Seria sua culpa? O que havia feito de errado? Imagina a filha com a barriga inchada como uma melancia caminhando como uma pata pela rua principal da cidade e tenta engolir o horror daquilo tudo — sua pobre filhinha vai ser renegada, sua vida vai acabar. E Janice será julgada. Uma mulher de meia-idade abandonada pelo marido rico, com uma filha que voltou para casa endividada e outra grávida antes mesmo de tirar a carteira de motorista. Janice conhece a cidade o bastante para saber que a verão no centro de todo o desastre que a cerca e a considerarão incompetente. É sempre culpa da mãe, não é? Não é justo.

Aquilo. Janice precisa daquilo. Havia se esforçado tanto para desistir daquilo, havia se trancado no próprio quarto como o paciente de um hospício, numa cela acolchoada com papéis de parede de seda e carpete fofo, mas ainda assim uma cela. Havia perseverado pela semana mais difícil de sua vida — uma semana de pesadelos com suores frios em que foi perseguida por monstros sem rosto com garras violentas, uma semana torturante de insônia, náusea e ansiedade tão devastadoras que achava que iria sufocar, uma semana em que finalmente foi dedicada a seu casamento fracassado. Ela se comprometeu a abandonar aquilo com a mesma perseverança com que preparava um jantar de seis pratos e havia conseguido, apesar de saber, agora, que seria impossível. Quando acordou naquela manhã sem a sensação de *desejo*, sabia que de alguma forma havia conseguido vencer aquilo, mas aquele momento não estava sendo tão vitorioso como ela havia imaginado. Pelo contrário, era como se ela tivesse cometido um assassinato, matado a melhor versão dela mesma — a versão mais animada, mais interessante, mais aventureira —, que conhecera recentemente. Mas tudo bem. Fizera o que achava que devia.

Agora, porém, pergunta-se por que havia se dado ao trabalho de passar por aquele inferno. Abandonara a única coisa que lhe dera algum alívio. E por quê? Pelas filhas ingratas e irresponsáveis? Por alguma sensação de obrigação em relação a uma comunidade que a estava rejeitando apesar de tudo o que havia feito para merecer pertencer a ela? Por medo de ser descoberta pelo galanteador e enganador quase-ex-marido? Era um homicídio *injustificável*, e ela agora estava grata pela chance de ressurreição.

Presa ao para-sol está uma foto plastificada de sua família tirada três anos antes durante as férias de Natal no Havaí, a última que todos apareciam juntos. Sempre adorou aquela foto: os quatro estão sentados sobre uma estrutura de pedras com vista para o mar, com colares de flores no pescoço, fechando os olhos por causa do sol, com o mar num tom estranhamente turquesa atrás deles e, pelo menos dessa vez, todos estão sorrindo. Os Miller no Paraíso. E ainda assim. Lembra-se agora dos jantares constrangidos, durante os quais ela e Margaret discutiam sobre se o resort de luxo que Janice havia escolhido com tanto cuidado estava provocando algum desastre ecológico local, Lizzie fazia cinco viagens até o bufê de sorvetes, e Paul deixava a mesa antes da sobremesa para ligar para o escritório. Janice percebe agora que havia inventado tudo: o casamento sólido, as filhas felizes, a aconchegante unidade familiar. Nada daquilo jamais existiu. Pelo contrário, tudo não passou de um terrível erro. Janice arranca a foto e a atira no chão do banco traseiro.

— Eles que se explodam — diz, em voz alta, para diminuir o zumbido nos ouvidos. E então grita, ainda mais alto: — Eles que se explodam! — Aquilo soa maravilhoso e enorme. Ela afrouxa o roupão, deixando-o escorregar pelos ombros, expondo as alças da camisola. Está tonta com a loucura daquilo tudo: dirigindo de forma imprudente pela cidade com roupas de dormir, correndo atrás de drogas, sem sequer usar cinto de segurança! É uma loucura, e ela estremece ao se dar conta de que aquilo a agrada. Seria capaz de deixar tudo para trás, de uma vez por todas? Todo o controle, a estabilidade e a necessidade de *fazer o melhor*? Por que não?

Mas, antes, ela precisa encontrar *aquilo*. Sente uma agitação residual nas veias, um suave empurrão, levando-a para a frente. Passa por um posto de gasolina, mas a caminhonete de James não está lá; também não está no estacionamento do Starbucks; e quando chega à autoestrada, Janice se dá conta de que ele certamente está bem adiantado, seguindo para o sul, em direção à fronteira. A rampa de acesso surge à frente, e ela precisa decidir se irá se unir aos carros que passam correndo e deixar o instante levá-la até a rodovia interestadual ou se irá voltar. Por um instante, sente-se tentada: para a frente, em direção a James, ainda pode alcançá-lo! Mas aquilo já está começando a parecer uma busca impossível, e é isso o que acaba fazendo com que ela pise no freio e vire à direita, voltando para a cidade. Ela iria mesmo persegui-lo até o México de camisola?

Além do mais, James certamente não é o único traficante de Santa Rita! As pessoas conseguem esse tipo de coisa numa garagem de ônibus (é a primeira imagem que vem à sua mente) ou num beco escuro... ainda assim, não há nem um nem outro nas impecáveis ruas da cidade. Na estação de trem, quem sabe? Ela vira de repente para a direita — passando direto por uma placa de "Pare" sem diminuir a velocidade — e se dirige para o centro da cidade, onde os trens param a cada 30 minutos durante a hora do rush. Para no estacionamento ao lado de sedãs alemães de luxo à espera dos proprietários, que devem voltar no expresso das 18h10, e olha para o minúsculo abrigo de tijolos que serve de estação. Está deserto, com apenas uma cópia do jornal do dia sobre um banco vazio, sendo folheado pela brisa suave.

E agora? Dá a partida no carro e volta a dirigir na direção da parte leste da cidade, para o Millard Fillmore High. Tem consciência de que é o lugar mais provável para encontrar os traficantes, onde a base de consumidores é mais concentrada. Não deixa de perceber a ironia do fato de ela e Paul terem se mudado para aquela cidade justamente porque ali não havia traficantes, porque parecia uma fortaleza boa, segura e íntegra onde poderiam criar a família. Ainda assim, é claro que estavam iludidos: nenhuma cidade é realmente segura atualmente, é? A marca insidiosa da decadência social havia chegado até ali, afinal, havia violado os muros do castelo, porque, de outro modo, como Lizzie teria acabado grávida, como Paul a teria trocado por outra mulher, como ela própria poderia ter acabado à caça de um traficante de drogas numa tarde melancólica de agosto?

A escola aparece à direita, e ela dá a volta na quadra, observando-a de todos os ângulos enquanto pensa nas alternativas que tem. As aulas de verão terminaram. O estacionamento está vazio. Tudo está deserto. Ela atravessa o portão de entrada, sob o letreiro luminoso que diz PARABÉNS,

FORMANDOS: AS AULAS COMEÇAM NO DIA 3 DE SETEMBRO e passa pelo auditório, preparado para o retorno às aulas com uma camada de tinta fresca. Um professor sai pela porta do prédio principal e atravessa o estacionamento a passos largos em direção a um Passat verde solitário com um amassado na porta do passageiro. Preocupada em não chamar a atenção, Janice vai embora, dando a volta na escola, a caminho dos campos esportivos.

Lá, no gramado recentemente replantado, vê o que foi procurar. Dois meninos adolescentes estão sentados na beirada do campo, com os pés na pista de atletismo, fumando. Os meninos são negros e — ela se detesta pelo estereótipo racial que faz, mas não há uma verdade naquilo? Os estereótipos não existem por um motivo? — parecem levemente perigosos, com os cabelos presos aos crânios em minúsculas tranças, os jeans largos tão baixos que dá para ver parte de seus traseiros, como uma fruta partida, acima dos cintos. Arqueados com o peso das próprias atitudes arrogantes, no frio da névoa que se aproxima por cima das montanhas, os dois passam o cigarro de um para outro. Janice suspeita de que, se abaixar o vidro, sentirá o agora familiar cheiro de maconha. Se alguém em Santa Rita sabe onde conseguir *aquilo*, conclui Janice, são eles.

Janice para o carro na parte oposta do estacionamento, do outro lado da cerca de metal, e fica olhando para as costas dos meninos. Um deles levanta os olhos, registra a presença da caminhonete e se inclina para dizer alguma coisa ao amigo, que imediatamente esconde o baseado na mão em concha. Janice aperta o roupão na cintura e segura a bolsa no colo. Seu coração está batendo tão forte que consegue ouvir a própria pulsação, um som agudo, parecido com o barulho do vento num avião. O que ela vai dizer? O que eles vão pensar? Não tem importância. Sente a si mesma abrindo mão de tudo — dela mesma, da família, de toda a vida que costumava querer tanto — e se sente aliviada por finalmente ter se libertado daquelas garras apertadas, soltar os dedos e simplesmente sumir para sempre.

Pensa em Van Gogh, na fúria explosiva de seu céu estrelado — sugerindo uma realidade completamente nova e embevecida — e lembra-se de que, no fim, ele cortou a própria orelha e depois se matou. Será este o final de sua própria loucura? Ainda assim, não consegue forças para soltar a maçaneta da porta. Pensa que, se conseguir abri-la e caminhar na direção dos meninos, estará de alguma forma livre de tudo.

Liberdade. Nunca a teve, *na realidade*. Afastou-se todas as vezes em que ela se apresentou. E finalmente a liberdade está bem ali, bem ao seu alcance, com tantas possibilidades. Será que conseguiria se render à escravidão daquilo e desistir de si mesma como uma mãe egoísta que simplesmente não dá mais a mínima? Ou mesmo ir embora, deixar as filhas perdidas para se virarem sozinhas, abandonar Santa Rita completamente e começar uma nova vida em outro lugar? Paris, depois de todos esses anos!

Abre a porta e olha para baixo. O asfalto parece estar a 3 quilômetros de distância, e ela se sente subitamente tonta, como se estivesse prestes a saltar num precipício. Está rejeitando tudo pelo que trabalhou na vida, arriscando a vida das filhas e a própria. Mas em vez de sentir como se estivesse caindo no vazio, quando finalmente desce do carro — com o roupão de cetim deslizando no couro dos bancos, que emite um sinal de alerta, *ding ding ding* —, ela sente que está sendo erguida com segurança por uma corrente de ar quente. Não, ela *não* se importa mais. Ela não se importa! Um riso baixo lhe sai da garganta.

Janice pisa no campo, com a grama fresca cedendo levemente sob seus pés, e mantém a bolsa próxima do corpo. Os meninos estão a poucos metros de distância, e de onde está, consegue definitivamente sentir o cheiro da fumaça de maconha, o cheiro forte de corpos sem banho e de suor fresco. Caminha ansiosamente na direção deles. Mas o barulho da porta do carro batendo os assustou, e sem sequer se virar, os dois estão de pé, espanando as calças, preparando-se para ir embora. O mais baixo dos dois atira o baseado no chão e o esmaga com um tênis de basquete do tamanho de um pão de meio quilo. Veste o capuz do moletom preto, como se quisesse evitar ser identificado.

Janice vê a si mesma, de repente, como eles devem estar vendo — uma mulher branca de meia-idade num carro chique, evidentemente diferentes de seus clientes habituais. Os dois a estão evitando. E ela se apressa para diminuir a distância entre eles, atenta demais à necessidade de alcançá-los para sequer pensar no que vai dizer quando conseguir. Os meninos começam a caminhar pela pista, e ela apressa o passo, transpirando com o esforço, apesar do frio. Tropeça na grama alta e cai de joelhos, mas levanta-se imediatamente, concentrada demais em seu objetivo para prestar atenção na dor que irradia do quadril.

Finalmente, os dois meninos saem em disparada, e ela se dá conta de que está quase os perdendo. Sai correndo atrás deles, a bolsa batendo no corpo, o roupão caindo e expondo a camisola.

— Está tudo bem! — ela grita, atrás deles. — Está tudo bem! Não corram!

Ao ouvir sua voz, o mais baixo dos dois vira a cabeça e olha para ela. Seus olhares se cruzam, e quando isso acontece, ela não consegue respirar. Ele é impressionantemente jovem. Tem a idade de Lizzie, talvez ainda menos. Seus traços ainda são marcados por gordurinhas infantis, e a pele ainda não tem cicatrizes da acne adolescente. Janice reconhece o medo em seus olhos arregalados antes que ele se vire de novo para correr ainda mais rápido, com as pernas magras de adolescente se movimentando freneticamente dentro das calças largas. Ele ainda não é um criminoso insensível — talvez não seja criminoso de jeito nenhum, apenas o filho de alguém fumando maconha à tarde — e isso, por algum motivo, parte seu coração. Ela olha para ele e vê Lizzie, vê Margaret também, jovens, perdidas e com medo.

Então para, abruptamente, e observa os meninos irem embora, pulando a cerca de metal e correndo pela rua. E começa a chorar. Chora pelo fato de que, apesar de tudo, apesar de todos os anos seguindo obedientemente as regras e tentando ao máximo ser a esposa e a mãe que havia escolhido ser, não conseguiu proteger as filhas. As duas estão tristes, estão sofrendo, atiraram-se no mundo e se decepcionaram, e isso *dói*. Ela falhou. Não conseguiu sequer proteger a si mesma. Suas lágrimas começam como um soluço e então se transformam num berreiro. Coriza escorre do nariz, salgada e grossa, sobre seu lábio superior; riachos de lágrimas se juntam na dobra do nariz e descem pelo queixo, deixando uma mancha de umidade no decote da camisola.

Ela fica parada, chorando, no meio do campo aberto, com a grama nova se estendendo por todas as direções e o céu cinzento carregado acima. Não consegue se mover, não consegue ir embora, não consegue sequer se deixar cair no chão. Por um instante, pensa que o tempo parou completamente, e que ela ficará ali por toda a eternidade, naquele campo, exposta e sozinha.

Leva alguns minutos para se dar conta de que o celular está tocando. Procura por ele cegamente, fuçando na bolsa que ainda tem colada ao corpo. Quando abre o telefone, surpreende-se ao ver que o identificador de chamadas está mostrando o número da própria casa. CASA, diz o visor. Por um instante, Janice fica confusa, como se tivesse sido dividida em duas, deixando uma Janice em casa para telefonar para a outra. Desorientada, leva o fone ao ouvido e espera para ver o que vai dizer a si mesma.

Mas é Margaret quem está do outro lado da linha. Sua voz está aguda, e embora a filha esteja tentando falar devagar, Janice percebe o medo nas suas palavras. Instintivamente, seu coração bate mais forte.

— Mãe — diz Margaret. — Acabei de encontrar a Lizzie sangrando na piscina.

— Sangrando? — repete Janice, cuja garganta, já apertada por causa do choro, se fecha ainda mais até ela mal conseguir respirar. Olha para a rua: os meninos desapareceram completamente, e agora, tudo o que ela vê é o trânsito da tarde, passando lentamente. — Ela se machucou?

— Não sei — diz Margaret. — Tem muito sangue. Ela disse que está sentindo cólicas muito fortes também. Ela está pirando!

Janice sente uma descarga elétrica de memórias: ela mesma, encolhida na privada, gritando de dor.

— É um aborto — diz, recordando. — Lizzie está abortando. — Respira fundo e volta para o carro, estacionado na beira do campo.

Janice tem uma curiosa sensação de alívio conforme as possibilidades que se apresentavam a ela poucos minutos antes desaparecem, uma a uma, até que resta apenas uma alternativa. Enquanto corre de volta ao estacionamento, surpreende-se com a própria calma. Consegue ver exatamente o que precisa ser feito, cada ato — chamar a ambulância, pegar o cartão do seguro-saúde na escrivaninha, ligar para o Dr. Brunschild, pegar uma camisola para Lizzie — aparecendo em sequência à sua frente.

— Abortando? — Margaret parece histérica. — O que eu devo fazer?

— Nós vamos fazer o que for preciso, Margaret — ela diz. — Vai ficar tudo bem, querida... eu estou aqui, estou a poucas quadras daí. Estou voltando para casa.

* * *

A sala de espera do hospital precisa ser redecorada. As duas fileiras de cadeiras viradas de frente umas para as outras são de plástico cor de laranja desbotado por décadas de cafés derramados e narizes escorrendo. Margaret está atirada numa cadeira na frente de Janice, com muitos metros de linóleo gasto entre elas, lendo um exemplar amassado da *Sunset*. Janice assiste à CNN numa velha televisão presa à parede. Como o som está desligado, ela lê o ticker de notícias. A Nasdaq caiu 30 pontos. Uma bomba suicida deixou 14 mortos no Oriente Médio. O presidente foi pescar com o secretário de Defesa em seu rancho e apanhou um esturjão. Uma ursa panda, cuja espécie corre risco de extinção, deu à luz no zoológico. Esses fatos a tranquilizam: lá fora, o mundo continua normal. Pessoas morrem. Pessoas nascem. Pessoas pescam.

No colo, Janice segura a toalha de praia ensanguentada em que enrolou Lizzie para o caminho até o hospital, agora dobrada perfeitamente num quadrado, de forma que as manchas não apareçam. Lizzie está na sala de exames. Janice se pergunta se o repentino e — sim, graças a Deus — conveniente aborto é a sua recompensa por não ter sucumbido a *aquilo*. Quando parou, no meio do campo, era seu instinto materno, ainda presente apesar de tudo, retomando o controle? Será que havia sentido, ao se aproximar do precipício, que Lizzie estava sangrando na piscina e que ela precisava voltar? Decide que sim. Gosta dessa ideia.

Janice examina Margaret, que ganhou peso desde que voltou para casa. Uma certa suavidade voltou ao seu corpo ossudo, um pouco de carne nos ombros e embaixo do queixo. Margaret lê a revista atentamente, como se estivesse realmente absorta nas dicas de jardinagem da *Sunset*, mas Janice percebe que seus olhos não estão se mexendo nem um pouco, mas sim perfurando buracos no centro da página. Janice se dá conta de que desperdiçou as últimas seis semanas esfregando a cozinha num frenesi dopado quando deveria estar descobrindo por que a filha mais velha está tão infeliz, assim como deveria ter notado que a caçula não era mais virgem.

Margaret ergue os olhos e surpreende Janice olhando para ela. Solta a revista.

— Um aborto pode provocar problemas permanentes? — pergunta.
— Parecia tão horrível, todo aquele sangue.

— Ela vai ficar bem — diz Janice.

— Você está apenas sendo otimista ou sabe de alguma coisa que eu não sei? — pergunta Margaret.

— Eu mesma sofri três abortos — diz Janice. — Então, sim, eu sei.

A revista cai no colo de Margaret.

— Eu não sabia que você tinha perdido um bebê. Quanto mais três. Três abortos?

— Os médicos me disseram que eu talvez não pudesse ter outro filho depois de você — diz Janice. — Quando você nasceu, eu rompi meu útero. Não conseguia levar uma gravidez até o fim. Então, no fim, paramos de tentar. Lizzie foi um feliz acidente. Pensei que você soubesse disso.

— Você nunca me contou.

— Ah, desculpe-me.

Janice sabe que nunca contou à filha de propósito. Nunca havia contado a ninguém, nem mesmo à sua mãe. De alguma forma, os abortos sempre pareceram fracassos dela, uma fraqueza que ela não queria compartilhar com o mundo. Mas agora, aquilo parece irrelevante, uma história tão antiga que poderia ter acontecido com outra pessoa.

— O quanto dói um aborto? Falando relativamente, é claro.

Janice lembra de uma mancha de dor cor de violeta, de uma sensação melancólica de inevitabilidade.

— Era horrível — ela diz.

— Eu nunca engravidei — diz Margaret, pensativa.

— Eu certamente espero que não — diz Janice.

Margaret pega a revista, lê uma frase e a larga de novo.

— Você está sofrendo com a abstinência? Da... — Ela olha ao redor, na sala vazia, e faz uma pausa. — Você sabe.

— Abstinência? — Janice pensa nos meninos no campo, escondendo o baseado na mão. — Não, eu já superei tudo, acho — ela diz, esperando que seja verdade.

Margaret dá um sorriso fraco.

— Acho que eu devia cumprimentá-la por pelo menos ter sido aventureira na escolha da substância. Não imaginava que você fosse capaz disso.

Janice olha para Margaret, sentada à sua frente, e se pergunta se aquilo é um insulto disfarçado. Mas não há qualquer ar de crítica em seu rosto, apenas um olhar distante de perplexidade. Janice deixa a estranha — ainda que inadequada — admiração da filha se estabelecer, sentindo-se um pouco como uma pugilista profissional mostrando os ferimentos.

— Bom — ela diz, em tom amargo —, se eu soubesse que era tão viciante, não teria usado.

— Não acredito que você não soubesse o que era — diz Margaret. Faz uma pausa. — Na verdade, pensando bem, acho que acredito, sim.

— Sinceramente, Margaret. Não acredito que estou tendo esta conversa com você. — Secretamente, porém, Janice está contente pelo fato de a filha poder brincar sobre o assunto. Em vez de crítica, enxerga a possibilidade de uma inesperada proximidade.

Margaret ergue as sobrancelhas.

— Bom, é melhor do que o que conversamos durante todo o verão, ou seja: absolutamente nada, não? Pelo menos isso significa alguma coisa. Pelo menos é real.

Janice reflete em silêncio, pensando que é, talvez, a coisa mais sábia que Margaret disse o verão inteiro. Tudo se tornou público, com toda a feiura à mostra, sendo discutida, e embora seja assustador, e deixe Janice sentindo-se exposta e nua, de alguma forma não é tão doloroso quanto sempre imaginou que seria. Dá um sorriso fraco para a filha.

As duas se deixam envolver pelo silêncio. O ticker de notícias da CNN informa que as liquidações de volta às aulas começam no próximo fim de semana; que a cidade de Nova York bateu recordes de calor; que um ciclone no Texas destruiu seis casas e deixou 52 desabrigados. Janice fecha os olhos, e quando os abre novamente, pergunta a Margaret:

— Você e Bart terminaram, não foi?

Margaret olha fixamente para a tela da TV e, por um instante, Janice pensa que a filha não a escutou. Então ela olha para Janice.

— Foi — ela diz. — Na primavera. Ele terminou comigo. Agora está namorando uma estrela de cinema.

— E... a *Snatch*?

— Acabou.

— Por que você não me contou?

Margaret olha para as próprias mãos.

— Porque contar para você teria tornado tudo verdadeiro. E eu não sabia o que seria pior, se a sua decepção comigo ou a minha própria decepção. Além disso, você odiava a revista.

— Eu não odiava a revista — diz Janice. Faz uma pausa. — Na verdade, eu só a achava assustadora.

Margaret olha para a mãe de um jeito esquisito.

— Não sei se entendo o que você quer dizer com isso.

Janice tenta dar uma explicação, mas não sabe muito bem como começar. Em vez disso, levanta-se, aproxima-se de Margaret e se senta ao seu lado na cadeira de plástico cor de laranja. Pega a mão da filha e a aperta. Margaret deita a cabeça no ombro de Janice e suspira. O som faz os pelos dos braços de Janice se arrepiarem. Fecha os olhos e sente o peso da filha em seus ossos.

— Eu não acho que você seja uma decepção — Janice diz. — Eu admiro a sua ambição. E você só tem 28 anos. Ainda pode fazer tudo o que quiser.

O peito de Margaret sobe e desce pesadamente com a respiração. Depois de um instante, Janice ouve a voz dela, abafada.

— Você está se sentindo solitária sem o papai?

— Sim — diz Janice, percebendo, embora não tivesse pensado no assunto antes, que é verdade. A ideia da chegada iminente do outono, da volta de Lizzie à escola, e da partida inevitável de Margaret a assusta. — Mas eu não sinto falta dele — acrescenta.

— Nós vamos perder na justiça na semana que vem, não vamos? — pergunta Margaret, ainda com a cabeça recostada em Janice.

Janice dá um sorriso fraco.

— Muito provavelmente — responde. — O seu pai tem advogados muito caros.

— Eu não acredito que ele pudesse amar você tão pouco — diz Margaret.

Isso dói.

— É mais complicado do que isso — ela diz. — O seu pai é um homem egoísta, mas me amou do jeito dele. É só que acho que ele se deu conta tarde demais de que não queria o que achava que queria de mim. Talvez eu não possa culpá-lo por isso. Ou também possa, não sei. A decisão foi minha também.

— Você nunca pensou que ter se casado com ele foi um erro?

Janice faz uma pausa, e admite a verdade.

— Eu sabia que tinha sido — ela diz, pensando nos tempos da faculdade, nas pílulas, no joelho resignado de Paul afundando no chão. — Eu sabia antes mesmo de me casar com ele. Eu só preferi ignorar, porque queria outra coisa. Eu pensei que quisesse estabilidade, segurança. Mas eu queria mais. Era o que eu achava que precisava. E também havia você. — Olha para Margaret, 28 anos, solteira e num caos financeiro, mas completamente desimpedida, e admite para si mesma (mesmo que jamais venha a dizer em voz alta) que o que sente diante da filha há muito tempo é inveja.

Margaret aperta a mão da mãe mais uma vez e se endireita na cadeira. A impressão de sua cabeça permanece no ombro de Janice, onde a pele ainda está formigando.

— Não podemos deixar que ele vença — ela diz.

— Não tem mais tanta importância — diz Janice. — Eu terei o bastante para continuar vivendo. Só vou precisar fazer alguns ajustes.

— É o princípio de tudo — argumenta Margaret. Enrola a revista *Sunset* bem apertado e bate com ela na coxa. — E eu odeio vê-lo... humilhando você desse jeito. Principalmente em público.

— Bem, não é *tão* público assim — diz Janice. — Ninguém precisa saber. Nós não estamos dando uma entrevista coletiva ou coisa parecida. Nem nossos amigos e vizinhos vão nos visitar na vara de família.

Margaret se vira para a mãe e a encara por um longo instante. Parece estar pensando muito, e Janice se pergunta o que, em nome de Deus, ela disse que é tão difícil de compreender. Enquanto observa, Margaret se levanta, senta-se na beirada da cadeira e bate no plástico uma última vez com a revista enrolada, que deixa cair no chão para remexer na bolsa a tiracolo.

— O que foi? — pergunta Janice. — O que foi?

Margaret está com as mãos enfiadas na bolsa. A bolsa, uma coisa de couro marrom surrado que parece ter perdido a forma em 1972, cheira a mofo até onde Janice está. Margaret tira de lá um lenço de papel usado, uma garrafa vazia de tequila — Janice ergue as sobrancelhas —, alguns recibos ilegíveis e um porta-moedas cheio e põe tudo no colo. Finalmente, pesca de um bolso interno um pequeno retângulo de papel manchado com um líquido escuro, e o mostra num floreio triunfante.

— Você pode me emprestar o celular? — pede.

— Para quem você vai ligar?

— Eu conto depois — diz Margaret.

Janice entrega o telefone e observa a filha passar pelas portas automáticas da sala de espera que dão para o estacionamento. Através do vidro, Janice a vê falando com o celular numa orelha, apertando a outra com o dedo para abafar o barulho de uma ambulância que se aproxima. Analisando Margaret, Janice imagina um universo alternativo — ainda um universo possível — em que ela é uma profissional ágil e eficiente fechando negócios pelo celular enquanto voa de uma cidade a outra. Ela poderia ser tudo o que quisesse.

Enquanto Janice olha a filha através das portas, Lizzie aparece na sala de espera vestindo uma camisola de papel e segurando um punhado de formulários. Em volta do pulso, traz uma pulseira de plástico azul. Ainda está descalça. Parece anêmica, o bronzeado drenado junto com o sangue na piscina. Seus primeiros passos para dentro da sala são desconcentrados e lentos, e ela ainda está um pouco zonza por causa dos resquícios de anestesia, como se pudesse desmaiar bem ali, no linóleo sujo. Mas então vê a mãe, e seu rosto se enche de um alívio tão sincero que os olhos de Janice se enchem de lágrimas. Ela se levanta da cadeira bem a tempo de segurar a filha que tropeça para a frente, deixando o peso do corpo cair sobre a mãe e descansar. As duas ficam ali paradas, abraçadas uma à outra, respirando no mesmo ritmo. Atrás dela, Janice ouve os paramédicos da ambulância gritando ordens uns aos outros ao irromperem na sala de espera pelas portas automáticas com um homem em cima de uma maca, um emaranhado caótico de soros, tubos plásticos e membros ensanguentados. Janice mal percebe.

Pela primeira vez, em mais tempo do que consegue lembrar, ela se sente feliz.

catorze

Eles a surpreendem na entrada da garagem, quando ela sai para pegar o jornal de manhã.
— Margaret Miller? — Ouve, e se vira, surpresa. Por um instante de alucinação, pensa que o homem que se aproxima pode ser um admirador, um fã da *Snatch*, talvez, que vem cumprimentá-la, e sorri instintivamente, apesar do fato de ele estar longe de fazer o estilo de suas leitoras. Para começar, é homem, e ainda é de meia-idade, usa botas de caubói e boné de beisebol. Será que é jornalista? Eles já teriam chegado? Fica ali parada, piscando à luz do amanhecer, ainda sonolenta. Ele se aproxima dela e diz seu nome de novo, com a voz áspera e arrogante: — Margaret Miller?
Margaret assente antes que possa pensar melhor, e ele se aproxima ainda mais, ficando tão perto que ela sente o cheiro de amendoim em seu hálito e vê os pelos grisalhos em seu queixo.
— Você está intimada — ele dispara, e estende a mão para a frente até que o documento que está segurando fica a apenas um milímetro do peito dela, estremecendo com a proximidade. Chocada, ela olha para o envelope sujo, com seu nome inequivocamente impresso na frente, e o apanha da mão dele. O homem dá meia-volta e sai pelo caminho por onde veio, esmagando o cascalho com as botas de caubói.
Lê a intimação na cozinha enquanto toma uma xícara de café. O Visa a está processando pelo saldo restante de US$ 32.448,23 de seu cartão de crédito. E se dá conta de que aquela é apenas a primeira de uma série de intimações que receberá nas próximas semanas. Ela os imagina tropeçando uns nos outros na corrida até a porta, hordas de oficiais de justiça saltando pela entrada da garagem. Ao ver a data da audiência judicial

marcada para setembro no documento, descobre que é um alívio saber que o fim chegou. Estava cansada de esperar.

A cozinha está em silêncio: é cedo, e a mãe dorme no andar de cima, compensando um verão inteiro de insônia. Empurrando a notificação judicial de lado, Margaret abre o *New York Times* e procura o caderno de negócios. Lá, na página E4, encontra o que estava procurando. Presidente da Applied em Processo de Divórcio, diz a manchete, e ver essas palavras faz Margaret dar um salto. Apesar de saber que a matéria seria publicada, ela ainda se surpreende ao vê-la impressa, tão concreta, tão *final*. E tão rápido. É um tributo impressionante aos talentos de Kelly Maxfield, se vazar fofocas pode ser propriamente considerado um talento.

Kelly estava na aula de música "Mamãe e Eu" quando Margaret ligou para o seu telefone, no dia do aborto de Lizzie. Ao fundo, Margaret podia ouvir um retinir oco, berros capazes de quebrar lâmpadas e gritos. Teve de berrar o próprio nome no bocal antes que Kelly — dizendo "Quem? Não estou escutando! Quem?" — registrasse quem era do outro lado da linha. De pé no estacionamento do hospital, Margaret temeu que a relações-públicas tivesse lembrado de sua baboseira de bêbada no cinema e estivesse fingindo não reconhecer seu nome. Mas, afinal, a voz de Margaret superou o barulho de bebês chorando.

— Margaret! Oi! Não pensei que você fosse aceitar o meu convite! — gritou Kelly de volta, demonstrando prazer genuíno em sua voz. Mesmo depois de saber que não se tratava de um telefonema social, Kelly não pareceu importunada. — É claro! — disse, como se o pedido de Margaret para ajudar a ferrar com o próprio pai fosse a coisa mais natural do mundo.

Quando Margaret falou a Janice sobre sua ideia de contar o caso delas à imprensa, Janice empalideceu.

— É vulgar levar problemas pessoais a público — ela disse. — Gente de bem não faz isso.

Foi só quando Margaret mencionou o nome de Kelly Maxfield que Janice concordou. Ainda assim, Kelly e Margaret levaram quase uma manhã inteira para convencer Janice de que ela não teria de falar com ninguém pessoalmente nem revelar qualquer coisa além dos detalhes legais da situação. Que ela iria, na verdade, sair daquilo sem qualquer culpa, correta e merecedora de justiça. Ainda assim, a mãe não teve nada a ver com o planejamento, como se ignorá-lo significasse que nada iria acontecer.

Assim, Kelly e Margaret se reuniram sem ela. Na sexta-feira, as duas planejaram a estratégia no escritório da casa de Kelly, um ambiente ensolarado repleto de brinquedos de criança e pilhas de *press kits* de empresas como HyperGiz e InnoModo. A bebê em si — uma bolinha gorducha chamada Audrey — dormia num carrinho Bugaboo que Kelly empurrava para a frente e para trás com uma mão enquanto respondia e-mails no BlackBerry com a outra.

Kelly chamou a campanha de RP das duas de "humilhação pública" e lembrou que a tática havia funcionado muito bem para a mulher de Jack Welch quando ela revelou os perversos detalhes de seus ganhos da G.E.

— Ela saiu do casamento com metade do que ele valia, o que era uma fortuna absurda — disse Kelly, enquanto tirava os recortes de jornais de um arquivo. — A sua mãe, pobrezinha, eu me sinto *tão mal* por ela... vai angariar muita solidariedade. Deus, eu só imagino. Enfim, nós vamos começar com uma matéria na edição de segunda-feira do *New York Times*, para dar legitimidade. O que vai sair no *Times* não será tão bom, mas podemos deixar isso para os suítes que farão da matéria a partir de terça — O carrinho ia para a frente e para trás, com a cabeça da bebê balançando sonolentamente de um lado para outro.

Margaret, que havia entrado num estado hipnótico pelo movimento, assentiu com a cabeça.

— Quanto isso vai custar? — perguntou.

Kelly hesitou.

— Eu normalmente cobro 200 dólares a hora — respondeu. — Trezentos para empresas. Mas vou fazer isso para você pro bono, como uma velha amiga. Pelo menos nas primeiras 20 horas. Está bom assim?

— Está ótimo — disse Margaret. — Melhor do que ótimo.

— Vamos precisar de uma declaração da sua mãe.

Margaret puxou um papel dobrado de dentro da bolsa.

— Eu tenho uma. Escrevi para ela.

Kelly soltou o carrinho e leu.

— Está *perfeita*, Margaret! — ela disse. — "Sofrendo indescritivelmente." Parece saído de um filme! Meu Deus, eu detesto declarações por escrito, são sempre um *campo minado*. Talvez você devesse pensar em seguir carreira em RP... você é um talento natural! — Enfiou a mão num pote de balas de goma em cima da mesa, mexeu lá dentro e ofereceu algumas com formato de lagarto. — Você gosta das de banana?

Margaret se surpreendeu admirando a eficiência focada de Kelly, enquanto ela confiscava os documentos legais que os jornais iriam exigir, compôs um release rapidamente e designou a dois assistentes de seu escritório central a tarefa de reunir informações relevantes da imprensa. Flagrou-se pensando que se tivesse contratado Kelly como sua executiva financeira, talvez a *Snatch* não tivesse sido um desastre tão grande. E ela se sentiu mais próxima daquela mulher, apesar do fato de Kelly, com seu otimismo suburbano e contente de viver à sombra do renome de outras pessoas, ser a antítese de tudo o que Margaret sempre quis ser.

— Obrigada — disse, pensando no quanto havia sido antipática com Kelly no cinema. — Você não precisava ser tão legal comigo.

Kelly abanou com a mão, como se estivesse afastando uma mosca.

— Eu sempre admirei você na escola — ela disse. — Não posso dizer que não é uma massagem no ego ser necessária.

A bebê acordou e começou a chorar. Kelly a pegou com uma mão, desabotoou calmamente a blusa amarrotada e prendeu a bebê ao seio. A menininha sugou gulosamente, enquanto Margaret desviava o olhar.

— É melhor eu trocá-la e começar a fazer os telefonemas — disse Kelly.

Margaret se levantou rapidamente e partiu em direção à saída. Kelly a acompanhou, segurando a porta da frente com o quadril. E quando Margaret passou, segurou seu cotovelo com a mão livre.

— Sabe, eu me deparo o tempo todo com esses cretinos que trocam as esposas por namoradas-troféu depois que fazem sucesso — disse, olhando para sua filhinha encantadora. — Eles estão em todos os congressos de tecnologia com suas assistentezinhas bonitinhas e magrinhas que os seguem por todo lado levando suas pastas, pegando café, agindo como se eles fossem deuses. E tratam a nós, suas relações-públicas, como empregadas cujo único objetivo é encobrir seus erros — fez uma pausa e olhou para Margaret. — Eu sei que não devia dizer isso, porque ele ainda é seu pai, mas eu sempre o achei um oportunista egoísta. Admiro a sua coragem. — Em seguida, deixou Margaret passar pela porta.

Por alguns dias, as palavras de Kelly a mantiveram flutuando numa nuvem de desagravo — ela estava fazendo a coisa certa —, até manhã do dia anterior, quando acordou em pânico, pensando que havia cometido um erro terrível. Como pôde ter traído o pai tão completamente? Se ele havia sido indiferente com ela antes, mal podia imaginar como ele se sentirá em relação a ela depois disso. *Você não se importa*, disse a si mesma, mas 28 anos de hábito lhe diziam o contrário. Agora, ao ler as próprias palavras no *New York Times*, sabe que não importa mais, porque já é tarde demais para fazer a bola parar de rolar.

A matéria tem seis parágrafos curtos na parte inferior da página — não chega a ser uma reportagem —, do outro lado das listas da Nasdaq, onde a APPI aparece com US$134,50 por ação. Tinha imaginado uma exposição de primeira página, pelo menos uma fotografia. É desanimador ver que o que para ela parecia um épico — uma ópera de seis horas de tempestade e ímpeto — não merecera sequer uma chamadinha na capa.

Paul Miller, CEO da Applied Produtos Farmacêuticos, vai ao tribunal nesta sexta-feira para a primeira audiência do processo de divórcio da esposa, Janice Miller, de quem está separado. De acordo com documentos judiciais, Miller pretende evitar que sua esposa, com quem está casado há 28 anos, divida suas ações da Applied Produtos Farmacêuticos, avaliadas, pelo preço de hoje, em US$ 376,6 milhões.

No centro do processo está um incomum documento "pós-nupcial" — assinado pela Sra. Miller na ocasião em que Miller assumiu como CEO da empresa — que cede quaisquer direitos aos ativos relacionados à Applied Produtos Farmacêuticos, incluindo ações e opções de ações. A Sra. Miller afirma que não tinha consciência da cláusula contenciosa de um parágrafo, inserida num documento de 411 páginas que de resto é destinado a definir a logística do pacote de compensações da Miller da Applied Produtos Farmacêuticos. Ela está recorrendo, pedindo metade de todos os bens conjuntos, com base na lei de divórcio da Califórnia.

"Minha cliente foi coagida a assinar documentos que lhe foram apresentados como documentos-padrão da Applied Produtos

Farmacêuticos e, confiando no marido, deixou de contratar um advogado que pudesse ter percebido tal redação desvantajosa", disse o advogado da Sra. Miller, Lewis Grosser. "Quem no mundo iria assinar um documento que lhe tirasse tanto dinheiro sem ter sido enganado? Mais ainda, que tipo de marido faria isso com a própria esposa?"

Janice Miller divulgou uma declaração por escrito por intermédio do advogado. "Estou sofrendo indescritivelmente pela dissolução da minha família, mas estou confiante que o sistema legal da Califórnia será correto e justo."

Margaret relê a frase, agora detestando o floreio exagerado da expressão "sofrendo indescritivelmente" – jamais teria publicado um clichê desses nas páginas da *Snatch*, então por que imaginou que fosse adequado ao *New York Times*? Não parece algo que a mãe pudesse dizer, mesmo que tivesse concordado com aquilo. Continua a leitura:

De acordo com o processo de divórcio, a que o *New York Times* teve acesso, o Sr. Miller planeja oferecer 72 mil dólares por ano de pensão à esposa, além de 4 mil dólares por mês de pensão para a filha. Os Miller têm duas filhas: Margaret, 28 anos, e Elizabeth, 14. A atual remuneração de Paul Miller está listada como em 489 mil dólares por ano, com adicionais 2,8 milhões de ações da Applied Produtos Farmacêuticos. O Coifex, o tão esperado medicamento de regeneração capilar da Applied Produtos Farmacêuticos, deve chegar às prateleiras das farmácias nesta estação, depois que experiências clínicas demonstraram um índice sem precedentes de 96% de sucesso. Devido a atrasos, as ações da Applied Produtos Farmacêuticos (APPI) caíram de US$142 nas semanas seguintes à OPI da empresa em 28 de junho ao atual valor de US$134,50.

Paul Miller preferiu não comentar o caso. A porta-voz da Applied Produtos Farmacêuticos, Linda Lockly, informou que a empresa não discute questões pessoas dos funcionários.

E termina ali, abruptamente. Parece tão inconsequente — apenas palavras no papel, páginas descartáveis que estarão forrando gaiolas de pássaros e servindo para acender churrasqueiras antes do fim do dia. Provavelmente nada vai resultar daquilo tudo. Ainda assim, olhando para aquela historinha minúscula, ela se lembra da alegria que costumava sentir quando uma nova edição da *Snatch* chegava da gráfica e ela segurava suas páginas pela primeira vez, tirava os fardos de revistas da caixa de entrega e as arrumava em pilhas no chão da saia. Lá estavam elas, suas palavras, transformadas em algo físico, prontas para sair e causar impacto no mundo. Devia abrir uma garrafa de champanhe, pensa, estranhamente, e deseja que alguém — a mãe, Lizzie, James, alguém — estivesse ali para comemorar junto com ela. Mas Lizzie está lá em cima na cama, e James está há muito tempo no México, e Margaret suspeita de que Janice não vai querer brindar ao fato de, como ela diz, "estar lavando a roupa suja da família em público".

Margaret dobra o jornal de novo e o deixa em cima do balcão da cozinha para levar uma tigela de cereal e um copo de suco até o quarto de Lizzie numa bandeja. A irmã está atirada num monte de travesseiros, vendo novela na TV. Cinco dias depois do aborto, ela não está mais confinada à cama em repouso, mas continua se dedicando ao papel de inválida mesmo assim, e ninguém pode impedi-la. Quando Margaret entra no quarto, ela solta um pequeno gemido.

— Uhhhhhhhhh. Meu estômago está me matando. — Vê a bandeja do café da manhã. — Tem bacon?

— A mamãe ainda não se levantou — diz Margaret, arrumando a bandeja sobre as pernas de Lizzie. — E eu não faço fritura.

Lizzie leva uma colherada de cereal com leite à boca e engole.

— E aí? — pergunta. — Publicaram?

— A matéria? — diz Margaret. — Sim.

— Saiu boa?

— Não sei se "boa" é a palavra certa. Mas acho que sim. Não tenho certeza.

— O papai vai, tipo, pirar?

— Talvez — diz Margaret. — Não atenda o telefone. Você quer mais alguma coisa?

— Alguma coisa para ler, talvez?

— Claro — diz Margaret. — Que tal alguma coisa da Joan Didion? Você já leu?

Lizzie hesita.

— Eu estava pensando em alguma coisa mais tipo... a nova *US Weekly*.

Margaret pensa nas bibliotecas de ótima literatura que Lizzie simplesmente nunca vai ler, nos grandes filósofos que jamais irá conhecer, nos nomes das grandes pensadoras feministas de cujos nomes a irmã nunca vai lembrar. Pensa nos neurônios de Lizzie se apagando, um a um, como insetos indo na direção de um mosquiteiro, e na irmã desperdiçando o resto da vida preocupada com a vida amorosa dos astros de cinema e avaliando os segredos dos personal trainers de Hollywood.

— O que você quiser, menina.

Lizzie sorri, e Margaret aproveita o prazer sincero da irmã por um instante.

— Obrigada — diz Lizzie. — Prometo que depois vou ler um livro.

No andar de baixo, Margaret encontra a mãe na cozinha, vestida e tomando uma xícara de café. Ainda está pálida e magra em seu agasalho de corrida, mas as olheiras estão começando a desaparecer, e ela parece forte novamente, como um marinheiro redescobrindo sua ginga. Está parada diante do balcão da cozinha, analisando a capa do jornal e soprando o conteúdo fumegante da xícara de café. Está com o caderno de negócios ao lado, ainda dobrado. Margaret se serve de uma xícara de café e se senta ao lado dela no balcão. Pega a parte de entretenimento do jornal e a folheia, passando por um anúncio de página inteira de *Thruster* ("Diversão forte e animada de verão!" — *The Sioux City Journal*. "Johnson é um homem de verdade!" — KKBX, Fargo) e por uma matéria sobre astros de reality shows que lançaram suas próprias grifes de roupas e um perfil de um menino de 12 anos cujo romance está na lista dos mais vendidos. Um caminhão misturador de concreto passa pela frente da casa, a caminho de uma obra na rua.

— Você não vai dizer nada sobre a matéria? — Margaret pergunta, afinal.

Janice olha para o caderno de negócios sob seu cotovelo, como se o tivesse notado pela primeira vez.

— Prefiro não ler — ela diz. — Só quero saber quando tudo tiver terminado.

O telefone começa a tocar, e Margaret se atira na direção do aparelho, percebendo que é provavelmente a primeira vez em meses que ela se sente ansiosa por saber quem pode ser do outro lado da linha.

— Alô? — Seus olhos encontram os de Janice do outro lado da ilha da cozinha. Janice olha por cima da caneca, que está estática embaixo do seu nariz. Pequenos tremores vibram na superfície do café.

— Olá... aqui é da CNBC — diz a voz feminina do outro lado da linha. — Estou procurando Janice Miller.

* * *

Na metade da manhã, está claro que a matéria teve mais impacto do que os 10 centímetros de texto pudessem ter sugerido. O *San Francisco Chronicle* liga, assim como o *Wall Street Journal*. A CNET. A CNN. Como Janice não atende o telefone, Margaret faz isso por ela, remetendo todas as ligações para Kelly Maxfield, dizendo apenas "sem comentários" (uma frase enfurecedora, porque é claro que ela tem comentários, montes deles, e é fisicamente doloroso segurá-los). Pela janela da cozinha, pode ver Janice sentada no jardim, sendo sua postura empertigada o único sinal de que a mãe está ouvindo atentamente todas as palavras que Margaret diz no aparelho.

No fechamento das bolsas, quando Margaret confere na internet, as ações da Applied Produtos Farmacêuticos caíram de US$134,50 para US$128. Pensa naquilo — uma flutuação normal do mercado? Ou um sinal da desgraça iminente do pai? — antes de entrar no Google, onde digita a frase "dívida de cartão de crédito" e clica no botão "Estou com sorte". A intimação está sobre a mesa ao seu lado, ainda dobrada.

Vai parar num site chamado Fim-Das-Dividas.com. Ali, Margaret pode encomendar uma série de fitas por US$ 99,99 que a ensinarão como consolidar sua dívida com cartões de crédito e despistar seus credores. Por US$ 799,99, pode falar ao telefone com um advogado especializado que lhe ajudará a criar um "plano de fartura para toda a vida". "Encare os demônios da sua dívida um de cada vez", diz o site, e Margaret pensa que a vida moderna não passa de uma série interminável de armadilhas, uma depois da outra. Não há mais um caminho seguro e direto, não há mais uma trilha de migalhas de pão a seguir. A existência se tornou uma manobra evasiva.

Ouve os passos da mãe no corredor, e então ela aparece na porta do escritório com um prato de frutas fatiadas.

— Pêssegos de verão — ela diz, olhando para as frutas. — Está quase no final da estação, então é melhor aproveitar enquanto dá. — Ela vai até onde Margaret está na mesa e para, o olhar atraído pelo documento na mão da filha. Margaret vê a mãe passar os olhos pela intimação de cabeça para baixo, sem sequer se preocupar em ser discreta quanto à curiosidade, enquanto o prato em sua mão percorre uma trajetória íngreme em direção à mesa.

Plam. O prato pousa com violência, com as fatias de pêssego balançando para a frente e para trás na porcelana branca, transpirando o sumo adocicado.

— Eu quero lhe dar o dinheiro — diz Janice, e as palavras são ditas com uma veemência que surpreende Margaret. — Mesmo se eu não vencer o processo. Posso liquidar alguns bens.

Margaret olha para a intimação e depois para a expressão dura no rosto da mãe. Percebe agora que dizer sim seria, na verdade, uma espécie de presente — não para ela mesma, mas para Janice. Mas ainda não consegue aceitar.

— Não — ela diz. *Não diga isso*, sua mente lhe diz, tarde demais. Mas ela continua, apesar disso: — Não. Eu não quero que você faça isso.

— Vai ser um empréstimo, Margaret. Você me paga de volta.

— Obrigada, mãe — ela diz, sentindo sua convicção hesitante ganhar força, a decisão confusa que vinha germinando em sua mente apresentando-se como palavras completas pela primeira vez. — Mas eu decidi que vou declarar falência pessoal. É o jeito mais correto. — As sobrancelhas da mãe saltam na direção do teto, e Margaret se apressa em explicar: — Não vai doer tanto assim, na verdade. Eu não tenho nada para ser confiscado, exceto talvez meu carro, e duvido que irão querer.

Janice aperta os lábios, e Margaret percebe que não foi a coisa certa a dizer.

— Você prefere declarar falência a deixar que a sua mãe... a me deixar... ajudar você? É isso que você está falando?

— Não tem nada a ver com você. Eu só... eu só queria ter a sensação de estar começando do zero, sem estar presa a ninguém, sem estar sob a asa de alguém. Isso faz sentido? Se eu aceitar o seu dinheiro, vou me sentir ainda menor do que já estou me sentindo, e eu não preciso desse tipo de pressão. Sinceramente, mãe, você me deu a minha vida numa bandeja, e eu sou muito grata, mas não precisa me dar isso também. A culpa é minha, não sua.

Janice toca a intimação com o dedo, girando-a para ler com mais facilidade.

— Eu compreendo, Margaret, de verdade. Mas sou sua *mãe*. Gostaria que você repensasse essa decisão. Isso vai destruir o seu crédito... vai ficar *permanentemente registrado*. Não sei se algum dia você conseguirá comprar uma casa!

Margaret ri, de um jeito amargo.

— De algum modo, não sei realmente se esse é o meu maior problema no momento.

— Você vai precisar de um advogado.

— Eu sei.

Janice suspira e balança a cabeça.

— Às vezes eu simplesmente não entendo você — ela diz. — De verdade, não entendo.

Quando Margaret acorda na manhã seguinte, a história chegou aos jornais locais. Na capa do caderno de negócios do *San Jose Mercury News* está estampada uma fotografia de Paul — do dia da abertura da Applied Produtos Farmacêuticos — e uma manchete muito mais satisfatória, com três centímetros de altura: "QUERIDINHO DA NASDAQ ENVOLVIDO EM ESCÂNDALO DE DIVÓRCIO". O *San Francisco Chronicle* não usa foto, mas publica um gráfico retratando o valor decrescente das ações da Applied Produtos Farmacêuticos, uma linha irregular que aponta terrivelmente para baixo.

Às 10 horas, o valor está em US$119.

Os noticiários on-line e da televisão começam a aderir, com o passar do dia, e Margaret se surpreende ao descobrir que a vida do pai é, na verdade, matéria de interesse nacional. A MSNBC cita um "membro do conselho de diretoria da Applied Produtos Farmacêuticos que registrou sua decepção com o fato de a vida pessoal do CEO da empresa estar 'manchando o bom nome do Coifex'". A CNN fala em "preocupações dos investidores da Applied Produtos Farmacêuticos de que os detalhes da remuneração do executivo e as finanças da empresa tenham ido parar na imprensa". Só a Fox News se alinhou firmemente com o lado de Paul Miller no caso: um especialista descreve Janice Miller como uma "dona de casa gananciosa que não faturou um centavo a vida toda e espera receber tudo de graça". São feitas muitas conjecturas sobre o atraso da chegada do Coifex às prateleiras das lojas: a FDA vai retirar a aprovação do medicamento? Efeitos colaterais estão sendo omitidos? Margaret se pergunta se aquela especulação é obra de Kelly.

Naquela tarde, a Applied Produtos Farmacêuticos divulga uma nota à imprensa: "O Coifex está no caminho de chegar às farmácias no outono, e quaisquer atrasos são estritamente normais." Sites de fofocas de mídia publicam a notícia de que Paul Miller contratou o famoso relações-públicas de Nova York David Farikow, um especialista em desastres de relações públicas. De Paul, porém, não há qualquer declaração, qualquer negação, qualquer manifestação pública. Seu pai não telefona. O valor das ações cai ainda mais: US$112, e depois US$110, antes do fechamento do mercado.

A audiência está a apenas três dias: 10 horas de sexta-feira. A secretária eletrônica está cheia de recados de repórteres, advogados, vizinhos, produtores de programas polêmicos de televisão, até mesmo algumas desconhecidas (sempre mulheres) ligando para "oferecer apoio". Janice pensa em aceitar uma entrevista com Larry King, mas Kelly a desaconselha.

— Estou com um palpite em relação à Oprah — ela diz. — Vamos esperar por ela. É muito melhor.

— A Oprah? — diz Janice. — Ah! Eu adoro a Oprah. — E Margaret nota um novo brilho nos olhos da mãe, ainda misturado a uma expressão de vergonha, mas firme de vingança e sentimento de justiça. Parece que, mesmo contra a própria vontade, ela é capaz de gostar daquilo.

A própria Margaret faz apenas uma ligação, para Los Angeles. Josephine atende o celular com um ofegante "alô?" Está ofegante ao telefone, inspirando com força, como se estivesse correndo. Margaret ouve cachorros latindo ao fundo e a lamúria de uma sirene de bombeiros.

— O que você está fazendo? — pergunta Margaret.

— Estou fazendo caminhada no Cânion Runyon. Onde você está? Por onde você andou? Parece que desapareceu da face da Terra.

— Eu estou na casa dos meus pais — diz Margaret. — Agora você faz caminhadas com o celular?

— Eu *sei*, é um horror, mas estou esperando uma ligação do meu agente, — Josephine está ofegante. — Está bem, vou parar. Li hoje de manhã sobre o que está acontecendo com a sua família. Ah, meu Deus. Você está bem? Não é de estranhar que tenha ido embora.

— Bom, não foi só por isso. A *Snatch* faliu... Stuart Gelkind acabou não a comprando, afinal.

Há uma hesitação do outro lado da linha.

— É, eu meio que imaginei. Saiu uma grande reportagem sobre ele no *Los Angeles Times* na semana passada, e a *Snatch* não foi sequer mencionada, então todo mundo concluiu...

— Ah — diz Margaret, sentindo-se nauseada. — O imbecil me levou à falência.

— Eu *sinto muito*, Margaret — diz Josephine. — A *Snatch* era ótima, e ele foi um idiota de não ver isso.

Margaret se permite um instante de autopiedade. Engole em seco.

— Estou tendo um verão horroroso, Josie — diz.

— Ah! Querida! — A voz de Josephine fica engasgada de emoção. — Bom, talvez isso faça você se sentir um pouco melhor: Ysabelle van Lumis deu o fora no Bart. Aparentemente, ela o estava traindo com o Bobby Masterston o tempo todo.

— Ah — diz Margaret, surpresa. Manda sinais pelo corpo todo, os dedos dos pés, a nuca, o músculo que bate dentro do peito, tentando sentir alguma raiva residual, alguma dor, alguma esperança. Alguma coisa. Mas não há nada, só uma pontada, mas apenas uma pontada, de tristeza. Talvez uma pitada de prazer com o sofrimento alheio. Será que algum dia o amou?, pergunta-se. Ou apenas se sentiu seduzida pela aura de ambição? Isso não tem muita importância, agora. — Eu ainda devo 12 mil dólares a ele — conta para Josephine. — Algum dia eu falei nisso? Outra coisa que preciso resolver.

— Ele não precisa desse dinheiro — bufa Josephine. — Você vai voltar logo, né? Eu sei que a *Snatch* acabou, mas você podia fazer um curso de roteiro ou coisa parecida. Aposto como se daria muito bem nisso. Você não deve parar de escrever, seria um desperdício muito grande. E é muito bem-vinda para morar na minha casa de hóspedes. Eu insisto. Seria muito divertido ter você por perto.

— Obrigada, mas acho que vou ficar por aqui durante um tempo, enquanto descubro o que quero fazer a seguir. É um ambiente um pouco menos venenoso, sabe?

— Você acha que nós somos venenosas?

— Não foi exatamente isso o que eu quis dizer. Mas você realmente quer um monstrinho verde de inveja morando na sua casa com você? Além disso, agora eu não tenho dinheiro nem para voltar.

— Bom, se você precisa de dinheiro rápido, eu podia contratar você para me ajudar com algumas coisas. Eu realmente estou precisando de uma assistente. Estou fazendo outro piloto, e estou completamente atolada.

Margaret ri, apesar de tudo.

— Josephine, você realmente não está entendendo.

Josephine suspira.

— Eu sinto a sua falta, sabia?

— Eu também sinto a sua falta — diz Margaret. Olha para o jardim cuidado, pensando na luz forte de Los Angeles, nos ventos de Santa Ana entortando as palmeiras, nos helicópteros noturnos pairando com seus faróis virados para os amplos bulevares abaixo. Por um instante, pensa que deveria voltar, agora, o mais cedo possível, antes de perder completamente o momento. Então se serve de um copo de limonada e sobe para ver um DVD com Lizzie.

As coisas se transformam para pior na quarta-feira, quando a Applied Produtos Farmacêuticos anuncia a data de lançamento do Coifex: a chegada da droga ao mercado foi apressada, e ela estará disponível em duas semanas. Oprah rejeita a entrevista com Janice, e os comentaristas, distraídos pelo anúncio de um novo produto da Apple, começam a abandonar o assunto. A cobertura jornalística que resta está marcada pelo retrocesso.

— O furor da mídia em torno de Paul Miller não tem sentido — diz um especialista de meia-idade (e careca, observa Margaret) no *Crossfire*, estalando os lábios enrugados para uma jovem loira zangada que vinha defendendo Janice de modo frágil com um arsenal de alegorias feministas. — A vida pessoal de um executivo não tem relação com sua capacidade de administrar uma empresa. Na verdade, a crueldade financeira de Paul Miller prova que ele tem o que é preciso para ser um grande CEO.

Ao fim do dia, as ações do Coifex subiram de novo, até atingirem US$125, e Janice caminha silenciosamente pela casa com a boca apertada numa linha horizontal de amargura. O sentimento de derrota no ar é palpável, grosso como uma sopa de ervilha. O telefone parou de tocar, e mesmo quando Lizzie, Margaret e Janice estão juntas no mesmo ambiente, ficam a maior parte do tempo em silêncio. Perto do anoitecer, os Grouper passam lentamente, dando um passeio noturno com o cachorro. Margaret observa pela janela da cozinha enquanto eles passam ruidosamente pela casa. Os Bellstrom os seguem alguns minutos depois. Ainda assim, ninguém aparece para tocar a campainha e oferecer palavras de apoio. Margaret se pergunta se eles temem que o fracasso seja contagioso. Sente a vizinhança se afastando, com medo de infecção. Percebe que, sem querer, ela aumentou as apostas: se elas não conseguirem vencer o processo, a derrota da mãe será tremenda, e não apenas financeiramente. Imagina Janice no supermercado, as pessoas cochichando em suas costas depois de lhe sorrirem, oferecendo solidariedade, mas, ainda assim, imaginando secretamente se ela de alguma forma mereceu o que lhe aconteceu. Ela será inevitavelmente relegada ao ostracismo, e a culpa será de Margaret.

O golpe de misericórdia inesperado vem na quinta-feira, o dia anterior ao começo do julgamento, quando um e-mail anônimo percorre a internet, dando link para um site que parece ter "as fitas de sexo secretas de Paul Miller". Kelly é uma das primeiras a ver o e-mail, e telefona cedo de manhã para avisá-las.

— A coisa vai ficar feia — ela diz a Margaret. — Estou investigando. Nesse meio-tempo, não atenda o telefone. Eles são como tubarões, e sentiram cheiro de sangue. Jornalistas vivem para esses momentos.

Margaret desliga e olha para Janice, que está parada na ilha da cozinha com uma revista na mão e finge não estar escutando. Sente como se tivessem acabado de pedir que ela batesse na própria mãe com um taco de beisebol.

— Mãe — diz, lentamente. — Tem um vídeo de sexo.

— O quê? — Janice pisca os olhos rapidamente.

— Um vídeo de sexo, mãe. Do papai. Com a Beverly.

— Ah, meu Deus. — Janice pressiona as mãos sobre o balcão de granito, com os ombros tensos. — Isto é mais do que eu estava disposta a suportar — ela diz. Ela cutuca uma sujeira invisível com a unha.

— Eu vou ver o vídeo e depois conto o que você precisa saber — diz Margaret, sabendo que essa tarefa desagradável é uma pequena penitência pela humilhação que inconscientemente fez a mãe sofrer.

— Você acha que está cedo demais para beber alguma coisa? — pergunta Janice. Ela se senta numa cadeira da cozinha e fica ali parada, olhando fixamente sem entusiasmo para a capa da *Bon Appetit*.

Margaret se serve de um pouco de uísque do bar abandonado do pai (decide que 10 horas da manhã não é cedo demais para beber alguma coisa) e puxa as persianas do escritório do pai. O computador ganha vida, com a poeira da tela chiando enquanto o monitor aquece. Faz uma pausa antes de executar o arquivo de vídeo, lembrando de uma noite quando ainda estava no primeiro grau. Acordou no meio da noite com vontade de tomar um copo d'água e, ao passar pela porta entreaberta da suíte principal, viu a mãe e o pai fazendo sexo. Assistiu em silêncio por um instante, paralisada de terror pelo que lhe pareceu uma luta violenta em cima da cama, e daí, quando se deu conta do que estava acontecendo, foi tomada por uma curiosidade sobre qual dos dois iria vencer. Não conseguiu decidir quem ela queria que perdesse. O medo de ser apanhada acabou afastando-a da porta e a mandando de volta para a cama, onde ficou acordada a noite toda, reproduzindo a cena mentalmente com horror crescente.

Vai precisar de um banho quente quando terminar de ver aquilo, pensa Margaret com a mão pairando com relutância sobre o mouse.

O vídeo granulado é do tamanho de uma impressão digital, e tão incriminador quanto. Uma mancha branca borrada sobe e desce e depois entra em foco. É um traseiro pelado, entrando e saindo de quadro. Há outro borrão de movimento quando a câmera sai da posição. O novo ângulo é estranho, e por alguns segundos, Margaret não consegue identificar muito bem qual parte do corpo está vendo, até que se dá conta de que Paul pegou a câmera e a está apontando para o próprio torso e registrando, para a posteridade, a sua ereção.

Margaret desvia o olhar, nauseada, e quando olha de novo, a câmera foi instalada no que deve ser uma mesa de cabeceira. Agora, os dois corpos estão aparecendo bem, com as cabeças visíveis: Paul e Beverly, numa cama king size bem-arrumada, com os corpos nus esticados. Margaret praticamente consegue contar os cabelos no topo da cabeça do pai. Não é uma visão atraente.

O sexo dos dois é unicamente papai-e-mamãe, nada pervertido, nada esquisito, Paul por cima, Beverly por baixo. Seus corpos, achatados pela gravidade, têm a consistência flácida da meia-idade. Beverly parece ter botado implantes de silicone, pois seus seios são a única parte do corpo dela que não está caída. Por um tempo, Margaret pensa que o vídeo não tem som, então ouve a respiração silenciosa deles e se dá conta de que os dois estão apenas fazendo sexo sem graça. O único barulho audível vem perto do fim — depois de breves e entediantes quatro minutos —, quando Beverly grita algumas vezes. Paul diz uma palavra ofegante que parece "Urg!" antes de cair deitado. E é isso.

Ela assiste ao vídeo clinicamente, tentando pensar na figura que vê na tela não como o pai, mas como uma figura antropológica a ser analisada, mas não é tão fácil. Ela sente nojo, mas, mais ainda, uma tristeza inexplicável. Sempre imaginou que Paul havia deixado a mãe por alguma coisa mais excitante, alguma coisa selvagem e desenfreada, uma atração que ela fosse capaz de compreender. A verdade, aparentemente, é mais mundana e, portanto, menos compreensível. Foi por *isso* que ele nos jogou fora?

Ainda assim, ao mesmo tempo ela sente uma inesperada compaixão pelo pai com seu triste videozinho de sexo. Se não foi a excitação que o levou embora, então o que foi? Talvez tenha sido amor. E por isso, talvez, possivelmente, algum dia, ela pudesse perdoá-lo.

Com Margaret sentada ali, bebendo o uísque à luz da tela do computador, Lizzie entra no escritório, vestindo calças de moletom. Ela se senta cuidadosamente na cadeira, como se estivesse se instalando sobre um ovo muito delicado. Margaret desliga o computador, mas Lizzie já está com uma expressão estranha no rosto.

— É o vídeo? — pergunta.
— Que vídeo?

Lizzie revira os olhos.

— Por favor, eu não sou boba, Margaret.
— É sério — diz Margaret. — Como você sabe disso? A mamãe contou?

E só agora, observando a expressão no rosto de Lizzie, Margaret para de se perguntar de onde saiu o vídeo. Os cantos da boca de Lizzie vibram levemente, e seus olhos se arregalam, como se estivessem sofrendo alguma pressão oculta. Margaret começa a entender que a irmã sabe de alguma coisa que ela própria não sabe.

— Você teve alguma coisa a ver com isso? — pergunta Margaret.

— Não! — diz Lizzie, sentando-se sobre as pernas. — Não fui exatamente eu que fiz isso.

— O que isso quer dizer? — pergunta Margaret.

— O Mark encontrou a fita numa caixa de sapato no armário da mãe dele — diz Lizzie. Margaret fica surpresa, imaginando Mark experimentando os sapatos e a lingerie da mãe, um aspirante a drag queen em seus primeiros espasmos de autodescoberta. E então se dá conta do que era mais provável que ele estivesse fazendo: cheirando os sapatos da mãe para sentir um odor familiar, um menino solitário num closet abandonado. É deprimente demais até para cogitar.

— E ele contou para você?

— Ele mostrou para mim.

— Nossa, Lizzie, que coisa esquisita. — Lembra agora dos dois juntos na sala íntima, da porta batida na cara dela. — Era isso que vocês estavam vendo na semana passada? No dia em que... — Não consegue terminar a frase "você me pegou transando com James?".

Lizzie arranca uma pele de um dedo do pé e assente com a cabeça.

— E depois o Mark mandou o vídeo para uma mulher de um site aí que ligou para a casa deles procurando pela mãe dele. — Faz uma pausa quando a pele sai do dedo e examina a gota de sangue que fica no lugar. — Muito estúpido, mas acho que ele tem, sabe, trauma de abandono. Eu disse a ele que não ajudaria em nada e certamente não faria com que sua mãe mudasse de opinião, mas ele disse que a questão não era essa. Acho que ele tem que extravasar a raiva. A mãe dele não está mais morando na casa dele, e acho que ele está bem puto com isso. Você imagina.

— Ah — diz Margaret, surpresa com o discurso.

— Acho que ela está morando com o papai, no hotel — diz Lizzie. As irmãs ficam em silêncio por um instante. — Eu fui com o Mark até o correio. Achei que talvez pudesse convencê-lo a não fazer aquilo, mas, sinceramente?, eu não tentei o suficiente. Acho que também devo ter trauma de abandono. Você acha que o papai vai descobrir, Margaret? Você não vai contar pra mamãe, não é?

— Não se preocupe — diz Margaret, pensando que apesar do acordo de paz recente entre ela e a mãe, há coisas que Janice não precisa saber. No entanto, talvez Janice tivesse o número de um bom psiquiatra. Enquanto pensa nos dois garotos enfiando o envelope de papel pardo dentro da caixa coletora do correio, lembra das histórias de crianças que, tendo passado pela lavagem cerebral de campanhas antidrogas, entregam os pais à polícia por cultivarem um pé de maconha no porão e acabam em lares adotivos enquanto os pais apodrecem na cadeia. Um dia, pensa Margaret, quando estiverem se encaminhando para a meia-idade, Mark e Lizzie vão gastar uma fortuna em terapia tentando processar o que fizeram. Quanto mais cedo Lizzie começasse a trabalhar seus problemas, melhor.

— Você está bem em relação a isso? — pergunta Margaret.

Lizzie põe a mão na frente do rosto e examina o esmalte cor-de-rosa lascado do polegar.

— Não sei. É esquisito. Acho que eu tinha um monte de outras coisas com o que me preocupar também — diz. Atira-se na cadeira até quase ficar na horizontal. — Você acha que os jornais vão escrever sobre o que aconteceu na semana passada? Quer dizer, a... coisa... no hospital?

Margaret balança a cabeça.

— Eles não têm como saber daquilo.

Lizzie arranca um pedaço de esmalte da unha do mindinho e joga no chão.

— Vou pedir para a mamãe me transferir para o colégio St. Gertrude para o próximo ano — ela diz. — Ela disse que eu podia mudar de escola, se realmente quisesse.

— A escola católica? Com as freiras? E as aulas de catecismo?

— Eles têm uma equipe de natação muito boa — diz Lizzie. Endireita-se na cadeira de novo. — Você acha que eles se importam se a gente não é católica de verdade? Quer dizer, acho que só precisa acreditar em Deus para entrar lá, né? Você acha que *Deus* se importa?

— Você é esquisita — diz Margaret.

— Acho que vou fazer o Mark pedir transferência também — diz Lizzie. — Ele *odeia* o Fillmore High.

— Ele é seu namorado agora?

Lizzie dá de ombros, mas puxa a gola do moletom para cima para esconder um sorrisinho. Margaret pensa que tem alguma coisa de incestuoso nesse casal. Mas ao ver o sorriso de Lizzie, não diz nada.

Lizzie solta o moletom.

— Enfim, eu nunca mais vou poder voltar para o Fillmore — ela diz. — Vou ser, tipo, uma pária completa. Já sou.

Margaret deixa a bebida de lado.

— Sei que não vai servir de consolo de forma alguma, mas, só para você saber, muitos dos meninos e meninas populares da sua turma estão no auge. Em dez anos, quando você for ao reencontro da turma, eles terão três filhos metidos a besta cada um e estarão morando em trailers. E quando for para a faculdade, vai descobrir que os CDFs e os esquisitões são os que realmente acabam mandando no mundo.

— Foi o que aconteceu com você? — pergunta Lizzie. — Você está mandando no mundo?

— Não exatamente — diz Margaret, desejando que não tivesse dito nada. — Mas eu sou uma exceção à regra.

Lizzie revira os olhos e sai. Margaret a observa se afastando e pensa que, quando for só um pouquinho mais velha, a irmã não será fácil de enrolar. Talvez já não seja.

Apesar dos avisos de Kelly, ninguém liga imediatamente, e a manhã de quinta-feira passa num ritmo glacial. A fita de sexo não é mencionada nos jornais do dia, e a única matéria sobre Paul é uma notinha na última página do caderno de negócios do *New York Times* sobre a próxima campanha publicitária do Coifex, um texto que menciona o julgamento apenas de passagem. Margaret assiste ao noticiário da manhã, mas precisa trocar para a CNBC para encontrar alguém falando sobre o Coifex, e mesmo assim é só para relatar o fato de que as ações da Applied Produtos Farmacêuticos se estabilizaram de novo em US$134.

É impossível se concentrar em qualquer coisa. A cada minuto que passa, parece mais provável que a aposta não vai se pagar: a imprensa perdeu o interesse no processo judicial, ninguém vai prestar atenção à fita de sexo, e o pai não vai sair de onde está. Irão à justiça no dia seguinte, e a mãe dela vai perder. Margaret caminha até a piscina para olhar o próprio reflexo. A água está parada — ninguém passou perto da piscina desde que Lizzie abortou ali —, e uma fina camada de sedimento marrom se depositou no fundo. Margaret pensa em James, em alguma praia no México, e chega à conclusão de que devia ter pedido que ele deixasse um baseado para ela antes de ir embora.

Atira-se no gramado e fica parada olhando para o céu azul, onde os últimos sinais da manhã nublada estão sendo queimados pelo calor do sol do meio-dia. Sente as costas coçando por causa da grama recém-cortada e se convence de que é capaz de sentir a curvatura da terra sob a espinha. Um avião passa voando, e ela observa a fantasmagórica trilha de vapor que ele deixa em seu rastro até desaparecer completamente, e o céu voltar a ficar vazio e claro. Dentro de casa, o telefone toca pela primeira vez naquele dia, como um alarme de emergência destruindo o silêncio. A secretária eletrônica começa a funcionar, mas o som está abafado demais para que Margaret consiga ouvir o recado de onde está. Alguns minutos depois, o telefone toca de novo. Margaret continua imóvel, como se um movimento súbito pudesse quebrar um feitiço. Acaba caindo no sono.

No começo da tarde, Janice sai e fica acima dela, bloqueando o sol.

— A sua irmã e eu vamos jogar um jogo de tabuleiro — ela diz. — Quer jogar conosco?

— Claro — diz Margaret, levantando-se. A parte de trás das suas pernas está marcada pelas folhas de grama.

— O vídeo encantador do seu pai está em todos os noticiários — acrescenta Janice. Esfrega uma sobrancelha com a palma da mão e tapa os olhos contra o sol. — O telefone está tocando até fora do gancho. Todo mundo quer saber como eu estou me sentindo. Como eles acham que eu estou me sentindo?

— Eu sinto muito, mãe — diz Margaret. Estende a mão impulsivamente e esfrega o ombro da mãe através do tecido leve de sua camisa de popelina. Os músculos dela estão tensos. — De verdade.

Janice sacode a cabeça.

— Não é culpa sua. Vou fazer chá gelado. Quer escolher um jogo? Estamos pensando em jogar Banco Imobiliário.

Margaret não consegue se lembrar exatamente de onde ficam os jogos — quando foi a última vez que ela jogou um jogo de tabuleiro com a família? Deve fazer anos. Na sala íntima, abre um armário e depois outro, cada prateleira exposta, uma pequena janela para o mundo da mãe. Armários de álbuns de família, indo até as desbotadas polaroides da juventude de Janice. Livros best-seller de capa dura com os cantos das páginas dobradas como lembretes. Vídeos caseiros com etiquetas escritas em caneta hidrocor: MARGARET ANDANDO NA PRIMEIRA BICICLETA, PAUL ENSINA LIZZIE A NADAR e HAVAÍ 2003. Toda uma história naqueles armários e, ao passar as mãos sobre as lombadas empoeiradas das fitas, ela sente de forma penetrante a perda daquelas lembranças. Janice nunca conseguirá olhar para aquelas fitas de novo sem que o espectro do futuro as torne sombrias. Nenhuma delas vai conseguir. Pergunta-se quando a mãe vai começar a tirar da casa os pertences de Paul.

Abre o quinto armário e para. Ali, alinhadas cuidadosamente, estão 14 edições da *Snatch*: todas as que ela publicou, em ordem cronológica, com as lombadas levemente amarrotadas. Fica ali parada, olhando para as revistas, e precisa segurar a vontade de chorar. A mãe as havia guardado, afinal. Talvez as tivesse inclusive lido. Pega uma edição — "A Edição das Celebridades", de dois anos antes — e abre numa página aleatória, mas se dá conta de que não consegue ler os textos. Será que algum dia foram bons? Naquele momento, não quer saber. Talvez com o tempo tenha distanciamento suficiente para julgar.

Lizzie aparece atrás dela, olha para a revista em sua mão e depois para a fileira na estante.

— Ah — ela diz. — Queria saber aonde elas tinham ido parar.

Margaret passa o braço em volta da irmã e a beija, impulsivamente, no rosto.

— Você pode me dizer onde guardamos os jogos? — pergunta.

As três se reúnem ao redor da mesa de jogos da sala íntima, cada uma com suas peças de costume. Lizzie: terrier escocês; Margaret: bota; Janice: dedal. A cadeira à esquerda de Margaret está vazia, onde Paul (cartola) normalmente se sentava. Paul estaria ganhando o jogo, se estivesse ali. Era o que costumava fazer, peremptoriamente e sem a fanfarrice alegre que as outras integrantes da família demonstravam quando, por sorte, ganhavam dele. Ele encarava suas vitórias como algo trivial, enfiando as pilhas de dinheiro de papel amassado embaixo do tabuleiro com um sorriso.

— À falência — Margaret lembra de ele ter dito um dia, quando a levava à falência com um bloqueio de hotéis.

Elas jogam os dados e mexem as fichas pelo tabuleiro, mas é difícil se concentrar com o telefone tocando constantemente.

— Acho que vou tirar do gancho — diz Janice uma vez, mas não o faz. Assim, elas ouvem de longe um checador de informações do jornal *The New York Post* deixando um recado, e o telefonema de Matt Drudge em busca de um comentário e o produtor de um talk-show sugerindo que Janice vá ao programa para "acertar as coisas" com Paul e Beverly no ar.

Lizzie fica na cadeia por três rodadas, enquanto perde dinheiro.

— Este jogo é uma porcaria — diz. — Por que não jogamos Uno? Eu sou boa em Uno.

— Estamos nos acostumando à sensação de perder dinheiro — diz Janice, olhando para o maço de notas na sua mão.

Margaret olha para a mãe, tentando entender se ela está brincando ou se apenas deu uma ideia do quanto está realmente amarga. Janice levanta o olhar, vê que a filha a está observando e dá um pequeno sorriso tenso.

— Foi apenas uma brincadeira, Margaret. Eu estou tentado. Estou tentando de verdade.

— Isso é sério — diz Lizzie. — Não é engraçado, mãe. — Mas não fica claro a quê a irmã está se referindo. Lizzie joga os dados de novo, e está levando seu cãozinho acinzentado na direção da Parada Livre, onde Janice construiu uma barricada de casinhas verdes, com o telefone tocando de novo. Margaret ouve apenas parcialmente a secretária eletrônica quando se dá conta de que a voz saindo do alto-falante pertence a Lewis Grosser.

— Janice, me dê uma ligada assim que puder — ele começou. *Hssst!* Um pouco estática atravessa sua voz, e suas palavras vão e vêm. — Fui procurado pelos advogados do Paul, e eles *hssst!* para adiar a audiência de amanhã e tratar de um acordo. Acho que ele pode estar... *caramba, ligue o pisca-pisca!*... desculpe, eu estava dizendo que a imprensa pode finalmente estar trabalhando em nosso favor. Muita exposição *hssssssssst*! o resultado final da empresa e tudo aquilo. Nós temos uma boa... *droga*... — Sua última palavra ecoa por um instante acima de um vazio silencioso e então a secretária eletrônica para de funcionar e desliga.

Margaret olha para a mãe, que está olhando fixamente para a secretária eletrônica, como se o próprio Paul pudesse estar prestes a saltar de dentro do telefone. Manchas rosadas surgem em seu pescoço.

— Isso foi alguma coisa boa? — pergunta Lizzie.

Margaret olha para a mãe.

— Pode ser. Mãe? Você não vai...?

— Lizzie, você está me devendo 1.300 dólares — diz Janice, estendendo a mão para pegar os últimos dólares da conta da filha. Pega os dados e os atira sobre o tabuleiro. Três e quatro. *Tap tap tap*, ela move o dedal por cima da Parada Livre para parar sobre a Estação Ferroviária. — Acho que isso é meu.

— Vá telefonar para o advogado — diz Margaret delicadamente. — Podemos terminar o jogo outra hora.

Janice olha para as pilhas de dinheiro em miniatura que acabou de enfiar embaixo do tabuleiro.

— Não — diz. — Vamos terminar o nosso jogo primeiro. É a sua vez.

Margaret quer gritar para a mãe: *Ligue para ele! Termine com isso! Não se arrisque mais! Eles vão ferrar com você se puderem*! Faz uma careta para Janice do outro lado da mesa, mas alguma coisa no olhar da mãe a faz parar. A luz da tarde refratada na janela é capturada numa linha iridescente na umidade que cobre os cílios da mãe, e Margaret fica com medo de que, se ela disser mais uma palavra, aquela umidade se transforme numa lágrima, e a mãe acabe chorando, chorando e chorando, por coisas que Margaret jamais irá compreender de verdade.

Assim, Margaret joga os dados e para ao lado de Lizzie na Parada Livre.

— Droga — diz. — Você me limpou também.

— Eu ganhei? — pergunta Janice, olhando para as suas propriedades.

— Eu odeio este jogo — diz Lizzie.

— Sorvete — diz Janice, levantando-se. — Acho que a gente devia tomar uns sundaes.

Ela desaparece na cozinha enquanto as filhas limpam a mesa, empilhando o dinheiro, prendendo as propriedades com elásticos e guardando os hotéis de volta nos saquinhos. Em um minuto, Margaret escuta a porta da geladeira sendo aberta e um eletrodoméstico funcionando. Põe a tampa de volta na caixa do jogo e fica olhando para o desenho desbotado por um instante, tentando controlar a impaciência.

— O que está acontecendo? — sussurra Lizzie. — A mamãe está agindo de um jeito esquisito.

— Acho que o papai vai ter de dar mais dinheiro a ela — responde Margaret, também sussurrando.

— Ah! — alegra-se Lizzie. — Bom, quem sabe ela leva você para fazer compras se ganhar. Você está precisando de um vestido novo. Precisa de um novo corte de cabelo também.

Margaret dá um tapinha na perna da irmã.

— Muito engraçadinha — diz. — E isso vindo de uma menina que usa sombra roxa com glitter. — Mas olha para o tecido do vestido de algodão, quase esgarçado de tanto uso, e pela primeira vez em semanas se sente compelida a vestir roupas novas. A tomar um banho, se maquiar e se aprontar para enfrentar o mundo. O outono está chegando, e nos suspiros finais do verão, ela tem uma enérgica sensação de mudança se aproximando.

— Vou dar uma ajuda para a mamãe na cozinha — ela diz.

Na cozinha, a mãe está pondo três tigelas com sorvete de menta, calda de chocolate e chantilly numa bandeja. Cada tigela está guarnecida com um minúsculo galhinho de hortelã fresca. Margaret fica ao lado dela observando.

— Posso ajudar?

— Não tem mais nada para fazer — diz Janice. — Mas obrigada por perguntar.

— Por que você ainda não ligou de volta para Grosser?

Janice faz uma pausa e olha para Margaret, com os olhos frios.

— Deixe Paul esperar e imaginar o que pode acontecer — ela dispara. — Deixe que ele aprenda como é essa sensação.

Margaret olha para a bolas perfeitas de sorvete, com cristais de gelo cintilando enquanto começam a derreter com o calor da tarde.

— O que você vai fazer se ele lhe der as ações, afinal?

— Vou vender antes que o valor caia — responde Janice, levantando a bandeja. — Nenhuma pílula é *tão* mágica assim. Eu simplesmente não acredito nela. Vamos tomar esses sorvetes antes que derretam.

As três se sentam no sofá grande da sala íntima, de frente para as portas francesas que dão para o jardim. Lizzie liga a televisão, mas deixa no mudo e, com a luz do dia, elas veem suas silhuetas refletidas na tela, mas ninguém se levanta para fechar as cortinas. Janice está sentada entre Margaret e Lizzie, e ataca a tigela de sorvete com uma expressão determinada no rosto.

— Delicioso — diz.

Enquanto tomam os sorvetes num silêncio cúmplice, assistem a propagandas sem som da Cadillac, do Visa, de creme anti-idade, de hipotecas com juros baixos. Janice pousa a mão na coxa de Margaret e olha para ela atentamente.

— Sabe, você seria uma RP muito boa, se tentasse. Aposto que a Kelly lhe daria um emprego.

Margaret se imagina num terno Ann Taylor, percorrendo centros de conferências lotados com montes de releases nos braços e um sorriso plastificado no rosto e estremece.

— Não consigo pensar em algo de que fosse gostar menos.

— Eu pensei... — Janice começa e para em seguida. Sua mão bate na perna de Margaret. — Pensei que talvez você pudesse falar com um orientador vocacional.

— Mãe, por favor, não.

— Ela devia ir a um vidente — diz Lizzie. Senta sobre as pernas e expõe os pés sujos. — Becky foi uma vez e a mulher disse que ela ia ser uma médica famosa quando crescesse. E que iria se casar com um cara de cabelos castanhos.

— Vocês duas, podem parar. Eu não preciso de um orientador vocacional nem de um vidente — diz Margaret. — Não quero saber nada de ninguém, por favor.

Janice se volta para a TV.

— Eu só quero que você seja feliz — diz, baixinho. — Acho que você pode realizar muitas coisas.

Margaret está tentada a sentir pena de si mesma pelo fato de que vai fazer 29 anos em apenas cinco semanas e, daí, será um passo para os 30, e ela ainda vai estar sozinha, sem ter feito nada da vida, começando uma carreira de novo do zero — abaixo de zero até, porque ainda terá de se arrastar para fora da falência antes de realmente começar a construir alguma coisa de novo. É tarde demais para ela? Ela está parada na praia, olhando o barco partir com todos os seus pares a bordo, enquanto segura o mastro da bandeira de um prêmio de consolação? Talvez. Mas naquele momento — pelo menos naquele instante — sentada com a irmã e a mãe, paparicada pela fé ilógica das duas, não há espaço para medo. Ela certamente vai pensar em alguma coisa. Precisa pensar.

As três acabam a sobremesa em silêncio. A noite está caindo lá fora, as sombras deslizam pelo gramado e a luz da sala de estar diminui enquanto Janice, Lizzie e Margaret ficam sentadas assistindo sem ver à televisão muda. Lizzie leva uma colherada de sorvete derretido até a boca e deixa um pouco cair sobre o sofá. Janice estende o braço e limpa o sorvete com a manga da camisa.

— Mãe, quanto valem as ações, afinal? — pergunta Lizzie, limpando chantilly do queixo com as costas da mão.

Janice faz uma pausa.

— Mais do que eu jamais conseguiria gastar — ela diz, por fim.

No jardim, os carvalhos se agitam com a brisa da noite. Soltam uma porção de folhas mortas dentro da piscina. Margaret observa pela janela as folhas dançando na superfície da água e sendo atraídas, lentamente, para o ralo. Fecha os olhos, deixa a calda doce e quente de chocolate se dissolver na língua, e ouve a orquestra de cortadores de grama ao longe.

Este livro foi composto na tipologia Electra LH,
em corpo 11/15, e impresso em papel off-white 80g/m²,
no Sistema Cameron da Divisão Gráfica da Distribuidora Record.